D1720273

Wang Meng

Rare Gabe Torheit

Wang Meng

Rare Gabe Torheit

Roman

Deutsch von Ulrich Kautz

Waldgut

Der Originaltitel lautet
Huodong bian renxing
und ist 1987 in Peking erschienen

Die deutschsprachige Fassung
von Ulrich Kautz ist in Absprache mit Autor und
Übersetzer leicht gekürzt

Gestaltung Atelier Bodoni Frauenfeld
Satz Edition Tau & Tau Type Bad Sauerbrunn
Druck Wiener Verlag Himberg

ISBN 3 7294 0096 7

Verlag Im Waldgut AG
Industriestraße 21
CH-8500 Frauenfeld

1

Vorfrühling südlich des Yangzijian. Auf dem baumgesäumten Pfad schlendere ich dahin, einsam und frei. Diese Saite – was glaubst du, wie lang mag sie sein? Dünn und hoch die Stämme, schwarz und braun gesprenkelt die hellgraue Rinde, die zarten Zweige ein Netz, ausgebreitet unter dem graublauen Himmel, der klar und warm zu werden beginnt nach dem langen Regen.

Fünfzig Jahre hat sie geschlummert, die Saite, fünfzig Jahre, ein Jahr ums andere, bis zum heutigen Tag.

Die Blätter fast wie die der Robinien im Norden des Landes, doch dicker und größer als jene. Am faszinierendsten aber: Das Laub, so dicht es ist, sprießt nur oben in den Baumwipfeln, ein hauchdünner Baldachin, darunter das Gewirr von Ästen, klar abgesetzt gegen das Licht.

So überaus lang ist sie, diese Saite, sie zieht sich durch ein halbes Jahrhundert. Wie könnte ich es wollen, wie könnte ich es wagen, leichtfertig an diese Saite zu rühren!

Ich weiß, seitlich verläuft die asphaltierte Straße, Limousinen fahren ab und an darüber, und die Ränder sind gesäumt von Platanen, ausladend, üppig und dicht. Ich weiß, ein schöner See lockt auf der anderen Seite. Ich weiß, es ist Frühling. Herbeigezaubert wie von Geisterhand, will er endlos erscheinen und ist doch zu raschem Vergehen bestimmt. Frühling allüberall! Ich aber will einstweilen nur schlendern, diesen Pfad entlang – diesem Pfad allein scheine ich zu gehören, wie auch nur mir allein dieser Pfad gehört.

Eine solche Saite – beginnt sie zu schwingen, kann ihr Klang harmonisch sein und wohlgefällig den Ohren der Menschen, die da Blumen lieben und Konfekt?

Am 17. Juni 1980 besuchte Ni Zao, außerordentlicher Professor für Sprachwissenschaft, als Mitglied einer chinesischen Wissenschaftlerdelegation die bekannte Hafenstadt H. im Norden eines hochentwickelten europäischen Landes. Er war sechsundvierzig Jahre alt, hatte einen dichten, schwarzen Haarschopf und wache Augen. Er war ein redegewandter und schlagfertiger Mann mit flinken Bewegungen, der sich auf seinen gar nicht einmal so robusten Beinen ziemlich rasch vorwärtsbewegte. Wer nicht die feinen Fältchen in seinem Gesicht, besonders an Augen- und Mundwinkeln, sah, und jenen verborgenen Kummer bemerkte, der aus seinen Augen sprach, wenn er in Gedanken versunken war, mochte ihn für ein vielversprechendes Nachwuchstalent halten, für einen Mann in der Blüte seiner Jahre, durchtrainiert und fit.

Morgens um 8.13 Uhr hatten Ni Zao und seine Kollegen auf dem Flugplatz von B. eine Maschine der British Airways bestiegen. Links neben ihm saß eine grauhaarige Dame im eleganten Sommermantel, deren aufrechte Haltung und strenge Miene eher maskulin wirkten und die eine gleichfalls sehr elegante Reisetasche bei sich hatte. Nachdem das Flugzeug seine Reiseflughöhe erreicht hatte, öffnete sie die Tasche und entnahm ihr – einen winzigen, goldblonden Pekinesen. Sie legte ihm ein silbernes Halskettchen an und setzte das folgsame Spielzeughündchen zwischen ihre Füße auf den Boden. Da war Ni Zao schlagartig klar, warum sie so unzugänglich gewesen war; sie hatte die Flugkarte für das Tier gespart. Rechts von Ni Zao saß ein Mann, der selbstvergessen mit seinem Taschenrechner hantierte und irgendein Formular ausfüllte. So ganz in Anspruch genommen war er von seiner Arbeit, daß er weder auf den Start oder den Flug der Maschine achtete noch etwa vom Fenster aus die Landschaft tief unten bewunderte; auch die von der Stewardess angebotenen Getränke lehnte er nur mit einem kurzen «Nein!» ab. Wahrlich ein vielbeschäftigter Mensch.

Kurz nach neun Uhr landete die Maschine auf dem Flugplatz von H. «Da sind wir also in H. Vielleicht schaffe ich es, Professor Shi Fugang zu finden?» sagte Ni Zao zu der Reiseführerin und Dolmetscherin der Gruppe, Fräulein Betty.

«Ich werde Ihnen nach besten Kräften helfen, Ihren alten Freund zu finden», erwiderte die liebenswürdige, überaus pflichtbewußte junge Dame in tadellos korrektem Chinesisch.

Ni Zao ärgerte sich ein wenig über sich selbst. Warum verwendete er überhaupt einen Gedanken auf Shi Fugang? Was ging der ihn eigentlich an? Nicht er, sondern sein Vater, Ni Wucheng, war mit ihm befreundet gewesen. Und was hatte diese Auslandreise mit seinem Vater zu tun?

Und doch – als er vor einem halben Jahr die Einladung erhielt, war ihm sogleich Shi Fugang eingefallen. Auch unterwegs hatte er immer an ihn denken müssen. Shi Fugang in H. zu besuchen, das war fast, als erfüllte er ein Gelübde, als ginge er einer Sache endlich auf den Grund, als rührte er an eine alte Saite, die seit langem in ihm geschlummert hatte.

Nach der Ankunft in H. ging es zuerst in die Orient-Buchhandlung, dann zu einer Institution für internationalen akademischen Austausch, wo die Delegation von einer zierlichen Frau Doktor mit ernster Miene und einer gewaltigen Brille empfangen wurde, und schließlich zu einer Hafenbesichtigung und zum Essen. Beim Essen war der Chefredakteur der größten Zeitung der Stadt anwesend, und Ni Zao erörterte mit ihm zwanglos und dennoch höchst konzentriert die Stellung Mao Zedongs in der Weltgeschichte, besonders in der Geistesgeschichte. Der Chefredakteur erläuterte ihm die gewaltigen Auswirkungen der maoistischen Rotgardler-Bewegung von 1966/67 auf die damalige Jugend in Europa. Es war eine so angeregte Unterhaltung, daß sich Ni Zao nach dem Mittagessen in dem Bus, der die Delegation zur Universität von H. brachte, überhaupt nicht erinnern konnte, was er eigentlich zu sich genommen hatte, ausgenommen den Pudding mit Brandysoße ganz zuletzt. Ach, richtig, es hatte ein Täßchen Suppe mit kräftigem Zwiebelgeschmack gegeben, salzig war sie gewesen... Das Programm war einfach zu vollgepackt.

Um vierzehn Uhr begann das Gespräch mit sechs Sinologen von der Universität H., vier davon europäischer Abstammung. Einer hatte große, blaue Augen, braunes, nach hinten gekämmtes Haar und eine leise Stimme. Liebenswürdig und höflich, ganz Gentleman, stellte er dennoch freundlich lächelnd zahlreiche Fragen, mit denen er einen zunächst einmal ganz schön in die Enge trieb. Der zweite hatte lange Arme und Beine, kniff beim Sprechen gern die Augen zusammen und lachte immer schallend über das, was er sagte. Der dritte war zwar auch männlichen Geschlechts, doch hatte er schulterlange Haare. Sein Chinesisch war das beste, auch wußte er recht gut über China Bescheid – eine China-Koryphäe. Dann der vierte und der fünfte... Der sechste trug eine äußerst finstere Miene zur Schau. Er war überall am Körper rundlich und fleischig, und Ni Zao hatte beim Anblick seiner feisten Finger, die in ihrer makellosen Sauberkeit an halb durchsichtige Wachsrollen erinnerten, die jeden Moment wegzuschmelzen drohten, das unheimliche Gefühl, als würden Würste plötzlich zum Leben erwachen und sich zu bewegen beginnen. Die beiden anderen Herren waren Landsleute von Ni Zao. Der ältere der beiden war der Bruder eines Pekingopern-Künstlers aus Hankou, der für seine Darstellung von Kämpferrollen berühmt war und dessen Verkörperung des Wu Song so populär war, daß er als Modell für den Wu Song in den Bildergeschichten nach dem klassischen Romanepos ‹Die Räuber vom Liang Schan Moor› gedient hatte. Hätte man den Wu Song nicht nach dem Bild dieses Darstellers gezeichnet, wäre das bei den Lesern – ob jung oder alt – nicht durchgegangen: Wu Song hätte sich gewissermaßen selbst nicht ähnlich gesehen. Der Bruder dieses Bühnenhelden hatte in den vierziger Jahren im Ausland studiert und sich später in H. niedergelassen. Jetzt trug er einen beigefarbenen Anzug von tadellosem Sitz, eine zweifarbige Krawatte und eine breitrandige Brille. In seinem ganzen Auftreten unterschied er sich in nichts von den anderen Herren, man konnte nicht behaupten, sein älterer Bruder oder Wu Song hätten irgendwelche Auswirkungen auf ihn gehabt. Selbst sein Mienenspiel – weit aufgerissene Augen und seitlich verschobener Unterkiefer zum Ausdruck von Interesse oder Unverständnis – war völlig europäisiert und zeigte keinerlei Spur der traditionellen Mimik von Pekingoper oder Hebeioper oder sonst einer chinesischen Operngattung. Nur seine Redeweise, ein wenig theatralisch, mit vielen altväterlichen Höflichkeitsformeln und liebenswürdigen Floskeln durchsetzt, erinnerte

Ni Zao gelegentlich an die «Schüler des Birnengartens», mit denen er bisher zu tun gehabt hatte.

Der zweite Landsmann hatte von Anfang an Ni Zaos Interesse erregt. Er war breitschultrig und mittelgroß, seine Wangen waren flach und kantig, als wären sie mit dem Meissel geformt. Der ängstliche und erschrockene Ausdruck seiner sanften, großen Augen wollte nicht zu den schräg nach oben verlaufenden, in der Mitte zusammengewachsenen Augenbrauen passen. Nach Ni Zaos Erfahrung waren solche Brauen ein Kennzeichen von Menschen, die sich um jeden Preis durchsetzen und anderen überlegen sein wollten, oder aber von Menschen mit unstetem Charakter.

Das ganze Gebaren dieses Landsmannes war übrigens so, wie es Ni Zao nicht mehr erlebt hatte, seit er bei der Einreise auf dem Flughafen F. durch die Paßkontrolle gegangen war. Anders als im Osten, wo Bescheidenheit als größte Tugend gilt, ging hier jedermann, ob Mann, Frau oder Kind, einher, als wäre er der Größte: Kopf hoch, Brust raus – hoppla, jetzt komm ich! Um es mit einem aktuellen Terminus auszudrücken: Alle strahlten ein gutes Ich-Gefühl aus. Dieser junge Landsmann nun, geschniegelt und gebügelt wie er war, wies zwar alle äußeren Kennzeichen auf, die zu einem guten Ich-Gefühl verhelfen, wirkte aber dennoch gedrückt, ja geradezu jämmerlich. Aber wozu sollte er sich Gedanken über jemanden machen, den er nur zufällig kennengelernt, mit dem er überhaupt nichts zu schaffen hatte? Gab es nicht überall in der Welt ausgemergelt aussehende, melancholisch wirkende Menschen in schwierigen Verhältnissen, die mit sich selbst partout nicht ins reine kommen konnten? Schließlich brachte Ni Zao ja nicht einmal Mitgefühl für die Menschen auf, die ihn wirklich etwas angingen.

Beim Betreten des luftigen und makellos sauberen Konferenzraums, der trotz seiner relativ niedrigen Decke und kleinen Fläche doch hell und freundlich wirkte, war Ni Zaos Blick sofort auf diesen chinesischen Landsmann gefallen. Er fühlte sich unmittelbar angerührt von dem tragischen Flair dieses Mannes und von dem, war darunter lag – sei es

Jähzorn, musische Begabung oder Borniertheit. Ni Zao hatte einen Stuhl in seiner Nähe gewählt, ihm zugelächelt und ihm seine Visitenkarte überreicht. Daraufhin hatte jener sofort seine eigene, lichtblaue Karte hervorgeholt. Eine Seite war in der Landessprache, die andere Chinesisch – Chinesisch! – beschriftet:

Dr. phil. habil. Zhao Weitu M.A.
Diplom-Historiker
ao. Prof., Universität H.

Ni Zao nickte ihm zu und wunderte sich im stillen über diesen seltsamen Vornamen: Weitu, winziges Staubkorn, so hieß doch kein Chinese!

Das Gespräch plätscherte müde dahin. Es wurde hauptsächlich zwischen dem redegewandten und in jeder Hinsicht kompetenten Leiter der chinesischen Delegation und den Wissenschaftlern der gastgebenden Universität geführt. Ni Zao ließ in seiner Aufmerksamkeit nach, er bewunderte erst die großen, vasenartigen Lampen und schaute dann auf den grünen Baum vor dem Fenster und zwei kleine Vögel, die auf den Zweigen hin und her hüpften und fröhlich zwitscherten. Ni Zao dachte, es sei doch eigentlich unfaßbar: Selbst Vögel leben in verschiedenen Ländern, sogar wenn sie zur selben Gattung gehören. Können sie nicht frei und ungehindert am Himmel schweben? Treffen sie wohl selbst ihre Wahl? Oder haben Vögel vielleicht auch ihre Schicksale, ihre Leiden und Freuden?

Ni Zaos Delegationsleiter tönte mit sonorer Stimme: «Daß Sie, meine Herren, von einigen Ereignissen, die sich in den letzten hundert Jahren, in den letzten dreißig Jahren, was sage ich: erst in den allerletzten Jahren zugetragen haben, überrascht und verwirrt worden sind und sie nur schwer einordnen, ja sogar kaum verstehen können, ist absolut begreiflich. Das geht nicht nur Ihnen so. Auch wir, die wir doch seit Generationen in China leben, die wir dort geboren und aufgewachsen sind, die wir an vielen Ereignissen direkt beteiligt und die wir Augenzeugen vieler dramatischer Entwicklungen waren, selbst wir wissen oftmals nicht, was wir dazu sagen, wie wir das verstehen sollen...»

Die Worte des Delegationsleiters erregten Gelächter, in das auch Ni Zao einstimmte. Lachen ist ein gutes Omen, dachte er, gemeinsames Lachen, das verbindet irgendwie.

«Daß das chinesische Volk im Jahre 1949 sein Schicksal selbst in die Hand nahm und mit revolutionären Mitteln die chinesische Gesellschaft umkrempelte, mit revolutionären Mitteln eine grundlegende Veränderung der chinesischen Gesellschaft herbeiführte, war etwas absolut Notwendiges, Großartiges, ja Heiliges. Ohne eine solche Revolution, bei der das Unterste zuoberst gekehrt wird, hätte unser Heimatland nicht weiter existieren, hätte es keinen Schritt vorankommen können. Freilich, der Weg der Revolution ist nicht immer eben...»

Der Delegationsleiter redete weiter. Ni Zao fand, er spreche sehr gut. Um seine Lebensgeister zu wecken, stand er auf, ging zum Kaffeeautomaten und schenkte sich aus der Glaskanne eine Tasse voll ein. Zhao Weitus stumme Aufforderung, sich doch Zucker und Kaffeeweißer zu nehmen, lehnte er mit einer höflichen Geste ab. Die Gewohnheit, den Kaffee schwarz zu trinken, hatte er schon in seiner Jugend von seinem Vater übernommen.

«Aber das Scheitern der Großen Kulturrevolution in China bedaure ich», sagte der rundliche Wissenschaftler mit den fleischigen, halb durchsichtigen Fingern in seinem stockenden Chinesisch. Er sah sich suchend nach der Dolmetscherin um, aber Fräulein Betty war verschwunden. Zhao Weitu machte eine auffordernde Geste, woraufhin der Dicke in seiner Muttersprache fortfuhr, während Zhao für ihn übersetzte. «Ich bedaure die Niederlage der Rotgardler-Bewegung in China. 1966 war ich noch Student, und ich meinte, die chinesischen Rotgardler hätten der ganzen Welt ein Beispiel gegeben, und in ihrem Kampf gegen die Tradition, gegen das System hätten diese jungen Leute einen Weg gefunden, die Gesellschaft schnell umzugestalten...»

Die Worte des fleischigen Gelehrten erschreckten Ni Zao. Als er seine Reise antrat, war er auf alle möglichen Mißverständnisse, Zweifel und sogar Provokationen, die von den antikommunistischen Vorurteilen der westlichen

Welt herrührten, vorbereitet, aber er hätte nie gedacht, daß es hier noch solche ultralinken Auffassungen geben würde. Allerdings konnte man die äußere Erscheinung dieses Herrn nicht sofort mit seinen Ansichten in Einklang bringen, so sehr entsprach er dem landläufigen Klischee des «Bourgeois».

«Aber die Aufgabe, eine Gesellschaft umzugestalten, konnte noch niemals schnell gelöst werden», erwiderte der Delegationsleiter kurz und knapp.

Wieder allgemeines Gelächter.

Zhao Weitu fügte in der Landessprache ein paar Sätze hinzu und übersetzte sie dann selbst: «Ich habe gesagt, ich für meinen Teil freue mich über das Scheitern der Kulturrevolution und der Rotgardler-Bewegung. Ich bin geradezu überglücklich darüber, denn sonst wäre es aus gewesen mit unserem China...»

Ni Zao merkte sofort, daß das Chinesisch von Professor Zhao nicht so klang wie das von Chinesen, die schon lange im Ausland leben. Außerdem hatte er mit seinen recht unakademischen Worten unversehens einen ernsteren Ton in der bisher mit vornehmer Zurückhaltung geführten Diskussion angeschlagen.

Der Himmel verfinsterte sich plötzlich, und das indirekte Deckenlicht im Konferenzraum wurde eingeschaltet. Ni Zao schaute auf die Uhr: noch nicht einmal fünf. Der Himmel hatte sich eingetrübt, die beiden Vögelchen auf dem Zweig waren verschwunden. Es würde wohl bald regnen. Ob die Vögel in H. wohl eine Zuflucht vor dem Regen finden würden? Die Häuser hier hatten anscheinend keine Dachvorsprünge.

Fräulein Betty kam eilig zur Tür herein. Ihr Gang hatte etwas von der ernsten Geradlinigkeit und angespannten Tüchtigkeit einer berufstätigen Frau. Dabei war Fräulein Betty noch ganz jung – im besten Heiratsalter. Ihre Kleidung, ihr Auftreten und ihre Sprache, ja sogar ihr Lachen waren von einer geradezu chinesischen Schlichtheit und Ungekünsteltheit. Ni Zao war fest überzeugt, daß diese Schlichtheit typisch chinesisch war. Wer eine fremde Sprache erlernt, wird unbewußt von der Kultur des betreffenden Landes geprägt, diese Erfahrung hatte er selbst gemacht. Außerdem glaubte er, daß es die wichtigste Voraussetzung für die wirkliche Beherrschung einer Sprache sei, diese Sprache als Träger der betreffenden Kultur zu betrachten und nicht lediglich als ein Zeichensystem, das jederzeit gegen das der eigenen Muttersprache ausgetauscht werden könnte.

Fräulein Betty steuerte geradewegs auf Ni Zao zu, zog einen Stuhl heran und setzte sich neben ihn. «Ich habe mich um Informationen über Shi Fugang bemüht», flüsterte sie ihm zu. «Seitdem er aus China zurückgekehrt ist, hat er an dieser Universität hier gelehrt, bis er im November des vergangenen Jahres emeritiert worden ist. Meistens ist er nicht hier, sondern irgendwo in Asien auf Reisen oder auf dem Lande, auf seinem Grundstück. Anscheinend war er vor kurzem noch mit seiner Gattin in China. Zur Zeit sollen sich die beiden in Manila aufhalten. Nach seiner Emeritierung hat der Professor nämlich eine Berufung an die philippinische Universität angenommen...»

«Sie meinen also, daß er oder seine Gattin hier jetzt nicht anzutreffen ist?» Das Wort «Gattin» hatte Ni Zao so lange nicht im Munde geführt, daß es ihm jetzt ein bißchen merkwürdig vorkam.

Draußen hatte es sachte zu regnen begonnen. Blätter und Zweige erzitterten, und die Autos auf der Straße zogen eine Spur von Wasserspritzern hinter sich her. Die Fenster waren so schalldicht, daß der Regen im Raum nicht zu hören war. So wirkte alles wie ein Gemälde.

Fernes Gebirge leuchtet im Licht
nah bei des Wassers schweigendem Lauf.
Der Lenz vergeht, doch die Blüten nicht.
Naht ein Mensch, fliegt kein Vogel hier auf.

Das war ein Rätsel, das ihm seine Tante, als er noch ein Kind war, beigebracht hatte, und dessen Lösung eben «Gemälde» lautete. Hier flogen die Vögel tatsächlich nicht vor den Menschen weg, weil diese ihnen nichts zuleide taten. Warum schenken wir in China dem Schutz der Vögel so wenig Beachtung? Auch Gesetze richten da nichts aus.

Manche Menschen müssen partout den Vögeln nachstellen. Sie nutzen jede Gelegenheit, anderen Lebewesen zu schaden, und sie selbst werden oft...

«Ja, hier treffen Sie nur auf ein leeres Haus. Sicher sind Sie nun traurig, daß Sie Ihren alten Freund nicht sehen können», sagte die verständnisvolle Betty mit resignierter Miene.

«Es hat wohl nicht sein sollen», erwiderte Ni Zao seufzend, er hätte selbst nicht sagen können, ob erleichtert oder betrübt. Zhao Weitu lächelte ihm zu.

Die Beratung war zu Ende, und man schickte sich an, aufzubrechen. Dr. Zhao kam zu Ni Zao herüber, beugte sich ein wenig vor und sagte: «Sie wollten Shi Fugang oder seine Gattin besuchen?»

«Ja. Kennen Sie sie denn?» entgegnete Ni Zao erstaunt.

«Oh ja, außerordentlich gut!» Die übertrieben emphatische Art, wie er die beiden Worte «außerordentlich gut» aussprach, erinnerten Ni Zao an das Pathos chinesischer Schauspieler vor 1949 oder auch ein wenig – nein, so sprach heute auf dem chinesischen Festland eindeutig kein Mensch mehr. «Nach meinen neuesten Informationen ist Frau Shi gestern abend bereits zurückgekehrt.» Bei diesen Worten nickte er zu Fräulein Betty hinüber, als wolle er sich entschuldigen, daß seine Informationen nicht mit ihren übereinstimmten.

«Na, fabelhaft! Dann könnten Sie vielleicht Herrn Ni behilflich sein, mit Frau Shi zusammenzukommen?» sagte Fräulein Betty schalkhaft.

Nach dem ursprünglichen Plan sollte die Delegation jetzt ins Hotel zurückfahren und dort um 18.30 Uhr mit einer alten Dame zu Abend essen, die in ihrer Jugend einen radikal gesinnten chinesischen Auslandstudenten geheiratet hatte, später mit ihm nach China gegangen war und sich dort in der revolutionären Bewegung engagiert hatte. Gemeinsam waren sie nach Yan'an gegangen, gemeinsam hatten sie 1949 auch die Befreiung erlebt. Sie hatte die chinesische Staatsangehörigkeit angenommen und galt in China als prominente Kämpferin der Revolution. Jetzt, alt und kränklich, hatte sie sich wieder in ihr Heimatland begeben, um sich ärztlich behandeln zu lassen und dort ihren Lebensabend zu verbringen. Aber China war ihre große Liebe geblieben. Nach dem Essen, um 20.30 Uhr, sollte es dann ins Theater gehen, wo eine klassische Oper gespielt wurde. Was den folgenden Tag betraf, war das Programm eher noch voller.

«Verzichten Sie doch auf das Abendessen mit der alten Dame. Wir könnten schnell etwas essen und danach zu Frau Shi fahren. Vor halb neun würde ich Sie dann in die Oper bringen. Auf diese Weise habe ich auch gleich noch Gelegenheit, mich mit Ihnen zu unterhalten», schlug Dr. Zhao vor.

«Ja, so ist es gut!» Noch ehe Ni Zao selbst etwas sagen konnte, hatten die Genossen seiner Delegation schon zugestimmt. Ni Zao tat es zwar leid, jene alte Dame nicht kennenzulernen, aber andererseits war er froh, sich ein wenig entspannen zu können. Außerdem hatte er das Gefühl, daß Zhao Weitu ihm noch etwas sagen wollte.

Zhao Weitu fühlte sich anscheinend durch die Annahme seines Vorschlags ermutigt. Er wurde richtig lebhaft, zog einen winzigen Taschenrechner aus der Tasche, drückte einige Tasten, und auf dem Display erschien die private Telefonnummer von Wolfgang Strauß (dessen chinesischer Name Shi Fugang war). Dann griff er zum Telefonhörer, tippte die Nummer und begann nach einem Moment des Wartens lebhaft zu reden: «Frau Shi? Sie sind sicher noch müde von der Reise!... Wer spricht? Sagen Sie bloß, Sie haben es nicht gemerkt! Bestimmt haben Sie noch den Fluglärm im Ohr – ich bin Zhao Weitu...»

Zhao Weitus Tonfall und Redeweise, sein Gesichtsausdruck hatten irgendwie überhaupt nichts zu tun mit dem europäischen Boden unter ihren Füßen, mit der Stadt H., mit der gegenwärtigen Staatsangehörigkeit von Frau Shi und dem rein europäischen Blut von Herrn «Shi». Aus dem Hörer ertönte klar und deutlich die Stimme von Frau Shi – eindeutig Peking-Dialekt, und zwar alter Peking-Dialekt, wie er vor der Befreiung 1949 gesprochen wurde: «Also woher weißt du Schlaukopf denn schon wieder, daß ich zurück bin?» Für einen Moment vergaß Ni Zao völlig, wo er sich befand – er fühlte sich in eine Telefonzelle irgendwo in der Gegend des Pekinger Dongsi-Basars am Tempel des Üppigen Glücks versetzt.

«Ein Bekannter aus Peking, sein Vater ist ein alter Freund von Herrn Shi... Raten Sie!... Was? Sie raten's nicht, er heißt Ni, Genosse Ni Zao. Na?»

Kurzes Schweigen. Ni Zao war das etwas peinlich, und er begann sich sogar zu fragen, ob es vernünftig und notwendig oder nicht vielmehr absurd und dumm sei, aus weiter Ferne daherzukommen und sich nach diesen beiden Leuten zu erkundigen und obendrein heute abend, getrennt von der Delegation, eigene Wege zu gehen.

Zhao Weitu hielt den Hörer zu und fragte ihn in ausgesucht höflichem Ton: «Frau Shi fragt, ob Ihr Herr Vater vielleicht Ni Wuchen...»

«Ja, er heißt Ni Wucheng, nicht Wuchen, sondern Wucheng.»

«Genau, genau, er ist der Sohn von Herrn Ni Wucheng», plapperte Zhao Weitu eifrig in den Hörer. «Und nun ist er von weit her extra gekommen, um Sie zu besuchen... Nein, kein Essen! Wir haben hier etwas vorbereitet... Ja, vor acht Uhr muß er schon wieder weg, um halb neun hat er noch eine Verabredung... Schön, wir sind dann um 19.20 Uhr bei Ihnen und bleiben vierzig Minuten... Bewirten? Sie sind doch gerade erst von der Reise zurück. Womit wollen Sie uns denn bewirten? Haben Sie vielleicht eine Mangofrucht von den Philippinen mitgebracht?... Also dann bleibt's bei einer Tasse Tee ohne alles!»

Immer noch kichernd legte Zhao Weitu den Hörer auf, verließ mit Ni Zao im Schlepptau den Konferenzraum und betrat den Lift. «Wir haben nicht viel Zeit. Hier in der Nähe ist ein italienisches Restaurant. Mögen Sie?... Schön! Ich finde es gut, wenn jemand für Neues aufgeschlossen ist.»

Sie verließen den Lift. Neben der Eingangstür stand ein Schreibtisch mit einer Lampe, in deren warmem Licht ein weibliches Wesen mit gesenktem Kopf beide Hände über das Tastenfeld einer Schreibmaschine tanzen ließ, als spiele sie Klavier. Zhao Weitu hielt die Glastür auf, kam dann hinter Ni Zao ebenfalls heraus und ging beschwingten Schrittes zu den Autos, die am Straßenrand abgestellt waren. Ni Zao stieg sofort die frische, regenfeuchte Luft in die Nase. Es war, als ob die Blätter sich im Regen aufgelöst hätten und nun einen zarten Duft verströmten. Feiner Regen streichelte das Gesicht wie eine kühle Liebkosung. Ein plötzlicher Windstoß ließ ihn erschaudern. Zwar war Sommer, aber hier (Ni Zao hatte vor Antritt seiner Reise mehr als einmal die Landkarte studiert) befand er sich auf fast demselben Breitengrad, auf dem die nördlichste chinesische Stadt, Mohe in der Provinz Heilongjiang, liegt, und so kam es ihm – noch dazu bei diesem regnerischen Wetter – doch eher wie Frühling vor. Vielleicht sogar wie Vorfrühling, wo ja oftmals frühe Wärme von jähen Kälteeinbrüchen abgelöst wird.

Zhao Weitu stand neben einem Auto, das im Regen knallrot leuchtete und auf dessen Dach einige regennasse Ahornblätter lagen. Er schloß erst die rechte Tür auf und bat Ni Zao, einzusteigen. Dann ging er rasch um das Auto herum auf die linke Seite, öffnete die Tür und setzte sich auf den Fahrersitz. Während er startete, sagte er mit einem Seufzer: «Ach, ich habe Ihnen so viel zu sagen, so viel... Aber ich weiß nicht, wie ich anfangen soll.»

Der Wagen bog auf die Straße ein, wendete und brauste los. Im Innenspiegel konnte Ni Zao Zhao Weitus verdüstertes, etwas ratloses Gesicht sehen. «Sie sind...», fragte er tastend und in einem Ton, aus dem Anteilnahme und Interesse sprachen.

«Vielleicht müßte ich erschossen werden», stieß Zhao Weitu plötzlich hervor. Dabei hatte er die rechte Hand vom Lenkrad gelöst und eine wegwerfende Bewegung gemacht. Mit leiser Stimme fuhr er fort: «Ich bin 1967 vom chinesischen Festland geflohen.Ich war damals Funktionär... Bitte verzeihen Sie mir, das interessiert Sie vielleicht gar nicht.»

«Aber doch, reden Sie nur. Das heißt, wenn Sie möchten.» Neben der Straße tauchte ein einzeln stehendes, tabakfarbenes Holzhaus auf, dessen in der Abenddämmerung schwach leuchtende Neonreklame ein italienisches Restaurant verhieß. Sie parkten, stiegen aus, stießen die Tür auf und waren sofort von kräftigem Käsegeruch umhüllt. Zhao Weitu ging zu der hell erleuchteten Theke, bestellte und bezahlte gleich. Es war das erste Mal, daß Ni Zao im Ausland in einem Restaurant war, wo wie in China erst bezahlt und dann gegessen wurde. Über knarrende Holzstufen gelangten sie in die niedrige Gaststube, wo es dunkel und warm war. In dem Raum standen zahlreiche prachtvolle Zimmerpflanzen mit riesigen, seltsam geformten Blättern, und an den Wänden rankten Schlingpflanzen. Da der Fußboden an manchen Stellen durch Podeste erhöht, an anderen wieder abgesenkt war, konnten die Gäste nach Belieben im «Gelände» einen zusagenden Platz wählen. Gäste gab es jedoch nur wenige. Sie entschieden sich für einen kleinen Tisch. Undeutlich war Rockmusik zu hören, ein Lied, das aus voller Kehle hätte gesungen werden müssen, so aber eher wie ein lahmer Trauergesang wirkte. Es hörte sich an, als schmettere ein Chor von stockheiseren Kehlkopfpatienten aus Leibeskräften ein Lied, das weder die Luft noch gar das Trommelfell erzittern ließ, aber Ni Zao eigentlich ganz gut gefiel.

«Bitte nehmen Sie Platz. Ich hole uns etwas zu trinken», sagte Zhao Weitu.

Jetzt erst bemerkte Ni Zao, daß sich in einer Ecke des Raums eine kleine Bar befand. «Lassen Sie mich gehen», sagte er und stand auf.

«Nein, ich mache das schon, ist doch klar... Bier, ja? Zu Pizza paßt Bier am besten. Oder vielleicht etwas Stärkeres?»

«Nun... vielleicht einen kleinen Whisky?»

«Schön!» Zhao Weitus Augen blitzten. «On the rocks?... Kein Eis? So ist es richtig.» Er ging zur Theke und kam beschwingten Schrittes zurück, das Bier, ein Glas Whisky und ein Glas Wodka, das er für sich bestellt hatte, geschickt balancierend.

«Auf Ihre Gesundheit!»

«Auf Ihr Wohl!»

Sie erhoben die Gläser.

«Oh, ich muß mich erst richtig vorstellen. Eigentlich kenne ich Sie schon lange. Mein älterer Bruder ist nämlich Ihr Kommilitone gewesen.»

«Wie heißt er denn?»

«Zhao Weida.»

«Was? Du bist der Bruder von Zhao Weida? Du bist...» Ni Zao war unwillkürlich vom höflichen «Sie» zum «Du» übergegangen.

«So ist es. Ich bin Zhao Weishi.»

«Weishi? Aber auf Ihrer Visitenkarte...»

«An mir ist nichts Großartiges», erwiderte Zhao Weitu mit einem bitteren Lachen, dem sogleich ein verschmitztes Zwinkern folgte. «Als ich damals fortging, war ich mit einem Mal sozusagen ein herrenloser Hund – da habe ich statt des ursprünglichen Zeichens ‹Wei› in meinem Vornamen ein anderes, gleichlautendes Schriftzeichen genommen, eben ‹winzig› statt ‹großartig›. Und das Schriftzeichen ‹shi› habe ich einfach ein bißchen anders geschrieben. Sie wissen ja, wenn man den unteren Querstrich verlängert, wird aus der ‹geachteten Persönlichkeit› eine schlichte ‹Erde›, ‹tu›, und so lautet mein Vorname nun ‹winziges Staubkorn› – o.k.?»

«Ach, hier in Europa sagt man auch o.k.?» Ni Zao lächelte.

«So ist es. Die Amerikaner denken, sie sind die Größten in der Welt. Wir haben das akzeptiert, und nun ist eben alles o.k. Das wissen Sie doch: Alle in unserer Familie sind Parteimitglieder, Revolutionäre – ich bin das einzige schwarze Schaf.» Er hielt einen Moment inne und sah Ni Zao ins Gesicht. Der aber reagierte gelassen, seine lächelnde Miene zeigte keinerlei Veränderung. «Ich habe ursprünglich in einer Dienststelle gearbeitet, die mit Auslandbeziehungen zu tun hat. Ich hatte Französisch und als zweite Fremdsprache Russisch studiert. Im Zuge der ‹Bewegung zur Klärung politischer, ökonomischer, organisatorischer und ideologischer Fragen› wurde ich 1964 strafversetzt – ins Qilian-Gebirge. Ich war unglücklich und konnte mich mit allem Möglichen einfach nicht abfinden. Als 1966 die Kulturrevolution begann, wurden nacheinander meine Eltern, meine ältere Schwester und deren Mann sowie meine beiden älteren Brüder mit ihren Frauen als verkappte Konterrevolutionäre ‹entlarvt›. Es hieß, alle in unserer Familie seien Spione, wir seien ein regelrechtes Agentennest... Und da... bin ich fortgegangen.»

«Wie denn, fortgegangen?»

«Ich habe einen Paß gefälscht... Ach, Sie ahnen ja nicht, was ich nach meiner Flucht durchgemacht habe. Oft war ich nahe daran, Selbstmord zu begehen. Aber meine Schuld läßt sich nicht einfach durch den Tod sühnen... Trotzdem bitte ich Sie zu verstehen: Ich bin zwar geflohen und habe vielleicht damit ein Verbrechen begangen; Paßfälschung und eben Flucht... aber sonst habe ich nichts getan, was unserem Vaterland geschadet hätte. Schließlich gehöre ich trotz allem zu der Generation, die von Mao Zedong erzogen worden ist. Es gab da bestimmte antikommunistische Elemente, unter ihnen auch so ein paar Burschen, die von Taiwan gesteuert wurden. Die haben geglaubt, die Kommunistische Partei müßte mir zutiefst verhaßt sein, und haben mich zu ihren Treffen eingeladen. Ich habe mich mit ihnen gestritten, bin sogar handgreiflich geworden und deswegen von der Polizei festgenommen worden.»

Ni Zao nickte und lächelte ihm abermals zu. Er meinte, etwas sagen zu müssen. «Das ist ja nun alles Vergangenheit. Die Kulturrevolution hatte ja alles ins Chaos gestürzt. Sie sind noch jung und gesund, haben Ihren Doktor gemacht...»

«Ich scheiß auf den Doktor!» Zhao Weitu war plötzlich rot im Gesicht.

Die Pizza – leuchtend roter Tomatenbelag mit Käse bestreut – wurde aufgetragen. Zhao Weitu beachtete sein Essen überhaupt nicht. Aus seinen Augen rannen Tränen, und er blickte Ni Zao erwartungsvoll an.

In diesem Augenblick hatte Ni Zao ein Gefühl von Macht. Ihm war plötzlich bewußt, daß Zhao Weitu, wenn er jetzt auf seinen Spruch wartete, ihn gewissermaßen zum Vertreter der höchsten Autorität erhob. «Das Leben ist immer lang genug», sagte er, «um zu zeigen, was in einem steckt. China ist jetzt ganz anders. Ich wünschte nur, du könntest dir mal mit eigenen Augen ansehen, was sich da alles verändert hat. Ein echter Patriot kann überall etwas Nützliches für sein Vaterland leisten.»

Mit Tränen in den Augen trank Zhao Weitu ihm zu und

wechselte dann, nachdem er seine Fassung wiedergewonnen hatte, das Thema: «Shi Fugang und Ihr Vater...?»

«Ach so. Ja, als ich noch ganz klein war...» Und Ni Zao erzählte Zhao Weitu, wie seine Familie mit Shi Fugang zusammenhing.

Zhao nickte gedankenverloren, wie so oft die Gesichter von Erzähler und Zuhörer einen gedankenverlorenen Ausdruck annehmen, wenn die Rede auf Geschichten aus der tiefen Vergangenheit kommt.

Als sie ihre Mahlzeit beendet hatten, kamen nacheinander vier oder fünf Paare in die Gaststätte, alle nicht mehr jung, alle sehr korrekt gekleidet. Sie unterhielten sich leise und langsam und bewegten sich auf den blanken Dielen fast geräuschlos.

«Hier ißt man ziemlich spät zu Abend, oft erst gegen einundzwanzig Uhr. Das sind praktisch die ersten Gäste», erklärte Zhao Weitu.

Ni Zao nickte. Mit der zunehmenden Zahl der Gäste hatte anscheinend auch die Lautstärke der Rockmusik etwas zugenommen, als ob die Sänger mit einem wehmütigen Lächeln näher an sie herangerückt wären. In diesen heiseren, drängenden, an Schreie erinnernden Gesängen äußerte sich ungebärdig und auch irgendwie freudig die bleierne Traurigkeit der Sänger. In diesem Augenblick begann eine Saite in Ni Zao zu vibrieren, deren Klang sich im Ungewissen verlor. Eine Saite, die China und das Ausland, Leben und Seelen miteinander verband. Niemals hätte er gedacht, daß aus den rauhen, verzweifelten und doch von jugendfrischer Leidenschaft erfüllten Liedern, aus diesen schrillen, mit verworrenen Geräuschen gemischten rhythmischen Klängen so viel erschütternde Ehrlichkeit sprechen könnte. Tränen schossen ihm in die Augen, er fühlte sich dem Ersticken nahe, und die abgedunkelten Lampen in dem weitläufigen Restaurant begannen, sich um ihn zu drehen. Er mußte an die Schaukel in seiner Kindheit denken. «Mir gefällt dieses Restaurant, wirklich sehr nett hier.» Mit diesen Worten wollte er Zhao Weitu für die Einladung zum Essen danken und zugleich sich selbst wieder beruhigen.

Zhao Weitu lächelte sein liebenswürdiges und melancholisches Lächeln. «Je öfter ich in solchen Gaststätten bin, desto fremder fühle ich mich – diese Musik, diese Ausstattung, diese Speisen, ja, und diese Sprache... Heute ist eine Ausnahme. Weil Sie hier sind, Genosse Ni Zao.» Er lachte auf, sei es, daß er wirklich scherzte, sei es, daß er auf diese Weise eine tiefere Bewegung überspielen wollte.

«Vielleicht sollten wir jetzt gehen?» Ni Zao machte Anstalten aufzustehen.

Zhao Weitu sah auf die Uhr und sagte mit seinem Lächeln, in dem sich eine gewisse Verlegenheit mit weltmännisch liebenswürdiger Gewandtheit und einem Hauch Zynismus mischten: «Ich bin noch nicht ganz fertig. Entschuldigen Sie bitte!» Er strich sich das Haar aus der Stirn und schaute zur Decke. Jetzt wirkte er beinahe arrogant. «Wenn ich mich als Patriot gebe, scheint das vielleicht ein bißchen lächerlich, haha... Ich möchte Ihnen nur sagen, Sie dürfen nicht alles glauben, was die sagen.» Plötzlich senkte er den Kopf und beugte sich so weit vor, daß er mit dem Stuhl nach vorn kippelte. Bei dem Wort «die» hatte er mit Zeige- und Mittelfinger der linken Hand einen Kreis in der Luft gemalt, als wolle er die anwesenden Gäste anprangern. Ganz dicht zu Ni Zao hinübergebeugt, das Kinn auf die Fäuste gestützt, die Augen voller Tränen, sagte er: «Die verachten die Chinesen. Sie wissen ja nicht, mit welchen Ausdrücken über China hergezogen wird. Hätten Sie es gehört, wären Sie mit Fäusten auf sie losgegangen. Professor Shi Fugang ist natürlich nicht so einer. Er liebt China, liebt es über alles... Wann bloß wird es mit unserem China ein bißchen vorangehen? Wann endlich werden wir so, wie wir eigentlich sein müßten? Wann endlich werden wir aufhören, vor uns selbst und anderen den großen Mann zu spielen? Entschuldigen Sie...»

Ni Zao war rot geworden. Sein Herz hämmerte. Es war ja nicht so, daß er daheim keine um Volk und Vaterland besorgten, oft leidenschaftlich erregten und manchmal recht einseitigen und unausgewogenen Stimmen gehört hätte. Und es war auch durchaus positiv zu werten, daß die Leute es wagten, ihrem Unmut Luft zu machen. Aber hier, auf fremdem Boden, war er von jedem kritischen Wort über China durch und durch erschüttert. Brennenden Herzens nickte er, voller Verständnis.

«Gehen wir.» Zhao Weitu erhob sich behutsam.

Das also bedeutete es, im Ausland zu sein: Plötzlich war man losgelöst von seiner eigenen Welt, wie ein Fisch, der vorher niemals das Wasser verlassen hat. Allerdings, zu vertrocknen brauchte er nicht, denn es gab ja auch andersartige Feuchtigkeit, so daß er von seinem vertrauten Medium zwar abgeschnitten, aber doch nach wie vor mit ihm verbunden war. Man konnte sozusagen über den Dingen schwebend von einer höheren Warte aus zurückschauen, sich selbst, die eigene Geschichte und das eigene Land aus der Vogelperspektive betrachten. Dennoch war man nicht losgelöst, spürte erst recht, wie sehr man verwurzelt war. Heimweh und Sehnsucht brannten wie Feuer.

Ni Zao und Zhao Weitu verließen das italienische Restaurant auf leisen Sohlen, als fürchteten sie, die zarte Zuneigung, von der sie erfüllt waren, zu zertreten. Die stark geschminkte, goldblonde Kassiererin bedankte sich bei ihnen und sagte auf Wiedersehen. Zhao Weitu erwiderte ihren Gruß, aber Ni Zao war so tief in Gedanken versunken, daß er nicht gleich reagierte, und als ihm einfiel, daß er ihr zumindest hätte zunicken sollen, war er bereits an der Tür angelangt.

Alles Momentsache! Er lachte bitter auf.

Zhao Weitus altmodisches rotes Auto fuhr siebzehn Minuten durch den Regen. Dies war zwar ein Vorort, dennoch blitzten immer wieder die Leuchtreklamen von Geschäften zu beiden Seiten der Straße auf. Durch den Regenschleier fiel ihr vielfarbiges Licht auf die Netzhaut des vorübersausenden Ni Zao, der dadurch an die abstrakten Gemälde erinnert wurde, die er hier gesehen hatte. Die unwirklich wirren, farbigen Punkte, Linien und Streifen, die einem vor den Augen verschwammen, waren also doch nicht ohne Vorbild in der Realität. Er zündete sich eine Zigarette an.

Er lauschte dem schwappenden Geräusch der rollenden Räder, dem bald stärkeren, bald schwächeren Plätschern des Regens, dem klatschenden Schwall hochspritzenden Pfützenwassers und dem dumpfen Tuckern des Motors. Er dachte, wieviel Dringlichkeit, Vergnügen, auch Stolz doch aus diesem pfeilschnellen Dahinjagen sprachen, und spürte zugleich eine Ahnung von einem Hauch Selbstironie, ja Trauer, die sich ebenfalls hinter dieser angespannten Art der Vorwärtsbewegung verbargen. Da befand er sich plötzlich in diesem fremden Land, lernte diesen Herrn Staubkörnchen kennen, der ihm gleich bei der ersten Begegnung sein Herz ausschüttete, eilte dann unverzüglich weiter zu einer wildfremden Frau Shi... Warum nur gibt es im Leben eines Menschen so viel Unvorhergesehenes, Unvorhersehbares?

Er dachte an die Heimat, an seine Reisen durch die weiten Hochebenen und öden Wüsten des Vaterlandes, an den «breiten Strom im Licht der sinkenden Sonne und den einsamen Rauch in der endlosen Steppe», wie es im Gedicht heißt. Damals hatte er auf der Ladefläche eines großen Lastwagens gestanden, den Wind im Gesicht, stark und frei. Und Sand hatte zwischen den Zähnen geknirscht.

Er dachte an seine Ankunft auf dem Flughafen F. Überall auf dem Flughafen standen, bis an die Zähne bewaffnet wie in Erwartung eines nahenden Feindes, junge Polizisten, blondhaarig und blauäugig, in der linken Hand ein Funksprechgerät, die rechte Hand am Lauf des Gewehrs, bereit, sich in Sekundenschnelle wie wilde Tiger auf ihr Opfer zu stürzen. Jedoch kaum war er durch Paßkontrolle und Zoll gegangen, tat sich vor seinen staunenden Augen eine grellbunte Welt auf. Schon auf dem Flugplatz war er geblendet von den Schaufenstern der Geschäfte, den Werbeplakaten und Ladenschildern, den auch am hellen Tag schon strahlenden Lampen, den sinnenverwirrenden Farben, Linien und Posen der offenbar unentbehrlichen Fotomodelle...

Er dachte an die zurückliegenden Tage mit ihren hektischen Besuchen und Reisen, an die vielen Starts und Landungen, an all die Autos, in die er eingestiegen und aus denen er ausgestiegen war, an die Zimmerschlüssel, die er in den Hotels entgegengenommen und wieder abgegeben hatte, an die Visitenkarten und Vorstellungen, an das hohle Geschwätz, die Phrasen und Komplimente, an die oberflächlichen Gespräche über existentielle Fragen, an diese ungeheuer angespannte Aktivität, die dennoch ein Gefühl großer Frustration hinterließ. Seit er in die Welt hinausgegangen, seitdem er im Ausland war, fühlte er sich einsam wie kaum je zuvor. China, unser gewaltiges China – wann wirst du endlich zu den entwickelten Ländern dieser Welt aufschließen? In dieser Frage lag eine ernste Bitterkeit, die ihm eine heimliche Träne zu entlocken vermochte.

Er dachte daran, wieviel Arbeit er jetzt versäumte. Zu Hause brachte jede Stunde Arbeitszeit ihr Ergebnis. Seine Abhandlung über den Wenzhou-Dialekt würde er von Anfang bis Ende noch einmal genau durchsehen müssen. Aus dem ziemlich kleinkarierten Expertendisput zwischen den beiden altgedienten Koryphäen im Institut würde er sich kaum heraushalten können, doch fand er sich darauf noch nicht gut genug vorbereitet: In einer Diskussion mit Professor Sakata von der Universität Kyoto hatte er sich regelrecht durcheinanderbringen lassen. Noch sieben Tage. Dann ging es zurück, und nach sechzehnstündigem Flug, einschließlich der Zwischenlandung im Mittleren Osten, würde er wieder in Peking sein.

Er dachte an Shi Fugang. Als kleiner Junge war er auf dessen Arm durch den Hintereingang in den Beihai-Park eingezogen. Doch das war längst verflossene, längst schon tief begrabene Vergangenheit, eine Vergangenheit, die mit dem heutigen Ni Zao anscheinend überhaupt nichts mehr zu tun hatte. In diese Stadt H. zu kommen und dieses Stück Vergangenheit, das für ihn von keinerlei nennenswerter Bedeutung war, wieder aufzurühren, das kam ihm nun ein wenig lächerlich, ja sinnlos vor. Wen suchte er denn eigentlich? Oder was?

Die Bremsen quietschten. Zhao Weitu, die Hände am Lenkrad, hatte seine distinguierte Haltung mit dem leichten selbstironischen Lächeln um die Mundwinkel wiedergefunden. Mit einer auffordernden Bewegung der rechten Hand erklärte er: «Da wären wir.»

Als Ni Zao ausstieg, ließ ihn ein regenkühler Windstoß erschaudern. Er hätte nicht vermutet, daß nach zwei Stunden Regen die Temperatur so stark gesunken sein würde. Im Auto hatte ihn noch die orangefarbene Wärme des italienischen Restaurants eingehüllt.

Mit raschen Schritten ging er hinter Zhao Weitu her zu einem vierstöckigen Mietshaus, wo sie unter dem Dach über der Eingangstür Schutz vor Regen suchten. Eine hinter dichtem Laub verborgene Straßenlaterne streute Licht über sie aus. Von den Bäumen, die gegen das Licht pechschwarz erschienen, tropften winzige Wasserperlen. Die Bäume schwankten ganz leicht, sie wirkten vornehm und zurückhaltend, dabei auch trübsinnig und resigniert. Das Haus, in dem Frau Shi wohnte, hatte eine Tür aus Holz, die mit einem lederartigen Schutzüberzug versehen war und ein Tigermuster aufwies. Einige Fenster waren erleuchtet, so daß man die prachtvollen Gardinen sehen konnte und, undeutlich, auch die Kletterpflanzen an der Hauswand neben den Fenstern. Neben dem Haus waren fünf Autos geparkt, die vom Regen abgebraust wurden und auf denen ein paar von Wind und Regen gelöste Blätter lagen. Die Szene war bald von den Scheinwerfern der auf der nahen Hauptstraße vorbeifahrenden Autos in helles Licht getaucht, bald in um so tiefere Finsternis gehüllt. Wirklich eine ruhige Wohngegend, dachte Ni Zao, wärend er abermals vor Kälte erschauderte.

Links neben der Tür befand sich ein schwach leuchtendes Lämpchen, unter dem eine Reihe beschrifteter Metallschilder und einige Knöpfe angeordnet waren. Zhao Weitu drückte nach einem prüfenden Blick auf die Schilder den vierten Knopf. Ni Zao fuhr zusammen, als dicht neben seinem Ohr die Stimme einer alten Frau fragte: «Zhao Weitu, bist du's?» Sie sprach reinsten Peking-Dialekt, ein wenig durch die Nase, und man konnte sie atmen hören.

«Ja, wir sind da – Herr Ni und ich», antwortete Zhao Weitu eilig.

Da schnarrte es, und die Tür öffnete sich «von selbst».

Jetzt erst merkte Ni Zao, daß sich neben der Tür eine Wechselsprechanlage befand.

Kaum waren sie eingetreten, fiel die Tür mit einem fauchenden Geräusch hinter ihnen wieder ins Schloß.

Zhao Weitu ließ Ni Zao mit einer höflichen Handbewegung den Vortritt. «Wir müssen in den vierten Stock», sagte er.

Sie stiegen eine schmale Treppe mit hohen Stufen hinauf. Außer ihren Schritten und ihrem Atmen war kein Geräusch zu hören. Das einzige Licht kam von der trüben Deckenbeleuchtung. Schallisolierung und Lichtabblendung dieser Wohnungen waren wirklich hervorragend. Ni Zao seufzte anerkennend. In seinen Waden verspürte er ein leises Ziehen – keine freie Minute all diese Tage und immer diese innere Spannung, man kam einfach nicht zur Ruhe.

Im vierten Stock war eine Wohnungstür nur angelehnt, und Licht fiel durch den Spalt ins Treppenhaus – Frau Shi erwartete sie also.

«Frau Shi!» rief Zhao Weitu mit munterer Stimme und stieß die Tür auf. Im Flur war niemand. Die beiden warteten einen Moment, so daß Ni Zao Zeit hatte, die an der Stirnwand des Flurs hängende kleine Holztafel zu betrachten, auf der in vornehmem Grün auf ockerfarbenem Grund «Kabinett des weiten Blicks» geschrieben stand. Unter dieser Tafel hing eine gerahmte Kalligraphie – ein einziges, schwungvoll geschriebenes Schriftzeichen, das er bei näherem Hinsehen als das Zeichen für «einfältig» identifizierte. Rechts und links davon hingen zwei auf Seide aufgezogene Sinnsprüche: «Bleib stets unbefleckt wie reine Jade» und «Gutes zu tun ist verdienstvoller, als seinen Nachkommen Reichtümer zu hinterlassen».

Ni Zao glaubte seinen Augen nicht zu trauen – wo war er denn hier? Welches Jahr schrieb man eigentlich?

In diesem Moment kam eine dicke, alte Frau hereingehumpelt – eine hundertprozentige Chinesin. Sie trug einen purpurroten chinesischen Hausanzug und bestickte Seidenpantoffeln. Über das ganze Gesicht strahlend, die Wangen schon ein wenig schlaff, wirkte sie liebenswürdig und umgänglich. Nur die drei unterschiedlich tiefen Längsfalten zwischen ihren Augenbrauen ließen einen zweifeln, daß sie wirklich gar so gutmütig war. Frau Shi begrüßte die beiden gebührend, wobei sie Ni Zao ein wenig fragend ansah.

«Mein Vater hat mich beauftragt, Sie aufzusuchen. Ich habe einen Brief von ihm mitgebracht und eine Kleinigkeit, die er mir für Sie und Onkel Shi Fugang mitgegeben hat.» Angesichts des Zweifels in Frau Shis Augen fühlte sich Ni Zao bemüßigt, diese Erklärung abzugeben.

«Aber treten Sie doch näher. Bitte!» sagte Frau Shi nickend. «Ich hätte nicht gedacht, Sie hier zu sehen. Bin gestern erst wieder heimgekommen, mein Mann ist noch in Manila geblieben.»

Ni Zao betrat ein geräumiges, ebenfalls nur schwach erleuchtetes Wohnzimmer. Nachdem sie ein paar Höflichkeiten ausgetauscht hatten, humpelte sie hinaus, um Tee für ihre Gäste zu holen. Ni Zao sah sich in aller Ruhe im Raum um.

Er konnte sich überhaupt nicht vorstellen, daß dies das Wohnzimmer eines Europäers sein sollte. Ihm gegenüber hing eine Kalligraphie von Kong Lingyi, dem soundsovielten Nachfahren von Konfuzius: «Die höchste Tugend ist, ertragen zu können.» Das Bild von Qi Baishi daneben kam ihm bekannt vor: kleine Kaulquappen in einem Gebirgsbächlein. Neben einem weiteren Tuschbild, einer Landschaft, auf der er den Namen des Künstlers nicht entziffern konnte, stand auf einem schwarzen Holztischchen in einem Blumentopf eine Orchidee. Nun richtete er seinen Blick nach rechts zur Türwand und – war starr vor Staunen. Er glaubte seinen Augen nicht zu trauen, denn dort hing eine von rechts nach links geschriebene Kalligraphie, eine Abreibung einer in Stein gemeißelten alten Inschrift: «Rare Gabe Torheit».

Sein Herz begann plötzlich zu klopfen – warum nur? Er stand auf, um die Kalligraphie aus der Nähe zu betrachten. Kein Zweifel, er hatte sich nicht getäuscht. Das Zeichen für «rar» war auf ganz besondere Weise geschrieben. Dies war die Handschrift von Zheng Banqiao, unverkennbar in ihrem steilen, kraftvollen Duktus. Auch die unter dem Sinnspruch stehenden kleineren Schriftzeichen waren ihm so vertraut, daß er sie im Schlaf würde hersagen können: «Gescheitheit ist rar, und Torheit ist rar, noch rarer aber der Gescheite, der wieder ein Tor zu sein vermag. – Wer

Großes erstrebt und dafür auch den Schritt zurück nicht scheut, findet leicht zu innerem Frieden und erhofft sich nicht Lohn durch künftiges Glück. Zheng Banqiao.» Damals hatte er noch nicht verstanden, was die Worte, die der große Literat und Maler im 18. Jahrhundert geschrieben hatte, bedeuten sollten. Später dann hatte er sie vergessen.

Doch in diesem Augenblick wurde ihm klar: Vergessen ist nicht möglich, Vergessen ist allzu schwer. Vergessen ist auch kein wirklicher Trost, aber das plötzliche Wiedererwachen längst vergessen geglaubter Erinnerungen verschlägt einem den Atem.

Jenes frühwinterliche Sonnenlicht, der Hof voller welkem Herbstlaub, die blitzenden Fensterscheiben, die gescheckte alte Katze, die mit einem Satz aufs Dach springen konnte, der Straßenhändler, der sein Lotoswurzelmehl ausrief, der knarrende Wasserwagen, die an den Kanten beschädigten Steinstufen, der Vater in seinem europäischen Anzug, das eiserne Schloß an der Tür, die Kalligraphie mit dem seltsam geschriebenen Zeichen, die Glasscherben überall, jener ihm bis heute unerklärliche wilde Haß und jenes Lied, das aus der goldenen Kehle des berühmten Zhou Xuan strömte und das um so kläglicher und hilfloser klang, je reiner und süßer es gesungen wurde...

Der Tee war nicht frisch gebrüht und auch nicht mehr sehr heiß. Frau Shi brachte einen Teller mit Gebäck. Er nahm ein Biskuit, das sehr gut schmeckte.

«Ich bin letztes Jahr wieder in Peking gewesen», sagte sie. «Meine jüngere Schwester wohnt dort, Beixinqiao-Straße, wissen Sie? Ich verstehe nicht, warum man die schönen Torbögen an der Dongsi- und Xisi-Kreuzung abgerissen hat. Das ist mir richtig nahegegangen. Den Verkehr sollen sie behindert haben? Der Triumphbogen in Paris stört auch den Verkehr, aber dort hat man einfach die Straße verbreitert, so daß die Autos rechts und links vorbeifahren können. Wie lange bleiben Sie in H.? Haben Sie sich an das Essen hier gewöhnt? Da sind Sie besser als ich. Ihr Vater ist nun auch schon alt, natürlich. Und Ihre Mutter? Ach ja, ich habe davon gehört. Sie haben doch eine ältere Schwester, nicht wahr? Aber natürlich habe ich mir das gemerkt! Ich bin herzkrank. Nein, das hat damit nichts zu tun, die Beine sind vom langen Sitzen im Flugzeug geschwollen.»

Sie fuhr fort: «Sie sind auch schon über vierzig? Oh, auch schon! Und wieviel Kinder? Na, das ist schön, da gratuliere ich Ihnen. Ein Sohn muß schon sein – ohne das geht es nicht in China. Wie groß ist denn Ihre Wohnung? Und das reicht aus? Am besten wohnt es sich immer noch in einem richtigen Pekinger Wohnhof, da sind die Häuser zwar nur ebenerdig, aber man kann Blumen pflanzen und Fische züchten und Vögel halten. Und im Sommer hat man Mücken. Was ist daran so komisch? Das haben uns schon unsere Vorväter beigebracht; das ist so ein Trick von uns Chinesen. Man muß ein bißchen was aushalten, ein wenig nachgeben, ein Schrittchen zurücktreten und den anderen vorbeilassen – aus purem Selbsterhaltungstrieb. Mit der Zeit ändert sich nämlich alles, und wenn das Maß der anderen voll und es mit ihnen aus ist, dann ist man selbst immer noch da und hat inzwischen Kräfte gesammelt. Professor Shi und ich sind die ganze Zeit dabei, das zu erforschen. Er bewundert China und die chinesische Kultur. Er sagt immer, das sei die größte, unvergleichlichste Kultur, die man auf der ganzen Welt finden kann, und da ist schon etwas dran. In Singapur und Malaysia oder auf den Philippinen, da gab es ja eine Zeitlang eine Gegenströmung, aber am Ende war dann doch allen klar, daß der Geist der chinesischen Kultur einfach notwendig ist. Man braucht sich gar nicht aufzuregen, vor diesem oder jenem Angst zu haben, auf dieses oder jenes zu schimpfen – China wird in jedem Fall auf seine Weise damit fertig.»

Frau Shi redete und redete. «Europa – was haben die denn hier so Wundervolles? Kühlschränke, Waschmaschinen, Autos, Farbfernseher, Stereoradios und was weiß ich; was schert uns denn das? Ihr in China seid immer unzufrieden, aber ihr wißt ja überhaupt nicht, was wir hier für Schwierigkeiten haben. Allerdings, reden können wir frei heraus! Wenn das nicht wäre, könnte man sich ja gleich den Mund zukleben... oje, mein Bein ist wieder eingeschlafen, oje, oje.»

Als Kind hatte Ni Zao oft Tagträume gehabt. Zum Beispiel, wenn er morgens aufgestanden und zur Schule gegangen war. Einmal hatte er sich ein Stück gebackene Batate gekauft. Während er im kalten Wind daran kaute und sich mit den ausgelassenen Ärmeln seiner wattierten Jacke den Rotz von der Nase wischte, hatte er gedacht: Laufe ich wirklich hier auf dieser Straße? Eben war ich doch noch so müde, habe mich in meine Decke gekuschelt und wollte nicht vom warmen Ofenbett runter. Schnell aus dem Bett, macht reich und fett – findst du nicht raus, kippst den Nachttopf du aus! Aber dieser Spruch erspart das Aufstehen auch nicht. Und wieso bin ich jetzt auf dem Weg zur Schule? Ob es am Ende zwei Ni Zaos gibt? Einen, der gebackene Batate ißt und zur Schule geht, und einen anderen, der noch im warmen Nest schläft? Ich weiß doch ganz genau, daß jener Ni Zao noch so müde ist, daß er überhaupt gar nicht aufgeweckt werden kann – die Augen sind ja noch voller Schlaf...

Während er so vor sich hin sann, war er fast an der Schule angelangt. An der weißen Mauer ein Haufen Leute – was war los? Ach, ein toter Bettler... Er wollte ihn nicht ansehen. Er hatte Angst vor dem Anblick; außerdem würde er zu spät kommen. Irgend jemand hatte den Toten mit einer alten Binsenmatte bedeckt, unter der seine Beine hervorragten. Beide Schuhe klafften vorn weit offen, und die rachitischen Füße sahen aus wie Hühnerkrallen. Plötzlich durchfuhr Ni Zao ein eisiger Schreck: Vielleicht war er selbst dieser Tote!? Woher wußte er, daß er selbst noch am Leben und der Tote jemand anders war? Woher wußte er denn, ob nicht jener Tote in einer anderen Inkarnation weiterlebte? Vielleicht war der Tote ein anderer Ni Zao, und dieser andere Ni Zao ist gestorben. Der andere Ni Zao hatte rachitische Füße und war mit einer Matte bedeckt. Zu dem anderen Ni Zao gehörte eine andere Mama, ein anderer Papa... eine andere Welt. Und wenn der andere Ni Zao tot war, würde die andere Familie gelaufen kommen und jammern: Ach, Jungchen, wie ist denn das bloß passiert? – Alle weinten so herzzerreißend und laut, daß Ni Zao es fast zu hören glaubte. War es so? Während jeden Tag ein lebendiger Ni Zao seinen Verrichtungen nachging, starb im gleichen Augenblick ein anderer Ni Zao... Unter solchen Gedanken war er durch das Schultor getreten, wo an der Tür des Pförtnerhäuschens ein Zettel klebte: ‹Dattelkonfekt, kandierte Aprikosen, Weißdornmusröllchen› – alles Sachen, die die Mädchen gern naschten. Da erst war ihm wieder etwas wohler gewesen.

Jetzt, hier in Europa, im Ausland, in der Stadt H. bei der Gattin von Shi Fugang, unter der Kalligraphie «Rare Gabe Torheit» und neben Zhao Weitu, entdeckte er plötzlich, daß das Vergangene keineswegs verschwunden war. Es war bewahrt in der Wohnung von Frau Shi in H., und es war auch bewahrt in den Herzen der Menschen, die es erlebt hatten. Demnach lebte neben seinem jetzigen Ich noch ein anderes Ich im Vergangenen. Wenn man also in den fünfziger Jahren die vierziger Jahre verabschiedete und dann in den sechziger Jahren die fünfziger Jahre, so war das, als führe man von Shanghai nach Qingdao und von Qingdao nach Yantai. Die Menschen glauben im allgemeinen, Reisen durch den Raum seien umkehrbar, Reisen durch die Zeit jedoch nicht. Heute abend aber hatte er eine erschütternde Erfahrung gemacht: In den achtziger Jahren, auf fremdem Boden, hatte er die längst begrabene Vergangenheit entdeckt.

Erforschung der Vergangenheit?

Eine Verbindung. Wirklich?

2

Das Katzengeschrei hatte die ganze Nacht nicht aufgehört. Am Abend zuvor war mit Einbruch der Dunkelheit plötzlich Welle auf Welle jenes schrillen, verzweifelten, gierigen Kreischens, das einen weniger an Paarung als vielmehr an Duell, Mord und Menschenfresserei denken ließ, über sie hinweggerollt. Jingzhen war vor Schreck ein kleiner Schnapsbecher aus Porzellan aus der Hand gefallen und auf dem Fußboden in tausend Stücke zersprungen.

Jingzhen – jetzt im Hausbuch unter dem Namen «Zhou

geb. Jiang» eingetragen – war mit dem Besen in der Hand hinausgestürzt. Sie schimpfte zur Mauer und zu dem im Licht der Sterne verschwommen erkennbaren irdenen Wasserbottich hinüber, wo sie die Katzen vermutete – «Ksch! Ksch! Verdammte Biester!» –, und stellte sich vor, sie habe eine getigerte Katze mit kugelrundem Bauch und grün leuchtenden Augen erwischt, so einen richtigen Ausbund an Bosheit und Unverschämtheit. Mit jedem Stoß ihres Besens traf sie gleichsam den Bauch dieser teuflischen Katze, bis diese blutüberströmt dalag. Dadurch fühlte sie sich erleichtert.

Langsam ging sie ins Haus zurück. Ihr achtjähriger Neffe Ni Zao und dessen neunjährige Schwester Ni Ping erwarteten mit schreckgeweiteten Augen die Rückkehr der Tante. Frau Zhou geb. Jiang warf einen liebevollen Blick auf die Kinder, lächelte ihnen schwer atmend zu und erklärte: «In letzter Zeit ist ein bißchen viel schiefgegangen. Das haben alles diese verdammten Katzen über uns gebracht. Aber ich krieg das schon hin! Auch mit dieser Pechsträhne muß ich allein fertig werden...» Ni Ping und Ni Zao blinzelten etwas unsicher; so ganz hatten sie die Worte der Tante nicht verstanden. Die fuhr fort: «Schon gut, schon gut. Reden wir nicht davon. Ich bringe euch lieber ein Lied bei.» Dann räusperte sie sich und hustete, spuckte, atmete heftig und hüstelte abermals. Endlich begann sie, Strophe für Strophe zu singen:

Der Wind treibt die Wolken
am Himmel dahin,
die Gräser, sie sind –
lalala, lalading
Der singende Vogel,
der sprechende Baum,
sie schlummern nun beide
im süßen Traum...

Während sie so sang, kribbelte es sie auf einmal in der Nase, und sie nieste mit einem gewaltigen «Hatschi!» Das war schon fast kein Niesen mehr, sondern erinnerte eher an einen Kampf auf Leben und Tod – ihr ganzes Gesicht, ihr ganzer Leib erschauderte und krampfte sich zusammen, was die Kinder so lustig fanden, daß sie laut lachten.

Nachdem die Kinder gegangen waren, ging auch Jingzhen zu Bett und begann dabei unvermittelt, das ‹Lied von der unendlichen Trauer› von Bai Juyi vor sich hin zu sprechen:

Nur die Frauengemächer im Hause der Yang
bargen einst eine Schönheit, so zart und so rein.
Den gewöhnlichen Männern es niemals gelang,
ihre Gunst zu erringen und um sie zu frein.
Doch zuletzt, als der Kaiser fürs Seitengemach
eine Herrin begehrte, da gab sie wohl nach.
Von den Zofen gestützt, sah der Kaiser sie nahn,
war in Liebe entbrannt, da-da-dam, da-da-dam...

Kaum hatte Jingzhen sich hingelegt, vernahm sie abermals wellenförmig an- und abschwellendes Katzengeschrei, gefolgt von prustendem Schnaufen und heiserem Röcheln. Eigentlich wollte sie wieder hinausstürzen, aber Kopf und Glieder waren auf einmal schwer wie Blei. Es schien, als sei sie auf den Brettern ihres Bettkastens festgenagelt, als sei sie nicht mehr Herr ihrer selbst, unfähig, sich von ihrem Lager zu erheben. Wie ging doch das Gedicht weiter? Der Han-Kaiser... Die Konkubine Yang war doch die Geliebte des Tang-Kaisers... Herrje! – Miau! – Verdammte Biester!

Sie wußte selbst nicht, wie lange sie geschlafen hatte. War es eine Stunde gewesen oder nur eine Minute? Jedenfalls war sie inmitten eines wüsten Katzenspektakels mit schreckgeweiteten Augen emporgefahren. Woher bloß all diese Katzen kamen? Ob sie einen Katzenkongreß veranstalteten? Ein langer Ton, ein kurzer Ton, ein hoher Ton, ein tiefer Ton, ein trauriger Ton, ein raunzender Ton – es war, als stürzten sich tausend und abertausend Katzen auf sie und hätten es mit ihren Krallen auf ihr Gesicht und ihr Herz abgesehen.

Ausgerechnet in diesem Moment ertönte über der Zimmerdecke neuer Lärm, ein ohrenbetäubendes Rumpeln, als würden tausende Soldaten zu Pferde vorübertoben. Es waren Mäuse, die sich dort tummelten. Ihr Lärm war noch entnervender als das Katzengeschrei. Man hatte das Gefühl, sie seien zum Greifen nahe, sie seien überall, als trappelten einem lauter Mäuse über Stirn und Schläfen. «Die Mäuse ziehen um», «die Mäuse feiern Hochzeit», das waren doch höchst erfreuliche, festliche Ereignisse – aber nur im Märchen! Jetzt schüttelte es Jingzhen immer wieder vor Ekel, und ihr Rückgrat war gleichsam wie von einer eisigen Teufelsklaue zusammengedrückt. Inmitten des Höllenlärms der Katzen und Mäuse mühte sie sich verzweifelt und kam doch nicht los, bis schließlich jemand – wer eigentlich? – neben ihrem Kissen höhnisch auflachte und ihr dann ins Ohr pustete. Sie schrie laut und riß die Augen auf, das Gesicht tränenüberströmt, der Körper in kalten Schweiß gebadet. Ob ich eben gestorben, zur Hölle gefahren bin...?

Ein Alptraum wahrscheinlich, dreh dich auf die andere Seite, dann geht er vorbei, beruhigte sie sich selbst.

Als sie sich umdrehte, hatte sie das Gefühl, ein weißer Schatten husche vor ihren Augen vorüber, ein ganz schwereloser, einsamer, unergründlicher Schatten. Sie zwang sich zur Konzentration und sprach ein weiteres von ihren Trommelliedern vor sich hin:

Ich vertreib dich, Pirol!
Dein Gesang stört den Traum,
der den Liebsten mich wohl
läßt im Grenzland erschaun.

Jingzhen kannte viele Gedichte, Lieder und Szenen aus Theaterstücken auswendig. Aber zu Hause hatte die Familie die Verse, die sie aufsagte, unterschiedslos immer nur «Jingzhens Trommellieder» genannt, als seien sie alle Balladen entnommen, die man zur Begleitung der großen Trommel singt.

Unter all ihren «Trommelliedern» war dieser Vierzeiler von Jing Changxu Jingzhens geheimer Zauberspruch, den sie wieder und wieder vor sich hin sprach, manchmal lautlos, manchmal im Flüsterton, manchmal langgezogen im heimatlichen Dialekt. «Ich vertreib dich, Pirol!» Diese Zeile allein war so aufwühlend, so abgrundtief traurig, daß sie fieberte wie bei Malaria oder Lungenentzündung und am ganzen Körper unendliche Wärme, unendliche Kälte, unendliche Müdigkeit oder unendliche Leere empfand. Wenn sie dann unter herzzerreißendem Schluchzen, bitterem Lachen oder wehmütigem Lächeln tief nachdenklich «Ich vertreib dich, Pirol!» ein dutzend Mal oder gar noch öfter gesprochen, rezitiert oder gesungen hatte, empfand sie so etwas wie Erlösung, wie Trost. «Dein Gesang stört den Traum» – ach ja, seit Urzeiten war das Schicksal der Frauen nichts als ein oft gestörter, nie zu Ende geträumter Traum. Wie sollten sie da «den Liebsten im Grenzland erschaun»?

Auch in dieser Nacht vertrieb sie den Pirol unzählige Male, bis sie schließlich Katzengeschrei und Mäusegetrappel zerstreut hatte. Nun hörte sie, wie der Wind die Zweige bewegte und Blätter herunterwehte, hörte den schrillen Pfiff einer Lokomotive und gleich danach das erst laute, dann allmählich leiser werdende und schließlich ganz verstummende Rattern der Räder auf den Schienen. Das Merkwürdige war, daß Jingzhen noch nach fünf oder sechs Minuten dieses immer schwächer werdende und dann fast unhörbare Rattern vernahm. Fast, aber doch nicht ganz unhörbar. Wieso war der Zug derartig lang? Wieso hörte der Zug nicht auf zu fahren? Und was waren das für Güter, die man in so einem Zug ohne Ende befördern konnte? Unter solcherlei Gedanken wurde sie allmählich unempfindlich für jede andere Wahrnehmung als das monotone Rat-ta-ta, rat-ta-ta der rollenden Räder.

Als Jingzhen erwachte, war es bereits heller Tag. Sorgfältig machte sie ihr Bett, ganz ernst und gesammelt, als führe sie eine wichtige Mission aus. Dann holte sie in ihrer mit Zinkblech geflickten Emailleschüssel warmes Wasser, setzte die Schüssel in das klapprige orangefarbene Holzgestell und wusch mehrmals das Gesicht: Erst feuchtete sie das vergraute, schon ein wenig löchrige Handtuch an, klatschte die Seife kräftig darauf und rieb schließlich mit der nassen Hand immer wieder über das feuchte Tuch, so daß sich eine dünne Schicht Seifenschaum darauf bildete und das Wasser in der Schüssel schon trübe war, ehe sie sich überhaupt gewaschen hatte. Nun erst begann sie, kräftig, man könnte fast sagen leidenschaftlich, das Gesicht mit dem feuchten, seifigen, glitschigen Handtuch zu schrubben, wobei sie prustete und schnaufte, als sei sie kurz vor dem Ersticken. Dann tauchte sie das Handtuch erneut ins Wasser und wrang es aus. Das Waschwasser war inzwischen schon sehr trübe, aber sie war noch keineswegs fertig. Wieder verrieb sie mit nassen Händen die Seife auf dem feuchten Handtuch, rubbelte das Gesicht, spülte aus, schrubbte weiter – bis das Wasser in der Schüssel fast schwarz war, Jingzhens Gesicht aber heller und heller erstrahlte. Der Anblick des immer schmutziger werdenden Wassers in der Schüssel erfüllte sie mit Stolz und Befriedigung, konnte sie doch daran den Erfolg ihrer Bemühungen ablesen. Dennoch gab sie sich nicht zufrieden und wusch sich noch ein weiteres Mal.

Ni Zao wußte längst, daß er die Tante beim Waschen und Frisieren auf gar keinen Fall stören durfte. So lieb und nett sie auch sonst zu ihm war, hatte er allen Respekt vor ihrem furchterregenden Gesichtsausdruck während der Morgentoilette. Allerdings begann er sich mit zunehmendem Alter immer häufiger zu fragen, was die Tante mit ihrer umständlichen Gesichtswäsche eigentlich bezweckte.

Endlich gab sich Jingzhen zufrieden. Nun stellte sie einen Hocker vor einen länglichen Tisch, dessen weißer Schleiflack schon sehr beschädigt war. Der Hocker mußte ganz akkurat vor dem Tisch stehen, der Abstand wie mit dem Lineal abgemessen. Auf dem Hocker ließ sie sich nieder und zog ein längliches Toilettenschränkchen heran, das ursprünglich purpurfarben lackiert, aber inzwischen nachgedunkelt und an manchen Stellen braunschwarz und fleckig geworden war. Sie öffnete den Deckel und klappte den rechteckigen Spiegel darunter so auf, daß er in passendem Winkel schräg zum Deckel des Kästchens stand. Als nächstes entnahm sie zwei kleinen Schubladen links oben – beide mit herzblattförmigen Messinggriffen geschmückt und einen betäubenden Duft verströmend, sobald sie geöffnet waren – einen normalen und einen ganz feingezinkten Kamm, Haarspangen, eine Puderdose, ein Näpfchen mit Rouge, einen Lippenstift und Make-up, mehrere Haarnadeln unterschiedlicher Größe und ein löchriges Haarnetz. Schließlich machte Frau Zhou geb. Jiang noch ein Türchen rechts neben den Schubladen auf und holte aus dem schwarzglänzenden Fach ein Tellerchen mit eingeweichten Hobelspänen. Nun machte sie die Schubladen und die Tür wieder zu, hübsch der Reihe nach, und betrachtete sich in dem zwar fleckigen, aber ihr Konterfei immer noch getreulich wiedergebenden Spiegel.

Was sie sah, war ein gelbes, länglich-eckiges, maskulin wirkendes Gesicht, an dem nur Augen und Haar schön waren. Aus den schwarzglänzenden, hellwachen Augen dieser früh verblühten Frau sprachen geheimer Schmerz, Intelligenz, Wildheit. Das Haar war dicht und schwarz, glänzend und fein. Sie war überzeugt, ihr Haar sei feiner als das anderer Menschen, fand aber weder ihre zu hohen Backenknochen noch ihr eckiges Kinn oder gar ihre allzu kraftvoll vorspringende Nase attraktiv. Sie glaubte, ihrem Gesicht sei anzusehen, daß sie eine Frau sei, die «dem Gatten Unglück bringt» – sie empfand es als ein äußeres Zeichen (oder war es die Quelle?) all ihres Unglücks, das sie ein Leben lang verfolgen würde. Wenn sie ihr Gesicht musterte, war sie zwischen Abscheu und Zuneigung hin- und hergerissen, vor allem aber von einer ungeheuren Müdigkeit erfüllt. Sie sah dieses vertraute Gesicht allzu oft, allzu selten dagegen das Gesicht, das sie gern gesehen hätte.

Nur zu dieser Stunde des Tages fühlte sie, wie sich in ihr eine geheimnisvolle, vorwärtsdrängende Kraft entwickelte und sammelte, die ihr Herz heftig pochen ließ und sie ganz heiß machte. Sie empfand einen starken Impuls zu weinen, in Ohnmacht zu fallen, sich aufzuhängen, alles kurz und klein zu schlagen – da rief sie sich mit verachtungsvollem Lachen selbst zur Ordnung. Zunächst verrieb sie nun das Make-up mit dem angefeuchteten Handteller gleichmäßig auf dem Gesicht, das sie anschließend mit beiden Händen leicht klopfend massierte, ganz zart, wie sie glaubte, aber doch so kräftig, daß ein immer lauter werdendes «Patsch,

patsch» hörbar war. Dieses Geräusch machte Ni Zao oftmals ganz traurig, weil er der festen Überzeugung war, die Tante ohrfeige sich selbst.

Nach dieser Klopfmassage nahm sie das Puderdöschen zur Hand, ein rundes Pappschächtelchen, auf dessen Deckel der Kopf einer modernen Frau prangte. Mühsam öffnete Jingzhen den festsitzenden Deckel und nahm das rosa Puderkissen heraus. In den Lichtstrahlen, die durch den Türspalt hereinfielen, begannen Puderstäubchen zu tanzen. Ganz in sich versunken, weihevoll und unendlich melancholisch, betupfte sie sich das Gesicht mit dem Puderkissen, dessen eigenartige Zartheit und Wärme sie wohlig empfand, denn dies schien das einzig Warme und Zarte, das ihr vom Schicksal zugedacht war. Es ließ sie die Weichheit ihres eigenen Gesichts empfinden. Ihr Herz war längst zu Stein verhärtet, aber ihr Gesicht, das war immer noch weich und zart – beinahe wäre sie in Tränen ausgebrochen. Die unterdrückten Tränen vermehrten noch die allzu früh welkende Schönheit ihrer Augen. Unablässig tupfte, rieb und klopfte sie. Der minderwertige, bleihaltige Puder ließ ihr Gesicht totenbleich aussehen, wie das eines Pekingopern-Bösewichts. «Bleichgesicht» war denn auch das treffende Wort, mit dem Ni Zao, seine Schwester Ni Ping, die Mutter und die Großmutter ihre Mißbilligung zum Ausdruck brachten. Was macht die Tante? Sie macht sich zum Bleichgesicht, hieß es, und dabei setzte selbst ein Kind wie Ni Zao eine merkwürdig resignierte, halb belustigte, halb traurige Miene auf.

Das Bleichgesicht war fertig, nun kamen Rouge und Lippenstift an die Reihe. Man konnte jedoch mit Recht zweifeln, ob in dem Rougedöschen und in der Lippenstifthülse überhaupt noch ein Restchen verblieben war, denn wenn Jingzhen mit Schminken fertig war, wies ihr Gesicht nach wie vor keine Spur von Rot auf.

Just in dem Moment, da Jingzhen den Lippenstift wegräumte, ging ein unmerkliches Zucken durch die Muskeln und die Haut über ihren Jochbeinen; sie lachte kurz auf, bitter und höhnisch.

Sie sah im Spiegel ihrer eigenen Hilflosigkeit, ihrem

Jammer, ihrer Verzweiflung, ihrer Grausamkeit ins Auge. Wieder dieses kurze, kalte Lachen. Ein Komplott gegen mich willst du schmieden? In die Falle soll ich dir gehen? Auf deine List hereinfallen, wie? Das Fell willst du mir über die Ohren ziehen, mein Blut saufen und mein Fleisch fressen, ja? Aber da hast du dich verrechnet!

Immer erregter wurde sie, der Blick wild und starr. Phh! Der Speichel rann am Spiegel herunter. Lange aufgestaut, brachen Haß und Tücke, Trauer und Zorn aus ihr hervor.

Grausam bist du und brutal! Ein guter Mensch? Du? Der Edle kennt keine kleinlichen Skrupel – wer nicht grausam ist, wird kein rechter Mann! heißt es doch immer. Töten – was ist das schon? Rollt doch bloß ein Kopf. Da kannst du bitten und betteln, da gibt's kein Pardon! Brausender Wind unterm Himmel so hoch, und trauriges Affengeschrei. Unzähliger Bäume welkendes Laub fällt raschelnd zur Erde herab. Trostlos der Abschied auf ewig, der Tod! Ja, und ich schlag dich zu Brei! Unkraut oder Korn, Hund oder Huhn – nichts wird verschont und niemand! Keiner! Was ich mache, mache ich gründlich! Mit Cao Cao halt ich's: Besser allen Unrecht tun als Unrecht von anderen erdulden! Rache ist süß, und währt sie auch lang! Wenn ich nicht zur Hölle fahre – wer dann? Bin ich tot, dann ist ohnehin alles zu Ende – hast recht, alter Lu You! Ob mir das leicht wird? Man kann auch sagen, in der Familie sind schon immer alle Gelehrte gewesen, gebildet und tugendhaft. Des Biederen Sippe gedeihet auf Dauer; wer liest, sichert seiner Familie Bestand. Und wieder ein Lenz mit duftenden Kräutern, das alte Jahr ging dahin mit Böller und Knall. Nichts geht auf Erden über die treue Gattenliebe. Hungers zu sterben, ist nicht so schlimm, schlimm ist die Witwe, die nicht enthaltsam lebt und nicht des Gatten gedenkt. Ach, das ganze Leben der Frau, egal ob Jungfrau oder Witwe: nichts als Reinheit und Keuschheit! Was nützt ihr das Antlitz so schön, daß Fisch und Wildgans und Blume und Mond beschämt vor der Schönheit vor Neid schier vergehn! Schon gut, schon gut, schon gut! Es blühen Päonien so herrlich im Licht. Die Vögelein singen im Frühling so hold. Nicht mit den Blumen wetteifre die Liebe, denn wer liebt, wird oft von der Liebe enttäuscht. Was du mir gegeben, ich werd es dir danken, in dieser und in der anderen Welt. Prachtvoll ist alles, strahlend und schön – kalt läßt mich alles, ich will es nicht sehn. Wer mein Feind ist, der kriegt es mit mir zu tun! Doch wehe dem, der einsam in schlimmer Zeit sein Leben beschließt, ohne Geld, ohne Gut!

Während dieser wild hervorgestoßenen, zusammenhanglosen Tirade hatte sich ihr Gesichtsausdruck fortwährend verändert. Bald zeigte er wilden Schmerz oder maßlose Trauer, bald Erbarmen oder verlorene Selbstvergessenheit, dann wieder kalte Grausamkeit. Immer erregter wurde sie, immer heftiger der Ton, in dem sie zu ihrem Spiegelbild sprach. Sie blinzelte sich verschwörerisch zu, sie knirschte mit den Zähnen, sie zitterte und bebte am ganzen Körper, als sei sie vom Teufel besessen. Sie wand sich verzweifelt, während sie all die wirren Gedichtfetzen und Dichterzitate hervorstieß und alles um sich herum anspuckte – oben und unten, rechts und links, immer wieder. Ni Zao wußte, wenn er sich jetzt der Tante näherte, würde er unweigerlich ebenfalls angespuckt – jeder in der Familie wußte, daß man jetzt einen gehörigen Abstand zu ihr zu halten hatte.

Jingzhen schlug krachend auf das Tischchen, spuckte vehement auf den Fußboden und begann eine regelrechte Schimpfkanonade. Du gewissenloses Luder, du Teufel in Menschengestalt, kujonierst mich arme Witwe! Du Schlange, du Skorpion, du gehörst gebraten und gesotten, du infames Scheusal! Schlachtest Menschen, ohne mit der Wimper zu zucken! Komm schon, komm! Los, schlag doch zu! Schlag doch! Stich zu! Mach schon! Zeig doch dein Hundegekröse, das bißchen Mumm, das deine Vorfahren dir acht Generationen lang mühsam genug vererbt haben! Oder bist du zu feige? Hat dich 'ne Hure gesäugt? Bist ja selbst wie 'ne alte Vettel, 'ne ehebrecherische, 'ne Nutte! Wirst auf 'nem Holzschemel zu Schau gestellt, du Stinktier, elendes! Du verdorbenes, ehrloses Mistvieh, du unverschämtes, mieses Dreckstück, du stinkender Gauner, du Schurke! Ein Pfeilhagel soll dich zerfleischen, in Stücke sollen sie dich hauen, ein Auto soll dich plattwalzen, fünf Blitze sollen in dich fahren, eine Beule wünsch ich dir an den Hals! Und Eiterschwären am Nabel! Das Hirn sollen sie dir raussaugen, damit du endlich krepierst! Und unbegraben verrottest!

Jingzhen sprach keineswegs übermäßig laut. Sie war offenbar nüchtern genug, um ihre Lautstärke so weit zu kontrollieren, daß sie nicht das normale Maß landläufiger Selbstgespräche überschritt. Dafür war aber ihre Mimik um so heftiger: wild, selbstvergessen, total verzerrt. Jeder, der sie in diesem Rauschzustand gesehen hätte, wäre zu Tode erschrocken.

Endlich wurde sie ruhiger. Das schmerzliche Stammeln, die wilden Ausbrüche, sie waren verhallt, als hätte es sie nie gegeben. Nur wo sie eben so wütend hingespuckt hatte, waren noch feuchte Spuren ihres Speichels. Jetzt tauchte sie das grauweiße Handtuch ein letztes Mal in das inzwischen abgekühlte schmutzige Wasser. Sie würde sich noch einmal das Gesicht waschen und all die Farbe, die sie aufgetragen hatte, vollständig wieder abwaschen. Denn sie war sich durchaus im klaren darüber, daß die Gründe für den Gebrauch dieser Kosmetika, ja das Recht dazu, nicht mehr bestanden – diese Zeit gehörte der Vergangenheit an. Kosmetika hatten nichts mehr mit ihr zu tun, und ihre Gesichtspflege war eher eine nostalgische Zeremonie, eine Art Grablegung gewesen. Ein letzter Waschgang, und das Bleichgesicht hatte seine normale wachsgelbe Farbe wiedergewonnen.

Sie begann nun, sich in aller Ruhe das Haar zu kämmen. Zunächst benetzte sie eine schwarzborstige Bürste mit dem Hobelspäne-Wasser, in dem Harz und Pflanzensäfte aufgelöst waren, um damit das Haar feuchtglänzend und klebrig zu machen. Dann kämmte sie es mit ihrem groben Kamm einmal durch, so daß es in feuchten Strähnen anlag. Schließlich scheitelte sie das Haar in der Mitte mit roten Zelluloidspangen und strählte es mit dem feingezinkten Kamm. Nun lag es schön ordentlich und glatt an. Jetzt kam noch das löchrige Haarnetz zum Einsatz, mit dem sie den Oberkopf bedeckte. Die darunter hervorstehenden Haare formte sie vor dem Spiegel zu einem länglichen

Knoten, einer «Banane». Anschließend tastete sie mit einer Hand nach dem Handspiegel und den Haarnadeln, um sodann – die Nadeln zwischen den Lippen, den Spiegel mit der einen Hand hinter dem Kopf hochhaltend – mit vielen Verrenkungen im Toilettenspiegel die Banane zu prüfen und mit den Haarklammern, die sie mit der freien Hand einzeln zwischen den Lippen hervorzog, an den entsprechenden Stellen so zu befestigen, daß die Frisur hielt. Während dieser ganzen Prozedur hatte sie zwar ihre Selbstgespräche und ihr extravagantes Gehabe eingestellt, doch lachte sie nach wie vor immer wieder kurz auf oder stieß einen tiefen Seufzer aus. Diese abgrundtiefen Seufzer, dieses abrupte Lachen waren ebenso unheimlich wie ihre Selbstbeschimpfung und ihre Spuckorgie ein paar Minuten zuvor.

Dies also war die allmorgendliche Pflichtaufgabe von Frau Zhou geb. Jiang, kurz Jingzhen, der sie sich Tag für Tag mit der gleichen Hingabe, dem gleichen Ernst widmete, es sei denn, sie war schwer krank oder hatte hohes Fieber. Es war ein so inbrünstiges Ritual wie das Gebet eines frommen Gläubigen oder wie der Beschwörungstanz einer Hexe und dauerte meist ein bis eineinhalb Stunden.

Jingzhen war jetzt dreiunddreißig Jahre alt beziehungsweise vierunddreißig, wenn man, wie es traditionell geschieht, ein neugeborenes Kind bereits als einjährig ansieht. Mit achtzehn Jahren hatte sie geheiratet und bereits ein Jahr später ihren Mann verloren. Von da an hatte sie streng das konfuzianische Keuschheitsgebot für Witwen eingehalten, was sie allerdings nicht so ausdrückte. Sie habe sich, pflegte sie zu sagen, «entschlossen, allein zu leben». Seit diesem Entschluß hatte sich ihrer eine unerklärliche Kraft bemächtigt, die sie zwang, jeden Morgen beim Waschen und Kämmen dieses einzigartige Ritual zu befolgen, von dem man mit Fug und Recht sagen konnte, daß es ihr im Lauf von über einem Jahrzehnt in Fleisch und Blut übergegangen war.

3

Obwohl mit diesem morgendlichen Ritual ihrer Schwester völlig vertraut, konnte es Jingyi an diesem Tag kaum erwarten, daß die Toilettenzeremonie – die sie im übrigen vollauf respektierte; was wäre ihr auch anderes übriggeblieben – endlich zu Ende gehen möge. Jingyi war drei Jahre jünger als Jingzhen. Ihre Figur war ein wenig gedrungener, und ihre Augen waren kleiner als die der Schwester, der Gesichtsausdruck überhaupt ganz anders – die Stirn gewölbt und die Wangen gerundet wie Gänseeier. Während Jingzhens Äußeres auf eiserne Willensstärke, ja sogar Brutalität schließen ließ und den Eindruck erweckte, sie würde finstere Gedanken hegen, wirkte Jingyis ovales Gesicht mit den blitzenden Äuglein eher kindlich naiv, ließ aber auch auf Unbesonnenheit und Unvernunft schließen. Auch sie hatte eine schlaflose Nacht hinter sich, denn ihr Gatte, Ni Wucheng, hatte abermals die Nacht außer Haus verbracht.

Dies war die dritte Nacht gewesen, und ihr war, als sei sie durchs Fegefeuer gegangen. Zwei Monate zuvor war sie zum vierten Mal innerhalb eines Jahres mit ihren Kindern Ni Ping und Ni Zao in das Westzimmer zu ihrer Mutter Frau Jiang und ihrer Schwester Jingzhen gezogen und hatte Ni Wucheng im Mittelgebäude ihres Wohnhofs mit seinen drei Zimmern allein, sozusagen in Quarantäne, zurückgelassen. Nur zu den drei Mahlzeiten wurden die Kinder mit etwas Eßbarem für den Gatten hinübergeschickt, wobei diese Speisen, dem Willen von Mutter und Schwester entsprechend – «Sonst kümmert der sich womöglich noch weniger um seine Familie» –, nicht so gut sein durften wie die der übrigen Familie. Zugleich hielten Jingyi, Jingzhen und ihre Mutter die Ohren gespitzt und die Augen offen, um mit geschärften Sinnen jederzeit zu verfolgen, was dort drüben im Mitteltrakt vor sich ging, und jedes Geräusch und jede Bewegung von Ni Wucheng zu registrieren. Sie beobachteten, wie er Zeitung las oder in

Büchern blätterte, wie er rauchte oder hin- und herschlenderte, wie er mit gerunzelten Brauen auf den Gang trat oder vor die Tür ging – besonders aber, welche Besucher er hatte und wie er sie behandelte. Um alles genau sehen zu können, hatten sie in das Papier, mit dem anstelle von Glas das Fenster verklebt war, ein kleines Loch gebohrt. Durch dieses kleine Loch hielten sie abwechselnd Wache, so wie ein Forscher, der eine Bestie in freier Wildbahn beobachtet, oder wie ein Detektiv, der einen Schwerverbrecher beschattet, oder auch wie ein Kind, das unverwandt den faszinierenden Bewegungen eines raffiniert ausgeklügelten Spielzeugautomaten mit den Augen folgt. Sie hatten eigens eine weiße Tüllgardine angefertigt, die vorgehängt wurde, wenn sie ihre Überwachung unterbrachen, so daß weder von innen noch von außen sichtbar war, daß hier eine Kontrollbohrung vorgenommen worden war.

Dem Beispiel von Mutter, Tante und Großmutter folgend, hatten auch die Kinder schon durch das Löchlein hinter dem Tüllvorhang den Mittelbau mit den vom Vater bewohnten Zimmern ins Visier genommen. Ni Ping, die Ältere, versuchte, in Gebärden und Mimik so weit wie möglich die Erwachsenen zu kopieren, obwohl sie keineswegs genau verstand, worum es eigentlich ging. Vor, während und nach der Beobachtungsaktion trug sie stets eine umwölkte Miene zur Schau, und vor lauter bekümmertem Ernst wagte sie kaum zu atmen. Es schien, als habe sie erkannt, daß diese Kontrollen etwas Großes waren – ein Kampf gegen eine große Gefahr, wenn nicht gar gegen ein großes Übel. Ni Zao dagegen fand das alles bloß hochinteressant. Den Vorhang raffen, sich zu dem Loch im Fensterpapier bücken und unverwandt nach drüben zu starren, wo sich der schattenhafte Umriß des Vaters bewegte – das war ein aufregendes Spiel. Zwar ermüdete das Auge bald, aber es herrschte doch eine außerordentlich geheimnisvolle, gespannte Atmosphäre, und etwas für Kinder Unbegreifliches, Neues, Unfaßbares schien in der Luft zu liegen. Natürlich empfand Ni Zao auch einen schweren Druck. Wenn er dem Vater ein Weilchen vergnügt nachspioniert hatte und sich dann mit einem spitzbübischen Lächeln wieder umdrehte, erfüllte ihn oft das Gefühl, etwas falsch gemacht zuhaben, sobald er den bekümmerten, vorwurfsvollen Blick der Schwester sah.

In ihrer schlaflosen Nacht hatte Jingyi noch einmal überdacht, wie ihr Mann sie diesmal betrogen, hinters Licht geführt und beleidigt hatte. Ihr Streit mit Wucheng dauerte schon fast ein Jahr, und vor zwei Monaten war sie dem Gatten zum dritten Mal «ausgewichen». Dieses Ausweichen war zu einem ganz besonderen Mittel im Kampf zwischen ihr und Ni Wucheng geworden, zu einem feststehenden Terminus, der besagte, daß sie mit den Kindern ins Westzimmer zu Mutter und Schwester zog. Zwei Wochen danach hatte Ni Wucheng durch die Kinder bestellen lassen, er müsse unbedingt mit ihr sprechen. Mit steinerner Miene, fest zusammengepreßten Lippen und gesenktem Haupt hatte sie das Mittelgebäude betreten. Ni Wucheng hatte etwas wie «Verzeih mir bitte noch einmal!» gemurmelt. Vielleicht auch noch etwas anderes oder sogar eine Menge anderes, doch das hatte sie nicht deutlich gehört, geschweige denn sich gemerkt, denn in diesem Moment geschah etwas, was viel stärker, viel erschütternder war als Worte – etwas, was an ein Wunder grenzte: Der Gatte hatte während seiner Entschuldigung aus der Jackentasche sein ovales, in altertümlichen Schriftzeichen ausgeführtes Elfenbein-Namenssiegel hervorgeholt und es ihr mit einer rührenden, ebenso großzügigen wie entschlossenen Bewegung in die Hand gelegt.

Viele Jahre danach war aus Ni Zao ein Sprachwissenschaftler geworden. Er hatte inzwischen den Terminus «Körpersprache» kennengelernt, den man im Ausland benutzte, um die Tatsache zu bezeichnen, daß der Mensch auch ohne Worte, nur durch Mimik, Gestik, Körperhaltung und -bewegungen, ja sogar durch Kleidung und Aufmachung einen bestimmten Sinn ausdrücken kann. Ni Wuchengs Überreichen seines Namenssiegels war ein überzeugendes Beispiel solcher Körpersprache gewesen.

Rührung war in Jingyi wie ein warmer Strom emporgewallt und hatte ihr Herz und Seele erwärmt. Selbst ein Herz aus Stein kann also schmelzen! Alle Kämpfe zwischen den Ehegatten waren letztlich Kämpfe um ökonomische Interessen gewesen. Jingyi verstand zwar absolut nichts von Theorie, aber sie hatte dieses «materialistische» Prinzip am eigenen Leibe erfahren. All diese erbitterten und feindseligen Auseinandersetzungen im Lauf des vergangenen Jahres, bei denen es um Gefühle, um Charaktereigenschaften, um die Lebensweise und nicht zuletzt um seine Seitensprünge ging, sie alle liefen letztlich nur auf eines hinaus – auf das Geld. Um beim Thema Seitensprünge zu bleiben: Solange Ni Wucheng Monat für Monat genug Bargeld von der Vereinigten Depositenbank zu Hause abgab, solange er Gold- oder zumindest Silbermünzen – und nicht etwa diese immer wertloser werdenden Banknoten! – ablieferte, mochte ihr bei der Nachricht, ihr Mann treibe es mit einer anderen oder frequentiere Tanzlokale oder gar Bordelle, vielleicht weh ums Herz werden, aber sie konnte sich doch stets so weit beherrschen, daß sie nicht vergaß, was sich für eine Frau schickte. Sie hatte keinen Grund, Krach zu schlagen, geschweige denn, ihm «auszuweichen». Auch ihre vertrauten Freundinnen hatten nicht mit gutem Rat gespart: Die Seitensprünge der Männer seien deren eigene Sache, erst recht, wenn es sich um einen so modernen, aufgeklärten und dabei so stattlichen Mann wie Wucheng handle. Wenn ein Mann das Zeug dazu habe, fremdzugehen, dann gereiche das der Gattin sogar zur Ehre und biete ihr zugleich eine erwünschte Gelegenheit, den Mann am Zopf zu packen und ihre eigene Vormachtstellung aufrechtzuerhalten. «Wenn er aber doch zwei Monate zu Hause kein Geld abgeliefert hat!» führte Jingyi sogleich ins Feld – ein gewichtiges Argument, mit dem sie beweisen konnte, daß die Logik solcher Sprüche wie «Fremdgehen ist etwas Normales», «Fremdgehen ist etwas Gutes» oder «Fremdgehen ist etwas Ehrenvolles» auf Ni Wucheng und sie nicht zutreffe. (Selbstverständlich war ihr Gegenargument eine Übertreibung. Er hatte nicht zwei Monate überhaupt kein Geld, sondern nur einen Monat wenig und im zweiten Monat noch weniger zu Hause abgegeben.) Und so einigten sie und ihre Freundinnen sich am Ende darauf, Ni Wucheng fehle es zwar an den notwendigsten Voraussetzungen für

Seitensprünge, er sei aber so schamlos, sie sich dennoch zu leisten – und dies sei nun wirklich der Gipfel.

Ni Wucheng war Dozent an zwei verschiedenen Hochschulen. Die Auszahlung der Gehälter, die ihm dort zustanden, erfolgte gegen Quittung mit seinem Namenssiegel. Wenn er nun das Siegel Jingyi übergeben hatte, bedeutete dies, daß er ihr das Recht übertrug, seine Gehälter entgegenzunehmen und über sie zu verfügen. Das war etwas, wovon Jingyi nicht einmal zu träumen gewagt hätte. Allerdings hatte sie sich schon öfter vorgestellt, wie es wäre, einen Mustergatten zu haben, der ihr sein ganzes Gehalt in die Hand drücken und dem sie davon eine bestimmte Summe als Taschengeld zuteilen würde. Oh, einem solchen Gatten hätte sie es an nichts fehlen lassen! Sie wäre vollauf bereit gewesen, selbst zu hungern, um einen solchen Mann schön auszustaffieren und ihm genug Geld in die Hand geben zu können. Sie hätte ihm vielleicht sogar noch von ihrem Geld etwas zugesteckt, schließlich hatte sie ja mütterlicherseits eigene Einkünfte. Wenn sie solchen Träumen nachhing, füllten sich ihre Augen mit Tränen. Das Problem lief auf ein Wort hinaus: Macht. Sie sehnte sich danach, diese finanzielle Macht zu erlangen und davon Gebrauch zu machen. So wurde die Frage des Geldes sofort zu einer Frage der Macht.

Aber nein, einen solchen Gatten hatte sie nicht gefunden, und so sehr sie sich auch mühte, es war ihr nicht gelungen, Ni Wucheng in einen solchen Ehemann zu verwandeln. Sein ganzes Verhalten war weit entfernt von dem eines Mustergatten dieser Art.

An diesem Tag aber war die Sonne plötzlich im Westen aufgegangen! Sie hatte ihren Augen nicht getraut und nicht ihren Händen, in denen jenes kleine Siegel lag. Das Elfenbein fühlte sich kühl an und brannte doch in der Hand. Dies bedeutete eine grundlegende Bekehrung, es war, als wären Himmel und Erde neu erschaffen worden – Ni Wucheng war offenbar ein ganz neuer Mensch geworden! Aus einem liederlichen, unaussprechlich verachtenswerten und ausschweifenden Taugenichts, der sich einen Dreck um seine Familie kümmerte, war von einer Minute zur anderen plötzlich ein Supergatte geworden! Ihr schwindelte vor freudiger Überraschung.

Noch eine Minute zuvor war Jingyis Gesicht grünlichgelb und angespannt gewesen, und sie fragte sich, ob dies Wirklichkeit oder ein Traum sei. Innerhalb dieser einen Minute war sie zu einem neuen Menschen geworden. Ihr Lächeln ließ ihr Gesicht wie eine Pfirsichblüte erstrahlen. Vor Erregung schwer atmend, fragte sie Wucheng eilfertig, ob sie ihm vielleicht zwei Spiegeleier braten solle. Nachdem ihr Redefluß erst einmal in Gang gekommen war, erinnerte sie ihn daran, wie sie sich damals in der Heimat, im Kreis C., in der Oberschule Nr. 1 das erste Mal gesehen und «begutachtet» hatten, und kam gleich darauf auf die Literaten Hu Shi und Lu Xun zu sprechen und von da aus auf Wang Yitang und Wang Kemin. Dann teilte sie ihm mit, man müsse neue Wertmarken für den Wasserverkäufer kaufen und der Wasserkessel auf dem Herd müsse auch wieder gelötet werden. Schließlich plauderte sie über die Hebei-Bangzi-Oper ‹Der große Schmetterlingsbecher› und wie passend doch der Bühnenname des berühmten Sängers Jin Gangzuan – «Diamantbohrer» – gewählt worden sei: seine Stimme sei tatsächlich so durchdringend, daß man meinen könnte, sie bohre sich geradewegs in den Himmel hinein. Zum Schluß rief sie Ni Ping und Ni Zao herbei. Bei allem war ihr völlig entgangen, daß Ni Wucheng während ihres Geplappers immer finsterer die Brauen runzelte, obwohl sie doch sonst stets überaus empfindlich – und überaus allergisch! – auf das affektierte Stirnrunzeln zu reagieren pflegte. Sie hatte nicht bemerkt und konnte es vor Aufregung vielleicht auch gar nicht bemerken, wie sehr sie Ni Wucheng mit ihren Worten langweilte. Erst als sie die Kinder rief, war ein Lächeln auf seinem Gesicht erschienen.

Das alles kümmerte sie herzlich wenig, denn das Siegel, das war wichtiger als sein Lächeln. Sie lief ins Westzimmer und verkündete die Freudenbotschaft der Schwester und der Mutter. Die beiden Witwen glaubten ihr zunächst nicht, bis Jingyi das Siegel hervorholte. Sie untersuchten es, und als sie feststellten, daß es tatsächlich echt war, brachen sie in einen einmütigen Lobgesang aus. Alle drei hatten anscheinend völlig vergessen, daß sie noch vor fünf Minuten mit den giftigsten Worten, die Menschen überhaupt zu Gebote stehen, gemeinsam den Besitzer dieses Siegels begeifert hatten. Bald darauf zog Jingyi in den Mitteltrakt zurück, und auch die Kinder wohnten dort wieder in ihrem eigenen Zimmer. Alles änderte sich wie selbstverständlich, alles war wieder eitel Sonnenschein. Jetzt, da der Gatte wieder Gatte, die Gattin wieder Gattin war, wurden auch die Kinder wieder zu Kindern. So also vollzog sich die spektakuläre «Heimkehr».

In ihrer freudigen Erregung, so kurz sie auch erst dauerte, wußte Jingyi überhaupt nicht, wie sie ihrer Freude Ausdruck geben sollte – zumal sie bei Ni Wucheng kein Echo fand. Vielleicht ist es ihm schwergefallen, das Siegel herauszurücken, vielleicht bereut er es gar? überlegte sie. Dennoch war sie zufrieden: Er gab Geld, sorgte für seine Familie, brach keinen Streit vom Zaun, lebte normal, kümmerte sich um die Erziehung der Kinder – das war das Leben, dies war alles, was sie von ihrem Mann erwartete. Sie begann wieder, eine ihrer geliebten Hebei-Bangzi-Opernmelodien vor sich hin zu summen. Ihr ging es im wesentlichen um Takt und Melodie, weniger um die Worte, und wenn sie sang, klang das stets wie Weinen, wie hysterisches Schluchzen. Ganz gleich, aus welchem Stück ihr Lied stammte – es war immer herzzerreißend traurig.

Im Seitengemache sitzend, alt,
erblick ich auf ihren Knien dort
die allerschönste Frauengestalt.
Was mag sie wollen an diesem Ort?

Diese Verse trällerte sie seit Jahr und Tag zu immer wieder abgewandelten Melodien, wobei sie sich im übrigen noch nie Gedanken gemacht hatte, was das Lied eigentlich bedeutete.

Ni Wucheng schmetterte keine Opernarien, er besuchte auch keine Opernvorstellungen. Das einzige Lied, das er singen konnte, war die erste Hälfte von Yue Feis berühmtem ‹Rot ist der Fluß›. Sein Hobby war es, Englisch, Französisch und Lateinisch zu reden – mit katastrophaler Aussprache. Wenn er Ausländisch sprach, fand Jingyi, es höre sich noch weit unangenehmer an als das Geschrei streunender Katzen. Bei seinen Fremdsprachenübungen drehte sich ihr regelrecht der Magen um, während er seinerseits zu ihren Bangzi-Gesängen so fürchterliche Grimassen schnitt, daß man Angst kriegen konnte.

Seit sie im Besitz des Siegels war, trällerte Jingyi von morgens bis abends vergnügt vor sich hin. Ni Wucheng dagegen hatte das Gefühl, in einen Morast gestoßen worden zu sein. Schließlich konnte er seine Wut nicht länger beherrschen und bat sie, sie möge doch endlich «die knieende Schönheit im Seitengemach» in Frieden lassen. Normalerweise hätte sich Jingyi niemals solchen Vorschriften gebeugt, diesmal aber bewirkte das Siegel ein Wunder: Sie verdrehte lediglich die Augen und schwieg.

Endlich war der Gehaltstag gekommen. Am Abend zuvor war Ni Wucheng nicht nach Hause zurückgekehrt – er sei in der Yanjing-Universität zu einem Bankett eingeladen worden. Sonst hatte Jingyi stets äußerst mißtrauisch und böse, ja haßerfüllt reagiert, wenn er abends nicht nach Hause kam. Im Bewußtsein, daß der nächste Tag der große Tag der Gehaltszahlung und sie berechtigt sei, das Geld abzuholen, hatte sie es jedoch diesmal akzeptiert. Am Morgen stand sie beizeiten auf, frisierte sich, machte sich zurecht und zog sich dann erneut um – nicht nur einmal, sondern mehrmals, weil immer etwas nicht ganz stimmte. Schließlich wollte sie dort an der Hochschule als Gattin des Herrn Dozenten Ni Wucheng einen guten Eindruck machen. Je besser dieser Eindruck, desto mehr Sympathie würde man ihr entgegenbringen und desto härter würde man seine ausschweifende Lebensführung verurteilen. Würde sie dagegen auftreten wie eine Landpomeranze, wie eine eingesalzene Rübe, die schon drei Jahre lang in der Lake gelegen hat, dann würde man insgeheim Ni Wuchengs Seitensprünge gar noch billigen. Schließlich entschied sie sich für ein keineswegs gutsitzendes, seitlich geschlitztes Etuikleid. Als nächstes war das Problem der passenden Schuhe zu klären. Schuhe waren ein wunder Punkt, denn ihre Füße waren eingeschnürt gewesen, allerdings nur vier Monate lang, dann waren sie wieder aufgebunden worden. Sie hatte überhaupt keine Erinnerung mehr, wie dieses Einschnüren vor sich gegangen war. Merkwürdig, an Kindheitserlebnisse sowohl vor als auch nach dem Fußeeinschnüren entsann sie sich, aber nicht daran, wie das Einschnüren selbst gewesen war. Jedenfalls hatte sie nun an beiden Füßen einen gewölbten Spann und je vier verkrüppelte Zehen, die zwar nicht wie bei richtigen Lilienfüßchen bis ganz unter die Fußsohle gekrümmt waren, aber doch wie krumpelige Knöpfchen aussahen, wie Zehennägel ohne Zehen. Schuhe für solche Füße waren ein schwieriges Problem. Sie hatte sich ein Paar zierliche Seidenschühchen gekauft, die sie allerdings an den Spitzen noch mit reichlich Watte ausstopfen mußte. Als sie die Schuhe anhatte, setzte sie noch eine randlose Fensterglasbrille mit vergoldeten Bügeln auf und musterte sich eingehend vor dem Spiegel. Je länger sie ihre Erscheinung prüfte, desto unzufriedener wurde sie. Sei's drum – besser ging's nun mal nicht! Entschlossen trat sie vor das Haus.

Sie ließ sich in einer Rikscha zur Pädagogischen Hochschule fahren. Zwischen Furcht und Erregung schwankend, getrieben von dem Wunsch, unbedingt Gebrauch zu machen von ihrem Recht, das Geld abzuholen, trug sie eine Entschlossenheit zur Schau, die vor nichts haltmachen würde. So betrat sie die Buchhaltung in der Verwaltungsabteilung der Hochschule. An der Tür war eine ätherisch wirkende junge Dame damit beschäftigt, sich vor dem Spiegel die Lippen nachzuziehen. Das ist bestimmt eine «Blumenvase», dachte Jingyi. Sie kannte dieses Wort aus einer Illustrierten und wußte, daß sich manche großen Firmen, Verwaltungsdienststellen, Hochschulen oder Banken Personen dieser Art für die Besucherbetreuung leisteten, so wie man Blumenvasen als Nippes in die gute Stube stellt. Zugleich witterte sie instinktiv eine Gefahr, hegte gefühlsmäßig eine Aversion – da gab es also an der Hochschule, wo ihr Gatte lehrte, tatsächlich solche Blumenvasen. Kein Wunder, daß die Männer auf Abwege gerieten! Sie warf einen verstohlenen Blick auf die Blumenvase. Deren gepudertes und bemaltes Gesicht und elegante Aufmachung blendeten und verstörten sie, doch war in ihre Verwirrung auch ein wenig Neid gemischt.

Jingyi sah sich im Raum um und ging dann geradewegs auf einen älteren Mann zu, der, über seinen Schreibtisch gebeugt, auf dem Abakus rechnete und von dem sie intuitiv annahm, daß er – und nicht das Dämchen! – die eigentliche Arbeit machte. Als sie vor ihm stand und der Mann aufblickte, bemerkte sie, daß ihm ein Gerstenkorn wuchs. Am rechten Unterlid war eine große Schwellung zu sehen, rötlich und blau; der arme Mensch konnte kaum aus den Augen schauen.

«Ich bin die Gattin von Dozent Ni Wucheng von der Fakultät für chinesische Sprache und Literatur. Ich möchte sein Gehalt abholen... Er hat gesagt, ich soll es in Zukunft immer abholen... Er hat mir sein Siegel gegeben...» Kaum hatte sie das gesagt, fiel ihr selbst auf, daß ihre Worte absolut überflüssig gewesen waren, aber trotzdem hatte sie es diesem totenbleichen Mann erzählen wollen, dessen riesiges Gerstenkorn ihr Sympathie und Vertrauen einflößte.

Der Besitzer des Gerstenkorns deutete mit einer schlappen Handbewegung nach vorn.

Als sie in die angegebene Richtung blickte, war es niemand anderer als jene Blumenvase neben der Tür, an die er sie verwies.

Der Gerstenkörnige senkte den Kopf und vertiefte sich erneut in sein Rechenbrett, bewegte ein paar Kugeln, blickte dann wieder auf und bemerkte, daß Jingyi immer noch unschlüssig neben seinem Schreibtisch stand. Er zeigte abermals auf die Blumenvase und sagte mit leiser Stimme: «Bitte wenden Sie sich an Fräulein Liu.» Dabei ging über sein Gesicht ein gepeinigtes Zucken – so ein Gerstenkorn puckert eben gar schmerzhaft.

Auch Jingyi hatte oft Gerstenkörner, seit Menschengedenken jedes Jahr im Frühling. In ihrem dreizehnten Lebensjahr war es besonders schlimm gewesen. Eine winzige Narbe auf ihrem rechten Lid, die nur bei genauem Hinsehen sichtbar war, hatte sie zurückbehalten.

Ihre beiden Kinder waren ebenfalls oft davon geplagt. Von allen Familienmitgliedern hatte einzig Ni Wucheng niemals Gerstenkörner. «Schmutzig und unhygienisch» – das war sein arroganter und zugleich peinlich berührter Kommentar, wenn sie oder die Kinder Gerstenkörner hatten. Auch das war etwas, was sie bis zur Weißglut erbitterte. Sie konnte es nicht ertragen, wenn er sich in dieser Weise wie ein Aristokrat über das gemeine Volk äußerte.

Jingyi ging zu dem Fräulein Blumenvase hinüber und trug verwirrt und stotternd ihr Anliegen erneut vor. Sie hatte noch nicht zu Ende gesprochen, da unterbrach die Blumenvase sie mit den Worten: «Das Monatsgehalt von Herrn Ni ist längst abgeholt worden.» Sie quetschte die Worte zwischen den Zähnen hervor, so daß sich auch die Silben, die keine Dentallaute waren, wie solche anhörten.

«Was ist los?» Heiß wie Feuer schoß Jingyi das Blut ins Gesicht, und in ihrer Erregung war sie unwillkürlich in ihren heimatlichen Dialekt verfallen. Das Image einer modernen Großstädterin, das sie mit ihrer sorgfältigen Toilette zu erwecken versucht hatte, das Werk eines langen Morgens war mit einem Schlag dahin.

Ungeduldig zog die Blumenvase eine Schublade auf, warf sie aber sogleich wieder zu. Dann öffnete sie noch eine, doch erst in der dritten fand sie, was sie suchte: ein Kontobuch.

Jingyi war zumute, als sitze sie auf einem Nadelteppich. Das ratschende Geräusch der aufgerissenen und wieder zugeschmissenen Schubladen ging ihr durch und durch. Sie fühlte den Drang, sich mit dieser Blumenvase anzulegen, und sie hatte schon einige wütende Schimpfworte auf der Zunge, doch sie war wie betäubt, ihre Kehle zugeschnürt.

Die Blumenvase schlug eine Seite auf und erklärte im Ton geduldiger Nachsicht: «Unser Zahltag hat sich geändert. Er ist um eine Woche vorverlegt worden. Bitte sehen Sie selbst, Herr Ni hat sein Gehalt bereits abgeholt.»

Jingyi sah undeutlich den Abdruck eines großen, quadratischen Siegels – altertümliche Schriftzeichen in Intaglio-Ausführung, ein Gewirr verschnörkelter Linien, das sie nicht zu entziffern vermochte.

«Aber er hat mir doch sein Siegel gegeben! Ich bin seine Frau! Ich habe ihn mit achtzehn geheiratet! Er hat keine andere Frau als mich...» Mit diesen Worten hielt sie der anderen das ovale Siegel hin, das sie seit zwei Wochen wie ihren Augapfel gehütet hatte.

«Dieses Siegel benutzt Herr Ni schon lange nicht mehr. Das Siegel, das er in Geldangelegenheiten verwendet und dessen Abdruck er bei uns deponiert hat, ist dieses hier...» Der Ton der Blumenvase war etwas freundlicher geworden, etwas weniger süffisant, etwas mitleidiger. Während sie sprach, riß sie eine weitere Schublade auf. Endlich fand sie das Heft, in dem die einzelnen Gehaltsempfänger einen Abdruck ihres Siegels als Muster hinterlassen hatten. Sie suchte den Abdruck von Ni Wuchengs Siegel – tatsächlich: quadratisch, altertümliche Schriftzeichen.

«Also... Da hat mich der Mistkerl also reingelegt!» brach es aus Jingyi hervor, und sie begann zu weinen.

Die Blumenvase schenkte ihr ein reizendes Lächeln und wippte mit den Wimpern.

Der Gerstenkörnige hatte sich umgedreht und sah sie kummervoll an, als müsse er solche Szenen öfter mit ansehen.

Ein grauhaariger Alter mit den kreisrunden Brillengläsern des Altersweitsichtigen hüstelte.

«Sie wissen ja gar nicht – Ni Wucheng, der kümmert sich nicht um die Familie, der schert sich nicht um die Kinder! Zehn Jahre sind wir verheiratet... Und im Ausland studiert hat er auch mit dem Geld meiner Eltern...», schluchzte Jingyi. Dies war keineswegs das erste Mal, daß sie sich vor Außenstehenden über Ni Wuchengs Schandtaten beklagte.

«Meine Dame, so beruhigen Sie sich doch... Wir hier...» Der hüstelnde Alte machte eine mitleidige Geste, um anzudeuten, daß man ihr beim besten Willen nicht helfen könne und dies nicht der Ort sei, ihre Familienangelegenheiten auszubreiten.

Seit ihrer Hochzeit und besonders seit einem guten Jahr waren Jingyi und Ni Wucheng in ihren Streitigkeiten von bloßen Wortgefechten schon unzählige Male zu Tätlichkeiten übergegangen. Jingyi hatte in solchen Momenten stets das Gefühl, vor Wut zu bersten. Sie war empört, sie war gekränkt, sie fühlte sich erniedrigt, ihr ganzer Körper schüttelte sich in einer Art Vorgefühl einer Explosion. Wie hatte sie solch einen Mann heiraten können?! Einen solchen Unmenschen! Ni Wucheng dagegen musterte sie dann nur mit verachtungsvollen, mitleidigen und unerträglich arroganten Blicken, die allein schon in ihr den Wunsch weckten, er möge von einem Auto überfahren werden, sobald er vor die Tür träte. Wie würde sie vor Freude außer sich sein, wenn der Himmel endlich ein Einsehen hätte, und sie von ihm erlösen würde!

Aber nein, der Himmel hatte kein Einsehen, sie war abermals von diesem Schweinehund betrogen worden. Und wie grausam! Wie hatte sie nur so leichtgläubig diesem Scheusal vertrauen können! Ihr Lächeln hatte sie ihm geschenkt, alles hatte sie ihm geschenkt – ach, sie hätte sich selbst ohrfeigen mögen! Patsch! Klatsch! Betrogen und belogen worden war sie, das Gesicht verloren hatte sie, zum Gespött gemacht hatte sie sich! Hatte sich lächerlich gemacht vor der Blumenvase und dem Gerstenkörnigen – er war ja so ein gemeiner Kerl, so abgrundschlecht... Sie hätte sich auf der Erde wälzen und mit dem Kopf gegen die Wand rennen mögen, bis sie tot umfiel, hier im Verwaltungsbüro der Pädagogischen Hochschule.

Zuhause angekommen, schlug ihr Bericht wie eine Bombe ein. Während Jingyi schluchzend Mutter und Schwester erzählte, was ihr widerfahren war, trommelte Jingzhen mit ihren knochigen Fingern unaufhörlich auf den Tisch, bis das Blut untern den Nägeln von Ring- und Mittelfinger der rechten Hand hervortrat. Dazu stieß sie wüste Beschimpfungen aus und erklärte, falls «der Kerl da» abends nach Hause käme, würde sie ihn «kaltmachen»

«Wer meine Schwester schikaniert, dem beiße ich die Kehle durch!» und «Ich mach ihn tot, und wenn ich selbst dabei draufgehe!» Die leidenschaftliche Empörung, mit der sie diese Drohungen hervorstieß, jagten sogar der schwer gekränkten Jingyi kalte Schauer über den Rücken. Denn was Jingzhen sagte, das machte sie auch – sie war zu allem fähig. Frau Jiang, klein, würdig und noch immer lebhaft und agil, sprach nicht so laut, aber dafür verfügte sie über ein erstaunliches Arsenal giftigster Verwünschungen.

«Dieser Kerl, dieser Ni, möge er elendiglich zugrunde gehen, möge seine Leiche von fünf Pferden zerrissen werden, möge er in acht Stücke zerplatzen und sich in Todeskrämpfen winden!» Die Bildhaftigkeit dieser Flüche ließ auf die Tiefe des Hasses schließen, dem sie entsprangen. Dann begann sie eine systematische Verwünschungskanonade – vom Kopf bis zu den Füßen, vom Charakter bis zur Körperhaltung, von der Haut bis zu den Knochen. Was die Haut anbelangte wünschte sie ihm Krätze, Furunkel, Schuppenflechte und eitrige Geschwüre an den Hals, dazu noch «lauter Pickel, lauter Schwären, lauter Blut, lauter Eiter, lauter Hautabschürfungen». Diese minuziöse und detaillierte Hautbeschimpfung kam nicht von ungefähr. Ni Wucheng litt tatsächlich an Schuppenflechte im Nacken, was seine Schwiegermutter wußte, und so spielte seine Haut in ihren Flüchen eine große Rolle. Flüche waren es tatsächlich – kein gewöhnliches Schelten oder Keifen, denn sie unterbrach ihre Schmährede immer wieder mit den Worten «Verflucht sei er, dieser Ni, dieser verwünschte Kerl!» Dort, wo sie herkam, glaubte man fest daran, daß ein richtiger Fluch sich auch erfüllen werde. Jeder Außenstehende, der die wüsten Beschimpfungen und das Geheul von Mutter und Töchtern gehört hätte, wäre wohl vor Schreck in Ohnmacht gefallen. Da es durchaus nicht das erste Mal war, daß die drei in dieser Weise über Ni Wucheng herzogen, hatte die beispiellose Schärfe ihrer Worte für sie selbst nichts Erschütterndes mehr. Auch Ni Zao und Ni Ping waren, als sie aus der Schule kamen und noch die Coda dieses markerschütternden Schimpfchores mit anhörten, zwar aufgeregt, aber doch auch allzu vertraut mit derartigen Szenen, als daß sie schockiert gewesen wären.

«Ich habe ja immer gesagt, dieser Kerl ist kein Mensch. Man darf ihm nicht glauben. Kein einziges Wort darf man ihm glauben!» faßte Frau Jiang schließlich in etwas gemäßigterem Ton zusammen. «Man muß ihn unschädlich machen, ihn in aller Öffentlichkeit bloßstellen, damit er sich nicht mehr muckst. Der soll bloß nicht denken, wir lassen uns alles gefallen, nur weil wir Frauen sind. Wie du mir, so ich dir! Wenn du so gemein zu uns bist, dann werden wir zu dir genauso gemein sein! Läßt du uns nicht in Ruhe, werden wir dich auch nicht in Ruhe lassen!»

Die Forderung, Ni Wucheng öffentlich bloßzustellen, erhob Frau Jiang nicht zum ersten Mal, und Jingzhen und Jingyi hatten ihr immer beigepflichtet. Aber jedesmal, wenn es darum ging, diese Drohung in die Tat umzusetzen, machte Jingyi auf halbem Weg einen Rückzieher. Schließlich war sie Ni Wuchengs rechtmäßige, erste und einzige Gattin. Sie hatte nur ihn, und auch er nur sie – das war unabänderlich, unwandelbar wie das Schicksal, wie Geschlecht und Herkunft, wie Leben und Tod. Sie konnte es nur hinnehmen. Genauso wie ihre einzige Schwester Jingzhen, will sagen: Frau Zhou geb. Jiang, den Tod des Gatten nach achtmonatiger Ehe hinnahm oder ihre Mutter, Frau Jiang geb. Zhao, die Tatsache, daß sie keinen Sohn hatte, so daß ihr Geschlecht mit ihr erlosch und die drei Frauen nun aufeinander angewiesen waren. Daß sie einen Mann wie Ni Wucheng, einen solchen Tunichtgut geheiratet hatte, auch das war Schicksal. Sie haßte ihn, sie verabscheute ihn, und jedesmal, wenn sie an ihn dachte, weinte sie sich das Herz aus dem Leibe und knirschte verzweifelt mit den Zähnen. Und doch – was sie ersehnte war nicht seine Vernichtung, sondern ein Sinneswandel. Sie hatte nicht vergessen, wie überwältigt sie bei der ersten Begegnung mit diesem hochgewachsenen, gutaussehenden und intelligenten Ni Wucheng gewesen war. Sie hatte nicht vergessen, wie er sie vor der Geburt von Ni Ping mit nach Beiping, so hieß damals Peking, auf die Universität genommen hatte, und welch schöne Tage sie damals gemeinsam erlebt hatten. Allerdings war ihr schon damals diese schöne Zeit irgendwie unwirklich vorgekommen – es schien ihr manchmal, die Jiang Jingyi, die da in die Bibliothek ging, den Hörsaal betrat oder Vorträgen von Lu Xun und Hu Shi lauschte, könne gar nicht sie selbst sein. Jetzt aber, jetzt hatte sich das ihr damals so unwirkliche Paar Ni Wucheng und Jiang Jingyi in nichts aufgelöst, war spurlos verschwunden. Das war vom Schicksal vorherbestimmt. Sie hatte längst geahnt, daß es so kommen würde. Aber es war alles so niederträchtig! Immer wieder erwachte in ihr ein wildes Verlangen, Rache zu nehmen. Oh wie gern würde sie ihre Zähne in ihn schlagen. Ihn beißen, bis das Blut spritzte, bis sie sein Fleisch schmeckte. Doch nein. Anders als Jingzhen wollte sie ihm in Wirklichkeit gar nicht die Kehle durchbeißen. Wenn sie das täte, was würde dann aus ihr? Sie hatte inbrünstig gebetet, ein Auto möge ihren Gatten überfahren, aber wenn sie nachts erwachte, zitterte sie bei dem Gedanken, ihr Fluch oder die Flüche von Schwester und Mutter könnten sich tatsächlich erfüllen. So aus tiefster Seele hatte sie mit den beiden anderen Ni Wucheng verflucht, so bitterböse Verwünschungen gegen ihn ausgestoßen, daß sie fest an die Möglichkeit glaubte, diese Flüche könnten nun zur materiellen Gewalt werden und wirklich Einfluß auf sein Schicksal gewinnen. «Wer glaubt, der soll erhört werden», heißt es ja, und so glaubte sie, Flüchen wohne eine furchtbare, geheimnisvolle Kraft inne. Besonders den Flüchen ihrer Mutter und ihrer Schwester, da diese ja beide verwitwet waren. In der Tat, Ni Wucheng konnte es jederzeit passieren, daß ihn ein Auto überfuhr oder daß er Furunkel oder Schwären am ganzen Körper bekam – und dann, dann würde sie womöglich die dritte Witwe in der Familie sein! So dreckig es ihr jetzt auch ging, sie stand von allen dreien noch am besten da: Sie hatte einen Ehemann, der etwas hermachte, und sie hatte den Sohn, Ni Zao. Und natürlich auch noch die Tochter. Das Problem war nur, daß der Sohn noch zu klein war. In zehn Jahren, wenn Ni Zao erwachsen wäre, würde sie ehrlichen Herzens ihren Fluch gegen Ni Wucheng schleudern und ihm ein baldiges Ende wünschen können. Jetzt aber konnte sie es noch nicht. Jetzt empfand sie sogar manchmal eine gewisse Abneigung gegen ihre Mutter und Schwester: Wollen die wirklich, daß Wucheng stirbt? Haben die sich denn gar nicht überlegt, was aus mir wird, wenn er tot ist?

Aber Ni Wucheng war nicht tot. Er sah rosig und frisch aus und war kerngesund. Vielleicht verdankte er am Ende sein Leben der Tatsache, daß Jingyi es mit den Verwünschungen gegen ihn nicht ernst genug meinte? Daß der Haß, der sich in ihrem Herzen angesammelt hatte, doch nicht groß genug war, doch nicht für einen endgültigen Bruch ausreichte?

Und wie hätte er auch nicht rosig und frisch aussehen sollen. Wo er doch jeden Tag im Restaurant aß und es sich in Freudenhäusern und Spielhöllen wohl sein ließ – kurz, in Saus und Braus lebte, dieser verdammte Mistkerl!

4

Ni Wucheng stammte aus einem armen Dörfchen in einer abgelegenen Gegend der Provinz Hebei. Mengguantun, so hieß das Dorf, war nicht weit vom Bohai-Meer entfernt, daher war der Boden salzig und unfruchtbar. Hinzu kamen häufige Heuschreckenplagen, so daß die Menschen in bitterer Armut lebten. Wenn die Rede auf seinen Heimatort kam, fiel Ni Wucheng immer eine volkstümliche Ballade ein, die er als Kind gelernt hatte:

Ziegendreck liegt vor dem Haus?
Tritt ihn breit, mach dir nichts draus!
Du bist mein feines Brüderlein,
wir kaufen einen Liter Wein.
Den trinken wir jetzt beide aus –
trolln uns besoffen dann nach Haus.
Und meckern unsre Ehefraun,
dann werden wir sie tüchtig haun.
Wir schlagen sie ganz mausetot,
das bringt uns trotzdem keine Not:
Wer Geld hat, kriegt 'ne neue Braut.
Wer keins hat, auf die Pauke haut
und zieht als Yangge-Sänger dann,
ein Vagabund, durchs ganze Land.

Diesen Versen wohnte eine geheimnisvolle Kraft inne, die einem durch und durch ging. Ni Wucheng hatte ein hervorragendes Gedächtnis, doch er entsann sich nicht, von wem er das Gedicht gelernt hatte. Es kam ihm nachgerade so vor, als sei er mit ihm auf die Welt gekommen. Die böse

Vorbedeutung, die aus dem Gedicht sprach, ließ es ihm eiskalt den Rücken herunterrieseln.

Viele Jahre später war dann diese Ballade auf Ni Zao gekommen, aber im Zuge der gewaltigen Veränderungen, die sich 1949 in China vollzogen, hatte er sie wieder vergessen. Das Gedicht und das Leben, für das es stand, waren danach anscheinend aus China verschwunden. Erst nach vielen wechselvollen Jahren, als er in einer Mußestunde während seiner Auslandsreise in der Wohnung von Shi Fugang weilte, fielen ihm diese Verse, die doch mit seinem Besuch in Westeuropa überhaupt nichts zu tun hatten, wieder ein. Vor seinen Augen stand mit einem Mal das Bild eines armseligen chinesischen Dorfes. Es überlief Ni Zao eiskalt.

Sowohl Ni Wucheng als auch Ni Zao waren auf einem Stück Erde zur Welt gekommen, wo man den Ziegendreck breittrat, wo man die Ehefrau totschlug und einfach eine neue nahm. Sie wußten es nur nicht.

Kehren wir aber wieder in die Vergangenheit zurück. Die Familie von Ni Wucheng war in jenem elenden, entlegenen Dorf die angesehenste – eine reiche Grundbesitzersippe. Er hatte gehört, sein Großvater väterlicherseits sei ein bekannter Juren gewesen (d.h. er hatte bei der kaiserlichen Staatsprüfung für den Beamtendienst einen guten Platz belegt), der an der großen Reformbewegung Ende des 19. Jahrhunderts aktiv teilgenommen und sich 1895, im einundzwanzigsten Jahr der Guangxu-Ära, an der Petition, die von einer Gruppe progressiver höherer Beamter an den Kaiser gerichtet worden war, beteiligt hatte. Auf eigene Kosten hatte er Flugblätter drucken lassen, in denen er sich gegen das Einbinden der Füße bei den Frauen ausgesprochen hatte, was zur damaligen Zeit eine höchst radikale und riskante revolutionäre Aktion war. Als drei Jahre später die Hundert-Tage-Reform scheiterte, hatte der Großvater sich erhängt. Von den Erwachsenen in seiner Familie hatte Ni Wucheng niemals direkt die Geschichte seines Großvaters erfahren. Alles, was er wußte, hatte er entweder vom Gutsverwalter oder von irgendwelchen Verwandten aufgeschnappt, ohne es recht zu begreifen.

In Ni Wuchengs Familie gab es außerdem einen Bruder seines Vaters, der verrückt war. Dieser Onkel pflegte seine Kleidung in schmale Streifen zu zerfetzen, wobei er sang und schluchzte und lachte; mehrmals mußte man ihn in Fesseln legen. Ni Wucheng entsann sich undeutlich, daß er bis zu seinem Tod mit Eisenketten an den Füßen gefesselt war.

Ni Wuchengs Großmutter war durch das Unglück, das ihre Familie heimgesucht hatte, in panischen Schrecken versetzt worden. Sie war überzeugt, dieses Unglück sei das Werk böser Geister, und beriet mit Ni Wuchengs Vater und dessen jüngerem Bruder, was zu tun sei, doch die Männer wußten auch keinen Rat. Schließlich war es die Schwiegertochter, Ni Wuchengs Mutter, eine selbständig denkende und mutige Frau, die riet, man solle doch einfach umziehen, um dem Geisterspuk ein Ende zu setzen.

Ihr gewagter Vorschlag wurde angenommen. Doch in den Dörfern der Umgebung fand sich kein Platz, an dem man sich hätte neu ansiedeln können, so daß schließlich die Wahl auf einen von Mengguantun etwa dreißig Kilometer entfernten, noch ärmeren, noch abgelegeneren Weiler namens Taocun fiel. Viel Geld wurde ausgegeben, um innerhalb von drei Jahren in Taocun einen neuen Gutshof mit Birnengarten, knapp siebenhundert Quadratmeter groß, zu errichten. Das Anwesen umfaßte außerdem einen Getreidetrockenplatz und eine Mühle und hatte über zwanzig Räume unterschiedlicher Größe. Im Jahre 1908, genau zu der Zeit, da Kaiser Guangxu das Zeitliche segnete, zog die Familie nach Taocun um.

In krassem Gegensatz zu dem radikalen Großvater und dem absonderlichen Onkel war Ni Wuchengs Vater, Ni Weide, ein ganz normaler, eher etwas biederer und schwerfälliger Mensch, ein rechter Schlappschwanz. Schiefschultrig war er und so maulfaul, daß er kaum einen vernünftigen Satz herausbrachte. Dazu kamen sein ewiger Durchfall und Harndrang; auch rotzte und gähnte und nieste er unablässig, ganz egal zu welcher Jahreszeit. Seit seiner Jugend war er überdies dem Opium verfallen, sehr zum Kummer seiner Mutter. Ni Weides Frau jedoch, also Ni

Wuchengs Mutter, nahm das gelassen hin und hatte viel Verständnis für die Opiumsucht ihres Gatten, unterstützte ihn sogar darin. Sie war eine hochgewachsene und kräftige Frau von imponierendem Auftreten, deren Scharfsinn, Unerschrockenheit und Durchsetzungsvermögen sie zum angesehensten Mitglied der Ni-Sippe gemacht hatten. Ni Wucheng hegte seit seiner Kindheit eine besondere Ehrfurcht vor seiner Mutter. Diese hatte von Anfang an das unbestimmte Gefühl gehabt, in ihrem Haus walte ein unheilvolles Schicksal, kraft dessen die Nis von einem Dämon heimgesucht, von einer seltsamen Leidenschaft, einer Unrast, einem Schmerz erfüllt waren. Eine Verlockung war das, eine Qual, ein sengendes Feuer, das alles verzehrte – auch die Menschen selbst. Daher die unglückseligen Reformbestrebungen des Schwiegervaters und sein Selbstmord, daher der Wahnsinn des Schwagers. Sie hatte Angst, alle Angehörigen des Hauses Ni könnten diesem bösen Spuk zum Opfer fallen. In Mengguantun hatte sie nachts, wenn der Wind über den Gutshof fegte, oftmals ein Heulen gehört wie das Gebrüll von Tieren oder das Wimmern von ruhelosen Geistern, die der Erlösung harrten. Das sind sicher die Dämonen! hatte sie gedacht, und das Grauen hatte sie geschüttelt. Nach dem Tod des Schwagers war dieser ihr wiederholt im Traum erschienen. Als Frau seines jüngeren Bruders hatte sie vor ihm zu Lebzeiten niemals die Augen aufgeschlagen. Im Traum erschien er ihr ganz gelassen und ruhig, ohne eine Spur von Krankheit. Er sprach mit grauenerregender, hohler, zittriger Stimme: «Das Opiumrauchen hat mich kuriert.» Danach verschwand sein schattenhaftes Abbild wieder. Seine Worte aber und seine undeutlich zittrige Stimme klangen Ni Weides so scharfsinniger und unerschrockener Gattin noch lange im Ohr.

Da kam ihr die Erleuchtung. Die Ahnen sorgten eben doch für ihre Nachfahren, der Himmel selbst erbarmte sich ihrer, die Familie Ni war nicht zum Untergang verurteilt. Opium, das war die Rettung! Man brauchte nur nachzudenken: Hätte der Schwiegervater Opium geraucht, hätte er dann Reformen fordern, sich an Petitionen beteiligen, für naturbelassene große Füße eintreten können? Hätte er dann Selbstmord begehen müssen? Opiumraucher würden niemals ihrem Leben ein Ende setzen, und lebten sie auch schlimmer als Schweine oder Hunde. Nur Verrückte warfen ihr Leben weg. Hätte der verrückte Schwager beizeiten mit Opiumrauchen begonnen, hätte er dann diesen Kummer durchmachen, hätte er so rasen und toben, hätte er so dahinvegetieren müssen in Unfrieden mit der Welt und allen Menschen? Wie anders waren doch Opiumraucher: in ihr Schicksal ergeben, friedlich und ruhig. Und daß ihr Mann Opium rauchte – war das nicht gerade das Liebenswerte und Zuverlässige an ihm?

Von jener Zeit an sorgte sie dafür, daß ihr Gatte in Ruhe sein Opium rauchen konnte. Manchmal inhalierte sie sogar zur Gesellschaft selbst ein paar Züge, doch hielt sie sich absolut unter Kontrolle, denn sie wollte unter keinen Umständen süchtig werden. Im Hause Ni, mit dem es seit der Übersiedlung nach Taocun immer mehr bergab ging, war sie der ruhende Pol. Radikalismus oder gar Geisteskrankheit? Sie war dagegen gefeit, und weder brauchte sie dazu noch gestattete sie sich den berauschenden Rauch, den ihr Mann so liebte.

Tatsächlich fesselte das Opium Ni Weides Herz und Sinne und bewahrte ihn vor den Angriffen jener Dämonen. Von Natur aus ängstlich und phlegmatisch, war er lenkbar und gefügig und mit allem zufrieden. Nur einmal soll er sich ermannt und angeschickt haben, eigenhändig ein Huhn zu schlachten, weil er Appetit auf Hühnerfleisch hatte. Angefeuert von der Dienerschaft hatte er das Tier gepackt, Flügel und Hals in die richtige Lage gedreht und das scharfe Messer an den pulsierenden Hühnerhals gehalten. Es bedurfte nur noch eines leichten Ziehens am Griff, und er hätte zum ersten Mal in seinem Leben die Großtat vollbracht, ein Huhn geschlachtet zu haben. Aber da hielt er inne und ließ die Tat ungeschehen. War es Weichherzigkeit und Mitleid mit der Kreatur, oder war es seine Opiumsucht? Genug, er warf das Messer zu Boden, ließ das Huhn laufen und ging in sein Zimmer zurück, um sich dort, auf dem Kang ausgestreckt, ein neues Opiumkügelchen zu rollen.

Er wurde körperlich immer schwächer. Im zweiten Regierungsjahr des Kaisers Xuantong (1910) wurde seine Frau schwanger. Die ganze Familie befand, dies sei ein höchst erfreuliches Ereignis, und schrieb es der günstigen Geomantie von Taocun zu. Der Umzug hatte sich also gelohnt. Jedoch als es Winter geworden war, hatte Ni Weide häufig asthmatische Hustenanfälle und begann, Blut zu spucken. Von früh bis spät lag er auf dem geheizten Ofenbett, in seine Pelzjacke eingemummelt und dennoch vor Kälte klappernd. Im ersten Monat des dritten Jahres der Xuantong-Ära starb seine alte Mutter. Krank wie er war, mußte sich Ni Weide um das Bestattungsritual kümmern: Beweinung der Toten, Ehrenwache an der Bahre, Anlegen von Trauerkleidung, Überführung zur Grabstätte, Aufpflanzen der Totenbanner, Zerschlagen der Schüssel, Einsargen des Leichnams... Als die Ahne schließlich unter der Erde war, legte sich auch Ni Weide auf sein Bett, spuckte Blut und stand nicht mehr auf. Im dritten Monat jenes Jahres hauchte er seinen letzten blutigen Atem aus und versammelte sich zu seinen Vätern, abgemagert zum Skelett, ein elendes Wrack aus Haut und Knochen.

Ni Weides Gattin, der im fünften Schwangerschaftsmonat die Schwiegermutter und im siebenten Monat der Mann gestorben war, weinte sich die Augen aus dem Kopf und wäre vor Kummer am liebsten selbst tot gewesen. Seit die Begräbnisfeierlichkeiten vorüber waren, dachte sie an das Kind, das sie unter dem Herzen trug, mit widerstrebenden Gefühlen, teils mit Angst und sogar ein wenig Abscheu, teils aber auch mit ganz besonderer Wertschätzung.

Schwächlich wie er war, hatte Ni Weide nach der Hochzeit nur sehr selten mit seiner Gattin das Lager geteilt. Diese wiederum, groß und kräftig, hatte sich mit aller Energie um den Haushalt gekümmert und versucht, den Niedergang des Hauses Ni aufzuhalten. Liebevolle Fürsorge und geschlechtliche Beziehungen zwischen Ehegatten, das war eine Saite, die in ihrer Seele und in ihrem Körper überhaupt nicht zum Klingen gekommen war. Im Gegenteil, ihr war von Natur aus all dies nicht nur gleichgültig und bedeutungslos, sie empfand es als überflüssig und lästig, als etwas, was man nach Möglichkeit von sich fernhielt. Daß sie unter diesen Umständen schwanger wurde und dann so schnell hintereinander Schwiegermutter und Ehemann verlor, gab ihr das Vorgefühl kommenden Unheils. Zugleich aber war sie sich ihrer geheiligten Mission, einen Sohn zu gebären und so die Familie Ni vor dem Aussterben zu bewahren, durchaus bewußt.

Im dritten Jahr der Xuantong-Ära, drei Monate vor Ausbruch der Revolution von 1911, kam Ni Weides nachgeborener Sohn Ni Wucheng zur Welt. Der Kleine, der noch im Mutterleib den gewaltigen Kummer erleben mußte, nacheinander zwei nahe Verwandte zu verlieren, gedieh nichtsdestoweniger prächtig. Von der Mutter hatte er Statur und Konstitution geerbt, nicht jedoch ihren Scharfsinn. Man kann vielleicht sagen, er war überdurchschnittlich gescheit, zugleich aber mangelte es ihm an gesundem Menschenverstand. Er zahnte mit sieben Monaten, lernte noch vor seinem ersten Geburtstag laufen und wurde mit anderthalb Jahren in der Kreisstadt im «Ausländerhaus», so bezeichneten die Bewohner das einzige Krankenhaus der Gegend, ein katholisches Hospital, gegen Pocken geimpft. Mit vier Jahren konnte er bereits seinen Namen schreiben, mit fünf kam er in die einklassige Privatschule am Ort und mit neun in die Missionsschule, wo er begann, sich intensiv für die Schriften progressiver Autoren wie Liang Qichao, Zhang Taiyan und Wang Guowei zu interessieren. Als er einmal, zehnjährig, mit der Mutter im Haus der Großmutter zu Besuch war und dazukam, wie der Onkel seiner kleinen Tochter die Füße bandagierte, nahm er sofort voller Empörung gegen diese Unsitte Stellung und schrie die Verwandten unter heißen Tränen an, sie seien dumm und barbarisch, dem Kusinchen die Füße einzubinden. Damit verärgerte er den Onkel und erschreckte auch die Mutter, die darin einen erneuten Beweis für den bösen Dämon erblickte, der die Nis verfolgte. Was mochten die Nis bloß für eine schlimme Sünde begangen haben, um derart bestraft zu werden? Ach, und was für eine Sünde hatten ihre eigenen Vorfahren begangen, daß sie zur Strafe in die Ni-Sippe hatte einheiraten müssen?

Seitdem lebte Ni Wuchengs Mutter in ständiger Angst. Von ihren vertrauten Dienern und Mägden wurden ihr immer neue besorgniserregende Nachrichten über den Sohn zugetragen: Ni Wucheng plaudere mit den Pachtbauern und sage ihnen, der Boden müsse an die Bauern verteilt werden; jedem Pflüger sein Feld, lehre der «Vater des Vaterlandes» Sun Yatsen, und es sei parasitär, wenn der Gutsbesitzer vom Pachtzins lebe. «Der Junge hat wieder Unsinn verzapft.» So begannen die Zuträger jeweils ihren Bericht an die Mutter.

Sie bemerkte auch, daß Ni Wucheng, jung wie er war, unter Schlaflosigkeit litt. Oft wälzte er sich noch mitten in der Nacht ruhelos auf seinem Lager hin und her. Wenn sie ihn dann fragte, warum er nicht schlafe, erwiderte er, er sei sich nicht klar über Sinn und Zweck und Wert des menschlichen Lebens. Als der Junge vierzehn war und die ganze Familie Ni am letzten Tag des alten Jahres das Ahnenopfer vollzog, sollte auch er vor den Seelentafeln der Vorfahren seinen Kotau machen, doch er war plötzlich spurlos verschwunden. Nach langem Suchen entdeckte man ihn im Birnengarten, wo er die Sterne am Himmel beobachtete. Als die Mutter ihn aufforderte, wieder ins Haus zu kommen, schrie er, all dies abergläubsiche Getue sei nichts als Betrug an sich selbst und anderen, und er werde früher oder später die Seelentafeln der Ahnen zerschlagen!

Die Mutter befürchtete großes Unheil, hatte aber niemanden, mit dem sie hätte beraten können, wie es abzuwenden sei. Angehörigen der Familie Ni gegenüber durfte sie nichts darüber verlauten lassen, daß der Dämon in Ni Wucheng gefahren war. Denn nach dem Tod ihres Mannes hatte es einige gerissene Verwandte gegeben, die sich den Kopf zermarterten, mit welchen Tricks man wohl an das Erbe herankommen könne. Nur die Existenz des kleinen Wucheng hinderte sie daran, zuzuschlagen. Also würde sie sich an ihre eigene Familie um Rat wenden – doch nein. Erstens würde sie, wenn sie dieses Thema zur Sprache brächte, in den Verdacht geraten, Angelegenheiten der Familie des Gatten mit Angehörigen ihrer eigenen Sippe zu besprechen, und das wäre für eine Frau fast so unmoralisch wie ein außereheliches Verhältnis. Zweitens hatte ihre Sippe auch ohne jenen Protest gegen das Füßeeinbinden schon einen ungünstigen Eindruck von Ni Wucheng. Drittens war ihr älterer Bruder selbst alles andere als ein anständiger Mensch.

Dennoch sprach sie am Ende mit dem Bruder. Der gab ihr zwei Ratschläge: Erstens müsse man dem Neffen das Opiumrauchen beibringen, und zweitens müsse man ihn verheiraten. «Ganz egal ob Held oder Teufel – eine Opiumpfeife und eine Frau, das reicht allemal, um ihm die Flausen auszutreiben», sprach er im Brustton der Überzeugung. «Bin ich nicht das beste Beispiel? Als junger Spund war ich auch ein ganz schön verrückter Kerl – und jetzt? Bin ich nicht brav und zahm? Wenn eine einzige Frau das nicht fertigbringt, kann man ihm ja noch zwei Nebenfrauen beschaffen», fügte er grinsend hinzu.

Als Ni Wuchengs Mutter ihn so reden hörte, wäre sie beinahe in Tränen ausgebrochen, mußte sie doch daran denken, wie jämmerlich ihr Mann in seinen letzten Lebensjahren als Opiumsüchtiger dahinvegetiert hatte, zu zwei Zehnteln ein Mensch, zu acht Zehnteln ein Gespenst. Noch viel furchtbarer war aber das Ende von Schwiegervater und Schwager gewesen! Hinzu kam, daß sie, eine Analphabetin, die ihr Leben lang nicht aus ihrem Dorf herausgekommen war, rein gefühlsmäßig vor dem umstürzlerischen Aufruhr seit der Revolution von 1911 und der Gründung der Republik zurückschreckte. Und nun glaubte sie, bei Ni Wucheng intuitiv die Keime «revolutionärer» Gedanken zu spüren. Wenn jemand am Opiumgenuß starb, dann war das lediglich der Tod eines einzelnen, der Verlust eines Einzellebens. «Revolution» dagegen, das war das Ende all dessen, was von den Ahnen her auf sie gekommen war, das Ende der Ahnenverehrung selbst, das absolute Chaos und ein himmelschreiendes Verbrechen, das durch nichts wiedergutzumachen war.

So kam es, daß der kaum fünfzehnjährige Ni Wucheng, als er eines Tages aus der Schule nach Hause kam, seine Mutter auf dem Bett liegen und rauchen sah. Das ganze Zimmer war von einem eigenartigen, berauschenden Duft erfüllt, der ungemein belebend wirkte und in ihm eine Art Gier, eine Art Hungergefühl erweckte. Je länger er diesen Duft einatmete, desto berauschter und verwirrter wurde er. Sein ganzer Körper wurde schlaff und empfindungslos, und er weinte erregt und glücklich und zufrieden.

Von nun an rauchte er Opium, angeleitet von der eigenen Mutter. Später war es dann ein Vetter, der ihm durch eigenhändige Demonstration das Masturbieren beibrachte. Das sollte für Ni Wucheng eine quälende Frage werden, ein steter Zweifel, der an ihm nagte. Als er erwachsen war, glaubte er nämlich, Grund genug für die Annahme zu haben, daß diese zweifache Initiation durch Vetter und Mutter ihrem Wesen nach identisch und von den gleichen Motiven und Absichten bestimmt war – zwei Maschen in einem raffiniert ausgelegten Netz, in dem er sich verfangen sollte. Andererseits mochte er nicht glauben, daß die Mutter auch zu des Vetters Unterweisung ihren Segen gegeben haben sollte. Das wäre zu entsetzlich, zu grausam und schamlos gewesen, der bloße Gedanke daran verursachte ihm Brechreiz.

Dem tödlichen Laster verfallen, erkrankte Ni Wucheng mit sechzehn Jahren schwer. Erst sah es ganz harmlos aus. Ein gewöhnlicher Durchfall, doch entwickelte der sich zu einer durch nichts zu stoppenden Diarrhöe, so daß alle Speisen unverdaut blieben. Er konnte schließlich gar nichts mehr zu sich nehmen und schwebte in akuter Todesgefahr. Aß er einen Teller Nudelsuppe mit Gurkenstreifchen, dauerte es keine zwei Stunden, und die Speise hatte ihren Weg durch den Körper zurückgelegt. Im Kot war sogar noch die grüne Gurkenschale zu erkennen. Wirklich entsetzlich! Als er sich nach einem Monat von seinem Krankenlager erhob, entdeckte er, daß er, der doch so groß und schlank gewesen war, nun O-Beine hatte. Sein ganzes Leben lang sollte er hinfort unter der Diskrepanz zwischen seinem kräftigen Wuchs und seinem hübschen Gesicht einerseits und seinen streichholzdünnen, krummen Beinen andererseits leiden. Besonders seine Fußknöchel waren so schwach, daß er oft unsicher lief und meinte, im nächsten Moment könnte er stolpern und sich die Beine brechen.

Über ein halbes Jahrhundert später fiel er tatsächlich hin und brach sich die Knöchel. Danach konnte er nicht mehr laufen, dann kam die Atrophie der unteren Gliedmaßen und schließlich die des ganzen Körpers. Am Ende seiner lebenslangen Jagd nach dem Glück, die ihm immer nur Kummer und Schmerz eingebracht hatte, starb er ebenso, wie er seinerzeit geboren worden war: hilflos und resigniert.

Gleichzeitig damit, daß sich seine Beine verformt hatten, war Ni Wucheng die Kraft zugewachsen, entschlossen mit der Vergangenheit zu brechen. Diese Kraft und diesen Willen hielt er damals für hochgradig revolutionär, für etwas absolut Großartiges. Er hatte die Gefahr erkannt, in der er schwebte. Er verabscheute seine Familie und die Klasse, der er entstammte. Er haßte den Vetter und den Onkel, und auch gegen die Mutter hegte er bitteren Groll. Er war sich darüber klar, wie tief er selbst gesunken war und daß ihm das Wasser bis zum Halse stand. Daß er überhaupt wieder, wenn auch O-beinig, aufstehen konnte, war schlechthin ein Wunder. Dieses Wunder verdankte er der revolutionären Strömung, die er – undeutlich und verschwommen – in China aufkeimen spürte. Oder verdankte er es nicht doch eher dem Tod? Denn der junge Ni Wucheng hatte auf seinem Krankenbett den ersten Kuß des Todes empfangen, ehe der Tod ihn schließlich doch wieder freigegeben hatte. Seine Mutter beichtete unter herzzerreißendem Schluchzen ihre Schuld. Sie sei es gewesen, die ihn wie seinen Vater mit dem Opium vergiftet habe. «Ich habe mich schuldig gemacht vor den Ahnen der Familie Ni und vor deinem Vater und vor dir. Eigentlich müßte ich mir die Kehle durchschneiden», sagte die Mutter unter Tränen. «Aber der Himmel ist mein Zeuge, ich habe es für die Familie Ni getan, für deine Familie, das mußt du mir glauben! Wie die Lampe ausbrennt, so soll es auch mit mir aus sein, wenn ich lüge! Furunkel sollen mir auf der Zunge wachsen, wenn ich nicht die Wahrheit spreche!»

Nachdem Ni Wucheng genesen war, zerschlug er Opiumpfeife, Pfeifenstopfer und Opiumlampe und verjagte den Vetter, der sich gerade im Hause herumtrieb. Er kannte keine Nachsicht mit dem Opium, auch nicht mit dem Vetter – aber er vergab seiner Mutter, die wegen seiner Krankheit um zehn Jahre gealtert war. Ach, seine Mutter! Vorzeitig verwitwet, hatte sie ja nur ihn. Ihr körperlicher Verfall und ihre Tränen gingen Ni Wucheng sehr zu Herzen. Selbst wenn er tatsächlich durch die Schuld seiner Mutter gestorben wäre – hätte das nicht lediglich gezeigt, daß ihm der Tod bestimmt war?

In seinem siebzehnten Lebensjahr hatte Ni Wucheng die Mutter endlich überredet, ihn in der Kreisstadt auf die Missionsschule, eine Internatsschule, gehen zu lassen. Auf einem gummibereiften, zweirädrigen Pferdekarren verließ er Taocun und Mengguantun, und als er an jenem Tag die silbern schimmernden Salzfelder und all die verstörten, stumpfen Gesichter hinter sich zurückließ, schwor er sich, daß sein künftiges Leben hinfort nichts mehr mit Taocun und mit dem Leben eines ländlichen Gutsbesitzers zu tun haben sollte.

Doch dafür bezahlte er einen Preis: Vorbedingung für die Zustimmung zu seiner Übersiedlung an die Schule in der Kreisstadt war gewesen, daß er vorher eine Frau «einhandelte». Wo er zu Hause war, sagte man nicht «eine Frau heiraten», sondern «eine Frau einhandeln». Auch die Frau «verheiratete» sich nicht, sondern «suchte» jemanden. Diese Ausdrucksweise entsprach durchaus der Praxis, denn wenn ein Mann heiraten wollte, ließ er das durch einen Vermittler aushandeln. Und das wichtigste für eine heiratswillige Frau war, einen guten Mann zu suchen. Eigentlich hatte Ni Wucheng sich dagegen sträuben wollen, daß die Mutter ihm eine Ehefrau einhandelte, hatte er doch schon damals eine nebelhafte Vorstellung von «freier Liebe». Freilich wagte er nicht, derartige ketzerische Gedanken in Worte zu kleiden. Ebensowenig brachte er es fertig, mit der Mutter endgültig zu brechen. Nicht nur, weil er durch die Bande kindlicher Liebe an sie gefesselt war, sondern auch, weil es da eine gleichsam transzendente Barriere gab, eine Grenze, die man einfach nicht überschreiten durfte. Opium rauchen, das ging noch an, und Masturbieren natürlich erst recht. Auch andere Schlechtigkeiten, etwa die Verführung der minderjährigen Tochter eines Pachtbauern, mochten wohl hingehen. Sogar bei einem versehentlichen Totschlag konnte man noch davonkommen, wenn man nicht gerade erwischt und einen Kopf kürzer gemacht wurde. Sich aber einer von der eigenen Mutter und den Sippenältesten arrangierten Heirat zu widersetzen – nein, daran brauchte Ni Wucheng, so sehr er die Revolution ersehnte und so sehr er sich als Erbe radikaler Reformbestrebungen fühlte, erst gar nicht zu denken.

Mit einer Reihe schikanöser Tricks und Ausflüchte wollte er die Absicht der Mutter durchkreuzen. Zuerst stellte er seine Forderungen bezüglich des Heiratsvermittlers: Eine Frau komme als Vermittler nicht in Frage; es müsse ein Mann sein, nicht zu alt und gebildet. Seine Bildung dürfe sich auch nicht in der Kenntnis der vier kanonischen Bücher – Die Große Lehre, Die Doktrin der Mitte, die Gespräche des Konfuzius, Menzius – und der fünf klassischen Werke – Buch der Lieder, Buch der Geschichte, Buch der Riten, Buch der Wandlungen, Annalen der Frühlings-und-Herbst-Periode – sowie der Dichtung der Han- und Tang-Zeit erschöpfen, sondern er müsse darüber hinaus auch über neuzeitliche naturwissenschaftliche Gelehrsamkeit verfügen und überdies Japanisch oder eine europäische Sprache beherrschen. Schließlich würde die Frau ja eingehandelt, und daher müsse vor der eigentlichen Brautschau erst einmal der Vermittler ausgewählt werden. Die Mutter akzeptierte das. Sie fühlte, daß Ni Wucheng sich seit seiner schweren Erkrankung verändert hatte, und daß er sich unausweichlich von ihr und der von ihr gutgeheißenen Lebensweise frei machen würde. Auch brachte sie es nicht fertig, dem über alles geliebten Sohn etwas abzuschlagen und ihm, der kurz vor dem Aufbruch in sein neues Leben stand, ihre liebevolle Fürsorge zu entziehen. Der höchste Ausdruck aber, den die Liebe von Eltern zu ihren Kindern finden konnte, war zum einen, ihnen ein Vermögen zu hinterlassen, zum anderen, eine passende Heirat für sie zu arrangieren. Daß Ni Wucheng keinerlei Interesse für Geld und Besitz hatte, war bei ihm schon in zartem Alter ersichtlich gewesen. Aber wie stand es mit einer Frau? Eine Frau muß er schließlich haben – handeln wir ihm also eine ein. Hierin zeigte sich ihre höchste mütterliche Liebe, und hierin sah sie auch etwas unvergleichlich Hehres, ja Heiliges, ging es doch darum, den Fortbestand der Sippe und der Ahnenverehrung zu sichern.

Deshalb sollte alles so geschehen, wie der Sohn es wünschte, wenn er nur überhaupt einwilligte, daß eine Frau für ihn eingehandelt würde. Wozu war eine Mutter schließlich da? So wurde dann ein entsprechender Heiratsvermittler gefunden. Es war Ni Xiaozhi, ein entfernter Verwandter, der in Mengguantun und Umgebung als so etwas wie ein talentierter Gelehrter galt oder zumindes als jemand, an den man sich wenden konnte, wenn zu Neujahr ein neues Paar Sinnsprüche auf Schriftrollen geschrieben werden mußte.

Ni Wuchengs Rückzugsgefechte blieben erfolglos, denn er konnte die Legitimation dieses Onkels als Heiratsvermittler nicht leugnen. Also verlegte er sich darauf, konkrete Forderungen, die Eheschließung selbst betreffend, zu stellen. Erstens dürfe die Betreffende keine eingebundenen Füße haben, zweitens müsse sie die Schule – und zwar die Missionsschule – besuchen, drittens würde er erst nach Ablauf von zwei Jahren die Ehe eingehen, und viertens bestehe er darauf, die Betreffende persönlich in Augenschein zu nehmen.

Je verzweifelter junge Menschen sich sträuben, desto eher gehen sie schließlich in die Falle. Die unglückliche Mutter sah sich schon fast am Ziel ihrer hartnäckigen Bemühungen: Was die Füße betraf, so könnte Wucheng wohl kaum vor der Hochzeit dem Mädchen Schuhe und Strümpfe ausziehen und den Fuß vermessen. Auch die Schule war überhaupt nicht problematisch, denn wer Geld hatte, konnte die Schule besuchen; zur Not müßte man das Mädchen nachträglich dorthin schicken. Und was die zwei Jahre betraf, die der Sohn mit der Eheschließung warten wollte – von ihr aus könnten es auch acht Jahre sein.

Aber fehlte da nicht noch etwas? Richtig, der eigene Augenschein. Das war nun wirklich allzu unkonventionell, um nicht zu sagen exzentrisch! Doch Ni Xiaozhi versicherte, auch das sei kein Problem – man solle ihn nur machen lassen. Angesichts der von Monat zu Monat, von Tag zu Tag fortschreitenden Veränderungen der gesellschaftlichen Gepflogenheiten, blieb der Mutter nichts übrig, als seufzend ihre Zurückgebliebenheit und den unaufhaltsamen Verfall von Anstand und Sitte zu beklagen.

Onkel Xiaozhi benötigte nur einen halben Monat, um für Wucheng eine passende Frau einzuhandeln – eine ideale Frau, muß man schon sagen, die in allen Punkten Wuchengs Anforderungen und erst recht den Anforderungen seiner Mutter entsprach. Der Vater der Erwählten, der aus einer ländlichen Grundbesitzerfamilie stammte, war Arzt für traditionelle chinesische Medizin und ähnlich prominent wie Ni Xiaozhi, der Vermittler. Seine Frau war mütterlicherseits eine Nachfahrin des Hanlin Zhao, eines berühmten Gelehrten aus der Qing-Zeit. Das Mädchen selbst habe naturbelassene Füße, so hieß es, und besuche die Missionsschule, sogar schon ein Jahr länger als Wucheng. Das Mädchen habe keine Brüder, nur eine ältere Schwester. Ja, und der eigene Augenschein... Onkel Xiaozhi ging mit dem Jungen in die Schule in der Kreisstadt, damit sich Wucheng das Mädchen anschauen konnte. Jetzt merkte der, wen er mit der Forderung, das Mädchen persönlich kennenzulernen, in Wahrheit überfordert hatte: nicht die Mutter, nicht den Vermittler, nicht das Mädchen, sondern sich selbst. In der Schule angekommen, geriet er in heillose Verwirrung und riskierte auf dem Sportplatz nur aus dreißig Schritt Entfernung einen verstohlenen Blick. Der Anblick des anmutigen und unbefangenen Mädchens ließ ihn erröten. Seine Ohren brannten, vor seinen Augen flimmerte es, und sein Herz klopfte heftig – fast wäre er ohnmächtig geworden. Jetzt hätte er sich zu gern zur Beruhigung der Nerven ein Opiumkügelchen gerollt und ein Pfeifchen geraucht.

Die Partnerwahl war also glücklich vonstatten gegangen. Vier Monate später wurde die Eheschließung vollzogen. Erst nach der Hochzeit stellte sich heraus, daß die junge Frau «befreite», das heißt erst ein- und dann wieder aufgebundene, also weder eingebundene noch naturbelassene –

oder wenn man so will: sowohl eingebundene als auch naturbelassene – Füße hatte.

Ni Wuchengs Mutter hatte mit der Verheiratung des Sohnes ihre Lebensaufgabe erfüllt. Von nun an fehlte ihrer Existenz Sinn und Zweck. Ein halbes Jahr nachdem Wucheng die Ehe geschlossen hatte, wie es ihm bestimmt war, und nachdem er zum gemeinsamen Schulbesuch mit seiner Gattin Jingyi in die Internatsschule der Kreisstadt übergesiedelt war, wie es seinem Wunsch entsprach, starb die Mutter, ohne vorher krank gewesen zu sein. In der Stunde ihres Todes war sie bei klarem Bewußtsein. Sie fragte den Sohn: «Ich muß doch fort! Warum sterbe ich denn noch nicht? Warum ist das Sterben so schwer?» Zum Schluß sagte sie noch: «Ich gehe.» Über dieses Wort «gehen» rätselte Ni Wucheng in späteren Jahren oftmals. Ein Jenseits – gab es das?

5

Eine Hütte baut ich mir unter Menschen und bin doch entrückt, da mein Herz fern von hier.»

«Lauthals lachend zur Tür hinaustretend, sag, ist unsereins nicht dem Volke ganz nah?»

«Im Walde sitz ich, unter dem Bambus, sing meine Lieder und spiele dazu.» Literatur, sie ist heiß wie das Feuer, der Literat ein einsamer Mensch.

Wieder ist es zeitig im Frühling. Welch abstruses Manuskript, welch störender Lärm. Welch ferne Sehnsucht, Zweifel, Versunkenheit... Endlich, nur kurze Zeit freilich, aufs neue vereint mit mir selbst, allein mit mir an einsamem Ort, im verlassenen Tempel inmitten der Berge, umtost wie seit jeher von eisigem Wind. Die Zweige der Bäume, zwar dürr noch und kahl, doch schwellend schon merklich die jungen Knospen. Du Ruf ferner Vögel, sanfter Wind du, und strahlende Sonne! Du wortloses Feuer im Ofen, Asche, die du bewahrst noch die Form! Und du Wasser im Kessel, längst schon fast siedend und dennoch nie wallend, sendest ringförmige Dampfwölkchen aus, singst leise dein summendes Lied. Du Nachhall des Trubels, der du erfüllst noch die Ohren, die allzu lange der Stille entwöhnt. Sternklare Nacht, du! Oh, ihr alten Geschichten, wie winzige Wellen kräuselnd ein stehendes Wasser! Und ihr Tage und Jahre, so lang schon vergangen!

Was zählt der Mensch, was seine Freude, sein Schmerz? Was zählen die drückenden Lasten, die Menschen einander aufbürden, was die Qual, die sie einander bereiten – sei es aus Liebe, Haß, Kummer, aus Freude, aus Niedertracht oder aus Edelmut? Was zählen die faden Worte auf blassen Blättern, mit denen dies alles bedacht wird, notiert und beschrieben? Und was all die Erregung, echt oder künstlich?

Kahle Berge. Aufgegebene Terrassenfelder. Pflanzlöcher, Wasserpfützen wie Fischschuppen die Hänge überziehend. Angewachsene und auch verkümmernde Wacholder- und Zypressensetzlinge. Tausende und aber Tausende eiserne Spaten und Hacken. Rote, gelbe, grüne Gräser und Kräuter. Welke Blätter, immer noch nicht bereit, sich vom Zweig zu lösen. Gemächlich emporsteigender Dampf aus Bechern frisch gebrühten Tees. Ein neues Jahr mit lenzlichen Düften allüberall.

Beflügelt von der seltenen Einsamkeit, die mir so unerwartet zuteil geworden, und die mich umhüllt wie zärtliche Fürsorge, will ich nun fortfahren mit meiner Chronik der Ereignisse in der Familie Ni.

Ni Wucheng bestellte «eine Portion Schwein naturell im Steinguttopf, einmal Zweierlei Kurzgebratenes und einmal Fritierter Hirschschwanz». Schnaps? Gut, trinken wir Schnaps. Einen Viertelliter? Vertragen Sie etwas? Ach, der Arzt ist dagegen – na, dann ein Achtel. Angewärmt, ja, natürlich. Was möchten Sie sonst noch? Nichts mehr. Schön. Also nichts mehr.

Noch immer stand der Kellner vom «Gasthaus zum Steinguttopf» leicht vorgebeugt neben ihnen und wich und wankte nicht. Darf's noch etwas sein? Unüberhörbar in seinen Worten der vorwurfsvolle Unterton – zwei gutgekleidete Herren, und dann so eine kümmerliche Bestellung!

Eigentlich hatte Ni Wucheng vorgehabt, den ehrwürdigen Herrn Du ins vornehme «Restaurant Tan» einzuladen, zum Umtrunk im Hotel «Peking» hatte er ihn bitten wollen, jawohl, oder wenigstens zu einem Diner à la française im Restaurant «Starker Staat» im Basar der Östlichen Ruhe – immerhin das einzige Lokal in ganz Peking, wo das ganze Jahr über Speiseeis im Angebot war. Von diesen großartigen Plänen hatte er Herrn Du schon vor längerer Zeit in Kenntnis gesetzt. Als der zum ersten Mal hörte, daß Ni Wucheng ihn demnächst einladen wollte, hatte er nur leicht verlegen gelächelt, als wolle er sagen: Das kann ich doch nicht annehmen! Nachdem er dann zu wiederholten Malen dieselbe im Futur formulierte Einladung vernommen hatte, wurde sein Lächeln immer verlegener. Warum erzählt er mir bloß immerfort, er würde mich einladen, und tut es dann nicht? Herr Du empfand das Ganze als peinlich für Ni Wucheng.

Der ehrwürdige Herr Du – mit vollem Namen hieß er Du Shenxing – war ein enzyklopädisch gebildeter Professor. Da seine alte Mutter schwer krank war, konnte er sich nicht wie seine Freunde in die von den Japanern noch nicht okkupierten Gebiete im Inneren Chinas absetzen, sondern mußte im besetzten Peking bleiben. Seit dem Zwischenfall an der Marco-Polo-Brücke, mit dem 1937 der Widerstandskrieg gegen die Japaner begonnen hatte, lebte er zurückgezogen und empfing keine Besucher mehr. Mit Anfang vierzig hatte er sich einen langen Bart wachsen lassen, woraufhin er allgemein «ehrwürdiger Herr Du» genannt wurde. Wegen seiner außerordentlichen Gelehrsamkeit zollten ihm widerstrebend auch die Japaner Respekt. Immer wieder gab es Gerüchte, der ehrwürdige Herr Du würde in nächster Zeit als Rektor der Soundso-Hochschule eingesetzt oder zum Direktor der Staatsbibliothek ernannt oder sei für eine andere hohe akademische Würde auserkoren. Herr Du pflegte in solchen Fällen nur die Augen zu schließen und ganz leicht ein wenig höhnisch zu lächeln.

Ni Wuchengs Verehrung für Du Shenxing kam von Herzen. Freilich war es auch unerläßlich für das eigene Ansehen, die eigene Stellung und die eigene Zukunft, eine so illustre Persönlichkeit wie den ehrwürdigen Herrn Du zu seinen Bekannten zu zählen. Was nun die Einladung ins «Restaurant Tan» oder zum französischen Diner betraf, so könnte man sagen, sie hatte etwas mit dieser Hochachtung und mit diesem ganz profanen Egoismus zu tun, genausogut aber auch, sie hatte überhaupt nichts mit Hochachtung und Egoismus zu schaffen. Denn Ni Wucheng liebte es, Bekannte oder Unbekannte zum Essen einzuladen; es kam eigentlich gar nicht darauf an, um wen es sich handelte. Genauso oder vielleicht – ihm selbst unbewußt – noch mehr liebte er es, seinerseits eingeladen zu werden, wobei es ihm ebenfalls egal war, von wem. Er war von Natur aus gesellig und großzügig.

Je älter Ni Wucheng wurde, desto eleganter trat er auf. Schiefergrauer Anzug europäischen Schnitts, gerade fallende Hosen, die seine krummen und allzu dünnen Beine verdeckten, eine knallige Krawatte, die die Schäbigkeit seines schmuddligen Hemdkragens milderte, dazu seine Schlankheit und seine kerzengerade Körperhaltung – vor allem die stolz vorgereckte Brust –, das ein wenig eckige Gesicht, die kleine, runde Brille, die glänzenden, ausdrucksvollen Augen, der markante Adamsapfel, nicht zu vergessen sein gewinnendes Lächeln – das alles vereinte sich zu dem Bild eines eleganten Herrn, wie man ihn Anfang der vierziger Jahre im japanisch besetzten Peking unter der Marionettenregierung höchst selten zu Gesicht bekam. Dies war auch der Grund, warum Jingyi ihm oft vorwarf, er sei «überhaupt kein Chinese». Genau das aber war es, worauf er sehr stolz war: Er war anders als die anderen Männer in China – vor allem in Mengguantun und Taocun –, die fast ausnahmslos mit ängstlich hochgezogenen Schultern und eingezogenem Kopf apathisch vor sich hin stierten.

Dabei hatte er durchaus Sinn fürs Praktische und war kein schlechter Familienvater. Gerade deshalb hatte er heute mittag, da sich sein langgehegter Wunsch, den ehrwürdigen Herrn Du zum Essen einzuladen, erfüllen sollte, unwillkürlich einen Rückzieher gemacht. Nichts da mit Frutti di mare oder teuren europäischen Gerichten! Stattdessen hatte er Herrn Du ins «Gasthaus zum Steinguttopf» gelotst, wo man sehr preiswert und trotzdem gut aß, und dort einige ebenfalls preiswerte aber durchaus nahrhafte Gerichte bestellt. Das Gasthaus zum Steinguttopf lag an der Gangwashi-Straße in der Pekinger Weststadt. Gedacht war das Lokal ursprünglich speziell für unbemittelte Kreisbeamtenanwärter und sonstige Kandidaten für irgendeinen Beamtenposten, die sich in der Hauptstadt der Prüfung unterziehen wollten. Was in diesem Etablissement auf den Tisch kam, war alles vom Schwein. Fettes und Mageres, Kopf und Haxen, Kaldaunen und Innereien, alles wurde als preiswerte Delikatesse angepriesen.

Ni Wucheng hielt dem Psychoterror des unerbittlich verharrenden Kellners mit eiserner Miene stand. Herrn Du war das Ganze äußerst peinlich. Diese Einladung von einem gastfreundlichen Menschen, der es so gut meinte und so großzügig sein wollte und doch nicht das Zeug dazu hatte – nein, das war wirklich blamabel. Von Scham und Bedauern erfüllt, hatte er nachgerade das Gefühl, daß eigentlich er, Du Shenxing, es war, der dem so viel jüngeren Ni Wucheng ein Festessen im vornehmen Fischrestaurant Tan hätte spendieren sollen. Und er nahm sich fest vor, die Einladung demnächst zu erwidern und Ni Wucheng in das exklusive «Gasthaus zum gnadenreichen Erfolg» einzuladen.

Was Ni Wucheng betraf, dauerte es nur einen Moment, ehe er seine Verlegenheit überwunden und zu seiner normalen Gesprächigkeit zurückgefunden hatte. Inzwischen wurde das «Hirschschwanz» genannte Gericht, bei dem es sich um nichts anderes als geschnetzeltes Schweinegekröse handelte, und das in heißem Wasser stehende Zinnkännchen mit dem Schnaps serviert. Herr Du hatte ja erklärt, er dürfe nicht trinken, also goß Ni Wucheng nur sich selbst ein wenig heißen Schnaps ein. Dann trank er zwei Schlückchen und aß ein paar Bissen. Seine Augen begannen zu funkeln, er strahlte übers ganze Gesicht, und sogar seine Stimme war mit einem Mal viel sonorer. «Aber bitte, greifen Sie doch zu, ehrwürdiger Herr Du!» forderte er seinen Gast auf und wies – ganz Weltmann – mit einladend ausgebreiteten Händen auf den Tisch vor sich, als stünden dort Schüsseln und Platten mit den erlesensten Köstlichkeiten. «Sie glauben ja gar nicht, wie ich mich freue! Ich weiß wirklich nicht, womit ich es verdient habe, daß Sie meiner Einladung gefolgt sind, ehrwürdiger Herr Du. Wie sagt doch der Engländer? It's an honour! Ich fühle mich sehr geehrt! Oder, wie man sich in Frankreich ausdrückt, äh...» (Hier folgte ein Schwall von unverständlichem Kauderwelsch) «...Ganz recht, ich beschäftige mich mit dem Französischen, Sie haben es erraten. Sagen Sie, kennen Sie eigentlich diesen jungen europäischen Sinologen Wolfgang Strauß? Sein chinesischer Name? Shi Fugang! Ein sehr netter Mensch. Hat zuerst formale Logik studiert und sich dann mit Psychoanalyse beschäftigt, ehe ihn schließlich unsere klassische chinesische Kultur in ihren Bann schlug. Ja, ja, wenn Ausländer einmal von unserem chinesischen Zaubertrank genippt haben, kommen sie nicht mehr davon los! Politik, davon hält er nichts, hat er gesagt. In China gibt es zwar Politik, aber keinen gesellschaftlichen Verkehr. Und erst recht keine Liebe! Man bedenke, eine jahrtausendealte Zivilisation, und hat niemals Liebe zugelassen! Freilich, auch für Kant gab es ja keine Liebe. Er hat in seiner kleinen Stadt gelebt, wo sogar sein täglicher Spazierweg festgelegt und unveränderlich war – ein richtig eiserner deutscher Gelehrter. Ich hatte eigentlich vorgehabt, Herrn Shi Fugang mit Ihnen zusammen einzuladen, aber er ist nach Tianjin gefahren. Er hat sich nämlich in eine – sagen wir: Studentin verliebt, aus Tianjin ist sie. So sind diese Europäer: Wo sie hinkommen, da gibt es auch die Liebe! Und wir Chinesen? Nichts als Tücke und Intrigen, überall Leute, die nur darauf lauern, daß jemand auf Abwege gerät. Um einen Ehebrecher in flagranti zu erwischen, kommen sie wenn's sein muß nächtelang ohne Schlaf aus! Mein Lehrer, Professor Hu Shi, hat einmal gesagt... Also er hat das Wort von der kühnen Hypothese und der zaghaften Beweisführung geprägt. Das nenne ich Philosophie! Philosophie aber, das ist König Lear! Sobald die einzelnen Disziplinen und Zweige der Wissenschaft entwickelt sind, macht die Philosophie Bankrott. Genau wie König Lear, der seinen ganzen Besitz an seine Töchter verteilte, bis ihm zum Schluß selbst überhaupt nichts mehr geblieben war. War es nicht Bertrand Russell, der einmal gesagt hat, die Philosophie sei eine blinde Katze, die in einem finsteren Raum nach Mäusen jagt? Was natürlich nicht das gleiche ist wie unser chinesisches Sprichwort von der blinden Katze, die die Maus tötet, indem sie mit ihr zusammenprallt, denn Russell – wenn er es war – hat ja hinzugefügt, daß jene Maus überhaupt nicht in dem finsteren Raum war. So würde also keine noch so geschickte Katze, ob blind oder scharfäugig, die Maus erjagen. Freilich, man kann nie wissen! Es gibt Dinge zwischen Himmel und Erde... Wenigstens ein bißchen Begeisterung, ein bißchen Toleranz, das sollte schon sein. Und die Mädchen, die sollten sich ein bißchen zurechtmachen! Wenn man im Ausland einer Frau ein Kompliment über ihre Schönheit macht, ist sie einem richtig dankbar. Hier bei uns würde ein solches Kompliment mit einer Ohrfeige für den ‹unverschämten Sittenstrolch› quittiert. In der Qin-Zeit, da konnte General Xiang Yu noch sagen: ‹Es weicht nicht das Roß, noch wendet von dem Bedrängten sich ab das liebende Weib...› Aber heute? Mit unserer Generation ist eben nichts los! Die Hoffnung ruht auf der nächsten Generation. Wobei allerdings bei meinem Sohn am rechten Fuß der zweite Zeh auf den dritten drückt. Natürlich, ich bin noch jung und habe in der Wissenschaft noch einiges vor. Man will ja etwas zustandebringen! Wie heißt es doch? ‹In der Jugend strebe! Jetzt zieh in den Kampf! O säume nicht, auf daß nicht Gram über vertane Zeit dereinst dem alten Mann das Herze bricht› – Zeit ist Geld, oder, wie der Franzose sagt, äh... Aber was schwatze ich daher. Eigentlich wollte ich doch Sie, ehrwürdiger Herr Du, um freundliche Belehrung ersuchen. Also, was meinen Sie dazu? Dürfte ich ihre wertvolle Meinung erfahren?»

Als Ni Wucheng zu reden begann, hatte er auf Herrn Du eigentlich einen sehr positiven Eindruck gemacht. Hier war einmal ein junger Mann, der frei von der Leber weg, ganz natürlich und ungezwungen plauderte, der mit Aplomb über Gott und die Welt zu reden verstand und es dabei durchaus nicht an Scharfsinn und Freimut fehlen ließ. Wie lebhaft und liebenswert naiv, ja treuherzig er doch sprach. Man konnte regelrecht zusehen, wie nach dem bißchen Schnaps und den paar Happen Fleisch seine Lebensgeister erwachten. Wirklich sympathisch; und gut sah er auch aus. Lediglich beim Einzug in das Gasthaus zum Steinguttopf hatte er sich offenbar in seiner Haut nicht ganz wohl gefühlt; es kam ihm wohl etwas schäbig vor. Jedenfalls war es eine Freude zu erleben, wie es Ni Wucheng schmeckte, wie fürsorglich er um seinen Gast bemüht war und wie munter er plauderte. Ein Nordchinese, wie er im Buche stand. Als jedoch Herr Du seinem Gastgeber eine Weile zugehört hatte, kamen ihm leise Zweifel. Du Shangxing war ein maßvoller Mensch, der bei allem, was er tat – ob es sich um seine Studien oder seine wissenschaftliche Arbeit oder seine zwischenmenschlichen Beziehungen handelte –, stets mit großer Gewissenhaftigkeit und Behutsamkeit vorging, also auch, wenn er sich mit jemandem unterhielt oder ihm zuhörte. Aber so sehr er sich auf Ni Wuchengs Worte konzentrierte, blieb ihm doch verborgen, worauf dieser hinauswollte. Er konnte ihn doch kaum seit einem halben Jahr immer wieder feurig eingeladen haben, nur um jetzt ohne Punkt und Komma von allem Möglichem daherzuschwatzen, so daß man am Ende gar nicht mehr wußte, wo einem der Kopf stand. Dabei war er ja unleugbar beschlagen in mancherlei Hinsicht, und was er sagte, hatte Hand und Fuß; er sprach auch mehrere Fremdsprachen. Und einige seiner Bemerkungen waren durchaus treffend, wenn auch nicht übermäßig profund. Andererseits war er so extrem sprunghaft und kam vom Hundertsten ins Tausendste, wie es ein Mensch mit wahrer Gelehrsamkeit kaum tun würde. Erbittet die Meinung eines «ehrwürdigen Herrn Du» – ja, zu welcher Frage denn um Himmels willen? Zu welchem Thema? Du Shenxing vermochte es nicht zu sagen.

Tatsächlich hatte Ni Wucheng ihn nur pro forma nach seiner Meinung gefragt. Sein Denken war nämlich genau wie seine Rede: witzig, pointiert, nach allen Seiten offen, zugleich aber so verschwommen und verwaschen, daß er mitunter selbst nicht daraus schlau wurde. Schon auf der Oberschule waren die Meinungen seiner Lehrer über ihn weit auseinandergegangen. Manche hielten ihn für einen genialen Kopf, während andere ihn als einen Taugenichts ansahen.

Als Ni Wucheng Herrn Dus Ratlosigkeit bemerkte, ergriff er mit dem ihm eigenen feinen Takt freundlich lächelnd wieder selbst das Wort. Weiter ging es mit langatmigen Tiraden über dies und das, über den Buddhismus, über Tempel und Klöster, die er besichtigt hatte, und so weiter, bis er plötzlich bekümmert ausrief: «Das Schlimme ist, daß die Chinesen sich keine klaren Vorstellungen machen und nichts von Logik verstehen! Neulich zum Beispiel, als ich zum Tempel des Schlafenden Buddha wollte, habe ich am Xizhi-Tor einen Straßenhändler nach dem Weg gefragt. Da hat der mir so umständlich beschrieben, wie ich erst nach Westen, dann nach Norden, dann wieder nach Westen und so weiter gehen müsse, daß ich am Ende ganz konfus war. Dabei wäre es so einfach gewesen! Er hätte bloß klare Vorstellungen haben müssen. Erstens mal von den Westbergen überhaupt, dann vom Duftberg und schließlich vom Tempel des Schlafenden Buddha...»

«Aber was ist das Wichtigste, wovon man heute eine klare Vorstellung haben sollte?» unterbrach endlich doch Herr Du seinen Redefluß.

Ni Wucheng stutzte und ließ niedergeschlagen den Kopf hängen. Ihm war bewußt, daß Herr Du auf den Krieg anspielte, auf den Krieg in Europa und im Pazifik und auf Peking unter japanischer Besatzung. Stumm und verstört saß er da, und sein Gesicht zeigte mit einem Mal jene stumpfe Ausdruckslosigkeit, die so typisch für die Leute in Mengguantun und Taocun war, und die seine Mutter, wäre sie noch am Leben gewesen, zweifellos mit Erleichterung erfüllt hätte.

«Sie sind noch jung, sind ein vielversprechender Mensch in einer vielversprechenden Zeit, wenn auch in keiner vielversprechenden Welt. Aber die Welt wird nicht immer so bleiben, auch unser Land wird sich verändern. Alles entwickelt sich weiter, man darf nur nicht resignieren. Das Leben des Menschen ist wie ein Schiff auf den Meereswogen. Fest in den Griff nehmen muß man das Steuer!»

Ni Wucheng saß da mit rotem Gesicht und roten Ohren. Vielleicht lag es am Schnaps. Einen Deziliter hatte er getrunken, und trinkfest war er eigentlich nicht. Aus Herrn Dus Worten glaubte er herausgehört zu haben, daß dieser womöglich von seinen Verbindungen zu bestimmten Kollaborateuren wußte. Hatte der ehrwürdige Herr Du am Ende erfahren, daß er einmal seine Visitenkarte in der Residenz von Wang Yitang, dem Vorsitzenden des von den Japanern eingesetzten Staatsverwaltungsrats für Nordchina, abgegeben hatte? Das hatte er aber nur getan, weil er eine Stellung suchte. Es konnte also keine Rede davon sein, daß er sich verkauft oder unterworfen und die nationalen Interessen verraten hätte. Im Gegenteil, er hatte sogar Leuten aus seinem Dorf, die sich dem Kampf gegen die Japaner verschworen hatten, geholfen! Oder vielleicht hatte Herr Du von seinen gelegentlichen Ausschweifungen Wind bekommen? Aber nein, im Vergleich zu gewissen Leuten hatte er es wahrlich nicht zu arg getrieben – andererseits, ein so altväterlicher Mann wie der ehrwürdige Herr Du...

«Sie haben eben etwas über den wissenschaftlichen Austausch zwischen China und dem westlichen Ausland gesagt, über eine wissenschaftliche Zeitschrift, deren Herausgabe Sie planen. Das interessiert mich sehr.» Herr Du wollte dem Gespräch eine Wendung geben, die Ni Wuchengs Lebensgeister wieder erwachen lassen sollte.

In diesem Augenblick wurde das «Schweinefleisch naturell im Steinguttopf» aufgetragen. Ni Wucheng, der Erfahrung mit diesem Gericht hatte, schöpfte etwas von der Brühe aus dem Topf, führte den porzellanenen Suppenlöffel zum Mund, pustete mehrmals und ließ dann erst die heiße Flüssigkeit langsam in den Mund rinnen. Auch jetzt war die Suppe noch so heiß, daß Gaumen und Zunge schmerzten und wie taub waren. Erst nach einer Sekunde schmeckte er die überwältigende Köstlichkeit der Fleischsuppe. In den drei Sekunden, da er jenen Löffel Fleischsuppe hintergeschluckt hatte und nun den zweiten Löffel dieses Lebenselixiers durch Pusten abkühlte, war er ganz erfüllt von einer Hochstimmung, die die belebende, ja wahrhaft verjüngende Speise in ihm auslöste und die, begleitet von einem Gefühl seltener Zufriedenheit und Behaglichkeit, von seinem Bauch aus auf den ganzen Körper ausstrahlte. Oh, wie wohl ihm war! Ein glückliches Lächeln malte sich in seinen Zügen.

Er war auf einmal voller Zuversicht, was die Zukunft der Welt, seines Landes, seiner Freunde und seine eigene Zukunft anbelangte. «Ich bin ein unverbesserlicher Optimist», erklärte er. «Stellen Sie sich einmal vor, was für ein Leben ich als Kind führen mußte. Ich hatte weder eine Ahnung, was Zähneputzen ist, noch wie eine Zahnbürste aussieht, ganz zu schweigen von Zahnpulver oder Zahnpaste. Und dabei waren wir die vornehmste Familie im ganzen Dorf. Bis zu meinem zehnten Lebensjahr – Sie müssen entschuldigen, ehrwürdiger Herr Du. Eigentlich ist dies nicht der rechte Ort, davon zu sprechen, aber wir müssen die Vergangenheit so sehen, wie sie wirklich gewesen ist, schließlich ist es uns ja allen so ergangen... Nochmals, bitte entschuldigen Sie, sorry, aber ich habe tatsächlich bis zu meinem zehnten Lebensjahr kein Toilettenpapier gekannt! Wenn ich groß gemacht hatte, habe ich mich einfach an der Lehmwand des Aborts abgewischt... Ja, und heute, da gärt es in China, da ist ein harter Kampf im Gange, da geht es ums Überleben, denn das Wasser steht uns bis zum Hals! Die chinesische Tradition blickt auf vier- oder fünftausend Jahre zurück, und, wie Dr. Shi Fugang es mir gegenüber ausgedrückt hat, es ist eine bis auf den heutigen Tag lebendig gebliebene und vollständig erhaltene, zu keiner Zeit unterbrochene Zivilisation. Freilich ist sie gerade deswegen auch alles andere als schlackenlos – viele schmutzige Dinge gibt es da...»

Ni Wucheng hatte sich so in seine Erregung hineingesteigert, daß er unwillkürlich in seinen heimatlichen Dialekt zurückgefallen war und nun wie die Leute aus Mengguantun oder Taocun redete. Er sprach jetzt auch längst nicht mehr so zusammenhanglos, und was er sagte, klang im großen und ganzen plausibel. Du Shenxing fragte sich, ob er mit seinen versteckten Ermahnungen vielleicht doch nicht ganz tauben Ohren gepredigt hatte. Oder war es bloß die belebende Wirkung der Fleischsuppe?

Als die Mahlzeit zu Ende war und er sich von Herrn Du verabschiedet hatte, stand Ni Wucheng auf der Gangwashi-Straße und hatte das Gefühl, in seinem Kopf sei nichts als eine große Leere. Wer bin ich? Wo bin ich? Was habe ich gemacht, was müßte ich machen? Er wußte keine Antwort. Wieso erschien ihm das Leben jetzt so sinnlos und leer?

Plötzlich fuhr ihm der Gedanke an zu Hause durch seinen leeren Schädel, und schon stand auch Jingyis bekümmertes, mitleiderregendes, verabscheuungswürdiges Antlitz vor seinem inneren Auge. Zu Hause – schon drei Tage war er nicht mehr zu Hause gewesen. Nicht etwa absichtlich oder nach einem vorgefaßten Plan. Auch daß er Jingyi ein nutzloses, ausrangiertes Namenssiegel gegeben hatte, war nicht vorsätzlich geschehen. Er log ungern und verstand sich auch nicht aufs Lügen. Nie wäre er so tief gesunken, absichtlich die eigene Ehefrau, die Mutter seines Sohnes und seiner Tochter, auf so abscheuliche Weise zu täuschen. Wie lieb hatte er doch die beiden Kinder. Der bloße Gedanke an sie trieb ihm die Tränen in die Augen.

Was? Ob ich fahren will? Hä? Ach so, nein, ich brauche keine Rikscha. Schrecklich, wie alt und hinfällig der Mann aussieht! Ein Mensch zieht einen anderen Menschen; ein alter, kranker Mann zieht eine Rikscha, und ein junger Mann, der vor Gesundheit strotzt, läßt sich ziehen! Ein Mensch vor einen Wagen gespannt – ein Mensch als Zugvieh! Was ist das nur für eine Zeit, was für ein Land! Was für eine Stadt!

Nachdem er den zerlumpten Rikschakuli abgewimmelt hatte, bog er in die Fengsheng-Gasse ein. An einer Hauswand klebten Reklamezettel, große und kleine, gedruckte Plakate ebenso wie handgeschriebene Aushänge. Da waren Plakate für Erfrischungsperlen, auf denen schnurrbärtige Japaner prangten; Werbung für ein laktationsförderndes Mittel Marke «Gott des Langen Lebens»; Anzeigen des Berlin-Krankenhauses in der Straße vor dem Qianmen-Tor, das Hilfe bei Geschlechtskrankheiten verhieß; ferner auch Reklamezettel des Wahrsagers Liu Tiekou, des Mannes mit dem «eisernen Mund», der Bescheid wußte über Glück und Unglück und das Schicksal aus dem Yin und Yang oder auch aus den eigenen Gesichszügen vorhersagen konnte, und so weiter und so fort. All diese Werbung wirkte irgendwie kläglich, als seien die Werbenden selbst nicht recht überzeugt von dem, was sie da anpriesen. Unterhalb der Plakate hockte eine Bettlerin an der Mauer; ihr Gesicht war so schwarz verkrustet, daß er erschrak. Ihr unbedeckter Busen war dunkel und rissig wie ein Schildkrötenpanzer; Ni Wucheng konnte kaum glauben, daß dies tatsächlich die Haut eines Menschen sei. Noch mehr erschreckte ihn, daß die Bettlerin, eine ältere Frau, vier Kinder bei sich hatte. Je dreckiger es ihnen geht, desto mehr Kinder setzen sie in die Welt, je ärmer desto gebärfreudiger! Von Kind an arm, von klein auf notleidend, je mehr Armut, desto mehr Elend! «Meine vier Kinder haben Hunger! Haben Sie Mitleid, lieber Herr, erbarmen Sie sich, liebe Dame! Geben Sie uns etwas zu essen!»

Das Lamento der Bettlerin, in das ihre vier Kinder einstimmen mußten, war eine Mischung aus Heulen und Singen. Fünf irdene Gefäße unterschiedlicher Größe, bessere Scherben, waren vor ihnen aufgereiht. In einem der Näpfe war ein wenig Gemüse, dessen beißend saurer Geruch Ni Wucheng in die Nase stach.

Er gab der Bettlerin eine kleine Münze, woraufhin auf ihrem Gesicht ein Lächeln erschien. Augenblicklich beneidete er sie, hatte sie doch bestimmt nicht so viele Sorgen wie er. Muß man es nicht Glück nennen, wenn ein Mensch sich um nichts anderes Gedanken machen muß als ums Essen? Am besten gehe ich gar nicht nach Hause und werde auch Bettler, hocke mich einfach hier hin und bettle! Historisch und theoretisch gesehen ist Betteln schließlich ein durchaus nobler und altehrwürdig-schlichter Beruf.

Aber was wird dann aus Ni Ping und Ni Zao? Sollen die auch so ein Leben führen wie die Bettlerkinder hier? Nein, das geht nicht! Seit die Kinder auf der Welt waren, ging ihm jeder ihrer Schmerzenslaute durch und durch, und die Tränen der Kinder rührten auch ihn zu Tränen. Das Greinen eines Kleinkindes rief in ihm die Erinnerung an alles Zarte und Ergreifende wach, das ihm in seinem Leben begegnet war. Die weiße Maus, die er als Kind hatte. Die Mutter, wie sie ihm übers Haar strich. Die schöne Zeit, als er Jingyi gerade nach Peking geholt hatte, so kurz und so voller Hoffnungen. Seine Krankheit und seine krummen, dünnen Beine.

Einmal, als Ni Ping und Ni Zao, die ja nur ein knappes Jahr auseinander waren, friedlich schliefen, hatte er seine neuerworbenen kümmerlichen Kenntnisse über nervliche Reflexe angewandt und ein Experiment angestellt. Er hatte eins von den Kindern ganz zart an der Fußsohle gekratzt, woraufhin dessen Zehen und der ganze Fuß zuckten, ganz wie er es im Lehrbuch gelesen hatte. Gerade wollte er ein zweites Mal kratzen, da stürzte sich Jingyi wie eine tollwütige Bestie auf ihn und stieß ihn zurück. So haßerfüllt funkelten ihre Augen und so übel beschimpfte sie ihn, als hätte sie ihn bei dem Versuch ertappt, die eigenen Kinder zu ermorden.

«Rühr die Kinder nicht an!» schrie sie. «Was führst du eigentlich im Schilde?»

«Was soll ich im Schilde führen; ich bin doch der Vater!»

«So einen Vater hat's noch nicht gegeben, reißt die Kinder aus dem Schlaf! Fummelt an schlafenden Kindern herum!»

«Ich habe nicht herumgefummelt, und ich habe sie nicht aus dem Schlaf gerissen...»

«Was? Ein Experiment? Du wagst es, mit meinen Kindern Experimente zu machen?! Du entmenschtes Scheusal!»

Was für unflätige Beschimpfungen. Dann betraten Jingzhen und die Schwiegermutter die Szene, und nun stürzten sich die drei vereint auf ihn, als wollten sie ihn in Stücke reißen. Wahrlich, die Kraft des Muttertiers, das seine Jungen liebt und verteidigt, ist gewaltig, respekteinflößend. Auch der Mensch ist ja letzlich nichts anderes als ein wildes Tier. Wir leben wie die wilden Tiere! Ich mache dir keinen Vorwurf, Jingyi. Aber daß ich die Kinder liebhabe, wie kannst du selbst daran zweifeln? Ich habe mein Lebtag nicht einmal ein Huhn geschlachtet, könnte ich da etwa die Kinder... Und warum mußtest du Schwester und Mutter rufen, daß sie sich auch noch auf mich stürzen? Ohne die beiden Witwen wäre es mit uns beiden nie so weit gekommen.

Die Widersprüche zwischen Jingyi und ihm waren unversöhnlich, und oft stritten sie sich buchstäblich über jeden Satz. Er sprach von Europa, Japan, England, Amerika, von Descartes und von Kant, erklärte ihr, daß man nicht mit krummem Rücken herumlaufen dürfe und daß Sonnenbäder gut für die Gesundheit seien; belehrte sie, daß Frauen zum Tanz gehen könnten, auch wenn sie keine Prostituierten seien, und daß man nicht nur überhaupt die Zähne putzen müsse, sondern das morgens und abends tun könne und solle... Oh, wie haßte ihn Jingyi, wenn er sie auf diese Art schulmeisterte. Sie knirschte regelrecht mit den Zähnen, so sehr verabscheute sie ihn. Alles Quatsch! Morgens und abends Zähne putzen – schön und gut, aber wer bezahlt das Zahnpulver, die Zahnbürste, das Zahnwasser, das Zahnputzglas, hä? Woher nimmst du das Geld, sag mir das mal! Keinen krummen Buckel soll ich machen, hör bloß auf! Verschone mich mit dem Stuß! Hast du schon mal einen anständigen Menschen gesehen, der mit vorgereckter Brust herumgelaufen wäre? Brust raus, daß ich nicht lache! So was machen nur Huren und Weiber, die heimlich auf den Strich gehen. Oder Männer, die entweder Ganoven sind oder nicht mehr alle Tassen im Schrank haben. Du und deine Familie, ihr seid ja alle total verrückt! Dein Vater war verrückt, genau wie dein Großvater. Du kannst mir viel erzählen. Du glaubst doch nicht, daß ich nicht Bescheid weiß. Auch deine Mutter – vollkommen verrückt!

Schweig! Er hieb krachend auf den Tisch, daß das Teegeschirr herunterfiel und zerbrach. Seine Hand blutete, und er krallte sich so fest in die Tischplatte, daß seine Fingernägel Kratzer hinterließen. Schweig! Laß meine Mutter aus dem Spiel, du schamloser Bastard!

Selber Bastard! Tausend- und abertausendfacher Bastard, Bastard seit zehntausend Jahren! Ein Bastard bist du und wirst es auch im nächsten Leben bleiben! Deine ganze

Scheißfamilie, alles schamlose Bastarde, von Generation zu Generation! Du bist ein schamloser Bastard aus einem richtigen Nest von schamlosen Bastarden, und deine Mutter, das alte Bettelweib, ist der schamloseste Bastard von allen schamlosen Bastarden, die je einen schamlosen Bastard geheckt haben! Wie hat sie mir zugesetzt, seit ich in eure Scheißfamilie eingeheiratet habe! An allem hatte sie was auszusetzen, an meiner Nase, an meinen Augen, an meinem Haar, an meiner Sprache, an meinem Husten, an meinem Scheißen, an meinem Furzen, an meinem Lachen, an meinem Weinen! Und ich war damals noch ein Kind! Kein gutes Haar hat sie an mir gelassen, nichts konnte ich ihr recht machen! Ich habe mich ja kaum zu atmen getraut, kaum getraut zu laufen, kaum zu essen! Und jetzt kommst du mir mit Kant! Ich frage dich: Hat Kant, als er noch lebte, gegessen oder nicht? Also auch er hat gegessen! Und woher kam das Geld? Das Geld! Hä?

Ach, Jingyi, Mutter meiner beiden Kinder. Das Wort, das ich am wenigsten liebe, das ich am wenigsten schätze, mit dem du mich am wenigsten froh machst, dieses Wort ist – Geld. Gibt es denn im Leben keine wichtigeren Wörter? Ist denn da nichts anderes, über das es zwischen Eheleuten zu reden gibt? Wir sind doch Mann und Frau! Denk doch mal daran, wie wir uns verlobt haben, an die Hochzeitsgeschenke, die Aussteuer, an die Pauken und Trompeten und wie wir uns als Brautpaar vor Himmel und Erde verneigten, an das Brautgemach und an die Hochzeitskerzen. Damals, als ich nach Peking gefahren war und dir den ersten Brief schrieb, da hatte ich gerade aus den Romanen von Mao Dun und Ba Jin das Wort «Liebe» gelernt. Nach soundsoviel Jahren Ehe sprach ich in dem Brief zum ersten Mal schüchtern von meiner Sehnsucht nach dir, von meiner Sorge um dich. Aber du, wie hast du meine Liebe erwidert? Mit «Geld, Geld, Geld»!

Spar dir die Worte! Was du nicht liebst, was du nicht schätzt, was dich nicht froh macht – das muß man dir lassen, ausdrücken kannst du dich gut! Und so ausgewogen! Was bist du nur für ein Mensch? Das ganze Geld hast du verbraten; meine Mitgift, der Besitz meiner Eltern – alles ist für dich draufgegangen! Mit wessen Geld hast du denn in Europa studiert? Hm? Sag's nur, sag's doch! Und heute, da siehst du zu, wie wir drei Frauen am Hungertuch nagen, während der feine Herr selbst in Saus und Braus lebt! Du bist ja sooo was Vornehmes! Kostest Glanz und Reichtum aus bis zur Neige! Aber ich – ich plage mich ab, um die Kinder groß zu kriegen und für meine Mutter und meine Schwester zu sorgen, die armen Witwen. Weiß oft morgens nicht, womit ich uns mittags satt kriegen soll, knausere und knapse und habe trotzdem oft nichts im Topf, wenn Essenszeit ist. Weißt du das eigentlich? Hast du dir das mal überlegt? Hast du überhaupt ein Gewissen? Bist du überhaupt ein Mensch? Belehrst uns, wir müssen zweimal täglich Zähne putzen und immer schön aufrecht gehen! Ich will dir mal was sagen, du: Wer nicht satt ist, der kriegt das Kreuz überhaupt nicht gerade! Gibst selbst das Geld mit vollen Händen aus und willst uns drei halb verhungerten Frauen verbieten, von Geld zu reden! Daß du dich nicht schämst!

Ach, woher kommt nur diese maßlose Wut, diese giftige Beredsamkeit? Sie muß mich zutiefst hassen. Am liebsten würde sie mir die Haut abziehen und mich auffressen. Jeder Satz ein Dolchstich, zehn Sätze genug, einen erwachsenen Mann umzubringen. Dazu noch die Schwester und die Mutter. Von drei Seiten fallen sie über mich her. Vor allem diese Jingzhen, die sich schon mit neunzehn entschlossen hat, allein zu bleiben, vor der habe ich richtige Angst. Der würde ich einen Mord wahrhaftig zutrauen.

Ni Wucheng kam die rettende Idee. Ohne daß es ihm jemand beigebracht hätte, verfiel er auf die gleiche Wunderwaffe, mit der sich auch die Männer von Mengguantun und Taocun in höchster Not gegen Frauen zur Wehr zu setzen pflegten. Er schrie: Ich lasse gleich die Hosen runter! Und dabei nestelte er schon am Hosenbund. Das wirkte. Die drei Frauen stoben auseinander, und niemand und nichts hätte sie wieder zurückbringen können. Er lachte triumphierend. Aber ach, was für eine barbarische, abscheuliche Freude war dieser hämische Triumph... Es wäre nur recht und billig, wenn China unterginge!

Dem folgte eine Nacht, in der durchgeschimpft wurde. Die Frauen hielten mit ihren Schmähreden tatsächlich bis zum Morgengrauen durch, ohne an Schlaf zu denken. Freilich konnten dabei auch die Kinder nicht schlafen. Ganz abgesehen von Ni Wucheng. Während seines Auslandsstudiums hatte er oft an die keifenden Frauen seiner Heimat denken müssen. Die Erregung, ja Raserei, in die sie sich beim Schimpfen hineinsteigerten, die Giftigkeit und Gründlichkeit, die Intelligenz, Leidenschaft und Konzentrationsfähigkeit, die sie dabei an den Tag legten, und die Lust, die sie beim Schimpfen empfanden, das war etwas, was sich Ausländer überhaupt nicht vorstellen konnten. Daß trotz all des Unglücks, von dem sie heimgesucht waren, trotz Vernichtung und Unterdrückung die chinesischen Frauen dennoch nicht untergingen, sondern heirateten, Kinder in die Welt setzten und den Fortbestand der Sippe sicherten – wer weiß, vielleicht lag das daran, daß sie sich durch Schimpfen Erleichterung für Körper und Seele verschafften? ‹Die Psychologie des Schimpfens› – wäre das nicht ein ideales Thema für eine Doktorarbeit?

Dies war sein Zuhause. Sein Zuhause, in dem sich die Barbarei, die Grausamkeit, die Dummheit und der Schmutz von Jahrtausenden wie ein Bodensatz abgelagert hatten. Und er, der sich als Auserwählter fühlte, der über den Dingen schwebte, frei von aller Erdenschwere, er mit seiner Vitalität und Lebenslust, seinem Bildungshunger und seiner Sehnsucht nach Liebe und Glück – warum nur war er nicht in Paris, Wien, Berlin, New York, Genf, Venedig, London oder Moskau zur Welt gekommen, sondern ausgerechnet im Salzland von Mengguantun und Taocun, wo man den Ziegendreck mit den Füßen breittrat?

Wozu hatte er in der Kreisstadt die Oberschule, in Peking die Universität besucht, wozu war er zum Auslandsstudium nach Europa gefahren, wozu hatte er außer Englisch auch noch Japanisch und Deutsch gelernt? Wäre er wie sein Onkel und sein Vetter ein hinterwäldlerischer Geldsack geworden, der sein Opium raucht, sich Nebenfrauen hält, Karten spielt, Vögel in Käfigen züchtet und spuckt, wo er geht und steht, wäre er dann nicht glücklicher? Warum mußte er in einer solchen Zeit, an einem solchen Ort leben, wo er sich einerseits weder traute noch imstande war, gegen die Japaner zu kämpfen, andererseits weder wagte noch den Wunsch hatte, mit ihnen gemeinsame Sache zu machen; wo er auf der einen Seite weder den Mut noch die Fähigkeit hatte, sich scheiden zu lassen, auf der anderen aber auch nicht bereit war, auf Jingyis Wunsch hin «vernünftig zu werden» und friedlich neben ihr dahinzuleben; wo er weder China verlassen und die schlimmen Gewohnheiten aller chinesischen Dörfler ablegen noch freudigen Herzens ein richtiger Chinese sein konnte?

Und jetzt die Sache mit dem Siegel! Was für ein Gewitter mochte sich über seinem Haupte zusammengezogen haben. Dabei hatte er es überhaupt nicht mit Absicht gemacht. Er war gar nicht so durchtrieben, war gar kein verschlagener Ränkeschmied. Wenn er es nur wäre! An jenem Tag hatte er völlig absichtslos und einfach nur so die Hand in die Tasche gesteckt, war dort auf das ovale Elfenbeinsiegel gestoßen und hatte es herausgeholt. Schlicht und einfach aus Verlegenheit. Bloß um damit zu spielen, nur weil er gerade nichts anderes zwischen den Fingern hatte, an dem er sich festhalten konnte. Als er das Siegel aus der Tasche geholt hatte und auf der Handfläche hielt, waren Jingyis Augen förmlich aufgeleuchtet. Eben hatte sie noch gesenkten Hauptes bedrückt dagesessen, und nun dies Wunder! Was hatte er gesagt? Hatte er wirklich die Situation für sich ausgenutzt und ihr unter honigsüßen Versprechungen das Siegel gegeben? O mein Gott! Nur Gott allein kann mich strafen, und gestraft hat er mich wahrlich schon zur Genüge. Mein Schicksal, mein Leben, mein früheres und mein jetziges Zuhause – alles eine einzige Strafe. Ach, ich wollte mich doch wirklich mit Jingyi aussöhnen, auch mit Jingzhen und mit Frau Jiang, mit meinem Land und mit meiner Heimat und mit mir selbst!

Was hätte er auch sonst tun sollen? Das Geld war ausgegeben, der Tanz zu Ende, und der europäische Freund war nach Tianjin gereist. Auch Miss Liu, der er eine Zeitlang nachgelaufen war, hatte ihn am Ende abblitzen lassen – sie hatte ihm schlicht und einfach die Tür vor der Nase zugeknallt. Und aus der Professur, die mit einem höheren Gehalt verbunden gewesen wäre, war ebenfalls nichts geworden. Es blieb ihm nur, nach Hause zurückzukehren und seine Kinder ihrer Mutter ausrichten zu lassen, sie möge zu ihm herüberkommen, damit er sich bei ihr entschuldigen könne. Er glaubte wirklich, alles ließe sich wieder einrenken. Nicht umsonst pflegte er Fremden wie auch sich selbst zu versichern, er sei ein unverbesserlicher Optimist. Hätte er denn Jingyis Freude und Begeisterung über sein Elfenbeinsiegel schnöde im Keime ersticken sollen? Selten genug hatte er in den zehn Jahren Ehe an ihr solche Freude und Begeisterung, solche Liebesglut – er konnte es nicht anders nennen – erlebt. Wie hätte er es da übers Herz bringen können, ja wie hätte er es wagen dürfen, die Flammen dieser Freude sogleich wieder zu löschen? Wollte man ihm vorwerfen, er habe, statt das Mißverständnis mit dem Siegel aufzuklären, obendrein noch falsche Versprechungen gemacht, so kam diese Falschheit jedenfalls nicht aus ihm selbst und entsprang keiner Absicht, sondern war vom Schicksal vorbestimmt.

Das alles war, wie es war – unveränderbar und unvermeidbar. Was geschehen war, ließ sich nicht rückgängig machen. Wie hätte er aber seine Versprechungen wirklich einlösen können? Das hätte ja die völlige Auslöschung seiner Persönlichkeit als unabhängiges Individuum, seines ganzen akademischen Lebens, all seiner gesellschaftlichen Kontakte einschließlich der grenzüberschreitenden Beziehungen bedeutet! Konnte er etwa zulassen, daß seine gesamte Gegenwart und seine gesamte Zukunft in der Hand einer so bornierten, unwissenden Person wie Jingyi lagen? Eher würde er nach Taocun zurückkehren und wieder Opium rauchen.

Wie ein Nachtwandler am hellichten Tag streifte Ni Wucheng ziellos durch Straßen und Gassen, ohne daß etwas sein Interesse oder seine Aufmerksamkeit erregt hätte, blind für all die Losungen – Festigt die öffentliche Ordnung! China, Japan, Manzhouguo – freundschaftlich verbunden! – und für die Fahnen allüberall, ob es sich nun um das «Wundpflaster» der Japaner, so nannte der Volksmund unter Anspielung auf die rote Sonne auf weißem Grund die japanische Flagge, oder um die «Staatsflagge» des Wang-Jingwei-Marionettenregimes handelte – weiße Sonne am blauen Himmel auf rotem Grund und gelber Streifen mit der Aufschrift «Frieden – Kampf dem Kommunismus – Rettung des Vaterlandes». Die Lieder der Schlagerstars Li Xianglan, Li Lihua und Bai Yun – er hatte nur taube Ohren für sie. Die langgezogenen Rufe der Wasserverkäufer nahm er kaum wahr, und achtlos, als wären es Steinbrocken, ging er an der «Blaskapelle» vorüber, den Teehändlern, die mit ohrenbetäubendem Getute ihre Ware an den Mann zu bringen versuchten. Die öffentlichen Toiletten waren zugepflastert mit Reklamezetteln, auf denen für Spezialbehandlungen gegen Geschlechtskrankheiten geworben wurde. Aus den verdeckten Abflußgräben an den Straßenrändern stank es schlimmer als in den öffentlichen Toiletten. All das war ihm nur allzu vertraut, und doch würde es ihm immer fremd bleiben, als lebte er in einer anderen Welt.

Ein paar Straßen weiter fiel Ni Wucheng auf, daß er sich auf seinem Fußmarsch durch die Stadt unbewußt immer mehr seiner Wohnung genähert hatte. Er bekam Herzklopfen. Doch, er mußte nach Hause! Aber er hatte unheimliche Angst davor. Ihm fiel ein, wie er einmal starke Zahnschmerzen gehabt hatte und deswegen zum Zahnarzt mußte. Er hatte sich so sehr vor dem Zahnziehen gefürchtet, daß er noch auf dem Weg zum Arzt um ein Wunder in letzter Minute gebetet hatte. Schon ein kleiner Aufschub hätte ihm gereicht. Noch besser freilich, die Qual des Zahnziehens ein für allemal aufs nächste Mal zu verschieben.

Unbewußt hatte er seine Schritte zu einem Badehaus gelenkt, das er frequentierte. Erst als er sich ausgezogen hatte und der vertraute Badediener ihm lächelnd die Sachen abnahm, um sie wegzuhängen, fiel ihm siedend heiß ein, daß er ja heute morgen bereits in diesem Badehaus gewesen war. «Ich möchte... noch ein Bad nehmen... ein bißchen ausruhen», stammelte er, doch der Badewärter meinte nur lachend: «Wenn alle uns so oft beehren wie Sie, kommen wir wahrlich schnell zu Geld! Möchten Sie eine Kanne Jasmintee oder lieber grünen Tee? Wie wäre es mit ein paar kandierten Früchten?»

Ni Wuchengs Badeleidenschaft war so fanatisch, daß man sie fast schon krankhaft nennen müßte. Erst mit zwanzig Jahren oder noch ein wenig später, als er das Studium aufnahm und mit den abendländischen Natur- und Geisteswissenschaften in Berührung kam, dann nach Europa fuhr und mit Ausländern zu tun hatte, war ihm klargeworden, wie unhygienisch die Chinesen doch waren. Auf dem Lande gab es Menschen, die in ihrem ganzen Leben nicht ein einziges Mal badeten, andere vielleicht ein- oder zweimal, während als absolutes Vorbild an Hygiene und Gepflegtheit zu gelten hatte, wer einmal im Monat ein Bad nahm. Er wurde sich allmählich des schweren psychischen Drucks bewußt, den die unvorstellbare Mißachtung der Chinesen gegenüber dem menschlichen Körper bedeutet. Man brauchte ja nur an die frommen Sprüche von der sterblichen Hülle des Erdenmenschen zu denken, von der Vergänglichkeit allen Fleisches, von dem unerbittlichen Kampf zwischen den Mächten des Bösen und der hohen Tugend, die die Gebote des Himmels einhält und die unreinen Triebe unterdrückt, und dergleichen mehr. Geradezu unvorstellbar die Dummheit, mit der die Menschen sich auf diese Weise selbst zugrunde richteten. Und die Geistesverfassung, der diese Selbstverleugnung, diese feindselige Geringschätzung und Unterdrückung des eigenen Körpers, dieser Minderwertigkeitskomplex entsprang, hatte – ebenso wie die Ursachen für die Herausbildung dieser Geisteshaltung selbst – in starkem Maße zu tun mit den fehlenden Bademöglichkeiten und -gewohnheiten, deretwegen die Menschen freilich oft durchaus Grund hatten, sich ihrer Körperlichkeit zu schämen. Davon war Ni Wucheng überzeugt, und deswegen wollte er für seinen Teil baden, mindestens einmal in der Woche, nach Möglichkeit aber täglich. Splitterfasernackt wollte er sich ausziehen und seinem armen, geschundenen und dennoch so lebenshungrigen Körper etwas Gutes tun. Wieder und wieder wollte er im heißen Wasser weichen, sich einseifen, einmal und noch einmal, sich dann abspülen und abermals spülen und rubbeln, bis er krebsrot sein würde und beim besten Willen nichts mehr wegzuscheuern wäre – und dann würde er trotzdem noch weiterbaden. Er wollte den unwiderlegbaren Beweis dafür haben, daß er nun wirklich makellos rein und sauber sei. Erst dann fühlte er sich Menschen wie Shi Fugang ebenbürtig, erst dann hatte er das Gefühl, einen zivilisierten Körper zu haben. Wenn jemand heutzutage seine neugewonnenen Erkenntnisse in der Praxis erproben und tatsächlich etwas in Bewegung bringen wollte, dann gab es nur eins für ihn: öfter baden gehen. Außerdem bot das Badehaus stets eine sichere Zuflucht. Ob in der Hochschule oder zu Hause, auf der Straße oder im Tanzlokal, auf hoher Ebene oder auf nicht so hoher – überall gab es in den «zwischenmenschlichen Beziehungen» eine Vielzahl häßlicher Auseinandersetzungen und lästiger Widersprüche, die Ni Wucheng so zu schaffen machten, daß er oft nicht mehr aus noch ein wußte. In solchen Momenten besann er sich auf sein Badehaus, wo er immer auf offene Türen, lächelnde Gesichter und zuvorkommende Bedienung rechnen konnte. Die Freundlichkeit, Fürsorge und Achtung, die ihm woanders versagt blieb, hier wurde sie ihm stets zuteil, zumal er, wenn er bei Kasse war, nie mit Trinkgeld geizte. Hinzu kam, daß man ihn hier zwar achtete und verwöhnte, aber niemals ausfragte, geschweige denn sonstwie belästigte. Fürwahr, die Morgenröte einer neuen Blüte der chinesischen Zivilisation, einer neuen Achtung der Individualität und der persönlichen Freiheit – in diesem Badehaus, inmitten des Stimmengewirrs und der wogenden Leiber im brodelnden Dampf, war sie schon angebrochen. Ach, warum hatte er nicht seine kostbare Jugendzeit mit Baden verbringen können!

Zwar hatte Ni Wucheng am Morgen bereits einmal gebadet, doch nahm er sich auch für dieses zweite Bad viel Zeit und ließ sich nicht die geringste Nachlässigkeit zuschulden kommen. Ein wohliges Gefühl von körperlicher Unbeschwertheit und Freiheit ließ ihn für den Augenblick alle Unbilden des Lebens vergessen. Zum Schluß schöpfte der für das Abfrottieren zuständige Badediener mit dem weidengeflochtenen Trog heißes Wasser aus dem Becken und übergoß ihn damit, so daß er infolge der Hitze und der schieren Wucht des Wasserschwalls am ganzen Leib erschauderte. Er fühlte sich auf dem Gipfel der Seligkeit. Als er dann aus dem Bad kam und der wohlvertraute Badediener mit Gurgelwasser, dampfender Gesichtskompresse und frisch aufgefüllter Teekanne herbeieilte, machte er von all diesen Dienstleistungen genüßlich Gebrauch. Schließlich kamen noch Kamm und Schere an die Reihe. Sorgfältig gekämmt und gebürstet nahm er sich noch einmal die Finger- und Zehennägel vor, die er sich vor ein paar Stunden gerade erst geschnitten hatte. Auch seiner Maniküre widmete sich Ni Wucheng mit geradezu leidenschaftlicher Hingabe. Seit er Kontakte zu Ausländern hatte, war er sich schmerzlich bewußt geworden, wie lang und schmutzig die Fingernägel bei Chinesen waren. Deshalb schnitt er sich die Nägel um so sorgfältiger, und zwar so kurz, daß es weh tat. Er unterhielt sich mit dem Badediener: Wie unvorteilhaft doch lange Fingernägel seien und wie vorteilhaft häufiges Baden; wie furchtbar und geradezu barbarisch erst Bademuffel, die obendrein ihre Nägel vernachlässigten! Der Badediener pflichtete seinen Ausführungen bei, aber im stillen dachte er sich sein Teil. Ein Herr wie Sie kann es sich freilich leisten, seine Nägel beliebig kurz zu halten. Wenn er sie sich mit der Wurzel ausrisse, würde das auch nichts ausmachen. Aber ich? Wenn ich keine Nägel hätte, wie sollte ich jemals einen Knoten aufkriegen? Und wenn unsereins so oft badete wie Sie, wer würde den werten Herrn dann im Bad bedienen?

Ni Wucheng ließ nicht von seinem Gesprächspartner ab. Wo er zu Hause sei? Aha, auf dem Lande! Naßfeld oder Trockenfeld? Wie lange er diesen Job schon habe, ob es sich denn auszahle? Verheiratet? Aber Sie schreiben doch sicher Briefe? Wie es denn auf dem Dorf so sei? Ob er selbst koche oder mit anderen zusammen esse, und so weiter und so fort. Auf solche Allerweltsthemen verstand sich Ni Wucheng am allerwenigsten, weshalb er es sonst tunlichst vermied, darüber zu sprechen. Heute aber fand er überhaupt kein Ende und lauschte den Antworten des Badedieners mit größtem Interesse. Für Ni Wucheng war das Geschwätz ein Mittel, sich von der Gefahr abzulenken, die auf ihn lauerte, wobei er allerdings zugleich die Gelegenheit nutzte zu demonstrieren, daß er Angehörige der werktätigen Schichten mit Sympathie und im Geiste völliger Gleichberechtigung behandelte. Schon damals in seinem Dorf hatte er das vertraute Gespräch mit Pächtern und Dienstboten geschätzt. Wenn er es recht bedachte, so hatte es, seit er nach Abschluß des Studiums ins Berufsleben eingetreten war, noch nie einen Vorgesetzten gegeben, der mit ihm zufrieden gewesen wäre, andererseits aber auch keine Untergebenen, die nicht mit ihm zufrieden gewesen wären. Selbst wenn er ihnen keinen Lohn mehr zahlen konnte, sie wollten nicht fort. Er, Ni Wucheng, war eben von Natur aus ein Demokrat, wenn nicht gar ein Sozialist.

Nun noch ein kleines Schläfchen. Nackt, wie er war, deckte er sich nur mit zwei kuschelweichen Frottiertüchern zu. Wo die Haut direkt mit der Luft in Berührung kam, empfand er ein wonnevolles Gefühl von Geschmeidigkeit und Glätte. Das war sie wohl, die Erfüllung all seiner kindlichen Sehnsüchte. Während seines Nickerchens hatte er einen Traum. Er war wieder in seinem Heimatdorf, im Garten unter den Birnbäumen. Er kletterte auf einen Baum, hoch und immer höher, geschickt wie ein Äffchen. Da sah er hinab auf den Dreschplatz, die Getreideschober, das Vieh, das Torgebäude des Gutshofs, die großen irdenen Wassergefäße, den Torbogen am Dorfausgang. Aber was war das? War da nicht ein Mensch ganz oben im Wipfel? War das überhaupt der Wipfel? Oder saß die Gestalt schon hoch oben in den Wolken? Auf einem Thron im Himmel? Mit geschlossenen Augen meditierend wie ein Bodhisattwa unter seinem Baldachin, majestätisch und gewaltig. Mama! Mama! Hier, Mama, ich pflücke dir Birnen. Die sind butterweich! Wenn die runterfallen, sind sie Brei, so weich! Mama hat dir doch gesagt, sie möchte keine. Aber warum nicht? Au, das tut so weh! Habe ich nicht gesagt, du sollst nicht auf Bäume klettern, und was machst du? Böser Junge! Sieh mal, hier hat es gepiekt. Das war eine Raupe. Na, komm her, die Mama macht Puste-puste.

Ziegendreck liegt vor dem Haus?
Tritt ihn breit, mach dir nichts draus!
Ich bin dein feines Brüderlein.
Los! Handeln wir uns Frauen ein!

Da erwachte er, tränenüberströmt.

6

Wie auch immer die Umstände sein mochten, Ni Zao empfand stets ein schwer zu beschreibendes Gefühl von Glück und Geborgenheit.

Am Morgen, als er aufwachte und die Augen öffnete, war ihm ein bißchen kalt, und er mußte niesen – hatschi! «Zieh dich schnell an, sonst erfrierst du mir noch», ermahnte ihn die Mutter, wobei sie ihm die wattierte Jacke mit den schon verlängerten, aber immer noch zu kurzen Ärmeln reichte. «Mittelherbst ist ja auch längst vorbei, kein Wunder, daß es kalt ist», meinte sie. Also war es schon Herbst. Warum mußte es überhaupt den Herbst geben? Die Blätter fielen alle zur Erde. Im Winter würde der Wind wieder heulen. Voriges Jahr im Winter – dem ersten, seit er zur Schule ging – war er einmal morgens, als es noch dunkel war, in einen schlimmen Nordweststurm geraten. Der eisige Wind war ihm durch und durch gegangen, so daß er bei der Ankunft in der Schule vor Kälte geweint hatte und die Tränen ihm nur so über das Gesicht rannen. Noch während er sie wegwischte, machte er vor lauter Kälte in die Hose. Doch die Lehrerin hatte nicht mit ihm geschimpft, und auch die Klassenkameraden hatten ihn nicht ausgelacht. Die Lehrerin hatte gesagt: «Heute ist es zu kalt, geht alle nach Hause, heute fällt die Schule aus.» Sie hatte noch erklärt, es sei kein Geld für Kohlen vorhanden. Als er das zu Hause berichtete, drückten Mutter, Tante und Großmutter ihn reihum, als habe er etwas Großartiges vollbracht.

Warum also gab es den Herbst, der ja doch bloß den Winter nach sich ziehen würde? Konnte nicht immer Sommer sein? Freilich, im Sommer war es wieder zu heiß: Kaum hat man sich hingelegt, ist das Kissen schon durchnäßt von Schweiß. Aber ein Sommer, der nicht zu heiß ist, das wäre schön. Und wie schön wäre es, wenn man überhaupt nicht krank würde und kein Fieber bekäme, wenn es keinen Streit geben und man auch nicht sterben würde. Als er gerade erst ein halbes Jahr in der Schule war, lernte er schon das Wort «sterben», und immer, wenn er daran dachte, daß Mama, Tante und Großmutter und auch er selbst eines Tages sterben müßten, wurde ihm ganz traurig ums Herz. Aber er wußte, daß er solche Gedanken nicht aussprechen durfte, denn er war ja ein guter Schüler, ein gutes Kind!

Ja, er war ein gutes Kind. Das sagten die Lehrer, das sagten die Mitschüler, das sagten der Papa und die Mama, das sagten Tante und Großmutter, und das sagten Nachbarn und Besucher. Wenn ihm beim Aufstehen die Mama seine Sachen reichte, nannte sie ihn immerfort ihr «gutes Kind». Kann wohl ein Kind, das von allen Seiten immer nur hört, es sei ein gutes Kind, kein gutes Kind sein?

Was möchtest du denn essen, mein gutes Kind? Ja – was gibt es denn? Das Kanonenöfchen war schon angeheizt, er konnte den beißenden Gestank der Kohlen riechen. Nach Katzendreck stank es. Die Großmutter sagte, «dieses verfluchte Katzenbiest» würde immer auf die Preßkohlen scheißen. Ni Zao hatte Katzen gern. Er hatte schon einige gehabt, aber sie waren alle krepiert – wie er meinte, weil es an Geld mangelte, um sie mit Leber zu füttern. Katzen fressen nämlich am liebsten Leber, genau wie Menschen am liebsten Fleisch essen. Wenn schon die Menschen kein Fleisch zu essen kriegen, gibt es auch keine Leber für die Katzen. Der Mensch kommt zur Not ohne Fleisch aus, aber die Katze nicht ohne Leber. Er versuchte es mit Hefeklößen, aber die Katze mochte sie nicht. Immer dünner wurde sie, bis sie zuletzt nur noch aus Haut und Knochen bestand und schließlich starb. Das war ihm nahegegangen. Hätte ich Geld gehabt, ich hätte ganz bestimmt Leber für die Katze besorgt! Sagen nicht alle, ich bin ein gutes Kind, ein guter Schüler? Wenn ich groß bin, werde ich bestimmt Geld genug haben, um meiner Katze Leber zu kaufen. Jedoch Katzendreck mochte auch Ni Zao nicht.

Die Mutter bereitete einen dünnen Mehlbrei, sogenannten Kleister, den sie für ihn mit braunem Zucker bestreute. Der für die Schwester bestimmte Napf war ungezuckert, der Zucker für Ni Zao stellte eine Bevorzugung dar. Daß überhaupt Kleister gekocht wurde, geschah ebenfalls ihm zuliebe. Einmal hatte er großen Hunger gehabt, aber es war nichts Eßbares im Haus gewesen, nur ein Rest Mehl. Da hatte ihm die Mutter Mehlbrei gekocht und halb im Scherz gesagt: «Gutes Kind, ich habe nichts zu essen, nur diesen Napf Kleister.» Er hatte gekostet – es schmeckte ihm vorzüglich! Als er den ersten Napf leergegessen hatte, verlangte er einen zweiten, und zum Schluß schabte er mit dem Zeigefinger sogar noch das letzte bißchen Kleister, das am Topfrand klebte, zusammen. Da hatte die Mutter gemerkt, daß Ni Zao gerne Kleister ißt.

Als Ni Wucheng hörte, sein Sohn esse gern Kleister, meinte er mit gerunzelten Brauen: «Quatsch! Was schmeckt denn an Kleister so gut?» Er konnte nicht akzeptieren, daß Ni Zao gern Kleister aß.

Das war eben das Schlimme an Papa, daß er so überheblich war, nur sich selbst glaubte und immer kaputt machte, was andere begeisterte und woran sie glaubten.

Ni Zao aß seinen mit Zucker bestreuten Kleister auf und ging dann gemeinsam mit der Schwester zur Schule.

So baufällig das Schulhaus auch war, Ni Zao hatte in seinem ganzen Leben nie etwas Großartigeres, Vollkommeneres als diese Schule gesehen. Er wußte nur, dies war eine gute Schule, eine, in die viele noch ärmere und schmutzigere Kinder aus seiner Gasse niemals aufgenommen würden. Schon jetzt, in der zweiten Klasse, fühlte er sich beim Betreten der Schule wie ein Fisch, der wieder im Wasser ist – als sei er nur dazu geboren worden, zur Schule zu gehen. Er hatte von armen Kindern gehört, die keine Schule besuchen konnten, und bedauerte sie zutiefst. Um so dankbarer war er für das unvergleichliche Glück, zur Schule gehen zu können.

Der Lehrer ließ die Kinder Sätze mit «weil» bilden. Die Beispiele der anderen Schüler waren primitiv und hörten sich alle mehr oder minder gleich an, aber Ni Zaos Satz war lang und inhaltsreich. Freudig überrascht meinte der Lehrer: «Du hast dir ja einen richtigen Roman ausgedacht.»

Ni Zao wußte, daß der Lehrer ihn mochte. Einmal, als er ihn vor seiner Haustür getroffen und sich vor ihm verbeugt hatte, hatte der Lehrer ihm doch tatsächlich einen kleinen Kuchen geschenkt. So etwas hatte er noch nie gegessen. Knusprig war er gewesen, mürbe und süß. Der Lehrer las Ni Zaos Satz den anderen mehrmals als Beispiel vor, und die ganze Klasse mußte zugeben, daß er es am besten gemacht hatte. Ni Zao war sich bewußt, daß das große Mädchen hinter ihm, eine besonders fleißige Schülerin, jetzt ein neidisches Gesicht machen würde. Sie wollte ihn immer übertreffen, aber sie schaffte es kaum jemals. Dann schwankte er jedesmal zwischen Mitleid und Befriedigung.

Am Vormittag hatten sie noch eine Stunde mündlicher Ausdruck, in der Ni Zao eine Geschichte erzählen mußte. Seine Geschichte, die er von der Tante hatte, handelte vom Glühwürmchen. Es war einmal ein kleiner Junge, dem starb die Mutter. Der Vater heiratete wieder, aber die Stiefmutter war sehr böse zu dem Jungen. Eines Tages sollte er für einen Groschen Essig kaufen, doch er verlor das Geld, und so brachte er keinen Essig heim. Die Stiefmutter schickte ihn wieder los, das Geld zu suchen. Er suchte die ganze Nacht lang. Schließlich stürzte er in eine tiefe Schlucht und brach sich das Genick. Da verwandelte er sich in ein Glühwürmchen, das fortan mit seinem kleinen Lampion überall nach dem verlorenen Groschen suchte.

Dies war wirklich eine traurige Geschichte, denn die eigene Mutter und das Geld zu verlieren – Schlimmeres konnte einem ja nicht passieren. Er erzählte so, daß jenes neidische Mädchen hinter ihm weinen mußte; und auch die Lehrerin bekam feuchte Augen. Das brachte ihm erst recht zu Bewußtsein, wie lieb er seine Mama hatte.

Doch auch die Tante liebte er. Sie war seine Hauslehrerin. Die Tante war es, die ihm jene Geschichte vom Glühwürmchen beigebracht hatte, und sie war es, die ihm vom kleinen Kong Rong, der immer die großen Birnen verschenkte und die kleinen für sich behielt, von Sima Guang, der den Wasserkrug zerschlug, und auch von dem pfiffigen Kastanienkäufer erzählt hatte. Das war die Geschichte von dem Jungen, der Eßkastanien kaufen wollte und der, vom Verkäufer aufgefordert, sich eine Handvoll zu nehmen, nicht reagierte, bis der Mann ihm am Ende selbst eine Handvoll reichte. Als ihn seine Mutter fragte, warum er denn nicht selbst zugegriffen habe, antwortete der Junge: «Der Verkäufer hat eine große Hand, meine aber ist klein!» Wirklich pfiffig. Wenn man nur wirklich wie in der Geschichte zu ein paar mehr Kastanien kommen könnte! Ni Zao hatte von der Mutter Geld für Erdnüsse erbeten, dem Verkäufer das Geld gereicht, und dieser hatte tatsächlich eigenhändig die Portion zugemessen und nicht ihn, Ni Zao, aufgefordert, mit seiner eigenen, kleinen Hand zuzugreifen. Aber was nützte es, daß die Hand des Verkäufers so groß war? Er reichte ihm dennoch so wenig Erdnüsse, daß man die einzelnen Kerne zählen konnte. Ni Zaos Herz krampfte sich zusammen, und halb verschmitzt, halb mitleidheischend sagte er zum Verkäufer: «Ach bitte, geben Sie mir doch noch ein paar.» Es war schon fast Betteln. So arglos-naiv und so kläglich hörte sich das an, daß er selbst ganz gerührt war. Aber der Mann reagierte überhaupt nicht und verzog keine Miene, geschweige denn, daß er ihm auch nur einen einzigen Erdnußkern mehr gegeben hätte.

Die Tante hatte Ni Zao eine sehr schöne Geschichte erzählt, aus der hervorging, daß Klugheit stets von Vorteil ist. Und er war ja klug! Natürlich mußte einem erst jemand die Klugheit beibringen. Das tat die Tante. Jeden Morgen kontrollierte sie seine Schulmappe, ehe er sich auf den Weg machte. «Pinsel? Tuscheschachtel? Bleistiftspitzer? Ölkreiden? Lineal? Wieso hast du das Lineal nicht eingepackt?» Auch bei den Schularbeiten setzte sie sich neben ihn und half ihm. Jede Hausaufgabe, die er machte, wurde erst von der Tante durchgesehen, ehe er sie in der Schule vorlegte. Wie hätte er da nicht Klassenprimus werden sollen?

Sogar die Großmuter, die selbst nicht lesen und schreiben konnte, hatte ihm einmal bei seinen Schulaufgaben geholfen. Das war damals gewesen, als er die ersten Schriftzeichenübungen aufgehabt hatte. Die Tante hatte ihm bei der Beschaffung der Schreibutensilien geholfen – Tuschereibstein, Tusche, Tuscheschachtel. Das Seidenvlies in der Tuscheschachtel, mit dem die angerührte Tusche gebrauchsfertig gehalten wurde, stammte von einer Seidenraupe, die die Schwester gezüchtet hatte. Eigentlich hätte die Raupe ja einen Kokon bilden wollen, aber daran wurde sie gehindert, denn was hätte man mit einem Kokon anfangen können? Stattdessen wurde ein Blatt Papier über einen kleinen Eßnapf gelegt und mit einem Faden rundherum festgebunden. Darauf wurde dann die Raupe gesetzt. Auf dieser glatten Fläche fand sie kein Eckchen, in das sie sich zum Kokonspinnen hätte zurückziehen können. Es blieb ihr nichts anders übrig, als auf dem Papier hin und her zu kriechen und dabei ihren Seidenfaden abzusondern, aus dem allmählich ein hauchdünnes Seidenvlies entstand.

Das Vlies für die Tuscheschachtel war also da, auch die Tuscheschachtel selbst und die Tusche. Aber mit dem Pinsel kam Ni Zao einfach nicht zurecht, mochte er ihn anfassen, wie er wollte. Ausgerechnet jetzt waren weder Mutter noch Tante zu Hause. Er hatte noch kein einziges von den mit roter Farbe vorgedruckten Schriftzeichen in seinem Schreibheft nachgezogen, da waren Hände und Gesicht schon schwarz von Tucheflecken. Sogar seine Zunge war schwarz, wie auch immer das zugegangen sein mochte. Vor lauter Aufregung brach er in Tränen aus. Ein Kind, das gern weinte...

Da war es die Großmutter, die ihm zeigte, wie man den Pinsel richtig hält. Sie führte auch seine Hand beim Nachziehen des ersten Schriftzeichens. Der erste Strich gelang recht gut, so daß er die Großmutter bewunderte und ihr zutiefst dankbar war. Aber der zweite Strich! Es war, als habe der Pinsel sich selbständig gemacht – plötzlich erschien ein Haken auf dem Papier, als sei da ein Dorn hineingepiekt oder von selbst herausgewachsen. Dadurch gerieten Ni Zao und die Großmutter derart in Panik, daß sie nur noch schwarze Kleckse zustandebrachten.

Die Großmutter konnte weder schreiben noch auch nur

ein einziges Zeichen lesen. Aber sie kannte ‹Das Große Gedichtbuch› und ‹Gedichte aus der Tang-Zeit› auswendig.

Noch mehr Gedichte kannte die Tante auswendig, auch solche von neueren Dichtern – Hu Shi, Yu Pingbo, Liu Dabai, Xu Zhimo... Sie hatte Ni Ping und Ni Zao ‹An den kleinen Leser› von der Dichterin Bing Xin vorgelesen, wenn auch im Dialekt von Mengguantun-Taocun, und mit ihnen Kinderlieder gesungen.

Die Tante war die geborene Kindererzieherin. Sie liebte die Kinder ganz besonders und nahm größten Anteil an allem, was sie betraf. Im ganzen Haus war es einzig die Tante, die die alten Kinderreime aus der Heimat aufsagen konnte:

Kluck-kluck macht die Henne,
die Ente gak-ga.
Ich erzähl jetzt dem Kind
von der Omama.
'ne Gurke sie wollte,
die war ihr zu grün.
Da wollte sie Nudeln,
die warn ihr zu dünn.
Da wollt sie Bananen,
die warn ihr zu krumm.
Da wollt sie den Gockel,
der war ihr zu dumm.
Da wollte sie Eier,
die waren nicht frisch.
Am Ende aß Oma
'nen riesigen Fisch!

Das war einfach zu schön! Ni Zao hatte immer das Gefühl, bei ihm zu Hause lebten lauter sanfte, liebevolle und unsagbar gute Menschen. Von klein auf hatten sie ihm das Gefühl der Geborgenheit gegeben, hatte er ihre Liebe als etwas Selbstverständliches empfunden.

Und er wußte, auf ihm ruhten die Hoffnungen der ganzen Familie. Jedesmal wenn die Mutter vor Kummer weinte, wurde sie getröstet: «Aber du hast doch so einen guten Sohn!» Und wenn die Tante wieder einmal stöhnte und seufzte, gab es stets jemanden, der sagte: «Denk doch mal an deinen Neffen!»

Seine Schwester dagegen war nicht so optimistisch in ihrer Einstellung. Sagte Ni Zao «Wenn ich erst groß bin, verdiene ich Geld für Großmutter, Mama und Tante Jingzhen», so entgegnete sie ihm unweigerlich: «Und wie willst du das anstellen?» Sagte Ni Zao «Wenn ich groß bin, erfinde ich ein Ding, aus dem sich alle Armen etwas Gutes zu essen herausholen können», dann fertigte die Schwester ihn kurz ab: «Unsinn, so etwas gibt es ja gar nicht!» Sagte Ni Zao «Bei uns zu Hause ist es wirklich schön», hielt sie dagegen: «Ich habe gehört, Papa will nichts mehr von uns wissen; Papa wird uns eine Stiefmutter ins Haus bringen.» Eine Stiefmutter – das war tatsächlich ein ernstes Problem. Stiefmütter waren schrecklicher als Teufel, das wußte Ni Zao längst. In seiner Klasse gab es einen Jungen namens Kong, der war arm dran – Hände, Ohren, Füße, alles voller schwärender Wunden, die Augen oft ganz verschwollen vom vielen Weinen; und die Schulaufgaben unerledigt. Der hatte keine Mutter mehr, nur noch eine Stiefmutter.

Am Nachmittag dieses Herbsttages erzählte Ni Zao seiner Schwester, was sich in seiner Klasse Interessantes zugetragen hatte. Die letzte Stunde am Vormittag war Sittenlehre gewesen.

«Ach, bei Frau Bai, was?»

«Habt ihr nicht bei ihr gehabt? Du weißt schon, diese ganz Kleine mit den hohen Absätzen an ihren Lederschuhen. Die ist vielleicht streng! Die guckt immer so ernst und böse, daß sie einen leicht zum Weinen bringt, wenn man ein bißchen schüchtern ist.»

Die Schwester unterbrach ihn: «Weißt du auch warum? Weil sie so klein ist!»

«Ach, Kleine sind wohl streng?»

«Nein, ich meine bloß, sie hat Angst, die Schüler gehorchen ihr nicht. Je kleiner der Lehrer desto größer die Angst vor Ungehorsam und desto strenger ihr Auftreten.»

Ni Zao fuhr fort: «Also, wie gesagt, die letzte Stunde war Sittenlehre. Das Thema lautete ‹Die Freundschaft und Zusammenarbeit zwischen China, Japan und Manzhouguo›. Und weißt du was? Kaum hatte Frau Bai dieses Thema vorgelesen, da ging ein großes Durcheinander los. Alle haben mitgemacht, auch die, die sonst am artigsten sind.»

«Wobei denn?»

«Na, beim Toben! Manche haben auf die Tische geklopft, manche haben gebrüllt und gepfiffen, manche haben Fratzen geschnitten, manche haben plötzlich losgeschrien ‹Kauft stinkenden Bohnenkäse – Bohnenkäse in Sojasoße!›, manche haben mit ihren Stiftekästen geklappert. Und manche haben sich einfach nur gegenseitig beschimpft: ‹Soundso ist doof!› – ‹Bist ja selber doof!› – ‹Eure Telefonnummer ist «Fünf hungern für acht» (500-4-8)!›– ‹Dafür ist eure «Ein Bier für zehn» (1-4-4-10)!› Da war vielleicht was los! Ein Krach, schlimmer als auf den Straßen am Weißturm-Tempel! Ich habe auch mitgemacht. Warum? Na, weil ich diese Lektion auch nicht mochte. Und Frau Bai hat uns einfach toben lassen. Sie stand hinter ihrem Katheder und hat uns zugeschaut und gelacht – als ob sie sich darüber freute! Als wir gesehen haben, daß sie nichts macht und sogar noch lacht, da fing es erst richtig an! Hast du schon mal so eine Unterrichtsstunde erlebt? Aber Frau Bai hat gar nichts gemacht. Nur gelacht hat sie. Na ja, gar nichts gemacht kann man auch nicht sagen. Als wir auf die Tische stiegen und anfingen, uns zu balgen, hat sie ‹Runter, runter, runter mit euch!› gerufen und ‹Aufhören, aufhören!› Aber da klingelte es auch schon, und sie rief lachend: ‹Die Stunde ist aus!› Da haben wir alle erst recht losgejohlt und geschrien.»

Ni Zao hatte sehr vergnügt berichtet, doch seine Schwester ermahnte ihn besorgt: «Erzähl das bloß nicht weiter, damit nicht die japanischen Schulinstrukteure davon erfahren. Weißt du denn nicht, daß wir jetzt die vierte Kampagne zu Verstärkung der öffentlichen Sicherheit haben? Wenn jemand sich abfällig über die Japaner äußert, und die erfahren das, dann wird der Betreffende festgenommen. Ich glaube, Frau Bei schwebt jetzt in großer Gefahr.»

Woher die Schwester das alles bloß wußte? Wie kam sie nur auf so etwas? Sie war oft so trübsinnig und machte sich

Gedanken über die Angelegenheiten der Erwachsenen. Als sei sie schon selbst erwachsen, so trübsinnig war sie.

Die Schwester war ja ein Jahr älter. Klar, daß sie da verständiger sein mußte und mehr nachdachte. Spätabends, Ni Zao hatte schon geschlafen, drangen manchmal durch das kleine Fensterchen zu Gasse hin wehmütig-monotone Flötenklänge ins Zimmer. Ni Zao wußte, das war ein alter, blinder Wahrsager, der da, geführt von seiner kleinen Enkelin, die Flöte blies, um auf diese Weise Kundschaft anzulocken. Der blinde Alte tat ihm so leid, daß er vorschlug: «Wir wollen uns auch einmal wahrsagen lassen.»

Noch ehe die Mutter antworten konnte, erwiderte bereits die Schwester: «Was weißt du schon! Der Blinde, der verkauft vielleicht Opium oder Heroin und tut nur so, als ob er Wahrsager wäre. Sonst könnte er ja schließlich am Tage wahrsagen und brauchte nicht zu nachtschlafender Zeit seinen Geschäften nachzugehen. Wie kann er denn wahrsagen, wenn alle schlafen? Die Flöte ist in Wirklichkeit nur ein Signal, was für Ware er hat und wieviel, und was eine Portion kostet. Und will jemand etwas kaufen, dann öffnet er das knarrende Hoftor einen Spalt breit, und der Blinde schlüpft hinein...»

Bei ihren Worten sträubten sich Ni Zao die Haare, so unheimlich war ihm das alles. Es lief ihm kalt den Rücken hinunter.

«Ja, und dann gibt es noch die Kindesentführer», belehrte Ni Ping den kleinen Bruder. «Am hellichten Tag kommst du in eine kleine Gasse. Alles ist still und ruhig, kein Mensch zu sehen. Da erscheint plötzlich vor dir ein Mann oder eine Frau und lächelt dir zu – ja, die lächeln auch noch! Dann winken sie dir, du sollst herkommen. O weh, da bist du ganz schön in der Klemme! Links von dir das Meer, rechts der Abgrund und hinter dir Feuer. Oder auf allen Seiten hohe, glatte Mauern. Da bleibt dir nur der schmale Weg nach vorn, dorthin, wo der Mann oder die Frau stehen und dir winken. Du mußt mit ihnen mitgehen, ob du willst oder nicht. Dann nehmen sie dich mit, und du kannst nie mehr nach Hause, siehst die Mama nie wieder. Die verkaufen dich nämlich als Sklave an einen ganz entlegenen Ort. Aber dann kannst du noch von Glück sagen, denn sie könnten dich ja auch schlachten und dein Herz oder deine Leber oder dein Gehirn zu Medizin verarbeiten und in kleine Kalebassen abfüllen. Du glaubst mir nicht? Ein Schüler der zweiten Klasse der Grundschule in der Xisibei-Straße, Liuer heißt er, der ist auf diese Weise verschwunden.»

Manche dieser Weisheiten stammten von den Lehrern, andere von Großmutter, Tante oder Mutter. Ni Ping hörte solche Geschichten gern und merkte sie sich genau. Sie und die Mutter, die Tante und die Großmutter hatten ihre eigene Frauensprache. Später erzählte sie dann das Gehörte dem Brüderchen weiter.

Ni Ping hatte ein volles Gesicht, obwohl sie keineswegs dicker war als ihr Bruder. Beim Sprechen lächelte sie zwar stets ein wenig, doch die unerbittliche Strenge ihres Blicks ließ keinen Zweifel, daß sie mit ihrer drastischen Eindringlichkeit jeden, aber auch jeden Gesprächspartner dazu zu bringen gedachte, ihren Worten Glauben zu schenken.

Sie sagte: «Wenn wir nur einen besseren Papa hätten!» Ni Zao sah die Schwester verständnislos an. Er wußte nicht zu sagen, ob sein Vater schlecht oder gut war. Liebe, Groll, Hoffnung und Enttäuschung, Zweifel – ja; aber deswegen meinte er noch lange nicht, sein Papa sei kein guter Vater. Er sah ja häufig die Väter der anderen Kinder in seiner Gasse oder auch die seiner Klassenkameraden. Vorzeitig gealtert oder mit entzündeten Triefaugen, mit ineinandergelegten Händen servil dienernd oder töricht grinsend, boten sie im großen und ganzen einen traurigen Anblick. Was war denn an solchen Vätern besser? Einen gab es, der fuhr mit dem Auto, der Vater von Zhang Zhongchen, der immer die schönsten und neuesten Sachen anhatte. Dieser Vater hatte der Schule eine Fuhre Kohlen gespendet. Der Direktor und die Lehrer sprachen von ihm wie von einem Heiligen, und wenn sie den kleinen Zhang Zhongchen sahen, konnten sie sich nicht genugtun, ihm freundlich den Kopf zu streicheln, ihm auf die Schulter zu klopfen oder ihm die Wangen zu tätscheln. Und Ni Zaos geliebter Klassenlehrer, der ihm den kandierten Krapfen geschenkt hatte, gab Zhang Zhongchen jeden Abend zwei Stunden Nachhilfeunterricht. Dieser Klassenlehrer war so gut, daß Lehrer von anderen Grundschulen aus der ganzen Stadt kamen, um bei ihm zu hospitieren. Aber hatte Zhang Zhongchen etwa in jener Musterstunde auch nur einen einzigen Abschnitt vorgelesen, auf eine einzige Frage geantwortet? Da konnte sein Papa noch soviel Kohlen spendieren oder mit dem Auto herumfahren, der Klassenlehrer ihm noch so viele Nachhilfestunden geben! Bei wem kamen denn die Antworten wie aus der Pistole geschossen, daß die Besucher Mund und Augen aufsperrten? Wer hatte denn seinem Lehrer, seiner Schule und seiner Klasse Ehre gemacht? War das etwa Zhang Zhongchen gewesen? Ach wo, keine Spur. Er war es gewesen, Ni Zao, der jüngste und kleinste Schüler in der ganzen Klasse.

Nur für einen Vater eines Klassenkameraden hegte Ni Zao besondere Hochachtung, und zwar für den von Zhu Xili, einem Mischling mit blondem Flaumhaar wie bei einem Ausländer, der bei jeder Gelegenheit von den Mitschülern als Bastard gehänselt wurde. Ni Zao jedoch hatte ihn gern. Er war auch schon einmal bei ihm zu Hause gewesen. Zhu Xilis Mutter war Russin, sein Vater ein gütiger, ernster Mann, der stets in liebevollem Ton zu seiner Frau sprach. Ni Zao war richtig neidisch.

Auch über Tante Jingzhen hatte Ni Ping mit Ni Zao gesprochen. Sie hatte gesagt, das Leben der Tante hätte besser sein können, wenn der Onkel nicht gestorben wäre. Ob das wirklich so war? Wer hatte denn eigentlich diesen Onkel gesehen? Wer brauchte schon diesen Onkel? Und wenn er noch lebte, wie hätte dann ihrer aller Leben aussehen sollen?

Ni Zao zog mit diesen Fragen zur Tante. Die hatte gerade Zahnschmerzen und hielt sich mit der Hand die Wange, während ihr der Speichel aus dem Mund lief. Die Tante hatte oft Zahnschmerzen, so daß sie mitunter nächtelang stöhnte, und manchmal war eine Gesichtshälfte schlimm verschwollen. Sie wollte jedoch unter keinen Umständen ins Krankenhaus, denn sie fürchtete sich vor Ärzten, besonders vor solchen, die westliche Medizin praktizierten.

Sie mochte keine Medikamente einnehmen und hatte panische Angst, wenn nur das Wort Injektion fiel – sie sei allergisch dagegen, behauptete sie. Zahnziehen kam schon gar nicht in Frage. Als sie die Fragen Ni Zaos hörte, mußte sie lachen. Sie sagte: «Ach, du Dummerchen! Wäre jener kurzlebige arme Kerl nicht gestorben, hätte ich doch nie nach Peking kommen und bei euch wohnen können. Und wer hätte dich dann tagtäglich bei deinen Schulaufgaben beaufsichtigt, hm?»

Als Ni Ping von diesem Gespräch erfuhr, schimpfte sie mit dem Bruder. «Solche Fragen stellt man doch nicht!»

Doch Ni Zao verteidigte sich: «Aber du hast ja selbst damit angefangen. Wieso darfst du davon reden, bloß ich darf sie nicht fragen?»

Die beiden begannen zu streiten. Ihre Mutter griff ein: «Schluß jetzt! Wenn er sie fragen will, dann soll er sie fragen. Sie hat schon lange keine Angst mehr vor solchen Fragen, so empfindlich ist sie nicht.» Wenn Ni Zao sich mit seiner Schwester stritt, ergriff die Mutter stets für ihn Partei.

Für Ni Zao gab es nicht viel, um das er sich Sorgen machte. Er ging zur Schule – ausgezeichnete Zensuren, kam heim – lauter Liebe und Fürsorge, ging spielen – das war die Kindheit.

Also genoß Ni Zao an diesem klaren Tag im Spätherbst nach Schulschluß die unzerstörbaren Freuden seiner Kindheit und spielte im milden Licht der Herbstsonne vor dem Haustor mit einigen Jungen aus der Nachbarschaft Fangen. Jagen, Wettlaufen, Lachen, Siegen, Verlieren, Ausweichen, Rettung, Gefahr, «Verhaftung» – allen Kindern machte das Spiel großen Spaß, und die ganze Gasse war erfüllt von ihrem Gelächter und Geschrei.

Ni Zao war nicht sehr kräftig und auch nicht sehr flink, dafür reagierte er schnell und wich seinen Verfolgern geschickt aus. Mehrmals wäre er um ein Haar gefaßt worden, aber jedesmal gelang es ihm, mit einer blitzschnellen Drehung des Körpers oder Neigung des Kopfes unter dem Arm des Verfolgers hindurch zu entwischen.

Mitten im schönsten Spiel hörte er plötzlich die Stimme der Mutter, die ihn zur Tür rief. Sie beugte sich zu ihm hinunter und flüsterte ihm ins Ohr: «Du spielst hier schön und bleibst noch ein Weilchen draußen, ja? Paß ein bißchen auf und sieh dich um. Wenn du den Papa siehst, tust du so, als hättest du ihn nicht bemerkt, und sagst mir Bescheid.» Er spürte den warmen Atem der Mutter in seiner Ohrmuschel, und das machte ihre geflüsterten Worte noch geheimnisvoller und eindringlicher.

Ni Zao erschrak. Was war nun schon wieder los? Eine einsame Krähe flog hoch über ihm vorüber.

Er kehrte zu seine Kameraden zurück, und das Spiel ging weiter. Doch seine Geistesgegenwart und Beweglichkeit waren dahin. Sogleich wurde er ohne jede Mühe abgeschlagen, konnte aber selbst trotz größter Anstrengungen niemanden fangen. Der empfindliche Organismus, den so ein Kinderspiel darstellt, war sofort gestört. Das Gelächter verstummte, das Tempo verlangsamte sich, und alle schauten unzufrieden zu Ni Zao.

«Ni Zao macht nicht mehr mit! Der spielt ja gar nicht richtig!» rief Xiao Hei als erster. «Der spielt gar nicht richtig», das ist ein ernster Vorwurf unter Kindern.

«Dann mache ich auch nicht mehr mit!» erklärte ein Junge, der zu Ni Zaos engeren Freunden gehörte.

«Und ich muß noch auf den Markt, Essig holen.»

«Das Spiel ist aus! Das Spiel ist aus!...» Was eben noch eine verschworene Gemeinschaft war, hatte sich im Nu aufgelöst.

Zurück blieb Ni Zao, der unschlüssig am Hoftor stand. Und die Schwester? Die war nicht zu Hause. Er hörte das Geräusch vieler Schritte, erst fern, dann nah und schließlich wieder fern; Schritte, die vom einen oder anderen Ende der Gasse näherkamen und sich wieder entfernten. Was er sah, waren die Gesichter von Fremden, nicht das Gesicht des Vaters. Die Menschen liefen aber alle so schwer, so schleppend, so müde, als seien sie schon tage- und nächtelang unterwegs. Ein älterer Mann, der kandierte Früchte am Stiel verkaufte, kam freundlich lächelnd auf ihn zu – das würde doch kein Kindesräuber sein?!

Als die Strahlen der Abendsonne schwächer und die Schatten der Häuser und der Robinien länger geworden waren, erblickte Ni Zao endlich die hohe Gestalt seines Vaters, der drei Tage lang nicht nach Hause gekommen war. Er wollte fortlaufen, aber seine Füße waren wie verhext und ließen sich nicht von der Stelle bewegen.

7

Der Schlag, den die Angelegenheit mit dem Siegel für Jiang Jingyi bedeutete, hatte sie ins Mark getroffen. Wollte man sagen, daß sie sich bisher bei den Auseinandersetzungen mit ihrem Gatten, so schrecklich sie in ihrer Heftigkeit auch erscheinen mochten, noch einen vagen Hoffnungsschimmer bewahrt hatte, so war sie nun nur mehr von Verzweiflung, Empörung und zähneknirschender Wut erfüllt – und von dem verzehrenden Wunsch, sich zu rächen.

Schon länger als zehn Jahre waren sie verheiratet. Das Vergangene erschien ihr in der Rückschau wie ein schwarzes Loch; alles war von anderen Menschen arrangiert worden, als sei sie kein selbständiger Mensch. In der Mittelschule war sie gewesen, da hieß es, sie solle heiraten. Jener flüchtige Blick, mit dem sie begutachtet wurde – so hastig, so verlegen, und so süß! Sie war vom ersten Augenblick an überwältigt von dieser stattlichen Erscheinung, und es gelang ihr nur mit großer Mühe, ihre ungebärdigen Gedanken – die Gedanken eines dummen, kleinen Schulmädchens in hellblauem Kattunkittel und schwarzem Rock – im Zaum zu halten und niemanden merken zu lassen, von welchen Gefühlen ihr Herz erfüllt war. Ihr Herz, das sich zu diesem Mann hingezogen fühlte, der ihr Gatte werden und über ihr Leben bestimmen würde. Schrecklich, geheimnisvoll, unentrinnbar – ein schwarzes Loch.

Wenn ich verheiratet bin, will ich meinem Mann eine gute Frau sein! Heiratest du einen Hahn, dann lebst du mit dem Hahn, heiratest du einen Hund, dann folgst du eben dem Hund... Und selbst wenn du einen Holzklotz geheiratet hast, harrst du trotzdem ein Leben lang bei ihm aus. Der Gatte – das ist die Bestimmung der Frau, das ist ihr Schicksal. Was die Opernheldin Wang Baochuan konnte, die achtzehn Jahre lang in einem eiskalten Loch auf die Rückkehr ihres Mannes gewartet hat, das kann ich auch! Auch ich kann ausharren, bis mein neugeborenes Kind so groß geworden ist wie ich selbst. Sogar noch länger, wenn es ein muß. Und wenn nun der Gatte stirbt? Dann bleibe ich Witwe, und zwar ohne mit der Wimper zu zucken! Hat es meine Schwester mir nicht schon vorgemacht? So sind wir aus dem Hause Jiang – unsere Ahnen waren zwar nicht gerade Stützen der Gesellschaft, aber doch samt und sonders gebildete Menschen, die wußten, was sich gehört. Das ist eben unsere Familientradition!

Außerdem bin ich anspruchslos und bescheiden, obwohl ich etwas läuten gehört habe, daß die Eltern mir fünfzig Mu Land als Mitgift zugedacht haben. Ich habe nur Angst – also, ich fürchte mich ein bißchen davor, daß man im Haus der Schwiegereltern vielleicht nicht nett zu mir ist. Von diesem einen Punkt abgesehen, blickte Jiang Jingyi bei ihrer Verheiratung vertrauensvoll in die Zukunft.

Mit Pauken und Trompeten wurde die Hochzeit begangen. Ni Wucheng hatte darauf bestanden, daß Jingyi bei der Hochzeit weder das übliche Hochzeitsgewand mit dem prächtigen Kopfschmuck anlegte noch mit edelsteinbesetzten goldenen und silbernen Armreifen geschmückt war. Sie trug also ihre Schulkleidung – hellblauer Kattunkittel zum schwarzen Rock. Daß sie statt in festlichem Rot und Grün in diesen pastellfarbenen Sachen heiraten mußte, empfand sie als bedauerlich und bedrückend, aber Ni Wucheng zuliebe war sie bereit, sich zu bescheiden.

Kurz nach der Hochzeit ging sie von der Schule ab; das war ja selbstverständlich und wurde von Jingyi sogar als Glück angesehen. Was hatte eine verheiratete Frau noch in einem Mädcheninternat zu suchen? Außerdem hatte sie bereits einige Jahre Schulbesuch hinter sich, konnte Briefe schreiben, Rechnungen aufstellen, Romane lesen. Mehr als genug! Trigonometrie, Geometrie, all solche Sachen, das würde sie ohnehin nie in ihren Schädel kriegen, und so gesehen war der Schulabgang nach der Hochzeit die willkommene Befreiung von einer Last.

Der Schwiegermutter jedoch konnte man nichts recht

machen. Jingyi hatte noch nie eine solche Frau gesehen – groß, stattlich, und immer eine tadellose Haltung. Beim Sprechen schnappte sie nach Luft und klapperte mit ihren krankhaft verfärbten grünlich-gelben Lidern. Sie war stets ernst und streng, so daß Jingyi mit ihr nie warm wurde. Kein Vergleich zu der Lebhaftigkeit und Lässigkeit in ihrem eigenen Elternhaus. Alles ganz penibel, und nur ja nicht so laut reden – das war die erste Rüge der Schwiegermutter gewesen. Komisch, eigentlich redet man doch, damit man gehört wird. Richtig gehört wird man aber doch nur, wenn man ein bißchen lauter redet. Und trample bitte nicht so – die nächste Rüge. Soll ich etwa wie ein Dieb auf Zehenspitzen schleichen? Was sind das bloß für komische Regeln? Oh, was machst du für einen Lärm beim Essen, mußt du denn so mit Löffeln und Stäbchen, Tellern und Schüsseln klappern? – eine weitere Ermahnung von der alten Dame, wieder mit heruntergelassenen Augenvorhängen.

Ihre Haltung und Sprache und ihre affektierte Vornehmtuerei brachten Jingyi zur Weißglut. Was bildet sich die Alte eigentlich ein? Jeder sieht, daß die Familie auf den Hund gekommen ist, aber die tut so, als wäre sie die Kaiserin von China persönlich. Doch das sah den Nis ähnlich. Ihre eigene Familie war da anders: die Jiangs verließen sich auf ihre Tüchtigkeit. Jingyis Vater praktizierte chinesische Medizin, und zwar sehr erfolgreich, so daß er gut verdiente und seine ursprünglich nur mäßig wohlhabende Familie zur reichsten am Ort machte. Was Jingyis Mutter betraf, so kam sie erst recht aus einer Familie, die den Nis an Vornehmheit überlegen war. Einzig die Tatsache, daß Jingyi keine Brüder hatte und ihre Eltern keinen Sohn, war ein gewisser Rückschlag für Ansehen und Besitz der Familie. Sonst ging es bei den Jiangs wesentlich großzügiger zu als hier bei diesen Nis, wo es ja hinten und vorne haperte.

Das alles dachte Jingyi – auszusprechen wagte sie es nicht. Sie schluckte ihren Zorn hinunter, denn die Schwiegermutter hatte etwas Einschüchterndes an sich, das Jingyi eine offene Rebellion unmöglich machte. Selbst die getigerte Bengalkatze, die zum Haushalt gehörte und als Liebling der ganzen Familie sonst vor niemandem Respekt hatte, fürchtete sich vor der alten Gebieterin. Es half alles nichts, Jingyi mußte sich ständig vorsehen, daß sie nichts Falsches sagte oder tat – der Prototyp der geknechteten Schwiegertochter.

Nach der Hochzeit besuchte Ni Wucheng weiter die Schule in der Kreisstadt. Manchmal kam er für einige Ferientage nach Hause. Erst wohnte er ein paar Tage mit in Jingyis Zimmer, dann wurde er für den Rest der Zeit von seiner Mutter zu ihrem Dienst abkommandiert, was bedeutete, daß er auch bei ihr schlief. So war es auf dem Lande Brauch, Jingyi konnte dagegen nichts sagen; doch wenn sie es recht bedachte, fand sie es geradezu haarsträubend. Sobald sie Wucheng erblickte, errötete sie und brachte kein vernünftiges Wort heraus. Wollte sie abends auf ihrem gemeinsamen Lager von irgendwelchem Alltagskram anfangen, hatte er überhaupt kein Ohr dafür. Was Wucheng seinerseits erzählte, verstand Jingyi trotz größten Bemühens nicht. All diese neumodischen Wörter, die er aus seinen Büchern hatte! Und dann noch sein Englisch! Wenn sie ihn Englisch reden hörte, wurde sie nervös. Sie hatte das Gefühl, keine Luft mehr zu kriegen, ihr wurde schwindelig, das Herz klopfte wie wild und der Magen krampfte sich zusammen. Was habe ich da für einen Mann geheiratet? Warum ist er bloß so anders als normale Menschen? Sehr bald hatte sie begonnen, sich solche Fragen zu stellen.

Schließlich hatte die Schwiegermutter das Zeitliche gesegnet – ein Glück! Ni Wucheng wollte partout nicht den Besitz übernehmen, sondern zum Studium nach Europa fahren. So wurde der Haus- und Grundbesitz verkauft – oder besser verschleudert –, und weil das Geld nicht reichte, gaben Jingyis Eltern etwas dazu, so daß Ni Wucheng am Ende nach Übersee fahren konnte, während Jingyi wieder in ihr Elternhaus übersiedelte.

Kurz nach ihrer Ankunft starb ihr Vater, und Jingyi mußte mit ihrer verwitweten Mutter und der ebenfalls verwitweten Schwester zusammen einen erbitterten Kampf um den Nachlaß bestehen. Zunächst trat ein entfernter

Verwandter, ein Neffe des Vaters namens Jiang Yuanshou, auf, der, gestützt auf einen eigenhändigen Brief ihres Vaters, den Familienbesitz für sich beanspruchte. Jingyis Vater hatte tatsächlich zu Lebzeiten einmal erwogen, Jiang Yuanshou an Sohnes Statt anzunehmen, und in dieser Angelegenheit bestimmte Vorkehrungen getroffen. Doch hatte Jingzhen, als sie frisch verwitwet zu ihren Eltern zurückkehrte, sofort dagegen opponiert. Mit Hilfe von nächsten Verwandten und guten Freunden hatte sie in kürzester Zeit belastendes Material zusammengebracht, aus dem hervorging, daß Jiang Yuanshou ein rauschgiftsüchtiger Hurenbock, ein Ränkeschmied und Glücksspieler war. Dann hatte sie begonnen, die Mutter gegen den Vater, der bereits chronisch krank darniederlag, zu mobilisieren. Diesem war schließlich nichts anderes übriggeblieben, als den Plan, einen Sohn zu adoptieren, wieder fallenzulassen. Dieser Jiang Yuanshou nun war an der Spitze einer ganzen Schar übler Spießgesellen angerückt, so daß die Lage für die drei Frauen ziemlich verzweifelt schien, zumal einige Verwandte, Sippenangehörige und Diener sich bereits auf Jiang Yuanshous Seite geschlagen hatten. In diesem kritischen Moment zeigte Jingzhen, aus welchem Holz sie geschnitzt war. Mit einem Küchenbeil bewaffnet, trat sie vor das Haus, um Jiang Yuanshou Paroli zu bieten. Sie legte das Küchenbeil auf einen der beiden steinernen Löwen, die das Tor bewachten, und erklärte, an Jiang Yuanshou gewandt: «Wenn du in das Haus willst, mußt du erst mich mit diesem Beil töten! Ich habe sowieso nichts zu verlieren, weder Haus noch Hof, weder Mann noch Kind. Du tust mir sogar einen Gefallen, wenn du mich totschlägst. Ich will es dir ewig danken, will im Jenseits zu deinen Diensten stehen, um dir deine Güte zu vergelten. Tötest du mich aber nicht, dann hast du verkommener, gewissenloser Teufel in Menschengestalt, der du es wagst, uns arme Witwen zu tyrannisieren, wahrlich nichts Menschliches an dir!»

Nachdem Jiang Yuanshou in der direkten Konfrontation erfolgreich abgewehrt worden war, kam als nächstes der Gang vors Gericht. Entsprechend dem Szenarium von

Jingzhen erstattete Frau Jiang, die alte Gebieterin, die damals freilich erst Anfang vierzig war, gegen Jiang Yuanshou Anzeige wegen erpresserischer Nötigung und versuchter Hausbesetzung. Für jede Verhandlung vor Gericht legte Frau Jiang ein neues, teuer aussehendes Gewand an und trug auch Kopf- und Ohrenschmuck, so daß sie höchst imposant erschien und allein schon vom Auftreten und der äußeren Wirkung ihren Widersacher völlig in den Schatten stellte, der mit seinem Bockskopf und seinen Rattenaugen, seinen Eselsohren und Affenbacken verkommen und gemein aussah. Jingzhen erschien im Gerichtssaal in weißer Trauerkleidung und legte Jiang Yuanshous Vergangenheit und Gegenwart, seine Absichten und Machenschaften, seine Abgefeimtheit und Gefährlichkeit bloß. Sie tat das mit wohlgesetzten Worten – jedes Wort ein Geschoß – und aller Schärfe, anschaulich und zu Herzen gehend. Man hatte hinterher das Gefühl, dieser Erbschaftsstreit sei nicht eine Bagatelle, sondern vielmehr ein Fall von größter Tragweite, und wenn Jiang Yuanshou etwa als Sieger daraus hervorginge, würde das den völligen Untergang einer ganzen Familie, ja die Auflösung der Gesellschaft schlechthin, eine Umwälzung im ganzen Land und den Verlust ungezählter Menschenleben nach sich ziehen. Unnötig zu sagen, daß Mutter und Tochter auf der ganzen Linie siegten. Das Gerichtsurteil stellte nicht nur in aller Form fest, daß Jian Yuanshou nicht der Erbe und nicht der Sohn sei, sondern schloß sich auch dem Antrag der Frau Jiang geb. Zhao an, das Verwandtschaftsverhältnis mit Jinag Yuanshou für nichtig zu erklären.

Im vereinten Kampf gegen den gemeinsamen Feind waren die drei Frauen zu einer verschworenen Gemeinschaft zusammengewachsen. Jingzhen war die unerschrockene Kämpferin, die weder Tod noch Teufel fürchtete. Frau Jiang wiederum war der ruhende Pol und strahlte eine Zuversicht aus, die so unerschütterlich wie der Taishan-Berg war. Jingyi war geradezu sprachlos vor Staunen über die Schwester und bewunderte sie grenzenlos. Sie bemerkte der Mutter gegenüber, der frühe Tod des Schwagers sei ein wahrer Segen für die Familie gewesen. Denn wie hätten sie und die Mutter jemals in diesem Feldzug gegen ihre Widersacher bestehen können, wenn der Schwager noch am Leben und Jingzhen womöglich Mutter von zwei, drei kleinen Kindern wäre?

Jingzhen konnte in diesem «Kampf» zeigen, welche ungeahnten Fähigkeiten in ihr steckten, zugleich aber auch ihre Wut abreagieren. Wäre sie anfangs aus Kummer über den frühen Tod ihres Gatten am liebsten ebenfalls gestorben, war sie nun absolut dazu fähig, ihren Entschluß, keusche Witwe zu bleiben, ein Leben lang durchzuhalten.

Nachdem sie diesen und andere Waffengänge erfolgreich durchgestanden hatten, konnten sich die drei Frauen unangefochten der Früchte ihres Sieges erfreuen. Wer von den Verwandten und Bekannten, Dienern und Pächtern geschwankt hatte, beeilte sich, die alte Gebieterin und ihre Töchter aufs neue – und nun noch ergebener als zuvor – seiner Treue zu versichern.

So vergingen unversehens zwei Jahre. Jingyi war froh und erleichtert, nicht mehr im Hause Ni den Launen des «alten Bettelweibs» ausgesetzt zu sein. Was sie alles hatte erdulden müssen, hatte sie ihrer Mutter und ihrer Schwester haarklein erzählt. Als sie mit ihrem Bericht fertig war, hatten die drei Damen in schöner Eintracht ihrem Herzen Luft gemacht und dabei den Ausdruck vom «alten Bettelweib» geprägt, um mit diesem Namen ihre Verachtung für Jingyis Schwiegermutter, Ni Wuchengs Mutter, auszudrücken. So nahm Jingyi von ihrer Kindheit Abschied; sie fühlte, damit habe sie die erste Lektion im wahren Menschenleben absolviert.

Nach zwei Jahren in Europa kehrte Ni Wucheng zurück, jedoch nicht in seinen Heimatort. Wahrscheinlich auf Grund des Aufwertungseffekts, auf den man mit solch einem Auslandsstudium von vornherein spekulierte, erhielt er bei seiner Rückkehr nach Beiping sofort Stellenangebote von drei Hochschulen sowie den akademischen Titel «Dozent». Anfang 1933 fuhr er in den Marktflecken, wo Jingyi wohnte, um sie nach Beiping zu holen. Dort verlebten beide eine im großen und ganzen schöne Zeit. In die Annalen des gemeinsamen Lebens von Ni Wucheng und Jiang Jingyi gingen diese Tage als eine Periode einmaligen, nie wiederholten Glücks ein.

Ni Wucheng bemühte sich nach Kräften, Jingyi in die gebildeten Kreise der Hauptstadt einzuführen und sie am Leben dieser modernen Intellektuellen – alle durch ein Auslandsstudium «vergoldet» – teilhaben zu lassen. Er nahm sie mit zu Vorträgen von Cai Yuanpei, Hu Shizhi, Lu Xun, Liu Bannong und anderen Koryphäen und zu Empfängen, auf denen man Professoren, Prominente und Ausländer traf. Er zeigte ihr den Beihai-Park, fuhr mit ihr Boot, aß mit ihr im Restaurant und ging mit ihr ins Kino. Dies einesteils, weil sie zwei lange Jahre getrennt gewesen waren, zum anderen, weil Jingyi, die zum ersten Mal in einer Großstadt war und vor deren erstaunten Augen sich eine ganz neue Welt auftat, sich noch einen Rest ihrer kindlichen Seele bewahrt hatte und sich als außerordentlich begeisterungsfähig erwies; schließlich aber auch, weil Ni Wucheng selbst jung und erfolgreich war und zudem sein Monatsgehalt auf das erfreulichste mit seiner Hochstimmung korrespondierte. Die Umstände waren günstig, und für einen kurzen Moment lächelte ihnen das Glück.

Doch es dauerte nicht lange, und die Welt war wieder so unvollkommen wie eh und je – nichts als Ärger und Widersprüche allüberall. Der Reiz des Neuen, den das Leben in der Stadt bot, verblaßte schnell. Inmitten der städtischen Intellektuellen fühlte sich Jingyi einsam und verloren. Die Vorträge der Gelehrten und Prominenten gingen ihr zum einen Ohr hinein und zum anderen wieder hinaus, zumal sie häufig eine südchinesisch gefärbte Aussprache hatten und sich eines gewählten literarischen Stil befleißigten. Da hörte sich ja der Singsang der Mönche im Tempel noch besser an.

Als Jingyi gerade einen Monat in der Hauptstadt war, wurde sie schwanger. Über die Schwangerschaftsbeschwerden war sie zu Tode erschrocken, und je mehr sie sich aufregte, desto schlimmer wurden sie. Nach dem dritten Monat war das Schlimmste vorüber, nun war sie nur noch todmüde. Einmal hatte Wucheng einen prominenten Gast zum Essen eingeladen. Es wurde getrunken und geschwatzt, auch ausländisch, und niemand beachtete sie. Da nickte sie tatsächlich bei Tisch ein, ihr Kopf sackte ab, daß er beinahe den Teller berührte, und aus ihren Mundwinkeln lief Speichel. Sie aß ohnehin nicht gern auswärts, denn wenn sie feststellte, daß der Preis eines einzigen Gerichts ausreichte, um sie zu Hause einen ganzen Monat lang zu ernähren, krampfte sich ihr Herz zusammen. Ihr Fauxpas bei Tisch rief verstohlene Heiterkeit und, wieder zu Hause, einen handfesten Krach hervor. Stupide, vertrottelt, hinterwäldlerisch, idiotisch – das waren die Schimpfworte, die Ni Wucheng ihr an den Kopf warf. Brutaler Gewaltmensch, mieser Arschkriecher, alter Heuchler, blöder Schwätzer – damit revanchierte sich Jingyi. Die Jingyi, die zwei Jahre lang mit Mutter und Schwester zusammen im Kampf bestanden hatte, war eben nicht mehr die Jingyi von einst.

Am Ende jenes Jahres kam Ni Ping zur Welt. Ni Wucheng hatte Ärzte und Schwestern gebeten, die Entbindung nach neuesten wissenschaftlichen Erkenntissen vorzunehmen, machte sich auch selbst nützlich und liebte das Kind wirklich, doch Jingyi gegenüber war sein Verhalten sehr wechselhaft. Mal war er rührend um sie besorgt, dann wieder würdigte er sie kaum eines Blickes. Eines Tages, als er bei guter Laune war, mit dem Kind schäkerte und Jingyi dabei von Dewey und vom Pragmatismus erzählte, sagte er, es habe in seinem Leben zwei Menschen gegeben, die er verehrt habe: Hu Shi und seine Mutter. Das alte Bettelweib? dachte Jingyi bei sich. Na, jetzt wird er noch eine dritte Person nennen müssen, die er liebt: sein eigenes Töchterchen!

«Und ich? Was bin denn ich für dich?» fragte Jingyi. Ni Wucheng war wie vom Donner gerührt ob dieser unerwarteten Veränderung. Nach vierjähriger Ehe hatte Jingyi zum ersten Mal auf ihre eigene Stellung gepocht. Erstaunt und erfreut und beschämt zugleich setzte er ihr in leidenschaftlichen und reuevollen Worten seine Gefühle auseinander. Er sagte, er brauche Liebe, er brauche ein kulturvolles, glückliches, modernes Leben. China sei zweihundert Jahre im Rückstand, und auch ihr eigenes bisheriges Leben, einschließlich ihrer Ehe, sei menschenunwürdig, dumm, ja ordinär gewesen. Ni Wucheng verwendete oft das Wort «ordinär», das die Leute aus Mengguantun und Taocun nie im Munde führten. Jingyi war davon zutiefst abgestoßen.

«Wenn du nur nicht selbst ordinär bist!» warf sie ein.

Ni Wucheng war jedoch so in Fahrt, daß er gar nicht hörte, was sie sagte. Er fuhr fort: «So kann man nicht weiterleben! Da könnte man ja gleich ein Schwein oder ein Hund oder ein Wurm sein.»

Er lief im Zimmer auf und ab, gestikulierte und führte sich auf, als stünde er auf der Bühne. Er sagte, er werde ihr ewig dankbar sein, daß sie ihm das Kind geboren habe. Er sei überzeugt, die nächste Generation werde ein modernes, zivilisiertes Leben führen, denn er sei ein Optimist, der voller Vertrauen in die Zukunft blicke. Was ihn und sie – «du meine Gattin» – betreffe, erklärte er mit tränenerstickter Stimme, so habe es bisher zwischen ihnen weder Liebe noch überhaupt Beziehungen wie zwischen zivilisierten Menschen gegeben. «Aber wir wollen die Vergangenheit ruhen lassen. Grenzenlos dünkt den Sünder das Meer des Leids, doch dem Reuigen ist das Ufer ganz nah. Was gewesen ist, ist gewesen, und von heute an wollen wir einen neuen Anfang machen. Wir sind doch beide erst Anfang zwanzig, das Leben hat für uns gerade erst begonnen. Ich bin in Europa gewesen, bin Hochschuldozent, und in ein paar Jahren werde ich Professor oder sogar Rektor sein. Ich habe in Europa schwimmen, tanzen, reiten und Kaffee trinken gelernt. Was ich liebe, was ich gern lieben würde, was ich ersehne und wovon ich träume, ist eine moderne Frau. Und davon bist du einfach zu weit entfernt. Aber das macht nichts, du Mutter meines geliebten kleinen Mädchens! Alles hängt von einem selbst ab – jeder Mensch bestimmt sein eigenes Schicksal. In Europa sagt man: Hilf dir selbst, so hilft dir Gott. Oder auch: Das Leben ist wie ein Klavier, und wie man es spielt, so klingt es. Selbst daß du keine naturbelassenen Füße hast, sehe ich dir nach. Ich bin ein Bonhomme, ich bin ein Humanist, ich würde nie meinen Nächsten verletzen, noch dazu, wenn es sich um die Mutter meines geliebten Kindes handelt. In meinem ganzen Leben habe ich noch kein einziges Huhn geschlachtet, und wenn ich versehentlich eine Ameise zertrete, ziehe ich den Hut vor ihr, denn sie hat mir ja überhaupt nichts zuleide getan. Das allerwichtigste ist jetzt, daß du lernst! Du brauchst ja nicht gleich Dozent zu werden. Aber mindestens Miss und Mister solltest du sagen können. Und beim Laufen mußt du dich geradehalten und die Brust herausdrücken, nur so sehen Frauen hübsch aus. Frauen, die das nicht machen, wären besser gleich tot. All dies verschämte Getue und Sich-Zieren, das ist doch unecht und primitiv bis dorthinaus, das ist doch bloß ein Kokettieren mit der eigenen Rückständigkeit und Fortschrittsfeindlichkeit. Daß China so rückständig und schwach ist, hat ganz entschieden damit zu tun, daß die Chinesen sich nicht geradehalten. Und wenn du einen Fremden triffst, mußt du höflich sein, lächeln, den Kopf ein wenig neigen – so wie ich es dir jetzt vormache. Tanzen mußt du, Kaffee trinken, Eis essen. Vor allem aber Milch trinken! Im Wochenbett, als ich dir welche besorgt hatte, hast du sie verschmäht und behauptet, Milch stinke und du würdest Fieber davon bekommen und müßtest immerzu aufstoßen. Das ist wirklich der Gipfel der Unkultur...»

«Sag mal, was quatschst du da bloß für Unsinn? Ohne Sinn und Verstand, als ob du träumst. Wach doch bloß mal auf! Mach die Augen auf! Ich bin als deine rechtmäßige Ehefrau in dieses Haus gekommen – Heiratsvermittler, Sänfte mit acht Trägern, alles wie es sich gehört. Und da gehört es sich doch wohl auch, daß wir einander lieben und achten, getreu bis in den Tod. ‹Eine Nacht als Frau und Mann gibt hundert Tage Liebe dann› – stimmts? Denk mal, wieviel Liebe demnach zwischen uns sein müßte! Jetzt haben wir auch noch unser Kind, die nächste Generation, wie du dich so schön ausdrückst. Und du wagst es, mir zu sagen, du träumst immer von einer modernen Frau! So eine, wie du sie beschreibst, wirst du nur im Bordell finden. Ich aber komme aus einer anständigen Familie und werde mich niemals dazu hergeben, so eine kokette Fuchsfee zu spielen, wie du sie gern hättest! Du mußt doch wirklich völlig übergeschnappt sein! Du spinnst ja! Du brauchst bloß mal deine Augen aufzumachen und dich umzusehen – alles ‹Barbaren›, alles ‹ordinäre› Menschen, alles ‹Idioten›! Auch unsere Eltern und Vorfahren – alles Idioten! Ich glaube du bist es, einzig und allein du, der hier träumt. Jedes zweite Wort ‹Europa›. Im Ausland macht man dies, im Ausland macht man das – wie mich das anstinkt! Miß und Mißta kann ich schon lange, ich kann auch Gutbei und Sänkjuwerrimatsch sagen, aber ich will es nicht! Ich bin Chinesin! Und nach diesem England will ich auch nicht fahren! Wozu soll ich da dieses Englisch sprechen? ‹Vom Baum, der tausend Äste hat, zur Wurzel fällt das welke Blatt› heißt es doch. Gut, du warst zwei Jahre in Europa, aber das waren zwei Jahre, und jetzt bist du wieder hier. Hast wohl am Ende vergessen, wie deine Leute heißen und wo die Seelentafeln deiner Ahnen stehen, hä? Mein lieber Herr Ni, ich warne dich. Ich habe genau gemerkt, was du mit deinen Worten sagen willst; du hast nichts Gutes vor, aber nimm dich in acht! Du bist immer noch mein Mann, und ich bin deine Frau, und dies Kind ist dein eigen Fleisch und Blut. Zwischen uns ist keinerlei Liebe, sagst du? Und woher kommt dann dieses Kind, wenn ich fragen darf? Und denk mal bitte nach, woher das Geld gekommen ist, mit dem du in Europa studiert hast. Was du da eben alles gesagt hast, kann nur ein Unmensch sagen!»

Jingyi hatte sich immer mehr in Wut geredet. Im Ergebnis – aber konnte es da überhaupt noch ein Ergebnis geben?

Derartige Auseinandersetzungen zogen sich durch Jiang Jingyis und Ni Wuchengs ganzes Leben, und alle dreihundertfünfundsechzig Tage und Nächte eines jeden Jahres waren davon erfüllt. Trotz all der vielen Ereignisse in ihrem Leben, all der Trennungen und Vereinigungen, all des Auf und Ab – Ni Wuchengs beruflicher, gesellschaftlicher und finanzieller Mißerfolg; der Zwischenfall an der Marco-Polo-Brücke, die nachfolgende Besetzung Beipings durch die Japaner und die Umbenennung der Stadt in Peking; die Geburt des zweiten Kindes, Ni Zao; Jingyis überstürzte Abreise in ihren Heimatort, die Kinder an der

Hand; die plötzliche Rückkehr der drei Frauen nach Peking; die weitere Komplizierung und Verschärfung der Widersprüche in Ni Wuchengs Familienleben – ungeachtet aller Veränderungen hörten derartige Auseinandersetzungen, die Jiang Jingyi unbegreiflich waren und sie zugleich bis zum Wahnsinn erbitterten, fortan niemals mehr auf. Manchmal hatte Jingyi eine gute Nacht und schlief bis zum Morgen durch, ohne ein einziges Mal durch Kindergeschrei geweckt zu werden. Dennoch war sie beim Erwachen todmüde und zerschlagen und hatte das Gefühl, sich soeben eine ganze Nacht lang weinend, schreiend, zankend, an Händen und Füßen zitternd mit Ni Wucheng gestritten und beschimpft zu haben.

Womit hatte sie das verdient? Was hatte sie verbrochen, daß sie an so ein Monstrum geraten war? Sie kannte so viele gute Männer, zumindest vom Hörensagen, natürlich auch viele schlechte, aber keiner war wie Ni Wucheng, keiner war so schwer zu verstehen wie er.

Immerzu kamen Freunde oder Kollegen zu ihm, um zu beraten, wie man zu Geld kommen kann. Da wäre ein bestimmter Etatposten, an den man mit irgendeiner seriösen Begründung herankommen könnte, und von dem nach Abzug des tatsächlich ausgegebenen Geldes für jeden ein hübsches Sümmchen abfallen würde. Da wäre ein bestimmter Gegenstand, den man über einen Mittelsmann verkaufen könnte; Ni Wucheng brauche nur Ja zu sagen, und schon wäre er um zweihundert Silberyuan reicher. Wenn Jingyi von solchen Transaktionen hörte, war sie stets Feuer und Flamme – sie an seiner Stelle hätte längst einen Tausender auf diese Art gemacht. Er aber hörte ja nicht einmal zu. Stattdessen erzählte er seinen Besuchern von Descartes und seinem «Ich denke, also bin ich», oder von Russells blinder Katze, oder von Hume, oder von Bergson, bis sie sich respektvoll zurückzogen.

War er so weltfremd? Oder so edel? Oder so ehrpusselig – unrecht Gut? Dabei war er doch ein Genießer und lebte auf großem, sehr großem Fuße. Was er für eine Einladung ausgab hätte gereicht, um die übrige Familie einen Monat lang zu ernähren. Zum Geldleihen war er sich auch nicht zu schade. Und überall ließ er anschreiben. Es kam sogar so weit, daß sie, Jingyi, die doch ihre liebe Müh und Not hatte, die beiden Kinder großzukriegen und an allen Ecken und Enden knapsen und knausern mußte, auch noch seine Schulden bezahlte!

Mag er ruhig auf großem Fuße leben, soll er doch. Dann haben eben die Kinder keinen Papa, dann bin ich eben auch Witwe! Dabei – er hängt ja an den Kindern, hängt an seinem Zuhause... Er hatte sogar mehrmals Jingyi gegenüber Worte der Entschuldigung und Reue gefunden, aber dafür konnte man sich schließlich nichts kaufen! Zu den Kindern allerdings war er richtig rührend, das mußte sogar Jingyi zugeben. Er badete sie. Er schnitt ihnen die Finger- und Fußnägel, wobei er mehr Geduld und Sorgfalt an den Tag legte als sie selbst. Er fütterte die Kinder mit importierten Nährpräparaten, und wenn es etwas Gutes gab, ließ er die Kinder essen und sah selbst zu, wie es ihnen schmeckte. Zu Jingyi sagte er, alle Glucken seien so. Wenn eine Henne mit ihrer Schar von Küken aufs Feld komme und dort einen Wurm entdecke, würde sie ihn nicht selbst verspeisen, sondern mit viel Gegacker die Küken herbeilocken, damit sie ihn fressen. Das sei dann ihr höchstes Glück.

Von älteren Frauen hatte Jingyi gehört, es sei keineswegs ungewöhnlich, wenn ein Ehemann Beziehungen zu anderen Frauen habe. Auch sei es durchaus üblich, daß ein Mann mit entsprechender gesellschaftlicher Stellung, sofern es sich nicht gerade um einen bettelarmen Taugenichts handele, eine Nebenfrau nehme. Erst eine derartige Ménage à trois würde sein Glück vollkommen machen. Der springende Punkt sei, ob der Mann an seinen Kindern hänge oder nicht. Wenn ja, sei er ein guter Mensch, ein rechtschaffener Mensch, ein anständiger Mensch. Wer an seinen Kindern hänge, der liebe auch seine Familie, und wer seine Familie liebe, der kümmere sich um sie. Wer sich aber um seine Familie kümmere, der sei ein guter Mensch – eine unwiderlegbare, unbezweifelbare Logik. Ein Mann, der an seinen Kindern hänge, könne ruhig eine Zeitlang fremdgehen; der werde sich sowieso sehr bald eines Besseren besinnen und treu und brav ein Leben lang bei seiner Ehefrau bleiben.

Aber genau das konnte Ni Wucheng nicht. Schon ein Monat, ja eine Woche bei der Ehefrau fiel ihm schwer. Er war wie ein Affe, wie der Affenkönig Lao Sun im Märchen, der seine Gestalt an einem Tag zweiundsiebzigmal veränderte. Kommt nach Hause, wie es sich gehört, ist lieb zu den Kindern, macht willig alle möglichen Versprechungen, und kaum ist er aus dem Hause, kann es passieren, daß er tagelang nicht zurückkommt – es schert ihn überhaupt nicht, wie es seinen Angehörigen inzwischen ergeht. Wie oft war Jingyi so wütend gewesen, daß sie gedacht hatte, eigentlich sollte sie die Kinder umbringen! Wenn Wucheng dann heimkäme, würde er seine beiden Lieblinge tot vorfinden. Damit würde sie ihn bestimmt treffen!

Allein schon bei diesem Gedanken mußte Jingyi so weinen, daß sie fast ohnmächtig geworden wäre. Waren diese beiden Kinder nicht für sie unvergleich viel wichtiger als für Wucheng? Jawohl, sie waren ein nicht wegzudenkender Teil seines Lebens, das gab auch sie zu; zugleich waren sie jedoch ihr – Jingyis – ganzes Leben, der Lohn für alles, was sie durchgemacht hatte, das einzige, wofür sie sich jetzt plagte und mühte, alles, was sie von der Zukunft erhoffen konnte.

Eben weil Jiang Jingyi ihren Mann niemals wirklich für einen schlechten Menschen gehalten hatte, war sie eigentlich doch nie ganz an ihm verzweifelt, so erbittert die Auseinandersetzungen, so haßerfüllt die Kämpfe zwischen ihnen auch gewesen sein mochten. Vielleicht war das Liebe? Arme Jingyi! Wo sollte sie eine andere als diese Art Liebe suchen, erfahren, kennenlernen?

Die Sache mit dem Siegel jedoch hatte Jingyi schlechterdings die Sprache verschlagen. Diese Niedertracht! Sie wußte, daß Ni Wucheng nichts taugte, daß er ein unverbesserlicher Windhund war, daß er verantwortungslos handelte und ein Schwätzer und Aufschneider war, der sich von spontanen Einfällen leiten ließ und den Idioten nicht nur spielte, sondern wirklich einer war. Sie wußte, Ni Wucheng war überheblich und selbstgefällig und sah auf Menschen wie sie herab, als seien es Maulwurfsgrillen und Ameisen oder Regenwürmer, die sich nur winden und weder Empfindungen oder Gefühle noch Gedanken haben können. Sie wußte, er kümmerte sich nicht um seine Familie und hegte keinerlei tiefe Gefühle für seine Frau. Wäre er nur darauf aus gewesen, ein paar Frauen aufzureißen, hätte er vielleicht längst am Ziel seiner Wünsche sein und es sich wohl sein lassen können. Das Perfide war, es mußte die «wahre Liebe» sein. So konnte es natürlich nicht ausbleiben, daß er nichts als Leid und Kummer hatte und niemals Ruhe fand. Von allen guten Geistern verlassen, sieht er überhaupt nicht, was für ein Jammerlappen er doch ist: Ist hinter Geld her und hat keins, will Ansehen und ist eine Null, will es in der Gesellschaft und im Leben zu etwas bringen und hat doch nicht das Zeug dazu. Seine großartige Bildung? Bei Lichte besehen, weiß er von nichts viel und von viel nichts. Fürs Höhere ein paar Nummern zu klein, fürs Niedrige natürlich viel zu schade – eine verkrachte Existenz ist er, nichts Halbes und nichts Ganzes. Wenn Jingyi solche Gedanken kamen, war sie von Zorn und Kummer erfüllt, aber nie häte sie Wucheng zugetraut, daß er so mit ihr umspringen, sie so hinters Licht führen, sie mit einem so üblen Trick kaltblütig hereinlegen würde – sie, die leibliche Mutter seiner beiden Kinder.

Übrig blieb allein die Wut, blieb allein der Wunsch nach Rache. Fall du mir in die Hände, mein sauberer Herr Wucheng, oder – noch besser – unter meine nur halb großen Füße. Da wirst du was erleben, mein feiner Herr Weltenbummler! Ich habe keine Angst. Mag der Himmel ruhig einstürzen, mag man mir ruhig den Kopf abhacken, dann habe ich eben eine Narbe, groß wie 'ne Schüssel! Wenn meine arme, einsame Schwester so unerschrocken und tapfer sein und dabei jeden Nachmittag ihren Achtelliter Schnaps und ihre gewürzten Erdnüsse haben kann, dann werde ja wohl auch ich ohne dich fertig werden, du Unmensch, und ganz allein die Kinder großkriegen!

Nach der demütigenden Szene in der Pädagogischen Hochschule begann Jingyi, entsprechend einem mit Mutter und Schwester abgesprochenen Plan, die Vergeltungsaktion gegen Ni Wucheng in die Wege zu leiten. Einige von seinen Freunden und Kollegen kannte sie bereits, von anderen fand sie beim Durchsuchen seiner Habseligkeiten die Visitenkarten. Sie alle sollten in den Rachefeldzug gegen Wucheng einbezogen werden. Dann wusch sie sich von Kopf bis Fuß, zog Rock und Bluse aus und ihr einziges leidlich neues Kleid an, setzte die Fensterglasbrille – die mit dem goldfarbenen Gestell – auf, zog ihre winzige Schühchen an, die sie vorn mit je einem großen Wattebausch ausstopfte, und brach schließlich, erfüllt vom heiligen Ernst ihrer Mission und von brennendem Rachedurst, zu ihrer Besuchsrunde auf.

Anscheinend kann Wut den Menschen so beflügeln, daß sie in ihm schlummernde Talente zur Geltung bringt und wahre Wunder wirkt. Jingyi besuchte den schon sehr hinfälligen, aber hochangesehenen Rektor, den völlig europäisierten Dekan, einen langjährigen Professor, einen kahlköpfigen Dozenten, zwei Journalisten, einen hinkenden Inspektor vom Büro für Bildung und Erziehung, der auch zu Hause seinen Krückstock nicht aus der Hand legte, einen Augenarzt, den Direktor einer Fabrik für Sojasoße, ferner den Schwager des Kommandeurs der Luftabwehr der Wang-Jingwei-Marionettentruppen. Sie drang in die Büros oder Wohnzimmer all dieser in Herkunft, Alter, Position und Bildungsniveau so unterschiedlichen Menschen vor, berichtete ihnen, welches Unrecht ihr zugefügt worden sei, brandmarkte Ni Wuchengs Liederlichkeit und Verkommenheit, warb um Sympathie für sich selbst, ersuchte um einen Schiedsspruch und bat alle, die in Geldangelegenheiten mit Ni Wucheng zu tun hatten, ihm in Zukunft doch bitte nichts mehr zu leihen oder zu schenken und eventuell anfallende Rückzahlungen, Zuwendungen oder Gratifikationen nicht Ni Wucheng, sondern ihr selbst zu übermitteln. Sie begründete ihren Gang in die Öffentlichkeit so vernünftig und überzeugend, daß sie überall auf Sympathie und Verständnis traf. Ihr ganzes Auftreten wirkte maßvoll, kultiviert und taktvoll, wobei sie freilich in der Wortwahl gelegentlich danebengriff, wenn sie sich besonders gewählt ausdrücken wollte. Als sie zum Beispiel jenem

Inspektor aus dem Bildungsbüro ein Kompliment über sein harmonisches Familienleben machen wollte, hatte sie eigentlich sagen wollen «Sie sind sicher sehr glücklich», herausgekommen aber war «Sie sind vielleicht ein Glückspilz!». Im nachhinein war ihr dieser Lapsus selbst aufgefallen. Auch in ihren Anklagen gegen Ni Wucheng war sie mitunter über das Ziel hinausgeschossen, so wenn sie behauptete, er habe noch nie einen Pfennig für seine Kinder ausgegeben. Das klang nicht sehr glaubhaft, und sie hatte das eigentlich auch nicht so sagen wollen, doch dann hatte sie sich in ihrer Wut dazu hinreißen lassen. Insgesamt jedoch benahm sie sich nicht nur völlig korrekt, sondern wirkte auch höchst überzeugend in ihrem beredten Eifer. Jingyi merkte, daß sie bei den meisten, die sie besucht hatte, einen guten Eindruck hinterließ. An ihren Gesichtern konnte man ablesen, was sie dachten: Hat so eine gute Frau und macht Dummheiten! Wirklich unerhört!

Aber das war auch Schicksal, das war die Verkommenheit dieser Nis, des alten Bettelweibs ebenso wie ihres sauberen Sohnes! Jiang Jingyi war sich bewußt, daß sie selbst keine nennenswerten Kenntnisse und keine allzu profunde Bildung aufwies, doch mangelte es ihr nicht an Scharfsinn und Vitalität, und selbst was Umgangsformen und Etikette anging, stand sie nicht schlecht da. Aber das betraf nur den Verkehr mit Leuten, die sonst nicht viel mit ihr zu tun hatten. Vor Fremden war sie nach Kräften bestrebt, den Eindruck einer gescheiten, großzügigen, sicher auftretenden und vernünftigen, gebildeten und liebenswerten Frau zu erwecken. Sie war jedoch nicht bereit, sich von Ni Wucheng nach seinen einseitigen Vorstellungen zurechtkneten zu lassen. Er hatte weder das Recht noch die Kompetenz, sie zu belehren und über sie zu bestimmen. Es stand ihm nicht zu, ihr seinen Willen aufzuzwingen und sie dazu zu bewegen, ein anderer Mensch zu werden. Sie kochte schon vor Zorn, wenn sie nur seinen geringschätzigen Blick, seine hochmütig geschürzten Lippen und seine gerunzelten Brauen sah; und dazu dieser Tonfall! Sofort traten dann Grobheit und Wildheit an die Stelle der Liebenswürdigkeit und Sanftheit, zu der sie ja durchaus fähig war, Haß an die

Stelle der Zuneigung, die doch ebenfalls in ihr war, Sturheit an die Stelle der Beweglichkeit, die sie normalerweise an den Tag legte, engherzige Kleinlichkeit an die Stelle ihrer frischen Burschikosität. Sie brauchte Ni Wucheng nur zu sehen, schon war ihr Blick starr und stumpf wie der eines toten Fisches. Wenn die Klassiker recht hatten mit ihrer Spruchweisheit «Es schmückt sich das Weib für den, der sie mag», dann müßten sich die Frauen für den verunstalten, der sie verachtet. Da du mich ohnehin nicht magst, brauche ich mich auch nicht für dich zu schmücken. Dann zanke ich doch gleich mit dir, mache ich es dir so schwer und unerträglich wie nur möglich! Aber alles nicht aus böser Absicht. Auch sie hatte ja einst gehofft, etwas gescheiter, gebildeter, sanfter und liebenswerter vor Wucheng dazustehen, doch es hatte nicht sein sollen. Es war eben Schicksal.

8

Die Strafaktion dauerte zwei geschlagene Tage; an beiden Abenden war Ni Wucheng nicht heimgekehrt. Jingyi hatte die zweiflügelige Tür des von ihm bewohnten Trakts verschlossen und mit einer Kette gesichert. Der kommt mir nicht mehr herein, hatte sie sich geschworen.

Der zweitägige Rachefeldzug und die stabile Kette hatten eine gewisse Beruhigung ihres Gemütszustandes bewirkt. Am Morgen des dritten Tages war sie zeitig aufgestanden und hatte unverzüglich das Kanonenöfchen angeheizt, denn zwei Tage lang hatten Mutter und Schwester die ganze Hausarbeit allein bewältigt. Heute würde sie etwas mehr tun müssen.

Auch heute wieder dasselbe Problem: Das Feuer wollte nicht anbrennen. Sie fächelte erst mit der Hand, nahm dann einen Fächer zu Hilfe, pustete, legte einen zusätzlichen Holzspan durch den «Bauchnabel» an (so heißt die Öffnung am Unterteil des Ofens, durch die man zum Aschedurchrütteln den Feuerhaken steckt) – es half alles nichts. Der gelbe, nach Katzenurin stinkende Qualm biß in die Augen, daß ihr die Tränen kamen.

Ni Wucheng, ein gestandener Mann, Ehegatte und Familienvater – der hat Zeit seines Lebens noch kein Feuer gemacht, der weiß ja gar nicht, was das ist, ein Kohleofen. So einer müßte von Rechts wegen verhungern!

Ehe das Feuer endlich brannte, war es schon hell. Sie bereitete den Kleister für die Kinder und bestreute Ni Zaos Portion mit braunem Zucker. Dann sah sie den beiden nach, wie sie sich auf den Weg zur Schule machten. Was für gute Kinder sie doch waren. Jetzt brauchte man sie auch nicht mehr zur Schule zu bringen und sie dort abzuholen. Bis zum Ende der ersten Klasse hatte sie Ni Zao nach der Schule stets abgeholt.

Nachdem die Kinder fort waren und die Schwester ihre Morgentoilette beendet hatte, setzten sich die drei Frauen zu ihrer allmorgendlichen Beratung zusammen. Der Kerl ist also wieder nicht heimgekommen! Macht nichts, heute kommt er ganz bestimmt. Und wenn er kommt, lassen wir ihn nicht herein. Angespuckt wird er, wenn er da ist, mitten ins Gesicht.

Noch wichtiger: Was gibt es zum Mittagessen? Ein Restchen Maismehl ist noch da und vielleicht ein Kilo gutes Weizenmehl, darum wär's schade. Ach, und eine Handvoll Mungobohnen. Aber das wichtigste: Es ist kein Geld mehr im Haus.

Ni Wucheng kümmerte sich nicht darum, und von der Jiang-Seite her kam auch kein Geld mehr herein. Ehe die drei Frauen nach Peking übergesiedelt waren, hatten sie einigen Haus- und Grundbesitz verkauft und den Erlös aus Angst vor Preiserhöhungen in Gold- und Silberschmuck angelegt, den sie zu Hause aufbewahrten. Ein paar Jahre lang hatten sie praktisch von der Substanz gelebt, so daß nun kaum noch etwas übrig war. Den verbliebenen Grundbesitz hatten sie den beiden redlichsten unter den Pachtbauern, Zhang Zhi'en und Li Lianjia, anvertraut, die jedes Jahr zu Winteranfang in die Hauptstadt kamen, um bei der Herrin abzurechnen. Bei dieser Gelegenheit lieferten sie auch einige wenige Naturalien ab – eingesalzenes Wintergemüse, Hülsenfrüchte, Bohnenkäse und Wurst, die im wesentlichen aus Stärke bestand – und bezahlten ein wenig

Geld, symbolisch, kann man sagen, denn infolge der unaufhörlichen Truppenbewegungen – mal Japaner, mal Achte Marscharmee – war das Leben auch auf dem Lande aus den Fugen geraten, und der Pachtzins konnte nicht eingetrieben werden. Auch bis zu dieser symbolischen Zahlung dauerte es noch ungefähr einen Monat, und von Ni Wucheng kam nichts. Was konnte man bloß machen?

«Der Altwarenhändler! Verkaufen wir doch dieses Paar Schuhe. Ich habe immer schon gesagt, die ziehe ich nicht mehr an, also weg damit! Und diese Sommerjacke kann er auch gleich mitnehmen. Aber nein, das ist ja Quatsch, der Herbst ist vorbei, und es wird von Tag zu Tag kälter, wer wird da noch eine Leinenjacke anziehen? Ich finde, wir verkaufen Mutters Pelzjacke, die braucht sie ja doch nicht mehr.»

Daß es die Töchter schon auf ihre Marderjacke abgesehen hatten, gefiel der Mutter ganz und gar nicht. Zwar trat auch Frau Jiang nicht mehr so achtunggebietend auf wie seinerzeit in der Schlacht gegen Jiang Yuanshou, doch Respektlosigkeit seitens der Töchter würde sie nicht hinnehmen. Der Verkauf der Pelzjacke hätte allein von ihr selbst zur Diskussion gestellt werden dürfen. Was maßten sich die jungen Dinger eigentlich an?

An der Miene ihrer Mutter merkte Jingyi selbst, daß das ein falscher Zungenschlag gewesen war, und machte eilends einen Rückzieher. Schnell erzählte sie, was für ein verständiges Kind doch Ni Zao sei. Erst gestern abend habe er erklärt, wenn er später einmal Geld verdiene, werde er es für Großmutter und Tante ausgeben. Tatsächlich machte die alte Dame gleich ein etwas freundlicheres Gesicht, und auch auf Jingzhens gelbem Antlitz erschien ein trauriges Lächeln.

Die alte Dame seufzte: «Na, wenn er so denkt, ist es ja gut», konnte sich aber eine bissige Bemerkung nicht versagen: «Andererseits, wenn schon nichts vom Augapfel zu erwarten ist, was soll man da von der Augenhöhle erhoffen?»

Jingyi und Jingzhen tauschten erschrockene Blicke – waren etwa sie beide mit dem Augapfel gemeint? War die Mutter mit ihnen unzufrieden? Jingzhen hatte sich doch wirklich für die Familie aufgeopfert. Also Jingyi? Aber hatte sich Jingyi nicht in allem nach den beiden anderen gerichtet?

«Ich meine diesen Lumpenhund, diesen elenden!» Frau Jiang hatte etwas gemerkt und fühlte sich bemüßigt, ihre Worte zu erklären; auch sie wollte nicht die Frauen-Dreieinigkeit aufs Spiel setzen.

Jingyi war erleichtert. Sie schlug vor, in Zukunft weder Namen noch Wörter wie «Lumpenhund» zu gebrauchen, wenn von Ni Wucheng die Rede war. Es könnte ja sein, daß er selbst oder Nachbarn oder Besucher es hörten.

Ihr Vorschlag fand einmütige Zustimmung. Im Nu war ein Deckname gefunden – Lao Sun. Denn wie der Affenkönig dieses Namens im Märchen war auch Ni Wucheng ein unruhiger Geist, dem man zweiundsiebzig Verwandlungen durchaus zutrauen konnte. Wenn sie in Zukunft über ihn redeten, würden sie diesen Decknamen benutzen.

Jingyi lächelte: das vereinte Schimpfen auf Lao Sun hatte sie ein wenig erleichtert.

Dennoch – was sollten sie mittags essen? Woher Geld nehmen? Da läutete es am Tor. Wer mochte das sein? Die Tür war doch nur angelehnt.

Dem Besucher wurde geöffnet. «Ihr werter Name? Zu wem möchten Sie bitte?» Zart und fein von Angesicht, sorgfältig gekleidet in seidenem Anzug, schöne Augen, eine deutlich artikulierende, wohlklingende Stimme – ein Gast aus einer anderen Welt!

Es stellte sich heraus, daß der Besucher ein bekannter Kunshanopern-Künstler war, der in Liebhaberrollen brillierte und dessen Foto Jingyi aus der Zeitung kannte.

«Bitte treten Sie doch näher.» Verflixt, der Mitteltrakt war ja verschlossen. Schnell ins Westzimmer, den Schlüssel holen! Jingzhen wollte wissen, wer der Besucher sei, aber Jingyi nahm sich nicht einmal Zeit, ihr zu antworten.

«Bitte verzeihen Sie!» Als die Tür aufgesperrt war, forderte Jingyi den Besucher auf, Platz zu nehmen, und sagte, sie würde schnell eine Tasse Tee für ihren Gast brühen, aber der wehrte ab: Das sei doch nicht nötig, und er könne sowieso nicht lange bleiben, da er noch viele Besuche vor sich habe. Jingyi ergriff die Teebüchse aus Japanlack, die ein japanischer Freund ihrem Mann geschenkt hatte. Die Dose war spiegelblank und hatte eine seltsame Form, wie zwei aufeinandergestülpte Mönchshauben. Verziert war sie mit einem Bild des Fujiyama und einer kalligraphierten Inschrift auf Japanisch. Jingyi machte Miene, die Büchse zu öffnen, obwohl sie genau wußte, daß schon lange kein Tee mehr darin war.

«Soll ich Ihnen nicht doch eine Tasse Tee machen?» redete sie dem Gast zu.

Aber der erklärte, er habe nur Theaterbilletts vorbeibringen wollen. Übermorgen würde ‹Ein gestörter Traum im Park›, eine Episode aus dem ‹Päonienpavillon›, aufgeführt, und dazu seien Herr und Frau Ni herzlich eingeladen. «Neulich habe ich Herrn Ni bei einer Abendgesellschaft getroffen, und da meinte er, er wolle mich unbedingt einmal auf der Bühne erleben. Ich weiß natürlich, daß ich mich nur blamieren werde, habe ihm aber dennoch versprochen, persönlich ein Billett vorbeizubringen.» Mit diesen Worten überreichte er ihr die Karte; es war eine Ehrenkarte für Logenplätze.

Was sollte Jingyi davon halten? Kunshanoper? Sie wußte genau, Kunshanopern hörte niemand im Hause gern, am allerwenigsten Ni Wucheng. Einfach absurd. Was mochte denn so eine Karte kosten? Stirnrunzelnd sagte sie: «Wir sind sehr knapp bei Kasse.»

Der Besucher verabschiedete sich, als habe er ihre Worte überhaupt nicht gehört.

Nachdem er gegangen war, entbrannte zwischen Jingyi, ihrer Mutter und ihrer Schwester eine lebhafte Diskussion. Was nun?

«Wie kann man einen Schauspieler überhaupt hereinlassen! Wer wird sich denn mit so einem abgeben! Alles unseriöse Leute, die vom Theater!»

«Wer zur Bühne geht, der bietet doch bloß sein Aussehen feil, und wer das tut, der geht auch auf den Strich. Und zwar nicht nur Schauspielerinnen, sondern auch Schauspieler!»

«Wie denn – Schauspieler sollen auf den Strich gehen?»

«Heilige Einfalt, wie kann man nur so naiv sein?»

«Was ist denn an Kunshanopern überhaupt sehenswert? Sterbenslangweilig! Und dann dieses Röcheln, das sie Gesang nennen – kein Vergleich zu unserer Bangzioper, kein Vergleich zu Könnern wie Xiao Xiangshui oder Jin Gangzuan.»

«So eine Ehrenkarte kostet mindestens zehn Silberyuan. Wann hätte jemals einer vom Theater Karten verschenkt und sogar noch ins Haus gebracht!»

«Ni – ach so – Lao Sun» (Gelächter) «ist natürlich immer gut für solche hirnverbrannten Einfälle. Hört von einem Stück, und schon muß er es sehen! Was hast du ihm eigentlich gesagt, Schwesterchen?»

Da erzählte Jingyi, wie sie den Besucher abgefertigt hatte. Sie schmückte ihren Bericht bei jeder Wiederholung – und es blieb nicht bei einer – unwillkürlich immer mehr aus, wobei sie hervorhob, wie unnahbar sie aufgetreten sei und wie sie es diesem Herrn Kunshanopern-Künstler gegeben habe. Sie hätten kein Geld, und was Lao Sun sage, gelte ohnehin nicht, es sei daher zwecklos, die Karte dazulassen.

Jingzhen und Frau Zhou lauschten ernst und gesammelt, als handle es sich um eine Sache von großer Tragweite und als sei die Angelegenheit noch keineswegs erledigt. Ein Einfall jagte den anderen: «Du hättest das Billett gar nicht annehmen dürfen.»

«Du hättest ihn nicht erst hereinbitten sollen!»

«Ach was, du hättest einfach sagen sollen, diese Karte kann ich nicht annehmen. Du hättest ihm sagen sollen, Lao Sun ist ausgezogen, der wohnt nicht mehr hier.»

«Aber wie kann ich so etwas sagen? So etwas sagt man doch nicht.»

«Dann hättest du gesagt, wir sind arm – oder nein, du hättest gesagt, Lao Sun ist sehr unzuverlässig, und was er sagt, darf man nicht glauben.»

«Am besten, du hättest ihm gesagt: Wenn Sie Lao Sun Karten bringen, sind Sie auch nicht besser als der Fisch, der sich mit einer Angel ohne Haken und ohne Köder fangen läßt, oder wie der Mann, der Hühner stehlen wollte und am Ende nur den Reis einbüßte, den er als Lockspeise ausgestreut hatte. Oder so was ähnliches.»

«Ach was, wozu so viele Worte? Wenn wieder jemand kommt, sagst du einfach, Lao Sun ist nicht zu Hause. Dann machst du die Tür zu und Schluß!»

Die drei wandten sich wieder ihrem eigentlichen Thema zu: Was könnte man zum Mittag essen? Und wie sollte man verfahren, wenn Lao Sun heimkam?

Der Besuch des Kunshanopern-Künstlers hatte sie auf den Gedanken gebracht, jene japanische Teebüchse zu verpfänden. Für ein paar Pfund geröstete Mehlfladen würde es wohl reichen. Jingzhen erklärte, sie würde die Sache in die Hand nehmen. Auch bei dem Verhör, dessen sich Lao Sun bei seiner Rückkehr zu gewärtigen hätte, würde sie zugegen sein und dafür sorgen, daß alles, aber auch alles ans Tageslicht käme.

Jingzhen zog mit der kunstgewerblichen Teebüchse aus Japan davon und kehrte mit einem Kilo Bohnenmehlnudeln, einem halben Deziliter Schnaps und einer Tüte Erdnußkerne zurück.

Jingyi murrte: «Sonst habe ich ja nichts dagegen, daß du trinkst. Aber heute, wo wir nicht mal was zu beißen haben, hätte das doch wohl nicht sein müssen.»

Jingzhens Miene verdüsterte sich sofort. «Ich kann ohne Essen auskommen. Von diesen Bohnennudeln will ich keine einzige, aber Schnaps muß ich haben! Du kannst dagegen gar nichts machen, Schwesterchen. Sogar Mutter kann nichts dagegen ausrichten. Und wenn Vater aus dem Grabe auferstehen würde, um mir den Schnaps zu verbieten, ich würde nicht auf ihn hören. Ein Messer an die Kehle? Nur zu; Schnaps muß trotzdem sein! Du sagst, wir haben nichts zu beißen – Schwesterchen, ehrlich gesagt, auch dann muß ich diesen verdammten Schnaps haben.»

«Herrje, ich hab doch nur so dahergeredet, und du regst dich auf, als hättest du Schießpulver verschluckt. Du hast wohl letzte Nacht schlecht geträumt, was?»

«Haha!» Jingzhen lachte höhnisch auf, ihr Gesichtsausdruck war geradezu diabolisch. «Schwesterchen – Schießpulver hab ich schon gegessen, auch Messer könnte ich schlucken. Schöne Träume, schlechte Träume, wir träumen eben das, was wir träumen müssen. Ein bißchen mehr Verständnis könnte ich wohl erwarten, wenn schon nicht von Fremden, dann wenigstens von dir. Herzlos bist du und grausam. Wo soll denn ich schöne Träume hernehmen? Ja, wenn ich auch unter so einem guten Stern geboren wäre wie du, wenn ich auch so ein Glück hätte wie du, dann brauchte ich keinen Schnaps.»

«Fang doch nicht damit an. Ich meine es doch bloß gut mit dir.»

«Du sollst mich in Ruhe lassen. Du sollst es nicht gut meinen mit mir. Verwandt oder fremd, naß oder trocken, wer behauptet, er meint es gut mit mir, der ist auch nicht besser als das Wiesel, das den Hühnern einen Neujahrsbesuch macht!»

«Kann man denn hier überhaupt nichts mehr sagen? Du führst dich ja auf wie ein Bandit!»

«Wie ein Bandit? Da hast du mal ein wahres Wort gesprochen! Was ist ein Bandit? Einer der zusticht, ohne mit der Wimper zu zucken. Und ich will verdammt sein, wenn ich das nicht auch fertigbringe.»

Die Mutter ging dazwischen. «Hört auf. Ihr sollt aufhören! Leibliche Schwestern, das eigene Fleisch und Blut! Wenn ihr wieder aufeinander losgeht, kann ich mich ja gleich zum Sterben legen, alt und ohne Leibeserben, wie ich bin...» In ihrem hilflosen Kummer vergoß sie bittere Tränen, und auch die Töchter bekamen feuchte Augen.

Mittags, als die drei Frauen und die Kinder gerade ihre Bohnennudelsuppe schlürften, wurde plötzlich das Hoftor aufgestoßen, und es erschien eine Frau mittleren Alters, deren Kichern und Lachen sofort den ganzen Hof auszufüllen schien. Das Haar zu einem Dutt im Nacken zusammengesteckt, über das ganze Gesicht strahlend, balancierte sie eine Schüssel Jiaozi – gefüllte Teigtäschchen – vor sich her und schnatterte noch im Hof mit lauter Stimme los: «Guten Tag, Tante Jiang! Guten Tag, alle miteinander! Also, ihr müßt unbedingt meine Fenchel-Jiaozi kosten! Sonst gab's doch Fenchel immer nur zum Sommeranfang, aber diesmal ist Mittelherbst vorbei, und wir haben immer noch welchen. Von Lauch und Gurken heißt es ja immer, sie sind am Anfang und am Ende der Saison am besten. Fenchel etwa nicht? Der erste Fenchel und der letzte, die schmecken besonders gut! Ist's nicht so? Ich hab mir gesagt, bringst du Tante Jiang und den Mädels ein paar rüber, wo wir doch Nachbarn sind, früher schon und jetzt wieder. Wie heißt es doch gleich? Man schätzt die Verwandten, die Bekannten noch mehr. Doch die eigenen Nachbarn, ja, die liebt man sehr. Und überhaupt: Landsleute müssen doch zusammenhalten!» Dieser laute, gutgemeinte Redefluß, von Lachen und Kichern begleitet, sprudelte in so unverfälschtem heimatlichem Dialekt aus ihr hervor, wie ihn im Haus von Frau Jiang niemand mehr sprach.

Die Frau kam aus dem selben Dorf, in dem sie früher gewohnt hatten. Vor kurzem war sie mit ihrem Mann ebenfalls nach Peking gekommen, und der Zufall wollte es, daß sie ins Nebenhaus eingezogen waren. Seither hatte sie sich stets um Kontakt zu den Landsleuten nebenan bemüht. Jingzhen hatte wegen ihrer Anhänglichkeit den Spitznamen «Klette» für sie geprägt.

Die unverhoffte Liebesgabe kam im rechten Moment. Besonders Ni Zao strahlte über das ganze Gesicht und steckte Jingyi mit seiner Freude an, bis schließlich auch Großmutter, Tante und Schwester auftauten und in die Dankesbezeigungen einstimmten.

Allerdings, als die Klette sich ausgiebig umschaute, während die Schüssel geleert und die Jiaozi verteilt wurden, und ihre Blicke ungeniert über die Bohnennudelsuppe auf dem Tisch und die ganze Einrichtung des Zimmers schweifen ließ, wechselten Mutter und Töchter beredte Blicke. Die leere Schüssel in der Hand und von Jingzhen hinausbegleitet, inspizierte sie mit einem schnellen Blick auch noch, was sich im Hof dem Auge so bot. Natürlich entging ihr nicht die mit Kette und Schloß gesicherte Tür zum Mitteltrakt. Prompt kam die Frage: «Ach, Gevatter Ni ist wohl nicht zu Hause?» Jingzhen tat, als habe sie nicht gehört.

«So ein Miststück!» verkündete sie, kaum wieder im Zimmer. Aber Jingyi zitierte die heimatliche Spruchweisheit: «Wer Geschenke bringt ins Haus, den peitscht der Mandarin nicht aus.»

Die Kinder langten mit bestem Appetit zu, und auch die Erwachsenen verzichteten auf eine nähere Analyse der Hintergründe des Geschenks, während sie davon kosteten.

Nach dem Essen, als sie aufgeräumt hatten und die Kinder wieder zur Schule gegangen waren, wärmte Jingzhen ihren Schnaps, während sich Jingyi und die Mutter zum Mittagsschläfchen hinlegten. Im Halbschlaf hörten sie, wie Jingzhen ruhelos zwischen Zimmer und Hof hin und her ging, mal trank, mal seufzte und dann wieder Selbstgespräche führte, die immer lauter wurden, bis schließlich die beiden von ihrem Lager hochfuhren.

«Was ist denn nun schon wieder los?» fragte Jingyi.

«Was meint ihr wohl, warum die Klette heute zu uns gekommen ist?» Jingzhens Miene war umwölkt und bedeutungsschwer.

«Ist doch egal. Wer Geschenke bringt ins Haus... Jedenfalls waren die Jiaozi mit Fenchel gefüllt und nicht mit Gift.»

«Ha ha!» schnaubte Jingzhen. «Edel sei der Mensch, auf der Hut sei er auch. Schon die Alten wußten: Vorsicht! Gähnt dort nicht ein Abrund? Langsam! Denn dünn ist das Eis! – Ich frage euch, wovor muß man sich am meisten vorsehen, wenn man am Abgrund steht? Daß einem nicht jemand von hinten einen Stoß gibt!»

Jingyi tat ihre Bewunderung für die Darlegungen ihrer Schwester kund, sah jedoch immer noch nicht ganz durch. «Aber die Klette hat doch nie etwas gegen uns gehabt, und wir nichts gegen sie. Kommt aus unserem Dorf, wohnt Tür an Tür, grüßt immer nett und höflich, wie es sich gehört. Die ist doch nur anhänglich.»

«Daß ich nicht lache. Das ist eine ganz Durchtriebene, eine ganz Heimtückische! Der kann man nicht über den Weg trauen! Jiaozi bringt sie uns? Spionieren will sie, und nichts anderes. Hast du nicht ihre stechenden Augen gesehen? Der ist nichts entgangen. Erkundigt sich auch noch, ob Lao Sun zu Hause ist! Als ob die das was angeht. Solche wie die sind die schlimmsten. Gibst du dich nicht mit ihr ab, kommt sie trotzdem angeschleimt. Läßt du dich mit ihr ein, wirst du sie nicht wieder los. So was Unverschämtes, auch noch solche Kontrollfragen zu stellen.»

«Ich bin aber auch ein Schaf!» Frau Jiang schlug sich auf den Schenkel. «Neulich, als ich bei der ‹Stupsnase› Fleisch kaufen wollte, kam ich gerade dazu, wie die Klette mit ihr schwatzte. Als sie mich sah, verstummte sie sofort, und die Stupsnase hat mich ganz merkwürdig angesehen.»

«Die hat uns bestimmt schlechtgemacht. Das werden wir nicht auf uns sitzen lassen!» erklärte Jingzhen mit zornrotem Gesicht und kippte den letzten Schluck Schnaps hinunter. «So sind die Menschen; es kann einem ganz anders werden. Ausgerechnet Witwen zu schikanieren! Auf der ganzen Welt ist niemand so tückisch wie der Mensch, niemand so böse. Vor den Menschen darf man sich keine Blöße geben. Läßt du dir eine Gemeinheit gefallen, kommt bald die zweite und die dritte, das hört überhaupt nicht mehr auf. Dann wirst du aufgefressen, und zwar mit Haut und Haar!»

Ja, so war es! So und nicht anders! Mutter und Schwester gaben ihr vollauf recht.

Ganz langsam stellte Jingzhen ihren Schnapsbecher auf den Tisch, ging zur Tür, raffte den Vorhang zur Seite und schenkte dabei Mutter und Schwester ein liebevolles Lächeln. Danach schritt sie gemessen und feierlich die Stufen hinab und ging um den Granatapfelbaum herum zu der Mauer, die ihren Hof von dem der Klette abgrenzte. Abermals jenes schwache Lächeln. Dann holte sie tief Luft.

Das ganze Gebaren und die unheilverkündende Miene der Schwester waren Jingyi nicht fremd, und dennoch war sie auch diesmal wieder überrascht, mit welcher Geschwindigkeit und mit welch gewaltiger Kraft die Schwester handelte. Ehe sie sich's versah, sprang Jingzhen vor der Mauer hoch und schrie: «Widerliche Spionin! Treuloses Miststück!» Dieser wütend hinausgebrüllten Kriegserklärung folgte eine Flut von wüsten Beschimpfungen, so drastisch wie originell, so bildhaft wie vielfältig. Es war, als ob eine ganze Serie von Granaten explodierte. Ohne ihre Schimpfkanonade zu unterbrechen, winkte Jingzhen ihre Schwester herbei. Jingyi hatte zuerst das Gefühl gehabt, Jingzhen handle etwas vorschnell, doch die Erregung der Schwester hatte sie rasch angesteckt. Auch ihr Blut kochte nun vor Empörung. Es hielt sie nicht mehr auf ihrem Stuhl. Schließlich sprang auch sie ein paarmal an der Mauer hoch und schrie einige Schimpfworte.

Nach zwei Minuten ununterbrochenen Schimpfens sahen die Schwestern einander an – und lachten. Daß sie, die eben noch erfüllt von rasender Wut im vereinten Kampf gegen den verhaßten Feind gestanden hatten, sogleich wieder lachen konnten, kam Jingyi selbst erstaunlich, ja sogar etwas unheimlich vor.

Gerade als die Schwestern ins Haus zurückgehen wollten, hörten sie von jenseits der Mauer die Stimme der Klette, die etwas wie «Was ist das nur für ein Benehmen?» brummelte. Damit löste sie ein erneutes Bombardement mit noch wilderen Beschimpfungen aus, das drei Minuten andauerte.

Jingzhen rann der Schweiß von der Stirn, ihre Stimme klang heiser. Sie holte eine Schüssel warmes Wasser, wusch sich das Gesicht und ließ auch Jingyi sich mit dem Rest ihres Waschwassers erfrischen. Jingzhen erinnerte an einen siegreichen General; zwar etwas ermattet, aber mit einem befriedigten Lächeln. Halblaut vor sich hin redend, analysierte sie das Geschehene: «Ganz egal was passiert, ein bißchen Schimpfen ist immer gut. Das erleichtert.» Nach einem Moment fügte sie noch hinzu: «Außerdem habe ich nicht gesagt, gegen wen es geht. Wir haben keine Namen genannt. Wer ein schlechtes Gewissen hat, wer was Böses im Schilde führt, der ist gemeint. Auf der Welt gibt's immer welche, die Gold oder Silber oder Kupfermünzen auflesen; daß jemand Beschimpfungen aufliest, habe ich noch nicht gehört. Wenn jemand geradegewachsen ist, fürchtet er keinen schrägen Schatten, und wer nicht krank ist, dem macht ein Trunk kalten Wassers nichts aus. Wer böse ist, der verdient unsere Schimpfworte, und wer gut ist, der braucht sie ja nicht auf sich zu beziehen.» Sie kicherte vor sich hin.

An diesem Nachmittag war Jingzhen gut gelaunt. Sie spazierte ein Weilchen im Zimmer auf und ab und nahm dann ein Buch zur Hand, ‹Meng Lijun›, das von Bänkelsängern gern für ihre Darbietungen verwendet wurde. Offenbar ganz versunken in ihre Lektüre, summte sie muntere Liedchen, dann wieder sprach sie ein paar Sätze aus dem Buch halblaut vor sich hin, melodisch und ausdrucksvoll.

Frau Jiang, die ihre Älteste beobachtete, empfand liebevolles Mitleid und stolze Befriedigung zugleich. Mit anerkennend hochgerecktem Daumen sagte sie leise zu Jingyi: «Also wir Jiang-Frauen sind schon in Ordnung – standhaft und tugendsam, fest und unwandelbar. Ich fürchte bloß, in diesen Zeiten trifft man solche Frauen immer seltener.»

Jingyi war zumute wie einer Ameise auf der heißen Pfanne; sie konnte sich in ihrer Unruhe kaum noch beherrschen. Erfahrung und Intuition sagten ihr, daß Ni Wucheng jeden Moment heimkehren könne, und was dann? Sie fragte abermals die Schwester um Rat, aber die war so in ihr Buch vertieft, daß sie nur abwesend lächelte.

Ein Glück nur, daß Ni Zao heute früher aus der Schule gekommen war, so daß Jingyi etwas Ablenkung hatte. Der Junge war auf die Straße spielen gegangen. Sie hatte ihn zu sich gerufen und ihm eingeschärft, er solle aufpassen, ob sein Papa heimkäme.

Dann machte sie sich an die Zubereitung der Mungobohnensuppe.

9

Nachdem Ni Wucheng, etwas wackelig auf den Beinen, schließlich das Badehaus verlassen hatte, schlug er den wohlbekannten Weg zur Pfandleihe Yongcun, «Auf ewig», ein und versetzte dort seine Schweizer Uhr. Dieses Leihhaus war für ihn wie ein vertrauter Freund, eine unverzichtbare Stütze in seinem Leben. Fehlte es an Geld, verpfändete er etwas, das er wieder auslöste, sobald er bei Kasse war. Eine sinnreicherc und bequemere Einrichtung konnte man sich überhaupt nicht vorstellen. Was heißt hier «Der Pfandleiher macht aber auch seinen Schnitt dabei»? So etwas war ihm überhaupt noch nicht in den Sinn gekommen. Warum sollte er sich unnötig das Leben schwer machen?

Seine Schweizer Uhr hatte er bereits dreimal verpfändet. Das ging völlig glatt und reibungslos, nur daß er jedesmal ein bißchen weniger dafür bekam. Richtig vergnügt wurde er, pfiff sogar leise vor sich hin – jetzt hatte er ja wieder Geld. Kein Geld in der Tasche zu haben, war wirklich zu lästig; man hatte das Gefühl, statt ein Meter achtzig plötzlich nur noch ein Meter vierzig groß zu sein.

Beschwingten Schrittes verließ er das Leihhaus und kaufte in der Apotheke gegenüber eine Flasche Lebertran mit Malzextrakt. Er wollte den Kindern etwas Gutes tun. Sie gediehen ganz offensichtlich nicht so, wie sie sollten – zuwenig Kalk, zuwenig Eiweiß, zuwenig Fett, zuwenig Vitamin A, B, C, D. Er freute sich schon, wie gesund und kräftig Ni Ping und Ni Zao sein würden, wenn sie erst den Lebertran eingenommen hätten.

Erst als er den Lebertran bezahlt hatte, wurde Ni Wucheng plötzlich bewußt, daß er beim Verlassen der Pfandleihe in einem der Regale etwas gesehen hatte, was sein Herz einen Moment lang schneller schlagen ließ und ihn beunruhigte, ohne daß er zu sagen gewußt hätte, was es war. Er war oft so in Gedanken, daß er nicht recht wahrnahm, was um ihn herum geschah, und häufig erst mit Verzögerung darauf reagierte.

Gleich um die Ecke befand sich ein Spiel- und Schreibwarenladen. Er ging hinein und blickte sich um: Alles war entweder zu teuer oder zu minderwertig und vulgär. Traurig, traurig. Es gibt einfach kein Spielzeug für die chinesischen Kinder – ihr Pimmelchen ist das einzige, womit die kleinen Jungen spielen können. Schließlich fand er doch noch etwas: ein schön buntes Verwandlungsbilderbuch aus dem japanischen Nagoya. Das sah aus wie ein Buch, bestand aber nur aus Bildern. Die Seiten waren jeweils durch zwei Einschnitte dreigeteilt, so daß Kopf, Oberkörper und Unterkörper der dargestellten Figuren getrennt voneinander umgeblättert werden konnten. Auf diese Weise ergaben sich zahllose lustige Kombinationen, daher der Name Verwandlungsbilderbuch. Der japanischen Anleitung entnahm Ni Wucheng, daß mit diesem Spielzeug die kindliche Phantasie angeregt und Kindern im Vorschulalter das befriedigende Gefühl vermittelt werden könne, auch schon Bücher zu «lesen». Wie progressiv und erfinderisch doch diese Japaner sind, dachte er voller Bewunderung.

Vielleicht kommt das Buch etwas zu spät für die Kinder? Ni Zao ist immerhin in der ersten Klasse – oder nein, seit diesem Herbst ja schon in der zweiten. Also dann seine Schwester – aber die ist sogar schon in der dritten Klasse. Und das Verwandlungsbilderbuch ist als Lektüre für Kindergartenkinder oder sogar noch kleinere Kinder gedacht, schreibt der japanische Herausgeber. Was tun? Kindergartenerziehung gab es in China noch nicht. Eigentlich müsse er selbst dieses Verwandlungsbilderbuch aufmerksam lesen, sagte sich Ni Wucheng. Er sei zwar schon über die Dreißig hinaus, doch würde er nur zu gern nachholen, was er im Kindergartenalter versäumt habe, würde es nur zu gern einmal den europäischen und japanischen Kindern gleichtun, die in den Genuß eines zivilisierten Lebens und einer richtigen Erziehung gekommen seien.

Das farbenprächtige japanische Kinderbuch in der Hand, die braune Flasche mit dem Malzlebertran in der Jackentasche, bog Ni Wucheng in die Gasse ein, in der er wohnte. Als er um die Ecke bog, erblickte er seinen Sohn, der dort ganz allein am Tor unter der alten, schon halb abgestorben wirkenden Robinie stand.

«Ni Zao!» rief er. Ni Wucheng rief seine Kinder stets mit ihrem vollen Namen, nicht nur beim Vornamen wie andere Eltern. Auch Kosenamen für die Kinder duldete er nicht. Er wollte, daß sie sich von klein auf als selbständige Persönlichkeiten, als Träger eines unverwechselbaren Namens fühlten. Das immerhin war etwas, was Jingyi, ihre Mutter und ihre Schwester akzeptiert hatten. Man konnte also nicht sagen, daß seine Auffassungen von Zivilisation in Bausch und Bogen abgeschmettert würden. Er lachte bitter auf.

Als er Ni Zaos Namen rief, hatte Ni Wucheng seine Schritte beschleunigt, doch als ihn nur noch wenige Meter von ihm trennten, blieb er stehen. Was für ein schmächtiger, furchtsam zusammengekrümmter Körper, was für ein starrer, angsterfüllter, unsicherer, apathischer Gesichtsausdruck! O Himmel, dies soll Ni Zao sein, mein über alles geliebter, kluger Sohn, in den ich so große Hoffnungen setze? Wie erbärmlich er aussieht in dieser schmutzigen und zerlumpten Joppe mit den verlängerten Ärmeln. Diese strohdünnen Ärmchen, diese schmutzigen, kleinen Hände, diese gekrümmten Beinchen! Er hat doch nicht etwa in diesem zarten Alter schon O-Beine? Zu schlimm, dieser Vitamin-D-Mangel – führt zu Rachitis. Vor allem aber dieser Blick, apathisch und verschreckt. Warum begrüßt er mich nicht? Warum kommt er nicht herbeigelaufen, um mich zu umarmen und mir einen Kuß zu geben und sich das schöne knallbunte Buch abzuholen, das ich in der Hand habe? Warum schreit er nicht, warum lacht er nicht, warum macht er keinen Lärm, warum will er nichts von mir? Wo er als vergötterter Sohn doch solche Macht über seine Eltern hat – ob er damit nichts anzufangen weiß? Ich würde doch mit Freuden zur Hölle fahren, wenn nur meine Kinder im Himmel leben könnten!

Der Gesichtsausdruck des Kindes verunsicherte ihn. Es war, als wären sie durch eine unsichtbare Wand voneinander getrennt. Die Strahlen der Abendsonne fielen auf Vater und Sohn und malten ihre langgezogenen Schatten auf die Erde. Sogar der Schatten des Baumes hatte etwas Unheimliches. Ni Wucheng hatte das Gefühl, ein kalter Hauch, der aus den Spalten der Erde gekrochen war, habe ihn angerührt und sei unmerklich in ihrer beider Körper eingedrungen.

Er näherte sich seinem Sohn bis auf Armeslänge und hielt ihm mit der rechten Hand das Verwandlungsbilderbuch hin, während er mit der linken die schöne, braune Glasflasche mit dem Lebertran aus der Tasche holte. Solche Flaschen waren im damaligen Peking etwas Modernes und Luxuriöses. Doch der Blick des Jungen wurde eher noch unsteter und ausdrucksloser. Dieser Blick ging Ni Wucheng durch und durch. Um ein Haar hätte er aufgeschrien; die Flasche fiel ihm aus der Hand. In diesem Blick sah er die weißleuchtenden Salzfelder, die zerlumpten Gestalten, die genüßlich Ziegendreck breittretenden Füße, den Opiumrauch und die von zahllosen Ärschen blankgewetzten Lehmwände der Aborte von Mengguantun und Taocun. In diesem Blick sah er gleichsam Generation auf Generation von Chinesen, all die Pachtbauern beim Anblick des Gutsbesitzers, all die öffentlich enthaupteten Verbrecher und all die ihrer Manneskraft beraubten Eunuchen, all die ewig gekrümmten Rücken und all die offenstehenden Münder. Am meisten aber erschütterte ihn, daß er in Ni Zaos Augen Jingyi erblickte und sich selbst als jugendlicher Opiumraucher. Stets hatte er alle Hoffnung auf die kommende Generation gesetzt. War es möglich, daß diese kommende Generation längst schon die Bürde übernommen hatte, die von seiner eigenen und unzähligen vorangegangenen Generationen her auf sie gekommen war? Auf wen sollte er nun noch seine Hoffnungen richten?

Ni Zao drehte sich plötzlich um und rannte davon, war verschwunden.

Ni Wuchengs Herz pochte heftig. All das verhieß nichts Gutes. Als er sich bückte, um die Lebertranflasche aufzuheben, wurde ihm schwarz vor Augen. Er runzelte die Brauen, aber die waren ohnehin stets gerunzelt – noch finsterer konnte er nicht blicken. Er mußte an Europa denken, an die Kinder, die Jugendlichen, die Frauen in Europa... Selbst wenn dort jetzt der Krieg tobte und der Faschismus alles verschlang, gab es dort immerhin Menschen, die Leidenschaft kannten, Menschen, die lebten!

Kopfschüttelnd ging er die ausgetretenen Steinstufen hinauf, wobei er mit den Schuhen Staub aufwirbelte. Das Tor, dessen abblätternder Lack und dessen gesprungene Bretter von Niedergang und Verfall kündeten, schimmerte goldrot im Licht der Abendsonne. Es war das erste Mal, daß er dem Tor zu diesem Wohnhof, in dem seine Familie lebte, mehr als einen flüchtigen Blick schenkte. Wo war er? Wessen Wohnung war dies, warum war er hierher gekommen? Alles war ihm unklar. Auf dem Tor waren mehrere rhombische Vierecke angebracht, auf denen jeweils ein Schriftzeichen stand, schwarz auf purpurrot, doch die Zeichen waren nur noch undeutlich zu erkennen. Sie hatten einst ein Sinnspruchpaar gebildet, aber von den fünf Zeichen des Spruchs «Wo Treue ist und Kindespflicht, verdorret auch der Stammbaum nicht» auf dem einen Torflügel war das Zeichen für «nicht» völlig unleserlich, und bei dem Pendant auf der anderen Seite «Wo Bildung und Gelehrsamkeit, die Sippe blüht auf lange Zeit» fehlte das Zeichen für «blühen» ganz und gar.

Er war noch nicht einmal zum Tor herein, und schon war seine Stimmung gedrückt und niedergeschlagen, als sähe er vor sich eine öde Bergwildnis.

Er trat über die Schwelle in den Vorhof, der vor Blicken von außen durch die «Geistermauer» geschützt war. Auch darauf zwei große Schriftzeichen: *jian* und *gu*. Was diese Wörter, deren heutiger Sinn – «ausrotten» beziehungsweise «Hirse» – überhaupt nicht für einen Türspruch paßte, im klassischen Chinesisch bedeutet hatten (nämlich «Glück» und «Segen»), hatte man ihm schon mehr als einmal erklärt, doch hatte er es sich nie gemerkt.

Von irgendwoher kam auf einmal der Klang einer Röhrengeige, eintönig, wirr.

Er trat durch das Tor seitlich der Geistermauer in den inneren Hof. Hier war alles still. Ob die drei etwa nicht zu Hause waren? Doch nein, er konnte hinter dem Fensterpapier im Westzimmer undeutlich Schatten erkennen.

Er ging an den beiden Lotusblumenbottichen vorbei. Diese standen, wenn sich nicht im Sommer etwas Regenwasser in ihnen sammelte, völlig leer. Die Innenwände waren schlammig, und auch die Außenwänden zeigten Schlammspuren.

Unter dem Dachvorsprung standen Blumenkübel: zwei Granatapfelbäumchen und zwei Oleandersträucher; ihre Blütezeit war längst vorbei. Verstört beobachteten sie Ni Wuchengs Rückkehr. Leise raschelnd erzitterten sie.

Er stieg die Stufen zum Mitteltrakt hinauf. Kurzsichtig wie er war, bemerkte er die Kette und das Schloß erst, als er oben stand.

Die Wut packte ihn. Er wußte jetzt, daß der Sturm nicht vorüberziehen würde. Vorbei seine Ängstlichkeit, vorbei die Trauer über die Kinder, über seine Heimat, über so vieles andere. «Ni Zao, bring den Schlüssel!» rief er mit lauter, leicht zitternder Stimme, in der sich Zorn und Schuldbewußtsein mischten.

Ni Zao stand gebückt vor jenem Gucklöchlein im Fensterpapier und beobachtete den Vater. Dessen Gebrüll versetzte ihn in panischen Schrecken.

Jingyi rief ihre Schwester, denn Ni Wucheng machte jetzt ein so wütendes Gesicht – sein «Lumpenkerl–Gesicht» –, daß sie ihm nicht allein entgegenzutreten wagte.

Jingzhens ungeteiltes Interesse schien jedoch immer noch Meng Lijun, Huangfu Changhua, Huangfu Shaohua und wie die Helden ihres Buches sonst noch heißen mochten zu gehören. Als die Schwester sie zu Hilfe rief, reagierte sie nur geistesabwesend mit den mißbilligenden Worten: «Dieser Kerl? Einfach nicht beachten.»

Da war Jingyi auf einmal klar, daß die Schwester ihre ungezügelte Leidenschaft bei der vehementen Beschimpfung der Klette von nebenan verbraucht hatte und sich nun erleichtert und wohl fühlte – so wohl, daß sie jetzt nicht gewillt war, das Feuer des Zorns erneut zu schüren. Sie war also auf sich allein gestellt.

Das war bitter. Die Strategie, die sie zu dritt festgelegt hatten, kam nun nicht zum Tragen.

«Auf-ma-chen!» Wieder sein furchterregendes Gebrüll.

Jetzt erst legte Jingzhen ihr Buch aus der Hand und beugte sich lauschend vor, um sich sogleich wieder befriedigt lachend zurückzulehnen.

Jingyi saß wie auf Kohlen. Ni Zao schlug das Herz bis zum Halse. Frau Jiang war ganz rot vor Erregung. Von keinem bemerkt, war auch Ni Ping hereingekommen. Sie mußte sich heimlich in den Hof und ins Westzimmer geschlichen haben. Wahrscheinlich war sie soeben erst mit dem Ordnungsdienst in der Schule fertig geworden und kam nun gerade zu dieser Szene. Sie weinte bitterlich.

«Aufmachen! Aufmachen! Aufmachen!»

Von irgendwoher ertönte das durchdringende Gefiedel

einer Röhrengeige und dazu, mehr geheult als gesungen, Zhuge Liangs Worte aus der Pekingoper ‹Den Ostwind zu Hilfe rufen›: «Am Altar opfernd, ruf ich den Ostwind...» Dann verstummte die Stimme, der langgezogene Ruf des Altwarenhändlers draußen in der Gasse löste sie ab: «Kaufe Importflaschen!» In all diesen Geräuschen schien eine Kampfansage mitzuschwingen.

Ni Wucheng hatte jetzt die Eisenkette gepackt und riß und zerrte an ihr, wieder und wieder, doch ohne Erfolg. Namenlose Wut erfüllte ihn, als wäre mit dieser Kette er selbst gefesselt. Wie eine tollwütige Bestie rüttelte und riß er an der Kette, so daß die beiden Türflügel unter der Wucht seines Ansturms erzitterten und knarrende Geräusche von sich gaben. Dadurch ermutigt, sammelte er sich einen Moment, ehe er die Tür wieder attackierte. Endlich! Die Scharniere gaben nach, und die beiden Flügel fielen mit ohrenbetäubendem Lärm übereinander zu Boden.

Ni Wucheng wäre beinahe auf die Türflügel gefallen. Voller Abscheu, als wären es zwei Leichen, stieg er über sie hinweg ins Zimmer und setzte sich mit finster gerunzelten Brauen auf einen hölzernen Stuhl an den kleinen Tisch.

Drüben im Westzimmer hatte Jingyi sich vor Schreck verfärbt. Frau Jiang war so wütend, daß sie hinausgestürzt und eingeschritten wäre, hätte Jingzhen sie nicht zurückgehalten. Diese äugte zum Mitteltrakt hinüber und lachte schnaubend durch die Nase.

Ni Zao dachte in diesem Moment: Mein Papa, der ist in Ordnung! Für den Jungen waren Türen und Schlösser unüberwindliche Hindernisse wie Mauern und Flammen. Aber Papa, der kommt an, rüttelt ein bißchen, und die Tür liegt am Boden! Kraft hat der! Keineswegs jeder Zweitkläßler hatte einen Papa, der über solchen Mut und solche übernatürlichen Kräfte verfügte. In der Klasse brüsteten sich die Mitschüler oft mit ihren Vätern. Diesmal würde Ni Zao etwas zum Angeben haben.

Ni Wucheng kam es vor, als sei er in einen Eiskeller geraten statt in sein Zimmer.

Befand er sich etwa in einer Welt des Todes? Nach seinem Wutausbruch war es im Hof vollkommen still geworden. Was mögen sie vorhaben? Wollen sie mich von jetzt an nicht mehr nach Hause kommen lassen? Allmächtiger Himmel. Das wäre zu schön, um wahr zu sein!

Auf dem Tisch stand seit Tagen ein Becher mit einem Rest Tee, der Fußboden war wohl auch schon lange nicht mehr gefegt worden, und das Bett war von einer Staubschicht überzogen. Die Totenstille ringsum ließ ihn erschaudern. Mit zitternden Fingern zog er eine Zigarette Marke «Wonneproppen» aus der Schachtel. Sie anzuzünden gelang ihm erst, nachdem er zahlreiche Streichhölzer verschwendet hatte und das ganze Zimmer nach Schwefel stank. Abermals ertönte jener geigenbegleitete Gesang und verstummte ebenso plötzlich wieder. Ein Vogel zwitscherte; ein Spatz flog schräg an der zu Boden geschmetterten Tür und dem Fenster vorbei in den Abendhimmel, dicht gefolgt von einem anderen Spatz. Die Vögel waren glücklich. Sie schenkten den unglücklichen Menschen keine Beachtung. Stracks flogen sie dem Abendrot entgegen und verschwendeten keinen Blick an Ni Wucheng, der da unten einsam und allein in seinem großen, finsteren Nest hockte.

Er hatte das Gefühl, am ganzen Körper steif und taub zu sein. Er zog sein Jackett aus und hängte es auf den Bügel. Dann legte er sich seine gesteppte Wattejacke um die Schultern und zog in den Korbliegestuhl um, mit seinem kleinen Aufleger das einzige «Luxusmöbel» im Zimmer. Wenn Ni Wucheng müde war oder sich besonders einsam fühlte, zog er sich gern in diesen Sessel zurück, um dort zu rauchen, Tee zu trinken, zu träumen und die Misere seines gegenwärtigen Lebens wie auch den Optimismus seiner Zukunftshoffnungen auszukosten – vielleicht der einzige Luxus, der einzige Genuß, den sein Zuhause ihm bot.

Er beschloß, Tee zu trinken. Kaum hatte er sich gesetzt, stand er also wieder auf und suchte seine Lackteedose aus Japan, die ihm ein Freund geschenkt hatte. Er machte die Runde im ganzen Zimmer und fand sie nicht. Wieder begann er von vorn – da durchfuhr es ihn wie ein Blitz. Mit einem Mal war alles klar: Was da so traurig und verlassen im Regal des Pfandleihers gestanden und bei dessen Anblick er einen Stich im Herzen verspürt hatte, wessen er sich aber erst nach dem Kauf des Lebertrans bewußt geworden war, war nichts anderes gewesen als seine japanische Teedose. Sie hatten seine japanische Teedose versetzt. So eine bodenlose Dummheit! Als ob man für so etwas eine anständige Summe kriegte! Wenn es hoch kam, hatte das Geld vielleicht für zwanzig fritierte Mehlfladen gereicht... Und die Dose war das Geschenk eines Freundes! Keiner konnte sagen, er würde nicht an seine Familie denken, hatte er doch gerade erst seine Uhr verpfändet und ihnen etwas Geld geben wollen.

So etwas Absurdes! Da ist man nun Hochschuldozent und muß seine Uhr versetzen, damit man seine Familie ernähren kann. Und die kommt einem zuvor, noch dazu beim selben Pfandleiher! Warum hat der bloß nichts gesagt? Der muß doch unsere Familie kennen!

Nolens volens verzichtete er auf den Tee. Nun stellte er seinen Korbstuhl so, daß er mit dem Rücken zu der niedergelegten Tür saß. Dann rauchte er weiter seine schlecht gestopfte Zigarette, die einen bitteren, modrigen Nachgeschmack im Mund hinterließ. Er betrachtete die Kalligraphie an der Wand: «Rare Gabe Torheit» stand da in großen Schriftzeichen und darunter, kleiner: «Gescheitheit ist rar, und Torheit ist rar, noch rarer aber der Gescheite, der wieder ein Tor zu sein vermag. – Wer Großes erstrebt und dafür auch den Schritt zurück nicht scheut, findet leicht zu innerem Frieden und erhofft sich nicht Lohn durch künftiges Glück». Eine Reproduktion nach Zheng Banqiao, die er vor nicht allzu langer Zeit gekauft hatte. Er hatte sich bemüht, den Sinn dieser Philosophie der Torheit zu erfassen. War er gut gelaunt, fand er sie einleuchtend, nützlich, vortrefflich, erbaulich. Mehrmaliges Deklamieren und In-sich-Aufnehmen verhalfen ihm zu einer inneren Ruhe und Gelassenheit, die es ihm ermöglichten, über den Dingen zu stehen. Er war voller Bewunderung für diese ebenso kunstvolle wie allgemeinverständliche Sentenz. Tröstlich und beruhigend, war sie dennoch nicht ohne Ironie. Wie oberflächlich und einschichtig war er selbst doch, verglichen mit Zheng Banqiao!

War er dagegen schlecht gelaunt wie jetzt, sagte ihm der Sinnspruch gar nichts. Als er den Kopf hob und nach oben blickte, um von seinem Liegestuhl aus «Rare Gabe Torheit» lesen zu können, hatte er sich eigentlich mit Zheng Banqiao beruhigen und über seine miserable Gemütsverfassung hinweghelfen wollen. Statt dessen erschienen ihm die Worte immer alberner und brachten ihn immer mehr in Wut. Was heißt hier «Rare Gabe Torheit»! Als tumber Tor geboren werden, als tumber Tor sterben, als tumber Tor heiraten, als tumber Tor Kinder in die Welt setzen, als tumber Tor lieben, hassen, andere drangsalieren, von anderen drangsaliert werden – soll etwa das menschliche Leben, sollen Philosophie, Kultur, Geschichte nichts anderes sein als dies? Warum muß ich so töricht in die Welt kommen, so töricht meine Bahn ziehen, so töricht wieder abtreten? Wenn alles so töricht ist, hätte ich doch gar nicht erst als Mensch zur Welt zu kommen brauchen, nur um diesen Kreis zu durchlaufen!

Nachdem er eine Weile töricht dagesessen hatte, merkte er, daß es in seinem Bauch kollerte. Das «Schweinefleisch naturell im Steinguttopf», das er mit so großem Behagen gegessen hatte, war wohl schuld, daß er sich jetzt gar nicht mehr so behaglich fühlte. Die Zutaten, die man im «Gasthaus zum Steinguttopf» verwendete, wurden auch immer minderwertiger. Er hob den linken Arm und schaute auf sein Handgelenk, aber im selben Moment fiel ihm ein, daß er gar keine Uhr mehr hatte. Er erhob sich und ging auf den Abort.

Kaum hatte er das Zimmer verlassen, da war Jingyi schon hineingehuscht. Sie sah sich prüfend um, welche Veränderungen Ni Wuchengs Heimkehr mit sich gebracht hätten. Da fiel ihr Blick auf seine Anzugjacke. Ohne zu zögern, nahm sie sie und durchsuchte mit flinken Fingern die drei Außentaschen und die innere Brusttasche. Alles, was sie fand – ein Blatt Papier, einen Briefumschlag, ein Bündel Geldscheine –, steckte sie ein, ausgenommen die halbe Schachtel Zigaretten. Dann hängte sie die Jacke wieder an ihren Platz und huschte hinaus.

Das alles vollzog sich mit blitzartiger Geschwindigkeit innerhalb einer halben Minute. Ni Zao traute seinen Augen nicht – war das alles nur ein Traum? Als er noch einmal hinschaute, stand die Mama bereits wieder neben ihm, ernst und gesammelt. Die Tante wirkte freudig erregt, alles lief so, wie sie es sich vorgestellt hatte. Ni Ping war totenbleich, als wäre sie schwer krank.

Es kam dem Jungen vor, als sei eine lange Zeit vergangen. Er wünschte, der Papa möge nicht so schnell zurückkommen, wunderte sich aber zugleich, wo er so lange blieb. Ob er in die Abortgrube gefallen war? Die Latrinenreiniger mit ihrem Jauchekarren waren schon seit vielen Tagen nicht mehr dagewesen, weil sie beim letzten Mal kein Trinkgeld bekommen hatten. Lange Minuten später kam endlich der Papa zurück. Seine schemenhafte, hohe Gestalt verschwand in der dunklen Höhle des Zimmers, als bewege sich dort ein schwankender Schatten.

Als Ni Wucheng ins Zimmer trat, war er noch ganz niedergedrückt vom Zustand des Aborts. Er mußte an die Toiletten in Europa denken. Die Behauptung, der Mond im Ausland sei runder als der in China, war wohl kaum zutreffend, doch wenn es hieß, die europäischen Toiletten seien sauberer als manche Wohnungen in China, dann war das zwar traurig, aber leider wahr.

Vor lauter Langeweile beschloß er, etwas zu lesen, und griff nach einer uralten Nummer einer Illustrierten, deren Titelseite ein Foto von «Fräulein Li Zhifeng, die bekannte Pekinger Schönheit» zierte. Es war jedoch so schlecht gedruckt, daß man kaum etwas darauf erkennen konnte. Ni Wucheng hatte diese «bekannte Schönheit» bei einem Essen gesehen: Figur und Gesicht mochten ja angehen, aber da war nichts Großzügiges – alles klein-klein. Und irgendwie schwächlich. Wenn man von Klatschbasen sagt, sie «kauen ihre Zunge», so traf das auf Fräulein Li buchstäblich zu. Man hatte tatsächlich das Gefühl, sie kaue beim Sprechen auf ihrer eigenen Zunge herum und produziere schmatzend und schnalzend Laute, die nicht zu verstehen waren. Verstand man wirklich einmal ein Bruchstück ihrer Rede, so hörte es sich wegen des fehlenden Zusammenhangs höchst unlogisch und ungrammatikalisch an.

Auch etwas, was es nur in China und nirgends sonst gab, diese Wertschätzung von Krankhaftem und Kaputtem, von Melancholie und Depression. Wie die Vorliebe für «Lilienfüßchen». Oder die verkrüppelten Bonsai-Aprikosenbäumchen. Oder all sie kranken Romanheldinnen von der schwindsüchtigen Lin Daiyu bis zur schizophrenen Du Liniang. Wann würden Chinas Mädchen einmal Körper, Geist und Haltung von Sportlerinnen aufweisen?

Als er weiterblätterte, stieß er auf einen Artikel, in dem die japanischen Siege auf dem pazifischen Kriegsschauplatz gefeiert wurden. Ein anderer Beitrag beschäftigte sich mit Furzen und teilte diese in drei Kategorien mit zehn Untergruppen ein. Frau Dick und Herr Dünn auf Abwegen, so das Thema einer Karikaturenfolge, in der es darum ging, daß Frau Dick bei einer Freundin übernachtete, angeblich um Karten zu spielen, in Wirklichkeit aber, um einen schmucken Jüngling zu umarmen, während Herr Dünn vorgab, in der Redaktion Nachtdienst zu machen, diesen in Wahrheit aber im Bordell ableistete...

Abermals hob Ni Wucheng den Arm und schaute auf das uhrlose Handgelenk. Ihm war, als sei es Zeit, zu einer Verabredung zu gehen – doch zu welcher? Hier zu Hause würde es ihm nie einfallen. Sobald er heimkam, schienen seine kleinen grauen Zellen stillzustehen. In einer idiotischen Umgebung wurde man eben selbst zum Idioten. Er brauchte nur aus seiner Gasse hinaus auf die Hauptstraße zu treten, schon würde er wieder wissen, wohin er heute abend zu gehen hätte. Eigentlich war er auf Versöhnung aus gewesen, aber das war ja nun nicht möglich.

Er schleuderte die Wattejacke, die er sich umgehängt hatte, auf das Bett und zog die Anzugjacke an. Es fiel ihm nichts ein, was ihn zu Hause halten könnte oder was er zu Hause erledigen müßte. Er warf noch einen Blick auf «Rare Gabe Torheit» und schritt über die Türbretter hinweg in den Hof.

Mit gesenktem Kopf näherte er sich dem Westzimmer und rief mit sanfter Stimme «Ni Zao!»

Als der Junge antworten wollte, untersagte es ihm seine Mutter mit einer schroffen Geste, wobei sie ihm mit gedämpfter Stimme «Gar nicht beachten!» zuzischte. Da sank er wieder in sich zusammen.

Ni Wucheng wartete einen Moment, dann gab er es auf. Da kam plötzlich ein Kind heraus, aber nicht Ni Zao, sondern Ni Ping, seine Tochter, die zu rufen ihm nicht in den Sinn gekommen war. Ni Ping war von sich aus nach draußen gelaufen. Sie war totenbleich und völlig verweint.

«Papa», rief sie, «geh nicht fort! Warum willst du schon wieder weg? Papa, bleib bei uns zu Hause! Wo gehst du denn hin? Warum kommst du immer nicht nach Hause?... Willst du denn nichts mehr von uns wissen?»

Ihren Familienangehörigen gegenüber verfiel Ni Ping stets in ihren heimatlichen Dialekt, obwohl sie reinstes Pekingisch sprach, wenn sie mit ihren Mitschülern oder Freunden redete.

Der Ausdruck in Ni Pings Augen und Stimme war irgendwie stumpf und blöde, und auch was sie sagte, ließ Ni Wucheng schaudern. Wie kam es nur, daß in ihrer kindlich-reinen Seele und in ihrer Sprache plötzlich so traurige Gedanken auftauchten? Fragt, ob ich nichts mehr von ihnen wissen will – das hat ihr doch eindeutig Jingyi eingetrichtert. Ein regelrechtes Verbrechen! Die junge Generation sollte doch in einer zivilisierten, wissenschaftlichen, gesunden Umgebung zur Welt kommen und leben. Was das Mädchen braucht, sind Spielsachen, unbeschwertes Spiel! Oder nein, ein Klavier, Tanzen Schlittschuhlaufen, nährstoffreiche Speisen. Dazu noch Kleider, wie sie sich für ein Mädchen schicken, und Kosmetika. So abgerissen darf man ein Mädchen doch nicht herumlaufen lassen!

«Papa, warum bleibst du nicht zu Hause? Warum willst du nichts von uns wissen? Ach Papa, du darfst keine andere Frau heiraten, so ein schlechtes Weibsbild...» Ni Ping redete und redete und plärrte mit weit aufgerissenem Mund.

Ni Wucheng erschauderte. O weh, es war eingetreten, was er am meisten befürchtet hatte: Die Bürde und den Kummer seiner eigenen Generation hatten sie an die junge Generation weitergegeben. Ni Ping war doch erst neun! Neunjährige Mädchen sollten nichts anderes kennen als duftende Blumen und ausländische Puppen... Und er selbst, er hatte nur nach dem Sohn gerufen und nicht nach Ni Ping!

Tränen rannen ihm über die Wangen. Er faßte seine Tochter bei der Hand und streichelte ihr Haar. Er hockte sich vor sie hin und redete ihr mit sanfter Stimme zu. Mit allen Mitteln wollte er Ni Ping beruhigen. «Nein, ich gehe nicht fort. Ni Ping, wie kommst du denn darauf, daß ich nichts mehr von dir und deinem Brüderchen wissen will? Du bist ein liebes Mädchen. Ich will doch auf gar keinen Fall etwas Böses tun und dir Kummer machen. Weißt du, es gibt auf der Welt Väter, die haben ihrem Töchterchen noch nicht einmal eine richtige Puppe gekauft. Die bringen ihrem kleinen Mädchen, ihrem dummen kleinen Töchterchen, das sich ihren Dialekt immer noch nicht abgewöhnt hat, nichts als Tränen, die es eigentlich nicht vergießen dürfte. Ach, wenn jemand sterben muß, dann laß es uns Eltern sein! Wenn jemand in Stücke gehackt werden muß, dann laß es mich sein! Nur meinen Kindern, denen darf nichts zustoßen, nur ihnen nicht! Alle Schuld liegt bei mir, nicht bei den Kindern!» Er versicherte seiner Tochter, er würde in zehn – nein, in fünf Minuten wieder zurück sein. Er wolle nur ein wenig Tee kaufen gehen und dazu ein paar Kekse. «Heute abend und morgen abend und danach – ich gehe ganz bestimmt nicht weg», versprach er ihr, und es klang feierlich wie ein Eid.

Als Ni Wucheng fort war, kehrte Ni Ping völlig verstört ins Westzimmer zurück. Auch Jingyis Augen waren gerötet. Beim Anblick der Szene hatte sie geseufzt: «Ach, unsere Ping. So klein sie noch ist, man merkt, sie ist ein guter Mensch.» Frau Jiang und Jingzhen hatten nur gerührt genickt.

Sodann untersuchte Jingyi mit Mutter und Schwester die «Kriegsbeute», die ihre blitzschnelle Durchsuchung ihr eingetragen hatte. Die Kinder durften daran nicht teilnehmen – ihre kindliche Unschuld könnte womöglich Schaden nehmen – sondern mußten in der Ecke ihre Schulaufgaben erledigen. Jingzhen holte sich eine Portion Mungobohnensuppe. Sie war so heiß, daß sie unablässig in den Napf pustete.

Zuerst das Geld. Es wurde gezählt und zur Seite gelegt. Jingyi strahlte. Jeder kriegt, was er verdient – recht geschieht ihm! Mindestens für einen Monat hatten sie jetzt ausgesorgt, und in knapp vier Wochen würden Li Lianjia und Zhang Zhi'en mit dem Pachtzins kommen. Jetzt könnten sie auch die Teebüchse wieder einlösen – ein paar Pfund Bohnenmehlnudeln für eine Teedose, das war ja wirklich zu kümmerlich. Dann ein Blatt Papier, aus dem sie nicht schlau wurden. Noch ein Papier – ah, ein Pfandschein für eine Uhr, geschieht ihm recht! Der Pfandschein wurde ebenfalls zur Seite gelegt. Schließlich ein Briefumschlag. Als Jingyi ihn sah, wurde sie sofort hellhörig. Zu den Playboy-Gewohnheiten ihres Gatten gehörte es, einen Brief fortzuwerfen, sobald er ihn gelesen hatte. Warum also hatte er diesen Brief in seine Jackentasche gesteckt?

Der Umschlag wurde aufgemacht. Als erstes fiel das Foto einer Frau heraus, so aufreizend und ordinär, daß Jingyi meinte, jede einzelne Zelle ihres Körpers werde sogleich vor Wut bersten. Sie faltete den Brief auseinander. In flüchtig hingehauener, nahezu unleserlicher Schrift war da von irgendwelchen rätselhaften Dingen die Rede, die keinen Sinn ergaben.

Jingzhen stellte die heiße Bohnensuppe beiseite und ließ sich den Brief reichen. Ihre Lese- und Schreibfertigkeit war weit besser als die ihrer Schwester. Wie ein Adler, der mit einem Blick die Jagdbeute erspäht, hatte sie sofort die entscheidende Passage entdeckt.

«Herr Ni, Sie wollten doch, daß ich Ihnen eine Freundin empfehle, nicht wahr? Wie finden Sie das Mädchen auf dem Foto? Sie wird von allen nur Püppi genannt... Sie lacht ja so gerne! Wenn es ihnen gelingt, ihre Gunst zu erringen, wird sie Ihnen ganz gewiß ihr Lachen schenken und so lange weiterlachen, bis sie ermattet an Ihre Brust sinkt...»

Pfui Teufel! Jingzhen spuckte auf den Boden.

Die Augen der drei Frauen sprühten Blitze.

Just in diesem Augenblick kam Ni Wucheng in den Hof gestürmt. Zornbebend und blindwütig wie einer von jenen Stieren, die man in alten Zeiten mit brennenden Fackeln an den Hörnern in das Feldlager des nichtsahnenden Feindes hetzte, wirkte er wie einer, der vor nichts zurückschreckt. «Jiang Jingyi, scher dich heraus!» schrie er.

Was nun folgte, vollzog sich mit blitzartiger Geschwindigkeit. Ehe noch Jingyi – auch sie kurz vor dem Explodieren – hinausstürzen konnte, hatte Jingzhen mit dem linken Fuß die Tür aufgestoßen, mit der rechten Hand den Napf heiße Mungobohnensuppe ergriffen und diese Ni Wucheng ins Gesicht geschüttet, als sei die Suppe ihre auserkorene Waffe, die sie mit Vorbedacht bereitgestellt hatte. Den Mungobohnen folgte, wie von der Sehne geschnellt, Jingyi.

Ni Wucheng war schnell zur Seite gesprungen, doch traf ihn die Suppenschüssel an der linken Schulter. Platsch! Die heiße Flüssigkeit ergoß sich über sein Gesicht und seinen Hals. Klirrend zerbrach der Suppennapf auf der Erde in zwei Teile. Von der heißen Suppe verbrüht, schrie Ni Wucheng vor Schmerz laut auf. Undeutlich erkannte er die Umrisse von Jingyis Gestalt und versetzte ihr einen Backenstreich. Jingyi ihrerseits rammte ihren Kopf gegen seine Brust, so daß er ins Wanken geriet. Mit einem Schemel in der Hand stürzte sich Jingzhen auf ihn. Kaum hatte er das bemerkt, wich er unwillkürlich zurück; wußte er doch, daß seine Schwägerin nicht davor zurückschrecken würde, ihn umzubringen. Auch Frau Jiang stürzte sich ins Getümmel. Wüste Beschimpfungen ausstoßend, schrie sie zugleich nach der Polizei: «Holt die Streife! Nehmt den Strolch fest!» Die alte Dame achtete stets darauf, daß die Behörden – unter welcher Fahne und welchen Charakters auch immer – nicht übergangen wurden. Was Ni Ping und Ni Zao betraf, so hatten sie vor Schreck angefangen zu weinen und zu schreien.

10

Ein erbitterter Kampf war zu Ende. Ni Wucheng war abermals aus dem kleinen Hof verschwunden. Jiang Jingyi weinte unaufhörlich, ihre Augen waren rot und verschwollen. Sie haderte mit ihrem Schicksal, das sie mit einem solchen Gatten geschlagen hatte und es zuließ, daß irgendein Weibsstück einem verheirateten Mann eine «Püppi» als «Freundin» zuführte. Mutter und Schwester sahen ihre Tränen als etwas Normales an, redeten ihr lediglich ein wenig zu und beachteten sie ansonsten nicht weiter. Ni Ping leistete ihrer Mutter beim Weinen Gesellschaft. Sie glaubte, oder vielmehr: sie war fest davon überzeugt, daß ihre arme Mama die unglücklichste Frau unter der Sonne sei und daß sie selbst in der allerunglücklichsten Familie lebe. «Mama, wein doch nicht! Mama, bitte...» Sie hatte noch nicht zu Ende gesprochen, da sah sie abermals den in hilfloser Verzweiflung aufgerissenen Mund der Mutter vor sich; ein Anblick, der ihr das Herz zerriß und sie zu der gleichen Geste des Schmerzes bewegte.

Ni Zao hatte sich ebenfalls einen Moment zu seiner Mutter gesetzt. Auch ihm war nach Weinen zumute. Aber da schon die Schwester heulte, hätte er sich geniert, nun auch noch einzustimmen. Außerdem empfand er einen gewissen Überdruß. Freilich, die Mama war zu bedauern, so schwer, wie sie es hatte. Woher auch immer seine Zuversicht kommen mochte, er war überzeugt, sein künftiges Leben würde schön sein – ein strahlendes, schönes Leben würde die Kinder von heute erwarten. Jedoch für die Erwachsenen von heute, für die würde das schöne, strahlende Leben zu spät kommen. Weinen und schreien, zanken und schlagen – vielleicht war das alles vergebens, mochten Papa und Mama, Großmutter und Tante noch so viel weinen, schreien, zanken und schlagen. Es war furchtbar. Und wie leid sie ihm taten! Was für ein Unglück für die Älteren, und was für ein wirkliches Glück für die Jungen, die das Unglück der Älteren verstanden.

Mit einem Anflug von schlechtem Gewissen schickte er sich an, die Mama zu trösten. Wie man das machte, wußte er, denn darin hatte er Erfahrung. Er brauchte nur zu sagen: Mama, weine nicht, wenn ich groß bin, werde ich schon für dich sorgen und dir ein schönes Leben bereiten! – dann würde sie unter Tränen anfangen zu lächeln.

Er meinte es durchaus ernst mit seinen Worten. Die Mama tat ja alles für ihn und setzte das fertige Gericht vor ihn hin, so daß er nur noch den Mund aufzusperren brauchte. Schmeckte es ihm nicht, machte sie vor lauter Schuldbewußtsein ein ganz bekümmertes Gesicht.

Hinzu kam, daß die Mama keinerlei Vergnügungen kannte. Einmal hatte der Papa ihn in ein Restaurant zum Europäischessen mitgenommen; das war vor einem halben Jahr gewesen. Der Papa und er hatten auf einer der hochlehnigen Sitzbänke gesessen, die an Eisenbahnsitze erinnerten und mit denen die einzelnen Tische so voneinander abgeteilt waren, daß die Gäste wie in einem Séparée saßen. Ihnen gegenüber hatte eine Dame gesessen, an deren Aussehen der Junge sich absolut nicht mehr erinnern konnte. Er war noch zu klein, als daß er sie ausgiebig zu mustern und einzuschätzen gewußt hätte. Doch glaubte er, den blonden Flaum auf der Oberlippe der Frau und ihren geschminkten, frischen, schönen Mund bemerkt zu haben. Auch sah er, wie sie beim Sprechen die Lippen und Zähne bewegte, und hörte, wie sanft ihre Stimme klang, so ganz anders als die von Mama, Tante und Großmutter. Bei jener Frau gingen beim Sprechen die Nasenlöcher immer auf und zu – sehr interessant. Ihre Nasenflügel mußten ganz fein und dünn sein, so bläulich und fast durchsichtig sahen sie aus. Der Papa redete sie mit «Miss Liu» an. Wenn sie sich mit Papa unterhielt, sprach sie furchtbar schnell. Rede und Gegenrede folgten einander so rasch, daß man kaum nachkommen konnte. Die Frau lachte viel, aber dieses perlende Lachen klang ein wenig gekünstelt.

Sie hatten Speisen gegessen, die er noch nie gekostet und von denen er nicht gewußt hatte, wie sie heißen. Manche waren klebrig, manche ganz weich, süßlich, aber zugleich ein bißchen salzig, auch scharf und aromatisch. Er fand alles wundervoll, absolut faszinierend, einfach phantastisch. Nur die schwarze Flüssigkeit zum Schluß, «Kaffee» hieß sie, erinnerte ihn zu sehr an Medizin, die brachte er nicht hinunter.

Anschließend waren sie zu dritt die Xidan-Straße entlanggeschlendert, das heißt, er selbst mußte rennen, um Schritt zu halten – ziemlich anstrengend. Außerdem war es kalt geworden, typisch April – als der Papa mit ihm losgegangen war, hatte er es sehr warm gefunden und beim Laufen geschwitzt, aber nach Einbruch der Dunkelheit blies ein eisiger Wind, und seine Füße, eben im Restaurant noch ganz warm, waren kalt geworden.

Da hatte der Papa zu jener Frau gesagt: «Sehen Sie nur, wir beide und das Kind, ganz als wären wir...» Er verstand nicht, was für ein Wort dann folgte. Er entsann sich nur, daß jene Miss Liu in merkwürdig geziertem Tonfall «Unsinn!» gesagt hatte, wobei sie die beiden Silben ganz lang gedehnt und fast gesungen hatte. Richtig schön hatte sich das angehört. Dann, nach einem Moment, hatte sie noch etwas gesagt, aber da hatte er schon nicht mehr hingehört, denn von den Lichtern auf der Straße war ihm ganz schwindelig gewesen – immer, wenn die Lichter angingen, sehnte er sich nach zu Hause, nach der Mama. Er hatte nicht richtig verstanden, was die Erwachsenen geredet hatten, aber ihm war, als habe er mehrmals jenes langgezogene, wohlklingende «Unsinn!» herausgehört. «Unsinn» war ein zu schönes Wort.

Bei der Ankunft zu Hause waren seine Füße wie zwei Eisklumpen gewesen. Die Mama rubbelte sie mit ihren warmen Händen, und er erzählte ihr dabei, was er alles erlebt hatte. Sie war ganz böse geworden, aber was sie sagte, hörte er gar nicht recht, müde und schläfrig wie er war. Doch von einem war er überzeugt, und es hatte sich ihm fest eingeprägt: Während sein Vater so schöne europäische Speisen gegessen hatte – vielleicht schon oft – und nun auch er selbst, hatte die Mama noch nie so etwas Gutes gekostet und wollte es vielleicht auch gar nicht. Das tat ihm leid, und vielleicht mochte er auch deswegen seine Mama lieber als den Papa.

Der erzog außerdem ständig an ihm herum. Mit Vorliebe belehrte er ihn, welche Wörter er wieder einmal nicht richtig gewählt hatte, und wenn er mit seinen Schulkameraden spielte, pflegte der Papa ihn darauf hinzuweisen, daß er sich dann und dann nicht korrekt verhalten habe. Sogar beim Essen ermahnte er ihn ständig, nicht zu schmatzen, sich nicht mit dem Ellbogen aufzustützen und so weiter und so fort. Lobte ihn jemand, weil er so gescheit war, dann entgegnete der Papa todsicher etwas wie «Er ist ein Kind, da kann man noch nicht sagen, ob...» Viel war der Papa ja nicht mit ihm zusammen, aber wenn, dann war er oft richtig fies.

Die Mama dagegen wies ihn nie zurecht. Sie umhegte und verwöhnte ihn immer. Abgesehen von der Ermahnung Vergiß-nicht-wie-schwer-es-die-Mama-hat-wenn-du-groß-bist-wirst-du-schön-für-deine-Mama-sorgen-wie-ein-guter-Sohn-nicht-wahr? hörte er niemals so etwas wie einen Tadel von ihr.

Natürlich stand ihm die Mama näher; aus dem Papa wurde er einfach nicht klug. Er war nicht geneigt, das Urteil seiner Schwester zu akzeptieren. Was sie über das Verhältnis zwischen Papa und Mama sagte, war wie ihre Warnungen vor «Kindesräubern» zwar nicht von der Hand zu weisen, aber auch nicht unbedingt wirklich zutreffend. Und was ihr Gerede «Der Papa will nichts von uns wissen, der bringt uns eine Stiefmutter ins Haus» betraf, so weigerte er sich rundweg, es zu glauben. Er fühlte, daß man so nicht über ihn reden durfte. Ein schlechter Papa mochte er ja sein, aber ein schlechter Mensch war er nicht; schlechte Menschen sahen in Ni Zaos Vorstellung anders aus.

Doch die Ereignisse des heutigen Tags hatten ein unbehagliches Gefühl in ihm zurückgelassen. An der Tür stehen und nach dem Vater Ausschau halten, allein das hatte ihn zutiefst beunruhigt. Als er erst nach dieser, dann nach jener Seite gespäht hatte, war ihm bewußt geworden, wie sehr er sich gewünscht hatte, der Papa möge nach Hause kommen. Aber er hatte ja nicht dort gestanden, um ihm entgegenzueilen oder um seine Geschenke und Küsse entgegenzunehmen, sondern um Posten zu stehen und Nachrichten zu übermitteln. «Postenstehen», das war für ihn ein noch ungewohntes Wort, mit dem er kaum einen ebenso schönen langen Satz hätte bilden können wie mit «weil». Weil sein Papa und seine Mama... – deswegen konnte er den Papa nicht wie einen Papa behandeln. Das machte ihn traurig und ließ ihn sich unwohl fühlen. Ein Gefühl, als habe er sich einen Dorn eingetreten.

Was dann geschehen war, hatte ihm die Sprache verschlagen und ihn in Angst und Schrecken versetzt. Jene Blitzaktion, während der Vater auf dem Abort war – das war noch entsetzlicher als ein zum Wurfgeschoß umfunktionierter Napf Mungobohnensuppe. Wenn der traf, dann war das immerhin noch von einem gewissen sportlichen Interesse, als lande ein Klassenkamerad beim Wurfpfeilspiel einen Treffer.

Ni Zaos schlechte Gemütsverfassung wirkte sich auf sein gesamtes Verhalten aus. Deshalb brachte er es heute abend nicht fertig, der Gewohnheit und seinem Herzen folgend die Mutter mit dem Hinweis auf treue Fürsorge und ein schönes Leben in der Zukunft wirksam zu trösten, sondern sagte lediglich: «Weine doch nicht!» Er dachte betrübt, wie schlimm das Erwachsensein, wie schlimm das Leben der Erwachsenen doch sei. Warum mußte das so sein? Der Schule, den Lehrern, den Büchern zufolge war es doch ganz anders!

Ob die Mama einen gewissen Überdruß aus den den drei Worten «Weine doch nicht!» herausgehört hatte? Jedenfalls hörte sie zu weinen auf und begann ein langes Klagelied über ihr schweres Schicksal. Was sie alles habe erleiden müssen, seit sie vor über zwanzig Jahren in die Familie Ni eingeheiratet habe. Wie schwer der Vater ihrer Kinder einem das Leben mache, wie gemein er sei und wie er sie mit Mutter, Schwester und Kindern schnöde darben lasse, während er selbst in Saus und Braus lebe. Wie es genau eine Woche nach der Geburt des Sohnes zum Streit mit dem Gatten gekommen sei und wie sie die Kinder allein auf dem Hals gehabt habe, und wie unendlich schwer das alles gewesen sei. Wie Ni Ping als Kleinkind Mittelohrentzündung bekommen und ununterbrochen geweint habe, wie sie sie auf dem Arm getragen und gewiegt habe und mit ihr auf und ab gegangen sei, tage- und nächtelang. Wie bei Ni Zao kurz nach der Geburt eine Dünndarm-Hernie festgestellt worden sei, wie er geweint und sich eine große Beule auf seinem Bäuchlein gebildet habe, so daß sie – die Mama – zu Tode erschrocken und zum Arzt gelaufen sei, denn für die Gesundheit des Kindes hätte sie mit Freuden sogar ihr eigenes Leben hingegeben. Wie er dann mit fünf Jahren die Ruhr gehabt habe, weil er Bohnenmehlgallert gegessen habe. (An dieser Stelle schaltete sich Jingzhen mit ein paar bissigen Zwischenbemerkungen ein, denn sie war es gewesen, die dem Jungen von ihrem Bohnengallert abgegeben hatte. Die Ruhr auf den Genuß von Bohnengallert zurückzuführen sei erstens Unsinn, denn sie – Jingzhen – haben an jenem Tag viel, viel mehr davon gegessen und keine Ruhr gekriegt, weder weiße noch rote, sondern im Gegenteil festen Stuhl gehabt, und zweitens eine Provokation, denn damit werde unterstellt, sie trage die Verantwortung für die Ruhr ihres Neffen, was ein starkes Stück sei.) Die Mama tue alles, aber auch alles für ihre Kinder – was auf Erden käme wohl der Mutterliebe gleich, beschloß Jingyi ihr Klagen.

Frau Jiang erklärte:

«Auch ich habe es alles andere als leicht gehabt, euch beide großzukriegen... Deswegen sage ich immer: Unzucht ist der Laster schlimmstes, Kindesliebe ist der Tugend höchste Krone.»

Ni Zao war ganz gerührt. Aber auch todmüde. Er ging sehr früh zu Bett. Auch danach hörte er weiter die Mama zu ihm über diese Dinge reden. Ob sie wohl Angst hatte, er würde einmal nicht für sie sorgen? Als ob so etwas möglich wäre! Nur die allerschlechtesten Menschen würden ihre Kindespflicht gegenüber der eigenen Mutter vernachlässigen. Noch dazu, wenn es eine so geplagte Mutter war, die selbst ein so schweres Leben hatte und dabei so rührend für ihn sorgte. Bei ihrem endlosen Klagelied hatte er das Gefühl, jemand trommle mit zwei Paukenschlegeln auf seinem Schädel herum. Jedenfalls trug das nicht dazu bei, die Wirkung ihrer Mutterliebe auf ihn zu verstärken, im Gegenteil. Ich bin müde, ich möchte schlafen, warum läßt sie mich bloß nicht schlafen, ach, das alles... das dürfte es doch gar nicht geben... Mama, Tante, Großmutter, Papa, auch die Schwester, alle sind so gut zu mir, alle sind sie so gut – und leben doch so gar nicht gut. Traurig, traurig! Das müßte alles verändert werden!

Jawohl, schon im zarten Alter von acht Jahren war Ni

Zao der festen Überzeugung, daß dies alles verändert werden müßte, daß es ohne Veränderung nicht mehr weiterginge.

Verweilen wir hier ein wenig, halten wir einen Augenblick inne. An dem Punkt angelangt, da die Rede ist von jenen nicht einmal gar so weit zurückliegenden und doch unendlich archaisch und unzeitgemäß anmutenden Ereignissen der vierziger Jahre, von all der Sinnlosigkeit und Dummheit, all dem unnötigen Leid, von jenen schweren Zeiten mit ihrem nahezu unglaublichen Fatalismus, an diesem Punkt also habe ich dich aufgesucht.

Du mein geheimnisvolles, friedliches kleines Tal, von hellem Licht und dunklen Schatten erfüllt. Doppelt gekerbt die tiefschwarzen Stämme der Gleditschie, heißt es doch, sie bilde nur Hülsen und Samen, wenn man sie so verwunde. Mangels Seife wuschen früher die Menschen ihre Wäsche mit den Schoten dieses Seifenschotenbaums.

Und du, vielzweigiger Beerenapfel, mehr Hecke denn Baum, vergaß ich doch lange deine üppigen Blüten, vergaß ich deine Pracht und das Schwanken der Zweige im peitschenden Regen und deine leuchtende Herrlichkeit! Niemals aber vergaß ich, was Wen Tingyun sang: «Zu Boden sinkt sachte des Beerenapfels Flor / zu des rauschenden Regens eintön'gem Lied... sinkt sachte des Beerenapfels Flor» – welche Anmut. Hast du nicht meines Kommens geharrt? Du warst es, Beerenapfel, der zuerst all die schweren Erinnerungen wachrief in mir.

Bunt durcheinander Aprikose, Maulbeerbaum, Weißdorn, überragt noch von Persimone und Walnuß. Silberweiße Stämme, dürrbelaubte Äste. Ruhe, Windstille. Ergrünendes Gras; von der Mitte her werden die Büschel grün. Der Lenz selbst ersprießt in den Büscheln des Grases – ja, die lauen Winde im Berg erlauschet das Gras zuerst.

Wie kommen in dieses kleine Tal diese Häuser, erbaut im Palaststil? Den Hang hinauf gebaut, ein Haus gleichsam über dem anderen, wirken sie mit ihren geschwungenen Dächern wie eine mehrstöckige Pagode. Geräumige Gänge, rotlackierte Säulen, Feldsteinmauern, aus gewaltigen

Brocken gefügt – habe nicht einige auch ich gebuckelt? Der geflieste Estrich, die großen Fenster mit blitzenden Scheiben, dazu Nebengebäude, Kantine, Kesselhaus, Abort, Schweinestall, Futterspeicher, Schuppen...

Nur am Schuppen, aus leichtem Bambus errichtet, hat der Verfall begonnen, alles andere ist noch wie damals, vor achtundzwanzig Jahren – wie geht es euch allen? Danke der Nachfrage, wie geht es selbst? Dann Schwelgen in alten Erinnerungen. Heute noch sieht man Spitzhacken, Spaten und Hacken, kaputt, halbkaputt oder sogar noch intakt, aufgehäuft seit damals im Abort, der nie seiner eigentlichen Bestimmung gedient hat. Heute noch sieht man den Tisch, den die hier durch Arbeit Umerzogenen eigenhändig aus Steinen geschichtet, um ihn herum die Schemel, steinern auch sie, einladend zu Schachspiel und Karten. Nur fehlte leider die Muße dazu.

Befragt, wo sein Meister wohl sei, sagte der Knabe:
Hoch oben am Hang, in Wolken versteckt,
er sammelt des Berges heilkräftige Gabe,
die Kräuter, die dort nur der Kund'ge entdeckt.

Der junge Mann, der dieses Gedicht des Tang-Poeten Jia Dao liebte, er hat seinem Leben selbst ein Ende gesetzt. Zur Umerziehung war er hierhergeschickt worden; durch die «Bewegung» verlor er seine heißgeliebte Freundin. Dabei fällt mir ein: In der Illegalität war dieser Mann sogar mein «Vorgesetzter» gewesen. Nicht lange danach waren wir dann zusammen hierher gekommen. Zum Frühlingsfest fuhr er allein in die Stadt zu seiner Familie, allein kam er wieder ins Gebirge zurück. Niemand hatte etwas Außergewöhnliches bemerkt. Abermals verging ein reichlicher Monat, es gab Urlaub, und er ging in die Stadt. Er erhängte sich in der Bibliothek im sechsten Stock seiner früheren Dienststelle. Von da an verstärkte man die Einlaßkontrolle; es konnte kein «Rechter» mehr ohne weiteres hinein. In der Folge hatten freilich auch Linke nur sehr schwer Zutritt gehabt...

Ende der fünfziger Jahre, im Aufruhr einer heftigen politischen Kampagne, hatten sich die mächtigsten Männer jener Stadt auf dieses entlegene Tal besonnen. Ein so unwirtliches Tal, daß Leben dort, wenn überhaupt, nur in Gemeinschaft möglich erschien und Volkskommune, Großbrigaden und Bauern den trostlosen Winkel schon lange vergessen hatten. Es begann in der Geschichte dieses kleinen Bergtals der bewegteste Abschnitt, seit Pan Gu vor Zeiten Himmel und Erde voneinander geschieden hatte: über Nacht Elektrizität; inspizierende Funktionäre in Limousinen, ein endloser Strom; eine strategische Entscheidung nach der anderen, Ausgeburten nächtelanger Sitzungen; Grundrisse, Entwürfe, Reliefkarten, Projektunterlagen, Planskizzen; Lastkraftwagen, ganze Karawanen, beladen mit Mehl, Gemüse, Werkzeug, Zelten, Baumsetzlingen, Pestiziden, Pferden, Eseln, Mauleseln und mit Menschen, die alle möglichen Fehler begangen hatten. Nun erwachte das stille Tal zu nie dagewesenem Leben. Es war zum Stützpunkt für die Leitungsorgane jener Großstadt avanciert, wo die Funktionäre körperliche Arbeit zum Zwecke von Aufforstung, Nahrungsmittelproduktion oder Umerziehung leisteten. Der Arbeitseifer dieser Menschen, die enthusiastisch ihre neue Umgebung, all dies Neue begrüßten und dabei von Herzen wünschten, ihre Schuld zu sühnen, öffnete auch den Bauern der Umgebung die Augen. Feldarbeit, Aufforstung, Gärtnerei, Gemüseanbau, Viehzucht, Ziegeleien, Bauvorhaben – überall ein beispielloser Aufschwung. Der Erdboden jedenfalls wurde wieder und wieder vom Schweiße der Arbeitenden getränkt. Abends dann fand man sich zusammen in dem noch nicht eingeweihten Aborthaus – dem immer die zweckentsprechende Nutzung versagt bleiben sollte –, um im Kollektiv Selbstkritik zu üben und nach den verborgenen Ursachen für die eigenen «Verbrechen» zu forschen. In der Kantine wurden nach vollbrachtem Tagewerk in Überstunden unter den Klängen revolutionärer Gesänge Körbe geflochten. «Sozialismus ist gut, Sozialismus ist gut, vergeblich der Rechten ohnmächtige Wut.» Beim Singen warf man einander verständnisinnige Blicke zu, als empfinde man irrsinnige Freude über die zu Herzen gehende Botschaft dieser so schonungslos entlarvenden Liedzeilen. Danach half man einander, indem man gegenseitig die Motive und die ersten Anfänge parteifeindlicher und antisozialistischer Worte, Taten und Gedanken freilegte, wobei die Lautstärke, mit der man übereinander herzog, bisweilen die von den linken Kritikern her gewohnte noch übertraf. Dann gab es die Neujahrsfeier, bei der aus voller Kehle das ‹Lied von den einundsechzig Klassenbrüdern› oder ‹Geteiltes Leid, geteilte Freud! Geeint erst kommt man wirklich weit!› oder auch selbstverfaßte Gesänge von der Begeisterung über die Umerziehung, von den Freuden der körperlichen Arbeit, von dem großartigen, aufwühlenden Vorgang der Seelenwäsche mittels des eigenen Schweißes geschmettert wurden. Außerdem gab es natürlich Tänze mit gleicher Thematik, bei denen unter den Klängen der Musik, der Gongs und der Trommeln und der stampfenden Füße das Haus erzitterte. Auch eine Art «Jugend, wie Feuer so rot».

Dann kam das Jahr 1960, und es gab nichts mehr zu essen. Nach dem feurigen Rot nun fahle Blässe, und nach der Blässe die Wassersucht. Keine Inspektionsfahrten mehr mit Limousinen, keine nächtelangen Beratungen, keine Zeichnungen und Blaupausen, keine festumrissenen Pläne über das künftige Schicksal dieser Gegend, allerdings auch kein Abtransport der so mühevoll herbeigeschafften Produktionsmittel und Konsumgüter. Die Menschen begannen, den Rückzug anzutreten, zuerst ein Teil, später alle. Dann übergab man alles einer Zeitung als Papierlager und Druckerei für den Kriegsfall, zugleich auch als Stützpunkt für die körperliche Arbeit, mittels derer das revolutionäre Stehvermögen der Funktionäre gestählt werden sollte. Dann wurden, der einschlägigen Politik entsprechend, die mit zahlreichen Setzlingen hervorragender Obstsorten bepflanzten Berghänge der Volkskommune zurückgegeben. Dann gingen all die mit so unendlicher Mühe gepflanzten und mit letztem Einsatz am Leben erhaltenen Bäumchen ein – Äpfel der Sorten ‹Roter Bananenapfel›, ‹Goldener Marschall›, ‹Rubin› und ‹Stolz des Vaterlands›, ‹Albertbirnen› und Pfirsiche der Sorte ‹Großer Lagerfähiger›. Ein Bäumchen nach dem anderen, oder nein: ganze Plantagen, Berghang für Berghang, vertrockneten und starben ab. Dann gruben die Bauern im Erdbeerfeld nach Kohle, und in unmittelbarer Nachbarschaft der verlassenen Gebäude im Palaststil stehen nun die primitiven Lehmhütten der einstigen Bauern und jetzigen Bergleute. Dann wurden Straßen gebaut und elektrische Lampen installiert. Dann gab es wegen der Kohlegrube kaum noch Wasser, so daß nie wieder so viele Menschen wie einst hierher kommen könnten. Dann kam die Große Kulturrevolution, und mehrere prominente Persönlichkeiten aus der bewegten Blütezeit dieses ungastlichen Ortes endeten unrühmlich durch Selbstmord...

Danach vergingen Monate und Jahre im steten Wechsel der Jahreszeiten, im ewigen Kreislauf von Blühen und Welken, Werden und Vergehen. Es kam der 21. März 1985 unserer Zeit, der Tag, an dem, einem plötzlichen Impuls folgend, ein einstiger Zeuge der Glanzzeit des Ortes, ein Schriftsteller, des Getriebes der Großstadt überdrüssig, sich in den alten Tempel im Gebirge flüchtend, mitten in der unter trüben Gedanken wie im Fieberrausch zu Papier gebrachten banalen Geschichte von Ni Wucheng während der vierziger Jahre aufs neue den Weg fand in jenes Tal, das einstmals von solchem Lärm, nun aber nur noch von tiefem Frieden erfüllt war.

Er ging zunächst in die Irre; von einer Schar Kinder gewiesen, hatte er den falschen Weg eingeschlagen. Erst als er an dem Schieferbruch auf dem Gipfel angelangt war, erkannte er seinen Irrtum und wandte sich zur Umkehr. Er fand nicht die beiden Felsblöcke, das Wahrzeichen dieser Schlucht, doch erblickte er endlich jene merkwürdigen Häuser.

Die Bäume, die Berge, die Steine – alles wie einst? Wahrscheinlich. Mit Ausnahme des Kohlebergwerks und der behelfsmäßigen Trassen, deren Führung verändert worden ist. Hell und warm scheint die Sonne über den leeren Häusern. Die imposanten Gebäude in dem kleinen Tal, errichtet aus Ziegeln, Steinen und Säulen abgerissener alter Bauwerke, ein Mißverständnis per se. Doch wie sie da stehen, warm und hell, wirken sie geradezu anheimelnd. Jene Literaten und Funktionäre von damals haben gute Arbeit geleistet: Nach achtundzwanzig Jahren sehen die Gebäude aus wie neu. Die graphitgrau getünchten Dachziegel, diese vollendete Arbeit, ist sie nicht unser aller Werk?

Dann der Gang über alle Terrassen des Berges zu den Stätten von einst. Die Erinnerung an so viele Menschen, so viele Begebenheiten. Auch an nicht wenige Intrigen und Ränke. Denn um zu beweisen, daß man selbst umerzogen war, bewies man zunächst, daß der andere dies keineswegs war. Jedoch der «Chef» hier, von uns wie ein überirdisches Wesen verehrt, war entschlummert, während er von allen den Rapport über ihren politisch-ideologischen Stand entgegennahm, und ein hellschimmernder Speichelfaden war ihm aus dem Mundwinkel gelaufen. Ach, und dann der Erholungsurlaub! Urlaub, das war das Glück – nur durfte man das nicht aussprechen. Ein Pionier und Vorbild der Umerziehung hatte zweimal hintereinander von sich aus auf den Erholungsurlaub verzichtet, da konnte man vor Bewunderung und Ehrfurcht nur das Knie beugen! Um zu sichern, daß jedermann froh und unbeschwert seiner Arbeit nachging, hatte der Chef in der Frage der Urlaubszeiten zu allerlei Tricks gegriffen, so daß man nie vorher wußte, wann es soweit war. In der Manier eines Überraschungsangriffs wurde oftmals nach dem Abendessen bekanntgegeben, daß am nächsten Tag ein viertägiger Urlaub anfange, woraufhin alle in fieberhafter Eile begannen, ihre Vorbereitungen zu treffen und zu packen. Dann ging es über die Berge, ein Gipfel und noch einer, bis man endlich naßgeschwitzt an einem Ort angelangt war, wo man in den Überlandbus zusteigen konnte. Und dann die Frauen! Da war jene Funktionärin gewesen, blendend sah sie aus, die hatte die Tiefgründigkeit der Bewegung mit den gleichen überschwenglichen Lobesworten gepriesen, mit denen später Ni Wucheng die Große Kulturrevolution verherrlichen würde. Angetan mit einer gewaltigen Schürze, zwei große Blecheimer mit dampfendem Futtersud an der Tragestange balancierend, pflegte sie die Schweine zu füttern. Inmitten des donnergleichen Gegrunzes waltete jene Genossin ihres Amtes, selbst ein durchdringendes, säuerlich-faules Odeur von Weizenkleie und Kohlstrünken verströmend.

Bis dann das Futter knapp geworden war und der Aufruf erging, in der Freizeit täglich fünfundzwanzig Pfund Grünfutter pro Nase für die Schweine heranzuschaffen. Schweine würden Grünzeug aller Art fressen, hieß es. Das Fleisch von Schweinen, die mit Gras gefüttert würden, sei besonders wohlschmeckend, hieß es. Mit einem Wort, auch ohne Getreide sollte die Schweinezucht unverändert fortgeführt und doppelt gegartes Schweinefleisch, Zurück-in-den-Topf-Fleisch, serviert werden. Hier gab es schon damals «allerhöchste Anweisungen» wie später in der Kulturrevolution, nur wurden sie noch nicht so genannt... So sah man dann jeden Tag in der Mittagspause nach dem Essen die Menschen die Berge abgrasen, und so brachen schließlich, halb toll vor Hunger, die Schweine aus ihren Koben, um den Ziegen oder Elchen gleich auf lichten Bergeshöhen zu äsen. Noch jetzt weisen die Schweinegatter große Lücken auf. Welche der Löcher vom Ausbruch der halbverhungerten Tiere stammen, welche im Laufe der Jahre von Wind und Regen gerissen wurden – wer vermag das zu sagen?

Wie auch immer; daß all die edlen Obstbäume verdorrt sind, geht einem doch nahe. Schließlich hatten damals alle gemeint, hier würde ein wahrer Berg der Blumen und Früchte wie im Märchen vom Affenkönig entstehen, voller honigsüßer Pfirsiche und saftiger Äpfel, hellschimmernder Birnen und goldgelber Aprikosen, prallroter Kirschen und aromatischer Erdbeeren. Das Gebirge ein Berg der Blumen und Früchte, die Ebene eine einzige große Kornkammer. Wie hell waren damals solche mitreißenden Losungen ertönt! Nicht allein von unseren selbstgesetzten Obstbäumen ist nichts mehr übrig, auch die früher schon von den Bauern gepflanzten Weißdorn-, Walnuß- und Persimonenbäume sind all den Kampagnen, die über sie hinwegrollten, zum Opfer gefallen. Erst in jüngster Zeit hat man sich höheren Ortes wieder auf Obstbäume besonnen: Nun denn, auf ein neues!

Aber was hätte man auch tun können? Wie hätte man eine wasserlose Einöde in eine moderne Obstplantage verwandeln können? Selbst wenn die zur körperlichen Arbeit oder zur Selbst-Umerziehung hier Weilenden damals in ihrem glühenden Eifer mit schweren Wassereimern am Tragjoch drei oder vier Kilometer über die Berge gezogen waren, um die Setzlinge zu wässern, selbst wenn sie sich schon eifrig die sichelförmig gekrümmten Baumscheren umgehängt hatten, um die Bäumchen zu beschneiden...

Vorbei, alles vorbei. Dieser Ort, eine Zeitlang so voller Leben, voller Begeisterung, voller Tollheit, voller Schmerz, voller Träume, voller Hoffnungen, voller Sehnsüchte, voller Umarmungen, voller Liebe, voller Haß, voller Tod, diese Stätte so vielen vergeudeten Lebens, so vieler vergeudeter Jugend und so vielen vergeudeten Geldes – heute ist sie ein Ort der Stille und des Friedens. Nur Bäume, die des Knospens harren. Nur Gräser, die sich bereits durch das Erdreich gebohrt haben. Nur die unbewohnten Häuser, durch deren Leere das Sonnenlicht flutet. Nur der verfallene Bambusschuppen und der Schweinestall, die vor sich hin rotten. Dazu jene schwarze Kohlengrube, die so schlecht ins Bild paßt, und die friedlichen, gelassenen Gesichter von ein paar bäuerlichen Bergarbeitern.

Und dann die Kiefern auf den umliegenden Hängen. Die habe ich, die haben wir gepflanzt! In jenem verregneten Sommer vor sieben- oder achtundzwanzig Jahren, da haben wir eigenhändig die winzigen Setzlinge in der Baumschule bei Badachu in den Pekinger Westbergen ausgegraben, in schilfgeflochtenen Säckchen hierher gebracht und sie dann mit den Schilfbeuteln zusammen in die längst vorbereiteten Pflanzlöcher gesetzt, die wie Fischschuppen die Hänge überzogen. Ihr kleinen Kiefern, die ihr uns auch an Regentagen keine Ruhe gegönnt habt, wie habt ihr unsere Rücken, Arme und Beine strapaziert. Jetzt seid ihr schon mehr als mannshoch und habt neue Zweige voller frischer grüner Nadeln. Wie schön! Achtundzwanzig Jahre, für eine Kiefer ist das erst der Beginn der Kindheit. Die zarten Nadeln scheinen unmerklich zu schwanken, als wollten sie sprechen. Ihr werdet doch euren Herrn und Meister von damals erkennen? Ihr immerhin spendet Trost mit eurem alles vergebenden, alles bewahrenden, großmütig alles vergebenden, melancholischen Fächeln.

Endlich die beiden gewaltigen Felsbrocken. Unterhalb

der heutigen Straße müssen sie stehen. Hier gibt es viele, viele Felsbrocken. Sind es vielleicht diese beiden? Doch nein, sie sehen nicht so aus. Oder war es überhaupt nicht hier? Die hier sind zu klein. Am besten aussteigen und, langsam zu Fuß gehend, suchen oder suchend zu Fuß gehen, während das Auto im Schrittempo folgt. Da ist man am Ende gar zum «Revisionisten» geworden, oder ist das Auto nur ein Tribut an das Alter? Wie auch immer, solches Erleben übersteht der Mensch ein einziges Mal nur, und solche «Genüsse» hält ihm die Zeit nur einmal bereit.

Ihr beiden Felsbrocken, herbeigeschleppt von Erlang, dem Recken, hier also seid ihr! Seit die Autos nicht mehr hier entlangfahren, türmen sich die Felsbrocken nicht wie einst unübersehbar am Rand der Straße, sondern stehen frei im Gelände. Einst war hier die natürliche Straße, oder vielmehr die Schlucht selbst war die Straße, auf der die Menschen mühsam über Stock und Stein ihres Weges zogen. Wenn es stark regnete, war es gefährlich, denn dann schoß ein tosender Strom trüben Wassers mit Donnergetöse brodelnd die Schlucht hinab. Alles riß er mit sich, auch den Wanderer auf der Straße, so hieß es.

Die heutige Landstraße dagegen, regulär trassiert, wenn auch schon wieder holprig und uneben, ist in den Berghang geschnitten. So hat es den Anschein, als seien die beiden Riesensteine sachte vom Himmel auf ihren Standort herniedergeschwebt. Vor allem der rechte bietet einen bizarren Anblick – der «Angeber» hieß er damals im derben Jargon der Pechvögel, die hier durch Arbeit umerzogen werden sollten. Im Chinesischen wird, etwas anders gesprochen, aus dem «Angeber» ein «Kretin», und so war dieses Wort gerade recht, um einander zu verhöhnen und zu verspotten und daraus Erleichterung und Freude, ja sogar auch Befreitheit zu gewinnen, wie sie nur Menschen kennen, die sich selbst in den Augen anderer herabsetzen. Vielleicht eine Mischung aus Schicksalsergebenheit nach der Lehre des Zhuangzi und dem «Siegen im Geiste» des ewigen Prügelknaben A Q aus Lu Xuns Novelle?

Diesen rechten Felsbrocken hat die Natur wie einen Mühlstein geformt, mit einem viereckigen Loch in der Mitte, durch das – so sagt und glaubt man – Erlang das Ende der Tragstange steckte, als er sich, mit den Riesensteinen bewaffnet, zur Verfolgung der Sonne aufgemacht hatte. Dieser Himmlische war wohl auch ein arbeitsames Wesen; hätte er sich sonst mit den beiden Steinen so geplagt? Die Form des linken Steins dagegen ist ganz unregelmäßig – vielleicht ein Dreieck? Oder ein keilförmiges Stück Melone? Eine zurechtgeknetete gekochte Batate? Ist etwa der Stein beim Straßenbau aufs neue beschädigt worden? Handelt es sich gar um eine jener «Wundnarben», wie sie in der chinesischen Literatur der jüngsten Zeit so ausführlich abgehandelt werden? Oder war er schon immer so häßlich geformt? Andererseits, hätte ein so häßlicher Stein je die Aufmerksamkeit des Erlang erregt?

Hier zeigte sich wieder einmal die Wichtigkeit des Standorts: Was jenen linken Stein bemerkenswert macht, ist einzig und allein seine Nähe zu dem überdimensionalen «Mühlstein» daneben.

Die Sonne hat Erlang dann doch nicht erlegt – und auch Kuafus Jagd nach der Sonne schlug fehl. Die Steine sind hier zurückgelassen, hier abgelegt worden. Was aber ist aus Erlang geworden? Ist er vor Überarbeitung schließlich gestorben? Zog er sich voller Scham als kahlköpfiger Mönch in die Stille eines Klosters zurück? Denn ein Himmlischer, der sein Ziel nicht erreicht, dessen hochfliegende Pläne und ehrgeiziges Streben so kläglich scheitern, böte ein Bild des Jammers, nicht wahr?

Enthusiasmus und Schmerz, Tollheit und Dummheit, am Ende sämtlich geronnen zu Stein, am Ende versteinert im Berg. Der Stein ist stumm, und stumm ist der Berg; so wachen sie über die Ewigkeit. Und auch sie, die Zeit selbst, liebt die Rede nicht. Sei mir gegrüßt, lieber Leser.

11

Jingzhen war nach dem Abendessen, das auf die Waffengänge des Nachmittags folgte, von einer schwer zu beschreibenden Stimmung friedlich-melancholischen Wohlbehagens erfüllt, die sie sich auch durch das Lamento der Schwester nicht verderben ließ. Bald legte sie sich auf ihre Pritsche, bald setzte sie sich wieder auf, bald rauchte sie eine von den minderwertigen Zigaretten, die wegen ihres beißenden Gestanks von der übrigen Familie mißbilligt und sogar von ihr selbst meist halbgeraucht wieder ausgedrückt wurden, und zwar auf dem Holzhocker, auf dem sie zu sitzen pflegte, und der mit zahlreichen schwarzen Brandflecken verunziert war. Sie schien für diese Löschmethode eine ausgesprochene Vorliebe zu haben.

Nachdem sie die Zigarette ausgedrückt hatte, holte sie ihre Stummelpfeife hervor. Die Pfeife wiederum wurde häufig an einem Bein ihres Hockers ausgeklopft, das infolgedessen lauter runde oder halbrunde Abdrücke aufwies, ein geheimnisvolles Muster, das sie gelegentlich fasziniert betrachtete. Mutter und Schwester hatten ihr Vorhaltungen gemacht: «Eine junge Witwe und raucht Pfeife! Noch dazu in Peking! Du machst dich bloß lächerlich!» Jingzhen hatte erklärt, damit spare sie Geld – ein höchst überzeugendes Argument. Und das ewige Zigarettenrauchen kriegt man schließlich auch über. Außerdem ist es zu bequem – man zündet ein Streichholz an und fertig. Eine Pfeife ist da doch etwas anderes: Dafür muß man einen Tabaksbeutel haben, die muß man stopfen und nach zwei, drei Zügen wieder anzünden – Tabak spart man, Streichhölzer braucht man leider mehr –, schließlich muß man das Mundstück und den Pfeifenkopf reinigen. Jingzhen liebte es, sich einen Streifen Papier zurechtzuschneiden und ihn zu einem Pfeifenreiniger zu rollen, mit dem sie den rotschwarzen, teerig glänzenden Tabaksaft aus der Pfeife holte. Dann hielt sie die Nase darüber und schnupperte daran. Es hieß, das Zeug sei hochgiftig, und der stechende Geruch würde die Gehirnzellen zerfressen.

Als Jingzhen die halbgerauchte Zigarette beiseite legte und zur Pfeife griff, stellte sie fest, daß der daran befestigte Tabaksbeutel leer war. Aber das war nicht schlimm, sie brauchte nur die Streichholzschachtel hervorzuholen, in der sie all ihre Zigarettenstummel aufbewahrte. Als sie die Schachtel öffnete, stellte sie zu ihrer freudigen Überraschung fest, daß sich nicht nur Stummel darin befanden, sondern sogar eine aufgeplatzte halbe Zigarette, die feucht geworden und wieder getrocknet war und nun in die Pfeife kam. Sie drückte den Tabak hinein, stopfte ihn fest, sog probeweise am Mundstück, pustete hindurch und zündete schließlich ein Streichholz an. Entzückt von dem reizend tanzenden, hellen und dabei so kleinen Flämmchen, brannte sie die Pfeife an. Sie machte einige gierige, geräuschvolle Züge, stieß den Rauch langsam durch die Nase aus, nahm dann die Pfeife aus dem Mund, wischte das Mundstück am Ärmelsaum trocken und rief: «Mama!»

Frau Jiang antwortete der Tochter und ging zu ihr hinüber. Doch als die Mutter vor ihr stand, wußte Jingzhen nicht, was sie zu ihr sagen sollte. Sie wollte sich einfach zum Zeitvertreib mit ihr unterhalten. Nach dem Abendessen hatte sie ja nichts weiter zu tun, als müßig dazusitzen, zu rauchen und ab und an ein paar Worte mit der Mutter zu wechseln, während die Schwester mit «Kindererziehung» beschäftigt war.

«Von zu Hause... haben wir nichts gehört.. schon eine ganze Weile nicht», sagte sie.

Mit «zu Hause» meinte sie ihr heimatliches Dorf, wo sie zwar nicht mehr wohnte und wo es auch weder Menschen noch Dinge gab, denen sie nachtrauerte, das sie aber dennoch als etwas Reales, zu sich Gehöriges empfand, während ihr dieses Peking stets unwirklich und zu anderen gehörig erschien.

«Das kann man wohl sagen. Seit dem Frühjahr nicht mehr», brummelte ihre Mutter und legte ihren ganzen Unmut über die Pflichtvergessenheit der Zinsbauern Zhang Zhi'en und Li Lianjia in diese Bemerkung.

«Ob die alte Nonne aus dem Wassermondkloster schon tot ist», sagte Jingzhen wie zu sich selbst.

Ihre Mutter erschrak. Daß Jingzhen noch an das Wassermondkloster dachte! Als damals der Neunzehnjährigen der Mann gestorben war, hatte sie wohl mit dem Gedanken gespielt, sich als Nonne ins Kloster zurückzuziehen. Ohne viel Aufhebens darum zu machen, hatte sie sich insgeheim im Wassermondkloster eingehend erkundigt, welche Regeln mit dem Eintritt in den Nonnenstand verbunden seien. Aber sie war dann doch nicht ins Kloster gegangen. Sie liebte ihr Haar zu sehr, ihr volles, dichtes, schwarzes, feines, selten schönes Haar – als Nonne hätte sie es dem Schermesser opfern müssen. Und wenn sie nun im Schmuck ihrer Haare ein gottseliges Leben führte? Sie hatte sich auch danach erkundigt. Die Mutter meinte, neun von zehn Nonnen hätten ohnehin unkeusche Gedanken, und mit Haaren geriete man erst recht auf Abwege. Sie konnte zwar kaum lesen und schreiben, doch sie kannte den ‹Traum der Roten Kammer›. Wenn man unter einem frommen Leben mit ungeschorenem Haar das verstand, was die Nonne Miaoyu im Roman darunter verstand, dann sollte man doch gar nicht erst Nonne werden.

Vielleicht noch wichtiger als die Haare waren die Auseinandersetzungen um den Familienbesitz gewesen. Sobald Jingzhen den Kampf aufgenommen hatte, waren ihre Lebensgeister wieder erwacht. Seit dem Prozeß gegen Jiang Yuanshou hatte sie das Wassermondkloster nie wieder zur Sprache gebracht.

Auch heute war ihr der Name des Klosters eigentlich nur so herausgerutscht. Es schien auf Jingzhen einen gewissen Reiz auszuüben. Dort gab es einen Brunnen, der manchmal munter plätscherte, dann wieder ausgetrocknet und an den Wänden mit Unkraut überwuchert war. Beugte man sich im Sommer über den Brunnenrand, konnte man einen kühlen Luftzug spüren, der aus der Tiefe emporwehte. In Zeiten, da der Brunnen Wasser führte, könne man mitunter tatsächlich das Spiegelbild des Mondes im Brunnenwasser erblicken, hatte die alte Nonne gesagt. Ferner gab es dort einen Baum, der an einen im Wachstum zurückgebliebenen Menschen erinnerte, klapperdürr und ganz gelb. Eine Cudrania sei dies, hieß es, ein ganz seltener Baum. Auch den Duft der Räucherstäbchen im Tempel mochte Jingzhen sehr. Er ließ einen an das Jenseits denken, an Buddha, an das Ende allen menschlichen Leides, an ein Mysterium außerhalb des Alltagslebens. Sie liebte auch die Asche, an der – wenn sie frisch war – manchmal noch die Form der Stückchen für Stückchen abbrennenden Stäbchen zu erkennen war. Die Erinnerung an das Wassermondkloster schien für sie ein Mittel zu sein, sich von der Monotonie und Langeweile ihres Lebens in der Hauptstadt abzulenken, eine Art Trost oder Erholung, die ihr zu innerem Frieden verhalf. Es war fast, als hätte sie so an einem fernen Ort noch einen Angehörigen und eine Heimat, als gäbe es für sie noch ein Stückchen Erde, auf das sie sich als letzte Zuflucht zurückziehen könne.

Auch diesmal hatte die bloße Erwähnung des Wassermondklosters Jingzhen in heitere Stimmung versetzt. Sie hüstelte, räusperte sich und deklamierte:

Wie so trügerisch im Spiegel der Blüte,
nur ein Wahn im Wasser der Mond!
Des geträumten Umherirrens müde,
frag ich, wann das Erwachen wohl kommt.

Ach, die Freude, sie mischt sich mit Weinen,
wie sind sie sich beide so nah!
Und des Menschen Sein oder Nichtsein –
sind geschieden sie wirklich so klar?

Das Gedicht stammt von ihr selbst; als Kind war sie von einem Lehrer anhand einer Verslehre in der Dichtkunst unterwiesen worden. Ihre poetische Stimmung hielt jedoch nicht an – übergangslos kam sie auf höchst profane Dinge zu sprechen: «Mama, ich finde, das geht nicht so weiter, daß wir so von dem bißchen Land abhängig sind. Wir beide sollten einfach mal nach Hause fahren und es losschlagen, egal zu welchem Preis.»

Von zwiespältigen Gefühlen erfüllt, sagte Frau Jiang dazu gar nichts. Würde man sie denn noch zu den Besitzenden rechnen, wenn sie ihren Grund und Boden verkaufte? Könnte sie das gegenüber den Ahnen der Jiang-Sippe verantworten? Würde dann nicht zutreffen, was Jiang Yuanshou ihr unterstellt hatte, daß nämlich sie und ihre Töchter den Familienbesitz nur an Sippenfremde verschleudern würden, daß nur in ihm allein das Blut der Jiang-Sippe fließe? Wobei freilich dieser «Blutsverwandte» weder imstande war, in der Fremde sein Leben zu fristen, noch zu Hause den Hof zu übernehmen; hätte er damals tatsächlich den Status eines Stiefsohns bekommen, wäre womöglich der Besitz längst verwirtschaftet. Solch üble Nachrede, wie man sie innerhalb und außerhalb der Jiang-Sippe hören konnte, bezog sich auf Jiang Yuanshou, doch was würde man erst sagen, wenn nun plötzlich sie mit ihrer Tochter auftauchte und das Land verkaufte? Mit Fingern würde man auf sie zeigen. Zumal mit ihrem Schwiegersohn, diesem Ni, so wenig Staat zu machen war, das war allgemein bekannt. Die Klatschmäuler würden am Ende gar behaupten, sie – Frau Jiang geb. Zhao – würde das Erbe der Jiangs nur verkaufen, um diesem Verrückten, diesem Ni etwas zustecken zu können. Nein, da würde sie wahrlich zu viel Gesicht verlieren!

Jingzhen wußte, was in ihrer Mutter vorging, sie empfand ja das gleiche. Sie und ihre Mutter waren Leidensgefährtinnen, wiesen sie doch beide den größten Makel auf, die größte Unzulänglichkeit, die größte Schwäche, die eine Frau überhaupt aufweisen kann: keinen Sohn zu haben. Deswegen durften sie beide nicht das Haupt erheben, deswegen waren sie beide zu erhöhter Wachsamkeit gezwungen, mußten sie beide Krallen und Zähne geschärft halten.

Es lag ihr fern, eine Auseinandersetzung mit der Mutter zu führen, deren Miene sich verfinstert hatte. Nur so, mit finsterem Gesicht, bewahrte diese kleine Greisin mit dem beginnenden Altersbuckel noch etwas von ihrer einstigen Autorität. Jingzhen und ihre Mutter debattierten häufig über die Heimat, über ihren Besitz, über einen Ausweg für sie beide, entweder allein oder zu zweit. Das Land verkaufen; in die Heimat zurückkehren und die Adoption eines möglichst jungen – lenkbaren und auf Dauer unter Kontrolle zu haltenden – männlichen Verwandten in die Wege leiten; weiter bei der «Zweiten», Jingyi, in Peking bleiben; in Peking bleiben, aber ausziehen und allein wohnen; allein wohnen, aber nicht ausziehen, also weiter mit Jingyi in einem Wohnhof leben, jedoch ökonomisch völlig selbständig und voneinander unabhängig – all diese Möglichkeiten hatten sie ventiliert und bis in die kleinste Einzelheit durchdacht und gegeneinander abgewogen. So detailliert, daß sie zum Beispiel im Zusammenhang mit der Variante «allein wohnen» hin und her überlegt und sich gestritten hatten, was für einen Kohleofen, was für einen Schaumlöffel, was für einen Wasserkessel sie kaufen würden. Diese endlosen Debatten waren immer äußerst lebhaft und heftig, ja erregt. Da wurde in die Hände geklatscht und auf die Schenkel geschlagen, da sprang man auf und setzte sich wieder, da gestikulierte man und schlug sich gegen die Brust, da gab es Gelächter oder bittere Tränen und gegenseitigen Trost, beifälliges Nicken und fröhliche Scherze oder erbitterte Auseinandersetzungen und gegenseitige Vorwürfe. Hinterher jedoch war alles immer wie vorher, als hätte es diese Debatten nie gegeben. Absolut unbeeinflußt von ihren Disputen gehorchte das Leben offensichtlich seinen eigenen Gesetzen.

Jetzt aber hatte Jingzhen erneut den Verkauf des Grundbesitzes zur Sprache gebracht, ganz beiläufig, einfach so zur Belebung des Gesprächs, und sie hatte das Thema sofort wieder fallengelassen, als sie die Verstimmung der Mutter bemerkte. Im übrigen war sie überzeugt, es wäre besser, diese letzte schwache Verbindung zur Heimat auch noch zu lösen. Vielleicht weil sie ein unbarmherziger Mensch war, hätte sie am liebsten jeden Gegner und jedes Hindernis kurzerhand mit Feuer und Schwert aus dem Wege geräumt. In ihrer wehmutsvollen, irgendwie entrückten Stimmung nach dem Abendessen war sie überhaupt nicht zu ernsthaften Beratungen aufgelegt.

«Die Jujuben von zu Hause werden von Jahr zu Jahr schlechter. Alle madig, schon wenn sie hier in Peking ankommen. Wie kommt das bloß, daß alle Jujuben-Bäume plötzlich voller Maden sind?»

«Das Salzgemüse ist auch eine einzige klebrige Munke. Stinkt wie Sauerteig. Ob das auch an diesen schlechten Zeiten liegt?»

«Und die Wurst – nichts als Stärke. Kein Fitzchen Fleisch! Nicht mal die Mungobohnen schmecken wie früher. Nichts schmeckt wie früher...»

Jingzhen redete zwar mit der Mutter, aber eigentlich führte sie ein Selbstgespräch, bei dem sie an ihre Kindheit dachte. Wie ein Junge war sie auf Bäume geklettert, um die dattelartigen Früchte zu pflücken, hatte sich deswegen sogar mit den Jungen gerauft. Nie hatte sie Angst gehabt, sich an den Stacheln zu verletzen. Rechts auf ihrer Stirn war schwach eine Beule zu erkennen, von der die Erwachsenen behauptet hatten, sie käme von den grünen Früchten, die sie stibitzt hatte. Im Dorf hieß es nämlich, wer heimlich unreife Jujuben esse, dem wachse auf dem Kopf oder im Gesicht eine dattelförmige Beule.

Frau Jiang fing mangels eines anderen Gesprächsgegenstandes an, von früher zu erzählen, wie es zu Hause – bei den Zhaos – vor ihrer Verheiratung gewesen war. Jingzhen mochte aber nicht zuhören; sie stand auf und lief mit gesenktem Kopf halblaut vor sich hin sprechend im Zimmer auf und ab.

Kein Mensch verstand, was sie zu sich sagte – vielleicht nicht einmal sie selbst.

Nach fast einer Stunde begann sie, leise vor sich hin zu singen, bis ihr plötzlich die Stimme versagte und sie aufschluchzte.

Das dauerte aber nur wenige Sekunden, denn sie hatte kaum begonnen, da wurde sie schon von Mutter und Schwester lautstark zurechtgewiesen: «Was, du weinst? Was ist denn in dich gefahren? Mach dich nicht lächerlich! Spiel nicht die Besessene!» Die beiden waren schon an diese plötzlichen Tränenausbrüche gewöhnt. Sobald Jingzhen unvermittelt die Luft wegblieb, ihre Augen starr wurden und sie zu keuchen begann, mußten die beiden sie anschreien und ausschimpfen oder sogar, auf Jingzhens ausdrücklichen Wunsch, ohrfeigen, um sie auf diese Weise aus ihrem Tagtraum aufzuschrecken. Auch Jingzhen selbst war nämlich zutiefst beunruhigt über diese unkontrollierbaren Stimmungen, und sie hatte Mutter und Schwester mehr als einmal gebeten, ihr in diesen Situationen zu helfen. Die brachten freilich nicht den Mut auf, sie tatsächlich zu ohrfeigen, aber sie tüchtig auszuschimpfen, damit waren sie mehr als einverstanden und waren dabei auch keineswegs zimperlich.

Die Schelte der beiden brachte Jingzhen schnell zur Besinnung. Mit einer verlegenen Grimasse – Zeichen des Dankes für die rechtzeitige Hilfe wie auch der eigenen Beschämung – lächelte sie Mutter und Schwester kurz an. Es war ihr gerade noch gelungen, die Tränen zurückzuhalten.

Alle waren längst an diese Art Auftritte gewöhnt. Auch Ni Ping und Ni Zao waren zwischen Weinen und Lachen hin- und hergerissen; beides schien nicht recht angebracht. Die Tante war wirklich zu merkwürdig!

Solche Szenen waren Jingzhen sehr peinlich. Sie lief nun nicht mehr auf und ab, sang auch nicht mehr vor sich hin, sondern setzte sich sittsam auf ihre Pritsche und fing abermals träge an zu rauchen, ein gelassenes Lächeln auf den Lippen.

«Mama, weißt du, wie das kommt? Wenn ich an Shaohua denke, kommt es mir immer vor, als wäre er mein Sohn.» Nach längerem Schweigen plötzlich wieder ein Satz.

«Ach, was redest du für Unsinn!» murrte die Mutter.

Shaohua war der Beiname für Jingzhens Mann Zhou Hanru gewesen. An ihn mußte Jingzhen öfter denken: das Gesichtchen wie Milch und Blut, auch die Statur eher klein, und beim Reden von äußerster Schüchternheit. Es war, als ob er noch immer nicht von ihr loskommen könne, sich an sie schmiegte und nicht in sein Grab wollte. Hier ist es so einsam, niemand kümmert sich um mich! Im Frühling braust der Wind um das Grab, im Sommer schrecken Blitze und Donner, im Winter versinkt alles im Schnee – Schwester, ich habe Angst, ich will da nicht hin, ich will dort nicht wohnen... Sie glaubte, Shaohuas Stimme zu hören und wandte sich um. Tatsächlich! Shaohua war aber nur ein Kind, das sich mit dem Gesicht an ihr Knie schmiegte. Wie gern hätte sie ihn in die Arme genommen. Ja, wirklich, er war nur ein unschuldiges, kleines Kind, schwächlich und mager, in einem geschlitzten Höschen, aus dem der Popo herausguckte. Sie erschrak. Wieso war ihr Mann auf einmal ein kleiner Hosenmatz geworden? Das Herz ging ihr über vor Liebe und Zärtlichkeit.

Doch weder über ihre Halluzination noch über die Zuneigung, die sie für ihren verstorbenen Gatten empfunden hatte, konnte sie mit anderen sprechen. Wir waren fast ein Jahr zusammen, und nicht ein einziges Mal hat er mich in Wut gebracht! Anmutig war er, wie Milch und Blut, selbst die Zähne im Mund so weiß wie gemalt. Bescheiden und schüchtern wie er war, hatte er sie stets als «ältere Schwester» angeredet, obwohl er doch im gleichen Jahr und sogar reichlich zwei Monate vor ihr geboren war – am fünften Tag des fünften Monats, hatte er gesagt, am Tag des Drachenbootfestes also. Jedoch sah sie tatsächlich wie die ältere Schwester aus und Shaohua wie ihr kleiner Bruder. Ach, mein liebes Brüderchen, wo magst du jetzt sein?

Ob du im Sarg bist? Diese halbgeschlossenen Augen, diese blau angelaufenen Arme, am fürchterlichsten aber dieser halb geöffnete, verschrumpelte Mund, aus dem die unteren Zähne mit dem Zahnfleisch blecken! Oh, welche Qual! Wie eine Wahnsinnige wollte sich Jingzhen auf den Sarg stürzen; vier kräftige Frauen mußten sie an Armen und Hüften zurückhalten.

Nein, sie konnte es immer noch nicht glauben. Sie wußte nur, Shaohua hatte Fieber gehabt, er war heiser gewesen, immer wieder hatte er «Schwester!» gerufen, und man hatte doch keinen Ton gehört. Sie hatten einen weisen Mann geholt, der seine Heilkunst noch bei ihrem Vater erlernt hatte. Später hieß es, er habe das Falsche verschrieben, aber sie glaubte nicht, daß es nur an der Medizin lag. Mit einem Medikament konnte doch nicht das Todesurteil über zwei Menschen gesprochen werden!

Es konnten nur die Sünden sein, mit denen sie geboren waren, ihre Missetaten aus unzähligen früheren Existenzen, die jetzt an ihnen heimgesucht wurden. Sie glaubte sich sogar bewußt zu sein, daß sie in früheren Inkarnationen gemordet, vergiftet, Feuer gelegt, Menschen bei lebendigem Leibe die Haut abgezogen hatte...

Aber das alles, es konnte ja nicht sein! Ein so guter Junge wie Shaohua, so tüchtig und jung, er konnte doch nicht einfach sterben! Nein, er war nicht tot! Shaohua war gesund und munter! Sie selbst war es, Jingzhen, die tot war, sie und ihre Mutter, ihre Schwester, ihr Schwager, ihre Nachbaren, die Bauern aus ihrem Dorf, ihre Pächter – sie alle waren tot, alle! In Wahrheit waren sie die Totengeister, sie redeten wie Geister, waren gekleidet wie Geister, aßen wie Geister, wohnten wie Geister, handelten wie Geister – sie lebten wie Geister in einer Welt von Geistern, in Familien von Geistern. Deshalb konnten sie Zhou Shaohua nicht mehr sehen. Denn er war es, der nicht gestorben war, ganz gewiß! Er lebte in einer Welt voller Licht, voller Wärme. Shaohua war es, der sie zu Grabe getragen hatte, er war es, der sie beweint hatte – hatte er nicht unter Tränen «Schwester» gerufen? Und sie lag mit hängendem Unterkiefer im Sarg, mit geschlossenen Augen, reglos und stumm. Sie lag unter einer Handvoll Löß begraben, war in die Welt der Geister eingegangen. Und Shaohua? Er war natürlich wieder verheiratet, er war ja ein Mann, und wenn Frau Zhou geb. Jiang tot war, würde es eben eine Frau Zhou geb. Zhang oder eine Frau Zhou geb. Li oder eine Frau Zhou geb. Wang geben. Die waren vielleicht schöner als sie. Sie selbst war ja nicht schön, deshalb war sie Shaohua auch so dankbar für seine Liebe gewesen. Shaohua würde eine schöne neue Frau heiraten, und sie würde nie eifersüchtig sein, sondern sich für ihn freuen. Nur – es würde nie wieder eine Frau ihn so lieben wie sie ihn geliebt hatte, sei sie noch so schön, noch so hinreißend, noch so verführerisch. Sie dagegen, Jingzhen, sie wünschte sich nichts anderes als tausend Tode für ihn zu sterben. Um seinetwillen würde sie vor keiner Schlechtigkeit zurückschrecken, für ihn würde sie gegen die ganze Welt kämpfen! Wenn Shaohua zum Beispiel unter die Räuber fiele, würde er selbst es nicht fertigbringen, zurückzuschlagen, sie aber würde durchaus imstande und willens sein, wieder und wieder für ihn ihr Blut zu vergießen! Sie war erst vierunddreißig Jahre alt, also könnte sie ihm noch jeden Tag und jede Nacht, jeden Morgen und jeden Abend zu Diensten stehen, ihm den Rücken massieren, ihm ein Süppchen bringen, ihm beim Anziehen helfen, ihm das Bett machen und ihm den Nachttopf leeren. O Shaohua, laß mich dir nur noch ein einziges Mal dienen!

Dann war da eine Mauer, eiskalt, fest, undurchdringlich; dennoch war er verschwommen erkennbar. Er ist ja ein

Kind, ist mein Sohn! Ein Mandarin ist er, sitzt in einer Sänfte!

Kurz nach dem Tod ihres Gatten hatte Jingzhen eine Traum gehabt: Shaohua war als hoher Beamter in einer von acht Männern getragenen Sänfte gekommen, um sie zu holen. Sie war erwacht und hatte die Mutter geweckt, aber die hatte nichts dazu gesagt. Dennoch war sie überzeugt gewesen, der Traum sei von tieferer Bedeutung. Vielleicht brauchte sie nur wie Wang Baochuan in Kummer und Elend auszuharren, damit am Ende ihr Gatte mit Glanz und Gloria käme, um sie aus ihrer kalten Hütte zu erlösen? Da würde es auch nichts ausmachen, wenn der Gatte inzwischen eine Barbarenprinzessin zur Nebenfrau genommen hatte. Ob das vielleicht nur in der Oper und im «Trommellied» so war? Alles erfunden? Sie konnte nicht glauben, daß einer Frau so viel Glück zuteil würde, wie es Wang Baochuan zuteil geworden war. Achtzehn Jahre im Elend ausharren und dann am Ende den Geliebten wiederbekommen; wenn das nicht Glück war! Sie, Jingzhen, könnte zwanzig Jahre warten, oder dreißig oder vierzig! Bis zum letzten Atemzug würde sie warten! Aber ach, worauf konnte sie warten? Auf eine Ehrenpforte für keusche Witwen? Das wäre natürlich die höchste Auszeichnung. Jedoch an ein Keuschheitsdenkmal hatte sie nie gedacht, das war zu hoch, war zu ruhmvoll, lag noch außerhalb ihrer Reichweite. Mehr als an hohlem Ruhm lag ihr an praktischem Nutzen. Durch den Tod des Gatten war sie zu ihrem «Entschluß, allein zu leben» verurteilt; zu ihrem Witwenschicksal gab es weder eine Alternative, noch brauchte man darüber überhaupt ein Wort zu verlieren. Ihre Mutter und ihre Schwester hatten sie nie auch nur gefragt, wie ihr Leben weitergehen würde, denn das war ohnehin klar. Die Verwandten ihres Mannes interessierten sich erst recht nicht dafür, und als auch die Schwiegereltern gestorben waren, hatte die Familie sie vollends vergessen. Nach Shaohuas Tod hatte sie sich ja selbst vergessen! Alle Dorfbewohner hatten sie mit mitleidigen und achtungsvollen Blicken in ihrem Entschluß, allein zu leben, bestärkt – als ob sie dazu Mitleid, Achtung oder Ermunterung gebraucht hätte.

Nur einen Menschen gab es, der die Möglichkeit einer Wiederverheiratung in Erwägung gezogen und zur Sprache gebracht hatte. «Sie muß wieder heiraten!» Der das gesagt hatte, war Ni Wucheng gewesen, kurze Zeit nachdem sie mit der Mutter in Peking angekommen war. Natürlich hatte er das nur Jingyi gegenüber geäußert. Die Schwester hatte es ihr dann verlegen gesagt. Dabei bestand überhaupt kein Grund zur Verlegenheit, denn es war, als habe Jingzhen diese Worte gar nicht gehört. Sie nahm sie einfach nicht zur Kenntnis, beachtete sie gar nicht, zog sie überhaupt nicht in Erwägung – sie ließ sich in ihrer Unbeirrbarkeit keinen Moment erschüttern. Daß sie entschlossen war, allein zu bleiben, war genauso naturgegeben wie die Tatsache, daß sie eine Frau war, daß sie in der Familie Jiang geboren war und in die Familie Zhou eingeheiratet hatte, daß sie die Tochter der Frau Jiang geb. Zhao und die Schwester der Frau Ni geb. Jiang war, und daß ihr Vater und ihr Gatte fast zur gleichen Zeit gestorben waren. Bei all dem gab es nichts zu überlegen, da bedurfte es weder des Zuratens noch des Abratens, da konnte keine Rede von Akzeptieren oder Nichtakzeptieren, Wollen oder Nichtwollen sein. Das war eben Schicksal! Insgeheim tat sie sich durchaus etwas auf diese ihre Haltung zugute.

Bei den Worten, die die Schwester ihr überbracht hatte, war sie weder errötet noch in Wut geraten oder in Tränen ausgebrochen, hatte nicht einmal verachtungsvoll durch die Nase schnaubend aufgelacht wie sonst, wenn sie zornig war. Jedoch verabscheute und verachtete sie Ni Wucheng von da an noch mehr und betrachtete ihn als ein Monstrum, als einen Verrückten. Denn ein normaler Mensch hätte nie so etwas Sinnloses und Peinliches, ja Unmenschliches von sich gegeben.

Vor kurzem schon war Zhou Shaohua ihr im Traum erschienen. Er saß fröhlich lachend im Schneidersitz auf einem Kang-Aufleger, der einen Brokatbezug hatte. Vor Schreck wurde sie abwechselnd rot und blaß und wußte nicht, ob sie sich freuen oder fürchten sollte. «Shaohua!» rief sie heiser und hohl, als wäre ihre Kehle gespalten. «Shaohua, bist du nicht tot?» Klar und deutlich, Wort für

Wort artikulierte sie ihre Frage, wie sie sich auch klar und deutlich erinnerte, daß er ja wirklich tot war. Wieviel Verlassenheit, wieviel Kummer, wieviel Angst lagen in dieser Erinnerung, in dieser Frage. Nein, Schwester, ich bin nicht tot. Shaohuas Lippen bewegten sich, als sagte er diese Worte, doch waren sie unhörbar. Sein Gesicht war voll sanfter Güte und feierlicher Würde, einem Bodhisattwa gleich. Bist du wirklich nicht tot? wollte sie ihn noch einmal fragen, doch brachte auch sie keinen Ton hervor, weil sie vor Freude und Furcht am ganzen Leib zitterte – ich träume! Ja, ich träume! Ich träume, träume, träume!... Ach, es war nur ein Traum! Vergebens ihr Hadern mit den Mächten des Himmels, all ihre ungeweinten Tränen, es blieb ein Traum! Genügte es nicht, daß er tot war? Mußte sie auch noch solch grausame Träume erdulden? Doch just in diesem Augenblick lachte Shaohua, er streichelte ihr Gesicht, seine Hand berührte ihr Gesicht. Dies war kein Traum – Shaohua sagte ganz klar und deutlich: «Ich bin nicht tot.» Deutlich waren die Worte, aber auch ein wenig heiser. Also war Shaohua nicht tot. Also war sein Tod nur geträumt. Also war es kein Traum, daß er dort saß, lachte, ihr Antlitz streichelte!

Als sie erwachte, schmerzte ihr Gesicht von den beißenden Tränen, die sie im Schlaf vergossen hatte. Die waren wohl konzentrierter, salziger, bitterer als die bei anderen Menschen. Noch als die Tränen schon von selbst getrocknet waren, hätte sie nicht zu sagen gewußt, ob sie geträumt hatte oder nicht, denn dies alles war ja viel realer, viel bestimmter gewesen, als ihr Leben es war.

Wieder ein paar Züge aus der Pfeife, dann die minderwertige Zigarette, die sie halbgeraucht ausgedrückt hatte. Schließlich war das stinkende Kraut aufgeraucht. Ein Gedicht aus der Tang-Zeit kam ihr in den Sinn:

Vom Hahnenschrei mit Mühe entrissen
dem Traum von jemand, den lang ich entbehrt,
dam-da dam-da zum Pinsel gegriffen
in fliegender Hast da-dam-da da-dam...

Wie ging das bloß noch?

Da begann ihre analphabetische Mutter, aus dem ‹Großen Gedichtbuch› zu rezitieren:

Die weißen Wölkchen und lauen Lüfte,
die strahlende Sonne, fast im Zenit,
auch Weiden am Ufer, Blumendüfte –
den Fluß hinunter sie ziehn mit uns mit...

Und danach noch:

Ein Jahr geht zu Ende mit Böllern und Schwärmern,
vom nahenden Lenz spürst du einen Hauch.
Das Neujahr zu feiern und uns zu erwärmen,
genießen wir fröhlich den Branntwein auch...

Mal wechselte Jingzhen sich mit der Mutter ab, mal sprachen sie gemeinsam eine Zeile. Die Verse aus dem ‹Großen Gedichtbuch› kannten sie beide nur auswendig, weil man sie ihnen so oft vorgesprochen hatte, daher waren sie sich manchmal über den Wortlaut oder die richtige Aussprache nicht ganz sicher. Wenn auch der Inhalt mit ihrer jeweiligen Stimmung nichts zu tun haben mochte, so vermittelten ihnen doch diese Verse, dieser von zahlreichen Seufzern unterbrochene Singsang, in den sie so viel von ihren eigenen Gefühlen legten, eine gewisse Befriedigung allein schon durch das Kopfwiegen dabei, allein durch ihren altertümlichen Stil, den melodischen Tonfall, den Wohllaut der Reime und die wirkungsvollen Dehnungen. Selbst auf Ni Zao, der gerade am Einschlafen war, verfehlte der Zwiegesang von Großmutter und Tante seine Wirkung nicht.

Was habe ich für eine liebe Tante und Großmutter, dachte er. Und wie schön das ist, «die weißen Wölkchen und lauen Lüfte».

12

In der Nacht rollte von Nordwesten her leichter Donner über den Himmel, doch fand das einsame Grollen nirgendwo Widerhall, so daß es verlegen wieder verstummte. Danach einige Minuten Totenstille. Dann fiel langsam, sachte, plätschernder Regen. Ein paar Tropfen, vom Wind gegen das Fenster geweht, prasselten auf das Papier, ein uraltes, verlorenes Rascheln. Allmählich wurde der Regen dichter und erfüllte den Hof mit leisem Rauschen, in das der Wind sein melancholisches Klagen mischte. Regen wie dieser war am gefährlichsten für das Haus – noch eine Stunde, und es würde durchregnen. Ein Wolkenbruch war besser. Wenn der Regen richtig aufs Dach prasselte, lief das Wasser sofort über die Rinnen zwischen den gewölbten Dachziegeln gluckernd und rauschend ab. Dieser Regen jedoch, scheinbar so unaufdringlich und harmlos, würde in das Dach einsickern.

Für Jingzhen, die mitten in der Nacht aufgewacht war, hatten der feine Regen und der schwermütige Wind etwas Unheilverkündendes. Sie fürchtete, es könne durchregnen, fürchtete, das Haus werde einstürzen, doch war sie von einer so bleiernen Müdigkeit erfüllt, daß sie sich nur auf die andere Seite drehte, ein paarmal hustete, auf den Boden spuckte und wieder in unruhigen Schlaf fiel.

Frau Jiang, Jingyi und Ni Zao schliefen fest. Der eintönig rieselnde Regen hatte etwas Einschläferndes. Außerdem war der vergangene Tag für sie ausgefüllt und anstrengend gewesen.

In den beiden miteinander verbundenen Räumen des Westtrakts gab es nur einen Menschen, der sich schlaflos hin und her wälzte: Ni Ping. Zwar war sie nur ein Jahr älter als Ni Zao, aber sie wirkte viel erwachsener als er, viel verständiger. Lag es an dem Altersabstand oder daran, daß sie ein Mädchen war? Oder vielleicht daran, daß sie von klein auf mehr Geschichten von belohnten Wohltaten und bestraften Verbrechen, von der göttlichen Vergeltung im ewigen Kreislauf von Geburt und Wiedergeburt nicht nur angehört, sondern sich fest eingeprägt hatte? Sie war sich völlig über Ernst und Tragik des Zwists zwischen ihren Eltern im klaren und verstand nur zu gut, wie bedrohlich die Lage dieser Familie war, von der ihre eigene Existenz abhing. Von ihrer Familie schloß sie auf die ganze Gesellschaft. Sie ahnte, daß das gesamte Leben der Menschen aus Widersprüchen, Krisen und unvorhersehbaren Schicksalsfügungen bestand. Von klein auf war ihre Seele von Gedanken an bevorstehende Katastrophen und an die Strafe des Himmels, von Haß und Vergeltung verdüstert. «Fünf Donnerschläge mögen über ihn kommen!» Dieser Lieblingsfluch ihrer Großmutter erschien Ni Ping besonders eindringlich in seiner Symbolik. In ihrem kindlichen Gemüt verband sie damit die plastische Vorstellung von einem Übeltäter, der – bar jeder Ehrfurcht und jeden Gehorsams und sich im falschen Glanz seiner Missetaten sonnend – plötzlich von Donnerschlägen aus allen vier Himmelsrichtungen, dazu noch von oben, getroffen wird und sich alsbald in schrecklichen Qualen windet und schließlich elendiglich zugrunde geht. Sie hörte geradezu das furchteinflößende Grollen des Donners und sah im blau flackernden Zucken der Blitze das angstverzerrte Gesicht des Schurken deutlich vor sich.

Wenn für Ni Zao seine Tante Jingzhen Hauslehrerin und «Freundin» seiner Kinderjahre war, so war dies für Ni Ping die Großmutter. Das Wort «Großmutter» verband sich für sie von klein auf mit Geborgenheit und Verläßlichkeit. Die Großmutter ging mit ihr zu den Tempelmärkten am Weißturmtempel und am Tempel der Verteidigung des Vaterlandes. Die lauten Rufe der Marktschreier, die Rattengift oder Stoffreste, Mappen aus schwarzem Samt und rote Velourblüten oder Stickmuster anpriesen, hörten sich wie ein Gesangswettbewerb an. Gemeinsam lauschten sie Ausschnitten aus Opern, die von einem Jahrmarktsänger mit dem Künstlernamen ‹Großer Dämon› dargeboten wurden, und bewunderten die Tricks eines Purzelbaum schlagenden, Kopfstand machenden Kraftpillenverkäufers. Das erinnerte die Großmutter an die Kämpfer der Yihetuan, der «Abteilungen für Gerechtigkeit und Harmonie», die sie in ihrer Kindheit erlebt hatte und deren Loblied sie nun der Enkelin sang. Einmal hatte sich einer eine Lanzenspitze auf den Bauch aufsetzen lassen, dann die Bauchdecke gespannt und – zack! – den harten Stahl der Lanzenspitze verbogen, ohne daß auch nur die Spur eines Abdrucks auf seinem Bauch zu sehen gewesen wäre. «Das war ein Kerl!» sagte die Großmutter in ihrem heimatlich-vertrauten Dialekt. Bei solchen Geschichten war Ni Ping die wichtigste, mitunter sogar die einzige Zuhörerin.

Gern erzählte die Großmutter auch aus ihrer Kinderzeit, wie man ihr die Füße eingebunden und die Ohrläppchen durchbohrt hatte, und wie man sie als Braut frisiert, von störenden Härchen im Gesicht und am Hals befreit und schließlich in einer Sänfte dem Bräutigam zugeführt hatte. Ni Ping, und nur Ni Ping, lauschte ihr andächtig und fand das alles hochinteressant – so war eben das Leben, da konnte man nichts machen. Alles Mögliche gab es im Leben, alles konnte mit einem geschehen, ebenso wie mit einem wiederum auch gar nichts geschehen konnte, überhaupt nichts Neues. Alles ging vorüber, und was kam, das kam eben.

Auf dem Tempelmarkt hatte die Großmutter ihrer Enkelin nach Osmanthusblüten schmeckenden oder mit Rinderknochenmark bereiteten Mehlbrei, schwarzgetrocknete Dörraprikosen und braungelbe, seltsam geformte Stückchen Jujuben-Paste spendiert, für die Ni Ping ihrer prikkelnd säuerlichen Süße wegen eine besondere Vorliebe hatte. Auch eine Kette aus buntseidenen Kugeln und Würfeln, wie man sie Kindern am Drachenbootfest umhängt, und einen Kopfputz hatte die Großmutter schon gekauft. Am unvergeßlichsten aber war Ni Ping, wie sie ihr an einem Stand hinterm Weißturmtempel eine Warze hatte wegmachen lassen. Warzen beeinträchtigen nicht nur das Aussehen, sondern bringen womöglich Unglück; Warzen haben nämlich Einfluß auf das Schicksal eines Menschen, deshalb spricht man ja auch von «Tränenwarzen» (schweres Schicksal), «Speisewarzen» (Gaumenfreuden), «Geldwarzen» (Reichtum) und so weiter und so fort. Das ein wenig kantige Oval von Ni Pings Gesicht zierte oberhalb der rechten Braue eine Warze, von der die Großmutter behauptete, sie bringe Unglück und müsse weggemacht werden. Also war das Mädchen mit der Großmutter zum Warzenheiler gegangen. Der hatte mit einem Zahnstocher aus einem Fläschchen ein bißchen weißes Pulver geholt und auf ihre Warze getupft. Nach drei Sekunden hatte sie ein starkes Brennen oberhalb ihrer rechten Braue verspürt. Es tat so weh, daß sie die

Zähne zusammenbiß und vor Schmerz wie ein Fohlen ausschlug. Der Schweiß brach ihr aus, und nur weil sie ihrer Großmutter keine Schande machen wollte, hatte sie nicht laut geweint. Drei Tage später war die Warze weg, hatte jedoch eine Vertiefung wie eine kleine Pockennarbe hinterlassen. Als ein Monat vergangen war, hatte sich unterhalb ihrer Nase eine neue Warze gebildet. Die wuchs und wuchs, bis sie schließlich viel größer war als die alte Warze oberhalb der rechten Augenbraue. Aber nun weigerte sich Ni Ping, noch einmal den Warzenheiler aufzusuchen. Daraufhin befand die Großmutter, die neue Warze sei glückverheißend und bedeute, daß ihre Besitzerin ihr Leben lang mit gutem Essen rechnen könne. Doch Ni Ping glaubte das nicht so recht und ärgerte sich mehr über ihre neue Warze, als daß sie sich über das verheißene Glück freute. Sie war auch überzeugt, die verflixte Warzenbehandlung habe lediglich eine Verlagerung und dazu eine Vergrößerung ihrer alten Warze bewirkt. Was der Himmel einem gegeben hatte, fand sie, damit mußte man sich abfinden, daran durfte man nicht herumdoktern, ob es eine Warze war oder eine Nase. Aber diese Erkenntnis teilte sie nur ihrem Brüderchen mit, nicht den Erwachsenen.

Die Großmutter erzählte den Kindern oft Geschichten. Ni Ping hörte am liebsten ‹Ein Peitschenschlag führt zur Entdeckung der Schilfwolle› und ‹Die sprechende schwarze Schüssel›, während Ni Zao Geschichten anderer Art bevorzugte: ‹Sima Guang zerschlägt den Wasserbottich›, ‹Kong Rong verschenkt Birnen› und ‹Wie Cao Chong den Elefanten wog›. Auch von Cao Zhi, wie Cao Chong ein Sohn des berühmten Kanzlers Cao Cao aus der Zeit der Drei Reiche, wußte Frau Jiang höchst eindrucksvoll und anschaulich zu erzählen: In der Zeit, die man für sieben Schritte braucht, habe der ein Gedicht über den Streit mit seinem Bruder Cao Pi gemacht, dem er in Kampf und Schmerz verbunden war «wie Bohne und Stengel einer Pflanze, derselben Wurzel entsprossen». So etwas fanden beide Kinder interessant, und als die Geschichte zu Ende war, stellten sie gleich die Verbindung zum realen Leben her: Wenn sie einmal erwachsen wären, erklärten sie, würden sie sich ebenso gut vertragen und liebhaben wie sie es als Kinder täten; so ein Geschwisterstreit käme für sie nicht in Frage. Einmal hatte Frau Jiang ihre Enkelin zu einer Bangzi-Aufführung mitgenommen. Man gab die Oper ‹Ein Peitschenschlag führt zur Entdeckung der Schilfwolle›. Ni Ping hatte während der Vorstellung bitterlich geweint, weil alle ihr so leid taten; der von der Stiefmutter gequälte Sohn ebenso wie dessen macht- und hilfloser alter Vater und sogar die durch das herzzerreißende Flehen des Stiefsohns zu bitterer Reue bewegte Stiefmutter. In Wirklichkeit waren das ja alles gute Menschen. Warum nur dieser schlimme Zwist, diese Ungerechtigkeit, dieses Leid? Ni Ping hatte Rotz und Wasser geheult.

So war Ni Ping voller Mitgefühl für jeden, voller Anteilnahme, stets besorgt und beunruhigt. Oft fragte sie ihre geliebte Großmutter: «Großmutter, wie lange wirst du noch leben? Wann mußt du denn sterben?» Es war schon vorgekommen, daß sie die Großmutter wachgerüttelt hatte, wenn diese gerade eingenickt war: «Großmutter, du hast plötzlich nichts mehr gesagt, und dein Mund stand offen, und ein bißchen Spucke ist rausgelaufen, da hab ich so einen Schreck gekriegt, ich dachte schon, du bist gestorben.»

Das war am Ende selbst der Großmutter zuviel gewesen. «Dummes Gör, was erzählst du denn da! Du willst mir wohl Unglück an den Hals reden? Was hab ich dir denn getan, daß du meinen frühen Tod herbeireden mußt? Paß nur auf, sonst stirbst du womöglich selbst!»

Ni Ping hörte es mit schreckgeweiteten Augen. Von ganzem Herzen wünschte sie ihrer Großmutter ein langes Leben; eben deshalb stand das Bild von der toten Großmutter so oft vor ihrem inneren Auge.

Die Tante machte Ni Ping ebenfalls Sorgen. Tante Jingzhens Benehmen bei der Morgentoilette, ihre gewalttätige Miene, wenn sie getrunken hatte, die Art, wie sie rauchte und spuckte – all das bereitete ihr Kummer. «Wenn die Tante nun verrückt ist? Dann muß sie ins Irrenhaus und wird mit Ketten ans Bett gefesselt. Sie rollt immer so schrecklich die Augen, daß man Angst kriegt, die Augäpfel fallen ihr heraus. Der Schnaps, den sie trinkt, der zerfrißt ihre Eingeweide, und mit ihrem Tabak hat sie sich schon die Lunge schwarz geräuchert.» So hatte Ni Ping zu ihrem Bruder gesprochen, ohne daß sie selbst zu sagen gewußt hätte, woher all diese Weisheiten stammten.

Einmal, es mochte vor einem halben Jahr gewesen sein, hatte Jingzhen sich ein Kännchen Schnaps gekauft, einen Schnapsbecher verkehrt herum auf den Tisch gestellt und in den Bodenring des Becherchens ein wenig Schnaps gegossen, den sie dann mit einem Streichholz angezündet hatte. An diesem blauen Flämmchen pflegte sie die Kanne anzuwärmen, denn sie trank ihren Schnaps nicht gern kalt. Plötzlich hatte Ni Ping das Kännchen ergriffen und dessen Inhalt auf den Fußboden geschüttet. «Tante, du darfst nicht mehr trinken!» schluchzte sie. Blitzschnell entriß Jingzhen der Nichte das Kännchen und schubste sie zornig weg, so daß das Kind hinfiel. Jingzhen war so wütend, daß sie das weinende Mädchen hemmungslos beschimpfte: «Du kleine Schlampe, du! Was mischst du dich in meine Angelegenheiten? Wie kommst du eigentlich dazu, mir Vorhaltungen zu machen, du miesepetriger Unglücksrabe?...» Kaum hatte Jingyi bemerkt, daß ihre Tochter am Kragen genommen wurde, stürzte sie sich mit Schimpfworten auf ihre Schwester, schalt jedoch sofort Ni Ping aus, als sie den Sachverhalt erfuhr. Merkwürdig! Ni Pings teilnahmsvolle Fürsorglichkeit war doch so gut gemeint – warum nur wurde sie ihr stets so übel belohnt?

Bemerkenswert war auch ihre Besorgtheit um den kleinen Bruder. Kam Ni Zao mit einer guten Zensur oder mit einem schriftlichen Lob nach Hause, war das für sie jedesmal ein Grund zur Beunruhigung. «Ja, du bist fein raus, aber was ist mit denen, die eine schlechte Zensur haben? Die haben jetzt eine Wut auf dich. Die lassen sich das doch nicht gefallen, wenn ein Knirps wie du als Bester abschneidet! Paß bloß auf, daß die dir nicht auf dem Heimweg auflauern! Und überhaupt das ewige Büffeln. Du solltest nicht so viel lernen. Immer nur gute Zensuren, das ist gar nicht gesund, da wird das Gehirn überlastet und trocknet ein. Wie kommt es eigentlich, daß du jedesmal so gute Arbeiten schreibst? Der Lehrer mag dich wohl, was? Denk doch mal, was die Klassenkameraden und ihre Eltern dazu sagen werden! Na, und dann – was hast du davon, wenn du jetzt lauter gute Zensuren kriegst? Wer von den Gendarmen abgeholt wird, wer auf dem Richtplatz erschossen wird – das sind alles Leute, die gut in der Schule waren!»

Welch unerschöpfliche, alle Eventualitäten bedenkende Fürsorglichkeit. Und wie unerträglich für ein naives Kind wie Ni Zao dies Gerede, «da trocknet das Gehirn ein», «da wird man erschossen». Als geradezu ungeheuerliche Beleidigung empfand er die Unterstellung, der Lehrer bevorzuge ihn. Er setzte sich zur Wehr: «Du bist garstig! Richtig garstig bist du! Wieso meckerst du über meine guten Zensuren? Ich bin eben gut in der Schule! Immer werde ich gut sein, immer! Nun erst recht!» Bei solchen Streitigkeiten zwischen den Geschwistern ergriff Jingyi stets Partei für ihren Sohn, so daß die gescholtene Tochter sich zutiefst verletzt und verkannt fühlte.

Außerdem befürchtete Ni Ping, der Vater würde die Mama totschlagen oder sie verlassen, wobei sie nicht wußte, was schlimmer wäre. Wenn die Eltern weiter in Feindschaft miteinander lebten, würde der Papa gewiß eines Tages die Mama mit der Faust vor die Brust schlagen, dann würde die Mama mit dem Gesicht nach oben daliegen, und aus dem zertrümmerten Schädel würde das Hirn auslaufen. Die Mama würde sich in ihrem Blute wälzen, und dann würde sie sterben. Ni Ping nahm die Bilder und Beschreibungen von Blut und Tod, die sie bei den wilden Schimpftiraden der Erwachsenen aufgeschnappt hatte, für bare Münze.

Natürlich gab es für sie nicht nur Kummer und Sorgen. Mehr und mehr schuf sie sich eine eigene kleine Welt mit eigenen kleinen Freuden. Daß sie an jenem Nachmittag so spät nach Hause gekommen war, hatte nichts mit Ordnungsdienst in der Schule zu tun gehabt. Vielmehr war sie mit ihren fünf Schulfreundinnen zum Berg der Schönen Aussicht gezogen, wo sie als Wahlschwestern einander ewige Freundschaft gelobt hatten. Ihrem Geburtsdatum entsprechend war Ni Ping «Vierte jüngere Schwester» für drei und «Vierte ältere Schwester» für zwei ihrer Freundinnen.

«Wir wollen immer zusammenhalten und einander ewig treu bleiben!» hatten sich die Mädchen geschworen. «Sind wir schon nicht im selben Jahr, im selben Monat, am selben Tag geboren, so laßt uns doch geloben, am selben Tag, im selben Monat, im selben Jahr gemeinsam zu sterben», hatte Ni Ping noch hinzugefügt, was ihr erstaunte Blicke von ihren Freundinnen eingetragen hatte, denn dies war Männersprache, handelte es sich doch um den berühmten Schwur im Pfirsichgarten, den Liu Bei, Guan Yu und Zhang Fei, die Helden aus dem Buch ‹Die drei Reiche›, abgelegt hatten. Nach ihrem Schwur hatten die Mädchen Geschenke ausgetauscht. Sie selbst hatte die Pfirsichkerne verschenkt, mit denen sie beim Wurfmikado am liebsten spielte, während ihre neuen Schwestern ihr Lesezeichen, bunte Zigarettenbildchen von Pekingopernmasken, Blasenkirschen und sogar ein Foto ihres Lieblingsfilmstars Chen Yanyan geschenkt hatten. Das Bild war zwar nur daumengroß und das Gesicht der Dame kaum noch zu erkennen, aber Ni Ping hatte sich dennoch von Herzen darüber gefreut. Allerliebst fand sie die Warze, die Chen Yanyan auf der Wange hatte. Die Großmutter hatte gesagt, dies sei eine Tränenwarze, ein Symbol für Weinen und schweres Schicksal. Seit sie wußte, daß selbst ein so berühmter Filmstar ein schweres Schicksal hatte, verehrte und bewunderte sie Chen Yanyan noch mehr und betete, der Himmel möge sie vor Schicksalsschlägen bewahren.

Auch das Beten hatte Ni Ping von der Großmutter gelernt. Bisweilen kniete diese ohne jede Veranlassung nieder, machte mehrere Kotaus in Richtung Norden und murmelte etwas vor sich hin. Ni Ping fragte sie, was sie da tue, und sie antwortete, sie bitte den Himmel, Buddha und die Bodhisattwas, sie zu beschützen. «Man muß es aber ernst meinen», sagte die Großmutter im Brustton der Überzeugung, «wenn du es ganz stark willst, kannst du selbst Steine erweichen. Man kann auch zum Himmel, zum Buddha, zum Türgott und zum Gott des Reichtums beten, ohne niederzuknien. Hauptsache, man meint es ernst.»

Ni Ping hatte bei der Verschwisterungszeremonie ein inständiges Gebet für Chen Yanyan und für ihre innig geliebten neuen Schwestern gesprochen. «Mach, daß die Schwestern bessere, noch bessere Zensuren kriegen! Mach, daß die schwindsüchtige Mutter der Zweiten älteren Schwester bald wieder gesund wird! Mach, daß die Dritte ältere Schwester ein bißchen dicker wird.» «Äffchen» wurde dieses Mädchen von den Jungen in ihrer Klasse genannt, und das war wirklich gemein! Obwohl sie – der Himmel erbarme sich – selbst Ni Ping wie ein Äffchen vorkam, so mager war sie. Warum mußte ihr Familienname ausgerechnet Zhu sein? Das heißt zwar «Zinnober», klingt aber genauso wie das Wort für «Schwein». Da wäre Hou, was wie das Wort für «Affe» ausgesprochen wird, schon passender gewesen. Sie betete auch, daß die Fünfte jüngere Schwester ihren lila Radiergummi wiederfinden möge.

«Und worum bete ich für mich selbst?» Sie wollte niederknien und Kotaus nach Norden machen, daß es an der Stirn wehtat, sie wollte weinend und klagend um Eintracht und Frieden unter all ihren Lieben, um einen Sinneswandel bei ihrem Papa und um etwas mehr Verständnis für ihn bei ihrer Mama beten. «Großer Buddha, Herr des Himmels, bitte zeigt doch eure Macht. Heißt es nicht, man muß es nur ganz ernst meinen? Ich meine es doch ganz ernst! Zeigt mir nur einmal eure wundertätige Kraft! Macht, daß meine Verwandten zu Hause sich vertragen, dann will ich auch meine Leben lang gute Werke tun, fleischlos leben oder mir das Haar abschneiden und Nonne werden. Ach, ihr werdet mir doch so eine kleine Bitte nicht abschlagen!»

Vom Park aus waren die Mädchen nach Hause gegangen. Nach der Verschwisterung und ihren Gebeten fühlte sich Ni Ping innerlich bedeutend gestärkt.

Den Schlager von der «herrlichen Zeit der Gemeinsamkeit», den sie von der Zweiten älteren Schwester gelernt hatte, vor sich hin summend, war Ni Ping zu Hause angekommen, gerade rechtzeitig, um die Heimkehr des Vaters mitzuerleben und Zeugin jener haarsträubenden Szene zu werden, bei der die Tante ihm ihre heiße Suppe ins Gesicht schüttete. Sie sah, wie er reagierte: wütend und zugleich feige wie ein wildes Tier. Sie sah, wie die Tante sich in den Kampf stürzte: außer sich vor Erregung, voller Haß und ohnmächtigem Zorn. Und sie sah, wie ihre alte Großmutter es den Jüngeren gleichtat: einig im wilden Verlangen, den verhaßten Feind zu vernichten. Ni Ping war starr vor Schrecken, wie gelähmt vor Entsetzen, und ihr Herz hämmerte zum Zerspringen. Sie zitterte am ganzen Leib, sie klapperte mit den Zähnen, kalter Schweiß brach ihr aus. So stark also und so heiß brannte das Feuer des Hasses, so leicht entflammte es die Menschen! So rücksichtslos, blindwütig, ja mörderisch gingen sie also aufeinander los! Furchtbar war das, wirklich entsetzenerregend. Nichts von Eintracht, nichts von der «herrlichen Zeit der Gemeinsamkeit»! Nichts von frommen Wünschen und Gebeten! So also waren die Menschen! Und der Himmel? Buddha? Die Bodhisattwas? Die Seelen der Ahnen und der Kaiser im Himmel? Es kümmerte sie nicht. Könnte es sein, daß auch sie selbst und ihre Wahlschwestern und ihr liebes Brüderchen einmal so würden? Nein! Ach nein!

Es war eine schwere seelische Erschütterung für dieses neunjährige Mädchen, ein gewaltiger Schmerz, ein großes Erwachen. Von ihrer Überzeugung her stand sie völlig auf der Seite von Mutter, Großmutter und Tante und nahm dem Vater gegenüber eine absolut kritische Haltung ein. Zugleich aber lag er ihr doch stets am Herzen, und sie machte sich Sorgen um ihn, denn sie ahnte, er war auf einer schlimmen Bahn, die womöglich zu seinem eigenen Ende und zum Untergang der ganzen Familie führen würde. Sie fühlte undeutlich, der Entschluß ihrer Tante, allein zu bleiben, war etwas Gutes, etwas überaus Positives, das verschwenderische Leben ihres Vaters dagegen etwas Böses, etwas über alle Maßen Ruchloses. Sobald sie aber den Vater ansah, war ihr intuitiv bewußt, daß er zu bedauern war. Wie einsam war er doch in seinem eigenen Zuhause, niemand wollte ihn anhören, niemand wollte mit ihm reden. Die drei Frauen und die beiden Kinder waren eine verschworene Gemeinschaft von Menschen, die einander liebhatten, der Papa dagegen, der dumme Papa, lang und schlaksig in seinen unsäglichen westlichen Kleidern – wie konnte er einem leid tun.

Er war nicht oft zu Hause, aber wenn, dann wollte er

sich immer mit den Kindern unterhalten, kaufte ihnen Spielzeug oder etwas zu essen – alles Mögliche brachte er ihnen mit, und doch gingen sie und Ni Zao ihm oftmals bewußt oder unbewußt aus dem Weg. Sie wußten ja, die Mama war gut, der Papa schlecht. Auch was der Papa sagte, hörte sich nicht schön an. Wenn er ihr geduldig und unverdrossen, aber höchst eindringlich predigte, wie wichtig es sei, gerade zu gehen und die Schultern durchzudrücken, empfand Ni Ping nicht weniger Antipathie als ihre Mutter. Wie sollte denn das aussehen, ein Mädchen und reckt beim Laufen die Brust heraus! Kein Wunder, daß Mama und Großmutter sagen, Papa sei kein guter Mensch. Auch die Sachen, die sie und Ni Zao von ihm geschenkt bekamen, waren zum größten Teil nicht das, was sie brauchten. Sie wußte, was sie wirklich brauchten war Geld, war Kleidung, waren Weizenmehl und Maismehl und nicht dieses Spielzeug, das nur etwas zum Anschauen war und sie weder satt machen konnte noch sonstwie zu gebrauchen war. Andererseits brachten die Spielsachen, den Hauch einer illusorischen, für sie unerreichbaren, irgendwie lockenden und völlig fremden Welt ins Haus. Vor zwei Jahren, als sie ihren siebenten Geburtstag feierte, hatte der Papa ihr ein Luxusspielzeug von der Firma Commercial Press geschenkt, einen Satz von acht Holzfiguren, die schönste davon Schneewittchen, die anderen sieben drollige Zwerge mit knubbligen oder spitzen, weißen oder roten Nasen und weißen oder schwarzen Strubbelbärten.

Schneewittchen war prächtig anzusehen. Ni Ping stellte sich oft vor, Schneewittchen und ihre sieben Begleiter würden zum Leben erwachen, sobald sie selbst eingeschlafen sei. Schneewittchen in ihrem Kleid könnte bestimmt tanzen und viele Sprachen sprechen. Manchmal stellte sie sich vor, auch sie – Ni Ping – würde sich zu Schneewittchen und ihren sieben Gefolgsleuten gesellen. Schneewittchen würde sie freundlich aufnehmen und zu den sieben Zwergen sagen: Dieses kleine chinesische Mädchen kann einem wirklich leid tun. Ihr Papa und ihre Mama streiten sich immerfort, und sie selbst ist auch nicht hübsch, kriegt immerzu Warzen im Gesicht, und schöne Kleider hat sie auch nicht an, und an ihrer Schule ist ein japanischer Instrukteur in einem gelben Tuchanzug, vor dem sie Angst hat. Aber, würde Schneewittchen sagen, sie hat ein gutes Herz, sie möchte, daß alle Menschen gut zueinander sind, daß alle glücklich sind, daß alle vergnügt und froh sind. Ob Schneewittchen das sagen würde? Sie würde vor Glück ganz atemlos sein.

Ja, und dann – dann würden Schneewittchen und die Zwerge sie willkommen heißen und sie in ihre Holzhütte im Wald einladen und ihr rotbackige Äpfel vorsetzen, die ganz bestimmt nicht vergiftet sein würden. Ein glitzerndes neues Kleid würden sie ihr schenken, und Schneewittchen würde ihr mit ihrem duftenden Zauberatem, der einem bis ins Innerste drang, ins Gesicht pusten, und dann würde sie zwar immer noch Ni Ping sein, aber eine hübsche und vornehme Ni Ping. Sie wußte, daß auch sie das Zeug zu einer feinen Dame hatte.

Dem Papa verdankte sie all diese Phantasien, doch er war es auch, der sie ihr sämtlich zerstörte. An ihm war nichts von der edlen Reinheit Schneewittchens, auch nichts von der schlichten Güte der Zwerge, dafür aber eine ganz sonderbare Verstocktheit. Schneewittchen war nicht zum Leben erwacht, sondern sehr schnell geplatzt und aus dem Leim gegangen, ein trauriger Anblick. Sie war wohl noch verletzlicher als die Menschen, hatte Ni Ping gedacht. Aber eine Seele würde sie doch auch haben? Wahrscheinlich weilte sie wieder in ihrem schönen grünen Wald, denn in China, im japanisch besetzten Peking, in ihrem so wenig friedvollen Heim würde sie kaum bleiben wollen.

Nachdem Schneewittchen fortgegangen war, sah Ni Ping ihren Vater mit etwas anderen Augen. Sie wußte nicht, was ihn auf den Pfad des Bösen geführt hatte, aber sie brauchte ihn. Sie konnte doch nicht ohne ihren Papa auskommen, ebenso wie es ohne die Mama, die Großmutter, die Tante, den Bruder nicht ging.

Nach jenem Auftritt am Spätnachmittag konnte sich Ni Ping gar nicht wieder beruhigen. Die Mama war damit beschäftigt, Ni Zao seine Sohnespflicht vor Augen zu führen. Der Bruder hatte nichts anders im Sinn, als schnell seine

Schulaufgaben zu erledigen und dann ins Bett zu gehen. Die Tante hing ihren Gedanken nach und redete mit sich selbst. Die Großmutter erwog mit der Tante alle möglichen Zukunftspläne. Und der Papa? Der Mitteltrakt mit der eingetretenen Tür lag traurig und verlassen da. Vor dem Schlafengehen war das Hoftor geschlossen und mit Riegel und Balken gesichert worde. Wie kommt der Papa überhaupt herein, wenn er heimkehrt? Und wenn er gar nicht zurückkommt? Wo wird er dann hingehen? Wenn nun nachts Diebe über die Mauer klettern und aus dem offenstehenden Mitteltrakt Papas Sachen stehlen?

Sie wußte nicht, mit wem sie diese Fragen erörtern sollte. Ihr war nur klar, daß dieser Abend nicht der richtige Zeitpunkt dafür war und sie höchstens verdächtigt würde, dem Feind in die Hände zu arbeiten. Ein falscher Zungenschlag, und die Erwachsenen gerieten in Wut und fingen an zu schimpfen.

Doch sie war traurig, erst recht, nachdem alle zu Bett gegangen waren. Über dem Geräusch des Regens hörte sie die Mama schnarchen wie ein Mensch nach einem langen Arbeitstag schnarcht. Die Geräusche, die die schlafende Tante von sich gab, klangen eher wie ein Stöhnen. Von Zeit zu Zeit knirschte sie auch mit den Zähnen oder fing plötzlich an, unverständlich im Schlaf zu reden. Die schlafende Großmutter machte beim Atmen ein Geräusch, als puste sie in eine Pfeife, die Nebenluft hat. Nur der Bruder atmete gleichmäßig und leicht. Anscheinend war er nicht bereit, Streit und Ärger dieses Lebens an sich heranzulassen.

Ni Ping konnte nicht einschlafen. Immer wenn sie eindämmerte, hörte sie dicht an ihrem Ohr eine Stimme, ganz nahe, aber ganz leise, wie ein Gespenst, das sich eng an einen anschmiegt. Das war doch Papas Stimme! Ni Ping fuhr hoch. Kein Laut. Wieder nickte sie ein. Da hörte sie im Hof Schritte! War das Papa oder ein Einbrecher? Im Dunkeln sah sie vor sich das törichte, unverbesserliche, unbegreifliche Lächeln des Vaters. Er redete auf sie ein und gestikulierte, als halte er eine Rede. Sie sah die Gesten und die Mundbewegungen, vernahm aber keinen Laut. Er öffnete die knarrende Tür. Aber da war doch gar keine Tür!

Peng! Sie schrak auf und saß in ihrem Bett, lauschend. Nein, das bildete sie sich nicht ein – da war eindeutig ein Mensch in den Hof gesprungen! «Mama, Mama!» rief sie und versuchte, die Mutter wachzurütteln. Aber weder Rufen noch Rütteln vermochten sie zu wecken. Es blieb ihr nichts anderes übrig, als sich wieder hinzulegen und vor lauter Angst den Kopf unter der Decke zu verstecken.

Wieder das Plätschern des alles durchdringenden Regens. Tap, tap, tap-tap – vom Dachvorsprung auf die Steinstufen fallende Tropfen. Tup, tup, tup – auf Blätter fallende Regentropfen. Gluck, gluck, gluck – Regenrinnsale auf dem Boden. Alles so trostlos, so unabwendbar, so traurig.

Unter der Bettdecke war es heiß und stickig. Der Gestank des Knasters, den die Tante geraucht hatte, lag noch in der Luft. Ni Ping war ganz benommen, alles drehte sich, die Gedanken begannen zu verschwimmen.

Da hörte sie plötzlich ein qualvolles Stöhnen. Es klang wie der erstickte Todesschrei eines wilden Tieres. Schlagartig wußte sie, der Papa war tot!

Es war wie eine Botschaft von oben. In fliegender Hast, ohne sich auch nur anzuziehen oder die anderen zu wecken, sprang Ni Ping aus dem Bett, fuhr in die Schuhe, lief taumelnd zur Tür hinaus und rannte durch die Pfützen zum türlosen Mitteltrakt. Am ganzen Körper vor Nässe triefend, auch die Schuhe völlig durchgeweicht, zitternd vor Kälte und Entsetzen, sah sie dort in einem plötzlich aufflammenden Lichtschein, der weder von Blitz noch von Lampe, Sonne oder Sternen zu kommen schien, auf dem Boden ausgestreckt ihren Vater, Schaum vor dem Mund, Gesicht und Hände blutüberströmt.

Mit einem entsetzten Aufschrei machte sie kehrt, fiel die Stufen zum Hof hinunter und war nun vollends verschmutzt und durchnäßt. Verzweifelt schluchzend erreichte sie das Westzimmer, wo sie Jingyi und die anderen mit ihrem durchdringenden Wehgeschrei aus dem Schlaf riß.

«Papa – ist tot!» brachte sie gerade noch hervor. Dann brach sie bewußtlos zusammen.

13

Wieso bin ich hierher gekommen?

Wieso nur hatte ich dies alles vergessen?

Hier ist mein schönes, helles Zimmer. Das einfallende Sonnenlicht scheint auf die schäbigen alten Möbel und die Luft ist erfüllt vom malzig-hefigen Duft gebackener Bataten. Dies ist meine Kindheit, dies ist mein Geruch. Dies ist mein Schicksal, ist meine Seele, bin ich selbst! Dies sind die heimatlichen Bataten, im Winter eingekellert und zum «Schwitzen» gebracht, damit sie honigsüß schmecken. Wie konnte ich nur vergessen, in dieses Zimmer zu treten und Bataten zu essen? Wie viele Jahre haben sie auf mich gewartet, wie viele Monate, wie viele Tage. Und sind sogar noch heiß! Und duften!

Da ist ja auch mein Bett, mein Kang, meine bäuerlichharte Nackenrolle, an den Schmalseiten eckig und in der Mitte rund. Welch Gegensatz zu den großen, weichen Daunenkissen, die man in Europa hat. Dieses Kissen hier, strohgestopft, ist aus rotem und schwarzem Baumwollstoff und mit Magnolien, einem Mandarinentenpärchen, Blüten des Schneeflockenstrauchs und Schneekranichen bestickt. Todmüde bin ich, weh und wund – längst hätte ich in diesem Bett, auf diesem Kang erquickenden Schlaf suchen sollen! Mein eigener Schlafplatz, mein eigenes Bettzeug, meine eigene Zufluchtstätte, sie warten doch auf mich. Wie konnte ich sie vergessen, wie konnte ich so lange fernbleiben?

Ni Wucheng, komm zurück! Komm zurück! Komm zurück! summt es, als vibriere das Rohrblatt eines Musikinstruments oder ein Stück dunklen Winkelstahls oder straffgespannte Atlasseide.

Und lachend antwortet Ni Wucheng: Ich bin ja da! Ich bin ja da – Mama!

Mama – hallt es ringsumher.

Die Möbel und das Bett aber verblassen mehr und mehr. Es erscheint eine kunstvolle, hölzerne Wendeltreppe, auf die farbige Lampen ihr Muster aus Licht und Schatten werfen; dann und wann wirbeln bizarre Schatten vor ihm durch die Luft und verflüchtigen sich wieder; schließlich noch ein zartgrüner Papagei: eine nicht enden wollende Folge wohlklingender englischer, französischer, deutscher Laute.

Lachen wie Silberglöckchen. Das ist ja Europa! Paradiesisches Europa! Musik, Kirchen, Skulpturen, Fontänen, Triumphbögen, Violinen, Gitarren, o.k., my darling!

Foxtrott und Kaffee. Wehendes Blondhaar und hochgereckte Brüste. Rote Fingernägel und himmlisches Lächeln. Grazie und Anmut. Welch vornehme Roben, welch prachtvolle Schenkel. Ihr herrlichen Schönen an des Meeres Gestaden! Abermals Treppen. Wieso schaffe ich es nicht einmal, die Treppen hinaufzugehen? Heb die Füße, los! Da sind Gipsfiguren und Bronzefiguren, Ritter und Edelfräulein, gotische Bauwerke und hochgetürmter Granit, Rasenflächen und Springbrunnen und halbnackte Männer und Frauen beim Sonnenbad. Trotz aller Mühe bewegen sich die Füße nicht von der Stelle. Wenn man nur fliegen könnte. Ein Teller Bataten. Am Strand, von einem Segelboot aus, winkt ihm eine Dirne zu, Baskenmütze auf dem Kopf, Zigarette im Mundwinkel. Wie gern würde er sich ihr in die Arme werfen! Die Treppe ist mit lauter Kissen ausgelegt, üppigen, weichen, weißen Daunenkissen, wie Meereswogen, die einen sanft wiegen und schaukeln. Wie Wolken. Er drückt ein Kissen an die Brust, noch eins – eine Wolke umarmt er, und noch eine.

Was ist das eigentlich für ein Ort, an den er gelangt ist? Dies ist doch sein Zuhause, wie konnte er das nur vergessen? Sein eigenes Domizil. Nur ein leerer Raum ist noch da. Nachdem er fortging, ist nur dieses eine leere Zimmer geblieben, in dem kein Laut zu hören ist. Nur ihm allein gehört es, und doch hat er es ganz und gar vergessen. Aber wieso fällt es ihm jetzt wieder ein? Wie vereinsamt, wie vernachlässigt das Zimmer sich vorgekommen sein muß, als er nicht da war! Er ist beunruhigt, der Gedanke läßt ihm keine Ruhe. Wie furchtbar, ein Mensch vergißt das Zimmer, in dem er gelebt hat, so daß das Zimmer den Menschen, der

Mensch das Zimmer verliert! Weinen. Papa, Papa! Hilf mir, die Kissen fortzuräumen! Diese Gelegenheit darf man nicht verstreichen lassen – mein Zimmer, mein Schlafplatz, Ort meiner Herkunft und meiner Wiederkehr. Papa!

Papa, Papa! Endlich hatten die Kinder mit ihrem leisen Rufen voll unterdrückter Angst und Sorge Ni Wuchengs Seele zurückgeholt. Ein umherirrendes Gespenst, schwankend, haltlos. Er wollte die Augen öffnen.

Völlige Dunkelheit, wie eine dunkelbraune Flut heranrollend und wieder verebbend. Alles drehte sich, der Kopf schmerzte, als wolle er zerspringen, die Kehle war wie ausgedörrt, und alles war von einem ekelerregenden Gestank erfüllt. Papa! Waren das nicht Ping und Zao? Ni Zao, dessen Namen er selbst gewählt hatte, weil er ein Homophon von «ni zao» war, und das hieß «good morning», das war die europäische Zivilisation...

«Nicht...» Endlich gelang es ihm, einen Laut hervorzubringen. Sofort mußte er sich abermals übergeben. Er spuckte Blut und Wasser, als wolle er Magen und Därme erbrechen.

Als der Anfall vorüber war, fiel sein Blick auf seine beiden armen, geliebten Kinder. Ach, warum werden die Sünden der Erwachsenen, die Sünden der Vorfahren, die Sünden der Toten und Todgeweihten an den unschuldigen Kindern gerächt? Ihm kamen die Tränen.

«Papi» – das war Jingyis Stimme; so liebevoll hatte sie ihn seit Jahren nicht mehr angeredet –, «du darfst dich nicht aufregen. Ruh dich schön aus. Der Arzt wird gleich hier sein, ich habe ihn schon verständigt... Wir brauchen dich! Und du brauchst doch auch uns!» schluchzte sie.

Warum schluchzt du, Mutter von Ni Ping und Ni Zao? Ni Wucheng schloß wieder die Augen und versank erneut in einen Schwebezustand. Das leere Zimmer, das im Nachmittagslicht noch verlassener wirkende, noch weniger Schlupfwinkel bietende leere Zimmer. Das leere Zimmer, in dämmriges, nächtliches Dunkel versinkend, Tür und Fenster verschwunden. Das geheimnisvolle leere Zimmer in den Wolken – auf der Erde – im Kissenhaufen, so alt und so leer. Wirst du auf ewig von Stille erfüllt sein an fernem Orte?

Er schlief ein.

Jingyi war vor Aufregung außer sich. Als Ni Ping sie im Morgengrauen geweckt hatte, war sie in den Mitteltrakt geeilt, hatte das Licht angeknipst und Ni Wucheng auf dem Fußboden liegend gefunden, verkrümmt, das totenbleiche Gesicht verzerrt. Schnapsgestank hatte das Zimmer erfüllt. Er hatte wieder getrunken. Dafür hätte sie ihn eigentlich nur noch mehr verabscheuen müssen, doch sein Zustand hatte sie in panischen Schrecken versetzt. Ein Auge geschlossen, das andere halb geöffnet, so daß nur das trübe Weiß des Augapfels zu sehen war, Schaum vor dem Mund wie bei Opfern eines Schlaganfalls, lag er vor ihr auf der Erde. Ihr fiel ein, wie ihr Vater und ihr Schwiegervater gestorben waren. Sie befühlte Kopf und Gesicht: eiskalt! Sie prüfte die Atmung: ergebnislos! Oh, welch ein Unglück! Ein Glück nur, daß sie den Sohn hatte... Aber nein, es war trotzdem alles vorbei! Alles, worauf sie sich verlassen hatte, alles, was sie erhofft hatte, alles, was sie mit ihren Kämpfen erreichen wollte – alles vorbei!... Doch nein! Er atmete ja noch, schwach nur, aber immerhin spürbar. Er lebte doch noch, er war doch nicht tot!

Er reagierte nicht auf ihr Rufen, es war, als schiebe und stoße sie einen Leichnam. Nicht schieben, hochheben muß man ihn! Aber die vereinten Kräfte von Mutter und Kindern reichten nicht aus. «Mama, Schwester!» rief Jingyi, und ihre Stimme klang anders als sonst. «Kommt schnell! Zu Hilfe! Helft mir, Wucheng aufs Bett zu legen!»

Jingzhen wies dieses Ansinnen brüsk von sich. «So weit kommt es noch! Ich soll meine Arme um einen Mann legen!? Eine Witwe, die zehn Jahre in Keuschheit gelebt hat, soll ihren eigenen Schwager umarmen? Was hast du dir dabei eigentlich gedacht?»

«Wie kannst du so reden, hast du denn kein Herz, siehst du denn nicht, daß er halbtot ist?»

«Ich bin selbst halbtot, ich bin schon lange halbtot, weißt du! Ich wäre lieber tot, als daß ich mich zu so einer Schweinerei hergebe! Wo warst du denn, als Shaohua gestorben ist?»

«Ist es nicht genug, daß Shaohua tot ist, willst du denn,

daß Wucheng auch noch stirbt? Richtig gewissenlos bist du!»

«Streitet euch doch nicht! Schluß! Tut lieber etwas!» Frau Jiang versuchte, den erbitterten Streit der Töchter zu schlichten. «Was habt ihr denn gewonnen, wenn ihr euch die Köpfe einschlagt? Hier ist ein Mensch in Not!» Daraufhin warf sich Jingzhen in raschem Entschluß die Jacke über und lief zum Nachbarhaus, um bei der Klette Hilfe zu holen.

Auch das war typisch für die Menschen aus Taocun-Mengguantun: Eben noch liegen sie sich in den Haaren, und im nächsten Moment ist aller Streit vergessen, und sie sind die besten Freunde – bis ein erneuter Krieg ausbricht.

Als Jingzhen am schwarzgestrichenen Tor der Klette anklopfte, dachte sie überhaupt nicht mehr an die wüste Schimpfkanonade des Vortags. Das war eben das Gute daran, daß man keinen Namen nannte: Man konnte schnell eine Kehrtwendung machen! Also zögerte sie keinen Moment.

Die aus dem Schlaf gerissene Klette zögerte ihrerseits keinen Moment, den Nachbarn zu helfen. Man war schließlich aus demselben Dorf. Außerdem tat die Klette gern ein gutes Werk. Hocherfreut, daß die Familie Ni sich in der Stunde der Not an sie wandte, war sie Jingzhen für diesen Vertrauensbeweis zutiefst dankbar. Sofort weckte sie ihren Mann, einen korrekten Buchhalter, der in einer großen Seidenhandlung im Handelshaus ‹Stätte des ermunterten Gewerbes› vor dem Vorderen Tor arbeitete. Der Buchhalter, ein siebzehnjähriger Sohn und die Klette rückten, geführt von Jingzhen, im Hof der Familie Ni ein und hasteten die Stufen zum Mitteltrakt hinauf, nicht ohne daß der naiven Klette beim Anblick der am Boden liegenden Tür der Aufschrei «Ach herrje, was ist denn mit der Tür passiert?» entfahren wäre, was wiederum ihren Mann veranlaßte, ihr einen warnenden Blick zuzuwerfen. Jingyi und Jingzhen hatten in ihrer Aufregung jedoch überhaupt nichts bemerkt. Wer hätte dem Buchhalter und seinem Sohn so viel Kraft zugetraut – ohne weitere Hilfe hoben die beiden Ni Wucheng aufs Bett und wunderten sich sogar noch, daß er trotz seiner Größe so wenig wog. So dünn, ach, so dünn!

Dann zogen sich Frau Jiang, Jingzhen und die Klette zurück, während Jingyi mit Hilfe des Buchhalters und seines Sohnes ihrem Mann die Oberbekleidung auszog und ihn mit einer schweren Steppdecke zudeckte. «Sie müssen einen Arzt holen!» ermahnte sie der Buchhalter.

Jingyi steckte sofort das in der Blitzaktion vom Vortag konfiszierte Geld und noch einen lange Jahre als eiserne Reserve aufbewahrten Goldring ein und wollte losstürzen. Doch Jingzhen hielt sie zurück. «Du mußt dich hier um ihn kümmern. Ich werde den Arzt holen!» Jingyi war ihr zutiefst dankbar dafür. Auf die Schwester war doch stets Verlaß – Blut ist eben dicker als Wasser.

Allmählich kehrte die Farbe in Ni Wuchengs Gesicht zurück, und er gab ächzende Laute von sich. Jingyi befühlte seine Stirn, sie war glühend heiß. Als die Kinder ihn leise ansprachen, reagierte er nicht. Mit einem Handtuch, das sie in heißes Wasser getaucht und ausgewrungen hatte, wischte Jingyi ihm das Gesicht sauber. So nichtswürdig er war, so sehr sie ihn oft haßte – er war doch ihr einziger, unentbehrlicher Gatte.

Ni Wucheng öffnete die Augen, stöhnte auf und sank wieder in Schlaf. Später kam der Arzt, Doktor Zhao Shangtong, Direktor der Guangming-Augenklinik, der aus ihrem Dorf stammte und daher stets zuerst konsultiert wurde, auch wenn es nicht um Augenleiden ging. Doktor Zhao holte sein Stethoskop hervor und weckte Ni Wucheng. Unter den bewundernden Blicken Jingyis horchte er ihn gründlich ab und verkündete mit ernster Miene, es handele sich um eine Lungenentzündung. Seinem Medikamentenköfferchen entnahm er weiße Tabletten und Pülverchen, deren lateinische Namen er auf die Tütchen schrieb, in die er sie gab. Außerdem hinterließ er einen Brief für den Internisten aus der Nachbarschaft, den Jingyi hinzuziehen sollte.

Umhegt und umsorgt von seiner Frau und in seinem Genesungswillen bestärkt von den unschuldig-erwartungsvollen Kindern, kam Ni Wucheng langsam wieder zu sich. Das

Vorgefallene erschien ihm wie ein böser Alptraum, der bereits auf den Grund eines dunklen Teiches gesunken war.

Ausgerechnet in diesem Augenblick, da er nach seiner überstürzten Flucht vor der sich über ihn ergießenden brühheißen Mungobohnensuppe auf der verlassenen, grauen Gasse gestanden hatte, war ihm eingefallen, daß er eine Verabredung für diesen Abend hatte. Merkwürdig; vor einem halben Tag, vor einer Stunde, vor zehn Minuten hatte er überhaupt nicht an diese Verabredung gedacht, als sei sie aus seinem Gedächtnis getilgt gewesen. Und nun, ausgerechnet nach diesem barbarischen Kampf, hatte er sich erinnert, daß er erwartet wurde.

Die auf ihn warteten waren seine drei Lieblingsstudenten. Um zu zeigen, wie sehr sie über den Dingen standen, hatten sich zwei von ihnen die Köpfe kahl rasieren lassen; junge Männer, denen man die unbedingte Aufrichtigkeit ihres Strebens nach Wahrheit und Gerechtigkeit förmlich ansehen konnte. Außerdem war da noch ein bebrilltes Mädchen, deren Begabung Ni Wucheng in Erstaunen versetzte. Warum mochten die drei ihm ihr Vertrauen schenken? Er wußte, daß sein Unterricht alles andere als gut war, hätte er doch selbst nicht klar sagen können, was er eigentlich zum Ausdruck bringen wollte. Sokrates, Demokrit, Plato. Dann Nietzsche und Dewey und Freud und Marx und Mussolini. Mussolini hatte er tatsächlich als einen Philosophen bezeichnet. Ein heilloses Durcheinander, das empfand er selbst. Dennoch hatten diese drei liebenswerten jungen Menschen mit ihm diskutiert.

«Wozu ist Philosophie nütze?»

«Zu gar nichts», hatte er geantwortet.

«Warum befaßt man sich dann mit ihr?»

«Ich weiß es nicht.»

«China ist in Schwierigkeiten.»

«Ich weiß.»

«Europa steht in Flammen.»

«Ich weiß.»

«Was sollen wir tun? Was haben Sie vor?»

«Ich weiß es nicht.»

«Sie wissen immer alles nicht und sind doch Universitätsdozent! Sie sind doch in Europa gewesen! Sie sprechen doch im Unterricht oft über Staat, Gesellschaft, Welt, Fortschritt, Zivilisation, Wissenschaft – wie kann man denn unseren Staat, unsere Gesellschaft, unsere Welt auf den Weg zu Fortschritt, Wissenschaft und Zivilisation bringen?»

«Ich weiß es dennoch nicht.»

«Na, wissen Sie denn wenigstens, daß die japanische Armee in China und im Pazifik Krieg führt? Wissen Sie, daß wir unter den Bajonetten der Gendarmerie und der Besatzungsarmee leben? Wissen Sie vom Krieg zwischen Deutschland und der Sowjetunion? Von Präsident Wang Jingwei und seiner Marionettenregierung und von der antijapanischen Gegenregierung des Ratsvorsitzenden Jiang Jieshi? Oder von der Achten Marscharmee mit Zhu De und Mao Zedong?»

«Ich bin kein Politiker.»

«Aber Sie sind Chinese!»

Mit ihren bohrenden Fragen hatten die jungen Leute Ni Wucheng in die Enge getrieben. All diese und noch viel ernstere Fragen trug er in seinem Kopf und in seinem Herzen, doch so klar er sie sich vor Augen hielt, so restlos konnte er sie auch verdrängen. Wenn ihm das Grübeln darüber zuviel wurde, war er imstande, voller Überzeugung von sich zu sagen, er brauche sich keine Gedanken um diese Probleme zu machen, da er sie ohnehin nicht lösen könne. Auf diese Weise brauchte er keine unbequemen Fragen an sich selbst und andere zu stellen. Das eben war der Punkt, in dem er sich von den jungen Leuten unterschied: Er hatte sich längst daran gewöhnt, mit seinen Fragen und seinem Kummer zu leben, ohne viel darüber nachzudenken.

Aber diese Begeisterung und die ganze Haltung der drei hatten ihn ermutigt.

«Ich bin sehr froh! Ich bin schon lange nicht mehr so froh gewesen. Ihr seid die wahre Hoffnung der chinesischen Nation! Ich bin Chinese, ich bin ein gebildeter Chinese, und ich trage eine Verantwortung gegenüber meinem Land, meiner Nation und mir selbst. Doch dieser Verantwortung werde ich in keinem Punkt gerecht. Feige bin ich und schwankend, mir fehlt der Mut zur Verantwortung. Ich schwimme mit dem Strom, ohne zu wissen, wohin er mich treibt. Schrecklich ist das. Als wäre ich ein lebendiger Leichnam. Ja, es ist Zeit – das Gespräch mit euch wird mir zum Wendepunkt werden. Ein Fazit werde ich ziehen, in mich werde ich gehen, mit euch zusammen werde ich gewaltige, aufrüttelnde Entscheidungen treffen. Ihr habt recht, man muß Fragen stellen, man muß suchen, man darf keine Nachsicht üben. Zum Teufel mit denen, die vor euren Fragen nicht bestehen! Tod diesen verfaulten Subjekten! Den Krieg brauchen wir nicht zu fürchten, Krieg ist allemal besser, als so zu verfaulen. Ihr seid noch jung – wißt ihr überhaupt, was das ist, verfaulen? Vergleichen wir einmal die Menschen einer Generation mit Bohnen, zum Beispiel gelben oder schwarzen Sojabohnen, also Leguminosen. Wenn sie alt und schwach sind, dann gehen die Menschen in Gärung über wie Bohnen, die zu Sojabohnenwürze werden. Habt ihr schon einmal gesehen, wie die Leute auf dem Dorf Sojabohnenpaste bereiten? Was das für Fliegen anlockt! Das wimmelt nur so von Maden! Das sind der Schmutz und der Unrat, den die Geschichte in sich birgt, so wie unter unseren Finger- und Zehennägeln unzählige Bakterien und Mikroben verborgen sind. Eine Generation nach der anderen in endloser Folge – alles Sojabohnenpaste, eine ungeheuer dicke Schicht. Die neuen Bohnen einer jeden Generation liegen immer auf der alten Sojabohnenpaste, wo sie dann rasch vergären und verfaulen und zu einer schlammigen, breiigen Masse von gleichem Geruch und gleicher Konsistenz werden, die zu grindigem Schorf vertrocknet. Ihr kennt ja die alte Geschichte vom kaiserlichen Kornspeicher, wo immer das neue auf das schimmlige alte Getreide geschüttet und so ebenfalls ungenießbar wurde – ohne Sinn und Verstand, weil es ja immer so gemacht worden war. Es gibt nichts Traurigeres als diese Sturheit! Und unsere Hoffnung, wo ist sie? Auf euch ruht sie! Auf euch, die ihr euch mutig stellt, die ihr es wagt, zu weinen und zu lachen, zu denken und zu machen. Doch diese Welt, sie will weder beweint noch belacht, sie will erkannt werden! Wißt ihr, ich habe den deutschen Pädagogen Spranger reden hören, einen rüstigen alten Herrn, der sich seinen jugendlichen Schwung bewahrt hatte... Ich glaube an die lichte Zukunft der Menschheit, ich glaube an die Darwinsche Evolutionstheorie, und wie herrlich der Stil Yan Fus in seiner Übersetzung von Huxleys ‹Evolution and Ethics›! Verglichen mit der primitiven Lebensweise der Steinzeitmenschen haben wir ja schon gewaltige Fortschritte gemacht. Ich kann euch klar und eindeutig sagen: Ich glaube an die Zukunft, ich glaube an die Wiederkehr des Geistes, der die chinesische Nation bei der Schaffung ihres Staates beflügelte. Ob ich weiß, wer Wang Jingwei ist, Wang Yitang, Zhou Fohai? Kennt ihr das Gedicht, das Wang Jingwei als junger Mann schrieb, nachdem er wegen des Attentats auf den Prinzregenten des Qing-Reiches verhaftet worden war? Ob ich weiß, wer Jiang Jieshi, Song Ziwen und Chen Lifu sind? Ob ich weiß, was Yan'an ist, was die Achse Tokio-Berlin-Rom, was Rußland? Auch Rußland ist erstarkt, denn es hat Stalin, und Deutschland ist stark wegen Hitler. Bloß die beiden Staaten führen Krieg gegeneinander. Und Amerika hat seinen Roosevelt, England hat seinen Churchill, nur China hat noch keinen starken nationalen Führer hervorgebracht, ich verstehe das nicht. Unter welchem Führer auch immer, eins steht fest: China muß europäisiert werden! Nur dann gibt es einen Ausweg, gibt es ein Leben für China. Ich bin ja kein Politiker. Aber auch Japan begann erst zu erstarken, nachdem es europäisiert worden ist...»

Er hatte sich so in Feuer geredet, daß er in seiner kindlichen Begeisterung überhaupt kein Ende mehr fand. Wenn es um Probleme ging, die mit seinem eigenen, realen Leben nichts zu tun hatten, war er in seinem Element, plauderte angeregt und sprühte geradezu vor Witz. Sobald aber die Rede auf etwas Praktisches kam, das ihn und sein Tun unmittelbar berührte, fühlte er sich in die Enge getrieben, reagierte er gereizt und unüberlegt und wurde von tiefer Niedergeschlagenheit ergriffen. So große Reden er vor seinen geliebten Studenten schwang, von ernsthaften oder tiefen Diskussionen mit ihnen konnte keine Rede sein. Er redete selbst zu viel und nahm so den jungen Menschen jede Möglichkeit, etwas zu sagen. Als er seine Unhöflichkeit bemerkt hatte, war die Gelegenheit vorüber zu erfahren, was sie über die einzelnen Probleme dachten. Daraufhin lud er die drei Studenten herzlich ein, drei Tage später mit ihm im mongolischen Spezialitätenrestaurant «Zum zufriedenen Gast» im Basar der Östlichen Ruhe zu Abend zu essen – Feuertopf sollte es geben. «Beim nächsten Mal sage ich nichts, da höre ich nur zu», versprach er. «Ich liebe meinen Lehrer, aber die Wahrheit liebe ich noch mehr. Oder, wie Konfuzius spricht, unter dreien ist bestimmt einer, von dem ich lernen kann. An zehn Höfen muß es doch jemanden geben, der treu und vertrauenswürdig ist. Also schön, wir treffen uns dann in der Oststadt beim ‹Zufriedenen Gast›, aber pünktlich – ihr wißt ja, Unpünktlichkeit ist eine der schlimmsten Unarten der Chinesen.»

Danach hatte er dieses Gespräch völlig aus dem Gedächtnis verloren. Als er nach dem Mungobohnenguß plötzlich wieder daran dachte, war es schon eineinhalb Stunden nach der vereinbarten Zeit. Außerdem hatte er ohnehin kein Geld bei sich, nicht einmal etwas, was er hätte versetzen können. Wie sollte er da drei mittellose Studenten zu Hammelfleisch im Feuertopf einladen?

Getäuscht hatte er die drei so liebenswerten jungen Menschen! Dabei war doch die Aufrichtigkeit der Jugend das Allerschönste und Allerwertvollste, zugleich aber auch das am leichtesten zu Verletzende, am leichtesten zu Täuschende. Ihm war es stets als grausamste Übeltat erschienen, wenn jemand die Gefühle und Empfindungen junger Menschen mit Füßen trat. Den Tod verdiente, wer zu so etwas imstande war. Und nun hatte ausgerechnet er selbst dieses Verbrechen begangen.

Völlig zerknirscht versank er in Schmerz und Reue. Wieder und wieder rief er sich diesen Schmerz und diese Reue ins Bewußtsein, um damit seine Gewissensbisse zum Schweigen zu bringen und sich selbst zu trösten. Beweisen sie doch, daß sein Verbrechen keiner Absicht entsprungen war. Der Schaden ist angerichtet und läßt sich nicht wieder gut machen. Da hier ohnehin keine Medizin etwas ausrichten wird, braucht man ihre Bitterkeit gar nicht erst zu kosten. Also bin ich stets optimistisch. Optimistisch wie ein toter Mann, wie ein toter Hund.

Er stieß einen tiefen Seufzer aus. Im übrigen waren die Diskussionen mit diesen jungen Leuten sowieso immer schwierig. Das Allerschwierigste, zugleich auch das Konkreteste war die Haltung gegenüber den japanischer Besatzern. Darüber wollte er nicht diskutieren. Er hätte diese Frage auch gar nicht beantworten können. Er gedachte weder, sich der japanischen Besatzungsarmee zur Verfügung zu stellen, noch nach Chongqing, dem Sitz der antijapanischen Guomindang-Regierung, zu gehen, in die er keine großen Hoffnungen setzte. Noch weniger wagte er, sich den kommunistischen Stützpunkt im winzig kleinen Yan'an inmitten der abgelegenen nordchinesischen Berge vorzustellen. Er fürchtete sich ja schon vor der geringfügigsten Unannehmlichkeit. Ich bin kein Heiliger! Ich bin auch kein Idealist! wollte er schreien.

Dann mußte er, halb traurig, halb empört, daran denken, daß jeder Fehler, jede nicht eingehaltene Verabredung, jeder Rückschlag, kurz: alle Katastrophen ihr Gutes, auch ihre Notwendigkeit hatten. Dieser Gedanke machte ihn zumindest kaltschnäuziger, hartherziger, überhob ihn noch mehr der Notwendigkeit, an das Morgen zu denken.

Er begab sich, etwas wacklig auf den Beinen, doch beinahe schon wieder leicht und beschwingt, in eine Kneipe gleich um die Ecke, «Schnapskruke» genannt, weil in der Gaststube mehrere große, irdene Gefäße mit Schnaps standen. Diese Destille wurde von einem älteren Ehepaar bewirtschaftet, dem ein halbwüchsiger Bursche – entweder Lehrling oder Sohn – zur Hand ging. Die plumpen Holztische und -stühle auf dem schmutzigen, dunklen Ziegelboden waren alt und stanken nach billigem Fusel, mit dem sie förmlich getränkt waren. Außer den Steingutgefäßen standen da noch ein paar verstöpselte Glasballons mit grünem Essigpflaumenwein, rotem Rosenwein und violettem Traubenwein, so unwirklich bunt, als seien sie mit Farbstoffen eingefärbt. Im übrigen gab es Wein- und Schnapsflaschen aller Arten und Formen und zahllose Portionentellerchen mit allerlei Knabberzeug wie gekochte Erdnüsse, fritierter Sojakäse, fritierte Garnelen und dergleichen. Die hier einkehrten, waren größtenteils Rikschakulis, Wasserverkäufer und so weiter, also Menschen, die schwere körperliche Arbeit leisteten. Indem Ni Wucheng mit einem etwas gequälten Lächeln über sich selbst in dieses Milieu eindrang, häutete er sich gewissermaßen und wurde zu einem anderen Menschen.

«Einen Viertelliter Klaren und eine Portion Sojakäse», sagte er zum Kellner. Der Bursche fixierte ihn mit einem vielsagenden Blick, kein Vergleich zu der Freundlichkeit, mit der er die anderen Gäste bediente.

«Einen Viertelliter Klaren, eine Portion Sojakäse!» wiederholte Ni Wucheng. Der Kellner machte immer noch ein bedenkliches Gesicht.

«Hast du nicht gehört?» fragte Ni Wucheng mit gerunzelten Brauen.

«Und die Zeche, die Sie schon seit zwei Monaten schuldig sind?»

«Kriegt ihr ja, kriegt ihr alles. Heute wird abgerechnet, und für dich gibt es ein dickes Trinkgeld. Habe ich jemals meine Schulden abgestritten? Außerdem bin ich schließlich nicht das erste Mal hier bei euch.» Trotz des munteren Tons wirkte sein Lächeln verkrampft. Jeder Nerv seines Körpers war zum Zerreißen gespannt, so sehr mußte er sich zu diesem Lächeln zwingen.

«Na schön, Herr Ni», gab der Kellner nach, und auch der Wirt kam nun auf ein paar Worte an den Tisch. Diese Kleinlichkeit, diese hinterlistige Tücke! Während des Nervenkriegs mit dem Kellner hat der Alte natürlich die ganze Zeit zugehört, vielleicht haben sie sich sogar abgesprochen, wie ich zu behandeln bin. Aber so sind die Menschen – da könnten Napoleon oder Bismarck nach China kommen und die Zügel in die Hand nehmen, es würde auch nichts ändern.

Der Schnaps und der Sojakäse wurden gebracht. Zwei dunkelblaue Ringe zierten den Rand des grauweißen Tellerchens, wodurch es nur noch eintöniger, schäbiger, trostloser erschien. Der Schnapsbecher war am Rand angeschlagen; hatte er nicht auch einen Sprung? Das also ist unser Leben, das sind unsere Genüsse, das ist unser Glück... Ni Wucheng sah sich weiter um. An der Wand über dem Ofen klebten die rußgeschwärzten Losungen der japanischen Besatzungsbehörden:

> Wir wollen das Leben erneuern und die Volkswohlfahrt stabilisieren!
> Wir wollen die landwirtschaftliche Produktion sichern und die Preise senken!
> Wir wollen die kommunistischen Banditen ausrotten und Ordnung in den Köpfen schaffen!
> Wir wollen den Aufbau Nordchinas vorantreiben und den Krieg in Groß-Ostasien zu Ende führen!

Wir wollen... was wollen wir denn? Ich will... was will ich denn? Es ist alles so abscheulich.

Wie ein Analphabet betrachtete er die Schrift, Zeichen für Zeichen, Strich für Strich, ohne den Sinn zu begreifen. Wie ekelerregend das alles, wie verlogen!

Gluck-gluck. Gut die Hälfte seines Schnapses hatte er auf einen Zug hinuntergekippt. Die Kehle prickelnd wie von lauter kleinen Nadeln, das Gesicht gerötet von der Anstrengung, den plötzlichen Hustenreiz zu unterdrücken, fühlte Ni Wucheng nach einem Moment, wie wohlige Wärme sich von innen über den ganzen Körper ausbreitete. «Und wie geht das Geschäft? Viele Gäste?» begann er mit dem Wirt zu schwatzen.

Nachdem er den Schnaps in nicht mehr als drei Zügen ausgetrunken hatte, mußte er endlich doch husten, so sehr brannte es in der Kehle. Sein Verstand jedoch schien besonders hell zu sein. Es kam ihm vor, als sei er ein Beobachter, der von außen alles ganz klar durchschaut, sich selbst, die Gesellschaft, den Staat.

Dies war ein Staat des Leidens. Eine Zeit des Leidens. Ein Leben des Leidens. Er glaubte, es gäbe Hoffnung für den Staat, Hoffnung für die Zukunft, wenngleich er nicht wußte, wo diese Hoffnung zu suchen sei. Aber schließlich gibt es in China viele, die stärker sind als ich. Ich weiß, sie sind stärker als ich. Ich selbst, ich bin einfach nicht tüchtig genug. Jetzt müssen wir leiden. Auf das Dunkel erst folgt die Morgendämmerung, folgt das Licht. Wie sehnte er sich nach Glück, Edelsinn und Zivilisation. Wie wenig konnte er sich damit abfinden zu leiden.

Aber warum müssen sich die Menschen eigentlich damit abfinden? Warum muß ein Ni Wucheng leiden? Er war doch schon über dreißig! Wie viele Jahre würde er denn noch vor sich haben?

«Ihre Kneipe sollten Sie ein bißchen gefälliger herrichten», sagte er zum Wirt. «Den Fußboden müssen Sie sich mal vornehmen, so uneben und schwarz wie der ist. Die Tische und Stühle sollten Sie zumindest streichen und die lockeren Stuhlbeine mit ein paar Nägeln befestigen. Die Gäste kommen ja nicht nur zum Trinken hierher, sondern vor allem, um sich zu erholen. Der Mensch hat ein Recht auf Erholung. Erholung und Arbeit, beides ist wichtig. Vielleicht ist die Erholung sogar wichtiger als Arbeit. Erholung ist eine Art Behagen, während Arbeit...»

«Und woher nehme ich das Geld? Neue Gäste kommen nicht, und die alten lassen anschreiben – monatelang! Ich sollte dies, ich müßte das – ich würde schon gern ein großes Restaurant aufmachen. Aber wo soll das Geld herkommen?»

Die Antwort des Wirts war einfach unhöflich. Geld, Geld – dieses Lied kannte er nur zu gut, er konnte es nicht mehr hören! Dazu der Seitenhieb wegen des Anschreibens, der ihn die Bedrohung durch die Realität noch deutlicher empfinden ließ.

«Bringen Sie noch einen Viertelliter.»

«Wie bitte?»

«Ich habe gesagt, bringen Sie noch einen Viertelliter, und ein bißchen dalli!» wiederholte er plötzlich kalt und abweisend.

Selbst wenn er abermals die Zeche schuldig blieb, war er dennoch Wirt und Kellner an gesellschaftlichem Ansehen so überlegen, daß der Wirt sich einschüchtern ließ und tatsächlich noch einen Viertelliter servierte.

Auf diese Weise trank Ni Wucheng insgesamt einen halben Liter. Dann fing er an zu randalieren; dann verließ er mit gespielter Nonchalance die «Schnapskruke»; dann wanderte er durch die Straße; alles drehte sich ihm vor den Augen, und er begann zu torkeln; dann war er zu Hause, aber das Tor war verriegelt. Er kletterte auf die Mauer und sprang hinunter... An das, was danach kam, hatte er keine Erinnerung mehr.

Nach zwei Tagen war Ni Wucheng wieder völlig zu sich gekommen. Nach wie vor sorgte er sich in seinen Fieberträumen immer wieder um jenes vergessene, leere Zimmer, das ihm gehört hatte. Unbegreiflicherweise glaubte er sich – wieder bei klarem Verstand – plötzlich zu entsinnen, daß dort ein alter Koffer von ihm zurückgeblieben war. Ein Lederkoffer? Oder ein Holzkoffer? Ein Korbkoffer? Er vermochte es nicht zu sagen. Doch dieser Koffer ging ihm nicht aus dem Sinn. Ich muß unbedingt hinfahren und den Koffer holen! Aber warum eigentlich holen? Das Zimmer und der Koffer – harren sie nicht meiner Rückkehr?

14

Wucheng, Papi, nicht doch! Du sollst mir nicht danken wie einem Fremden. Das ist ganz und gar unnötig und unangebracht. Denn wer bist du, und wer bin ich? Gut oder böse, traurig oder lustig, schön oder häßlich, tot oder lebendig – dein Los ist mein Los. Wenn du krank bist, bin auch ich krank, und wenn du gesund wirst, werde auch ich gesund. Wer anders als ich soll denn für dich sorgen und dich pflegen? Große Töne spucken, ausländisch reden, damit kann ich nicht dienen. Was anderes ist es, wenn du krank wirst – davon bleibt keiner verschont; keine Blume blüht ewig. Von Ausschweifungen wird man weder satt noch gesund! Sag doch mal ehrlich: Glaubst du, du findest jemand anderen, der dich so pflegen und sich um dich kümmern würde wie ich?

Ich nehme es dir nicht übel, daß du hinter dem Genuß her bist. Das ist ja nur menschlich – wer wüßte nicht, wie schön das süße Leben ist. Man ist ja unersättlich in seinen Gelüsten und nie zufrieden mit dem, was man hat. Geht es einem schlecht, wünscht man sich, daß es besser geht, geht es einem gut, soll es noch besser werden; ist man Kaiser, will man gleich unsterblich sein! Du bist nicht der einzige, der sich nach Glück und Genuß sehnt. Auch andere wissen, wie gut Geflügel, Fisch und Fleisch schmecken, wie ausgezeichnet sich Seide trägt und wie angenehm es sich in modernen Hochhäusern lebt. Aber das alles fällt nun mal nicht vom Himmel. Womit glaubst du wohl, ein solches Glück zu verdienen? Du wirst das Schicksal nicht zwingen, da kannst du dich noch so sehr abstrampeln. Du greifst nach den Sternen und fliegst auf die Nase! Du machst es dir bloß selbst schwer. Außerdem darf man nicht nur an das Heute denken. Der Mensch hat ja nur das eine Leben, und das dauert keine hundert Jahre. Heute ist man jung und kräftig und strotzt vor Tatendrang, möchte am liebsten die Welt aus den Angeln heben, aber was wird morgen? Im Nu ist man alt und klapprig, schwach und hinfällig, und ehe man's gedacht, hat das letzte Stündlein geschlagen. Es ist keine Kunst, es sich für kurze Zeit wohl sein zu lassen. Bloß danach, da reicht's am Ende nicht mal für ein anständiges Begräbnis.

Im Volksmund heißt es: ‹Ein Pferd hat der eine, einen Esel hab ich, bin ärmer als mancher, aber arm bin ich nicht.› Jeder Mensch hat seine Stärken und seine Schwächen. Das wichtigste ist immer, man kennt die Grenzen, die einem gesetzt sind. Klar, es gibt welche, die leben in Saus und Braus. Und noch mehr gibt es, denen fehlt es am Nötigsten. Der Bauer braucht acht gefüllte Hefeklöße, um satt zu werden, für dich reichen drei. Oder nimm den Kaiser mit seinen vielen Palästen und seinen zweiundsiebzig Frauen. Das ist eben anders als bei uns einfachen Leuten. Das gleiche gilt für das Verhalten eines Ehemanns und Vaters. Ich hätte ja nichts dagegen, daß du dir ein schönes Leben machst und den Frauen nachläufst; wenn du es dir wirklich leisten könntest – bitte schön! Aber wir wollen mal ehrlich sein: Als ich in deine Familie geheiratet habe, war doch mit den Nis schon nichts mehr los. Wo wärst du denn heute ohne die Finanzspritzen von meiner Familie? Man darf empfangene Wohltaten nicht mit Undank lohnen!

Man darf doch nicht hartherzig und gewissenlos sein! Man darf es doch nicht bis zum äußersten kommen lassen! Was du alles willst oder nicht willst, woran du dich alles nicht gewöhnen kannst – hast du dir denn noch nie überlegt, in was für einer Zeit wir leben? Was kannst du denn eigentlich, was hast du denn zu bieten außer deinem kostbaren ‹Gesicht› – so groß ist das Gesicht, daß nur die Nase auf dem Blatt Platz hätte, würde man es zeichnen. Schon gut, schon gut. Alles wird gemacht, wie du es für richtig hältst, und du kannst machen, was du willst, bloß – deine Frau und deine Kinder, die brauchen was zu essen. Wie wäre es, wenn du mit einem bißchen weniger Geld für Restaurantessen und Tanzvergnügen auskommen würdest? Probier doch mal, einen Tag gar nichts zu essen. Oder eine Mahlzeit auszulassen.

Ich will mich ja nicht in deine Angelegenheiten einmischen. Was sich für eine Frau gehört, weiß ich. Aber du kannst nicht deine Frau und deine Kinder verhungern lassen! Sieh dich doch um in der Nachbarschaft, unter den Verwandten und Freunden. Da gibt's Kluge und Dumme, Schöne und Häßliche, Fähige und Unfähige, doch alle brauchen sie ein Nest und eine Bleibe, alle müssen ihren Lebensunterhalt verdienen, und alle kennen ihre Pflichten. Aber du? Ganz ohne alles geht es nun mal nicht! Selbst wenn du unter die Räuber gehen wolltest, bräuchtest du dazu zwei Pistolen und müßtest das Zeug haben, zu morden und zu plündern!

Als Kind war ich anderes gewohnt, aber nach all den Jahren habe ich mich mit unserer Armut abgefunden, noch dazu, wo die Zeiten unruhig sind. Du brauchst dich bloß auch ein bißchen zu bescheiden, brauchst bloß das bißchen Essen für deine Familie zu verdienen, dann machen wir alles, was du von uns verlangst. Daß ich dich pflege, das ist meine Pflicht und Schuldigkeit. Solltest du wirklich einmal außerstande sein, für deinen Unterhalt zu sorgen, dann würde ich dich durchbringen. Ich kann keine schweren Lasten schleppen, kann weder Englisch sprechen noch verstehe ich was von Logik oder wie das heißt, aber selbst wenn ich betteln müßte, ich würde dich durchbringen.

Wenn du schon nicht an mich denkst, denk wenigstens an deine Kinder. Wo findest du sonst solche Kinder? Der Junge hat neulich in Muttersprache, Rechnen und Allgemeinwissen durchweg einhundert Punkte gekriegt, und in Sittenlehre achtundneunzig. Hast du das gewußt? Ihre Prüfungsergebnisse, ihre Hausaufgaben – hast du ihnen jemals auch nur eine einzige Übungsaufgabe gestellt?

Andere Leute sind auch Menschen, auch andere waren auf der Universität und im Ausland. Unser Landsmann Zhao Shangtong zum Beispiel. Der hat in Japan studiert, hat seinen Magister in Medizin gemacht, wie es sich gehört, und ist jetzt Chef der Guangming-Augenklinik. Ist der etwa weniger gebildet als du? Spricht der nicht zehnmal besser Ausländisch als du? Aber der ist nur im Dienst ein Arzt; zu Hause ist er ein gehorsamer Sohn, ein treusorgender Gatte, ein gütiger Vater, alles, wie es sich für einen Chinesen gehört. Du hast sie ja auch schon gesehen, die Frau Zhao, das ganze Gesicht voller Pockennarben, von den eingebundenen Füßen ganz zu schweigen – aber eine Ehe ist das! Doktor Zhao und seine Frau, von denen kann man wirklich sagen, sie achten und lieben einander. Den Freund in der Not, den vergißt man nicht, die Gefährtin im Leid, die verstößt man nicht – das ist das mindeste, was man von einem Menschen erwarten kann.

Wenn du deine Frau und deine Kinder schon jetzt so schlecht behandelst, wo du knapp bei Kasse bist, dann würden wir auch nichts davon haben, wenn du wirklich einmal reich, vornehm und bekannt werden solltest. Im Gegenteil, du würdest womöglich erst recht nichts von uns wissen wollen!

Ach, was soll's! Ich weiß ja selbst, du hast kein schlechtes Herz, und du meinst es gut. Das ist mir schon klar, so dumm bin ich nämlich nicht. Daß du mich nach Peking gebracht und zu Vorträgen mitgenommen hast und mich Englisch hast lernen lassen, das war alles gut gemeint. Dafür bin ich dir dankbar, das weiß ich zu würdigen. Aber deine großartigen Pläne sind für uns einfach eine Nummer zu groß, verstehst du? Nehmen wir mal an, ich würde tatsächlich studieren, Vorlesungen hören, Bücher lesen.

Wer kümmert sich dann um die Kinder? Eine Mutter von zwei Kindern, noch dazu in solchen Zeiten, wie stellst du dir das eigentlich vor? Du warst im Ausland, sprichst Fremdsprachen, bist ein großer, stattlicher Mann und schlägst dich auch nur gerade so durch. Selbst wenn ich was lernen würde, was hätte ich denn von diesem Wissen, außer daß ich mit dir rumspinnen und vom Hundertsten ins Tausendste kommen und über Kant und Hegel schwatzen könnte? Erstens kann man es nicht essen, zweitens kann man es nicht trinken, drittens kann man damit nicht Ordnung und Frieden im Land schaffen! Wir sind doch erwachsene Menschen, haben Familie und Kinder. Wer könnte es sich leisten, noch so kindisch sein? Niemand anderer lebt so wie du. Wenn du tatsächlich entschlossen bist und etwas für dein Vaterland tun willst, dann geh und kämpf gegen die japanischen Teufel! Wenn du tatsächlich dein Schäfchen ins trockene bringen willst, dann ring dich dazu durch und verrate dein Land! Dann hättest du wenigstens endlich mal eine Entscheidung getroffen. Egal ob Crème der Gesellschaft oder Hefe des Volkes, keiner kann es sich leisten, immer nur zu machen, was ihm gerade in den Sinn kommt, heute so, morgen so, wie der Affenkönig mit den zweiundsiebzig Verwandlungen.

Ich weiß schon, du kannst meine Schwester und meine Mutter nicht leiden, aber das ist nicht recht von dir. Die beiden meinen es gut mit uns, auch mit dir – mit der ganzen Familie Ni. Meine Schwester hat mit achtzehn geheiratet und mit neunzehn gelobt, zeitlebens eine keusche Witwe zu bleiben; da kann man wohl sagen, sie ist ein standhafter Mensch. Eine Heldin ist sie! Da kannst du mal sehen, aus welchem Holz wir Jiangs geschnitzt sind. Es kann doch nicht so schwer sein, sich mit zwei armen, schutzlosen Witwen zu vertragen.

Vor vielen Jahren, da haben wir uns hier in Peking zum ersten Mal richtig schlimm gestritten, und du bist zum ersten Mal tagelang weggeblieben. Du hattest mich durch einen Boten zum Essen in den Basar der Östlichen Ruhe bestellt, und dabei hast du mich gefragt, ob ich zu dir halten würde oder zu meiner Mutter und meiner Schwester. So eine Frage! Ich bin deine Frau, bin die Mutter deiner Kinder, bin die Tochter meiner Mutter, bin die Schwester meiner Schwester. Es gehört sich einfach, daß die Familien zusammenhalten, daß fünf Generationen friedlich unter einem Dach leben, daß fünf Geschwister in einem Haus wohnen, daß die Alten verehrt und die Jungen geliebt werden. Daß in wirklich guten Familien soundso viele Generationen zusammenleben, das macht unsere chinesische Zivilisation aus.

Bei allem will ich immer nur das Beste für dich, merkst du das denn nicht? Seit du mich vor elf Jahren geheiratet hast, gehöre ich zur Familie Ni – auf Gedeih und Verderb. Es gibt für mich nichts anderes. Was für eine Hoffnung bleibt mir denn noch, wenn du auch diesmal wieder nicht in dich gehst?»

Jingyis Worte, bei denen sie sich oftmals nicht der Tränen erwehren konnte, kamen von Herzen und gingen zu Herzen. Von seiner schweren Krankheit gerade genesen, hatte Ni Wucheng sich alles angehört, wenn auch nicht alles akzeptiert. Was sie sagte, hatte Hand und Fuß; es ließ sich im großen ganzen nichts dagegen einwenden, so daß ihm nichts anderes übrigblieb, als unter Tränen ihren Worten zu lauschen. Jingyis Beredsamkeit überraschte ihn. Wann hatte sie nur gelernt, sich so herzbewegend und einsichtig zu äußern? Vielleicht war es wirklich so, daß er sie verkannt hatte? Vielleicht war dies alles nur eine Frage der Gelegenheit? Hätte Jingyi die Gelegenheit gehabt, dem Füßebandagieren zu entgehen, die Universität zu absolvieren, zum Studium nach Europa oder Amerika zu gehen und sich von einem Rednerpodium zu äußern, ja, wer weiß, ob sie dann nicht längst eine berühmte Professorin wäre. Warum nur sind wir Menschen – die Krone der Schöpfung, haha! – in unserem so kurzen Leben stets Sklave, Spielball, Opfer der Gelegenheit?

Und er selbst – was für Gelegenheiten würde es für ihn noch geben?

Genau eine Woche nach seiner Genesung erhielt er einen taktvoll formulierten Brief des Rektors der Pädagogischen Hochschule, in dem es hieß, da er bei seiner angegriffenen Gesundheit auf sich achtgeben und Ruhe haben müsse, habe man einen anderen Dozenten gebeten, seinen bisherigen Unterricht zu übernehmen. Er möge sich doch nach Wiederherstellung seiner Gesundheit um anderweitige Verwendung seiner ausgezeichneten Fähigkeiten bemühen.

Krankheit und Entlassung wirkten auf Ni Wuchengs unruhige Seele wie ein heilsames Medikament. Seit vielen Jahren war er nicht mehr so ruhig und besonnen gewesen wie während dieser Krankheit. Nicht einmal Alpträume hatte er mehr. Selbst wenn ihn gelegentlich ein Gefühl der Trostlosigkeit überkam, war das immer noch besser, als sich im verzehrenden Feuer aller möglichen Sehnsüchte und Ideen zu krümmen. Das ganze Menschenleben ist voll brennenden, sengenden Feuers. Wo nur ist sie, die kühle Klarheit des Entrückten?

«Grenzenlos dünkt den Sünder das Meer des Leids, doch dem Reuigen ist das Ufer ganz nah.» Nur – bereute er denn wirklich? Während seiner Krankheit war es allein Jingyi gewesen, die ihn gepflegt hatte; keiner von seinen großsprecherischen Freunden, mit denen er so oft «unter roten Laternen bei grünem Schnaps» zusammengewesen war, hatte sich sehen lassen. Auch keine der Freundinnen, die – vielleicht sogar aus echter Zuneigung – mit ihm geflirtet hatten. Blieb ihm denn etwas anderes übrig, als auf Jingyi zu hören und ihre Ansichten zu akzeptieren?

Er konnte nicht anders als mit Tränen in den Augen zu flüstern: «Verzeih mir! Ich bitte dich vielmals um Entschuldigung für alles, was ich euch angetan habe.»

Allein diese beiden Sätze rührten Jingyi zu Tränen. «Hast du dich endlich besonnen!»

Mit tränenerstickter Stimme rief sie die Kinder ans Krankenlager des Vaters. «Verzeiht mir.» flüsterte Ni Wucheng ein weiteres Mal. Ni Ping fing ebenfalls zu schluchzen an, während Ni Zao zwischen Rührung und Freude schwankte und meinte, in einer glücklichen Familie als glücklichstes Kind der Welt zu leben.

Mittags bereitete Jingyi dem Kranken zur Stärkung eine Schüssel Fadennudeln mit Lauchstückchen sowie zwei pochierten Eiern. Sie brachte dem Gatten die Nudeln mit den Worten: «Vielleicht gibst du den Kindern ein bißchen ab, ja?» Also begnügte er sich mit einem Ei, Ni Ping aß knapp die Hälfte des zweiten Eis und ließ den Rest für Ni Zao übrig. So hatten alle drei eine höchst vergnügte Mahlzeit.

Als die Nudeln aufgegessen waren, ließ Ni Wucheng sich von den Kindern jene Flasche Malzextrakt-Lebertran, die er vor seiner Erkrankung gekauft hatte, holen und hielt ihnen mit schwacher, immer wieder versagender Stimme einen Vortrag über die Notwendigkeit, Lebertran einzunehmen. Die Kinder öffneten den Verschluß, rochen an der Flasche und erklärten wie aus einem Munde, es stinke so eklig, daß ihnen schon vom Riechen übel werde. Ni Wucheng bedauerte zutiefst, daß sie sich weigerten, den Lebertran zu schlucken; die Dummheit, die daraus sprach, erfüllte ihn mit ohnmächtigem Zorn. Dann aber fiel ihm ein, daß der Malz-Lebertran bestimmt seine Genesung beschleunigen würde, und er beschloß, ihn selbst einzunehmen. Also führte er den Kindern vor, wie man es macht: Mit der Pipette, die als Verschluß diente, saugte er ein halbes Röhrchen voll Lebertran aus der Flasche, öffnete den Mund, drückte den Gummi der Pipette zusammen, so daß der Tran in vollem Strahl in den Mund spritzte. In seinen Zügen malte sich ein glückliches Lächeln. Der widerliche Geschmack verursachte ihm zwar Brechreiz, aber sein gesamtes Wissen über Nährstoffe, Vitamine, Physiologie und Hygiene zeitigte unverzüglich Wirkung, indem es die Kontrolle über Eßlust, Kehle und Zunge übernahm. Er redete sich selbst ein und zwang sich zu glauben, Lebertran sei etwas sehr Gutes, sei überhaupt das Allerbeste und daher wohlschmeckend und ein Symbol der modernen Zivilisation. Während er sich dies vergegenwärtigte, beruhigten sich allmählich seine Geschmacks- und Geruchsnerven. Er hatte nachgerade das Empfinden, ein Bedürfnis befriedigt, ja, sich einen Genuß verschafft zu haben.

Es kam übrigens oft vor, daß dieser Drang seiner Ratio nach Wissenschaft und Gesundheit in derart kurzer Zeit Emotion, Bewußtheit und physiologische Reaktion auslöste. Darin war er anderen Sterblichen entschieden überlegen. Er lachte auf. Allmählich spürte er, welchen Weg der Lebertran durch seinen Körper nahm. Im Magen hatte er ein Gefühl der Wärme, der Völle, der Sättigung. Der Magen begann, den Tran zu absorbieren, die Nährstoffe diffundierten durch die Magenwand in die Blutgefäße, wurden über den Blutkreislauf nach und nach in die Achselhöhlen, in die Oberarme, in die Oberschenkel, in den Rücken transportiert... Eine seltsame Kraft begann, in einem Körperteil nach dem anderen hervorzubrechen und seine müden, schlaffen Zellen wachzurütteln. All diese Prozesse konnte er mit seiner Selbstbeobachtung deutlich nachvollziehen. Fabelhaft! Jetzt fing er sogar an, in seinen Wangenmuskeln die Wirkstoffe des Lebertrans zu spüren.

Überraschend begann er zu plaudern, obwohl er noch immer schwach und kurzatmig war, aber das tat seiner guten Laune keinen Abbruch. Der Lebertran, der brachte einen eben schnell wieder auf die Beine! Er erzählte den Kindern Geschichten von Leuten, die zu jedem Vers, den man ihnen vorgab, eine passende Fortsetzung dichten konnten. Das Erfinden solcher Reimpaare war seit jeher ein beliebter Zeitvertreib der Gebildeten.

«In der Ming-Zeit gab es einen Prinzen Yan, der nachmalige Kaiser Yongle, dem hatte sein Lehrer den Vers ‹Sturmböen sträuben wie seidene Fäden den Roßschwanz› vorgegeben. Wie aus der Pistole geschossen kam die Fortsetzung aus dem Munde des Knaben: ‹Sonnenlicht bricht sich im Panzer des Drachens wie Goldglanz›. Der Lehrer wurde bleich und wagte nicht mehr, ihn zu unterrichten. Was denn, ihr versteht das nicht? Als der Lehrer die Worte des Prinzen vernahm, war ihm klar, dieser Junge war dazu bestimmt, Kaiser zu werden. Oder nehmen wir Zhang Zhidong, der in der Qing-Zeit lebte. Schon mit sieben Jahren kam er in die Hauptstadt, um sich zur Staatsprüfung zu melden. Der oberste Prüfungsbeamte wollte ihn abweisen, weil er noch so klein war. Deshalb sagte er zu ihm: ‹Ich gebe dir einen Vers vor, den du ergänzen mußt, und dann werden wir weitersehen. Also: ‹Der Schlingel aus Nanpi verdient tücht'ge Hiebe.› Ihr seht, er machte sich lustig über den Knirps. Aber der zögerte keinen Moment mit seiner Antwort: ‹Der Kaiser in Peking, dem schulden wir Liebe.› Da erhob sich der Beamte von seinem Sitz und bezeigte ihm mit zwei Verbeugungen ehrerbietig seinen Respekt.»

Jingyi meinte, er solle nicht so viel reden und sich schonen, aber er hörte nicht auf sie, sondern erzählte von einem Jungen aus seiner Klasse, einem kleinen Bücherwurm. «Dem hatte der Lehrer ‹Des Vorlesers Stimme dringt bis in den Hof› vorgegeben. Darauf hat er – wenig originell – mit ‹Des Musikers Spiel erfüllet das Haus› geantwortet. Ihr seht, außer angelesenem, leerem Wortgeklingel brachte der nichts zustande. Dann war da noch ein Junge, ein sauberes Früchtchen, wenn auch aus reichem Hause, der war auch ganz schlecht in der Schule. Der hat doch tatsächlich des Lehrers Vers ‹Fische und Hummer ißt jedermann gern› mit ‹Vögel und Krebse sind uns entwischt› fortgesetzt, so daß der Lehrer sich das Lachen kaum verbeißen konnte.»

«Und du? Was hast du gedichtet?» fragte Ni Zao.

«Ich?» Ni Wuchengs Gesicht verdüsterte sich mit einem Schlag. Leise, als spräche er zu sich selbst, sagte er: «Der Lehrer hatte ‹Einer in zehn großen Sippen wird Treue dir sicherlich wahren› gesagt, und ich habe ‹Keine in neun Regionen des Reichs sollt meiner Lieb harren?› dazugedichtet.» Nach diesen Worten schloß er die Augen.

Am Abend jenes Tages hatte sich Ni Wuchengs Zustand wieder deutlich verschlechtert. Sein Gesicht von kaltem Schweiß bedeckt, litt er unter Herzklopfen, Atemnot und heftigem Durchfall. Er fühlte sich sterbenselend. Jingyi schalt ihn, weil er mittags zu viel geredet habe, wurde aber von Ni Ping darauf aufmerksam gemacht, daß der Papa viel zu viel von dem Lebertran geschluckt habe, denn auf der Flasche stand ausdrücklich «zwei- bis dreimal täglich je zwei bis drei Tropfen». Zu der ersten Kritik schwieg Ni Wucheng, aber die zweite wies er entschieden zurück. Daß ein solcher Tadel, der die Prinzipien der wissenschaftlichen Ernährungsweise glatt negierte, ausgerechnet von seiner gerade neunjährigen Tochter kam, stimmte ihn besonders traurig.

Nach einer schlimmen Nacht fiel er endlich im Morgengrauen in bleiernen Schlaf, aus dem er erst gegen zehn Uhr erwachte. Er fühlte sich bedeutend besser. Mühselig angelte er sich die Lebertranflasche, begnügte sich aber diesmal mit acht oder zehn Tropfen. Kaum hatte er sie hinuntergeschluckt, mußte er aufstoßen, und der ganze Lebertran mitsamt dem übrigen Mageninhalt kam ihm bitter und übelriechend wieder hoch. Ni Wucheng aber gab sich nicht geschlagen. Kreidebleich, mit zusammengebissenen Zähnen schluckte er wie ein Wiederkäuer die tranige Mixtur wieder hinunter. Eine solche Loyalität gegenüber dem Lebertran und allen Erkenntnissen der Wissenschaft muß man wohl als musterhaft bezeichnen.

Ni Wuchengs Befinden besserte sich mit jedem Tag. Seine rasche Genesung führte er nicht zuletzt auf den Lebertran zurück. Als er zu seiner Frau sagte, er habe Appetit auf etwas Handfestes, röstete sie ihm Fladen, zu denen es Lauch, Sojabohnenpaste und Sesamsoße, zwei Rühreier und, auf einem Extratellerchen, gesalzenen Koriander gab. Außerdem kochte sie noch einen Topf Batatenbrei, den sie mit Maisstärke andickte. Die Mischung von Sojabohnenpaste und Sesamsoße als separates Gericht zu reichen, war ihre eigene Erfindung. Sie meinte, das schmecke gut, spare Geld und mache stark – sozusagen Lebertran à la Jingyi. Ni Wucheng seinerseits aß für sein Leben gern Lauch und Sojabohnenpaste und Batatenbrei. Er speiste genüßlich und geräuschvoll. Vor lauter Begeisterung veränderte er sogar seine Stimme; er redete wieder wie als Kind in seinem Heimatdorf, und selbst sein Lachen klang wie das der Leute aus Mengguantun-Taocun – wie weggeblasen war alles Europäische.

Aufgekratzt sagte er: «Alle sagen, ich bin verwöhnt. Dabei stimmt das überhaupt nicht. In Wirklichkeit bin ich ganz leicht zufriedenzustellen. Ein bißchen Lauch mit Sojabohnenpaste, ein bißchen Batatenbrei, das reicht mir vollauf. Wie sagt doch Konfuzius? ‹Nur eine Schüssel voll Reis und eine Kürbisschale voll Wasser – andere Menschen würden ein so trauriges Leben gar nicht aushalten. Hui hingegen bewahrte seine Fröhlichkeit. Wie weise war er doch! Wie weise war doch Hui!›» Bei diesen Worten streichelte er Ni Zaos Kopf. Dann fuhr er, nicht ohne innere Bewegung, fort: «Ihr werdet es einmal besser haben, wenn ihr groß seid. China kann ja nicht ewig so bleiben, wie es jetzt ist, die Welt kann nicht so bleiben, wie sie ist. Aber ich hoffe, wenn ihr erwachsen seid, vergeßt ihr nicht, wie es einmal war. Daß Sojabohnenpaste mit Sesamsoße als Delikatesse galt. Daß Krieg war. Und daß die Japaner China besetzt hatten. Schlimm, daß eure Kindheit so aussieht.» Tränen standen ihm in den Augen.

«Im Sprichwort heißt es», fuhr er fort, «wem Kohlstrünke munden, der kommt über die Runden.» Bei diesen Worten griff er sich eine von den gesalzenen Korianderknollen und begann sie zu kauen. Die Kinder taten es ihm nach und würgten ebenfalls einen Strunk hinunter.

Beim Essen besprach er mit Jingyi, daß man in ein paar Tagen die Freunde bitten müsse, bei der Stellensuche behilflich zu sein. Ehe er einen neuen Posten gefunden hätte, würde er Werke einiger ausländischer Philosophen übersetzen. Am Schreibtisch würde er das tägliche Brot für seine Familie verdienen, sagte er, womit seine Gattin nur allzu einverstanden war.

Als die Mitteilung des Rektors von der Entlassung ihres Mannes eingetroffen war, hatte Jingyi zwischen widerstreitenden Empfindungen geschwankt. Ni Wuchengs Entlassung zu diesem Zeitpunkt war zweifellos eine Strafe für ihn. Wäre nicht diese Strafe, würde er seine Grenzen nie erkennen und ohne Rücksicht auf die Folgen so weitermachen wie bisher. Erst wenn ihm das Wasser bis zum Halse stand, würde er vernünftiger und realistischer werden, auf sie hören und bei ihr bleiben. Daher hatte sie seine Entlassung herbeigesehnt, denn sie brachte ihr neue Hoffnung. Zugleich zweifelte sie nicht daran, daß ihr eigener «Rachefeldzug» dazu beigetragen hatte. Dies war ein Sieg.

Andererseits mußte sie sich genauso realistisch eingestehen, daß die Entlassung ihres Mannes nicht nur für ihn selbst, sondern für die ganze Familie ein harter Schlag war. Nun würden alle zusammen am Hungertuch nagen und sich mit Verpfänden und Verkaufen ihrer letzten Habseligkeiten über Wasser halten müssen. Ni Wucheng war zwar alles andere als zuverlässig gewesen, aber von seinem Monatsgehalt hatte er doch stets ein wenig für die Familie abgegeben. Und jetzt? Jetzt mußte sie auch ihn noch durchbringen. War sie am Ende selbst die Dumme, die einen Stein nach jemandem geworfen und den eigenen Fuß getroffen hatte?

Doch das konnte sie nicht vor den Kindern aussprechen, und erst recht nicht vor Wucheng. Jedenfalls waren sein «Verzeih mir bitte!» und «Entschuldige!» Anzeichen für eine Sinnesänderung, für Reue und Umkehr, und das erfüllte ihr Leben mit einem neuen Licht. Sie hatte sich das Prinzip der Milde, die mit Strenge gepaart sein muß, zu eigen gemacht. So erbittert sie Wucheng bekämpfte und beschimpfte, so wenig wollte sie ihn damit zugrunde richten. Sie wollte ihn in ihr Leben zurückholen. Zur Zeit war etwas mehr Milde am Platze, um ihn in seinem Willen zur Umkehr zu bestärken.

Während Ni Wuchengs Krankheit, während der Zeit ihrer Versöhnung also, konnte es nicht ausbleiben, daß Jingyi, wenn sie im Westtrakt mit Mutter und Schwester auf die Entlassung des Gatten zu sprechen kam, ihrem Ärger Luft machte: «Ihr kennt nur das eine: ihm eins auswischen. Und zwar so gründlich, daß wir jetzt nicht mal mehr etwas zu beißen haben!»

Dünnhäutig wie sie waren, schlugen Frau Jiang und Jingzhen sofort zurück: «Nun sag bloß, wir sind schuld, daß du nichts zu beißen hast. Du selbst hast dich mit deiner Wut und deinem Haß in diese Lage gebracht. Nimm ihn doch in Schutz, wir werden dich nicht daran hindern! Soll er doch jeden Tag in den Puff gehen, unser Geld ist es ja nicht. Das hat er ja schon verbraten. Ob wir was zu essen haben oder nicht, braucht dich nicht zu kümmern. Daß du nichts zu essen hat, kannst du jedenfalls nicht uns in die Schuhe schieben!»

«Was redet ihr denn da? Habe ich etwa gesagt, ihr seid Schuld?»

«Jedenfalls stimmt es nicht, ganz egal ob du es gesagt hast oder nicht!»

«Und ich sage doch, was ich denke! Nun gerade! Ihr

wollt ihm immer nur eins auswischen. Aber was danach kommt, das kümmert euch nicht!»

«Kennst du denn überhaupt kein Schamgefühl mehr? Wie kannst du nur...»

Die chronische Melancholie der drei Frauen, der ewige Mangel, das Fehlen einer sinnvollen Beschäftigung und überhaupt jeder Abwechslung, all dies bewirkte, daß im Westtrakt der Pulverdampf niemals verflog.

Streit, Weinen, Versöhnung, Lachen, wieder Hoffnung. So ging alles weiter seinen Gang, einen Tag um den anderen.

Ni Wuchengs Zustand besserte sich zusehends. Während seiner Genesung hatte er sich nach zweierlei am meisten gesehnt: zum einen nach einer guten Mahlzeit, und zum anderen nach einem Bad.

Seitdem er bewegt verkündet hatte, er esse Lauch und Sojabohnenpaste und Batatenbrei so gern, hatte Jingyi ihm diese Speisen viele Male vorgesetzt. War es ernst gemeintes, wenn auch übertriebenes Bemühen um sein Wohlwollen? War es der Versuch, das Beste aus ihrer Notlage zu machen? Oder war es als Verhöhnung gedacht, als eine neue Methode, ihn zu bestrafen? Er wußte es nicht. Als er sich nach der Befreiung des Landes 1949 an die Batatenbrei-Tragikomödie erinnerte, wurde ihm zutiefst bewußt, wie weit man in die Geschichte zurückgehen mußte, um an die Wurzeln der Metaphysik in China zu gelangen. Er hatte diese ewige Lauch-mit-Soja-und-Batatenbrei-Diät, bei deren bloßem Anblick es ihm schon sauer aufstieß, gründlich satt. Den Lauch schluckte er wie Medizin, und bei dem Brei hatte er das Gefühl, auf Wachs herumzukauen. Wenn er ihn hinuntergewürgt hatte, schwappte er in seinem leeren Magen hin und her, und ihm war zumute, als habe er nicht nur kein Gramm Fett zu sich genommen, sondern sogar das bißchen Fett, das ursprünglich im Körper gewesen war, auch noch eingebüßt. Niedergeschlagenheit und Wut erfüllten ihn, dennoch schluckte er die bittere Pille mit zusammengebissenen Zähnen, ohne seinem Ärger Luft zu machen. Welcher Teufel hatte ihn nur geritten, feierlich zu verkünden, er sei vollauf zufrieden, wenn man ihm Lauch mit Sojabohnenpaste und Batatenbrei vorsetzte.

Armer Mensch. Armes Leben. Armer Körper. Wie gering waren doch seine Ansprüche, wie rührend bescheiden. Aber wieviel Kummer, wieviel Hohn und Spott, wie viele Frustrationen mußte er ihretwillen dennoch erdulden. Warum nur war der Mensch dem zermürbenden Druck so vieler trivialer und doch so unendlich schwerwiegender Wünsche ausgeliefert? Wenn er nur frei wäre von der Sorge um all diese Kleinigkeiten, wer weiß, vielleicht wäre dann aus ihm, Ni Wucheng – mit all seinen Talenten und Fähigkeiten, mit seiner Begeisterung für alles Neue, mit seinem Interesse und seiner natürlichen Begabung für abstrakte Gedankengänge –, der chinesische Kant oder Nietzsche oder Descartes geworden! Selbst einem Darwin hätte es kaum gefallen, sich einen Monat lang von Lauch, Sojabohnenpaste und Batatenbrei zu ernähren und keinen Schinken, keine Schnitzel, keine Butter, keine Milch, keinen Käse, keinen Thunfisch, keinen Kaffee, keinen Zucker, ja, nicht einmal Tee zu bekommen.

Dem Bedürfnis nach besserer Kost stand das Bedürfnis nach Sauberkeit nicht nach. Ni Wucheng hatte das Gefühl, die Poren am ganzen Körper würden von Schichten mit Schweiß vermischten Staubes bedeckt und verstopft. Er fühlte sich unbehaglich in seiner verklebten, juckenden Haut, und wenn er seinen üblen Körpergeruch wahrnahm, mußte er denken, wie recht doch die Buddhisten hatten, den menschlichen Körper als «stinkenden Hautsack» zu bezeichnen.

Schließlich war er so weit bei Kräften, daß er das Bad aufsuchen konnte. Er wolle Ni Zao mitnehmen, erklärte er. Der sei ja noch klein und dazu so mager, daß ein Platz für sie beide reichen würde und sie für die Benutzung der Badebecken nur für eine Person Eintritt bezahlen müßten. Jingyi war über diesen Plan gerührt. Eigentlich hatte sie Wucheng überreden wollen, zu Hause mit einer Schüssel heißem Wasser vorliebzunehmen und das Geld für das Bad zu sparen. Aber der Gedanke, daß Vater und Sohn zusammen nur einmal Eintritt bezahlen würden, hatte etwas Verlockendes, und so rückte sie das mühsam buchstäblich vom Munde abgesparte Geld heraus. «Danke! Vielen

Dank!» Ni Wucheng verneigte sich dankbar vor seiner Frau und ging mit Ni Zao ins Badehaus.

Noch viele Jahre später, als Ni Zao während seiner Europareise in der Wohnung von Shi Fugang mit dessen Gattin zusammentraf und sich an einige Kindheitsereignisse zu erinnern begann, kam ihm als eines der ersten dieser Besuch im Badehaus in den Sinn. Falls man eines Tages in China einen ähnlichen Film wie ‹Der letzte Schnee des Frühlings›, jenen bewegenden italienischen Streifen über die Liebe eines Vaters zu seinem todkranken Sohn, drehen sollte, so dürfte die Szene, wie der Vater den Sohn mit ins Bad nimmt, auf keinen Fall fehlen.

«Guten Tag, Herr Ni. Bitte treten Sie näher, Herr Ni. Hier entlang bitte, Herr Ni», tönte es ihnen entgegen, als sie das Badehaus betreten hatten. «Man hat sie ja so lange nicht gesehen, Herr Ni. Sie waren wohl verreist? Waren Sie unpäßlich, Herr Ni? Sicher war das werte Befinden nicht gut. Sie sollten besser auf sich aufpassen, Herr Ni! Ein Kännchen Tee, Herr Ni? Drachenbrunnentee? Jasmintee? Yunnan-Schwarztee? Krümeltee der Spitzensorte? Sehr wohl, eine Kanne Krümel mit zwei Schalen.»

Die Pekinger sprachen ihren unverkennbaren Dialekt, und wenn der Badediener seinen «Krümeltee» – bei dem es sich tatsächlich um Spitzensorte, aber eben nur um zusammengefegte Krümel handelte – so feierlich auf hochchinesisch anbot, wirkte das besonders komisch.

Ni Wucheng hatte keine Miene verzogen und von oben herab seinen «Krümeltee der Spitzensorte» bestellt, wobei er dem Diener zugleich bedeutete, er und sein Sohn würden zu zweit nur einen Platz im Becken brauchen.

Ein bißchen peinlich war das Ni Zao allerdings doch. Er genierte sich, sich vor dem Badediener nackt auszuziehen. Aber der Vater machte es ihm bereits vor. Als sein stattlicher Vater ohne Kleidung plötzlich zu einem bloßen Skelett wurde, als er die hervortretenden Rippen, die gekrümmten O-Beine, die schwachen Fußknöchel und den knochigen, spitzen Hintern des Vaters sah, empfand er unaussprechliche Scham, ja sogar Panik.

Endlich war auch Ni Zao ausgezogen, und seine Kleidung wurde mit der des Vaters zusammen hoch oben über ihren Köpfen aufgehängt.

Ni Wucheng führte seinen Sohn in den Saal mit den Badebecken, wo der feuchtheiße Dampf ihnen den Atem verschlug. Der Fußboden war glitschig. Der Anblick all der splitternackten, ausgemergelten Gestalten mit blauen Äderchen und rotem Fleisch, blasser Haut und dunkler Behaarung machten Ni Zao nervös. Und das Wasser im Becken war so schrecklich heiß! Sollte man hier am Ende gekocht und enthäutet werden? Und dann der nackte Mann auf der Holzpritsche. Den schubste ein anderer Mann, der nur ein Handtuch um die Hüften gebunden hatte, hin und her, wobei er ihn regelrecht durchwalkte und so kräftig abrieb, daß er am ganzen Körper rot wie eine Möhre war. Für den Jungen sah es so aus, als würde da jemand geschlachtet und seziert. Und er selbst? Abgesehen davon, daß er dünn und schmächtig und sein Hals schwarz war, blätterte die Haut am ganzen Körper schon schuppenförmig ab. Er konnte nicht umhin, sich für seinen Körper, den Körper seines Vaters und die Körper all der anderen Männer zu schämen.

Inzwischen war der Vater bereits in das erste Becken – das mit der niedrigsten Wassertemperatur – gestiegen. Er rief Ni Zao zu, er solle auch kommen, aber der traute sich nicht hinein. «Zu heiß!» sagte er. Da kam Ni Wucheng wieder heraus, setzte sich auf den Beckenrand und patschte mit seiner vom heißen Wasser benetzten Hand erst auf den mageren Rücken des Sohnes, dann auf seine Brust, seinen Po und die Beine. Anfangs schreckte der Junge zurück, aber schließlich brachte ihn das Gepatsche zum Lachen. Auch Ni Wucheng lachte und begann nun, den Sohn mit dem warmen Wasser zu bespritzen. Bei den ersten Spritzern zog Ni Zao den Kopf ein, doch dann fing er abermals an loszuglucksen. Das ging ein Weilchen so weiter, da packte ihn plötzlich sein Vater und zog ihn mit ins Becken. Der Junge stieß einen gellenden Schrei aus und krabbelte unter dem Gelächter des Vaters aus dem Becken, so schnell er konnte. Nach viel gutem Zureden, Vormachen und einer ganzen Reihe weiterer Vorbereitungen hatte Ni Wucheng es schließlich geschafft, und beide lagen Seite an Seite ausgestreckt im Becken.

Ni Wucheng schrubbte seinen Sohn, nachdem der ein wenig im warmen Wasser geweicht hatte. Er schabte mit dem Daumen den Schmutz herunter. Er müsse besonders auf den Schmutz an Ellenbogen, Knien, Handrücken, Fersen und Hals sowie unter den Achseln und hinter den Ohren achten, sagte Ni Wucheng. Eigentlich wollte er dem Sohn helfen, diese Stellen zu säubern, aber sobald er mit seiner Hand dorthin kam, krümmte sich der Junge vor Lachen. Er war nämlich äußerst kitzlig und meinte, der Vater habe ihn absichtlich gekitzelt. Ein weiteres kleines Problem ergab sich beim Einseifen und Kopfwaschen, als der Seifenschaum dem Jungen in die Augen kam, so daß er die Zähne zusammenbiß und Grimassen schnitt, weil es so brannte, was den Vater wiederum sehr amüsierte. Das erboste Ni Zao so, daß er fast losgeheult hätte und mit den Fäusten auf den Vater losging. Schließlich war die Seife aus dem Haar und aus den Augen herausgespült.

Nach dem Bad fühlte Ni Zao sich frisch und munter. Vater und Sohn wrangen immer wieder das Handtuch aus und benutzten es als Kompresse, tranken mehrere Kännchen Krümeltee, schnitten sich Finger- und Zehennägel, kämmten sich das Haar und verließen endlich restlos befriedigt das Badehaus.

«Baden ist schön», befand Ni Zao.

Erst freute sich sein Vater über dieses Lob, doch dann stimmte es ihn traurig.

Nach dem Bad knurrte Ni Wucheng, der ebenfalls die angenehme Leichtigkeit von Sauberkeit und Frische empfand, der Magen mehr denn je. Auf dem Heimweg kamen sie an einer Bratküche vorbei. Ni Wucheng roch den würzigen Duft des gebratenen Fleisches, der sich mit dem harzigen Rauch des Holzfeuers mischte. Er sah die zufriedenen Mienen der Leute, die nach ihrem Mahl mit fettigen Lippen aus dem Lokal kamen, und die erwartungsvollen Gesichter derer, die den Genuß noch vor sich hatten. Ihm war, als schmecke er selbst den köstlichen Wohlgeschmack von gebratenem Fleisch und Schnaps auf der Zunge. Er leckte sich unwillkürlich die Lippen, das Wasser lief ihm im Munde zusammen. Er schluckte geräuschvoll, als hätte er etwas in der Kehle, und in seinem leeren Magen grummelte es. Ihm fiel ein, was man auf dem Dorf sagt, wenn jemanden die Freßlust packte: Der ist so vernascht, bei dem kommt gleich der Naschwurm heraus!

Was das wohl sein mochte, ein Naschwurm? Lag es an dem Naschwurm im Bauch, daß man seine Gier nicht zügeln konnte? Jedenfalls war es ein zutreffendes Bild: Seine gepeinigte Miene war tatsächlich die eines Menschen, durch dessen Eingeweide sich ein Wurm bohrt.

Aber Naschwürmer gab es ja gar nicht. Wenn jemandem beim Anblick einer leckeren Speise ein Wurm aus dem Mund kroch, konnte es sich nur um einen Parasiten handeln. Von Bandwürmern oder Spulwürmern hatte man ja durchaus schon gehört, daß sie durch den Mund des Patienten abgingen. Er mußte an die unzähligen Spulwürmer in den Aborten und Mistgruben daheim auf dem Dorf denken. Wie die Schweine leben wir! Tränen traten ihm in die Augen.

Ni Zao konnte den Blick nicht vom Vater wenden. Er war zwar noch ein Kind, aber daß sein Vater für sein Leben gern in das Restaurant gegangen wäre und gebratenes Fleisch gegessen hätte, das sah sogar er. Er hatte Mitleid mit ihm und verachtete ihn zugleich. Seine Gier war sowohl rührend als auch erbärmlich. Und seine unwillkürlichen Kaubewegungen erinnerten Ni Zao an das Kätzchen, das seine Schwester und er gehabt hatten. Die arme Katze hatte nie genug zu fressen bekommen. Wenn die Menschen aßen, beobachtete sie sie unverwandt, und jedesmal, wenn sie kauten, machte auch sie Kaubewegungen. Das war so herzzereißend, daß man schnell ein Bröckchen von der Speise, die man schon im Mund hatte, für die Katze abbiß. Dann kam das Kätzchen mit dankbarem Miauen angelaufen, schnupperte an dem Bröckchen, fraß aber nicht, sondern sah einen nur unverwandt an. Was die Menschen aßen, war so minderwertig, daß eine Katze es nicht fressen konnte. Später war diese Katze eingegangen. Sie lag im Hof begraben.

In diesem Moment hatte sich der stattliche Vater in ein mageres Kätzchen verwandelt, in ein Kätzchen, das bald sterben würde.

Der herzzerreißende Anblick seines plötzlich verstummten, verwirrte aussehenden Sohnes machte Ni Wucheng noch trauriger. Was für ein schlechter Vater bin ich doch. Ein Vater, der es nicht einmal fertigbringt, seinem Sohn eine Portion gebratenes Schweinefleisch zu kaufen. Wozu ist solch ein Vater überhaupt noch nütze?

Und wenn der Himmel herabfällt und die Erde einstürzt oder der Gelbe Fluß rückwärts fließt – diese Portion gebratenes Schweinefleisch werden wir essen! Ni Wuchengs von der Hitze im Badehaus gerötetes Gesicht wurde wieder bleich, so kummervoll und zornig und zugleich feierlich entschlossen war er.

«Komm, wir gehen dort lang!» Das Kind an der Hand mit sich ziehend, zeigte er in die entgegengesetzte Richtung.

«Wo gehen wir denn hin? Nicht nach Hause?»

«Wir besuchen einen Freund. Einen sehr, sehr klugen Onkel.»

«Nein, ich will nicht mit.»

«Es dauert nur zehn Minuten.»

«Ich will aber nicht mit!»

«Komm, sei artig! Auf dem Rückweg kaufe ich dir auch ein Märchenbuch.»

«Nein! Brauchst du gar nicht. Hast ja gar kein Geld!»

«Aber ich werde Geld haben!» Erregt packte Ni Wucheng die Hand des Sohnes. «Du mußt deinem Papa glauben, daß er Geld beschaffen kann... Ich bitte dich, mein Kind, laß uns dorthin gehen, es ist gar nicht weit. Zwei Stationen mit der Straßenbahn und dann noch zehn Minuten zu Fuß.»

Sie kamen zum Haus von Du Shenxing. In der Vorhalle standen lauter Blumentöpfe mit goldenen oder zartgrünen, weißen oder violetten Chrysanthemen, eine verschwenderische Pracht, die Vater und Sohn fast unglaublich vorkam. Die Bibliothek, in der der ehrwürdige Herr Du Gäste empfing, ging nach rechts ab. Dort war bereits der «neue Volksofen» aufgestellt, jener kohlesparende, nicht mit Schamott ausgekleidete Wellblechofen mit einem Rauchabzugsrohr aus blankem Weißblech und einem summenden Wasserkessel auf der Ofenplatte; im Zimmer war es mollig warm. Die Regale an der Nordwand reichten bis unter die Decke, sie waren gefüllt mit Büchern aller Art, größtenteils fadengeheftete, ältere Ausgaben. Es roch nach Papier und Druckerschwärze. Von den vollen Bücherregalen war Ni Zao so fasziniert, daß er vor lauter Ehrfurcht fast den Atem anhielt.

Nachdem er «Onkel Du» begrüßt und auf seine Fragen geantwortet hatte, konnte er sich endlich ganz der Betrachtung der Bücher widmen. Neben dem Regal sah er eine kleine Trittleiter, die man offenbar brauchte, um an die oberen Reihen heranzukommen. Ein Anblick, bei dem seine Ehrfurcht vor dieser Bibliothek noch größer wurde. Er überlegte, wie lange man wohl brauchen würde, um all diese Bücher zu lesen. Und er versuchte sich vorzustellen, wie groß die Gelehrsamkeit eines Menschen sein muß, der das getan hatte. Den Redeschwall des Vaters, der wieder einmal vom Hundertsten ins Tausendste kam, beachtete er gar nicht.

«Herr Du, meine prekäre Situation...» Diese Worte drangen dann doch bis zu Ni Zaos Ohren. Das Furchtbare war geschehen: Vater hatte Herrn Du angepumpt. Es kam noch furchtbarer. Onkel Du zog, offensichtlich angeekelt, ein bißchen Geld aus der Tasche, vielleicht ein Zehntel der Summe, um die ihn Vater angegangen hatte. Dann die Freude des Vaters und sein künstliches Lachen, das einem durch und durch ging. Wenn man dachte, es sei vorbei, fing er völlig grundlos wieder von vorne an, und das dreimal. Wie ein Hahn, der nicht krähen will und dem man den Hals massiert, damit er es doch tut.

Ni Zao und Ni Wucheng verließen das Haus von Herrn Du. So unerträglich fand er die eben erlittene Demütigung, daß Ni Zao zu weinen begann, als der Vater sagte, sie würden jetzt in das nächstbeste Restaurant gehen. «Ich komme aber nicht mit!» rief er unter Tränen und lief davon.

Ni Wucheng erschrak. Er holte seinen Sohn schließlich wieder ein, und sie gingen gemeinsam nach Hause, die Lippen zusammengepreßt, stumm. Als sie an einer Gemischtwarenhandlung vorbeikamen, kaufte Ni Wucheng in raschem Entschluß ein Thermometer. Für Dinge, die etwas mit moderner Wissenschaft zu tun hatten, konnte er sich stets begeistern. Auf diese Weise, hoffte er, würde ein wenig Wissenschaft und westliche Zivilisation in sein Heim kommen. Mit dem Kauf hatte sich seine Stimmung schlagartig verändert. Den ganzen Weg über erklärte er dem Jungen das Wirkungsprinzip des Thermometers und die Skalen von Fahrenheit, Réaumur und Celsius. Er redete und redete, bis er merkte, daß er etwas Falsches erzählt hatte, denn von diesen Dingen verstand er eigentlich nicht viel. Dann schwieg er.

Jingyi starrte auf das Thermometer, als sähe sie ein Gespenst. Sie befragte Ni Zao eingehend, so daß er das Gefühl bekam, sein Ausflug mit dem Vater sei tatsächlich eine einzige Katastrophe gewesen. Dann begann die Mutter zu weinen und dem Vater Vorwürfe zu machen, daß er in einer derartigen Notzeit Geld für solchen Plunder ausgebe.

Ni Wucheng hörte sich alles geduldig an und ließ sich seine gute Laune nicht verderben. Bewundernd betrachtete er die Skala des Thermometers, pustete wie ein Kind gegen das Glasröhrchen und rieb es mit den Fingern, um zu beobachten, wie die Flüssigkeit bei Erwärmung im Röhrchen stieg und nach Abkühlung wieder fiel. Er war begeistert, wie anschaulich dieses Naturgesetz hier wurde. «Es lebe die Wissenschaft!» sagte er.

15

Ein Verwandlungsbilderbuch verhalf Ni Zao zu der Erkenntnis, daß der Mensch aus drei vielfarbigen Bestandteilen zusammengesetzt ist – dem Kopf, dem Oberkörper und dem Unterkörper –, die wiederum vielfältige Kombinationen gestatten.

Das also war die Erklärung für die unendliche Verschiedenheit der Menschen! Natürlich harmonierten die drei Teile nicht in jedem Fall miteinander. Manche Kombinationen erschienen plump und unbeholfen, lächerlich oder abstoßend. Wie schön wäre es, wenn jeder Mensch bei sich selbst einfach den einen oder anderen Teil auswechseln könnte! Jedenfalls machte diese bunte Vielfalt Spaß. Beide Kinder hatten ihre Lieblingskombinationen, die aber schnell wechselten.

Den Reiz des Neuen hatte auch das Thermometer. Wie kam es bloß, daß die rosa Alkoholsäule in dem Röhrchen manchmal lang, manchmal kurz war, einmal fiel und dann wieder stieg? War sie etwa lebendig? Oder trieb da ein Kobold seinen Schabernack? Ni Zao saß manchmal minutenlang bewegungslos vor dem Thermometer und beobachtete es. Zu gern hätte er mit eigenen Augen gesehen, wie es stieg und fiel, zu gern wäre er hinter den Trick gekommen – oder dem Kobold auf die Schliche. Aber es ging ihm wie einem, der das Öffnen einer Blütenknospe beobachten möchte: Solange man hinsieht, geschieht gar nichts, aber in dem Moment, wo man nicht mehr daran denkt, ändern sich Form und Aussehen der Blüte.

Ein Märchenbuch hatten die Kinder auch, und ein schön gedrucktes Buch mit Lebensbeschreibungen berühmter Persönlichkeiten aus aller Welt. Das stammte aber nicht von Papa, sondern von dessen langnasigem Freund «Onkel Shi».

Onkel Shi war Herr Shi Fugang, ein Europäer, der darauf bestand, Chinesisch zu sprechen, und zwar im Pekinger Dialekt, den er bis hin zu bestimmten typischen Wörtern imitierte. Er trug saubere Kleidung, hatte ein fröhliches Wesen und ein lächelndes Gesicht. In dem Monat nach der schweren Krankheit Ni Wuchengs war er zu Hause erschienen, um mit diesem über die Gründung einer Zeitschrift zur Propagierung wissenschaftlicher Arbeiten aus Europa in chinesischer Übersetzung zu beraten. Er war auch sehr freundlich zu Jingyi gewesen, mit der er über Alltagsdinge plauderte. Sie hatte gesagt, er sei ein guter Mensch. Auch Frau Jiang und Jingzhen wollte Herr Shi kennenlernen. Jingzhen mochte ihn nicht empfangen, aber Frau Jiang hatte sich schnell ihre schwarze Steppjacke angezogen und ihn dann in aller Form begrüßt. Herr Shi hatte ihr mit wohlgesetzten Worten die schönsten Komplimente über ihr «blühendes Aussehen trotz ihres hohen Alters» gemacht, so daß die in Wirklichkeit gar nicht so übermäßig betagte, aber Alter mit Ehre gleichsetzende Frau Jiang über das ganze Gesicht strahlte. Nach dieser Begegnung hatte sie mit einem Seufzer erklärt, sie hätte gar nicht gedacht, daß es unter den Ausländern auch solche gebildeten Menschen gäbe, die wüßten, was sich gehöre.

In dem Buch über die berühmten Persönlichkeiten wurden reichlich dreihundert Männer und Frauen jeweils mit einem Porträt und einem Begleittext vorgestellt. Was Ni Zao durch dieses Buch über Sokrates, Plato, Pasteur, Nobel, Edison, Kopernikus, Galilei, den «Tiger» Clémenceau, den Blut-und-Eisen-Kanzler Bismarck, die Heilige Jeanne d'Arc, den Dichter Dickens und viele andere erfuhr, prägte sich ihm fürs Leben ein. Daß Kopernikus und Galilei verbrannt worden waren – so hieß es jedenfalls in dem Buch, obwohl es in Wahrheit nicht stimmt –, hatte den Jungen sehr betrübt. Bismarck war in seiner Jugend einmal in einem Landgasthof abgestiegen, hatte mehrmals nach der Bedienung geklingelt und, als immer noch niemand erschien, aus seiner Pistole einen Schuß in die Zimmerdecke abgegeben. Das hatte ihn für Ni Zao jedoch keineswegs zum Helden gemacht. Im Gegenteil, er fand das höchst ungehörig und gewalttätig. Das Bild der Heiligen Johanna betrachtete er stets mit tiefer Verehrung. Und Dickens, der hatte sich beim Fußballspielen das Bein verletzt und war dadurch zur Schriftstellerei gekommen – hochinteressant! War es nicht viel schöner, Literat zu sein, als Fußball zu spielen? Hätte sich Dickens nicht lieber gleich auf die Literatur verlegen sollen? Warum hieß es in dem Buch, die Verletzung hätte ihn zum Schriftsteller gemacht?

Unter den dreihundert berühmten Persönlichkeiten aus aller Welt war nur ein einziger Chinese, «der erhabene Weise und erste Lehrer» Konfuzius. In der Schule hing in jedem Klassenzimmer ein Bild von ihm. Ni Zao konnte nicht verstehen, warum Konfuzius ein so zerknittertes Gewand trug, und erst recht nicht, warum er ein Schwert umgegürtet hatte. Ob ein gebrechlicher alter Herr wie Konfuzius mit seinem gebeugten Rücken überhaupt mit einer Waffe umgehen konnte?

Am sympathischsten und liebsten war ihm jedoch Edison, der Sohn bettelarmer Eltern, der in Eisenbahnzügen Zeitungen verkaufen mußte und infolge einer Ohrfeige auf einem Ohr taub wurde – so schlimm erging es dem. Dennoch erfand er das elektrische Licht und noch wer weiß wie viele andere wertvolle Sachen. Erfinder sein, das war interessant! Was für Erfindungen mochten wohl darauf warten, von ihm, Ni Zao, entdeckt zu werden?

Das ganze Buch und sein Glanzeinband übten eine außerordentliche Faszination auf ihn aus. Hier tat sich eine Welt mit ganz neuen Perspektiven vor ihm auf. Die Welt war also nicht nur sein stets von Zank und Streit erfülltes Zuhause, war nicht nur sein Klassenzimmer, das im Winter so oft ungeheizt blieb, war nicht nur das von den Japanern besetzte Peking, wo jetzt gerade die vierte Kampagne zur Verstärkung der öffentlichen Sicherheit im Gange war. Im Vergleich zur Welt der «berühmten Persönlichkeiten» kam ihm seine eigene geradezu unwirklich vor. Diese seltsam aussehenden Männer und Frauen mit ihren erstaunlichen Frisuren und Bärten und Kleidern regten ihn immer wieder zum Nachdenken an.

Am wichtigsten war, so entdeckte er, daß die berühmten Persönlichkeiten alle etwas hatten, das sie tun wollten. Jeder von ihnen kannte seine Aufgabe und widmete ihr sein Leben. Bei Ni Zaos Angehörigen dagegen war es genau umgekehrt: Keiner von ihnen wußte, was er tun wollte. Das war traurig.

Er zeigte auch der Tante das Buch, die es mehrere Tage lang, ordentlich an ihrem Tischchen sitzend, nach der Morgentoilette las. «Nicht schlecht, wirklich nicht übel, da kann man nicht meckern», so lauteten ihre Kommentare. Etwas glühende Asche von ihrer billigen Zigarette fiel auf den Kopf von Napoleon, brannte ein großes und ein kleines Loch in den französichen Kaiser und hinterließ auch noch auf mehreren anderen Seiten kleine schwarze Brandflecken, worüber Ni Zao sehr betrübt war.

Die Märchen jedoch gehörten ihm und der Schwester allein. Jedes der Kinder las sie für sich, und wenn sie auf unbekannte Wörter stießen, fragten sie sich gegenseitig, oder sie schlugen im Lexikon nach. In diesem Lexikon mußte man die Schriftzeichen nach der Form ihrer vier Ecken suchen. Für jede Art Ecke stand eine Zahl, so daß man das Zeichen mit Hilfe von vier hintereinander geschriebenen Zahlen identifizieren konnte. Ni Zao beherrschte das System sehr gut; ein gewisser Wang Yunwu habe es erfunden, hatte er gehört. Wenn sie die Geschichten fertiggelesen hatten, erzählten sie sie einander, wobei sie sich gegenseitig ergänzten oder korrigierten.

Ni Zaos Lieblingsmärchen war die Geschichte vom Wasser des Lebens und dem Kanarienvogel. Ein uralter Mann war krank und schwach und kummervoll. Er hatte drei Söhne. Die Fee des Waldes sagte zu ihnen, sie sollten in die Ferne ziehen und das singende Kanarienvögelchen und das Wasser des Lebens suchen, mit dem man Tote zum Leben erwecken und Alte verjüngen könne. Sie dürften sich aber nicht von der Hexe überlisten lassen und sich umdrehen. Die beiden ältesten vergaßen den Rat der Fee und drehten sich auf dem Weg durchs Gebirge um, als die Hexe sie beim Namen rief. Sie wurden in kalten Stein verwandelt. An dieser Stelle pflegte Ni Zao sich über die beiden Dummköpfe zu empören – nicht auf die Fee hören, aber auf eine Hexe hereinfallen! Der dritte Sohn dagegen war entschlossen und beherzt, besiegte die Hexe, brachte den Kanarienvogel und das Lebenswasser nach Hause, erlöste seine Brüder und unzählige andere Menschen, die zu Stein verwandelt worden waren, und machte den kranken Vater gesund. Und alle lauschten dem Gesang des Vögelchens und lebten glücklich und zufrieden.

Ni Zao war sehr beeindruckt von dieser Geschichte. Immer wieder malte er sich den Kummer des Greises und die Gefühle der Söhne, die ferne Hoffnung und die tückische Verlockung aus. Ihm war, als ginge er selbst durch jene Gebirgsschlucht mit den bizarr geformten Felsen und hörte die Rufe und das Gelächter aller möglichen Gespenster. Wieder und wieder fragte er sich, wie er mit den Schwierigkeiten und Gefahren, mit der Angst und Einsamkeit und den unwiderstehlichen Verlockungen fertigwerden würde. Manchmal kam er zu dem Schluß, er würde es schaffen, er sei der dritte Sohn, der das Wasser des Lebens auf die Steine gießt, so daß sie nach tausend Jahren aus ihrer Erstarrung erlöst und wieder zu lauter lebendigen Menschen werden. Jeder Stein war ja eine arme, gefangene Seele. Er wollte sie erlösen, wollte ihnen zu Hilfe kommen, wollte sie das himmlische Lied des goldenen Wundervögelchens hören lassen. Sogar wenn er scheitern sollte, sogar wenn er am Ende selbst in einen kalten, harten, schweren Felsbrocken verwandelt würde, sogar dann würde er eines Tages das Lebenswasser finden und die Steine – darunter seine Angehörigen und sich selbst – erlösen, er durfte nur nicht aufhören, danach zu suchen.

Eine solche Gemütsbewegung war zu stark für seinen schmächtigen Körper, seine Gefühle waren zu intensiv und seine Sorgen zu schwer, als daß er sie hätte für sich behalten können. So zog er die Schwester ins Vertrauen. Er erzählte und erzählte, bis er plötzlich fragte: «Sag mal, liebst du China?»

Ni Ping wußte nicht, worauf er hinauswollte, und nickte nur.

«Wenn ich erwachsen bin, werde ich jedenfalls mein Vaterland lieben. Ich möchte für China sterben! Unser China ist so arm und schwach», sagte Ni Zao mit Tränen in den Augen.

Auch Ni Zao ging manchmal mit der Großmutter auf die Tempelmärkte. Er sah gern den Akrobaten zu und bedauerte, daß dabei mehr geredet als vorgeführt wurde. Wie ein Wasserfall ging das Mundwerk der Gaukler.

Als es dann endlich etwas zu sehen gab, war Ni Zao begeistert. Zu Hause stellte er sich auf seine Pritsche und fing an, Kunststückchen zu machen, wie er sie bei den Jahrmarktartisten gesehen hatte. Nicht lange, und er verlor das Gleichgewicht, stürzte kopfüber auf den Fußboden und schlug sich das Gesicht auf. Der Vater sagte betrübt: «Das ist die schlechte Ernährung. Zuwenig Kalorien. Die Blutzufuhr zum Gehirn reicht nicht aus. Kann nicht mal geradestehen, der Junge. Kann sich nicht satt essen, kann sich nicht warm anziehen – ein Verbrechen ist das, Kindern ein solches Leben zuzumuten, jawohl, ein Verbrechen!»

Daß sein Vater sich in dieser Weise erregte, empfand Ni Zao als lästig. Schließlich war er ein Mensch und nicht ein Hund oder eine Katze. Es gehörte sich einfach nicht, sich vor seinen Ohren in dieser Weise über ihn auszulassen. Er war hingefallen und damit gut. Wozu all das Gerede über die schlechte Ernährung – was konnte man denn schon daran ändern! Wenn man Schürfwunden im Gesicht hatte, brauchte man ein Fläschchen Jodtinktur oder ein Pflaster. Und wenn man das nicht hatte, taten es auch ein paar tröstende Worte und ein Streicheln über den Kopf. So machte es die Mutter. Nichts von alledem bei Papa. Stattdessen übertriebene Klagen über irgendwelche «Verbrechen». Erreichte man mit solchen Klagen irgendetwas, außer daß man sich selbst und allen, die sie hörten, die Laune verdarb?

Weil er sich nach seinem Sturz schonen sollte, nahm Ni Zao zwei Abende lang kein Buch zur Hand. Er betrachtete nur aufmerksam die Kalligraphie, die der Vater so liebte. Ein Buch mit sieben Siegeln war das, in dem er überhaupt keinen Sinn entdecken konnte. Warum war das Schriftzeichen für «rar» in «Rare Gabe Torheit» so merkwürdig geschrieben? Hieß das überhaupt rar? Sah eher aus wie «Huhn» – aber was hatte ein Huhn mit der «Gabe Torheit» zu tun?

«Das nennt man Weisheit», sagte Ni Wucheng. «Der Spruch bedeutet, ein Mensch braucht Klugheit, wo Klugheit vonnöten ist, und Torheit, wenn Torheit gebraucht wird.» Seine Erklärungen, die vielleicht sogar er selbst nicht ganz verstand, gingen über den Horizont des Sohnes.

Aus dem Vater wurde er nicht klug.

Es war am Ende doch ein friedlicher Winter geworden, in Ni Zaos Erinnerung der einzige friedliche und harmonische Winter, der einzige Winter, so lange er denken konnte, in dem sie eine Zeitlang mit dem Vater zusammen in einem Raum wohnten. Der Vater übersetzte Bücher und Artikel und schlug den ganzen Tag in Wörterbüchern nach. Manchmal ging er sehr spät zu Bett. Als Neujahr – nach dem Gregorianischen Kalender – vorbei war, fand er eine zusätzliche Beschäftigung: Er unterrichtete aushilfsweise ein paar Stunden an einer Mittelschule. Jeden Monat übergab er sein Gehalt der Mutter. Dann herrschte jedesmal eine freudige Hochstimmung, obwohl der Vater sich sonst mehrmals täglich mit der Mutter stritt, oft Ni Zaos wegen.

Zum Beispiel ermahnte der Vater ihn mitten im schönsten Schmausen: «Beim Essen wird nicht geschmatzt!»

«Es schmeckt ihm eben!» verteidigte ihn die Mutter und fing demonstrativ selbst an zu schmatzen.

«Eine schlechte Angewohnheit!» beharrte der Vater.

Aber deine Angewohnheiten sind gut, wie? dachte Ni Zao, dem die Freude am Essen verdorben war – zumal es sowieso nichts Besonderes gab. Da bemerkte er, daß der Vater beim Kauen und Schlucken ebenfalls Geräusche von sich gab. «Du schmatzt ja selbst!» sagte er triumphierend und zeigte mit dem Finger ihn.

«Man zeigt nicht auf Menschen!» Wieder eine Belehrung.

«Du zeigst ja selbst auf Menschen, wenn du redest», entlarvte die Mutter den Vater.

Der wollte schon aufbrausen, aber dann fiel sein Blick auf die Kalligraphie von Zheng Banqiao, und er schwieg mit finster gerunzelter Stirn.

«Es ist so kalt, meine Finger sind ganz erfroren», klagte Ni Zao, als er nach der Schule nach Hause kam, und er hielt seine rotgefrorenen Händchen an den heißen Ofen.

«Halt sie nicht an den Ofen», ermahnte ihn der Vater und fing an, ihm einen Vortrag zu halten. «Das nennst du Kälte? Im Norden, in der Provinz Heilongjiang, und in Sibirien, da ist es viel kälter als hier in Peking. Und erst am Nordpol! Nördlich des Polarkreises leben die Eskimos in Eishäusern. Einige von den fortgeschrittenen Ländern entsenden jedes Jahr Forscher zum Nordpol... Kleine Kinder dürften keine Angst vor Kälte haben.»

Alles Quatsch! dachte Ni Zao.

Schon schaltete sich die Mutter ein: «Was willst du eigentlich damit sagen? Andere Väter kaufen ihren Kindern neue Wattejacken und neue Pullover, ganz zu schweigen von einer Mütze mit Ohrenklappen und wattierten Schuhen. Sieh ihn doch an, kann er so etwa zum Nordpol fahren? Warst du selbst denn schon mal am Nordpol? Du regst dich schon auf, wenn ich ein paar Stückchen Kohle weniger auflege, aber andere willst du zum Nordpol schicken!»

Ni Wucheng murmelte: «Dummheit, pure Dummheit. Die reinste Idiotie...» Aber das wagte er nicht laut zu sagen.

Wenn er nichts zu tun hatte, mußten sich die Kinder vor ihm aufstellen und auf und ab laufen, damit er sehen konnte, ob sie ein Hohlkreuz hatten, ob die Schultern auch nicht hingen, ob die Beine schön gerade waren und ob sie beim Laufen die Füße nach innen oder nach außen setzten.

Diese unerträgliche und demütigende Fürsorge war den Kindern ein Greuel. Ni Zao begann sogar, daran zu zweifeln, daß die Aussöhnung der Eltern tatsächlich etwas Gutes war. Verlief nicht ihr Leben viel ruhiger, wenn der Vater mit der Mutter auf Kriegsfuß stand und oft abends nicht nach Hause kam oder von ihnen gemieden wurde?

Und dann seine endlosen Vorträge über Anstandsregeln und Ideale! Wen man «Onkel» zu nennen hatte und wen nicht, wann man sich bedanken und wann man sich entschuldigen mußte, welches Wort man nicht richtig angewendet hatte und welcher Nachricht man keinen Glauben schenken dürfte. Auch im Winter müsse man bei geöffnetem Fenster schlafen, und bei gutem Wetter solle man ins Freie gehen und ein Sonnenbad nehmen. In Bücher dürfe man keine Eselsohren als Lesezeichen machen. Treffe man jemanden auf der Straße, den man nicht kenne, habe man zu lächeln, und bei Bekannten müsse man als erster grüßen. Wenn man an einem Vortragswettbewerb teilnehme, komme es nicht nur darauf an, sich als guten Schüler, sondern darüber hinaus als einen Jugendlichen darzustellen, der zu Großem fähig sei. Im übrigen empfehle es sich, viele Lieder singen zu können und mindestens ein Musikinstrument zu spielen sowie zeichnen und modellieren zu lernen. Man müsse die Fähigkeit erwerben, eigenhändig seine Schreibutensilien anzufertigen oder zum Beispiel auch eine Laterna magica. Ganz zu schweigen davon, daß man von klein auf das Tanzen, Radfahren und Autofahren erlernen müsse... Einige dieser Man-muß-Regeln kamen den Kindern wie Stricke vor, mit denen sie gefesselt werden sollten, andere wie utopische Hirngespinste.

«Euer Papa ist verrückt», war Jingyis Kommentar, genauso unverblümt und geradeheraus wie ihre gesamte Kindererziehung. «Hört einfach nicht auf ihn.»

Je länger er zu Hause war, desto lieber gewann Ni Wucheng seine Kinder. Je lieber er sie hatte, desto mehr beschäftigte er sich mit ihnen, und je mehr er sich mit ihnen beschäftigte, desto schmerzlicher empfand er die Schwächen der beiden. Er hatte schon öfter vor anderen erklärt, wer China retten wolle, müsse mit der Rettung der Kleinkinder beginnen. Erst mit fünf, sechs oder gar sieben Jahren mit der Erziehung anzufangen sei einfach zu spät. Je lieber er seine Kinder gewann, desto intensiver erzog er auch an ihnen herum, und je mehr er erzog, desto weniger liebten die beiden ihren Vater.

Ni Zao begann, sich mit seiner ganzen überschäumenden, wenn auch noch kindlichen Energie und Phantasie auf das Lesen zu konzentrieren. Drei Quergassen weiter befand sich in einem kleinen Hof eine «Volksbildungshalle», die allerdings lediglich aus einem Leseraum mit weniger als dreißig Plätzen bestand. Das erste Mal war Ni Zao nach der Schule von einem älteren Schulkameraden dorthin mitgenommen worden. Weil er noch so klein war, wurde er beim Betreten des Leseraums mit «Kleine Kinder haben keinen Zutritt!» empfangen.

Bei diesen Worten der Bibliothekarin – einer nicht mehr jungen, gelbgesichtigen, mageren Frau, die zwischen Theke und Bücherregalen thronte – fuhr Ni Zao zusammen und wurde vor Schreck ganz rot.

Sein Schulkamerad erklärte: «Er will doch lesen!»

«Wir haben keine Bilderbücher», erwiderte die Frau, woraufhin Ni Zao auftrumpfte: «Bilderbücher will ich auch gar nicht!»

Dann hatte ihm der ältere Schulkamerad gezeigt, wie man die Bücherkartei benutzt, die einen Geruch von uraltem Papier und Tinte verströmte. Zwei Bücher durfte man auf einmal entleihen. Ni Zao wählte ‹Bing Xins sämtliche Werke› und die Märchensammlung ‹Die Vogelscheuche› von Ye Shengtao.

Die Bibliothekarin sah ihn mißtrauisch an und holte widerwillig die Bücher. So las Ni Zao unter den gestrengen Blicken dieser Frau das erste Bibliotheksbuch seines Lebens. Vielleicht denkt sie, ich will Bücher klauen, und paßt auf, daß ich nicht weglaufe, überlegte er, während er wie auf einem Nadelteppich dasaß und las. Sicher, viele Wörter waren ihm unbekannt, aber die bekannten überwogen doch, so daß er die Bedeutung der fremden Wörter meistens erraten konnte. Ob er die Bücher verstand, wußte er nicht. Jedoch las er mit Hingabe und dachte über das Gelesene nach. Er war völlig versunken in die Welt des Buches und hatte jene strengen und mißtrauischen Blicke, die auf ihm ruhten, längst vergessen. Die waren inzwischen auch gar nicht mehr streng, sondern mild und liebevoll. Als der andere Bibliothekar, ein älterer Herr mit runden Brillengläsern, zur Theke kam, flüsterte ihm die nicht mehr junge Frau lächelnd etwas ins Ohr, wobei sie auf Ni Zao wies. Der alte Herr lachte ebenfalls und nickte.

In diesem Winter wurde Ni Zao Stammkunde der Volksbildungshalle, und die beiden Bibliotheksangestellten kannten ihn bald gut. Manchmal, wenn der Nordwind plötzlich zu heulen begann, der Himmel sich schwarz wie Tusche färbte und der Ofen im Lesesaal auszugehen drohte, gaben die wenigen Leser, die gekommen waren, rasch ihre Bücher zurück und eilten nach Hause, ehe das Wetter noch schlechter würde. Ni Zao jedoch blieb immer bis zuletzt. Bevor der Lesesaal nicht geschlossen wurde, ging er nicht nach Hause. Manchmal lief ihm vor lauter Kälte die Nase, aber er konnte sich dennoch nicht losreißen. Es kam vor, daß die beiden Angestellten ihn bitten, ja geradezu überreden mußten, ein wenig früher heimzugehen. Da erst ging ihm auf, daß auch sie nicht Schluß machen konnten, solange er nicht gegangen war. Dann gab er sein Buch ab und verließ widerwillig diese primitiv eingerichtete Bildungshalle, sein Herz ließ er jedoch zurück.

Auch historische Romane und Ritterromane las er. ‹Die sieben Recken und die fünf Gerechten› und ‹Die fünf kleinen Gerechten› beeindruckten ihn nicht sonderlich, dafür gingen ihm die Geschichten von Liebe und Haß, die sich um den Kleinen Weißen Drachen – den Helden des Romans ‹Die zwölf Schatzwächter› von Bai Yu – rankten, sehr nahe. Auch Zheng Zengyins Faustkämpferroman ‹Habichtkrallen-Wang› interessierte ihn. Besonders fasziniert war er von der Beschreibung, wie jemand sich für einen besonders hohen Sprung mit Hilfe einer Art autogenen Trainings für den Trick «aus trockener Erde Lauch reißen» federleicht machte. Und so wurde dem Buch zufolge der Lauch aus der trockenen Erde gerissen: Nach dem Absprung tippte man mit dem rechten Fuß auf den Spann des linken Fußes, sprang abermals, tippte mit dem linken Fuß auf den Spann des rechten Fußes, sprang dann wieder, und schon war man auf dem Dach des Hauses, des Turms oder auf der Felswand gelandet – eine Art Dreisprung in vertikaler Richtung. Für sein Leben gern hätte Ni Zao das auch gekonnt. Er probierte es mehrmals, aber jedesmal, wenn er tief eingeatmet und blitzschnell in die Höhe gesprungen war, plumpste er sofort wieder auf die Erde, noch ehe er mit dem rechten Fuß den linken berührt hatte.

Wenn Ni Zao von seinen Lesefreuden in der Volksbildungshalle erzählte, lächelte sogar seine sonst oft so kummervolle Mutter. «So ist es recht. Wunderbar! Was für ein kluger Junge! Aus dir wird noch was!» So ging es ununterbrochen. «Aber du darfst nicht übertreiben!» ermahnte sie ihn gleich darauf.

Noch mehr freute sich die Tante, die von sich selbst behauptete, eine Büchernärrin zu sein, und die öfter ein wenig Geld ausgab, um sich an einem Bücherstand ein paar Bände auszuleihen. «Ich lese nur Unterhaltungsliteratur», erklärte sie und zitierte ein paar Spruchweisheiten. «Wer tausend Bände gelesen hat, dem fliegt der Pinsel nur so übers Blatt», begann sie, und mit «Lies Tang-Zeit-Gedichte, möglichst dreihundert, und bald wirst du selbst als Dichter bewundert» ging es weiter. Anschließend erzählte sie Geschichten von Leuten, die fleißig gelesen und gelernt hatten, bis schließlich ihr Monolog mit dem üblichen «Der Dingsda da-dam-da da-dam» zu Ende ging.

Ni Ping kritisierte die Lesewut ihres Bruders; sie war ihr unheimlich. «Du bist so klein, und wenn du weiter so viele Bücher liest, explodierst dir der Kopf, und das Gehirn läuft heraus.» Wegen ihrer gehässigen Worte bekam sie Streit mit dem Brüderchen; obendrein wurde sie auch noch von der Mutter ausgescholten.

Als Ni Wucheng von den Lesefreuden des Sohnes hörte, war er zutiefst betrübt. «Ni Zao, ach, warum nur hast du keine Kindheit?» so sein Prolog. «Jetzt ist es noch zu früh für dich zum Lesen. Abgesehen von der Schule ist in diesem Alter das Spielen das wichtigste für dich. Spielen, verstehst du? Bacon und Diderot, William James und Dewey – alle haben sie betont, Spielen ist das heiligste Recht des Kindes. Wie trostlos einsam ist eine Kindheit ohne Spiel. Die kindliche Einsamkeit, verstehst du? Natürlich verstehst du das! Viele Wissenschaftler haben sich ausschließlich mit diesem Problem beschäftigt. Das ist eine der Qualen des menschlichen Lebens, eine der schlimmsten Qualen. Ich habe dich von klein auf beobachtet. Zum Beispiel im Sommer, wenn die Erwachsenen Mittagsschlaf gehalten haben, hast du nicht geschlafen, aber auch nicht gespielt; hattest ja gar keine Spielgefährten. Dir fiel einfach nichts ein, womit du dich beschäftigen könntest. Das war die Einsamkeit, ja, das war die kindliche Einsamkeit!

Dabei ist die Kindheit das kostbarste Lebensalter des Menschen. Kinder sind die Blüten der Menschheit, und die Kindheit sollte licht und fröhlich, interessant und so abwechslungsreich sein, daß – daß es einem vor den Augen flimmert! Kinder müssen genügend Spielzeug haben, nicht nur Figürchen aus Ton und Libellen aus Bambus, sondern Dampfer und Eisenbahnen, die richtig fahren können, und wasserstoffgefüllte Ballons, die fliegen, sobald man sie losläßt, oder sogar ein wenig größere Ballons, die dich in den Himmel mitnehmen können. Gut wäre es auch, wenn Kinder Tiere hielten – nicht nur Seidenraupen, sondern auch Mäuse und Kaninchen und Rehe, oder sogar Pferde. Von klein auf sollten sie Gelegenheit zum Reiten haben. Spielplätze muß es geben mit Ball- und Brettspielen und einem Labyrinth. Und mit Sportgeräten aller Art, Ringen und Reifen, Klettergerüsten und Kletterseilen. Außerdem müssen Kinder ihre eigenen Verkehrsmittel haben – Straßenbahnen und Eisenbahnen mit Kindern als Lokführer und Passagieren.

Mit einem Wort, Kinder müssen ihre eigene Welt haben, ihren eigenen Präsidenten, ihre eigenen See-, Land- und Luftstreitkräfte, ihre eigenen Rednertribünen, Parks, Fuhrwerke, Eisenbahnen, Autos, Flugzeuge und Schiffe, ihre eigenen Plätze müssen sie haben, eigene Musikkapellen und eigene Festsäle. Nur Kinder, die ihre eigene Kinderwelt haben, sind wahre Kinder, sind Kinder mit einer Kindheit. Der Dichter Lu Xun hat gesagt: ‹Rettet die Kinder!› Aber wie? Indem man die ganze Welt den Kindern übergibt – oder vielmehr: zurückgibt! Eigentlich gehört nämlich die Welt euch Kindern. Doch was habt ihr in Wirklichkeit? Nicht einmal einen Dachziegel von einer solchen Welt habt ihr! Also geht Ping zum Weißturmtempel, um sich die Pekingopernausschnitte des ‹Großen Dämons› anzuhören. Also gehst du, Zao, in diese Dingsda-Halle und liest Bücher, die überhaupt nichts für Kinder sind. Bücher für Kinder müssen nämlich bunt sein, schön gedruckt und illustriert, und sie sollten eine Schallplattenbeilage haben. Was eine Schallplatte ist? Wie denn, du weißt nicht einmal, was eine Schallplatte ist? Hast du noch nie ein Grammophon gesehen? Was soll man dazu sagen! Bücher für Kinder sollten auch süß sein, damit man sie aufessen kann, sobald sie ausgelesen sind... Ein zivilisierter Staat handelt nach der Devise ‹Alles für die Kinder!› Wie beklagenswert dagegen das Los von Kindern, die in einem Staat wie unserem leben müssen. Wie langweilig, wie trostlos öde war doch meine Kindheit in Mengguantun-Taocun!»

Ni Wucheng begann zu schluchzen, das Gesicht häßlich verzogen, um Atem ringend. Er riß sich die Brille herunter und versuchte vergeblich, mit dem Handrücken die Tränen aus den Augen zu wischen.

Ni Zao konnte sich diese plötzlich Ergriffenheit seines Vaters nicht erklären. Immerhin spürte er, daß der Vater ihn liebte und aufrichtig meinte, was er sagte. Er bekam auch eine Ahnung von den Wunschträumen seines Vaters, die so wenig mit der Realität zu tun hatten. Vieles hatte er nicht verstanden, aber wie lauter Nadeln oder giftige Stacheln drangen ihm die Worte ins Herz und in die Seele. War vielleicht ihr Leben, sein Leben und das der Eltern, Schwester, Tante, Großmutter, das Leben so vieler Schulkameraden und Nachbarn, so vieler Familien wirklich derart beklagenswert?

Selbst wenn alles, was sein Vater sagte, zutraf und ernst gemeint war, was wollte er eigentlich damit erreichen? Wollte er seine – Ni Zaos – Kindheit bewahren oder zerstören? Taten ihm die Kinder leid, oder wollte er seine eigene Traurigkeit abreagieren, auf sie übertragen? Was bezweckte er mit seiner übertriebenen Entrüstung, was nützte sein Hadern mit Himmel und Menschen? Wie war es möglich, daß sich jemand vor seinen Kindern so hysterisch aufführte, wenn ihm ihre Kindheit tatsächlich am Herzen lag? War nicht er es gewesen, der ihn damals beim Europäisch-Essen mit der charmanten jungen Dame Einsamkeit und Langeweile hatte empfinden lassen? War er ein liebevoller Vater oder ein böser Geist? Ein Weiser oder ein Verrückter? Dennoch konnte schließlich auch Ni Zao beim Anblick dieses großen und starken Mannes, der weinte, um sich selbst weinte und dabei so häßlich aussah, die Tränen nicht zurückhalten.

Seine Verstörtheit ging tief. Sie begleitete ihn jahrzehntelang, bis über den Tod des Vaters hinaus. Wenn er sich später daran erinnerte, entsann er sich deutlich, wie ihm seine Traurigkeit über die Traurigkeit des Vaters damals fast das Herz zerrissen hätte.

«Weine nicht», versuchte der Vater ihn zu beruhigen. «Wir wollen lieber etwas spielen. Du kannst wie auf einem Pferd auf mir reiten, mich antreiben und mir die Peitsche geben. Oder wir boxen. Ich darf mich nur verteidigen, nicht angreifen, und wenn du mich triffst, strecke ich den kleinen Finger aus, das bedeutet, ich habe verloren. Oder du schlägst Purzelbäume auf dem Kang und ich passe auf, daß du nicht herunterfällst. Oder... wie wäre es mit Murmelspielen? Ich kenne das Spiel zwar nicht, aber du könntest es mir ja beibringen, könntest mein kleiner Lehrer sein.»

Ni Zao entschied sich fürs Boxen. Ein ums andere Mal traf er den Vater, und der streckte den kleinen Finger aus. Der Junge hüpfte, schrie und lachte vor Freude.

16

Kurz nach Neujahr kamen Zhang Zhi'en und Li Lianjia, die Pachtbauern aus dem Heimatdorf, in die Stadt und nahmen in einer Herberge vor dem Vorderen Tor Quartier. Der «ehrwürdigen Großmutter», so ihre respektvolle Anrede für Frau Jiang, brachten sie je einen halben Sack Jujuben und Mungobohnen mit, dazu noch gemischte Hülsenfrüchte, vier kleine Körbe Wintergemüse, zwei Ringe knallrot gefärbte Wurst und ein wenig Bargeld. Das waren die Naturalien, die sie als Pacht gesammelt beziehungsweise das Geld, das sie dafür eingenommen hatten. Außerdem überreichten sie als persönliche Geschenke einen «vetegarischen Schinken» und ein Töpfchen «Herbstbirnenmus». Ersterer bestand im wesentlichen aus Sojabohnenkäsehaut, in die allerlei Gewürze eingerollt waren, und die auf den ersten Blick an Schinken erinnerte, aber in Wirklichkeit rein vegetarisch war. Das Mus, ein Heilmittel gegen Husten, wurde aus jenen mürben Birnen zubereitet, die in lauter Stückchen zerplatzten, sobald sie vom Baum fielen.

Im übrigen lief der Besuch der beiden darauf hinaus, daß «Herrschaft» und «Gesinde» sich gegenseitig etwas vorjammerten. Frau Jiang und Jingzhen erzählten, daß es in Peking nicht mehr auszuhalten sei, daß sie dringend Geld brauchten und ihre Angelegenheiten zu Hause nicht mehr so schleifen lassen und kein Auge mehr zudrücken könnten, wie sie es bisher getan hätten. Zhang Zhi'en und Li Lianjia berichteten ihrerseits, wie schlecht die Ernte gewesen sei und wie unsicher die Zeiten wären, wie die Japaner Geld- und Naturalabgaben aus ihnen herauspreßten, wie die Achte Marscharmee der Kommunisten überall zugange sei und wie überdrüssig die Leute all dieser Zustände seien. Überdies habe es im Frühjahr Dürre und im Sommer Hochwasser gegeben, dazu noch im fünften Monat – ausgerechnet zum Drachenbootfest – Heuschrecken und nach der Sommersonnwende Hagel. Kurz, das ganze Dorf nage am Hungertuch. Es sei jetzt schon so weit gekommen, daß buchstäblich «drei Leute sich eine Hose und fünf eine Steppdecke teilen» müßten. Man habe vor dem großen Buddha Weihrauch verbrannt und vor der Guanyin im Wassermondkloster Gelübde abgelegt – umsonst. Was sie mitgebracht hätten, beteuerten die beiden, hätten sie eingedenk der Güte der ehrwürdigen Großmutter und der Wohltaten des alten Herrn (Jingzhens und Jingyis Vater) mit List und Tücke und nach vielen Laufereien sowie unter Aufbietung all ihrer Überredungskünste den Bauern förmlich aus den Zähnen gerissen.

Dann kam die vielfache Wiederholung der beiderseitigen Klagelieder, mehr oder minder im gleichen Wortlaut, und danach richtete die «ältere Tante» eine Mahlzeit für die beiden und holte sogar ein wenig Schnaps. Zum Schnaps wurden gleich die rote Wurst und der gelbe «Schinken» angeschnitten. Außerdem servierte Jingzhen Krebspastenfladen, ihre ganz persönliche Spezialität. Krebspaste wurde aus kleinen Krebsen, Fischchen, kleinen Krabben, Muscheln, Schnecken und dergleichen hergestellt, die gemahlen und mit reichlich Salz zu einer grauvioletten, durchdringend riechenden Paste verrührt wurden. Jingzhen vermischte die Krebspaste mit einem bißchen Mehl und buk daraus mit etwas Öl Fladen, die sich im Fritiertopf in zimtbraune, stellenweise auch violett gefärbte Krebspastenfladen verwandelten, die nicht besonders köstlich schmeckten, aber beim Backen einen prickelnden Duft verströmten – ein wenig streng und fischig, aber auch frisch und würzig.

«Herrschaft» und «Gesinde» setzten sich gemeinsam zu Tisch, auch Jingyi und die Kinder wurden gerufen. Ni Wucheng konnte den Geruch von Krebspastenfladen nicht ausstehen. Hinzu kam, daß es ihm anscheinend peinlich war, mit den beiden Bauern zusammenzutreffen. Seit seiner Kindheit war er ein Gegner des Pachtsystems gewesen, mit dem die Gutsbesitzer die Bauern ausbeuteten. Er beteiligte sich also nicht an der Mahlzeit. Beim Essen erzählten alle weiter von sich und ihren Schwierigkeiten und bemitleideten einander.

«Wer hätte gedacht, daß die ehrwürdige Großmutter mit der älteren und der jüngeren Tante in der Stadt ein so schweres Leben haben würden.»

«Ja, nicht wahr – selbst für ganz gewöhnliches Wasser muß man hier Geld bezahlen.»

Wie zum Beweis erschien just in diesem Augenblick der Wasserverkäufer mit seinem Schubkarren und dem tropfenden Holzzuber darauf. Am Wasserbehälter war unten ein Stopfen, den er herauszog, damit das Wasser in Holzeimer fließen konnte. Diese schleppte er dann an seiner Tragestange den Leuten ins Haus. Ni Ping eilte, den Deckel der großen Wasserkruke zu öffnen, der Mann schüttete einen Eimer hinein und kassierte unter den Blicken der beiden Bauern, die sprachlos vor Staunen waren, daß hier tatsächlich Geld für Wasser ausgegeben wurde.

Das hatte man nur den Japanern zu verdanken, darin waren sich alle einig. Dann brachten Zhang Zhi'en und Li Lianjia das Gespräch auf Ni Ping und Ni Zao – vor allem auf letzteren – und meinten, wenn der Junge nun bald groß und stark wäre, brauchten sich die ehrwürdige Großmutter und die ältere und die jüngere Tante keine Sorgen um ihre Zukunft mehr zu machen. Wahrscheinlich hatten auch die beiden Bauern von der Entzweiung zwischen Ni Wucheng und Jingyi gehört, jedenfalls erwähnten sie den «Gatten der jüngeren Tante» mit keinem Wort.

Ni Zao betrachtete die beiden Besucher mit Neugier und Neid. Sie waren braungebrannt, und man sah sofort, dies waren keine Stadtmenschen. So tief, ja geradezu kraftvoll waren selbst die Runzeln auf ihren Gesichtern und Händen, daß Ni Zao ganz hingerissen war. Und was für große Hände und Füße sie hatten! Selbst ihre Finger waren so kräftig – mit denen konnten sie bestimmt gut zupacken! Als ob sie sich verabredet hätten, spielten sich die beiden Bauern derart geschickt die Bälle zu und reagierten derart schlagfertig, würzten auch ihre Rede mit höflichen Schmeicheleien und Trostworten, ohne sich dabei etwas zu vergeben oder sich zu irgendetwas Konkretem zu verpflichten, daß der Junge sie für zwei äußerst kluge Menschen hielt. Noch wichtiger aber: Ob viel oder wenig, die Jujuben und die Bohnen, die sie gebracht hatten, waren hoch willkommen.

Die Ankunft von Zhang und Li hatte für frischen Wind in der Familie gesorgt; besonders Frau Jiang und Jingzhen waren förmlich aufgelebt. Seit Ni Wuchengs Erkrankung und Jingyis Aussöhnung mit dem Gatten hatte den beiden – ihnen selbst natürlich unbewußt – etwas gefehlt. Der Kampf gegen Ni Wucheng, das Ersinnen immer neuer Taktiken, der stete Wechsel von Angriff und Verteidigung waren seit ihrer Übersiedlung nach Peking nachgerade zum wichtigsten Inhalt ihres Lebens und Denkens geworden. Die zwei waren Jingyis starker Rückhalt, sie ersannen für sie Pläne, sie erörterten wieder und wieder Ni Wuchengs Worte und Taten und dachten sich immer neue Maßnahmen aus. Kummer und Freude, Zorn und Sorge, haßerfülltes Füßestampfen und triumphierendes Händeklatschen, manchmal gar ein Handgemenge – all das brachte ihnen dieser Kampf, den sie sowohl als ihre ethische Pflicht wie auch als unabdingbare Voraussetzung für die Wahrung ihrer eigenen Interessen ansahen. Auch war er notwendig, um Ni Wucheng in seine Schranken zu weisen, Moral und Ethik zu verteidigen und letztlich die Umkehr dieses verlorenen Sohns herbeizuführen. So hatten sie jeden Tag etwas zu tun und zu besprechen gehabt, hatten immer etwas, über das sie sich ärgern und auf das sie ihre Anstrengungen richten konnten, hatten oftmals sogar über all der Spannung, Dringlichkeit, Erregung und Kampfeslust ihr eigenes Unglück, das Unglück der Familie und das Unglück der Welt vergessen.

Vor ihrer Übersiedlung in die Hauptstadt hatten sie sich mit ganzer Kraft auf den Kampf gegen die Angehörigen konzentriert, die ihnen ihren Besitz streitig machen wollten. Das hatte ihr Leben ausgefüllt, hatte sie einig und unbeugsam, mutig, gewitzt und kampferprobt gemacht und ihnen in ihrer schwierigen Situation Zuversicht, ihrem Leben Sinn und Erfüllung gegeben – zumal sie am Ende den Sieg davongetragen und ihren Besitz und ihre Unantastbarkeit erfolgreich verteidigt hatten.

Der darauf folgende Kampf mit Ni Wucheng hatte nicht lange nach ihrer Ankunft in Peking begonnen. Ausgelöst wurde er durch das Spucken. Am Morgen war Ni Wucheng zur Begrüßung seiner Schwiegermutter in den Westtrakt hinübergegangen und hatte ein paar höfliche Worte mit ihr gewechselt. Frau Jiang hatte eine rauhe Kehle, räusperte sich und – patsch – landete ein saftiger Mundvoll Speichel vor ihr auf dem Estrich, wo sie ihn mit ihrem Lilienfüßchen breitwischte. Ni Wucheng suchte schnell das Weite und äußerte zu Jingyi, Spucken sei wirklich eine üble Angewohnheit, schmutzig, ordinär, barbarisch. Tuberkulose, Diphterie und Keuchhusten könnten dadurch übertragen werden. In Europa werde nie auf den Boden gespuckt, und alle achteten sehr auf Hygiene, daher würden die europäischen Staaten auch immer fortgeschrittener und immer stärker... Schon Jingyi ärgerte sich über diese Worte. Schlimmer aber war, daß ihre Muter und ihre Schwester sie ebenfalls vernommen hatten, und daß Ni Wucheng zu allem Überfluß das Wort «ordinär» gebrauchte hatte, das keine der drei Frauen jemals selbst im Munde geführt, bei anderen gehört oder auch nur gelesen hatte. Der Ton und die Aussprache des ungewöhnlichen Wortes erschien ihnen jedoch so widerwärtig und herausfordernd, daß sie meinten, es sei gewiß noch unflätiger als die Verwünschungen, die zu ihrem eigenen Repertoire gehörten. Jedenfalls wurde Frau Jiang fuchsteufelswild. Sie war ja gerade erst in Peking eingetroffen, besaß also noch das Geld, das sie beim Verkauf von Teilen ihres Grundbesitzes eingenommen hatte, und steckte in nagelneuen, seidenen Kleidern. Außerdem mußte sie bei der ersten Wiederbegegnung mit dem Schwiegersohn noch eine gewisse Zurückhaltung an den Tag legen. Daher begnügte sie sich mit einem lauten «Unverschämter Kerl!» und einer begrenzten Strafaktion: Sie ergriff eine Teekanne, die Ni

Wucheng ihr als Geschenk überreicht hatte, und schleuderte sie in den Hof vor die Tür des Mitteltraktes, wo sie in tausend Stücke zerschellte.

Damals hätte sich Ni Wucheng nie träumen lassen, daß er sich einmal mit Schwiegermutter und Schwägerin so gründlich entzweien würde. Die Sache mit dem Spucken und der Teekanne hatte ihn erschreckt und mit Bedauern und sogar mit ein wenig Reue erfüllt. Er entschuldigte sich auf Jingyis Zureden hin noch am selben Abend bei seiner Schwiegermutter. Frau Jiang, ganz Würde und Ernst, erwiderte sehr kühl, zu einer Entschuldigung gehöre auch die entsprechende Form. Einfach dazustehen und ein paar Worte zu stammeln sei ja wohl ein Witz. «Wer sich entschuldigen will, hat niederzuknien und einen Kotau zu machen!» Ni Wucheng war erschrocken und ratlos; Jingyi, die damals ihre naiven Illusionen noch nicht verloren hatte und nichts sehnlicher wünschte, als mit Mann und Mutter in Frieden zu leben, gab ihm einen Schubs und hieß ihn niederknien, was er daraufhin auch wirklich tat. Erst hinterher fühlte er sich verletzt, und dieses Gefühl des Verletztseins vermehrte um ein Vielfaches seine Erbitterung über all das Schmutzige, Ordinäre, Barbarische und Schlechte um ihn herum, verschärfte seine kritische Ablehnung und bestärkte ihn in seiner Entschlossenheit, unbedingt die zivilisierten Sitten der Europäer zu übernehmen.

Seither dauerte der Kampf zwischen den Frauen und ihm nun schon neun Jahre. Doch jetzt, nach jener stimulierenden, großen Schlacht, hatten Jingyi und er sich völlig unerwartet ausgesöhnt. Das war an sich eine gute Sache, aber würde Jingyi jetzt Mutter und Schwester überhaupt noch brauchen? Und womit sollten sie sich jetzt beschäftigen?

Nachdem sie sich mit ihrem Gatten ausgesöhnt hatte, ließ sich Jingyi nur noch selten im Westtrakt sehen, und wenn, dann erzählte sie nur belangloses Zeug. Während des Zwistes mit ihrem Mann hatte sie Mutter und Schwester stets alles brühwarm berichtet, alles mit ihnen beraten, nun aber hatte sie plötzlich nichts mehr zu sagen.

Die Folge waren Einsamkeit und Leere. In dieser Situation konnte Frau Jiang nur immer wieder dieselben alten Geschichten wiederholen: Wie sie bis zu ihrem sechzehnten Lebensjahr im Elternhaus gelebt hatte; daß unter ihren Vorfahren ein hoher Beamter gewesen war, den der Kaiser auf die Riu-Kiu-Inseln entsandt hatte, um dem dortigen Fürsten den Prinzentitel zu verleihen, und dem er eine Tafel aus Gold mit der Inschrift «Stellvertreter der Kaiserlichen Majestät» geschenkt hatte; wie es war, als man ihr die Ohren durchstochen und die Füße eingebunden hatte; daß rechts und links vom Torgebäude des Zhao-Hofs steinerne Löwen standen... War sie fertig mit ihren Geschichten, kramte sie in Truhen und Schränken und wühlte in alten Kleidern. Oft vermißte sie dann plötzlich eine ganz bestimmte Jacke oder Hose oder Weste sowie ein Stück Seiden- oder Baumwollstoff, einen Fingerhut oder ein Knäuel Garn. Ebenso plötzlich fanden sich die verschwundenen Dinge wieder, aber vorher hatte sie intensive Ermittlungen angestellt. Dadurch verärgerte sie die Verhörten. Jingzhen, die ihrer Mutter am nächsten stand, nahm ihr die peinliche Befragung zwar auch übel, aber mit ein paar Worten waren gegenseitiges Vertrauen und Verständnis schnell wiederhergestellt. Auch Jingyi widersetzte sich wie ihre Schwester dem Verhör, beruhigte sich jedoch nach kurzem Wortwechsel ebenfalls wieder. Ni Zao blieb gewöhnlich von derartigen Befragungen verschont, und wenn er zufällig doch einmal mit hineingezogen wurde, verdrehte er nur die Augen und tat, als höre er nichts, womit sich die Großmutter auch zufriedengab. Der letzte Akt eines solchen Dramas spielte unweigerlich zwischen Frau Jiang und ihrer Lieblingsenkelin Ni Ping.

Gerade weil das Mädchen ihr so nahestand, pflegte die Großmutter jedesmal Ni Ping sofort zu fragen: «Ping, hast du mein Stickmuster genommen?»

«Wozu sollte ich das nehmen?» fragte Ni Ping dann zurück, verwundert über die Frage.

«Ich habe nicht gefragt *wozu,* sondern *ob* du das Stickmuster genommen hast! Wenn ja, dann sag es mir, damit ich nicht weiter zu suchen brauche, wenn nein, sag es mir auch, dann muß ich eben weitersuchen, und wenn ich drei

Fuß tief danach graben muß. Das ist nämlich ein altes Stickmuster, danach habe ich schon als elfjähriges Mädchen gestickt – Orchideen, Narzissen, Mandarinenten und Schmetterlinge. Die Muster, die sie heutzutage auf den Tempelmärkten anbieten – na, geh mir mit dem Ramsch!» redete sich die alte Dame in Rage.

«Und warum erzählst du das mir?» Ni Ping empfand die Beschuldigung als ungeheuerliche Kränkung. «Ob unersetzlich oder Ramsch, wozu sollte ich ein Stickmuster haben wollen? Und wenn ich es haben wollte, könnte ich dich doch darum bitten. Wer immer das Stickmuster genommen hat, möge eines schlimmen Todes sterben!»

Mit geübter Zunge bediente sie sich der Verwünschung, die in der Familie am gängigsten war.

«Was ist denn in dich gefahren, du verflixtes Gör? Hast wohl Schießpulver gefressen? Willst du mir vielleicht in meinem eigenen Hause den Mund verbieten? Nicht mal deine Eltern wagen so mit mir zu reden! Paß auf, daß du nicht selbst eines schlimmen Todes stirbst!»

Und so weiter und so fort. Nach dieser Auseinandersetzung mußte Frau Jiang denken, wieviel besser es doch damals war, in der guten, alten Zeit. Dagegen heute – keine Spur mehr vom einstigen Glanz und Reichtum, von der alten Lebensart, von der gesicherten Existenzgrundlage. Jetzt würde sie nicht einmal dieses verflixte Gör Ni Ping dazu bringen, vor ihr niederzuknien, geschweige denn ihren Schwiegersohn. Ach ja, die Abendsonne neigt sich dem Untergang zu, das ist nun mal der Lauf der Welt.

«Vergebens die Tränen und eitel der Schmerz! Für wen, ach, schlägt heimlich dies liebende Herz?» In ihrer melancholischen Stimmung fielen ihr Lin Daiyus elegische Verse aus dem ‹Traum der Toten Kammer› ein. Dann mußte sie an das Sprichwort ‹Vor jedem Köter flüchtet der Tiger, steigt er aus seinen Bergen herunter› denken. Nur die beiden Pachtbauern Zhan Zhi'en und Li Lianjia redeten sie noch als «ehrwürdige Großmutter» an.

Nachdem Kisten und Kasten mehrmals durchwühlt, Sachen gesucht, Nachforschungen angestellt und Auseinandersetzungen geführt, die Sachen wiedergefunden und weggesteckt, die Kasten zugemacht und die mit den alten Dingen verbundenen Erinnerungen, Geschichten und Seufzer wieder verstaut worden waren, packte Frau Jiang alles wieder ordentlich an den ursprünglichen Platz zurück und widmete sich der Pflege ihrer Füße.

Bei eingebundenen Füßen wachsen Hornhaut und Hühneraugen besonders schnell. Daher hatte die «ehrwürdige Großmutter», nachdem die beiden Bauern ein wenig Geld ins Haus gebracht hatten, gleich zwei neue Fußpflegemesser, deren Form selbst an einen Fuß erinnerte, gekauft und ihr altes Ni Zao zum Spielen geschenkt. Messerwerfen war ein Spiel für Jungen, bei dem man das Messer so fallen ließ, daß es senkrecht im Erdboden steckenblieb, wobei mit jedem neuen Schnitt jeweils der vorangegangene verlängert werden mußte, aber keinesfalls die Linien anderer Spieler gekreuzt oder berührt werden durften. Je länger das Spiel dauerte, desto zahlreicher und krummer wurden die Linien, mit denen die Spieler einander einkreisten und behinderten, um den Sieg davonzutragen. Hätte er dieses Spiel gesehen, wäre Ni Wucheng wieder einmal sehr betrübt gewesen.

Auch aus der Pediküre kann eine Leidenschaft werden. Nachdem Frau Jiang die dreieckigen Schühchen ausgezogen und die Binden, mit denen die Füße bandagiert waren, abgewickelt hatte, weichte sie die Füße zunächst in heißem Wasser ein. Die irdene Schüssel, die sie dafür benutzte, hatte sie eigens von zu Hause mitgebracht. Als die verunstalteten Füßchen nach einer Weile gerötet und aufgeweicht waren, ging sie mit dem Messer ans Werk, allerdings zunächst sehr vorsichtig und behutsam. Selbst von den Zehennägeln schnitt sie vor lauter Angst, sich zu verletzen, nur ganz wenig ab, bis dann nach mehreren Durchgängen der Punkt erreicht war, da sie nicht mehr sagen konnte, ob es nur juckte oder schon weh tat, und sie ihrer Fußpflegeleidenschaft freien Lauf ließ. In dem Gefühl, nicht gründlich genug gearbeitet zu haben, schnippelte sie immer eifriger an Nägeln und Hornhaut herum, bis schließlich Blut kam. Sie hatte auf diese Weise schon einmal ziemlich viel Blut verloren.

Endlich war die Pediküre beendet. Was nun? Vielleicht sollte sie Material für Schuhsohlen vorbereiten? Aber nein, es war nicht die richtige Jahreszeit dafür. Wie hätte sie die steifen Platten aus auf- und nebeneinandergeklebter Lumpen jetzt, mitten im Winter, jemals trocknen können? Vor lauter Langeweile nahm sie sich Flick- und Näharbeiten vor. Dann machte sie sich am Kohleofen zu schaffen; das tat sie nur zu gern. Für sie waren Kohleofen und Kohlefeuer etwas Lebendiges – selbständige Wesen mit Seele und Charakter, die sowohl imstande waren, ihr zu nützen als auch zu schaden. Wesen, die ihrer Fürsorge bedurften und ihren Anweisungen Folge leisteten, dabei aber durchaus eigenwillig, um nicht zu sagen eigensinnig waren und sich auch gegen sie zur Wehr setzten. Sie interessierte sich für Feuer. Es erregte ihre Neugierde. Eine Preßkohle mehr, eine Preßkohle weniger – machte das etwa nichts aus? Wieviel konnte man auflegen, ohne daß das Feuer erstickte? Wieviel mußte man wegnehmen, bis es nicht mehr ausreichte, eine Mahlzeit zu kochen? In den letzten zwei Monaten hatte Frau Jiang das Feuermachen geradezu für sich monopolisiert; es war ihre Lieblingsbeschäftigung geworden, und sie empfand Eifersucht, wenn eine der Töchter sich am Ofen zu schaffen machte.

War sie mit Feuermachen fertig, pflegte sie beim Anblick ihrer schwarzen Hände zu seufzen: «Ach, was ist das für eine Welt, in der eine ehrwürdige Großmutter so tief gesunken ist.»

Doch es gab eine noch viel niedrigere Arbeit für sie: das Schrubben der Nachttöpfe. Frau Jiang widmete sich auch dieser Aufgabe mit besonderer Hingabe. Sie hatte dafür sogar einen Namen: Geruchsbeseitigung. Nach ihrer Ansicht war Geruchsbeseitigung die beste Methode, Dinge vor dem Verderben zu schützen und sauber zu halten. Wenn zum Beispiel ein Kleidungsstück naß geworden war und modrig roch, mußte es ausgelüftet werden, dann war es wieder in Ordnung. War die Fleischfüllung eines Hefekloßes sauer geworden, so brach man am besten den Kloß auf und ließ Füllung und Innenwand des Kloßes ihren Geruch verströmen. Damit war der Kloß gerettet. Das gleiche

Prinzip wandte die alte Dame auch bei der Reinigung der Nachttöpfe an. Das waren Steingutgefäße, die in der Gegend um Mengguantun-Taocun eine große Rolle spielten und mitunter in zwei oder drei Exemplaren in einem Zimmer vertreten waren. Ihre Wände waren rauh, so daß sich leicht Schmutz festsetzen konnte, und sie hatten keinen Deckel. Waren sie schon jahrelang in Gebrauch, so verströmten sie einen geradezu betäubenden Geruch – besonders im Winter bei fest geschlossenen Fenstern und Türen. Die rauhe, poröse, oft von weißlichem Belag überzogene Oberfläche eines solchen Topfs war schwer zu reinigen. Die Reinigungsmethode von Frau Jiang bestand darin, daß sie zunächst den Inhalt ausgoß und dann einen Krug kochendes Wasser in hohem Bogen in den Topf schüttete, was – besonders bei strenger Kälte – sofort eine Dunstwolke aufwallen ließ. So intensiv war dieser Dunst, daß man um Atem rang.

Seit der Aussöhnung zwischen Jingyi und Wucheng hatte sie sich mit voller Kraft aufs Feuermachen und Nachttöpfereinigen verlegt.

Auch das Leben von Jingzhen hatte sich infolge der Aussöhnung von Schwester und Schwager verändert. Ihr allmorgendliches Toilettenritual dehnte sie um weitere fünfzehn bis zwanzig Minuten aus, als wolle sie den Moment ein wenig hinauszögern, da sie wieder mit der Sinnlosigkeit der realen Welt konfrontiert würde. Ihr bitteres Lachen während der Morgentoilette wurde immer häufiger, immer länger, immer haarsträubender.

Sie war eine nimmermüde Leserin. Zu den wenigen Büchern, vorwiegend leichte Literatur, die im Hause vorhanden waren, gehörten zum Beispiel ‹Die Romanze vom Westzimmer›, ‹Meng Lijun›, ‹Wo Reichtum und Schönheit zu Hause sind› von Zhang Henshui, ‹Die rote Aprikose an der Mauer› von Liu Yinruo, Goethes ‹Die Leiden des jungen Werthers› und die ‹Lebensbeschreibungen berühmter Persönlichkeiten aus aller Welt›, die Ni Zao ihr gerade geliehen hatte. Diese Bücher las sie immer wieder, Zeile für Zeile und Wort für Wort. Darüber hinaus besorgte sie sich gern Lektüre am Bücherstand. Liebesromane, Ritterromane, historische Romane, Kriminalromane – sie las alles. Auch Novellensammlungen von Zhang Ziping und Yu Dafu, Ba Jins ‹Drei Lieder der Liebe›, Lao Shes ‹Also sprach Meister Zhao› sowie die chinesischen Übersetzungen von Werken Dreisers, Sinclairs und Mérimées hatte sie dort schon ausgeliehen. Sie schmökerte wahllos, was ihr in die Finger kam, nur unterhaltend mußte es sein. Sie las schnell und merkte sich das Handlungsgerüst beim ersten Lesen, erzählte auch gern Geschichten nach. Es machte ihr nichts aus, ein Buch mehrmals zur Hand zu nehmen, jedesmal schien sie neues Vergnügen daran zu finden. Liebesgeschichten las sie für ihr Leben gern, und Beschreibungen der Liebe sowie erotische Schilderungen (die sie als «Pornos» bezeichnete) verschlang sie förmlich, jedoch ohne dabei zu erröten oder Herzklopfen zu bekommen. Wenn sie solche Bücher las, war es, als lausche sie den Opernausschnitten, die der ‹Große Dämon› am Weißturmtempel zum besten gab. Ob es sich um ‹Das Jadearmband› oder ‹Der Nebenbuhler im Mehlfaß›, um ‹Gesichter und Pfirsichblüten› oder ‹Der Traum einer Nonne vom weltlichen Leben› handelte – es diente alles nur zur Zerstreuung und Belustigung, war alles nur Ausgeburt der Phantasie, alles nur zum Spaß! Die Feststellung, daß sie sich den Inhalt der Bücher schnell merkte, muß also durch die Einschränkung ergänzt werden, daß sie ihn vielleicht sogar noch schneller wieder vergaß. Wenn sie ein Buch nicht an einem Stück gelesen und auch keine Gelegenheit gehabt hatte, es jemandem weiterzuerzählen, dachte sie nie wieder daran. Übrigens hätte man nicht ohne weiters behaupten können, sie habe dann ein Buch ganz aus dem Gedächtnis verloren, denn auf ein entsprechendes Stichwort fiel ihr oft die vergessen geglaubte Handlung wieder ein.

Mitunter war Jingzhen so vom Lesefieber gepackt, daß sie Schlafen und Essen vergaß. Mal las sie lautlos, mal laut, mal wiegte sie den Kopf im Rhythmus der gelesenen Wörter, dann wieder deklamierte sie den Text leise vor sich hin, wobei sie ihre Stimme verstellte und die Töne in die Länge zog, während sich auf ihrem Gesicht Vergnügen, Zorn, Trauer und Freude malten. Sprach man sie in solchen Momenten an, war es, als rede man zu einer Taubstummen. Doch je mehr sie in dieser Weise las, desto sonderbarer war ihr zumute, sobald sie das Buch zur Seite gelegt hatte: Nicht nur der Kopf, ihr ganzer Körper erschien ihr wie leergepumpt. Die da eben gelesen hatte, war überhaupt nicht sie selbst gewesen, sondern nur ihr leerer Körper. Ihr Leib war es, der das Buch las. Ihre Seele aber irrte heimatlos umher.

Verglichen mit dem Lesen war es nützlicher, sich ums Essen zu kümmern. Seit Jingzhen für die beiden Bauern Fladen geröstet hatte, war ihr Interesse an Krebspaste neu erwacht. Sie buk noch ein paarmal ihre Spezialfladen, so daß der ganze Wohnhof von fischigem Dunst erfüllt war. Mit der Klette von nebenan tauschte sie einschlägige Erfahrungen aus. Nach der Versöhnung von Jingyi und Wucheng hatte sie mit der Klette Frieden geschlossen. Entsprechend den Erfahrungen der Klette und unter ihrer Anleitung vermischte Jingzhen die Krebspaste mit etwas Weizen- und Mais-Soja-Mehl, formte aus dem Teig Klumpen, die entfernt an kleine Kuchen erinnerten, und dämpfte diese zwanzig Minuten lang. Darüber wurde ein wenig Sesamöl gegossen, und fertig war die delikate Zukost zu Schnaps oder Hefeklößen. Man konnte Krebspaste auch roh essen, aber dazu gehörten unbedingt Sesamöl und Lauchstangen. So schier genossen, war die Krebspaste ziemlich salzig und kräftig, auch scharf im Geschmack. Mit Krebspaste brachte man ohne weiteres einen halben Hefekloß mehr hinunter als ohne. Nach mehrmaligem Genuß schien sich der von Krebspaste ausgehende Sinnesreiz zu vermindern. Dann konnte man stattdessen zu «stinkendem Sojabohnenkäse» greifen. Dazu paßte Schnaps ausgezeichnet, denn seine brennende Schärfe und das kräftige Aroma des Bohnenkäses vermischten sich miteinander und hoben sich nicht nur gegenseitig auf, sondern kompensierten gewissermaßen auch all die Niedergeschlagenheit, Wut und Erregung, die sich in Jingzhen angestaut hatten.

Was mache ich heute? Morgens stand diese bedrückende Frage wie eine Barriere am Anfang eines jeden Tages im Leben von Jingzhen, lastend wie ein Berg, gestaltlos wie

Rauch, grenzenlos wie der Himmel. Was mache ich heute? Nie konnte sie diese Frage beantworten, stets fürchtete sie die Antwort und war deswegen von Kummer und Scham erfüllt. Wie schmachvoll, ein Mensch zu sein, der nicht weiß, womit er sich beschäftigen soll. In diesem Winter nun hatte sich die Frage dramatisch zugespitzt.

Heute mache ich... Eierfrüchte in scharfer Soße. Das war ihr Beitrag zum Wohle der «hohen Herrschaften», der Hausgemeinschaft. Sie schnitt die Aubergine kreuzweise in dünne Scheiben, die aber noch an einer Stelle zusammenhingen. Mit einer Mischung aus Salz und Blütenpfeffer – zur Aromaentfaltung erhitzt und dann zerstoßen – wurden die Eierfrüchte eingerieben und schließlich nach stundenlangem Ziehenlassen in Öl gebraten. Dieses pikante Gericht, würzig, scharf und salzig, war bei allen im Haus – außer bei Ni Wucheng – sehr beliebt.

Heute mache ich... Fleischkuchen. Eine etwas anspruchsvollere Spezialität, die Jingzhen nur für sich allein bereitete. Dafür kaufte sie nach Möglichkeit Hammelfleisch, denn dessen strenger Geschmack verschaffte ihr eine ganz besondere Befriedigung. Sie hackte das Fleisch und vermischte es mit Ingwer und Lauch wie für Fleischklößchen im Schlafrock. Selbst in guten Jahren kamen Gerichte mit dieser üppigen Fleischfüllung nicht oft auf den Tisch. Eben weil es etwas Besonderes war, ging sie mit höchster Konzentration an die Zubereitung. Sie knetete den Teig, rollte ihn aus und zog und zupfte ihn in Rechteckform. Diese Teigplatte wurde nun zu etwa einem Drittel mit einer Hälfte der Füllung bedeckt, eingeschlagen, mit der restlichen Füllung belegt, mit dem überstehenden Teil der Teigplatte umhüllt, glattgestrichen und zu einem ordentlichen Paket geformt auf einem Tiegel gebraten. Den so entstandenen doppelt gefüllten Fleischfladen, dessen Ober- und Unterseite gebräunt und knusprig waren, während die Teigschicht in der Mitte zart und weich blieb, bezeichnete Jingzhen als Fleischkuchen. Wenn er dann frisch aus der Pfanne kam und sie zu essen begann, standen ihr vor freudiger Erregung Schweißperlen auf der Stirn und tropfte ihr der Speichel, vermischt mit dem Fett der Füllung, aus den Mundwinkeln. Sie schlürfte und schmatzte laut vor Behagen.

«Ich esse heute Fleischkuchen.» Zuerst kam diese offizielle Ankündigung. Wenn ihr auch welche wollt, müßt ihr sie euch selbst machen! Das sprach sie zwar nicht aus, aber es war ihrer Miene unschwer zu entnehmen.

«Na, dann iß doch», erwiderte Jingyi in solchen Fällen ungerührt; manchmal sagte sie noch: «Iß doch, worauf du Appetit hast. Wer sollte dich daran hindern?» Und gelegentlich fügte sie hinzu: «Iß nur, niemand wird dir das Futter neiden.»

Jingzhen schenkte derartigen Reaktionen überhaupt keine Beachtung. Hatte sie zu viele Fleischkuchen gemacht, rief sie die Kinder und gab ihnen etwas ab. Mit ihrer Mutter bestand ein stillschweigendes Abkommen: Wenn Frau Jiang ebenfalls Appetit auf Fleischkuchen hatte, bot sie der Tochter Hilfe bei der Zubereitung an, was diese dann auch akzeptierte; wenn nicht, nahm sie von Jingzhens Tun keine Notiz, und die Tochter brauchte sich in diesem Fall keinerlei Zurückhaltung aufzuerlegen.

Jingzhens abweisende Haltung richtete sich demnach in erster Linie gegen die Schwester. Jingyi war darüber zwar nicht erfreut, konnte aber nichts dagegen tun. Höchstens, daß sie sich manchmal beschwerte, Jingzhen verwende zu viel Öl zum Braten der Fleischkuchen; wie es denn weitergehen solle, wenn sie jetzt alles Öl verbrauche – und so weiter und so fort. Jingzhen beachtete dieses Geplapper gar nicht oder reagierte mit Gegenangriffen. Insgesamt arbeitete sie so konzentriert an der Zubereitung ihrer Fleischkuchen, daß sie die Auslassungen der Schwester meist gar nicht recht zur Kenntnis nahm.

Eine weitere Delikatesse war Hammelkopffleisch. Wenn Jingzhen am Abend den Händler auf der Gasse hörte und etwas Geld hatte, rief sie ihn zum Hoftor, wo er, vor seinem sauber gescheuerten Tischchen hockend, im Schein der mitgeführten, trübselig flackernden Sturmlaterne von dem in Wasser gekochten Hammelkopf, den er aus seinem Bauchladen holte, mit einem blitzenden Messer papierdünne Scheiben abschnitt, sie auf ein Stück Zeitungspapier legte, mit einer Pfeffer-Salz-Mischung bestreute und schließlich Jingzhen überreichte. Das war zum Schnaps wesentlich leckerer als stinkender Bohnenkäse. Und weil es so wenig war – allerdings hauchdünn geschnitten, so daß man meinte, eine ganze Handvoll bekommen zu haben –, hätte man hinterher überhaupt nicht das Gefühl gehabt, Fleisch gegessen zu haben, wäre da nicht der Wohlgeschmack auf der Zunge gewesen. Gerade das machte den besonderen Reiz von Hammelkopffleisch aus.

Seit der Aussöhnung von Schwester und Schwager und dem Besuch von Zhang Zhi'en und Li Lianja widmete sich Jingzhen mit doppeltem Eifer der Zubereitung von Mahlzeiten für sich allein. Das rief Verärgerung nicht nur bei der Schwester hervor, sondern auch bei Frau Jiang, die ihre Mißbilligung in die Mahnung kleidete, Jingzhen möge doch nicht so großtun mit ihren Kochkünsten. «Was soll denn das, daß du den lieben langen Tag immer nur für dich selbst sorgst?»

Jingzhen schwieg zu den Worten der Mutter, aber als diese nicht aufhörte zu nörgeln, fuhr sie sie plötzlich haßerfüllt an: «Meinen Mund brauche ich, mein Leben brauche ich, und Geld brauche ich – nur das habe ich nicht. Gibt man mir was zu essen, schlucke ich es runter, gibt man mir nichts, muß ich hungern. So ist das nun mal. Und wenn ich wirklich verhungere, freuen sich die Hunde. Oder die Fliegen. Wer essen will, der soll sich selbst was kochen, oder gefälligst den Mund halten. Ich bin froh über jeden Tag, an dem ich was zu essen habe, über jede Mahlzeit. Habe ich aber nichts zu beißen und muß krepieren, dann freue ich mich eben auf meine Wiedergeburt. Wenn ich als Mensch zur Welt komme, esse ich wieder Fleisch, wenn als Hund, fresse ich Scheiße, wenn als Schwein, komm ich unters Messer!»

«Was fällt dir eigentlich ein, hier so herumzuschreien?» rief Frau Jiang, woraufhin sich erst Jingyi, dann Ni Ping und schließlich auch Ni Zao einmischten, so daß zu guter Letzt alle vereint auf Jingzhen herumhackten. Die aber brach in schallendes Gelächter aus. «Euch tropft ja bloß der Zahn! Und wie! Aber ich mach mir trotzdem mein Essen, und ihr kriegt nichts ab!» Am Ende mußten alle lachen. Jingzhen war schon komisch, aber ein wenig verachtenswert war sie auch. Sie selbst sah sich als Siegerin, weil sie nicht nur separat gekocht und separat gegessen, sondern auch noch so viele Menschen in Rage gebracht hatte.

Nach mehreren solchen Auftritten verlor Jingzhen allmählich das Interesse an ihren umstrittenen kulinarischen Alleingängen und verstärkte stattdessen ihre Kontakte mit der wuschelhaarigen, pausenlos beschäftigten Nachbarin, die es immer so gut meinte, der Klette. Diese wußte genauestens über alles Bescheid, was bei den Zhangs auf dem Dorf und bei den Lis in der Stadt so vor sich ging. Was sie dringend brauchte, war jemand, der ihr zuhörte; möglicherweise beruhten die vormaligen Unstimmigkeiten zwischen Jingzhen und ihr hauptsächlich darauf, daß erstere nicht bereit gewesen war, diese Rolle zu spielen. Darüber hinaus hatte sich die Klette von Jingzhen Informationen über deren Familie, vor allem aber über Ni Wucheng erhofft, und Jingzhens Weigerung, Bericht zu erstatten, war eine weitere Quelle für die Spannungen zwischen den Nachbarinnen gewesen. Jetzt lehnte es Jingzhen im großen und ganzen zwar nach wie vor ab, als Zuträgerin für die Klette zu fungieren, ihrem Klatsch jedoch lauschte sie mittlerweile nur allzu gern.

Am liebsten hörte sie, was die Klette über eine gewisse «Schnepfe», die östlich von ihnen in derselben Straße wohnte, zu berichten wußte. Jingzhen kannte die Schnepfe vom Sehen. Sie hatte ein trauriges, stark geschminktes Gesicht, trug an Mittel- und Zeigefinger der rechten Hand Silberringe und ging mitunter mit einer Zigarette zwischen den affektiert gespreizten Fingern auf der Gasse vorüber. Im Sommer hatte sie ein Etuikleid mit einem sehr großzügigen Seitenschlitz getragen, und in ihrem Haarknoten steckte oft ein fächerförmiger Perlenschmuck. Beim Laufen schien sie die Füße nicht richtig zu heben; Jingzhen mußte bei diesem Schlurfen stets an Geschlechtskrankheiten denken, obwohl sie nicht einmal genau zu sagen gewußt hätte, was Geschlechtskrankheiten eigentlich waren. Außerdem war das Schläfenhaar der Schnepfe oft zerzaust, so daß Jingzhen vollends überzeugt war, die Klette habe recht mit ihrem Urteil, dies müsse eine Schnepfe sein – eine ordentliche Frau würde ihr Haar nach oben gebürstet tragen. Waren die zerzausten Haare nicht der schlagende Beweis dafür, daß sie sich soeben mit einem Freier abgegeben hatte?

Wenn die Klette über die Schnepfe herzog, war sie in ihrem Element. Vor lauter Begeisterung Spucke sprühend, kichernd und prustend, verfiel sie sofort in ihre drastische, heimatliche Ausdrucksweise. Selbst ihre Stimme wurde anders, und wenn sie erzählte, was dieser oder jener gesagt hatte, mochte man meinen, an ihr sei ein Stimmenimitator verlorengegangen. Jingzhen hörte mit einem amüsierten Lächeln zu – interessiert, aber die gebührende Distanz wahrend. Hatte die Klette wieder einmal die Verworfenheit der Schnepfe erschöpfend nachgewiesen, war Jingzhen überzeugter denn je, daß die Klette selbst ein Mensch mit einem bösen Herzen und einem losen Mundwerk sei. «Die Klette ist wirklich absolut unmöglich, sage ich euch. Bloß nicht mit der einlassen!» warnte sie Mutter und Schwester.

Als Ni Zao aus der Schule kam und die Klette von einer Schnepfe sprechen hörte, wollte er wissen, was dieses Wort bedeute, aber die Tante fertigte ihn streng ab: «Kleine Kinder fragen so etwas nicht!» Ni Zao hatte jedoch mitbekommen, daß Spott und Hohn der beiden Frauen einer bedauernswerten Nachbarin galten. Undeutlich erkannte er, daß die Menschen um so eher geneigt sind, auf andere Menschen herabzusehen und über sie herzuziehen, wenn diese noch unglücklicher sind als sie selbst. Diese erschütternde Erkenntnis verschlug ihm förmlich den Atem.

Eines Tages, als Jingzhen weder für sich allein kochte noch mit einem Buch beschäftigt war, sondern einfach dasaß und vor lauter Langeweile Selbstgespräche führte, erschien mit viel Gekicher die Klette. «Sieh mal, Schwesterchen», so ihre vertrauliche Anrede für Jingzhen, «was ich hier habe. ‹Das Große Buch vom Wahrsagen mit Münzen›. Den Mund habe ich mir fusselig geredet, damit die Leute es mir geliehen haben. Heilige Eide mußte ich schwören, daß ich es niemandem zeige, der sich vielleicht darüber lustig macht. Wir drüben haben schon rausgekriegt, wie es mit jedem einzelnen in der Familie weitergeht. Es stimmt alles aufs Haar. Rechne dir doch selbst mal aus, was auf dich zukommt, ich habe es extra für dich hergebracht. Aber heute abend muß ich das Buch zurückhaben.»

Das Wahrsagebuch war ein schmutziger und zerfledderter Holztafeldruck. Dazu gehörte ein Beutelchen mit sieben Kupfermünzen. Je nachdem, ob die Münzen mit der Vorder- oder Rückseite nach oben lagen, ergaben sie in unterschiedlicher Anordnung insgesamt 128 verschiedene Kombinationen. Jeder dieser Kombinationen war ein vierzeiliges Gedicht zugeordnet, dessen einzelne Zeichen jedoch nicht etwa alle auf ein und derselben Buchseite standen, sondern erst zusammengesucht werden mußten. Man warf also zuerst die Münzen auf den Tisch und schlug dann entsprechend der Seitenzahl und Zeilennummer, die sich aus ihrer Anordnung ergab, das erste Zeichen in dem Buch nach. Dahinter standen Seite und Zeile des zweiten Zeichens und so weiter. Es dauerte eine ganze Weile, ehe man auf diese Weise das vollständige Gedicht zusammen hatte. Dieses wurde zum Schluß noch erläutert.

Abgegriffen wie es war, zog das alte Buch Jingzhen sofort in seinen Bann. Allein daß man mit sieben Kupfermünzen tatsächlich 128 Kombinationen erhielt, war faszinierend. Die Zahl einhundertachtundzwanzig hatte anscheinend eine bestimmte Bedeutung; vielleicht hatte sie etwas mit den Sternbildern des Tierkreises zu tun. Das Zusammensuchen der Gedichte, wobei ein falsch nachgeschlagenes Zeichen alles Folgende sinnlos machte und wie ein Buch mit sieben Siegeln erscheinen ließ, erhöhte noch den mystischen Reiz. Jingzhen glaubte zwar an Vorbestimmung, Wiedergeburt und die geheimnisvollen Mächte des Schattenreichs, aber nicht so recht an irgendwelche Praktiken im Zusammenhang mit einer konkreten Gottheit, einer konkreten Religion oder einem konkreten Glauben. Auch den Beteuerungen der Klette, dieses Buchorakel sei wirklich zuverlässig, hatte sie kaum Glauben geschenkt. Durch das Gespräch mit ihr und durch die eigene Beschäftigung mit dem

Wahrsagebuch war sie jedoch schon nach kurzer Zeit dem Zauber des Münzenorakels völlig verfallen.

In ihren zu einem Hohlraum geformten Händen schüttelte sie die Münzen, die ein metallisches Klingen und einen schwachen Kupfergeruch von sich gaben. Dabei murmelte sie etwas vor sich hin. Dann öffnete sie die Hände und ordnete die Münzen so, wie sie herabfielen: Rückseite, Rückseite, Vorderseite, Rückseite, Vorderseite, Vorderseite, Vorderseite, Vorderseite. Vor Erregung schwitzend, mit hämmernden Schläfen ermittelte sie nachstehendes Orakelgedicht:

Kranich und einsame Wolke –
verhaftet dem rötlichen Staub.
Pfirsiche blühen und Pflaumen,
und lenzlich grün sprießt schon das Laub.
Mondhelles Meer widerspiegelt
den Tränenschmelz eines Juwels
Stets liegt am Fuße des Baumes
das Blatt, das von hoch oben fällt.

Die beigefügte Erläuterung hatte folgenden Wortlaut: «Mit einem Amt wird es schwierig, dafür ist das Streben nach Reichtum nicht aussichtslos. Die Krankheit bessert sich, nur ist sie nicht völlig heilbar. Das Verlorene findet sich wieder, aber nicht ungeduldig werden! Sie sollten sich pflegen, ein Bad nehmen, fasten, Verwandte besuchen, Handel treiben...»

Bei dem Gedicht erschrak Jingzhen – hatte sie das nicht irgendwo schon einmal gehört? Besonders «Mondhelles Meer widerspiegelt den Tränenschmelz eines Juwels» kam ihr bekannt vor. Das stammte doch... aus einem Tang-Gedicht! Nur hieß es dort «zhu», «Perle», statt «zhen», «Juwel». Ein Juwel – auch in ihrem Vornamen kam dieses Wort vor. War am Ende sie selbst damit gemeint? Hatte vielleicht dieses Gedicht, dessen Wörter still in dem Buch geschlummert hatten, nur darauf gewartet, von ihr als Orakel befragt zu werden? «...den Tränenschmelz eines Juwels» – das konnte nur heißen, sie, Jingzhen, das «stille Juwel» (dies die Bedeutung ihres Namens), mußte weinen! O Himmel, Himmel!

Die Klette, die viel schlechter lesen und schreiben konnte als Jingzhen, drängte die Freundin, ihr das Gedicht zu erklären. Diese wollte gerade den Mund aufmachen, da kamen ihr Bedenken. Hieß es nicht, über himmlische Fügungen dürfe man nicht sprechen? So sagte sie nur leichthin, sie verstehe den Sinn des Gedichts selbst nicht recht.

Jingzhens Herz klopfte zum Zerspringen. Sie würde das Orakel ein weiteres Mal befragen! Sollte es wieder mit ihren tatsächlichen Erlebnissen übereinstimmen, so wollte sie von nun an fest an überirdische Wesen glauben und nur noch gute Werke tun! Mit diesem stillen Stoßgebet schüttelte sie die Münzen abermals energisch in ihren hohlen Händen. Mehrmals wollte sie sie schon herausfallen lassen, aber jedesmal besann sie sich und schickte ein weiteres Stoßgebet zum Himmel, um ihren Vorsatz noch unumstößlicher zu machen und so eine zutreffendere Weissagung über ihr künftiges Schicksal zu erwirken. Am Ende ergab sich schließlich die Anordnung Rückseite, Vorderseite, Rückseite, Rückseite, Rückseite, Rückseite, Rückseite, deren bloßer Anblick ausreichte, um Jingzhen in Angst und Schrecken zu versetzen. Als sie im Buch nachschlug, entstand nachstehendes Gedicht:

Stille ist wie eine Jungfrau, Bewegung ist wie der Wind.
Lachen, Wut, Trauer und Freude, wie ähnlich einander sie sind!
Klar ist nach dem Regen der Himmel, der Ausblick so weit und so hell.
Du möchtest mit dem...

Den Schluß des Gedichtes konnte sie nicht mehr ermitteln, weil die Klette ihr das Buch weggenommen hatte und nach Hause gegangen war.

Eigentlich hatte sie nämlich Jingzhen aufgesucht, um mit ihr zusammen das Geheimnis des Wahrsagebuchs zu ergründen. Sie hatte nicht damit gerechnet, daß sich Jingzhen, vom Orakelfieber gepackt, nur für ihr eigenes Horoskop interessieren würde. Die Klette fühlte sich vernachlässigt und war ausgesprochen unzufrieden; schließlich war sie nicht Jingzhens Kammerdiener, der ihr Buch oder Zither hinterhertrug und zureichte, ganz wie es der Dame beliebte. So kam es, daß sie am Ende Jingzhen das Buch entriß.

Nur die bange Ehrfurcht, die ihr die Orakelsprüche mit ihrer unheimlichen Treffsicherheit eingeflößt hatten, hielt Jingzhen davor zurück, aufzuspringen und der Klette ins Gesicht zu sagen, was sie von ihr hielt. Sie zügelte also ihr Temperament für diesmal. Offenbar hatten ihr die beiden Weissagegedichte – das zweite freilich unvollständig und daher um so beunruhigender – tatsächlich etwas klargemacht. Sie fühlte sich getröstet. Sie hatte die flüsternde Stimme des Schicksals vernommen, undeutlich und dennoch gebieterisch. Nun sah sie sich als das, was sie war: eine Tote bei lebendigem Leibe. Trauer erfüllte sie.

Doch worüber eigentlich?

17

Man feierte das Neujahrsfest. Das Jahr Guiwei nach dem Mondkalender, das heißt also 1943, das zweiunddreißigste Jahr der Republik China, hatte begonnen. Noch im zwölften Monat des alten Jahres hatte die Nankinger Wang-Jingwei-Regierung England und Amerika den Krieg erklärt. Dieser Schritt hatte zwar keine nennenswerte Bedeutung, doch trug er dazu bei, daß das Leben der Menschen in den von Japan besetzten Gebieten Chinas immer schwieriger, die Atmosphäre immer gespannter wurde.

Um so größere Aufmerksamkeit widmeten die Bürger der feierlichen «Einholung» von Caishen, dem Gott des Reichtums, am letzten Tag des alten Jahres. Schon kurz nach drei Uhr nachmittags klebte Jiang Jingzhen ehrfurchtsvoll einen in verwaschenen Rot- und Grüntönen kolorierten Holzschnitt des Gottes, den sie gekauft oder vielmehr «ins Haus gebeten» hatte, wie man zu sagen pflegte, an die Wand und machte einen tiefen Kotau vor dem Bild – ohne Zweifel in der Erwartung, Caishen würde dafür sorgen, daß sie im kommenden Jahr öfter Fleischkuchen und Hammelkopffleisch essen könne, und daß Tabak und

Schnaps ihr nicht ausgehen würden. Ni Ping und Ni Zao hatten von den Erwachsenen gehört, dieses seltsame Bild könne bewirken, daß man reich werde. Zwar konnten sie sich nicht recht vorstellen, wie das möglich sein sollte, aber schaden konnte es schließlich nicht, vor dem Gott ein paar Kotaus zu machen. Dieser Caishen mit seinem verschmierten Gesicht und seinem unordentlichen Aufzug – wer weiß, vielleicht konnte er wirklich etwas ausrichten. So machten den Kindern die Verneigungen vor dem Bild dieses Gottes direkt Spaß.

Am gleichgültigsten ließ die Ankunft von Caishen Frau Jiang. Schließlich hatte sie schon mehr als vierzig Jahre lang ihre Kotaus vor ihm gemacht, ohne daß sie irgendwelche segensreichen Auswirkungen verspürt hätte; im Gegenteil, das Leben war immer schwieriger geworden. In diesen Zeiten von reich werden zu faseln, das war doch der reinste Hohn! Seit dem Besuch von Zhang Zhi'en und Li Lianjia war die Stimmung der alten Dame noch düsterer geworden.

Ihr war kein Funken Hoffnung geblieben. Der Schwiegersohn gebessert und auf dem Pfad der Tugend? Dieser Illusion hatte sie sich keinen Augenblick hingegeben. Ni Wucheng war ein Gespenst, ein Monstrum, ein Unglück für die ganze Familie. Da wäre ihr sogar ein Bandit noch lieber gewesen, immerhin ein altehrwürdiges Gewerbe, das es schon seit Urzeiten gab. Er aber – was war er eigentlich für einer?

Dennoch, als ein Armeleutekind an ihrem Hoftor klopfte und mit dem Ruf «Caishen kommt!» seine Papierbilder des Gottes anpries, von Ni Zao aber abgewiesen wurde – «Haben schon eins! Brauchen keins!» –, da schritt sie sofort ein und wies den Enkel streng zurecht. «Wie kannst du sagen, wir brauchen Caishen nicht? Glaubst du vielleicht, der wird zu einer Familie kommen und etwas für sie tun, wenn jemand dort sagt, wir brauchen ihn nicht?» Er solle «Wir haben ihn schon ins Haus gebeten!» sagen. So würde er jedes Mißverständnis vermeiden und Caishen nicht vor den Kopf stoßen oder gar in Wut bringen.

Danach wurden Jiaozi, Teigtäschchen mit Gemüsefullung, bereitet und, zusammen mit Räucherwerk, den Ahnen vor den Seelentafeln als Opfer dargebracht. Den Ahnen der Familie Jang, wohlgemerkt. Wo die Seelentafeln von Ni Wuchengs Vorfahren geblieben waren, das wußte der liebe Himmel.

Die Seelentafeln waren flache, längliche Kästen, deren rötlichbraune Farbe Jingzhens Toilettenschränkchen ähnelte. Für Ni Zao jedoch waren sie etwas unendlich Geheimnisvolles. In diesen flachen Kästchen sollten die Seelen all der Ahnen sein, die jetzt im Himmel wohnten? Wie mochten die Seelen aussehen? Was konnten sie ihren Nachfahren wohl nützen? Wie groß war ihre Macht? Am liebsten hätte er die Holzkästchen aufgemacht, um nachzusehen, doch er wagte es nicht.

«Jetzt steigen alle Geister zur Erde hernieder», verkündete Frau Jiang ihren Enkelkindern, nachdem Weihrauch verbrannt und Kotaus gemacht worden waren.

Also wimmelte es am Himmel nur so von umherfliegenden Geistern. Und wirklich, der kalte und trübe Himmel, so still und weit, hatte etwas Geheimnisvolles. Zwischen dem Qualm, der aus den Kohleöfen stieg, den Schwaden verbrannten Räucherwerks und den dünnen Rauchfädchen, die von den Knallfröschen in der Luft hingen, schien tatsächlich noch etwas anderes verborgen zu sein; etwas wie Hoffnung, Ehrfurcht, Verheißung und Glanz. Ni Zao hatte ein Gefühl von Erfüllung und Erhebung. Zum ersten Mal kam ihm zu Bewußtsein, wie wichtig das Neujahrsfest war und mit wieviel Begeisterung und Zuversicht die Menschen jedem neuen Jahr entgegensahen.

Der Hof war mit Sesamstroh ausgelegt worden, das knisterte und prasselte, sobald man darüber lief. «Das alte Jahr wird zertreten», sagte man. Von überallher war das spärliche, aber dennoch freudige Krachen der Knallfrösche zu hören, und vom Ofen duftete es verführerisch nach Fleisch. Zur Feier des Neujahrsfestes hatte man sich ein ganzes Pfund Schweinefleisch geleistet, das nun – mit Blütenpfeffer, Sternanis und Sojasauce gewürzt – im Schmortopf vor sich hin brodelte. In einer Familie, wo gewöhnlich kaum jemals Fleisch auf den Tisch kam, freuten sich natürlich alle doppelt über den köstlichen Bratenduft und berauschten sich geradezu daran.

Darüber hinaus gab es noch ein wenig Fleisch für die Jiaozi-Füllung, das von Jingzhen und Jingyi abwechselnd mit dem Küchenbeil bearbeitet wurde, daß es nur so dröhnte. Selbst als das Fleisch schon wie püriert aussah, waren die Schwestern noch lange nicht zufrieden und hackten weiter darauf herum. Danach kam das Gemüse für die Füllung an die Reihe, das ebenfalls mit viel Getöse zerkleinert wurde. Die aus den Nachbarhöfen rechts und links herüberdringenden Geräusche verrieten, daß man auch dort überall mit der Vorbereitung des Jiaozi-Festmahls beschäftigt war, das zum letzten Abend des alten Jahres gehörte.

«Wer zu Neujahr Fleisch kleinhackt, der zerhackt symbolisch die bösen Menschen», erklärte die Tante den Kindern.

Interessant! Also gab es «böse Menschen», und die wurden am Vorabend des Neujahrsfestes zu Fleischmus zerkleinert! Die damit verbundenen Geräusche übertrafen sogar die Knaller an Lautstärke.

«Und im nächsten Jahr?»

«Da wird es wieder genauso gemacht.»

Das hieß also, es würde wieder neue böse Menschen geben. Und daß in allen Familien gehackt wurde, zeigte doch, es gab in allen Familien Leute, die aus ihrer Sicht böse Menschen waren. Da wimmelte es ja geradezu von bösen Menschen!

Später wurde eine Glühlampe aus dem Kippfenster des Mitteltraktes nach draußen gezogen, so daß der kleine Hof hell erleuchtet war und der Nachthimmel mit den emporschießenden, sich ballenden und glitzernd wieder verlöschenden Lichtern um so dunkler erschien.

Ni Wucheng war gelöst und heiter. Offenbar wollte er singen, denn er räusperte sich mehrmals und sang den Anfang von Yue Feis ‹Rot ist der Fluß›, aber dann verstummte er doch wieder. Später rief er die Kinder zu sich. Als sie vor ihm standen, sagte er: «Ich werde euch jetzt ein Gedicht beibringen, wie es die Leute bei uns zu Hause zu Neujahr aufsagen.»

Abermals räusperte er sich.

Mit Bonbons wird der Herdgott
zum Schweigen gebracht,
mit Blüten das Mädchen
noch schöner gemacht,
für Jungs gibt es Knaller,
oh, was für 'ne Pracht,
für den Opa 'ne Mütze,
da lächelt er sacht,
Fußlappen für Oma –
heut ist Neujahrsnacht!

Da die Verse inhaltlich belanglos waren und er sie zudem nicht im Dialekt vortrug, was ihren eigentlichen Reiz ausgemacht hätte, kam keinerlei Reaktion von den Kindern. Peinlich berührt, beachtete er sie nicht weiter, griff zu einem fremdsprachigen Buch, in dem er vergeblich zu lesen versuchte, und ging zu Jingyi hinüber. Er wolle Schwiegermutter und Schwägerin seine Glückwünsche zum Neujahrsfest aussprechen, erklärte er. Überwältigt von so viel unerwarteter Leutseligkeit eilte Jingyi, den beiden seinen Besuch anzukündigen, doch die meinten: «Das hat Zeit bis morgen. Da essen wir sowieso zusammen Jiaozi. Heute braucht er nicht zu kommen.» Jingyi war verstimmt, sagte aber nichts. Ni Ping war der Mutter gefolgt und hatte Tante und Großmutter mit aufgerissenen Augen unverwandt beobachtet. Jetzt schaltete sie sich ein: «Komisch. Immer wenn Mama und Papa sich vertragen, sind Großmutter und Tante schlecht gelaunt.»

Bei diesen Worten verschlug es den drei Frauen die Sprache. Erst nach drei Minuten hatten sie sich wieder gefaßt. Nun zogen sie vereint über das Mädchen her. So haßerfüllt klangen ihre Schimpfworte, daß Ni Ping aschfahl wurde und die Augen verdrehte, daß nur noch das Weiße zu sehen war. Selbst Ni Zao, der nicht alles begriffen hatte und über all diese Verwünschungen auch lieber gar nicht erst nachdenken wollte, bekam vom bloßen Zuhören Herzklopfen. Bestimmt war das die Stunde, da die Geister zur Erde herniederstiegen und alles hörten, was die Menschen dort sagten – und das ging dann in Erfüllung! Was hatte Ni Ping nur Schlimmes getan, daß sie jetzt so unbarmherzig verflucht wurde?

Das Mädchen konnte sich gar nicht wieder beruhigen, aber niemand achtete mehr auf sie.

Schließlich war die Jiaozi-Füllung fertig, das geschmorte Fleisch gar und das Sesamstroh so klein getreten, daß es sich beim besten Willen kein Knistern mehr entlocken ließ. Dem Gott des Reichtums und den Seelen der Ahnen war der schuldige Respekt erwiesen worden, und das Repertoire an beiläufiger Konversation wie an den vorgeschriebenen glückverheißenden Formeln war erschöpft. Mitternacht war längst vorüber; den Menschen begannen die Augen zuzufallen, und alles bereitete sich zum Schlafengehen vor.

In diesem Moment begann Ni Ping plötzlich zu weinen. Das war nicht das Plärren eines Kindes, sondern das herzzerreißende Wehgeschrei eines viel älteren Menschen, so kummervoll, verzweifelt und wild, daß die ganze Familie schon beim ersten Ton vor Schreck erstarrte.

Am letzten Abend des alten Jahres, genau in dieser wichtigsten, alles entscheidenden Stunde, weinte Ni Ping dreißig Minuten lang. Die ganze Familie stand mit schreckensbleichen Gesichtern um sie herum und bemühte sich, sie zu trösten. Anfangs hatte Jingyi noch versucht, mit ein paar tadelnden Worten die Tränenflut zu stoppen, jedoch vergeblich. Ni Ping steigerte sich immer mehr in ihren Kummer hinein, die Augen starr, das Haar gesträubt, am ganzen Leibe zitternd, halberstickt schluchzend. Sie weinte buchstäblich Rotz und Wasser, schneuzte unter Tränen auf den Fußboden und heulte so hemmungslos, daß alles um sie herum naß wurde. Völlig ausgeschlossen, daß sie in diesem Zustand irgendetwas hätte verstehen können, seien es nun Trost- oder Schimpfworte. So standen alle nur stumm da und wußten keinen Rat mehr.

Ni Zao hatte Angst vor Tränen. Er hatte die Mama weinen sehen, die Großmutter, die Tante. Und sogar den Papa – die Tränen eines so großen, stattlichen Mannes hatten ihm das Herz zerrissen wie scharfe Messer. Schlimmer als alles aber war das Schluchzen der Schwester in dieser Nacht vor Neujahr, denn darin erkannte er die Sehnsucht nach dem Tod, dem eigenen Tod wie dem Tod der ganzen Familie. Sie würde nicht zu weinen aufhören, ehe nicht alle tot wären. Es war das Weinen eines am Leben verzweifelten Menschen, eines Menschen, der so verletzt worden war, daß er jeden Lebensmut verloren hat. Und dieses Weinen kam von einem Mädchen, das nicht viel älter war als er selbst, kam von der Gefährtin seiner Kindheit, von seiner eigenen Schwester. Er war bis ins Innerste aufgewühlt.

Nach einer halben Stunde ununterbrochenen Weinens begann Ni Ping mit unheimlicher, heiserer Stimme, immer wieder von Schluchzen geschüttelt, sich über die Kränkungen und Quälereien, die sie erlitten hatte, zu beklagen: Daß man sie ausgerechnet am Vorabend des Neujahrsfestes und auch früher schon schlecht behandelt habe, daß sie nicht mehr weiterleben könne, wenn sie an die schlimmen Flüche denke, die man ihr schon an den Kopf geworfen habe, zumal wenn sie sich vorstelle, daß all diese schrecklichen Verwünschungen in Erfüllungen gingen ...

Es war wirklich bestürzend. Ni Ping hatte also alle Beschimpfungen ernst genommen! Da hatte also das Gift, das sie enthielten, eine derart verhängnisvolle Wirkung! Das Mädchen hatte sich all die Schimpfworte, mit denen jedes Familienmitglied sie in den letzten Jahren bedacht hatte, gemerkt! Da hatte man sie also unzählige Male beschimpft, «einfach nur so», ohne viel zu überlegen und ohne sich darüber klar zu sein, was man da eigentlich sagte! Bis Ni Ping es am Ende nicht mehr aushielt, zusammenbrach und sich zur Wehr setzte.

«Ich finde, sie muß ins Krankenhaus», sagte Ni Wucheng leichenblaß. Er rang nervös die Hände.

«Papa, geh weg! Du sollst weggehen!» schrie Ni Ping.

Ni Wucheng wagte keinen Widerspruch und ging hinaus.

Ni Ping weinte weiter so bitterlich, daß allen die Tränen kamen.

«Von wem auch immer die Verwünschungen gekommen

sind», versuchte Ni Zao die Schwester zu trösten, «sie gelten alle nicht! Sie gehen alle nicht in Erfüllung, hörst du! Du brauchst nicht zu weinen, sie gelten nicht! Sie gehen alle nicht in Erfüllung!»

«Sie gelten alle nicht? Sie gehen alle nicht in Erfüllung?» fragte Ni Ping ungläubig mit weit aufgerissenen Augen.

«Nein, wirklich nicht! Keine geht in Erfüllung!» tönte es von allen Seiten wie aus einem Munde.

Plötzlich sprang das Mädchen auf, lief zur Großmutter und packte mit beiden Händen den Brustlatz ihrer Bluse. «Sag du mir, gehen sie in Erfüllung oder nicht?» keuchte sie.

«Sag schnell nein! Mach schon!» drängten Jingzhen und Jingyi wie auf Verabredung ihre Mutter.

«Ob sie in Erfüllung gehen? Nein, tausendmal nein! Nie gehen sie in Erfüllung!»

«Aber wenn doch?» beharrte Ni Ping. So angsterregend war ihre verstörte Miene, daß Frau Jiang, die ja wahrhaftig schon viel erlebt hatte, ein kalter Schauer den Rücken hinunterlief. Sie war es doch, die die Enkelin am meisten liebte, und dennoch hatte Ni Ping sich soeben am meisten über sie beklagt. Wie das nur kommen mochte?

«Und sollten sie wirklich in Erfüllung gehen, kommen sie alle über mich!» erklärte sie entschlossen.

«Gut! Sie treffen dich allein, dich allein, dich allein, dich allein», wiederholte Ni Ping immer wieder mit Nachdruck, während sie ihre rechte Hand krallenartig ausstreckte und mit dem Zeigfinger auf die Nase ihrer Großmutter wies. Dieses «dich allein» wurde gewissermaßen zu einer Art Zauberformel, die das Mädchen mit halbgeschlossenen Augen wie eine endlose Litanei in immer schnellerem Tempo herunterbetete. So seltsam gebärdete sie sich, daß Jingzhen das Lachen nur mit Mühe unterdrücken konnte.

Ni Ping war trotz ihrer halbgeschlossenen Augen und ihrer Zaubersprüche auf der Hut. Das prustende Geräusch, das aus den Nasenlöchern der Tante drang, entging ihr mitnichten. Sie ließ die Großmutter los, warf sich auf den Fußboden und begann abermals zu weinen, wobei sie wie eine Wahnsinnige mit den Händen herumfuchtelte und mit den Füßen strampelte.

Alle machten Jingzhen Vorwürfe, und auch sie selbst ärgerte sich über ihren Mangel an Selbstbeherrschung. «Es ist alles meine Schuld. Ich könnte mich ohrfeigen!» rief sie und machte Miene, ihre Worte in die Tat umzusetzen. Aber da sprang Ni Ping blitzschnell auf, preßte sich an Jingzhens Busen, zeigte auf die Nase der Tante, fragte wie gehabt «Gehen sie in Erfüllung?», bekam die erhoffte Antwort und hub abermals an, ihr beschwörendes «Sie treffen dich allein! Dich allein, dichalleinalleinallein...» in endloser Wiederholung herunterzuleiern.

Nach ein paar Minuten, als alle sich wieder hingesetzt hatten und vor lauter Angst, das Mädchen abermals zu reizen, in gespanntem Schweigen verharrten, wandte dieses sich erneut der Großmutter zu, befragte sie jetzt aber nicht mehr, sondern wiederholte lediglich noch ein paar dutzendmal ihr «dichalleinalleinallein». Danach kam die Mama mit derselben Prozedur an die Reihe und zum Schluß das Brüderchen – nein, auch er blieb nicht verschont! Zitternd vor Angst gab Ni Zao zu, daß alle Beschimpfungen, die er je gegen die Schwester ausgesprochen hatte, in Wirklichkeit gegen ihn selbst gerichtet gewesen seien.

Nachdem auf diese Weise jeder seine Beschimpfungen auf sich selbst zurückgelenkt hatte, stellte sich Ni Ping mit ausgebreiteten Armen mitten im Zimmer auf, wedelte mit den Händen, als wolle sie Hühner verscheuchen, und rief: «Ksch! Ksch!» Damit wolle sie endgültig jene Verwünschungen vertreiben, erklärte sie, die man gegen sie gerichtet habe.

Schließlich hatte sie sich soweit beruhigt, daß sie sich das Gesicht waschen konnte. Nun war Ni Ping bereit, ihr Deckenbündel auszubreiten und zu Bett zu gehen. Plötzlich begann sie jedoch, mit viel Zupfen und Zerren und Puffen und Knuffen ihre Steppdecke zu einem akkuraten kleinen Würfel zusammenzufalten. Nicht eher ließ sie ab, bis alles so war, wie sie es sich vorgestellt hatte. Jingyi meinte, die Decke sei doch so viel zu kurz, aber die Tochter fuhr sie nur an «Das geht dich nichts an!» Niemand wagte, ihr zu widersprechen, und alle verließen so geräuschlos wie möglich das Zimmer. Ni Ping aber kroch in ihr viereckiges

Deckennest und verbrachte darin die letzte Nacht des alten Jahres als zusammengerolltes Bündelchen.

Diese ganze Prozedur wiederholte sich von nun an jeden Abend. Vor dem Schlafengehen rief Ni Ping Mama, Tante, Großmutter und Bruder zu sich ins Westzimmer, befragte sie hochnotpeinlich, murmelte ihre «Zauberformel», «scheuchte die Hühner» und faltete ihre Bettdecke, ohne jemals einen Programmpunkt auszulassen. Sobald irgendeine Kleinigkeit ihren Vorstellungen nicht entsprach, begann sie jämmerlich zu weinen und sich wieder so aufzuführen wie am Vorabend des Neujahrsfestes, so daß sogar Jingzhen klein beigab.

Ni Ping sah sehr blaß aus und war so verkrampft und verspannt, daß sie beim Essen kaum einen Bissen hinunterbrachte. Diese bläuliche Gesichtsfarbe, diese verkrampfte Miene, noch dazu an einem kleinen Kind – es konnte einem angst und bange werden! Ni Zao war überzeugt, die Schwester müsse nun wohl sterben. Wenn er etwas zu ihr sagte, nahm sie es überhaupt nicht wahr. Am dritten Tag des neuen Jahres hatte Ni Ping Besuch von einer Schulfreundin, mit der sie zu Ni Zaos Erleichterung ganz normal herumalberte, aber als das Mädchen gegangen war, wurde das Gesicht der Schwester wieder so bleich und ihr Benehmen so abweisend wie zuvor. Ni Zao war darüber sehr betrübt.

«Wir müssen das Kind ins Krankenhaus bringen.» Dieser Vorschlag Ni Wuchengs stieß auf einhellige Ablehnung bei allen anderen.

«Wenn hier jemand ins Krankenhaus gehört, dann bist du der erste!» sagte Jingyi.

«Ganz recht, auch ich müßte ins Krankenhaus. In China ist nämlich mindestens jeder dritte nervenkrank», erwiderte Ni Wucheng zornig.

«Und in deinem Ausland? Da ist es wohl besser, ja? Ich würde sagen, dort sind sogar zwei Drittel der Menschen verrückt», konterte Jingyi.

«Das hast du gut gesagt!» begeisterte sich ihr Mann. «Seit über zehn Jahren hast du nicht so etwas Gescheites von dir gegeben!»

Sein Lob war ehrlich gemeint, aber Jingyi giftete: «Am liebsten möchte man dir ins Gesicht spucken!»

Die Szene am Abend vor Neujahr war für Ni Zao ein schwerer Schock gewesen. Ihm war bewußt geworden, was Menschen mit bloßen Worten und Verwünschungen anrichten können. Später, als Erwachsener, erfuhr er, was einem mit «Großer Kritik» angetan werden konnte. Auch Große Kritik war ja nichts anderes als eine Art Verwünschung – ein politischer Bannfluch. Als Sprachwissenschaftler vertrat er stets die Meinung, die Schimpfwörter, Flüche und Verwünschungen verschiedener Sprachen seien ein hochinteressantes Thema, das es wert sei, wissenschaftlich untersucht zu werden. Denn in diesem Bereich, wo sich die Kultur und der Charakter einer Nation widerspiegelten, war die Sprache von einem Kolorit geprägt, das Aberglauben, sexuelle Unterdrückung und Barbarei ebenso einschloß wie die Mentalität eines A Q, der jede eigene Niederlage in einen Sieg über andere umdenkt...

Ni Pings allabendliche «Teufelsaustreibung» verfinsterte wie eine dunkle Wolke den Himmel über dem kleinen Wohnhof; dennoch gewöhnten sich seine Bewohner daran und fügten sich in das Unabänderliche. Jeden Abend versammelten sie sich im Westtrakt und unterzogen sich Ni Pings seltsamen Exerzitien, ohne mit der Wimper zu zucken. Danach gingen sie zur Tagesordnung über, schwatzten, lachten, aßen und tranken, als wäre nichts geschehen. Was nachher geschah, kümmerte Ni Ping nämlich überhaupt nicht – Hauptsache, während ihres Rituals herrschte feierliche Stille und wurde der gebührende Ernst bewahrt; in diesem Punkt verstand sie keinen Spaß.

Das Ritual selbst konnte man vielleicht als Mittel gegen Beschimpfungen und Verwünschungen noch verstehen – aber diese seltsame Art, das Bett zu machen? Wieso brauchte das Mädchen zehn oder gar zwanzig Minuten, um ihre Bettdecke wieder und wieder neu zu falten? Warum ausgerechnet quadratisch und so klein, daß sie sich unmöglich damit zudecken konnte? Es tat in der Seele weh, ein Mädchen von über zehn Jahren unter eine so kleingefaltete Decke kriechen zu sehen. Das war ja, als wolle sie mit

Gewalt ihren Körper deformieren. Weder damals noch später konnte Ni Zao eine Erklärung dafür finden, soviel er auch nachdachte. Einmal hatte er versucht, mit der Schwester darüber zu sprechen, aber kaum hatte er den Mund aufgemacht, da warf sie ihm einen Blick zu, der ihn sofort verstummen ließ.

Im Lauf der Zeit wurde Ni Pings abendliches Zeremoniell zu einer langweiligen, monotonen Routineangelegenheit, die nur noch pro forma beibehalten wurde. Die Zeit, die Ni Ping für ihr Verhör und ihre Zauberformeln benötigte, war beträchtlich kürzer geworden. Das anschließende Deckefalten wurde nicht mehr so gewissenhaft ausgeführt wie einst, auch wurde die Decke nicht mehr ganz so klein gefaltet. Ni Zao freute sich: So unerklärlich dieses Unheil über sie hereingebrochen war, so unmerklich würde es auch wieder vorübergehen.

Jedoch am sechzehnten Tag des ersten Monats, dem Tag nach dem Laternenfest, als Ni Ping gerade die Tante verhörte, mußte diese plötzlich niesen. Jingzhen nieste nicht wie andere Menschen. Dem eigentlichen Niesen ging ein merkwürdiges Kribbeln in Nasen- und Mundhöhle voraus, das auf die Augenlider, die Hautpartie über den Backenknochen und schließlich auf das ganze Gesicht übergriff. Dann begannen die Muskeln unter ihren Augen, zu beiden Seiten des Nasenrückens, krampfhaft zu zucken, so daß sie mit beiden Augen zwinkerte, und schließlich lief ein konvulsivisches Zucken über ihr ganzes Gesicht. Manchmal war die linke Gesichtshälfte schon ganz verkrampft und verbeult, während die rechte noch völlig normal aussah. Dann entspannte sich die linke Hälfte, und die rechte verzog sich. Nicht einmal der begabteste Schauspieler, beherrschte er seine Muskeln und sein Mienenspiel auch noch so perfekt, hätte diese ständig wechselnden Grimassen je nachmachen können. Bei Frau Jiang rief der Anblick ihrer niesenden Tochter keinerlei Reaktion hervor. Jingyi und die Kinder jedoch reizte er immer unwiderstehlich zum Lachen. Das Vorspiel zum Niesen der Tante war für die Kinder zu einer Art komischer Nummer geworden.

Nachdem das Jucken etwa drei Sekunden angedauert

hatte, begannen Jingzhens Gesichtsmuskeln zu zucken, während sie sich zugleich die Lippen leckte und unwillkürlich ausspuckte, wobei allerdings das Resultat wesentlich magerer ausfiel als während ihrer morgendlichen Toilette. Sie zwinkerte mit den Augen, gab röchelnde Geräusche von sich und vollführte mit Lippen und Zunge Spuckbewegungen. Dann endlich – hatschi! – das erlösende Niesen, bei dem auch die Augenzeugen erleichtert aufseufzten.

Diesmal nun war Ni Ping fast fertig mit dem Verhör der Tante, da schickte diese sich zu niesen an. Die Muskeln beiderseits des Nasenbeins hatten schon begonnen, krampfhaft zu zucken, doch Ni Ping hatte das nicht gleich bemerkt, daher reagierte sie mit einem Wutanfall, als die Tante plötzlich nicht mehr auf ihre Fragen antwortete. «Was ist denn mit dir los? Warum sagst du nichts mehr?» schrie sie und stieß und schüttelte Jingzhen vor lauter Zorn. Doch die konnte nicht antworten, zumal Ni Pings Intervention den reibungslosen Fortgang ihrer Niesaktion gestört und das Zucken ihrer Gesichtsmuskeln noch verstärkt hatte. Sie sah die Nichte nur starr an und gab keinen Laut von sich. Ni Ping heulte und rammte der Tante den Kopf in den Bauch.

Das Ergebnis war, daß Jingzhen kein Niesen zustande brachte und endlich einmal ihrem Zorn freien Lauf ließ. Sie duldete einfach nicht, daß jemand sie beim Niesen störte, ebensowenig wie sie eine Störung bei der Morgentoilette hinnehmen würde. Doch nun hatte Ni Ping an dieses Tabu gerührt.

«Du verdammtes Gör», entlud sich Jingzhens Grimm, «was fällt dir eigentlich ein, mich Tag für Tag zu quälen? Wenn du lebensmüde bist, dann spring doch in den Brunnen oder wirf dich vors Auto, aber verschone uns gefälligst mit deinem Theater! Du bist wohl von allen guten Geistern verlassen! Tobst hier rum wie eine Verrückte...»

Ni Pings Reaktion blieb nicht aus: Sie wälzte sich auf dem Fußboden, schrie und weinte, bis sie einen regelrechten Kieferkrampf hatte. Schaum stand ihr vor dem Mund, konvulsivisches Zucken schüttelte sie, die Luft blieb ihr weg.

Jingyi, ganz liebende Mutter, stürzte sich unverzüglich

ins Getümmel. «Herzlos bist du, und tückisch! Richtig verkommen! Vergreifst dich an einem Kind! Wenn hier jemand wie eine Verrückte tobt, dann du! Einen schlimmen Tod verdient jemand wie du!» Das ganze Arsenal gängiger Schimpfwörter führte sie gegen die Schwester ins Feld. Das Ende vom Lied? Ein wilder Kampf. Auch Ni Zao auf Seiten von Mutter und Schwester mischte sich ein, während die Großmutter zwar nach außen hin über den Parteien stand und zu vermitteln schien, in Wirklichkeit jedoch mehr zu Jingzhen neigte.

Schließlich waren alle müde und beruhigten sich wieder. Was man einander vorzuhalten hatte, war gesagt worden. Nun war es Zeit zum Schlafengehen. Da trat plötzlich Ni Ping mit unvermuteter Hartnäckigkeit und Gelassenheit vor die Tante hin, sah ihr unverwandt in die Augen und setzte ihr Verhör genau an der Stelle fort, wo sie unterbrochen worden war. Und mit ebenso unerwarteter Gelassenheit und Kooperationsbereitschaft ließ Jingzhen es widerstandslos mit sich geschehen.

So wurde also auch an diesem Abend das gewohnte Ritual vollzogen, wenn auch erst zu später Stunde beendet. Beim Einschlafen hörte Ni Zao noch die Tante niesen. Glück im Unglück! dachte er.

Am Morgen des nächsten Tages verkündeten Frau Jiang und Jingzhen, sie würden ins Heimatdorf fahren, um etwas zu erledigen. Ohne weitere Erklärungen verließ Jingzhen das Haus, um Fahrkarten zu kaufen.

Jingyis Zorn vom Vorabend war noch nicht verraucht. Sie sah in der Ankündigung der beiden nur den Versuch, ihr Angst zu machen, und schenkte ihr keine Beachtung.

Mittags kam Jingzhen in einer Rikscha mit zwei Bahnfahrkarten nach Hause.

Schlagartig veränderte sich die Atmosphäre.

Den ganzen Nachmittag gaben sich Frau Jiang und ihre beiden Töchter, einträchtig wie eh und je, einer wehmütigen Abschiedsstimmung hin.

«Wir fahren ja nicht für lange», tröstete die alte Dame Jingyi, «höchstens, zwei, drei Monate, vielleicht auch nur acht oder vierzehn Tage.»

«Ach ja, kommt bald wieder! Wir streiten uns zwar oft, aber als ihr gesagt habt, ihr wollt wegfahren, da wäre ich vor Schreck beinahe in Ohnmacht gefallen», erwiderte Jingyi, schon ganz verweint.

«Na, das ist doch selbstverständlich! Wozu sind wir schließlich verwandt und stehen einander nahe wie die Knochen dem Fleisch?» meinte Jingzhen. «Zhang Zhi'en und Li Lianjia geben sich gewiß Mühe, aber es ist schon etwas anderes, wenn jemand von der Herrschaft sich blicken läßt. Unser Land, viel ist es ja sowieso nicht mehr, wirft in letzter Zeit immer weniger ab», seufzte sie.

Auf den Mitteltrakt zeigend erklärte Jingyi: «Was soll man machen, wenn man mit so einem Taugenichts verheiratet ist. Man weiß ja nie, woran man ist, was er im nächsten Moment wieder vorhat. Wenn nun wieder etwas passiert, während ihr weg seid, wer hilft mir dann?» Nun war es endgültig um ihre Fassung geschehen.

«Aber nicht doch. So etwas mußt du nicht sagen», versuchte Jingzhen sie zu beruhigen. «Merk dir eins: Wenn etwas passiert – Ruhe bewahren. Schlimmstenfalls mußt du dir selbst etwas einfallen lassen. Aber du kannst ganz beruhigt sein, Schwesterchen, wir kommen ja bald wieder; es geht doch auch um deine Interessen, schließlich gehört das Land uns drei Frauen zusammen. Die verfluchten Halunken, die sollen sich bloß nicht einbilden, sie könnten uns übers Ohr hauen. Ich habe keine Kinder, bei mir kommt es nicht darauf an, ob ich lebe oder nicht. Und Mutter, die hat ja auch niemanden weiter. Aber du, Schwesterchen – selbst wenn dein Mann nichts taugt, du hast einen Sohn, hast Kinder! Du bist unsere einzige Stütze, unsere einzige Hoffnung! Sei ganz ruhig, Schwesterchen, ich werde immer für dich und die Kinder kämpfen, selbst wenn man mir einen Dolch zwischen die Rippen stößt. Für euch scheue ich weder Tod noch Teufel, weder den Berg der Messer noch den Kessel mit heißem Öl!»

«Aber ich mache mir Sorgen um Mutter. Der weite Weg...»

«Ich bin doch da. Ich bin nämlich nicht nur eine keusche Witwe, ich kenne auch meine Tochterpflicht. Wenn Mutter und ihr nicht wärt, ich hätte mich schon längst aufgehängt. Stricke habe ich mir schon viele zurechtgelegt.»

«Fängst du wieder mit diesem Unsinn an!» wurde sie von Frau Jiang getadelt.

«Ich meine es ja nicht wörtlich.» Jingzhen wischte sich ein paar Tränen von der Wange und seufzte abermals tief.

Beim Abschied weinten alle, die drei Frauen ebenso wie die beiden Kinder. Die Schwestern konnten gar kein Ende finden mit all den tränenreichen Ermahnungen und Ratschlägen, die sie einander gaben, bis schließlich der Rikschafahrer eingriff und erklärte, er könne nicht länger warten. Da endlich bestiegen Frau Jiang und ihre ältere Tochter unter Tränen ihr Gefährt. Als es sich in Bewegung setzte, drang aus Ni Pings weit aufgerissenem Mund ein so unheimlicher Klagelaut, daß sich der Rikschamann in seiner zerlumpten Jacke und seinen an den Knöcheln fest zugebundenen wattierten Hosen unwillkürlich umdrehte und ihr einen ganz merkwürdigen Blick zuwarf.

18

Du Verwandlungsbilderbuch der Kindheit, ihr wunderlich euch verändernden menschlichen Figuren, Formen, Schatten!

Gesichter. Aus schmalen werden unversehens volle Gesichter, aus Kindern Greise. Aber gleichermaßen werden aus kummerbeladenen im Nu ausgelassene Menschen. Gramgebeugte und hemmungslos lachende. Und dieses Seufzen, tonlos oder laut. Diese kindische Blödheit und diese wie bei toten Fischen halbgeöffneten Münder. Dieses selbstgefällige Grinsen, dieses schmerzliche Stöhnen. Diese Wesen, an denen alles zerfließt – Gestalt, Geist, Gefühle! Sie alle scheinen zu fragen: Wieviel Leid können wir ertragen?

Dann mit Donnergetöse der Einsturz des Hauses. In der endlosen Mittagsstunde eines fernen Sommertags.

Eben ist jemand von den Angehörigen aus dem Hoftor getreten und sogleich mit ein paar duftenden, gekochten

Maiskolben wieder zurückgekehrt. So jung und zart ist der Mais und wird doch als «alter Mais» bezeichnet. Das zartsüßliche Aroma des Maiskolbens hat deine Lebensgeister geweckt. Du bist noch klein, und dein Gesicht ist noch zarter und saftiger als selbst die Maiskörner. Du hast dich aufgesetzt. Du hörst von draußen den Ruf «Alter Mais! Kauft alten Mais!».

In diesem Moment kracht es.

Wie ein Donnerschlag, ein furchteinflößendes, zorniges Grollen. Danach ein Platzregen von Erde, Staub und Asche. Das Haus stürzt ein, schreit jener Mensch. Vielleicht sind es aber auch viele Schreie. Du hast überhaupt keine Angst. Nicht ein Staubkörnchen ist dir ins Auge geraten, du hast nur das Gefühl, als wäre alles im Nu mit einer Schicht irgendeiner Substanz zugekleistert. Und es stinkt. Jener Angehörige reißt dich blitzschnell hoch und rennt mit dir hinaus. Dann ein noch gewaltigeres Donnergrollen, begleitet von einem abgerissenen, unheilverkündenden Knistern und Prasseln und dem Klirren von Glas. «Das Kind hat einen Zahn herausgebrochen!» schreit die Mutter auf, doch später erweist sich, es war nur ein Maiskorn, das am Kinn klebte. Im Lauf der Zeit wird daraus eine Lieblingsgeschichte, die immer wieder erzählt wird, etwas, was die Kindheit erwärmt hat wie ein Milchzahn, der an die Zimmerdecke geworfen wird, damit die bleibenden Zähne schneller wachsen.

Dein Interesse gilt dem Haus mit der eingestürzten Decke. Viel früher schon hätte es zusammenfallen können, es war längst fällig. Jetzt, da ein großes Stück vom Dach fehlt, erscheint der Raum geradezu licht und freundlich, trotz der klaffenden Wunde an der Decke. Wie eiternde Haut wirkt die Binsenmatte mit dem zerfetzten Rand, und der herunterhängende Rest des gebrochenen Dachbalkens läßt an eine Fraktur denken, bei der der Knochen durch die Haut spießt, während die mit Werg vermischten Putzbrocken wie aufgeschnittenes Muskelgewebe aussehen. Der herabgefallene Staub und Schmutz wölkt im Zimmer gleich Rauch oder Nebel. Sonnenlicht durchflutet den sonst lichtlosen, kleinen Raum. Wer hätte gedacht, daß er so hell sein kann! Und trotz der Plötzlichkeit, mit der sich die Katastrophe ereignet hat, keinerlei Verletzte – der größte Verlust vielleicht deine eingestaubten Maiskörner.

Später ist dies alles tief unter dem Vergangenen begraben, und das Vergangene unter dem Erdboden, auf dem inzwischen ein mehrstöckiges Haus mit festem Dach errichtet worden ist. Auch eine neue Straße haben sie angelegt, auf der lebhafter Verkehr herrscht. Blumen blühen und Böller knallen, rote Fahnen knattern im Wind. Eine Generation folgt auf die andere – kaum ein junger Mensch weiß heute noch von den Ruinen, vor denen wir einst standen, und wenige achten darauf, was alles unter den Fundamenten begraben liegt. Zurückschauen und sich erinnern, das ist unnütz, wenn nicht gar verachtenswert.

Noch vor Ablauf eines halben Monats kehrten Frau Jiang und Jingzhen vom Dorf zurück. Frühlingsanfang war längst vorüber, die letzte der neun winterlichen Neuntagesperioden war angebrochen, die Kälte war vorbei.

An jenem Tag spielten Ni Ping und ihr Bruder sowie eine ihrer Schulfreundinnen gerade Fußfederball auf der Gasse, als Jingzhen, beladen mit einem großen Bündel und einem weidengeflochtenen Korb, sich näherte, das Gesicht staubverschmiert, schmutzig und abgezehrt. Ohne auf die freudige Begrüßung von Neffe und Nichte einzugehen, fragte sie voller Ungeduld: «Wo ist eure Großmutter?» Die Kinder wußten nicht, was sie darauf antworten sollten. Jingyi, die gerade den Hof kehrte und ein Geräusch vor dem Tor gehört hatte, hatte sich noch nicht umgedreht, als Jingzhen schon hereingestürmt kam und «Wo ist Mutter?» rief. Sogleich erlosch das Lächeln, mit dem Jingyi der Heimgekehrten entgegentreten wollte. Sie erschrak. «Ist sie denn nicht mit dir zurückgekommen?»

«Also ist sie noch nicht hier?»

«Mutter ist doch mit dir weggefahren – wieso fragst du da uns?»

«Ich will nur eins wissen: Ist Mutter zu Hause oder nicht?»

Jingzhens Gesicht rötet sich, die Halsadern traten hervor, Schweißperlen standen ihr auf der Stirn.

«Ich habe doch schon gesagt, nein!» Auch Jingyi war nun aufgeregt und wurde erst rot, dann wieder blaß. «Was ist denn passiert?»

Jingzhen war ebenfalls erbleicht. Sie legte Bündel und Korb ab, wischte sich den Schweiß von der Stirn und sagte seufzend: «Ach, wenn du wüßtest! In Shiqiao hat der Zug gehalten, und ich bin ausgestiegen, um auf dem Bahnsteig für Mutter einen gerösteteten Fladen mit Sojakäsefüllung zu kaufen, weil wir doch seit dem frühen Morgen nichts mehr gegessen hatten. Wie ich noch im Gewühl stehe, kommt ein Trupp japanischer Soldaten. Ich habe die gar nicht gleich gesehen, weil ich gerade bezahlte; plötzlich waren alle Leute weg. Ich bin vielleicht erschrocken! Ich guck mich um und sehe, die Soldaten steigen in unseren Wagen ein. Ich renne hin, da fangen die doch an, mich zu beschimpfen, aber wie! Du kannst dir vorstellen, was für eine Angst ich gehabt habe. Die schießen einen Menschen schneller nieder, als unsereins eine Ameise zertritt. Ich gehe also nach ganz hinten und steige im letzten Abteil ein, da waren zum Glück keine Japaner. Ich denke mir, bist du erst mal im Zug, dann hast du Zeit, nach Mutter zu suchen. In den fünf Stunden von Shiqiao bis Peking hab ich mich durch alle Wagen gedrängt, hin und her und her und hin, aber gefunden habe ich sie nicht. Du kannst dir meine Aufregung vorstellen. Was sollte ich bloß machen? Weitersuchen? Überall in den Gängen saßen die Leute mit Bündeln und Koffern, die haben mir so schon genug an den Kopf geworfen, als ich mich das erstemal durchdrängelte. Und nun das ganze nochmal? Nein, die hätten mich glatt aus dem Zug geschubst!»

«Und Mutter? Was war mit der? Warum erzählst du mir diesen Quatsch?» Geduld war nicht Jingyis Stärke.

«Ich habe mir gedacht, im Zug findest du sie nie, suchst du sie also, wenn wir angekommen sind. Zumal Mutter ja auch einen Sitzplatz hatte. Den Hunger würde sie schon aushalten, Hauptsache, sie konnte sitzen. Als der Zug in Peking einfuhr, war ich als erste auf dem Bahnsteig. Ich habe mich am Ausgang aufgestellt, wo alle Reisenden vorbeikommen müssen. Aussteigen mußte Mutter ja auf jeden

Fall. Eine halbe Stunde habe ich gewartet. Die Zeit verging, und niemand kam mehr. Alle hatten schon den Bahnsteig verlassen. Da hab ich's dann aufgegeben. Hab mir gedacht, Mutter ist vielleicht doch schon zu Hause.»

«Wie kommst du denn darauf? Mutter ist dir in Shiqiao abhanden gekommen! Schon zu Hause! Sie kann doch nicht fliegen! Glaubst du vielleicht, ihr sind plötzlich Flügel gewachsen?»

Jingzhen hatte jetzt keine Nerven für lange Auseinandersetzungen mit ihrer Schwester. Sie stampfte mit dem Fuß auf und rief: «Ach, hör doch auf! Ich gehe jetzt zum Bahnhof und sehe noch einmal nach, ob sie da ist. Wenn nicht, steige ich in den Zug und fahre zurück. Auf jedem Bahnhof werde ich nach ihr suchen, und finde ich sie nicht wieder, komme ich nicht mehr zurück!» Bei diesen Worten traten ihr Tränen in die Augen.

Die Tränen der Schwester setzten Jingyis Vorwürfen ein jähes Ende. «Nein, du bist jetzt gerade erst wieder da, du mußt dich erst mal ausruhen. Ich werde sie suchen gehen. Ein erwachsener Mensch kann doch nicht verloren gehen. Wenn ich sie nicht finde, gehen wir zur Polizei.»

Nach einigem Hin und Her beschlossen die Schwestern, zusammen loszugehen, da hörten sie plötzlich Ni Pings Jubelschrei: «Großmutter ist da!»

In schwarzer wattierter Flanellhose und -jacke, eine schwarze Velourskappe auf dem Kopf, schwarze Samtschühchen an den Füßen, zwei Körbchen eingesalzenes Wintergemüse schwenkend, kam Frau Jiang in aller Seelenruhe hereingetrippelt. Diese jahrelang nicht getragene Kleidung verlieh ihr Eleganz, und auch die Art, wie sie gemächlich zur Tür hereinspazierte, war das ganze Gegenteil von Jingzhens hektischem Auftritt ein paar Minuten zuvor. Beim Anblick der Mutter waren die beiden Töchter vor Freude beinahe außer sich; reichlich flossen die Tränen der Erleichterung, und die alte Dame konnte sich der innigen Umarmungen kaum erwehren. Als sie endlich im Zimmer saß, wetteiferten beide Töchter darin, ihr zu erzählen, wie sie sich Sorgen um sie gemacht hätten, weil sie sie doch so lieb hätten, wie sie beschlossen hätten, sie gemeinsam zu suchen. Je länger das dauerte, desto mehr freute sich die alte Dame, desto ruhiger wurde sie innerlich, so daß sie am Ende ganz gelassen sagte: «Ach, ihr Lieben! Warum habt ihr euch denn so aufgeregt? Ich bin doch nicht blind oder taub, im Kopf bin ich auch noch richtig, und unter meiner Nase habe ich einen Mund. Außerdem fuhr der Zug schließlich nach Peking. Wenn die Große nicht einsteigt, habe ich mir gesagt, dann fahre ich eben allein. Ich hatte bloß Angst, daß du den Zug verpaßt, Jingzhen, aber dann dachte ich mir, die wird schon mitkommen. Zum Glück waren die japanischen Soldaten sehr, sehr höflich und zuvorkommend zu mir. Als ich ausgestiegen war, habe ich dich überall gesucht, Jingzhen! Wie? Hunger? Nein, nein, ich wollte nur schnell nach Hause, darüber hab ich den Hunger glatt vergessen. Bloß dieser Rikschamann, der verflixte Kerl – läuft langsam wie eine Schnecke und will noch dazu eine Stadtrundfahrt mit mir machen! Mehr Geld wollte der rausschinden! Ich habe ihm natürlich erzählt, ich stamme aus Peking und kenne mich aus, also bitte keine Umwege! Ein Glück, sonst wäre ich jetzt noch nicht hier.»

«Ja, wirklich ein Glück! Ein Segen, daß du wieder da bist! Wenn du nicht zurückgekommen wärst, hätte ich mich auf dem Bahnhof vor den Zug geworfen!» sagte Jingzhen bewegt und immer noch zwischen Lachen und Weinen hin- und hergerissen.

«Ich sag's ja immer, wir drei! Von jetzt an wollen wir uns nie wieder streiten! Nie wieder. Ich wäre fast gestorben, weil du die paar Minuten zu spät gekommen bist», fiel Jingyi eifrig ein, naiv und direkt wie immer.

Noch viele liebevolle und zärtliche Worte wurden zwischen Mutter und Töchtern gewechselt, und auch die Kinder hatten teil an der allgemeinen Hochstimmung. Dabei nagte an der alten Dame die ganze Zeit ein unstillbarer Kummer: Während ihres Besuchs in der alten Heimat hatte sie nahezu den gesamten noch verbliebenen Grundbesitz verkauft, so daß von nun an nicht einmal mehr die getreuen Pachtbauern Zhang Zhi'en und Li Lanjia kommen würden. Der Familienbesitz der Jiangs war endgültig dahin. Zwei unglückliche Töchter waren alles, was sie jetzt noch besaß. An diesem Nachmittag glaubten alle drei Frauen an das Gute in sich selbst und empfanden ihr Wiedersehen als höchstes Glück. Zum Schluß nutzte Jingyi die Gelegenheit, Mutter und Schwester mitzuteilen, daß sie wieder schwanger sei, woraufhin diese sich wortlos ansahen. Was sollte man dazu sagen!

Den ganzen Nachmittag arbeitete Ni Wucheng im Mitteltrakt an der Übersetzung eines Artikels über Cromwell, die bis zum nächsten Morgen fertig sein mußte. Der Auftrag dazu kam von Shi Fugang, und die von ihm redigierte Zeitschrift ‹Wissenschaft in Orient und Okzident› hatte Ni Wucheng schon einen stattlichen Vorschuß dafür gezahlt. Der Artikel stammte von einem Autor namens Hermann Oncken, dessen Nachnamen Ni Wucheng nach vielem Grübeln mit den Zeichen «weng», «alter Mann», und «keng», «scheppern», ins Chinesische transkribiert hatte. Nicht gerade ein Name, der das Interesse der Leser wecken würde. Viele Begriffe in dem Artikel wie «Langes Parlament», «Kleines Parlament», «Realpolitik» oder «Auserwähltheitsglaube», machten ihm Kopfzerbrechen. Er war keineswegs sicher, daß er sie richtig übersetzt hatte. Aber der bloße Gedanke an Europa und die Europäer, an die europäischen Sprachen, an all die schwer verständlichen Begriffe und an die stets makellos sauberen, noblen Anzüge und Mäntel von Shi Fugang gab ihm ein freudiges, beinahe euphorisches Gefühl der Befriedigung. Wenn ihm also Inhalt, Darstellungsweise und Sprache dieses Artikels unverständlich, ja sinnlos erschienen, so waren andererseits die Beschäftigung mit diesem trockenen Gegenstand, das ständige Nachschlagen im Wörterbuch, das Überlegen, Raten und, wenn alles nichts half und ihn die Wut packte, das willkürliche Übersetzen mit irgendeinem chinesischen Begriff für sein Gefühl und seine Gemütsverfassung tröstlich und befriedigend. Allein schon der Umgang mit den ausländischen Buchstaben war für ihn eine Quelle der Freude und des Stolzes.

An diesem Nachmittag wollte ihm das Übersetzen überhaupt nicht von der Hand gehen. Jingzhens Heimkehr und die folgenden Ereignisse waren mit so viel Gezeter und Geschrei und Lärm verbunden, daß ihn das Trommelfell schmerzte. Diese Dummheit und Kurzsichtigkeit, die Ignoranz, Hilflosigkeit und Sinnlosigkeit, dieser viele Lärm um nichts, dieses Toben und ohrenbetäubende Schreien und Weinen und Lachen – eine Katastrophe! Eine Katastrophe für Ni Wucheng, eine Katastrophe aber auch für Hermann Oncken und für Cromwell, eine Katastrophe für Europa, für die Menschheit, für die Kultur!

Er konnte einfach nicht weiter übersetzen. Er zündete sich eine Zigarette an und sah sich trübsinnig um. Vier Monate hatte er nun schon in diesem Zimmer als «treuer Gatte und guter Familienvater» zugebracht – er würde bestimmt bald verrückt werden!

Du bist nicht besser als das Vieh, du bist ein Stück Vieh – ich bin ein Stück Vieh!

Er begann zu zittern und sog so gierig an seiner Zigarette, daß sie nach diesem einen Zug halb aufgeraucht war.

Er schlug auf den Tisch, aber nur ganz leicht. Mehr wagte er nicht. Selbst den Mut, einmal kräftig auf den Tisch zu schlagen, hatte man ihm genommen. Jede seiner Gefühlsäußerungen war Jingyi Anlaß für neue Angriffe. «Erschrecke nicht die Kinder!» Sobald er ein wenig lauter sprach, zur Aufheiterung einmal einen Aphorismus auf Englisch vorlas oder ein, zwei Sätze in klassischem Chinesisch zusammenstoppelte, fing sie sogleich an zu protestieren. Die Frauen aber, die durften herumschreien, soviel sie wollten!

Abgesehen davon – sein Tisch würde es gar nicht mehr aushalten, wenn er kräftig draufschlug. So geplagt war er, so sehr trampelte man ihm auf der Seele herum, so groß waren sein Zorn und seine Trauer, daß der Tisch schon viele Male gewaltige Schläge von ihm auszuhalten gehabt hatte, und die einstmals weiße Tischplatte zahlreiche Lackschäden und Vertiefungen aufwies. Von solch einem Tisch aus wollte er nun seinen Landsleuten die europäische Zivilisation nahebringen! Wobei er keineswegs mit Sicherheit hätte sagen können, ob seine Übersetzungs- und Mittlertätigkeit letzten Endes überhaupt einen Sinn hatte in diesen chaotischen Zeiten, hier im japanisch besetzten Peking, abgesehen davon, daß sie ein Honorar einbrachte. Das freilich hinten und vorn nicht reichte.

Überdies wurden an diesem Tisch auch die Mahlzeiten eingenommen. Dazu mußten Wörterbücher, Papier, Tintenfläschchen, Federhalter und drahtgeflochtene Manuskriptablage auf den mit lauter Schmutzklümpchen bedeckten Fußboden geräumt werden. Der Schmutz, den man an den Schuhsohlen mit hereinbrachte, vermischte sich mit der Feuchtigkeit auf den schwarzen Fliesen und bildete dort im Lauf der Zeit ein unregelmäßiges Muster aus großen und kleinen Dreckbatzen. Ni Wucheng hatte festgestellt, daß fast überall bei den vielen Leuten, in deren Häusern er zu Besuch gewesen war, Schmutz auf dem Fußboden klebte, nirgends jedoch hatte er so viele und so große Schmutzklumpen wie bei sich zu Hause gesehen.

Am dreiundzwanzigsten Tag des zwölften Monats wird dem Herdgott mit einer aus Karamellen nachgebildeten kleinen Melone der Mund gestopft, ehe er zum Himmel auffährt und dort ausplaudert, was das Jahr über im Haus passiert ist, und am darauffolgenden Tag ist Hausputz. Dazu hatte Jingyi sich ein Handtuch um die Haare und einen Reisigbesen an einen Bambusstiel gebunden. Mit diesem Gerät fuhrwerkte sie im Zimmer herum; ein Anblick, der Ni Wucheng in der Seele weh tat. Aber zu jener Zeit hatte er noch den Vorsatz, sich zusammenzunehmen, koste es, was es wolle.

Als er damals beinahe an Lungenentzündung gestorben wäre, hatte Jingyi ihn gerettet und ihm nichts nachgetragen. Er hatte sich fest vorgenommen, Zheng Banqiaos Maxime «Rare Gabe Torheit» zu befolgen und weiter bei seiner Frau auszuhalten. Anderen erging es ja auch nicht besser! Er war bestenfalls mit dem Affenkönig zu vergleichen, der zwar mit einem Satz hundertachttausend Meilen zurücklegen kann, jedoch nie vom Handteller des Buddha Tathagata herunterkommt. Genauso war sein eigenes Schicksal! Eine grausame Geschichte – grausam, aber auch heilsam, wie Purgier-Kroton oder Rheum: Auch beim Abführen hat man vielleicht Bauchschmerzen, doch danach spürt man nur noch die Erleichterung. Ruhe.

Während Jingyis Reinigungsaktion faßte Ni Wucheng den Entschluß, sich von seiner besten Seite zu zeigen. Als er sah, wie alle eifrig wischten und fegten, suchte er sich, ohne von Jingyi aufgefordert zu sein, selbst eine Aufgabe. Mit der gußeisernen Kohlenschaufel kratzte er die Schmutzklümpchen von den Fußbodenfliesen ab. Stolz und zufrieden deklamierte er: «Heilig ist die Arbeit...» Plötzlich ein scharfes Kommando: «Aufhören!»

Jingyi belehrte ihn, am Jahresende dürfe man die Schmutzklümpchen auf dem Estrich nicht beseitigen, das habe sie nach der Übersiedlung in die Hauptstadt von alten Pekingern gelernt.

«Und warum?»

«Warum!» Jingyi zog die Luft durch die Nase ein und schwieg. Wenn man über so etwas spricht, wirkt es doch nicht mehr! Geheimnisse darf man nicht ausplaudern!

Wenn es keinen Grund gibt, den Schmutz nicht abzukratzen, werde ich selbstverständlich damit fortfahren, dachte Ni Wucheng. Schließlich dient das der Hygiene. Sollen diese schmutzigen, ordinären, von Bazillen wimmelnden Dreckklumpen vielleicht zu irgendetwas nütze sein? Einfach lächerlich!

Er fuhr fort, Schmutzklumpen abzukratzen. Da ließ Jingyi den Besen fallen, stürzte zu ihrem Gatten und entriß ihm wutentbrannt die Kohlenschaufel.

Im Verlauf des sich anschließenden Wortwechsels, bei dem es fast zum Streit gekommen wäre, stellte sich schließlich heraus, daß die Klümpchen auf dem Fußboden ein Symbol für Goldbarren waren. Bekanntlich sind um die Zeit des Jahreswechsels die Überirdischen wie die Menschen für Symbole aufgeschlossener als für platte Prosa: Mit den Schmutzflecken beseitigte man symbolisch die Goldbarren, also die eigene Erwerbsquelle!

Jingyi hatte zwar bei dieser Erklärung ein wenig gelächelt, wahrscheinlich, weil sie selbst empfand, wie komisch das Ganze war, aber sie meinte es durchaus ernst. Immer mehr redete sie sich in Wut: «So was darf man eigentlich nur andeuten und nicht aussprechen!»

Ni Wucheng war zumute, als hätte man ihm wie einem

Ballon die Luft abgelassen. Der reinste Irrsinn! Ein Fall für den Psychiater! Und das ist nun die Zivilisation einer alten Kulturnation mit einer Geschichte von fünftausend Jahren!

Von da an hatte er keine Lust mehr, sich an den vielen kleinen «Goldbarren» zu vergreifen, und so wurde das kostbare Schrifttum über die europäische Zivilisation weiter auf schmutzigem Boden gestapelt, wenn der Tisch zu den Mahlzeiten freigemacht werden mußte.

Apropos Mahlzeiten. Allein die Erinnerung an die Speisen, die Jingyi ihm in diesen Wochen zugemutet hatte, reichte aus, ihm gründlich die Laune zu verderben. War es Unfähigkeit, oder wollte sie ihn absichtlich reizen? Sagte er zum Beispiel, das Essen sei versalzen, war todsicher beim nächsten Mal kein einziges Körnchen Salz darin. Fand er, daß ein Gericht zerkocht war, so konnte er darauf warten, alsbald ein halb rohes vorgesetzt zu bekommen. Wenn Jingyi Rettich kochte, mischte sie kurz vor dem Servieren den Weißkohlrest von vorgestern und den vor drei Tagen übriggebliebenen Sojabohnenkäse darunter, der schon leicht verdorben war, so daß das Gericht am Ende weder nach Rettich noch nach Weißkohl oder Sojakäse, sondern nur noch wie Schweinefutter schmeckte. Und dann hatte sie noch die Stirn zu erklären: «Der Bohnenkäse schmeckt nach nichts mehr, den kann man nur noch genießen, wenn man ihn mit frischem Gemüse mischt.» Die Logik der Schweinefütterung, nichts anderes.

Ein andermal hatte es Gemüsesuppe mit Kohl gegeben. Ni Wucheng aß zwei große Schüsseln voll und lobte immer wieder den Wohlgeschmack der Suppe. Er tat das in doppelter Absicht: einmal, um seine Wertschätzung für die in Gemüse enthaltenen Vitamine zum Ausdruck zu bringen, zum anderen, um seinen Kindern ein wahres Bild von ihrem Vater zu vermitteln. Er wußte nur zu gut, daß Jingyi ihn oft vor den beiden schlecht machte und behauptete, er lebe in Saus und Braus und sei ein Verschwender und Herumtreiber.

Das Resultat? So, wie seine Freude über Lauch mit Sojapaste seinerzeit eine wahre Sturzflut von Lauch mit Sojapaste ausgelöst hatte, kochte sie nun einen Kessel gallebittere

Suppe aus welken Kohlblättern, holzigen Strünken und Rüben nach dem anderen. Später glaubte er, in der Gemüsesuppe einen ausgeprägten Schwefelgeschmack zu entdecken. Ob sie etwa die Salbe für seine Hautflechte in die Suppe gerührt hatte? Besonders traurig war er jedoch wegen der Kinder. Sowohl der Sohn als auch die Tochter standen unerschütterlich auf Seiten ihrer Mutter. Sie hatten keinerlei Verständnis für sein Streben, seine beharrlichen Anstrengungen, seine Liebe. Wenn er seine Gemüsesuppe schluckte, als sei sie bittere Medizin, schlürften die Kinder sie demonstrativ mit dem größten Behagen. Sie beobachteten verstohlen, wie ihr Vater mit umwölkter Miene seine Suppe herunterwürgte, wechselten Blicke untereinander und mit ihrer Mutter und lächelten verständnisinnig. Ihren eigenen Vater lachten sie aus! Lachten über seinen Kummer, lachten über seinen empfindlichen Magen und seine feine Zunge! Wozu nur hatte er diese feine Zunge! Wozu all sein Wissen über das ABC der Ernährungslehre, wozu sein so stark ausgeprägtes Verständnis für die Wichtigkeit guten Essens im Hinblick auf physische und psychische Gesundheit? Wer gut ißt, hat einen ausgeglichenen Charakter, geschmeidige Haut und üppigen Haarwuchs, ist beweglich, gutherzig und höflich. Gutes Essen fördert den geselligen Umgang der Menschen wie überhaupt die ganze Zivilisation und führt zur Herausbildung einer neuen Wesensart. Er war ein Mensch – war das etwa ein Verbrechen? Er war gebildet, er hielt auf Anstand und Würde, er liebte das Leben, und er stellte Ansprüche an das Leben, denn er hatte – glücklicherweise! – Gelegenheit gehabt, zu sehen und zu verstehen, was es bedeutet, wirklich zu leben. Das sollte ein Verbrechen sein?

Ni Wucheng hatte gehofft, die Kinder würden ihn verstehen. Er setzte seine Hoffnungen auf die Zukunft, auf die kommende Generation. Er hoffte, daß die junge Generation einmal zivilisierter leben würde, edler, besser, glücklicher, zumindest aber gesünder und vernünftiger. Von Anfang an hatte er sich bemüht, den Kindern Kenntnisse über gesunde Lebensführung zu vermitteln. Er hatte ihnen gesagt, ihre Schuhe dürften nicht zu klein sein, damit die Zehen nicht beengt würden. Nach dem Essen dürfe man sich nicht mit dem Ärmel den Mund abwischen. Beim Einschlafen dürfe man sich nicht die Decke über den Kopf ziehen, sonst würde die ohnehin schon schlechte Luft noch stickiger, und Sauerstoffmangel und Kohlendioxidüberschuß würden am Ende zum Tod führen. Selbst solche unumstößlichen Wahrheiten und selbstverständlichen Verhaltensmaßregeln stießen auf Ablehnung. Jingyi sagte: «Im Zimmer ist es so kalt, und Kohle ist teuer. Man muß sich einmummeln, wenn man nicht erfrieren will. Den Kopf nicht zudecken – na klar geht das. Aber nur im Sommer. Oder wir stellen einen größeren Ofen auf und heizen mit guter Steinkohle. Hast du das Geld dafür?»

Sogar sein über alles geliebter Sohn Ni Zao brachte es tatsächlich fertig zu sagen: «Papa, du hast schon wieder Tee getrunken. Ich habe gehört, Tee ist so teuer. Kannst du nicht ohne Tee auskommen?»

Das war das Schrecklichste. Offensichtlich bildeten nicht nur die drei Frauen, sondern mit ihnen auch die beiden Kinder eine Front gegen ihn und, schlimmer noch, auch gegen alles, was mit ausländischer Zivilisation und ausländischem Fortschritt, mit Freude und Hoffnung zu tun hatte. Ein Bollwerk der Selbstisolierung, Selbstverleugnung und Selbstzerstörung. In dieser Familie stand er absolut allein da. Weil – ja, weil er zum Beispiel Tee trank.

Ni Wucheng jedoch blieb streng und unerbittlich. Diese Rücksichtslosigkeit, ja Grausamkeit der Jugend! Alle machten sich nur über ihn lustig. Man konnte überhaupt nicht vernünftig mit ihnen reden. Richtig kränkend war das. Nun hatte er einen Begriff von der Macht der Dummheit und der Barbarei. Ausgerechnet die nichtsahnende Ni Ping sah ihn unschuldsvoll an und fragte in ihrer direkten Art: «Papa, du ißt Gemüsesuppe wohl nicht gern? Dabei hast du gesagt, du magst sie. Und nun kriegst du sie nicht hinunter. Gemüsesuppe schmeckt nicht so gut wie Geflügel, Fisch und Fleisch, was? Im Restaurant schmeckt's wohl besser? Du ärgerst dich jetzt, daß du die Suppe nicht runterkriegst, stimmt's? Und nun läßt du deinen Ärger an Ni Zao und mir aus.»

Selbst sein eigenes Töchterlein verstand schon, ihm den Dolch ins Herz zu stoßen und genüßlich hin und her zu drehen! Waren die Menschen denn nur dazu da, ihre Mitmenschen zu quälen? Je näher sie einem standen, desto mehr tat es weh; je lieber er sie hatte, desto Schlimmeres taten sie einem an.

«Du Miststück!» schrie er und schlug krachend auf den Tisch. «Selber Miststück!» konterte Jingyi wie aus der Pistole geschossen, noch ehe sie überhaupt wußte, worum es eigentlich ging. Er sah die Tränen in Ni Pings Augen, diese herzensguten, aufrichtigen, dummen Tränen! Am liebsten wäre Ni Wucheng vor seinem Töchterchen niedergekniet. Ihr sollt moderne Menschen werden. Ein menschenwürdiges Leben führen! Hört auf mich! So hört doch bitte auf mich!

Wozu diese Selbstquälerei, diese Selbstzerstörung? Warum zieht Ni Ping eine hübsche gemusterte Bluse an, nur um sie unter einer alten, schwarzen Jacke zu verstecken? Warum lächelt sie nicht und sagt ein paar nette Worte, oder antwortet auf eine freundliche Begrüßung, wenn jemand wie Shi Fugang zu Besuch kommt? Warum kämmt sie sich das Haar nicht ein bißchen gefälliger? Warum findet auch sie, es muß viel Salz und Wasser dazugegeben werden, wenn wirklich einmal Fleisch auf den Tisch kommt? «Es sieht nach mehr aus» – daß ich nicht lache! Warum macht sie beim Gehen so einen krummen Buckel, warum reckt sie den Hals so weit vor, wenn sie sich bei der Begrüßung verneigt? Warum läßt sie beim Lachen so viel Zahnfleisch sehen und macht den Mund nicht wieder zu? Warum will sie nicht ins Badehaus gehen, selbst wenn man ihr das Geld gibt? Warum singt und tanzt sie nicht, höchstens heimlich, wie ein Dieb – und hört sofort auf, wenn jemand dazukommt? Wovor hat sie denn Angst? Wovor? Und tanzen, man braucht nur das Wort auszusprechen, da macht sie ein Gesicht, als sähe sie den Leibhaftigen vor sich – warum? Wozu kauft man ihr eine hübsche Wollmütze, die ihr offensichtlich sehr gefällt, und sie setzt sie nicht auf, sondern versteckt sie. Setzt sie sich nicht einmal auf, aber sagt «Was das kostet!» – man könnte meinen, es ist Jingyi, die da spricht! Selbst wenn man Kuchen mitbringt, fragt Ni Zao zuerst «Wieviel hast du dafür bezahlt?» Schlimm, wenn Kinder von klein auf so verbildet werden! Ich bitte euch, ich flehe euch an, ihr müßt anders leben!

Deprimiert stand Ni Wucheng vom Tisch auf, er brachte nichts herunter. Er trat sozusagen in den Hungerstreik.

Hinzu kamen die Sorgen wegen Stellung und Gehalt, wegen Philosophie und Politik, wegen der Gesundheit und der stets ersehnten und nie erreichten Liebe. Wegen der vielen Schulden und unbezahlten Rechnungen. Und wegen eines Auswegs aus all dem; wegen des Fehlens einer Alternative für ein menschenwürdiges Leben in der Zukunft. Ein heilloses Chaos, und kein Funken Hoffnung! Sollte es auf der ganzen weiten Welt keinen Weg geben, den er beschreiten konnte, um all seine hochfliegenden Vorstellungen zu verwirklichen? Konnte er sich damit abfinden, so dahinzuvegetieren? Er war dieses Lebens überdrüssig, aber selbst um zu sterben war er zu feige.

Ein Stück Vieh bist du!

Ihn fröstelte bis ins Herz hinein. Was war er – Ni Wucheng – doch für ein Tier! Er mußte an Jingyis Schwangerschaft denken. Ein drittes Kind, ein dritter Mensch ohne jede Chance, jemals eine Erziehung zu erfahren und zu einer Seele zu kommen! Sein Feind! Ein Symbol seiner Schamlosigkeit, Unfähigkeit und Hoffnungslosigkeit, das war dieses verdammte Kind in Jingyis Bauch.

Ein Vieh bist du! Hahaha!

Schallendes Gelächter tönte von Jingyi und den Kindern herüber, die immer noch voller Begeisterung mit ihrer Gemüsesuppe beschäftigt waren. Seinen Hungerstreik hatten sie gar nicht zur Kenntnis genommen. Vielleicht lachten sie über ihn? Ach ja, die Atmosphäre am Eßtisch war offensichtlich wesentlich harmonischer und entspannter geworden, seit er aufgestanden war.

19

Ni Wuchengs naturwissenschaftliche Kenntnisse waren begrenzt, doch hörte er stets mit Begeisterung zu, wenn andere sich über wissenschaftliche Fragen äußerten.

Einmal kam Shi Fugang auf den russischen Psychologen Pawlow zu sprechen. Er erzählte Ni Wucheng, Pawlow habe bei der Fütterung eines Hundes immer eine Klingel geläutet. Nach einigen Wochen hatte der Hund sich so daran gewöhnt, daß er bei einem Klingelsignal immer die physischen Symptome für die Futteraufnahme zeigte, auch wenn er gar nichts bekam.

«Später wurde der Hund verrückt», sagte Shi Fugang; sein Chinesisch war fließend und perfekt.

«So ein Hund bin auch ich», erwiderte Ni Wucheng trübsinnig. Shi Fugang erschrak, und seine großen, grauen Augen wurden für einen Moment ganz starr. Dann lachte er, und selbst das Lachen war kultiviert.

«Ich liebe China. Ich liebe die chinesische Kultur. Schauen Sie, so viele alte Kulturländer sind untergegangen und zerfallen, so viele alte Zivilisationen sind nur noch historische Relikte; allein die alte chinesische Zivilisation existiert nach wie vor als in sich geschlossenes, selbständiges, einheitliches Ganzes. Sie ist etwas Einmaliges mit einer ganz eigenen Geschlossenheit und Anpassungsfähigkeit. Sie dürfen nicht so pessimistisch sein!»

Shi Fugangs im Peking-Dialekt ausgesprochenes «Schauen Sie» irritierte Ni Wucheng, wie ihm überhaupt der ganze Gedankengang mißfiel. Das hinderte ihn aber nicht, von seinem Auftreten und seiner Erscheinung beeindruckt, ja geradezu entzückt zu sein. «China mag politisch und militärisch gespalten sein, aber seine Kultur ist doch nach wie vor intakt. Sogar die japanischen Besatzer haben begriffen, daß man Konfuzius achten muß, wenn man China beherrschen und die Gunst der Chinesen erringen will.»

«Aber denken Sie an Yan'an, die Achte Marscharmee, die Kommunistische Partei...»

«Sie und ich, wir kennen sie beide nicht. Vielleicht sind das nur ein paar fanatische junge Leute, die Unfug treiben; dann verstehen sie nichts von Konfuzius, sondern nur etwas von Marx. Aber ich glaube, sie sind gar nicht unbedingt so primitiv. Und sie sind auch keineswegs einfach nur von der Dritten Internationale geschult. Wenn sie gewisse Erfolge haben, dann ganz bestimmt, weil sie sich die konfuzianischen Lehren zu eigen gemacht haben. Ich habe keinerlei Informationen, nach denen sie gegen Konfuzius wären... Die heftigsten Anti-Konfuzianer sind doch im wesentlichen nur ein paar linke Stubengelehrte. Glauben Sie mir, mein Lieber, in hundert Jahren – vielleicht dauert es auch noch länger – wird in China kein Politiker, der bei klarem Verstand ist, Konfuzius ablehnen oder verwerfen, es sei denn, er habe nicht mehr die Absicht, sich in China politisch zu betätigen.»

Ni Wucheng wußte nicht, was er darauf entgegnen sollte; die Logik dieses Europäers erschreckte ihn. Nicht einmal während der Jahre, die er in Europa verbracht hatte, war ihm solch ein Europäer über den Weg gelaufen. «Und doch hat Hegel gesagt, zum Glück gibt es keine deutsche Übersetzung von Konfuzius' Werken, sonst würden sie uns womöglich allzu dürftig vorkommen.» Endlich hatte er ein Gegenargument gefunden.

«Das lag aber nur an Hegels Unwissenheit in bezug auf den Orient.» Wieder dieses gepflegte, sonore Lachen. «Nehmen Sie Leibniz. Der hat so etwas nie gesagt. Die chinesische Kultur legt viel Wert auf die zwischenmenschlichen Beziehungen, auf Selbstbeherrschung und Achtung der Grenzen, die einem durch die eigene Position gesetzt sind. Sie erwartet von jedem, daß er seinen ethischen Verpflichtungen nachkommt, um auf diese Weise Harmonie zu erreichen. Konfuzius hat seine Auffassung über die Riten ja sogar auf die Politik ausgedehnt und das Ideal der ‹Herrschaft nach den Riten› aufgestellt. Ist das nicht wirklich erstaunlich? Solche Gedankengänge fehlen bei uns Europäern völlig. Deshalb sind in Europa zwei Weltkriege ausgebrochen...»

«Aber Sie wissen ja nicht, wie es in Wirklichkeit aussieht! In jedem Haus, in jeder Familie gibt es so viel Schmutz und so viel Niedertracht! Von wegen Ehrfurcht vor den Eltern und Achtung vor den Brüdern, Treue und Zuverlässigkeit, Höflichkeit, Gerechtigkeit und Anstand...»

«Das liegt daran, daß die westlichen Sitten und Gewohnheiten auf den Osten übergreifen und die chinesische Zivilisation bedrohen und zersetzen... Entschuldigen Sie, lassen Sie mich bitte ausreden – ich habe mich ja während des Studiums mit chinesischer Geschichte befaßt: Despoten hat es in China nur ganz wenige gegeben. Die meisten Kaiser haben ein unbestechliches, humanes Regime zum Wohle der Menschen angestrebt und das Volk wie ihre eigenen Kinder geliebt...»

Mit leiserer Stimme und nun ernst und nachdrücklich fuhr Shi Fugang fort: «Ich bin überzeugt, das künftige China wird wieder zu den Grundwerten seiner nationalen Kultur zurückfinden, so sehr sich die Formen auch ändern mögen. China kann nur dann wichtig für die Welt werden, wenn es sich von diesen Grundwerten leiten läßt. Mag sein, daß sich in den kommenden Jahrzehnten fundamentale Veränderungen vollziehen. Aber solange China China bleibt, wird es tief im Innern stets einige wesentliche Dinge unverändert bewahren. Weder die Japaner noch die Militärmachthaber oder die Revolutionäre – keiner kann Chinas eigenständige kulturelle Traditionen verändern!»

Da tat Ni Wucheng das gleiche, was Shi Fugang ihm eben vorgemacht hatte: Er lachte nur verbindlich. Was hätte er auch sagen sollen? Hätte ein Chinese so zu ihm gesprochen, und sei es auch der ehrwürdige Herr Du, hätte er höchstens verächtlich die Nase gerümpft und seine Worte als dumm und idiotisch abgetan. Nun war es aber kein Chinese, sondern Shi Fugang, der das gesagt hatte. Shi Fugang, der einen braunen Anzug anhatte und Kaffee trank – Kaffee mit einem Schuß Whisky –, der nach teurem Parfüm duftete, einen Mantel aus dickem Wollstoff trug und so wunderbar Tango und Rumba tanzte!

Shi Fugang liebte es, mit Chinesen aus den verschiedensten Lebensbereichen zu verkehren. In Tianjin hatte er eine Freundin, eine junge Dame aus bester Familie, die sowohl Pekingoper singen als auch Fremdsprachen sprechen konnte und ein Hochschulstudium absolviert hatte, eine von den noch so seltenen «modernen Frauen». Es hieß, die beiden wollten bald heiraten. Shi Fugang war richtig vernarrt in die chinesische Kultur. Er hatte sich einen altehrwürdig-schlichten Beinamen ausgesucht: «Meister des Kabinetts des weiten Blicks». Zu Hause in Europa hänge in seiner Wohnung eine Holztafel mit der Aufschrift «Kabinett des weiten Blicks», hatte er erzählt. Außerdem hatte er einen bekannten chinesischen Maler und Kalligraphen beauftragt, ein Siegel für ihn zu schneiden. Jeden Tag übe er eine Stunde lang mit Pinsel und Tusche Schriftzeichenkalligraphie – damit könne man die Funktionen von Großhirn, Nerven und Verdauungssystem regulieren, sagte er. War er krank, ließ er sich von einem Arzt für chinesische Medizin behandeln und schluckte traditionelle chinesische Arzneimittel. Auch ein Paar «Handschmeichler» – inwendig hohle Stahlkugeln aus der Stadt Baoding, die bei jeder Drehung ein melodisches Klingeln ertönen lassen – hatte er sich gekauft. «Die sind gut für Muskeln und Sehnen. Bringen den Kreislauf in Schwung.»

Das beeindruckendste aber war seine Klugheit. Er schrieb seine Artikel auf Deutsch oder Englisch; sein Chinesisch war über jedes Lob erhaben, und jetzt hatte er sich auch noch Japanisch vorgenommen. Dieser Mann, der da mitten im Weltkrieg nach China gekommen war, der Ni Wucheng gegenüber hinter vorgehaltener Hand scharfe Kritik an Hitler äußerte und zugleich abfällige Bemerkungen über Stalin und Rußland machte, der von überallher chinesische Gedenksteininschriften aus der Zeit vor der Song-Dynastie (960-1279) – in Ni Wuchengs Augen absolut nutzlose Schriftzeugnisse – sammelte und der mit Ni Wucheng und einigen anderen Freunden zusammen eine wissenschaftliche Zeitschrift herausgab, war stets gleichbleibend gut gelaunt; geradezu euphorisch aber wurde er, sobald die Rede auf die chinesische Zivilisation kam. Dann steigerte er sich in eine ähnliche Begeisterung wie Ni Wucheng, wenn der auf die Philosophen aus Europa oder auf die Wasserspülung in den dortigen Toiletten zu sprechen kam.

Gegenüber Frau Ni – also Jingyi – war Shi Fugang ausgesprochen zuvorkommend. Er lud zum Beispiel Ni Wucheng mit seiner ganzen Familie ins Restaurant «Zum zufriedenen Gast» im Basar der Östlichen Ruhe zum Feuertopf-Hammelfleischessen ein. Erstaunlich, wie vertraut er mit allem Drumherum dieses Feuertopfessens war, so daß er als Ausländer Jingyi und den Kindern genau erklären konnte, welche Soßen und Gewürze all die kleinen Schälchen enthielten: «Das da ist Soße aus gesalzener Krebspaste. Das ist Sojabohnenmilch und das Sojasoße, also Sojawürze, ach, und da haben wir ja auch die Sesamsoße! Hier ist der Schnittlauch. Richtig, wir müssen noch ein wenig frischen Koriander und süßsauren Knoblauch bestellen. Das Fleisch hätten wir – aber wir brauchen noch je einen Teller Leber und Nieren... Wieso brennt denn das Feuer immer noch so schlecht? Würden Sie mir bitte mal das Rauchabzugsrohr reichen... So, jetzt dürfte die Hitze richtig sein. Müssen bloß aufpassen, daß das Fleisch nicht zu lange in der Brühe kocht, sonst wird es hart und zäh... Köstlich, nicht wahr?»

Jingyi und die Kinder wandten keinen Blick von diesem «Chinaexperten», so sehr bewunderten sie, mit welcher Sachkenntnis er die Hammelfleischstreifchen in die Brühe tat, sie nach ein paar Minuten wieder herausfischte, würzte und genüßlich verspeiste. Es war fast wie im Zirkus, wenn ein kleiner Bär Kunststücke auf dem Fahrrad vorführt. Ni Wucheng empfand dieses Anstarren beim Essen als Gipfel der Unhöflichkeit und versuchte, Jingyi und die Kinder unauffällig abzulenken, doch denen ging in dieser Hinsicht jedes Feingefühl ab; sie nahmen seine Blicke und Worte einfach nicht zur Kenntnis. Es war wirklich zum Verzweifeln!

Shi Fugang selbst beachtete jedoch das Starren der drei überhaupt nicht. Er saß da, plauderte und aß und schien mit sich und der Welt zufrieden; man könnte höchstens sagen, er trug vielleicht etwas dicker auf als nötig. Nicht nur die Augen von Jingyi und den Kindern, sondern auch die der Kellner und der Gäste an den Nachbartischen waren staunend auf Shi Fugang gerichtet. Eine alte Dame mit ölig glänzenden Haaren am Nebentisch sagte vernehmlich: «Also ich glaube, das ist ein Geist und kein Mensch...» Ni Wuchengs Herz fing bei dieser unhöflichen Bemerkung zu klopfen an. Wenn nur Shi Fugang sie nicht gehört hatte – aber das war schlechterdings unmöglich. Wie er die blöde Unbeholfenheit der Chinesen Ausländern gegenüber haßte! Um so dankbarer bewunderte er die Art, wie Dr. Shi – ganz Gentleman – darüber hinwegging, als sei nichts geschehen.

Nach dem Essen bummelten alle zusammen über den Basar der Östlichen Ruhe. Shi Fugang nahm Ni Zao erst auf den Arm und schwenkte ihn dann übermütig hoch in die Luft, lachte und scherzte mit ihm. Er spendierte den Kindern je ein Schälchen eingemachte Quitten, knallrot gefärbt und zuckersüß, und zu Ni Wucheng sagte er: «Sie können sich wirklich glücklich schätzen.»

Der jedoch entgegnete: «Wenn Sie hier unablässig alles loben, wo die Chinesen es doch so schwer haben, wo auch ich selbst ein so trauriges Leben führe, dann – entschuldigen Sie –, dann kann ich Ihnen darin nicht folgen. Zum Beispiel muß ich Ihnen sagen, daß es in China seit mehreren tausend Jahren überhaupt kein Glück gegeben hat. Auch keine Liebe. Und Sie sagen, ich kann mich glücklich schätzen, dabei könnte es mir gar nicht schlimmer gehen! Es kommt mir fast so vor, als ob Sie sich an meinem Elend weiden.»

Shi Fugang ließ sich sein verbindliches Lächeln nicht nehmen und schlug nunmehr vor, zusammen eine Tasse Kaffee trinken zu gehen. Allein dieser Vorschlag trug schon bedeutend dazu bei, Ni Wuchengs Empörung zu besänftigen, und als dann seine Geruchsnerven das bittere Aroma des Kaffees witterten, empfand er wahrhaftig so etwas wie ein Glücksgefühl.

Nachdem sie ihren Kaffee getrunken, ein wenig Kuchen gegessen und eine Zigarette geraucht hatten, teilte Shi Fugang seinem Freund mit, daß er sich in einem halben Monat mit Fräulein Lin Sanqiu aus Tianjin zu verheiraten gedenke. Die Hochzeit werde rein chinesisch sein. Ihre Horoskope hätten sie bereits von einem Wahrsager erstellen lassen – alles passe aufs beste und sei höchst glückverheißend. Während der Hochzeitszeremonie werde er den Brauteltern und den Gästen mit einem Kotau seinen Respekt erweisen. Gemeinsam würden er und seine Frau sich vor den Ahnentafeln verneigen. Hochzeitslieder werde man singen, und im Brautgemach werde es an Jujuben, Erdnußkernen und Eßkastanien nicht fehlen. «Ich möchte eine chinesische Gattin haben. Ich möchte eine richtige, solide chinesische Hochzeit. Meine chinesische Gattin und ich wollen einander stets achten und lieben und eine harmonische Ehe führen, bis daß der Tod uns scheidet. Ich bin der festen Überzeugung, daß häusliches Glück nicht ausbleiben kann, wenn die Partner sich die ethischen Auffassungen und das Pflichtgefühl der Chinesen zu eigen machen. Natürlich gibt es auch in chinesischen Ehen und Familien die verschiedensten Probleme, das ist ja auch keineswegs verwunderlich, aber ich glaube, die Chinesen werden immer einen Weg finden, solche Probleme zu lösen; im Verlauf der Geschichte haben sie schon so unendlich viele Existenzfragen gelöst. In Europa treten gleichartige, ähnliche oder auch andere Schwierigkeiten keineswegs weniger zahlreich auf als bei Ihnen. Vielleicht werden wir noch schlechter damit fertig als Sie, eben weil es dort keine allgemein anerkannten Verhaltensnormen und moralischen Prinzipien gibt und jeder tut, was er für richtig hält. Wenn Sie meinen, in Europa sei alles besser, dann liegt das nur daran, daß Sie nicht wirklich dort seßhaft waren. Was ist denn in Europa besser? Überhaupt nichts! Der Krieg hat den ganzen Kontinent an den Rand der Katastrophe geführt, die europäische Zivilisation ist zusammengebrochen, zerfallen, gescheitert!»

Ni Wucheng entgegnete nichts. Er war nun noch verwirrter als zuvor.

Doch jetzt stand er vor einem großen, ganz profanen Problem: Shi Fugang will heiraten – was schenkt man ihm? Er würde ihm gerne eine – nun, zum Beispiel eine Buddhafigur aus Jade verehren. Oder zwei große Vasen. Oder eine Hunan-Stickerei, oder eine Lackarbeit aus der Provinz Fujian, Porzellan aus Jingdezhen... Shi Fugang war immerhin der einzige Lichtstrahl in seinem derzeit so düsteren und beengten Leben, der letzte Strohhalm, an den er sich klammerte. Es blieb ihm nichts anderes übrig, als alle Scham abzulegen und Jingyi zu überzeugen.

«Bitte glaube mir», sagte er, «Shi Fugang wird unser Geschenk auf keinen Fall unerwidert hinnehmen. Das ist bei Ausländern nicht anders als bei Chinesen, er ist ja weder ein Dummkopf, noch hat er eine weiche Birne.»

Bei diesen Worten errötete Ni Wucheng bis an die Haarwurzeln über die eigene Vulgarität. Und erhielt dennoch nicht Jingyis Einverständnis und Unterstützung.

«Ein anständiges Geschenk, schön und gut – ich würde ihm ja auch gern ein Paar goldene Armreifen schenken. Bloß woher nehmen? So was fällt schließlich nicht vom Himmel. Und bei uns zu Hause liegt auch nicht gerade etwas Passendes herum.» Dann machte Jingyi ihm eine detaillierte Rechnung auf: «Brennholz, Reis, Öl, Salz, Sojasoße, Essig, Miete, Wasser, Kohle, Nähgarn, Kleidung, dazu noch die unbezahlten Rechnungen und die verpfändeten Sachen im Leihhaus. Mit einem Wort: unmöglich! Natürlich, Shi Fugang ist ein anständiger Mensch; wenn es sich um jemand anderen handeln würde, brauchte man gar nicht erst einen Gedanken daran zu verschwenden oder ein Wort darüber zu verlieren.» Schließlich überwand sie sich. «Also gut, wie wäre es, wenn wir ihm ein Bettlaken schenken würden?»

Ni Wucheng grollte tagelang. Wenn alles nichts hilft, verdammt noch mal, dann... Er spielte sogar mit dem Gedanken an Diebstahl.

Als er sich trübsinnig in seiner dürftigen Behausung umsah, fiel sein Blick plötzlich auf die Steinabreibung an der Wand, jene Kalligraphie von Zheng Banqiao. Das ist die Lösung! dachte er voller Freude. Das kostete kein Geld, er brauchte das Blatt nur neu aufzuziehen und in rotes Geschenkpapier zu rollen, seinen eigenen und die Namen von Jingyi und den Kindern draufzuschreiben – fertig! Freudig erregt überbrachte er das Geschenk, und seine Genugtuung dabei war noch größer als die, die man gemeinhin empfindet, wenn man einem guten Freund zu einem besonderen Anlaß ein Präsent macht. Während seiner monatelangen Klausur als «zurückgekehrter verlorener Sohn» hatte er die Philosophie, die sich hinter dem Spruch «Rare Gabe Torheit» verbarg, aus tiefster Seele hassen gelernt.

Der Verkehr mit Shi Fugang und dessen Einstellung zur chinesischen Kultur, zu Jingyi und seiner ganzen Familie hatten ihre Wirkung auf Ni Wucheng nicht ganz verfehlt: Immerhin war er einige Monate lang «treu und brav» geblieben.

Andererseits verstärkte der Kontakt mit Shi Fugang bei Ni Wucheng das Gefühl, sein Leben sei wahrlich von Armut, Dummheit, Barbarei und Hoffnungslosigkeit geprägt. Warum mußte ausgerechnet er in China, in Mengguantun zur Welt kommen? Bestand der Zweck seines Daseins lediglich darin, für sämtliche Sünden seines Landes, seines Dorfes und seiner heruntergekommenen Gutsbesitzerfamilie, für die Sünden der Geschichte zu büßen? Warum mußte gerade er es sein, der etwas von der Welt, von der Zivilisation, von der Glückssehnsucht des Menschen verstand? Wäre es nicht besser und für ihn selbst weniger schmerzlich, mithin auch für andere leichter zu ertragen gewesen, wenn er entsprechend dem Wunsch seiner Mutter opiumsüchtig geworden wäre und stumpfsinnig und teilnahmslos dahinvegetiert hätte?

Seitdem er den ganzen Tag zu Hause verbrachte, fühlte er sich stets erschöpft. Unzureichende Ernährung! Da lebte man und bekam nicht einmal die für ein normales Leben notwendige Nahrung. Wie eine Seidenraupe war man, die den Kopf hebt und das Maul öffnet, einmal und noch einmal, und doch keine Maulbeerblätter findet. Wie ein Hund, der Fleisch wittert und nicht einmal einen Knochen bekommt.

Und Jingyi mit ihrer Kocherei – diesen Küchenschlachten, bei denen sie nicht eher ruhte, bis das Essen verdorben oder ungenießbar oder unrein oder ekelerregend war – wollte ihn doch bloß absichtlich reizen, quälen, schikanieren! Nicht einmal die so seltenen Fleischgerichte konnte man genießen; da mußte Wasser hineingepanscht werden, dann kam noch Gemüse dazu, kurz, aus der Fleischsuppe wurde eine Wassersuppe, aus dem Fleischgericht eine Gemüsepampe. Und selbst wenn sie mit dem Verdünnen und Vergällen fertig war, ließ sie einen noch lange nicht in Ruhe essen. Nein, da wurde während der Mahlzeit gejammert, wie teuer das Fleisch sei und wie viele Rübengerichte man mit dem gleichen Geld hätte bereiten können, daß man bei jedem Bissen ein schlechtes Gewissen und Schuldgefühle hatte, bis einem schließlich aufging: Sie will nur, daß du erkennst, wie frevelhaft Fleischessen ist. Sie will, daß du sagst: Ich will nie wieder Fleisch essen... Und die Kinder, die stoßen auch noch ins gleiche Horn. Machen sich wie ihre Mutter über deinen Appetit lustig... Wie kommt es nur, daß selbst unschuldige Kinder Spaß daran finden, anderen das Vergnügen zu verderben?

Shi Fugang dagegen, was der alles gelesen hatte, was er für Sprachen konnte, wofür er sich alles interessierte, was er alles machte! Und was aß der? Von klein auf nichts als Sahne, Quark und Käse, Kuh- und Ziegenmilch, Lebertran, Honig, leuchtend rote Erdbeeren, Hühner- und Gänsebraten, Rindfleisch in Tomatensoße, Ochsenschwanzsuppe, Hummersalat, roten und schwarzen Kaviar, Pudding und Eis, Grapefruit- und Zitronensaft, Ferkel- und Kalbfleisch, Marmelade und Ahornsirup, Kuchen und Torten, Kaffee und Schokolade, Thunfisch, Brandy... alles, was das Herz begehrt. Unerschöpflich sprudelnde, lebensspendende Säfte, überwältigende Zeugnisse einer überlegenen Zivilisation. Ein Land, das einem eine solche Ernährung ermöglicht – für das muß man sich doch einfach begeistern, für das muß man doch dem Feind auf dem Schlachtfeld entgegentreten, sein Leben hingeben!

Es gab noch eine andere Leidenschaft, eine Manie, für die Ni Wucheng entflammt war – die Psychoanalyse. Ni Wuchengs Studienaufenthalt in Europa fiel in die Zeit, als dort diese neue Lehre in Mode gekommen war und überall diskutiert wurde. Für ihn bedeutete die Bekanntschaft mit der Psychoanalyse nichts Geringeres als eine fundamentale Erleuchtung. Es war, als habe Buddha selbst ihn geschlagen und gerufen. Die ketzerische neue Lehre zerstreute das Dunkel, das schwer auf seiner Seele gelastet hatte. Ihm war, als stehe er splitternackt vor aller Augen unter einer Tausend-Watt-Quecksilberdampflampe. Vor Scham, ja, auch vor freudiger Erregung wäre er am liebsten in den Erdboden versunken. Das Gebäude seiner Psyche, in mehr als zwanzig Jahren errichtet – jetzt stürzte es mit Donnergetöse ein. Und aus den Ruinen erhob sich, nackt, ein neues Ich. Ein Blick zurück zeigte ihm, auf seiner Heimat, auf seinen Vorfahren, seiner Frau und seinen Verwandten lastete noch immer jene undurchdringliche Dunkelheit. Er aber hatte die Augen geöffnet, die jahrtausendelang nicht geöffnet werden durften.

Ach Europa! Unmöglich, den Europäern nicht ganz und gar zu verfallen! Man brauchte nur ihre Kleidung anzusehen, ihre Körper, ihre Gesichter, ihre Kosmetika, ihre Schuhe, ihren Gang, ihren gesellschaftlichen Verkehr, ihre Sitten und Gebräuche. Welchen Studenten, den es aus den sandigen, salzigen Marschen um Mengguantun, Taocun, Lijiawa oder Zhangjiatuo hierher verschlug, hätte der Anblick der europäischen Frauen nicht überwältigt, so daß er wie vom Blitz getroffen dastand, sprachlos! Dachte man in solchen Momenten an sein eigenes Land, an sein Dorf, an die vielen «keuschen Witwen» und an all die Frauen, denen das gleiche Schicksal bevorstand, hätte man am liebsten eine Fackel genommen und sich selbst samt allen Nis und Jiangs in Brand gesteckt, auf daß nichts, aber auch gar nichts mehr davon zurückbliebe. O großes China, wie tief bist du trotz deiner fünftausendjährigen Zivilisation und Geschichte gesunken!

Und nach dieser Erleuchtung – was tat er? Was konnte er tun, und was würde er letztlich erreichen? Ein ehemaliger Mitschüler, Sohn eines Ministers der Beiyang–Regierung, ein junger Geck, der ebenfalls im Ausland gewesen war, um seine gesellschaftliche Stellung aufzuwerten, hatte seine Erfahrungen, wie man sich im fremden Land amüsiert, an ihn weitergegeben. Dieser junge Herr kannte keine Geldsorgen. Einmal war er einer Pariser Straßendirne in die Hände gefallen, die sein Geld und seine Geschenke dankend entgegengenommen hatte, sich dann eine Zigarette ansteckte und in aller Seelenruhe Zeitung las. Nachdem das saubere Bürschchen sich ein Weilchen abgezappelt hatte, fragte sie ihn: «Fertig? Wenn ja, steigen Sie bitte ab und gehen Sie. Adieu.» Dieses Erlebnis stimulierte diesen Tunichtgut zu ungeahnten geistigen Höhenflügen. Er stellte eine Verbindung zwischen seinen eigenen Erfahrungen und dem Ansehen eines Staates, der Würde einer Nation her: Ohne nationale Unabhängigkeit und einen reichen, mächtigen Staat, so befand er, könne es auch kein Individuum geben – sogar ein Besuch bei einer Hure mache dann keinen Spaß.

Und Ni Wucheng? Der kam erst recht auf keinen grünen Zweig, obwohl er überzeugt war, mit seiner Körpergröße und seiner ganzen äußeren Erscheinung, seiner Schlagfertigkeit und seinem Wissen jenem mit eingezogenem Schwanz aus Paris heimgekehrten Mitschüler haushoch überlegen zu sein. Er hatte weder eine gesellschaftliche Position noch Geld oder Besitz, weder Aktien noch einflußreiche Gönner. Zwar hatte er sich die gesamte Lehre von der Libido und dem Es zu eigen gemacht, aber das verschaffte ihm nicht nur keinerlei Befriedigung, sondern vermehrte nur noch seine Verzweiflung und seinen Jammer – erst recht nach seiner Rückkehr. Was auch immer Jingyi über seine angeblich so luxuriöse, wenn nicht gar ausschweifende Lebensführung sagen mochte: alles Unsinn! Er hatte nicht nur keine Liebe gefunden, auch richtig amüsiert hatte er sich kein einziges Mal. Seine kümmerlichen Erfahrungen in puncto liederlicher Lebenswandel hatten ihm lediglich das Gefühl gegeben, in einem dunklen, kalten Abgrund zu versinken, und er sah weder den kleinsten Lichtstrahl, noch spürte er die geringste Wärme. Mehrmals träumte er, in aller Öffentlichkeit nackt dazustehen. Jetzt empfand er keine freudige Erregung mehr, nur Scham; das Bedürfnis wegzulaufen, sich zu verkriechen. Nur den Wunsch, in die Erde zu versinken.

In den vergangenen Monaten jedoch war die Dunkelheit, in der er lebte, von anderer Art gewesen. Oft war er so müde vom vielen Übersetzen, daß er den Kopf auf den wackligen Tisch sinken ließ und nur noch schlafen oder noch besser: sterben wollte. Nur der ewige Schlaf, aus dem es kein Erwachen gab, würde ihm Ruhe, Erlösung und Trost bringen. In solchen Momenten blieb ihm nichts anderes übrig, als zu Bett zu gehen, und er fiel in Schlaf, sobald sein Kopf das Kissen berührt hatte. Doch nach höchstens einer Stunde, schrak er wieder auf. War er aber erst einmal erwacht, konnte er nicht wieder einschlafen, obwohl sein Kopf völlig leer war – keine Freude, kein Kummer, keine Sorge, keine Sehnsucht, kein Gefühl, kein Schmerz, keine Müdigkeit. Alles hatte aufgehört zu existieren, auch er selbst. Ni Wucheng, wo bist du? Nirgends. Ni Wucheng, was machst du? Nichts. Ni Wucheng, was brauchst du? Nichts. Nicht einmal Jingyis Schnarchen und den Gestank im Zimmer – es war Winter, alle Fenster waren fest verschlossen – nahm er wahr.

Es kam vor, daß er in diesem Dämmerzustand zwei Stunden verharrte, oder drei, vier, ja sogar fünf Stunden, bis der Morgen graute. Er hätte selbst nicht zu sagen vermocht, ob er wach war oder schlief. Unheimlich!

Erst wenn er sich wieder über Jingyis unsägliches Frühstück grämte und empörte, fand er sich allmählich wieder.

In einem solchen Moment erfuhr er, daß Jingyi schwanger war.

Wirklich? Wie konnte das passieren? Ein Vieh war er! Er hatte sogar vergessen, wieso es passiert war!

Heimlich vergoß Ni Wucheng bittere Tränen. Du Unhold! Ja, ich bin ein Unhold. Du Vieh! Ja, ich bin ein Vieh. So etwas Schamloses. So etwas Unzivilisiertes. So etwas Unmenschliches!

Hell scheint der Mond
auf Haus und Leute.
Zu ist das Tor,
Waschtag ist heute.
Rein ist alles,
gespült und gestärkt –
nur daß mein Alter nichts taugt,
hab zu spät ich gemerkt.

Spielt Würfel und Karten,
Schnaps säuft er auch,
ach, das Leben ist schwer,
ein beschissener Schlauch!

Plötzlich war ihm dieses Lied eingefallen, das man daheim auf dem Dorf sang. «Ein beschissener Schlauch» – was mochte das nur bedeuten?

Ich bin der Schlauch! Ich bin jener unerklärliche beschissene Schlauch!

Enthaupten müßte man ihn, erschießen oder vierteilen, in Stücke hauen und unbegraben verwesen lassen! Was würde das schon ausmachen? Wäre daran Schlimmes im Vergleich zu seinem jetzigen Elend, zu seiner Selbstzerfleischung? Waren nicht seine Seele, sein Leben, seine Klugheit, seine Güte, sein Gewissen, sein Wissen und sein Können vom Tage seiner Geburt an unaufhörlich gefoltert worden? Sein Schicksal war allenfalls mit dem einer Maus zu vergleichen, mit der die Katze noch ein wenig spielt, ehe sie sie frißt.

Ich brauche auf niemanden zu hören, bin niemandem etwas schuldig. Niemand hat das Recht, mich zu verurteilen, mich auszulachen, auf mir herumzuhacken! Denn ich büße ohnehin jeden Tag, quäle mich jeden Tag! Himmel und Erde, Obrigkeit und Verwandte – alle, alle foltern mich grausam. Die Sünden, die ich begangen habe, sind längst zehn-, hundert-, tausendfach an mir heimgesucht worden. Aber jetzt, jetzt seid ihr es, die verurteilt, ausgelacht, beschuldigt, bestraft werden müssen. Niemals werde ich euch vergeben!

Nur noch Wut war es, die ihn jetzt erfüllte.

20

Als Ni Wucheng erfuhr, daß seine Frau das dritte Kind erwartete, beschloß er, sich von ihr scheiden zu lassen.

Er wollte noch ein paar Jahre leben, aber nicht als lebendiger Leichnam – dann wäre er lieber gleich tot.

Nachdem sein Entschluß einmal feststand, beriet er sich mit niemandem; keiner erfuhr etwas davon. Allerdings wurde er jetzt toleranter, geduldiger und liebevoller. Mit Tränen in den Augen betrachtete er seine Kinder; jeden Versuch, sie zu erziehen, hatte er aufgegeben. Mit Tränen in den Augen betrachtete er sogar Jingyi, konnte er sich doch nur zu gut vorstellen, was für ein vernichtender Schlag es für sie sein würde, wenn sie von seinen Scheidungsabsichten erführe. Ihm war völlig klar, wie schwer sie es als Geschiedene haben und wie furchtbar ihr Leben sein würde.

Ich bin ihr Henker. Doch nein, in erster Linie bin ich mein eigener Henker. Besser, einen Menschen zu retten, der noch zu retten ist, als mit einem Streich einen Menschen zu töten oder lediglich zu erreichen, daß man gemeinsam zur Hölle fährt.

Heimlich suchte er einen Anwalt auf, oder vielmehr nacheinander drei Anwälte. Einer wohnte im Hotel Peking und verlangte für eine einstündige Konsultation ein Honorar im Gegenwert von fast zehn Gramm Gold; der zweite – auf dessen Anwaltsschild ein japanischer Name stand – verhandelte mit seinen Klienten gleichzeitig auf Chinesisch und Japanisch; und mit dem dritten war Ni Wucheng flüchtig bekannt, daher konnte er so tun, als wolle er ihn nur besuchen, und dabei sein Anliegen vorbringen, ohne etwas bezahlen zu müssen.

Alle drei Anwälte stellten im wesentlichen die gleichen Fragen.

«Könnten Sie sich nicht mit Ihrer Frau dahingehend verständigen, gemeinsam die Scheidung zu beantragen? In der Praxis geben die Ehepartner oftmals eine Erklärung ab, sie seien beide wegen gefühlsmäßiger Unvereinbarkeit übereingekommen, sich scheiden zu lassen, und hätten nichts gegen eine anderweitige Wiederverheiratung des jeweiligen Partners einzuwenden...»

Die Antwort auf diese Frage war ein entschiedenes Nein.

«Was ist denn der Grund für den Scheidungsantrag? Ihr Charakter? Wie ist denn ihr Charakter? Mangelnde Bildung – das ist kein gültiger Scheidungsgrund. Haben Sie festgestellt, daß sie Ihnen untreu ist? Hat sie außerehelichen Geschlechtsverkehr gehabt?»

«Nein, nie!»

«Gibt es vielleicht irgendwelche physischen Mängel? Mißhandelt oder quält sie Sie? Warum sagen Sie denn gar nichts? Weinen Sie etwa? Warum wollen Sie sich überhaupt scheiden lassen, wenn Sie ihr so innig zugetan sind? Anscheinend hegen Sie doch tiefe Gefühle für Frau Jingyi und benötigen wohl eher einen Vermittler oder eine psychiatrische Behandlung.»

Danach kam die Frage der Unterhaltszahlungen zur Sprache.

«Ihre Frau ist ja derzeit nicht berufstätig, und der Scheidungsantrag geht einseitig von Ihnen aus. Gefühlsmäßige Unverträglichkeit würde sie möglicherweise anerkennen, obwohl auch das nicht so einfach wird. In diesem Fall ist sie jedoch berechtigt, Unterhaltsforderungen zu stellen. Die könnten ziemlich hoch sein – wie stellen Sie sich dazu? Wieviel könnten Sie denn bezahlen?... Das ist viel zu unbestimmt. Warum suchen Sie eigentlich einen Anwalt auf, wo Sie doch nicht einmal dazu eine klare Angabe machen können? Wie haben Sie sich die Regelung für die Kinder vorgestellt? Die Mutter würde höchstwahrscheinlich nicht auf sie verzichten? Wie denn – Sie rechnen damit, daß die Beklagte bei Einwilligung in die Scheidung und Zahlung einer beachtlichen Unterhaltssumme nicht den Wunsch nach Wiederverheiratung haben wird? In diesem Fall ist es erst recht abzusehen, daß sie auf dem Sorgerecht für die Kinder besteht. Worüber weinen Sie? Ein zärtlicher Familienvater, der trotzdem die Scheidung beantragt, so etwas habe ich noch nie erlebt! – Wie? Was! Aber Herr Ni, warum haben Sie denn das nicht gleich gesagt? Also – entschuldigen Sie, das soll wohl ein schlechter Witz sein? Die Gesetze aller Staaten, in denen es überhaupt Gesetze gibt, verbieten es dem männlichen Ehepartner, während der Schwangerschaft des weiblichen Partners einseitig die Scheidung einzuleiten. Ein Scheidungsantrag zu einem solchen Zeitpunkt ist schon moralisch unhaltbar... Also bitte, wir wollen doch beide nicht unsere Zeit verschwenden!»

Aber Ni Wucheng bestand darauf, sein Verhalten zu erklären. «Verehrter Herr Anwalt! Ich habe Sie voller Hochachtung für das Gesetz, für Ihren Beruf und für Sie persönlich aufgesucht, um ihren Rat zu erbitten. Seien Sie bitte unbesorgt, ich werde Ihr Honorar pünktlich zahlen. Ich verlange die Scheidung, weil ich es so nicht mehr aushalte. Nichts und niemand kann mich davon abbringen! Dieses Gesetz, jenes Gesetz, diese Regierung, jene Regierung – ich frage Sie, wo steht geschrieben, daß zwei Menschen mit einem Strick aneinandergebunden und gemeinsam zur Hölle geschickt werden müssen? Das ist doch unzivilisiert, inhuman, irrational! Deswegen sage ich klar und unmißverständlich: Ob Sie mir helfen wollen, diesen Prozeß zu gewinnen, oder ob Sie es ablehnen, den Fall zu übernehmen, ob das Gericht meinem Antrag zustimmt oder ihn abweist oder mich sogar aufs Schafott schickt – alles egal! Ich muß die Scheidung von meiner Frau haben! Ich muß! Sie haben keinerlei Begründung, mich zur Aufrechterhaltung einer Ehe zu zwingen, in der beide Partner einander nur Schmerz und Demütigungen zufügen. Sie müssen doch zumindest die Grundprinzipien der modernen Zivilisation begriffen haben. Jedoch möchte ich meine Gattin Jiang Jingyi in keiner Weise verleumden. Wenn Sie mir das mit ihren Andeutungen nahelegen, dann – entschuldigen Sie, lassen Sie mich bitte ausreden! Ich lehne so etwas kategorisch ab! Das wäre unmoralisch und entspräche nicht den Tatsachen. Im Gegenteil, ich möchte ausdrücklich erklären, daß Jiang Jingyi sich nichts hat zuschulden kommen lassen, sie hat keinerlei außergewöhnliche Fehler. Sie ist ein guter Mensch! Sie hat mir einen Sohn und eine Tochter geboren und führt ein sehr häusliches Leben. Sie tut nichts, was sich für eine Frau nicht schickt, ihre Ansprüche sind gering, und sie hat mir nichts zuleide getan. Bitte schön, wenn Sie das so sagen wollen. Schön, ich habe geweint. Es ist ja nicht so, daß ich sie gar nicht – liebe... Bedenken Sie, wir waren mehr als zehn Jahre zusammen, haben zwei Kinder... und werden im Sommer noch ein drittes bekommen. Ich liebe die Kinder, ich liebe sie sehr! Gerade wegen dieser Liebe muß ich mich von meiner Frau scheiden lassen. Denn ich füge ihr nur Kummer und Leid zu, genau wie sie auch mir nur Leid und Kummer zufügt und mich vernichtet. – Verlogen? Heuchlerisch? Na schön! Ich fordere Sie auf, nein: ich ersuche Sie zu beweisen, daß ich ein Heuchler bin! Können Sie das vor Gericht beweisen? Nicht nur ein Heuchler, sondern auch ein Mörder... Es besteht die potentielle aber durchaus reale Gefahr, daß Jiang Jingyi, Ni Ping, Ni Zao und das bedauernswerte ungeborene Kind ermordet werden! Entweder Leben oder Tod, entweder Scheidung oder Ablehnung der Scheidung! Entweder Scheidung und Leben oder Ablehnung der Scheidung und Tod! Es gibt keine andere Wahl!»

Die Augen des Anwalts blickten kalt, ein spöttisches Lächeln zuckte um seine Mundwinkel. Der Anwalt, der im Hotel Peking wohnte, gähnte unverhohlen. Und der japanisch sprechende Anwalt klopfte sich mit den Handflächen leicht auf den Bauch.

Das geborgte Geld war alle. Die Gespräche mit den Anwälten hatten Ni Wucheng keinen Ausweg gezeigt. Dennoch war er entschlossener den je; ihm würde schon etwas einfallen. Er mußte es einfach schaffen!

Gegenüber dem flüchtig bekannten Anwalt, dem er kein Honorar zahlte, verkündete er: «Ich erkenne durchaus an, daß das moralisch absolut unvertretbar ist. Meine Handlungsweise wird für Frau Jiang Jingyi» (er erschrak selbst, als er sich plötzlich von Jingyi als «Frau Jiang Jingyi» reden hörte) «einen gewaltigen Schaden an Leib und Seele bedeuten. Dafür werde ich sie durch eine sehr großzügige Unterhaltsbeihilfe entschädigen. Jiang Jingyi sieht sehr aufs Geld, und wenn ich ihr eine große Summe geben kann, wird das ein nicht geringer Trost für sie sein... Diese Summe habe ich allerdings im Moment nicht zur Verfügung. Im Gegenteil, ich schulde sogar noch Geld, unter anderem auch ihr. Ich sage es Ihnen frei heraus, meine Studien in Europa habe ich nur mit Unterstützung der Familie meiner Frau und meiner Schwiegermutter finanzieren können. Dieses Geld werde ich ihnen doppelt und dreifach zurückerstatten. Jawohl, ich habe jetzt kein Geld. Und warum habe ich kein Geld? Weil ich keine Betätigungsmöglichkeit habe. All meine Fähigkeiten, mein Verstand, mein Enthusiasmus, mein Arbeitselan, sie liegen brach, sie werden geradezu unterdrückt. Nicht einmal ein Tausendstel meines Potentials ist genutzt! Mit anderen Worten: Neunhundertneunundneunzig Tausendstel werden niedergehalten durch den Berg der Fünf Elemente, unter dem sie begraben sind, sind gefesselt mit dem magischen Strick – und das sind nicht der Berg der Fünf Elemente und der magische Strick, die wir aus der Sage kennen, das ist meine Ehe, meine Familie. Sie ist es, die mir die Laune und den Appetit verdirbt, die meine Intelligenz lähmt, meinen Geist aussaugt und meine Seele zermalmt... Dabei brauchte ich diesen Berg bloß von mir abzuwälzen, mich nur dieser Fessel zu entledigen, und schon könnte ich mich wissenschaftlich und pädagogisch betätigen, könnte in die Politik gehen oder in die Armee eintreten, mich mit Handel beschäftigen oder mit Finanzen – einfach alles könnte ich erreichen! Was ist denn schon Geld! Was Gold und Silber, Perlen und Achat! Nichts sind sie! Wie sagte doch Li Bai? ‹Womit der Himmel mich begabt, muß einmal doch von Nutzen sein; verstreutes Gold, das ich gehabt, wird einstens sicher wieder mein.› An dem Tag, da das verstreute Gold wieder mein ist, wird als erste Jiang Jingyi bedacht... Gehen Sie ruhig zu ihr und fragen Sie sie – nicht einmal sie wird an der Aufrichtigkeit meiner Worte zweifeln!»

Der flüchtig mit ihm bekannte Anwalt runzelte nur finster die Stirn.

Nach seinen Besuchen bei den Anwälten war Ni Wucheng wie ausgelaugt und leergepumpt. Er lehnte sich an einen nicht mehr ganz gerade stehenden Leitungsmast, um sich etwas auszuruhen. Das Klingeln einer Straßenbahn versetzte ihn in Panik. Vor seinen Augen begann es zu flimmern, Straße, Fahrzeuge und Passanten verliefen ineinander wie schaumgekrönte Wellen, die sich heben und senken...

Wie unendlich öde sind die trostlosen Salzböden daheim! Von Rissen durchzogen, mit Lachen rotschwarzen Salpeterwassers gesprenkelt, von weißleuchtenden Narben entstellt. Wenn der Sturmwind darüber hinwegfegt, verdunkelt sich der Himmel, wölkt der Flugsand und kollern die Steine. Danach liegt alles wieder nackt da, dürr und leer.

Doch inmitten dieser Leere – erst links ein Weiler, dann rechts ein Dörfchen... Haohanfen. Zhang'erqiao. Wumaying. Bijiatang. Cuijiawa. Liuchengtuo. Zhaoxiucai. Shenüsi. Zhubabo. Vorder-Yinzitou. Hinter-Yinzitou. Schließlich Taocun und Mengguantun. Ja, dies ist meine geliebte Heimat, das Land, von dem meine Vorfahren über viele Generationen gelebt haben. Wie lieb sind mir doch die Namen all dieser Dörfchen – ‹Heldengrab›, ‹Tempel der geopferten Jungfrau›, ‹Brücke der Zhang Er› und so weiter, und welch lastende Einsamkeit und Öde verbindet sich damit in meiner Vorstellung... Kein Wunder, daß diese Gegend eine dreizehnjährige Tugendheldin hervorgebracht hat, die roten Phosphor schluckte, und auch jene beiden Schwestern, die ihrem Leben durch Erhängen ein Ende setzten, woraufhin die abgestumpften Menschen in Begeisterungsstürme ausbrachen, die Heldenmädchen in Poesie und Prosa besangen und ihnen zu Ehren Stelen errichteten.

Könnte es sein, daß einer, der sich inmitten dieser trübseligen, sandigen Salzmarschen die Kehle durchschneidet, beim Anblick des Blutes, das wie lauter Pfirsichblüten zu Boden tropft, nicht nur den brackigen Geruch wahrnimmt, nicht nur schneidenden Schmerz empfindet, sondern auch etwas wie Freude? Vielleicht ist in unserem Menschleben der Tod nachgerade das einzige, das seine Faszination noch nicht völlig eingebüßt hat. In einer Art Dämmerzustand schneidet sich Ni Wucheng die Pulsadern auf. Seltsam – er empfindet keinen Schmerz, es kommt auch kein Blut, weder als stoßweise Spritzer noch als stetiger Strom. Was aus seinen Arterien rinnt, ist nicht schwärzlichrotes Blut, sondern trübe Schlammbrühe.

Der Weg verläuft wie zwischen Felswänden. Salzboden ist locker und läßt sich nicht walzen, daher sind die Wege wie schmale Schluchten. Ni Wucheng zieht einen Karren hinter sich her. Der Weg ist gerade so breit wie der Karren. Da trifft er auf einen entgegenkommenden Karren. Keiner von beiden kann weitergehen, aber umkehren kann auch keiner. Der Weg ist verstopft, und die erbosten Fußgänger schimpfen: «Kurz und klein müßte man die schlagen!»

Kurz und klein schlagen? Richtig, die Riesenstatue des Himmelswächters, eine Skulptur aus der Tang-Zeit, liegt ja daheim im salzigen Sand... Schritt für Schritt kämpft er sich auf dem weichen, nachgiebigen Sand vorwärts. Der Wind, vor dem es kein Entrinnen gibt, dieser Wind ohne Anfang und Ende... In dem längst vergessenen leeren Zimmer ist er zur Welt gekommen, dazu bestimmt, alle Sünden und alle Leiden auf sich zu nehmen. Dazu verdammt, zu verfaulen und zu vergehen. Hahaha!

Nach langem Herumirren kam Ni Wucheng, bleich und düster, endlich wieder zu Hause an.

«Was ist mit Papa?» hörte er Ni Ping fragen.

Jingyi antwortete: «Beachte ihn gar nicht.»

Ausgerechnet an diesem Tag stellte Ni Zao beim Abendessen seinem Vater eine Menge Fragen, und zwar lauter politische Fragen. Es war wohl das erste Mal, in seinem Leben, daß er sich um Politik Gedanken machte.

«Papa, sind die Japaner gut oder schlecht?»

«Die Japaner tyrannisieren die Chinesen und haben Teile von China besetzt. Aber zugleich sind sie progressiv und zielstrebig, und darin sollten wir Ihnen schleunigst nacheifern.»

«Und was ist mit Wang Jingwei?»

«Ich glaube, seine Lage ist beklagenswert. Wenn man zum Beispiel von der Ehrenpforte an der Xisi-Kreuzung zur Ehrenpforte an der Dongdan-Kreuzung will, wird man natürlich nach Möglichkeit den direkten Weg wählen. Aber da stehen Häuser, und man kommt nicht durch. Also muß man einen Umweg machen. So erklärt Wang selbst seine Politik.»

«Na, und der Dingsda, der Jiang...?»

«Du meinst Jiang Jieshi. Jiang Jieshi leitet den Kampf gegen Japan, er ist der chinesische Führer. Hoffentlich schafft er es.»

«Außerdem gibt es doch noch die Achte Marscharmee, nicht? Die Kommunistische Partei?»

«Mao Zedong und Zhu De, das sind zwei außergewöhnliche Männer, zwei große Männer. Sie treten für den Kommunismus ein. Kommunismus, das ist ein großartiges Ideal, bloß ist es sehr schwer zu verwirklichen. Es kostet zu große Opfer.»

«Und Sowjetrußland?»

«Sowjetrußland ist die stärkste Macht der Welt. Dort haben sie Fünfjahrespläne, durch die das Land reich und mächtig wird.»

«Wer hat denn nun aber recht? Alle? Warum sagen die Schulkameraden, Wang Yitang ist ein Vaterlandsverräter? Gefallen dir Verräter vielleicht auch?»

«Unsinn!»

Plötzlich war Ni Wucheng wütend. In diesen Dingen sah er ohnehin nicht klar, und daß Ni Zao ausgerechnet an diesem Tag davon anfangen mußte, brachte ihn völlig aus der Fassung. Lieber ein Hund in friedlichen Tagen als ein Mensch in Zeiten der Unruhe! Warum mußte er in solch unruhigen Zeiten leben? Und warum gerade in dieser unglückseligen Familie?

«Habe ich nicht gesagt, ihr sollt ihn nicht beachten?» sagte Jingyi streng, jedes Wort betonend.

Den Kopf zur Seite geneigt, schaute Ni Zao zweifelnd zu seinem Vater auf. Dessen Antworten hatten ihn offensichtlich nicht überzeugt. Bisher hatte er sich zwar wie seine Schwester über die Naschhaftigkeit und die affektierten Angewohnheiten des Vaters lustig gemacht, hatte auch von der Mutter immer wieder gehässige Reden über den «treulosen Familienvater» gehört, doch wenn es um Staatsangelegenheiten oder wissenschaftliche Probleme und andere wichtige Fragen ging, war er stets voller Bewunderung für ihn gewesen und hatte unbesehen geglaubt, was er sagte. Die Bewunderung des Jungen für seinen Vater war noch gewachsen, als er ihn in den letzten Monaten beim Übersetzen beobachtete. Heute jedoch hatten dessen Antworten auf seine politischen Fragen und der unbegründete Wutausbruch die väterliche Autorität bedeutend vermindert. Ni Zao empfand sogar, wenn auch nur vage, die Unfähigkeit und Unsicherheit seines Vater. Daß er aus Beschämung so aufgebraust war, hatte der Junge wohl gemerkt. Nun war er nicht nur enttäuscht – er schämte sich sogar für seinen Vater.

Der Blick seines Sohnes ging Ni Wucheng durch und durch. Ni Zao hatte ihm als erster all diese schwerwiegenden politischen Fragen, denen man wirklich kaum ausweichen konnte, im Zusammenhang gestellt, und er hatte ihm nur unlogische, völlig konfuse, unverständliche Antworten gegeben. Wie ein aalglatter Heuchler, wie ein ausgemachter Idiot hatte er geantwortet. Aus heiterem Himmel hatte ihn sein eigener Sohn in die Enge getrieben! Deutlich empfand er, wie beschämend die Situation für ihn war.

Noch zwei Stunden zuvor hatte er gegenüber jenem Anwalt, der kein Honorar genommen hatte, getönt, er hätte das Zeug dazu, «in die Politik zu gehen oder in die Armee einzutreten», wenn er nur den Berg, der auf ihm laste, von sich abwälzen könnte. Alles nur eine einzige, himmelschreiende Lüge!

Erst viele Jahre später, als China schon befreit, im Dorf die Bodenreform durchgeführt worden war und sich auch sonst die verschiedensten Veränderungen vollzogen hatten, begriff Ni Wucheng, daß in seinen Knochen das knechtische Mark eines Salzland-Gutsbesitzers steckte.

Dennoch wußte auch er in jener Zeit ganz genau, daß Millionen aufrechte chinesische Patrioten im blutigen Kampf gegen die Japaner standen, ihr Leben für die Revolution in die Waagschale warfen und alles daransetzten, ihr Vaterland zu retten. Selbstverständlich kannte er die Taten solcher Patrioten aus der chinesischen Geschichte wie Yue Fei, Liang Hongyu, Wen Tianxiang, Shi Kefa, Lin Zexu oder Sunyatsen. Aber diese Männer haben vor so langer Zeit gelebt, und ich bin kein Heiliger! Mit derartigen Argumenten schloß er für sich die Möglichkeit aus, selbst den Weg des Patriotismus und der Revolution zu beschreiten. Er konnte nur eins: mit dem Strom schwimmen und tatenlos zusehen, wie es immer mehr bergab ging.

Drei Tage später traf eine gute Nachricht ein: Ni Wucheng hatte endlich wieder eine angemessene Beschäftigung gefunden. Die Chaoyang-Universität berief ihn zum

Dozenten für Logik an den Fakultäten für Pädagogik und Philosophie mit wöchentlich sechs Stunden Vorlesungen und einem Monatsgehalt, das sogar noch höher als seinerzeit an der Pädagogischen Hochschule war. Diese Stellung war das Ergebnis von Jingyis und seinen eigenen intensiven Bemühungen, an denen sich außerdem zahlreiche Verwandte und Bekannte auf ihre Bitte hin beteiligt hatten. Nicht unerheblich war außerdem die Unterstützung ihres Landsmannes Zhao Shangtong, des Direktors der Guangming-Augenklinik, gewesen. Jingyi war überglücklich. Anscheinend stand ihr drittes Kind unter einem guten Stern, wenn es schon vor seiner Geburt eine solch glückliche Wendung des Schicksals wie auch die vorangegangene Sinneswandlung seines Vaters erlebte...

Die offizielle Benachrichtigung über die Einstellung Ni Wuchengs traf ein, als er gerade nicht zu Hause war. In diesem Freudenmoment platzte die Klette von nebenan herein, aufgeregt, mit zerzaustem Haar, berstend vor Wichtigkeit. «Schwesterchen», rief sie, «ich muß dir was sagen, aber dir ganz allein!»

Was mochte das wohl bedeuten? Warum sollten Mutter und Schwester es nicht hören? Ob sie uns drei auseinanderbringen will? Wenn sie mit mir allein redet, werden die beiden doch mißtrauisch! Die will bloß Zwietracht säen! Wer wüßte nicht, daß die Klette eine üble Klatschbase ist, die überall herumtratscht! Nach einem Moment des Nachdenkens entgegnete Jingyi daher mit gerunzelten Brauen und gespielter Gleichgültigkeit: «Wenn du was zu sagen hast, dann sag es uns allen; wir drei, meine Mutter, meine Schwester und ich, haben voreinander nichts zu verbergen. ‹Was recht ist, kannst du offen sagen, nur wer lügt, darf das nicht wagen.›»

«Ich hab das doch nur wegen dir gesagt, Dummchen!» erwiderte die Klette und zog die Worte bedeutungsschwer in die Länge. Dabei stampfte sie mit dem Fuß auf. «Von wegen lügen! Ich will bloß, daß du weißt, was gespielt wird. Sonst gehst du womöglich ahnungslos in die Falle, und ehe du dich's versiehst, ist der Kopf ab!»

«Was sagst du da?» fragte Jingyi mit zornfunkelnden Augen. Die letzten Worte der Klette hatten sie so aufgebracht, daß sie drauf und dran war, ihrer Besucherin die Tür zu weisen.

«Schon gut, schon gut, reg dich nicht auf! Mir kann's ja eigentlich egal sein, ob du mich anhörst oder nicht, aber schließlich sind wir Landsleute. Und außerdem sage ich immer: Man schätzt die Verwandten, die Bekannten noch mehr. Doch die eigenen Nachbarn, ja, die liebt man sehr! Wir wohnen schließlich nebenan, da sind wir doch fast wie eine Familie. Was dich betrifft, das betrifft auch mich, wer dir was Böses antut, der tut auch mir was Böses an, wenn es dir schlecht geht, dann geht es auch mir schlecht. Ich bin nämlich loajahl. Ich meine es doch bloß gut mit dir. Schlag mich oder vertreib mich – ich gehe nicht eher, als bis ich meine Pflicht getan habe. Jingyi, Schwesterchen! Ich sage nur eins: Sei auf der Hut! Dein Mann, also Herr Ni, der führt nichts Gutes im Schilde!»

Nun erst recht zornig, unterbrach Jingyi rüde den Redefluß der Klette. «Sag schon, worauf du hinauswillst! Was bezweckst du eigentlich? Was geht dich das überhaupt an, wie unser Papi ist?»

Ohne sich im geringsten beeindrucken zu lassen, vergewisserte sich die Klette mit einem verschwörerischen Blick in die Runde, daß kein Fremder lauschte. Dann senkte sie die Stimme und flüsterte erregt: «Jingyi, Schwesterchen, ich hätte es dir gern erspart, aber ich habe erfahren, also ich habe mich erkundigt – denk bloß mal, der Papa von Ni Zao ist beim Rechtsanwalt gewesen, weil er sich von dir scheiden lassen will!»

Bei diesen Worten strahlte sie übers ganze Gesicht, als habe die Überbringung dieser Neuigkeit ihr tiefe Befriedigung verschafft.

Jingyis Schreck über diese unerwartete Mitteilung und der Widerwille und Zweifel, den sie bei den Worten und dem wichtigtuerischen Gehabe der Klette empfand, hielten sich annähernd die Waage. Ohne eine Miene zu verziehen oder ein Wort zu sagen, sah sie sie streng und abweisend an. Vor der Klette durfte sie sich weder Überraschung oder Betroffenheit noch Traurigkeit anmerken lassen.

Nein, sie würde sich vor ihr nicht lächerlich machen. Kein Wort würde sie sich entlocken lassen. Mit einer ungekannten Gelassenheit begann sie nachzudenken. Sollte sie es glauben oder nicht? War es Wahrheit oder Lüge? Was auch immer die Motive der Klette sein mochten, ihr diese Information, die sie wie ein Blitz aus heiterem Himmel getroffen hatte, zu überbringen, jetzt ging es einfach darum, ob sie den Tatsachen entsprach oder nicht.

Die Klette war ein bißchen enttäuscht über Jingyis Schweigen. «Warum sagst du denn nichts?»

An dieser Stelle schaltete sich Jingzhen ein, obwohl sie ursprünglich nicht die Absicht gehabt hatte, sich an dem Gespräch zu beteiligen. «Woher weißt du das?» begann sie, die Klette zu vernehmen.

«Wieso sollte ich es nicht wissen? Jedenfalls habe ich es euch gesagt, und ob ihr es glaubt oder nicht, kann mir ja egal sein. Nur daß ihr mich nicht verkennt und am Ende mein gutes Herz für die Eingeweide eines Esels haltet! Nicht daß ihr denkt, ich bin so eine Nachteule, die nur mit schlechten Nachrichten ins Haus flattert!»

Mit diesen Worten schickte sie sich an zu gehen. Jingyi wußte nicht, was sie sagen sollte.

Jingzhen jedoch antwortete mit höhnischem Lächeln: «Und ich sage dir, ich glaube kein Wort! Mein Schwager hat sich in letzter Zeit sehr anständig aufgeführt. Er hat sich tatsächlich gebessert. Jingyi, du wirst doch dieses Geschwätz nicht etwa glauben! Es wird so viel geredet. Man weiß ja, wer oft genug wiederholt, ‹Zeng Shen hat getötet›, dem glaubt man am Ende, daß Konfuzius einen Mörder zum Schüler hatte. Auf Gerüchte soll man nichts geben. Wie heißt es im Sprichwort? Sehen geht vor Hörensagen! Uns jedenfalls wird keiner weismachen, es wird gleich regnen, bloß weil es windig ist! Uns kann keiner den Stößel als Nähnadel verkaufen!»

Das ging der Klette gegen die Ehre. «Ihr denkt wohl, ich bin eine Gerüchtemacherin? Mein dummes Schwesterchen, wie kannst du so was denken! Wo ich nichts lieber sehen würde als Eintracht und Frieden in eurer Familie! Aber was soll man machen? Herr Ni ist wirklich bei Hu Shicheng gewesen, das ist der berühmte Anwalt im Hotel Peking, außerdem auch noch bei dem japanischen Anwalt Shoichi Kakiguchi. Der Schwager meines Neffen ist nämlich Sekretär bei Hu Shicheng, die ganze Post und den Publikumsverkehr hat er unter sich. Der hat vielleicht einen Stein im Brett bei Herrn Hu! Und über alles weiß er Bescheid, was in der Kanzlei so vor sich geht, über jeden einzelnen Fall, egal, ob es um Erbschaften geht oder um Ehebruch oder um Blutschande – er weiß alles! Auch bei Herrn Kakiguchi geht er aus und ein wie bei sich zu Hause. Aber wenn ihr mir nicht glaubt, horcht ruhig mal selbst herum! Ach ja, das ist wohl schon immer so gewesen, Undank ist der Welt Lohn. Du mein argloses, dummes Schwesterchen! Sonst bist du doch so gescheit. Wieso bist du jetzt auf einmal so begriffsstutzig? Ich als Außenstehende würde nie versuchen, Zwietracht zwischen dir und Herrn Ni zu säen. Ich weiß, was sich schickt. Herr Ni ist schließlich der Mann meiner lieben Jingyi, der Papi ihrer beiden Kinder...»

Während der Redefluß der Nachbarin noch munter plätscherte, gab Jingzhen ihrer Schwester mit den Augen ein Zeichen und fiel der Klette dann rigoros ins Wort: «Ist ja gut, ist ja gut! Wir wissen ja, daß du es gut meinst. Was du uns da erzählst, ist uns längst bekannt, bloß überprüft haben wir es noch nicht. Und ehe man sich nicht vergewissert hat, daß eine Sache wirklich stimmt, spricht man nicht darüber. Wir nicht mit dir und du nicht mit anderen! Gerade für Familienangelegenheiten gilt das ganz besonders. Unbewiesene Gerüchte breitzutreten ist einfach unanständig und sogar kriminell, denn damit kann man jemand ums Leben bringen. Und wenn das passiert, trägt der Gerüchtemacher die Verantwortung. Ich will dir was sagen, meine liebe Nachbarin. Uns Frauen aus der Jiang-Sippe kriegt man nicht so leicht klein! Wir sind standhaft und unbeirrt und lassen uns nicht vom rechten Weg abbringen. Und was Scheidung betrifft, selbst der Himmelskönig oder der Jadekaiser müßten erst einmal eine anständige Begründung vorlegen, wenn sie sich scheiden lassen wollten. Du solltest nicht darauf hören, was die Leute so reden. Alles erstunken und erlogen! Mein Schwager hat sich bloß ein wenig zu viel mit Fremdsprachen beschäftigt; ein bißchen verrückt ist er schon, sonst aber ein guter Mensch. So was brächte er nicht fertig, das könnte der gar nicht! Also beruhige dich, gute Schwester. Sollst mal sehen, bei uns ist alles in Ordnung.»

Die Klette machte ein verdutztes Gesicht. Wer weiß, wieviel sie überhaupt verstand. Jedenfalls hatte sie alles gesagt, was sie wußte, und da sie von den Schwestern Jiang auch nichts mehr zu hören bekam, blieb ihr nichts anderes übrig, als sich zu verabschieden.

Mit ihrem energischen Eingreifen hatte Jingzhen erreicht, was sie wollte: die Klette ging. Diesmal fiel sie nicht einmal aus der Rolle – im Gegenteil, sie begleitete die Nachbarin mit ausgesuchter Höflichkeit bis zum Hoftor, wo sie sich zum Abschied sogar noch ein heiteres Lachen abrang. Erst nachdem sie die Klette durch ihr eigenes Tor treten sah, legte auch sie den Riegel vor, kehrte eilig ins Zimmer zurück und sagte zu der aschfahlen, völlig verwirrten Jingyi: «Sieht aus, als ob es stimmt. Ich hab doch gewußt, Lao Sun ist noch für einige Überraschungen gut!»

«Ach, du...» Jingyis Lippen zitterten, sie konnte nicht weitersprechen.

«Daß ich gesagt habe, mein Schwager ist ein guter Mensch, und daß ich ihn gelobt habe, das war natürlich Absicht. Wie hätte ich sonst aus der Klette herauskriegen können, was sie weiß? Mir war gleich klar, daß sie dir was zu sagen hatte. So eine wie die kommt doch nicht umsonst – Nachteulen wittern das Unheil. Wir wissen ja, wie schadenfroh die Person ist. Wenn die kommt und dir nicht irgendeine schlechte Nachricht in aller Ausführlichkeit brühwarm überbringen kann, denkt die doch, sie ist umsonst gekommen. So richtig zufrieden ist die erst, wenn sie dich auf die Folter spannen und dir Angst machen kann. Aber du hast das heute ganz prima gemacht. Einfach nichts sagen, das ist immer das beste! Ich habe natürlich gesehen, wie aufgeregt du warst und wie du alles gleich geglaubt hast. Aber ich hab mich nicht aus der Ruhe bringen lassen und sie zum Sprechen gebracht. Mein Schwager ein guter

Mensch – daß ich nicht lache! Aber auf diese Art hat sie erzählt, was sie wußte, und trotzdem nichts von uns rausgekriegt, die alte Schnüfflerin!»

Jingyi war ganz ehrfürchtig vor Bewunderung für das raffinierte Vorgehen der Schwester. Außerdem war ihr in dieser schlimmen Situation wieder so richtig bewußt geworden, wie gut es Jingzhen mit ihr meinte und wie sehr man sich auf sie verlassen konnte. Vergeblich versuchte sie, die Tränen zurückzuhalten.

«Dieser Lump!» brach es aus ihr hervor. «Dieser Bandit, dieser skrupellose! Diese unmenschliche Bestie! Das hat man nun davon, daß man so gut zu ihm ist! Dieser heimtückische Lügner!...»

«Hör auf zu heulen!» unterbrach Jingzhen sie barsch. «Wir wissen schließlich Bescheid über die Tricks von Lao Sun. Das ist doch nichts Neues mehr für uns. Ich habe gleich gewußt, er führt nichts Gutes im Schilde! Je mehr er den Mustergatten spielt, desto hinterhältiger sind seine Absichten. Das Wiesel, das die Hühner jagt, ist halb so schlimm wie das Wiesel, das den Hühnern zum neuen Jahr gratuliert. Und du dachtest all die Monate, er hat sich wirklich gebessert! Habe ich dir auch nur ein einziges Mal darin zugestimmt? Nein, das habe ich nicht! Weil ich nämlich diesen Tag längst habe kommen sehen. Aber von dem lassen wir uns nicht aus der Fassung bringen! Ich habe mich schon lange auf diesen Tag vorbereitet. Der wird uns nicht kleinkriegen. Wir werden Lao Sun alles mit gleicher Münze heimzahlen, der soll sich noch wundern! Wir gehen zum ‹Pendler›.»

21

Frau Jiang und ihre Töchter waren nicht eigentlich religiös, aber den Seelentafeln der Ahnen erwiesen sie dennoch den schuldigen Respekt. Die Opfer für den Gott des Reichtums dagegen waren mehr ein Spaß, darin waren sich alle stillschweigend einig. Was die Autorität von Menschen, Geistern oder Dämonen betraf, die hinsichtlich

Rang, Ansehen und Fähigkeiten gewöhnlichen Sterblichen haushoch überlegen sind, so gingen sie lieber auf Nummer sicher – mochten es andere ruhig an Respekt und Verehrung fehlen lassen, sie jedenfalls würden sich mangelnde Ehrfurcht nicht nachsagen lassen. Im übrigen wußte zwar niemand so recht, was Caishen, der Gott des Reichtums, eigentlich bewirkte, aber allein wegen des Wortes «Reichtum» in seinem Namen mußte man ihn schon verehren und lieben: Es war nicht der «Gott», auf den es ankam, sondern der «Reichtum».

Jedoch ein real existierendes Objekt der Anbetung gab es für sie dennoch. Das war der «Pendler». Pendler war natürlich nur ein Spitzname. In Wirklichkeit handelte es sich um Dr. Zhao Shangtong, den Jingyi ihrem Mann schon in dem langen, offenen Gespräch nach dessen schwerer Erkrankung im Spätherbst als Vorbild hingestellt hatte.

Der Beiname Pendler war gar nicht schlecht gewählt. Der Doktor trug für gewöhnlich einen weißen Arztkittel und darunter einen Anzug europäischen Schnitts. Drahtig und voller Elan, erinnerte er mit seiner langen Nase und seinen tiefliegenden Adleraugen, dem gewaltigen Kopf und dem wachsgelben Gesicht an ein Laborpräparat, das lange in Formalin gelegen hat. Beim Sprechen, beim Laufen, bei der Untersuchung der Patienten und beim Rezeptausschreiben, beim Essen und beim Teetrinken – stets pendelte sein Kopf hin und her, richtig charmant wirkte das.

Er hatte vier Jahre in Japan studiert und den akademischen Grad eines Doktors der Medizin erworben. Seine Arbeit zur Pathologie der Blepharitis squamosa, zuerst in japanischer Sprache in Osaka veröffentlicht, wurde im Jahre 1933 in englischer Übersetzung im Jahrbuch der Internationalen Medizinischen Gesellschaft nachgedruckt. Er sprach sehr gut Englisch. Schon während seiner Oberschulzeit in Beiping hatte er in einer Schüler-Laienspielgruppe mitgewirkt, die ein Stück von Galsworthy in englischer Sprache aufführte. Auf Grund seines Aussehens und Auftretens sowie seines guten Englisch wollte ihn der Regisseur einer Shanghaier Schauspieltruppe unbedingt zum Schauspieler machen. Ihm schwebte vor, Zhao Shangtong ausschließlich Ausländer darstellen zu lassen: Einen Missionar aus Europa oder Amerika hätte er glatt auch ohne besondere Maske spielen können. Sein Latein und sein Französisch waren ebenfalls nicht schlecht, und auf einem Studentenfest hatte er einmal mit seiner gar nicht so üblen Tenorstimme das neapolitanische Volkslied ‹O sole mio› vorgetragen.

Zur Zeit war er Direktor der Guangming-Augenklinik. Die Klinik war auf Grund von Dr. Zhaos hervorragendem medizinischem Können und seiner Geschäftstüchtigkeit schnell stadtbekannt geworden, so daß er vor einem Jahr in einer sehr belebten Straße in der Nähe des Xidan-Basars ein bescheidenes dreistöckiges Haus gekauft und es nach gründlicher Renovierung zum Hauptsitz der Guangming-Klinik gemacht hatte, während die ursprüngliche Klinik – in einer kleinen Gasse am Xuanwu-Tor – als Zweigstelle weiterbestand. Beruflich ging es ihm also blendend. Er hatte durch Kombination der westlichen mit der traditionellen chinesischen Medizin neuartige Augentropfen entwickelt, die in ganz Nordchina vertrieben wurden und ihm reiche Einnahmen brachten. Fachleute meinten, ohne den Krieg wären seine Augentropfen längst weltweit verbreitet und er selbst wäre Multimillionär. Aber auch so ging es ihm alles andere als schlecht. Es hieß, neben seiner Klinik betreibe er über Mittelsmänner auch noch eine Bank, die horrende Dividenden abwerfe. Allerdings waren die Meinungen in diesem Punkt geteilt. Er selbst bestätigte weder dieses Gerücht, noch dementierte er es. Er ließ nur den Kopf hin und her pendeln und lachte herzlich. Auch wenn er aufhörte zu lachen, lag noch eine gewinnende Freundlichkeit auf seinen Zügen.

Dr. Zhao kam aus demselben Dorf wie die Familie Jiang. Wer die Umstände und Mühe nicht gescheut hätte, wäre wahrscheinlich in der Lage gewesen zu beweisen, daß er Jingzhens (er war fünf Jahre älter als sie) und Jingyis Vetter war. Frau Jiang war ja eine geborene Zhao, gehörte also zu derselben Sippe wie der Pendler.

Zhao Shangtong stammte aus dürftigen Verhältnissen. Sein Vater war Rechnungsführer im Hause eines Nachkommen des örtlichen Großgrundbesitzers Millionen-Chen gewesen. Der Junge hatte zu Hause die Grundschule besucht und sich mit seinen ausgezeichneten Leistungen ein Stipendium für die höhere Schule in Beiping verdient. Später hatte er erfolgreich die Auswahlprüfung für das Auslandsstudium bestanden. Er war der Sohn einer Nebenfrau seines Vaters, die an einem Leberleiden früh verstorben war. Die Hauptfrau, seine Stiefmutter, war schon seit zwanzig Jahren halbseitig gelähmt, und in den letzten Jahren waren noch Paralyse und Atrophie des Unterkörpers hinzugekommen. Als Zhao Shangtong aus Japan zurückkehrte, holte er die Stiefmutter sofort zu sich nach Beiping. Damals ging es ihm noch ziemlich schlecht, dennoch kümmerte er sich rührend um die Frau, die doch nicht einmal seine leibliche Mutter war, brachte ihr Essen und Medizin und behandelte sie mit ausgesuchter Höflichkeit, so daß seine sprichwörtliche Sohnesliebe längst von allen Leuten gerühmt wurde. Gleichzeitig erlebte er beruflich einen solchen Aufschwung, daß ihm alles über den Kopf zu wachsen drohte. Doch soviel er auch um die Ohren hatte, in der Pflege seiner Stiefmutter ließ er sich niemals auch nur die geringste Nachlässigkeit zuschulden kommen. Seit geraumer Zeit konnte sie sogar zum Stuhlgang nicht mehr das Bett verlassen und mußte gefüttert werden. Selbst jetzt ließ es sich der Doktor nicht nehmen, sie zu betreuen. Alle, die davon hörten, waren sich einig in ihrem Lob.

Das alles war jedoch noch nicht das wichtigste. Was die Leute wirklich rührte und ihm überall eine an Heiligenverehrung grenzende Hochachtung eintrug, waren seine Ehe und generell seine Einstellung zur Ehe. Im Alter von vierzehn Jahren war er auf Befehl der Stiefmutter mit einer fünf Jahre älteren Frau verheiratet worden, einer Analphabetin, pockennarbig, mit eingebundenen Füßen und lauter Skrofulosenarben am Hals. Diese Frau war inzwischen vierundvierzig Jahre alt und hatte schon ganz weißes Schläfenhaar. So alt und hinfällig wirkte sie, daß ein Fremder sie eher für seine Mutter als für seine Frau gehalten hätte. Seit Dr. Zhaos Rückkehr aus dem Ausland hatte jedermann vorausgesagt, er werde sie nun wohl verstoßen und sich anderweitig umsehen; ein paar ganz Eifrige hatten sich schon bemüht, eine passende Partnerin für ihn zu finden, die er zu seiner Konkubine machen könnte. Dem Vernehmen nach hatten tatsächlich nacheinander zwei «junge Damen aus bester Familie», deren Porträtfotos sogar in einer Illustrierten veröffentlicht worden waren, Gefallen an seiner hohen Bildung, seiner stattlichen Erscheinung, seinen vielversprechenden Vermögensverhältnissen, besonders aber an seinem Unternehmergeist und seinem Durchsetzungsvermögen gefunden. Er jedoch hatte sie alsbald höflich, aber bestimmt abgewiesen. Noch rührender war das Gerücht, seine Gemahlin habe ihn sogar selbst aufgefordert, er möge «sich nicht selbst das Leben schwer machen» und «noch eine zweite Frau als Nebenfrau nehmen», da sie ihm ja «lediglich zwei Töchter, aber keinen Stammhalter» geboren habe – woraufhin er nur gelacht haben soll. «Ich habe im Ausland zwar ein wenig Medizin, Pharmazie und Sprachen gelernt», soll er gesagt haben, «aber ich bin ein Mensch, dem unsere chinesische Moral etwas bedeutet. Die dekadenten Sitten des Westens, die unsere altehrwürdige Traditionen zu korrumpieren drohen – damit habe ich nichts im Sinn.»

Frau Jiang und ihre Töchter hatten daheim im Dorf keineswegs mit Zhao Shangtong verkehrt, sie hatten ihn lediglich vom Namen her gekannt. Er als Mediziner hatte seinerseits von Frau Jiangs verstorbenem Gatten, dem Arzt für chinesische Heilkunde, gehört. Erst nach der Übersiedlung in die Hauptstadt hatten ihm die drei Frauen durch Vermittlung dritter einen Höflichkeitsbesuch abgestattet. Dr. Zhao kannte nicht nur seine selbstverständliche Pflicht gegenüber Älteren, sondern war auch zu der Verwandtschaft vom Dorf äußerst zuvorkommend. Gleich bei der ersten Begegnung waren sie einander so nahe, als hätten sie sich schon lange gekannt. Von da an hatte Dr. Zhao zum einen die gesamte ärztliche Betreuung der drei Frauen sowie von Ni Ping und Ni Zao übernommen. Er untersuchte nicht nur ihre Augen, sondern auch bei Erkältungen, Ausschlag, Abszessen, Zahnschmerzen, Durchfall und so weiter behandelte er sie und verschrieb ihnen Medizin, alles kostenlos.

Zum anderen aber nahm er auch größten Anteil am Verhältnis zwischen Wucheng und Jingyi, seitdem die Jiang-Damen ihm einmal ihr Leid geklagt hatten. Seine Haltung war klar; er hatte in mehreren Unterredungen mit Ni Wucheng ungeheuren Druck auf diesen ausgeübt und so dafür gesorgt, daß er Frau und Kinder nicht verließ und die Familie nicht zerbrach. Auf diese Weise war er nicht nur der Gesundheitsschutzgeist der Familie, sondern – wichtiger noch – der Schutzgeist des Familienfriedens geworden.

Ni Wucheng empfand normalen Menschen gegenüber nichts als Verachtung und Ekel. Neokonfuzianische Moralisten waren in seinen Augen entweder pharisäerische Heuchler, die in Wirklichkeit bloß «hinter den Mägden und Nebenfrauen her» waren, oder aber dekadente, weltfremde, abgewirtschaftete lebendige Leichname. Das gemeine Volk wiederum war für ihn nichts als in dumpfem Stumpfsinn dahinvegetierendes Geschmeiß. Was die wenigen Intellektuellen betraf, die wußten, wie Kaffee, Kakao und Brandy schmeckten, so waren sie nahezu ausnahmslos den gleichen Kümmernissen, Widersprüchen und Unannehmlichkeiten ausgesetzt und empfanden die gleiche tiefe Abscheu vor der chinesischen Kultur wie er selbst, nur daß sie größtenteils einflußreichere Positionen hatten, so daß sie ihre Bedürfnisse besser befriedigen konnten als er und folglich auch nicht derart hilflos, verloren und gepeinigt waren. Von ihnen hatte er zwar keine selbstlose Hilfe zu erwarten, doch immerhin würden sie ein wenig Mitgefühl für ihn aufbringen, ihm zumindest keine Vorwürfe machen und sich nicht in seine Angelegenheiten einmischen.

Der Klinikdirektor Zhao Shangtong hingegen war ganz anders. Zwar war er nicht so stattlich wie Ni Wucheng, dafür aber viel vitaler und selbstbewußter. Selbst sein Kopfpendeln und sein eigentümlich wiegender Tonfall deuteten darauf hin, daß er ein Mensch war, der mit seiner Bildung, seinem Können, seinem Vermögen, seiner Stellung und seiner Moral rundherum zufrieden war. Sein Gang – leichtfüßig, rasch, entschlossen – hatte etwas Geradliniges und Unbeirrtes. Im Unterschied zu den meisten Menschen seiner dörflichen Heimat in Nordchina hatte er keine O-Beine, und auch seine Knöchel waren robuster als die des größeren, langbeinigeren Ni Wucheng. Dieser fand, er könne sich hinsichtlich Aussehen und Geist ohne weiteres mit dem Doktor messen; doch dessen Augen blickten wesentlich schärfer und gebieterischer als seine eigenen – sie «blitzten» gewissermaßen. Wenn Dr. Zhao ihm direkt in die Augen sah, fröstelte ihn plötzlich. Gesichtsschnitt und Züge des Doktors waren so regelmäßig, so kraftvoll und markant, wie man es unter den Nachfahren von Yandi und Huangdi in unserem ganzen großen China nur recht selten findet. Wenn Ni Wucheng die stattliche Erscheinung des Arztes betrachtete, kamen ihm oft Zweifel, ob dieser wirklich ein Bauernsohn sei.

Am neidischsten war Ni Wucheng jedoch auf die wissenschaftlichen – medizinischen – Kenntnisse Zhao Shangtongs und auf sein Sprachentalent, zumal er seinerseits Wissenschaft und Fremdsprachen über alles liebte, ja geradezu anbetete. Das wenige, das er selbst in dieser Hinsicht vorzuweisen hatte, mochte vielleicht Schwiegermutter, Gattin und Schwägerin beeindrucken und ihnen schon übertrieben, wenn nicht gar überflüssig vorkommen. Aber Dr. Zhao gegenüber hatte er das Gefühl des Zauberlehrlings, der dem großen Zaubermeister nicht das Wasser reichen kann. Allein die Selbstverständlichkeit, mit der der Doktor die schwierigsten lateinischen Namen von Medikamenten im Munde führte, erfüllte ihn mit Ehrfurcht.

Kurzum, Zhao Shangtong war Ni Wucheng in nahezu jeder Hinsicht haushoch überlegen, daran ließ sich nicht rütteln. Als Gott den Doktor schuf, hatte er das anscheinend nur getan, damit dieser Ni Wucheng ausstechen könne, und umgekehrt hatte er Ni Wucheng nur erschaffen, um deutlich zu machen, daß Zhao Shangtong ihm auf allen Gebieten voraus war – weit voraus!

Das war jedoch nicht das Schlimmste und Unerträglichste, denn was die unter uns Menschen offenbar unvermeidliche Eifersucht betraf, kam Ni Wucheng sein unbekümmertes, fröhliches, kindliches Gemüt zustatten, das ihm half, mit seinen Neidgefühlen fertig zu werden. Nein, das schlimmste war, daß Zhao Shangtong, der doch in ausländischen Sprachen, ausländischer Wissenschaft, ausländischer Medizin, kurz, in allem, was aus dem Ausland kam, so bewandert war, daß dieser Landsmann ein derart orthodoxer neokonfuzianischer Moralist war. Und das Allerschlimmste: Man merkte ihm seine Heuchelei und Falschheit nicht einmal an, während doch sonst bei solchen Moralpredigern stets der Pferdefuß herausguckte.

Zhao Shangtong hatte mit Ni Wucheng zwei lange Gespräche geführt. Letzterer wußte natürlich, daß Jingyi es war, die heulend und schluchzend den Doktor um Hilfe gebeten hatte. Zhao hatte ihm eine von seinen hervorragenden Zigaretten angeboten. Die lässige Art, wie er rauchte und mit dem kleinen Finger die Asche abklopfte, nötigten Ni Wucheng höchste Bewunderung ab. Dr. Zhaos singender Tonfall hatte etwas Wellenartiges. Es war eine Art melodiöse Deklamation, die ausschließlich der eigenen Freude am Wohlklang entsprang und mit dem eigentlichen Inhalt des Gesagten nichts zu tun hatte.

«Jeder Mensch, kann man sagen, besteht aus drei Teilen. Seine Wünsche und Gelüste, seine Illusionen und Ideale, sein Streben und seine Hoffnungen – das ist der Kopf. Sein Wissen, sein Können, sein Kapital, seine Leistungen, sein Benehmen und seine Taten, seine zwischenmenschlichen Beziehungen – das ist der Körper. Seine Lebensumstände, seine Position, sein Standort – das sind die Beine. Wenn diese drei Teile miteinander harmonieren, annähernd aufeinander abgestimmt sind oder wenigstens einander nicht ausschließen, dann kann man leben, vielleicht sogar nicht einmal schlecht. Ist dies nicht der Fall, hat man nichts als Kummer und Sorgen. Sie aber, was sind Sie, was bringen Sie zustande? Wovon haben Sie überhaupt eine Ahnung? Mit ihrem kümmerlichen Pseudowissen schaffen Sie es nicht einmal, Ihren eigenen Bauch zu füllen und Frau und Kinder satt zu machen. Wer sind Sie denn, daß Sie auf die chinesische Zivilisation und auf die traditionelle Moral herabsehen? Die Europäisierung wollen Sie vorantreiben? Können Sie etwa Gewehre oder Kanonen bauen wie die Ausländer? Verstehen Sie etwas vom Handel mit Aktien und anderen Wertpapieren? Was können Sie überhaupt? Kaffee trinken und große Reden schwingen und europäisches Essen genießen – na und? Worin steht Ihre Frau Ihnen eigentlich nach, wieso sagen Sie, sie paßt nicht zu Ihnen? Meinen Sie, Sie kommen los von diesem alten Kulturland, das unter Ihren Füßen liegt? Glauben Sie nicht, daß einer wie Sie Hungers sterben würde, wenn er in Europa, Nordamerika, Sowjetrußland oder Japan lebte? Wie können Sie auf diesem Fleckchen Erde hier festen Fuß fassen, wenn Sie von den Normen des menschlichen Zusammenlebens, von Moral und Treue, Kindesliebe und Ehrfurcht vor Älteren nichts wissen wollen? Wie können Sie ständig von Zivilisation, Fortschritt, Glück schwatzen, wenn Sie selbst auf so wackligen Füßen stehen? Ein Wirrkopf sind Sie! Ihre angebliche Überlegenheit ist doch nur Wunschdenken – großer Anspruch, kleines Talent! Das – und nur das – nenne ich barbarisch!»

Unter den unerbittlichen Blicken der aus Schlafmangel rotgeäderten Augen Dr. Zhaos wäre Ni Wucheng am liebsten in den Erdboden versunken. Er, der doch sonst wie ein Wasserfall redete, fing plötzlich an herumzustottern und sich herauszureden: Wenn er mit Jingyi zusammen sei, fühle er sich äußerst – es folgte ein englisches Wort, das soviel wie «einsam» bedeuten sollte. Ferner, sagte er, ihn zu zwingen, es weiter mit Jingyi auszuhalten, sei inhuman.

Mit einem ironischen Lächeln verbesserte Zhao Shangtong zunächst seine englische Aussprache. «Wenn Sie schon glauben, eine ‹ausländische› Empfindung mit einem ausländischen Wort wiedergeben zu müssen, sollten Sie zumindest Ihre Sprachkenntnisse aufpolieren.»

Anschließend stellte er ihm eine Frage, die kein anderer Moralist, Biedermann, ehrenwerter Gatte, liebevoller Vater oder sonstiger Tugendbold, der ihn je zu erziehen versucht hatte, in dieser Schärfe hätte stellen können: «Wenn Sie Ihre Gattin so wenig lieben, wieso haben Sie dann Kinder mit ihr gezeugt?»

Ni Wucheng errötete über das ganze Gesicht.

«Ganz offensichtlich», fuhr Zhao Shangtong lächelnd und nicht ohne Pedanterie fort, «sind Sie ein niederträchtiger Mensch. Sie drangsalieren Schwächere, Menschen, die noch hilfloser sind als Sie selbst. Sie wollen Ihre animalischen Gelüste befriedigen, Ihre physiologischen Bedürfnisse stillen... und halten sich auch noch für viel besser und großartiger als die anderen. Sie behandeln andere überhaupt nicht wie Menschen. Sie meinen, Ihre Frau müsse sich für Sie opfern, dabei sind Sie selbst zu keinerlei Opfer bereit. Ist das der Humanismus, den Sie in Europa gelernt haben?»

Während solcher Vorhaltungen waren Dr. Zhaos Augen hart und kalt, so daß man an einen Habicht denken mußte, der sich auf den Hasen stürzt. Doch sein Gesichtsausdruck blieb liebenswürdig und verbindlich, als brächte er gerade einen Toast auf einer Coctailparty aus. Diese seltsame Mischung in seinem Ausdruck machte Ni Wucheng Angst. Meinte er es wirklich ernst? Ni Wucheng konnte es nie eindeutig feststellen, genauso wie es ihm ein Rätsel blieb, wie Zhao Shangtong sich in seinem Privatleben so bescheiden konnte und dabei glücklich und zufrieden wirkte. Ebensowenig verstand er, wieso eine pockennarbige, analphabetische Ehefrau ihrem Gatten einen solchen Heiligenschein einbringen konnte. Wenn er es nun kurz entschlossen machte wie die Palasteunuchen und sich «selbst reinigte»? Ob er dann wohl auch etwas heiliger und reiner würde?

Doch nein! Eunuchen werden verachtet, und das Schicksal des Sima Qian gilt allgemein als die schlimmste Schmach, die einen Mann treffen kann. Demnach mußte man sich den Heiligenschein dadurch verdienen, daß man all seine Gelüste täglich und stündlich unterdrückte. Der eigentliche Sinn von Moral bestand also darin, sich abrichten zu lassen wie Pawlows Hund!

Er mußte daran denken, was ein Bekannter ihm von bestimmten Gepflogenheiten einer lamaistischen Sekte erzählt hatte: Die Novizen müssen sich einer Prüfung unterziehen, die darin besteht, daß man sie einer Frau beiwohnen läßt. Sind sie in der Lage, eine Zeitlang durchzuhalten und danach von sich aus langsam ihre Fleischeslust abzutöten, so werden sie Lamas und «lebende Buddhas». Wer aber diese Probe nicht besteht und seinen Samen ergießt, der wird geköpft.

Im Gegensatz dazu war das Schicksal kastrierter Kälber direkt beneidenswert. Mit dreizehn Jahren hatte sein Vetter ihn in den Stall mitgenommen, wo Bullenkälber kastriert werden sollten. Mit eigenen Augen sah er, wie der «Veterinär» des Dorfes seinen Schnitt machte und die bläulichweißen, von roten Blutgefäßen überzogenen Hoden herausquetschte. Danach wurden die Kälber wieder auf die Weide in die Marsch getrieben, wo der Boden weiß von Salz war und nur spärlich trockene Hälmchen wuchsen. Ein paarmal noch zuckten die Hinterteile der kastrierten Kälber wie im Krampf, doch nach kurzer Zeit hatten sich die Tiere wieder beruhigt und muhten nicht einmal mehr. Das Gesicht des kleinen Ni Wucheng aber war aschgrau; ihm war zumute, als habe man ihm selbst einen empfindlichen Körperteil aufgeschnitten und gequetscht. Seine Beine begannen zu zittern. Mit ersticktem Röcheln erbrach er sein Mittagessen, Maisfladen und gekochter Fisch. Außerdem waren seine Hosen naß, was den Vetter sehr amüsierte und Ni Wucheng tagelange Hänseleien eintrug.

Das Gespräch mit Zhao Shangtong war es, das ihm diese ekelerregende Episode aus der Vergangenheit ins Gedächnis gerufen hatte. Als könnte er seine Gedanken erraten, lächelte Zhao Shangtong unmerklich und schickte sich an, den errungenen Sieg auszunutzen, um Ni Wuchengs letzte Verteidigungslinien zu überrennen.

«Selbstverständlich ist der Geschlechtstrieb etwas genauso Natürliches wie Hunger und Durst, aber auch natürliche Bedürfnisse können stets nur in einem bestimmten Maß entfaltet, entwickelt und befriedigt werden. Zügellosigkeit und Hemmungslosigkeit haben nichts mit der Befriedigung normaler Bedürfnisse zu tun, sie sind eine Perversion. Essen zum Beispiel ist ein natürliches Bedürfnis, aber können Sie deshalb alles essen, zu jeder Zeit, an jedem Ort? Ebenso verhält es sich mit der Sexualität. Wir Menschen sind doch nicht wie Hunde und Hündinnen, die sich aufs Geratewohl paaren und Schluß! Das ist wahrlich nichts Schwieriges – in jedem Stall können Sie sich davon überzeugen. Nein, wenn man nicht bestimmte Regeln beachtet und bestimmte Anforderungen stellt, wird man nicht nur die elementarste Hygiene und Gesundheit entbehren, sondern vor allem auch Glück und Liebe. Zumal da auch noch die Gesellschaft ist. Woher nehmen Sie eigentlich den Mut, sich der Ethik, den Sitten und Gewohnheiten der gesamten Gesellschaft entgegenzustellen? Nur wenn man selbst fest in der Gesellschaft verwurzelt ist, wird man auch alles andere erreichen. Wir Menschen sind nun einmal so: In der Jugend empfinden wir die Gesellschaft als ungerecht und wollen gegen sie zu Felde ziehen, aber letztlich schließen wir alle unseren Frieden mit der Gesellschaft, und der einzelne und die Gesellschaft nützen sich gegenseitig.»

«Gegenseitige Ausnutzung, wie?» unterbrach Ni Wucheng ihn scharf.

«Gegenseitige Ausnutzung ist immer noch besser als gegenseitige Schädigung! Wenn Sie die Gesellschaft schädigen, schädigen Sie sowohl andere als sich selbst. Was ist damit gewonnen?» Zhao Shangtongs Augen blitzten noch strenger.

In diesem Moment kam eine Krankenschwester mit einer schneeweißen Haube, deren Form an gefüllte Teigtäschchen erinnerte, zur Tür herein und fragte etwas. Dr. Zhao nahm ein Rezeptformular zur Hand, kritzelte ein paar lateinische Wörter darauf, setzte schwungvoll seine Unterschrift darunter und gab es der Schwester. Diese lächelte Ni Wucheng im Weggehen flüchtig zu. Doch gleich darauf war ihr strahlendes Lächeln wieder unter ihrer feierlichen, schneeweißen Haube verschwunden, die nicht von dieser Welt zu sein schien.

Ni Wucheng konnte gerade noch sehen, wie rein und zart und frisch ihre Haut war, cremig schimmernd und geschmeidig. Er lachte und verabschiedete sich wieder besser gelaunt von seinem Landsmann, dem Klinikchef. Er dankte ihm für seine brüderliche Anteilnahme und bat ihn, sich keine Sorgen zu machen. «Ich, Ni Wucheng, werde auf keinen Fall etwas Unentschuldbares tun.»

Zhao Shangtong zog die Augenbrauen hoch, lachte flüchtig und drückte ihm fest die Hand. Über die Sauberkeit der Finger des Arztes war Ni Wucheng ebenso erstaunt wie einen Moment vorher über die Reinheit des Gesichts der Schwester. Er war noch nicht zur Tür hinaus, da stand Zhao schon am Waschbecken und hielt seine Hände in Lysollösung.

An einem Sonntag sah er den Doktor im Zentralpark, dem heutigen Sun-Yatsen-Park, im Stadtzentrum mit Frau und Kindern spazierengehen. In dieser Familie stimmte anscheinend einfach alles, war alles harmonisch! Beim Gehen schien der Doktor noch mehr zu pendeln als sonst. Wenn es bergauf oder bergab ging, ein Graben oder Stufen zu überwinden waren, stützte er stets fürsorglich seine Gattin, flüsterte ihr öfter etwas ins Ohr, woraufhin beide in Gelächter ausbrachen. Ni Wucheng ging zu ihnen hinüber und begrüßte die Familie. Beim Abschied zwinkerte Zhao Shangtong ihm zu, was ihn erzittern ließ.

Der brächte es fertig, mich eines Tages umzubringen! dachte Ni Wucheng.

Wenn Jingyi ihm das Beispiel des Doktors vorhielt und ihm nahelegte, es ihm gleichzutun, erwiderte er nur: «Der ist ein Heiliger, an den komme ich eh nicht ran!»

Darauf hatte Jingyi eine Antwort parat: «Nein, ein Heiliger wirst du wohl niemals werden, aber ein Heiliger kümmert sich um dich, mußt du wissen! Ganz speziell um dich!» Und dann legte sie los: «Im Vergleich zu Dr. Zhao bist du ein Hundefurz. Wieviel Flaschen ausländische Tinte hast du denn getrunken, wieviel beschissene Wörter hast du gelernt, hä? Von Wissenschaft willst du 'ne Ahnung haben? Tu bloß nicht so, als ob du eine große Leuchte wärst! Wenn du versuchst, über wissenschaftliche Dinge zu reden, blamierst du dich doch ständig – zum Gespött machst du dich! Sieh dir dagegen ihn an. So sind wirklich gebildete Menschen, vernünftig, solide, über den Dingen stehend wie ein wahrer Gelehrter. Von Dr. Zhao kann man wirklich sagen, der hat ‹im Kopf eine klare Vorstellung von dem Bambuszweig, den er malen will›, da ist alles durchdacht und wohlüberlegt. Und tugendhaft und bescheiden ist er wie ‹Frauen und schöne Mädchen› – ich habe nämlich auch ‹Die Familie des Herzogs Liu› gelesen: Sima Qian hat darin Zhang Liang mit diesen Worten beschrieben. Ich sage dir, es war schon immer so: Hochmut kommt vor dem Fall, und Bescheidenheit bringt einen weit! Manchmal kommst du mir tatsächlich wie ein Äffchen vor – wer nämlich wirklich gebildet ist, wer wirklich was kann und wirklich was leistet, der ist nicht so flatterhaft und unstet wie du!»

Nicht einmal einsam fühle ich mich mehr, nur noch müde – «tired», das war doch das Wort? Oder muß mich der heilige Medizinmann und Klinikchef auch jetzt wieder verbessern?

Jingyis Bewunderung für den Pendler Zhao wuchs immer mehr, je häufiger die Auseinandersetzungen mit ihrem Mann wurden. Die drei Frauen hatten sogar schon einmal ernsthaft darüber debattiert, ob es überhaupt etwas an ihm auszusetzen gebe. Seine Haltung zur Mutter, zur Gattin, zu den Kindern, zu den Landsleuten, zum Beruf, zur Wissenschaft, zu den Patienten – alles tadellos.

«Na, und das Kopfschaukeln beim Sprechen, ist das vielleicht ein Fehler?»

«Aber woher denn! Wenn es ihm Spaß macht, soll er doch!»

«Ja, aber wenn er nun ein hoher Beamter oder Ratsvorsitzender oder Kommandeur oder Bezirksvorsteher wäre? Würde das Pendeln da nicht stören?»

«Was sollte denn daran stören? Ein Beamter oder Ratsvorsitzender, Bezirksvorsteher oder Kommandeur, dessen Kopf bei einer Rede hin und her pendelt, macht doch gerade Eindruck, das sieht doch gut aus!»

«Und daß er – also daß er nicht mit Jiang Jieshi nach Chongqing gegangen ist, um gegen die Japaner zu kämpfen?»

Die diese ernste politische Frage stellte, war Frau Jiang, die wegen der japanischen Besetzung ständig in Angst und Unruhe lebte. Es war eine schwierige Frage, die Töchter jedenfalls waren zunächst um eine Antwort verlegen. Dann aber fand Jingzhen doch noch die rechten Worte:

«Wären wir Chinesen alle wie Dr. Zhao, hätten wir alle so

eine musterhafte moralische Haltung und so ein fundiertes Wissen und Können, wären wir alle so anständig wie er», erkärte sie nicht ohne Feuer, «dann wäre China längst erstarkt, und diese kläglichen japanischen Teufel hätten von vornherein überhaupt nichts ausrichten können.»

Mutter und Schwester waren wieder einmal voller Bewunderung für Jingzhens geistesgegenwärtige und scharfsinnige Beredsamkeit.

Jingyi suchte den Pendler häufig auf, um Rat und Hilfe wegen irgendwelcher Kleinigkeiten zu erbitten. Als die siebenjährige Ni Ping gerade in die Schule gekommen war, hatte sie einmal der Mutter gegenüber protestiert: «Mama, du sollst nicht immer zu Onkel Zhao gehen, das ist doch nicht gut!» Niemand wußte, was sie damit sagen wollte, doch gab dieser mysteriöse Ausspruch – «Das ist doch nicht gut!» – ihrer Mutter, Tante und Großmutter sehr zu denken.

Schließlich ließen sie Ni Ping kommen, und Frau Jiang hielt ihr mit bewegter Stimme folgenden Vortrag: «Du törichtes kleines Ding, wie kannst du so dummes Zeug über Sachen daherschwatzen, von denen du nichts verstehst! Wir Frauen aus der Jiang-Sippe haben seit eh und je so gehandelt, daß niemand uns etwas nachsagen kann. Wir gehören zwar nicht zu den ganz berühmten Familien, aber zu verstecken brauchten wir uns nie. Von den keuschen Gattinnen und den tugendhaften Frauen, die in den Annalen des Kreises Guang namentlich genannt werden, kommen allein vier beziehungsweise drei aus unserer Familie. Einer von ihnen ist sogar ein Denkmal gesetzt worden. Was Anstand und Ehrbarkeit betrifft, kann uns Jiang-Frauen niemand etwas vorwerfen, da können wir unseren Vorfahren wie unseren Nachfahren mit gutem Gewissen gegenübertreten. Ich will dir bloß einmal von deiner – na, sie müßte die Dritte Tante deines Großvaters mütterlicherseits sein, also von der will ich dir erzählen. Das war eine keusche Gattin, wie sie im Buche steht. Mit fünf Jahren wurde sie verlobt, und mit elf ist ihr Mann schwer erkrankt. Da hat sie nicht einmal abgewartet, bis der Mann gestorben war – nein, sie ist schon vorher selbst in den Brunnen gesprungen! Der Juren Zhang von der Kreispräfektur hat sogar eigenhändig einen Gedenkvers auf sie verfaßt. Was sagst du dazu, hm?»

In langgezogenem Tonfall rezitierte Jingzhen das Gedicht:

Verdunkelt die Sterne, die Mondsichel bleich,
der Gatte geht ein in das Schattenreich.
Die Treue bewahr ich, such im Brunnen den Tod,
daß nicht unters Volk trägt ein Fluß meine Not.

«Na, was sagst du nun? Aber wozu in die Ferne schweifen – deine Tante hast du ja täglich vor Augen! Meine liebe Tochter – mit achtzehn hat sie geheiratet, mit neunzehn hat sie gelobt, ihrem verstorbenen Gatten treu zu bleiben. Und niemand kann sagen, sie hätte ihr Gelübde nicht eingehalten, frag, wen du willst! Mit was für Banditen wir es all die Jahre auch zu tun gehabt haben, was man uns auch alles angetan hat, noch nie hat jemand uns drei Frauen so etwas nachgesagt!»

Von Scham und Reue geschüttelt, begann die Adressatin dieser Strafpredigt, Ni Ping, bitterlich zu weinen.

22

Trotz der Beschimpfungen, mit der sie sich Luft machte, trotz der Rückenstärkung durch ihre kluge und tatkräftige Schwester, trotz des sofort in Aussicht genommenen Hilfeersuchens an den Pendler – diesen Felsen in der Brandung, dieses göttliche Wesen – erschien Jingyi die von der Klette übermittelte Nachricht immer unerträglicher, je länger sie darüber nachdachte.

Warum nur war dieser Mann zu ihr so böse, so grausam, so tückisch! Jedes Kätzchen und jeder Hund war liebevoller gegenüber seinem Herrchen. Sogar der Vogel im Käfig, seit Generationen an das freie Leben im Wald gewöhnt, war anhänglicher, vorausgesetzt natürlich, man gab ihm täglich zu fressen. Auf den Tempelmärkten hatte sie schon als Kind gesehen, wie Pirole nach Münzen pickten. Man legte eine Kupfermünze auf den Handteller, und dann kam der Pirol angeflogen, pickte die Münze auf und brachte sie seinem Herrchen. Fragte ein Neugieriger den Besitzer des Vogels, wie er ihn denn abgerichtet habe, antwortete der: «Da ist überhaupt nichts dabei. Man braucht bloß eine Handvoll Reis.»

Jingyi nun hatte ihrem Mann weit mehr als eine Handvoll Reis gegeben: sich selbst mit Leib und Seele. Hatte sie in den mehr als zehn Ehejahren Ni Wucheng jemals etwas Böses getan? Würde er heute überhaupt noch existieren, wenn er sich von ihr und ihrer Familie losgesagt hätte? Wieviel Liebe hatte sie ihm geschenkt, wieviel Gutes hatte sie ihm erwiesen – hatte er das denn überhaupt nicht bedacht?

«Von früher will ich nicht einmal reden, aber im November vergangenen Jahres, was hast du dir da für eine bodenlose Gemeinheit geleistet. Führst mich mit einem ausrangierten Namenssiegel hinters Licht. Machst dich lustig über mich, läßt mich vor anderen das Gesicht verlieren. Kommst dann drei Tage lang nicht nach Hause, treibst dich sonstwo herum und amüsierst dich, während ich und die Kinder am Hungertuch nagen! Du aber, du schwelgst und praßt – Wein, Weib und Gesang heißt die Devise! Und mir und den Kindern fehlt es am Nötigsten – Bettler sind wir! Der feine Herr jedoch spielt sich auf wie ein Prinz. Aber die Strafe hat dich ereilt, du Lump, du herzloser, ungerechter, treuloser Kerl, für den Liebe, Güte, Treue und Kindespflicht Fremdwörter sind! Der Himmel hat ein Einsehen gehabt und dir einen gehörigen Denkzettel verpaßt – deine Krankheit hat dich zur Strecke gebracht, beinahe wäre es aus gewesen mit dir. Nur um Haaresbreite bist du am Palast des Herrschers der Unterwelt vorbeigekommen. Ich hatte damals nicht übel Lust, mich einfach nicht um dich zu kümmern, bis du verreckst und man dich in einer alten Bastmatte eingerollt hinausträgt... Doch du bist immerhin mein rechtmäßiger Gatte und der Vater meiner Kinder. Schließlich habe ich kein Herz aus Stein, und man soll nicht Gleiches mit Gleichem vergelten. Es heißt auch, wer Geduld hat, schleift aus einer Eisenstange eine Nadel.

Ach, Ni Wucheng, begreifst du denn überhaupt nicht, wie gut ich es meine, wie großzügig ich zu dir bin – so großzügig, daß es fast schon übermenschlich ist! Daß du mir ins Gesicht spucken kannst, und ich wische es nicht einmal ab!

Ich habe dir das Leben gerettet. Ich hab meine letzten paar Habseligkeiten verkauft, damit ich den Doktor kommen lassen und Arznei besorgen und dir Eier und Nudeln kochen konnte. War das wirklich so selbstverständlich, daß du die guten Sachen bekommst und wir anderen zuguckten? Und von meinem Geld habe ich sogar noch deine Rechnungen bezahlt. Du führst dich so schlecht auf, daß man dir die Stelle kündigt, und dann läßt du dich von mir ernähren – von einer Frau ohne Beruf und Einkommen, die noch dazu Kinder und Alte zu füttern hat! Du, ein großer, stattlicher Mann! Schämst du dich denn gar nicht? Wenigstens ein bißchen dankbar könntest du sein.

Hast du nicht gemerkt, daß ich alles aus Gutherzigkeit gemacht habe, aus Liebe? Du sprichst doch immerfort von Liebe, von Gefühlen, aber als du krank und elend warst – hat sich da auch nur eines von den Dämchen blicken lassen, die dein ganzes Geld verbraten haben und dich ja soo lieben? Also ehrlich gesagt, ich hätte selbst nicht geglaubt, daß ich mich für dich Mistkerl so aufopfern würde. Ich habe mir bestimmt in einer früheren Existenz dir gegenüber irgend etwas zuschulden kommen lassen, daß ich dir in diesem Leben so verfallen mußte. Hätte ich mit der gleichen Liebe und Güte einen Wolf oder einen Tiger gepflegt und gehegt, dann wären die mir dankbar gewesen – geliebt hätten die mich! Aber du, du bist kein Mensch, schlimmer als ein wildes Tier bist du! Hast du dein Essen gehabt, zerschlägst du den Topf, worin es gekocht wurde, hast du gemahlen, erschlägst du den Esel, der den Karren gezogen hat; kaum geht es dir wieder besser und du hast eine Stellung, da vergehst du dich an Frau und Familie. Giftiger als ein Skorpion bist du und tückischer als ein Fuchs! Gründlich hast du mich hereingelegt!

Schwanger hast du mich gemacht! Gemein, ordinär, schmutzig, barbarisch, vulgär, schändlich – all diese Schimpfwörter, die du uns immer an den Kopf wirfst, auf dich, gerade auf dich treffen sie zu! Was du getan hast, ist doch das Gemeinste, Ordinärste, Schmutzigste, Vulgärste, Barbarischste und Schändlichste, das man sich überhaupt vorstellen kann! In dir ist die ganze Niederträchtigkeit der Familie Ni bis ins achte Glied versammelt. Wie kann ein Mensch nur so schlecht, so heimtückisch, so grausam, so unbarmherzig sein!

Oh, wie ich es bereue, daß ich so dumm war! Ich bildete mir ein, mit meiner Gutherzigkeit könnte ich dich bessern! Aber das habe ich mir alles selbst zuzuschreiben, das geschieht mir ganz recht, daß ich so gestraft bin. Wie kann man auch Erbarmen mit Menschen haben! Da kriegt man nur selbst noch eins übergebraten. Das eine weiß ich jetzt: Wenn du mit einem Menschen Mitleid hast, sei es dein eigen Fleisch und Blut, dein Gatte, dein Vater, dein Kind, dann kannst du sicher sein, daß du deinen Kopf los bist, ehe du weißt, wie dir geschieht.»

Diese Worte strömten wie ein Springquell aus Jingyi hervor. Je mehr sie darüber nachdachte, desto gerührter war sie von der eigenen Gutherzigkeit und Anständigkeit, die ihr nichts als Undank eingetragen hatten. Kein anderer an ihrer Stelle hätte großzügiger handeln können, nichts hätte er besser machen können. Was sie bekümmerte und ihr auf der Seele lag, was ihr geradezu den Atem nahm, war die Frage, warum ihre Güte ihr so schlecht vergolten wurde. Jeder Fremde wäre gerührt über ihre guten Werke gewesen. Ihr Mann jedoch hatte sie ihr mit einer größeren Gemeinheit als je zuvor gelohnt. Ganz besonders traurig aber machte sie die Tatsache, daß bei Lichte besehen Ni Wucheng gar nicht der Strolch und Landstreicher war, als den sie ihn in ihrer Wut beschimpfte. Ehrlicherweise mußte sie zugeben, daß er sich gegenüber Verwandten und Freunden, Kollegen und Kommilitonen, Dienstpersonal und Ausländern durchaus korrekt, manchmal sogar sehr anständig benahm. In dieser Hinsicht konnte man ihm nichts nachsagen. Nur zu ihr, ausgerechnet zu ihr, die ihn am besten behandelte, war er so häßlich und böse! Warum nur? Warum?

Über diesen trüben Gedanken begann sie am ganzen

Leib zu zittern. Es kam ihr vor, als ob ihr Herz unablässig schlaff und gefühllos vibrierte und bloß von Zeit zu Zeit ein-, zweimal schlüge. Auch nachdem sie sich durch Schimpfen Luft gemacht hatte, war noch lange nicht alles gesagt, was sie auf dem Herzen hatte, aber sie brachte kein Wort mehr heraus. Nachts, im Bett, fand sie keinen Schlaf. Alle halben Stunden mußte sie auf die Toilette. Wann hatte ihr Körper nur so viel Flüssigkeit angesammelt? Sie hatte doch gar nicht viel getrunken. Wo mochte all dies Wasser herkommen? Ob sich vielleicht ihr Körper auflöste?

Am nächsten Tag trank Jingyi unausgesetzt, Schluck für Schluck und Schale für Schale. Zwei Tage lang nahm sie keinen Bissen zu sich. Sie trank nur, urinierte, trank und ging auf den Abort. Als Ni Wucheng dies bemerkte, erschrak er. Auf seine Frage, was mit ihr sei, gab sie keine Antwort.

Am dritten Tag fuhr sie mit der Rikscha zum Bruder Pendler. Sie weinte bitterlich.

Am vierten Tag ging sie ganz ruhig zu Ni Wucheng: «Es haben sich so viele Leute für dich eingesetzt, daß du eine neue Stellung findest, und das war keineswegs einfach. Noch dazu, wo es ein Posten ist, der gut bezahlt wird und deinen Vorstellungen entspricht. Da wollen wir uns nicht lumpen lassen und alle zum Essen einladen, die dir bei der Stellensuche behilflich gewesen sind.»

«Aber das Geld...»

«Geld ist da. Ich habe es zurückbehalten. Man kann die Leute nicht umsonst um einen Gefallen bitten, selbst wenn man noch so arm ist.»

«Also... also gut. Sehr schön. Wunderbar!»

«Du brauchst dich um nichts zu kümmern. Ich werde alles vorbereiten. Tritt du nur in aller Ruhe deine Stellung an der Chaoyang-Universität an.»

«Vielen Dank!»

«Oh, bit-te-schön!»

Am Samstag derselben Woche gaben sich also Herr Ni Wucheng und Gattin die Ehre, die betreffenden Landsleute, Freunde und Bekannten zu einem Abendessen im Restaurant «Wohnsitz der Überirdischen» einzuladen.

Über Jingyis Vorschlag war Ni Wucheng hocherfreut. Ein Festessen, bei dem noch dazu er selbst der Gastgeber war, das hatte er sich schon immer erträumt. Er war entschlossen, diesen materiellen und zugleich ideellen Genuß bis zur Neige auszukosten.

Der «Wohnsitz der Überirdischen» machte seinem Namen alle Ehre: lauter schöne Pavillons, um kleine, durch lauschige Wandelgänge miteinander verbundene Innenhöfe herum gebaut, Winterjasmin in großen Pflanzenkübeln, leuchtend grüne Bambusanpflanzungen in den Ecken der Höfe, dazu der Duft köstlicher Speisen – man konnte sich richtig berauschen an all dem Schönen. Jingyi hatte im Westpavillon des dritten Hofes einen Tisch reservieren lassen. Dort stand noch ein zweiter runder Tisch, doch der blieb an diesem Abend ungenutzt, so daß sie gewissermaßen im Extrazimmer speisten. An der Wand des Raumes hingen eine Reproduktion von Tang Bohus ‹Bild der Vier Schönheiten› und eine Kalligraphie von Yin Rugeng.

«Schön ist es hier!» meinte Ni Wucheng befriedigt zu Jingyi. «Es gehört einfach zur gesunden Lebensweise, von Zeit zu Zeit mit ein paar Freunden ins Restaurant zu gehen. Vor allem natürlich um zu speisen. Essen ist schließlich sehr wichtig – ein Lebensbedürfnis und ein Teil der menschlichen Kultur. Bildung, Kultur, Wissen und Charakter, kurz: Großhirn, Nerven, Knochenbau, Muskeln und Haut von Menschen, die die verschiedensten Speisen genossen haben, sind einfach besser entwickelt als bei den armen Teufeln, die sich nur von schleimigem Brei ernährt haben. Andererseits ist so ein Restaurantbesuch nicht bloß zum Essen gedacht, sondern auch, um den Menschen Abwechslung zu bringen und ihr Leben zu bereichern. Nimm unser Restaurant hier. Die kleinen Höfe, die Bilder, die hübsch gefliesten Fußböden, der rotlackierte Tisch mit der weißen Decke, das Service, die Rotholzstühle – geht dir nicht das Herz auf? Ich bin ja schon immer ein Feind von Kleinlichkeit und Geiz gewesen. Der Mensch sollte in größeren Dimensionen denken, sollte weitsichtig sein!... Ach ja, beinahe hätte ich es vergessen: Restaurantbesuche dienen natürlich auch der Geselligkeit. Gesellige Kontakte, das muß einfach sein. Man muß von klein auf lernen, ein aufgeschlossenes, zivilisiertes, gesundes gesellschaftliches Leben zu führen. Diese verschämte Ziererei Fremden gegenüber ist die blamabelste Schwäche der Chinesen, besonders der chinesischen Frauen. Der Mensch ist schließlich ein geselliges Tier! Aber das allein bedeutet keineswegs, daß man jemanden unbedingt zum Essen einladen muß, wenn man ihn um einen Gefallen gebeten hat. Aber der Mensch lebt in Gesellschaft, in einer Gesellschaft von Menschen, und er muß mit den anderen Menschen in dieser Gesellschaft zahlreiche freundschaftliche Kontakte knüpfen, will er in ihr Fuß fassen. Wobei ich mich selbst schäme, daß meine eigenen Möglichkeiten so begrenzt sind...»

Jingyi, nach ihren tagelangen Verdauungsstörungen abgemagert und kraftlos, hörte sich diesen für sie keineswegs neuen Vortrag schweigend an.

Allmählich trafen die Gäste ein, als erster Zhao Shangtong, lächelnd, den Kopf wiegend, makellos rein und sauber. Als Gastgeber hatte Ni Wucheng das Gefühl, ein Stückchen größer zu sein als gewöhnlich. Daher kam er sich beim Anblick des Doktors ausnahmsweise nicht so minderwertig vor – im Gegenteil, er ging lächelnd auf ihn zu und begrüßte ihn voller Herzlichkeit: «Schön, Sie zu sehen, Bruder Zhao! Vielen Dank, daß Sie uns die Ehre geben. Zu Hause alles in Ordnung? Und die Klinik geht gut? Haha, Sie sind schon ein Tausendsassa – kein Wunder bei Ihrer Tüchtigkeit...»

Als nächster kam Shi Fugang. Ni Wucheng war jetzt vollends euphorisch und plauderte angeregt in Shis Sprache mit ihm, doch der antwortete konsequent auf Chinesisch. Dann erschien der ihm nur flüchtig bekannte, kleine Rechtsanwalt. Ni Wucheng erschrak: Wie denn – hat der ebenfalls geholfen, die Stellung zu besorgen? Na, vielleicht. Jedenfalls scheint Jingyi wegen des Postens bei der Chaoyang-Universität eine Menge Leute eingespannt zu haben. Eigentlich wäre das gar nicht nötig gewesen...

Schließlich waren die Gäste vollzählig. Seitens der Gastgeber nahm außer Herr und Frau Ni noch Ni Zao am Essen teil. Alle gingen zu Tisch, und jeder wollte dem anderen den Vortritt lassen, bis am Ende Zhao Shangtong durch einhelligen Beschluß auf den Ehrenplatz gesetzt wurde. Dann legten die Gastgeber ihren Gästen vor, und alles griff zu den Stäbchen. Man erhob die Gläser, brachte Toaste aus und prostete einander zu.

Nach der kalten Platte wurden scharfgewürzte Schweinefleischwürfel mit Paprikastückchen, matt schimmernd wie grüne Jade, aufgetragen. Danach kurzgebratene Fleischscheibchen: üppig, aber mit Pfiff. Dann folgten fritierte Fleischbällchen, knusprig und so heiß, daß man sich fast die Zunge verbrannte, und Schweinefleisch mit Rührei und Judasohr–Pilzen – köstlich der Duft von Zwiebeln und Sojasoße! Alle Gäste waren des Lobes voll.

Nun wandte sich das Gespräch dem neuen Stück des Pekingopern-Darstellers Li Wanchun, den Filmen von Chen Yunshang, einem neuen Buch von Geng Xiaodi und schließlich einer Zeitungsmeldung zu, nach der im Gelben Fluß eine Nixe entdeckt worden sei, die hoch aus dem Wasser schnelle und dabei ihren Fischschwanz sehen lasse. Zuletzt kam die Rede auch noch auf einen Vorarbeiter aus dem Kohlebergwerk Mentougou, der bei einem Erdrutsch ums Leben gekommen war, drei Tage lang zu Hause aufgebahrt lag und im Morgengrauen des vierten Tages plötzlich wieder zum Leben erwachte, aufstand und einen Dieb bis weit vor die Haustür verfolgte, so daß dieser zu Tode erschrak.

Dann wurde der letzte Hauptgang aufgetragen, Fisch auf zweierlei Art. Das war ein großer Karpfen, dessen eine – gedünstete – Hälfte silbrig schimmernd auf einer Platte lag, während aus der anderen Hälfte eine milchigweiße Suppe bereitet worden war, beides äußerst wohlschmeckend. Damit erreichte die Stimmung bei Tisch ihren Höhepunkt. Es folgten nur noch Klebt-nicht-fest, ein Dessert nach einem Rezept der Shandong-Küche, dessen Namen daher rührte, daß es weder am Teller oder an den Stäbchen noch an den Zähnen haftete. Hellglänzend wie Gold und sämigglatt wie Jade schimmerte diese Speise.

Ni Wucheng schnalzte mit der Zunge und leckte sich die

Lippen, scherzte und lachte und sprühte vor Witz. So lebhaft und gut gelaunt war er seit Monaten nicht gewesen.

Zhao Shangtong legte die Stäbchen hin und runzelte die Brauen.

Als habe er darauf gewartet, erhob sich Jingyi von ihrem Stuhl und begann zu weinen, noch ehe sie ein einziges Wort gesagt hatte.

Die Tischrunde, die eben noch mitten im schönsten Schmausen war, erstarrte.

Ni Wucheng, mit seiner Suppe beschäftigt und völlig ihrem delikaten Wohlgeschmack hingegeben, bemerkte erst einige Sekunden später, daß sich die Atmosphäre bei Tisch plötzlich verändert hatte.

«Verzeihen Sie mir bitte», begann die weinende Jingyi, «dieses Essen heute sollte eigentlich der Dank für Ihre freundlichen Bemühungen sein, und wir wollten alle miteinander fröhlich feiern. Doch da ist etwas, was ich Ihnen einfach sagen muß. Ich bitte Sie, für Gerechtigkeit einzutreten, und ich bitte Sie um Verzeihung für meine Kühnheit.»

Jingyis kultivierte Sprache und ihr diplomatisches Auftreten setzten Ni Wucheng in Erstaunen.

«Halten Sie so etwas für möglich? Ausgerechnet zu dem Zeitpunkt, da für ihn eine neue Stellung gefunden ist, ausgerechnet in dem Moment, wo ich ihn gesundgepflegt und durch den Verkauf meiner letzten Habseligkeiten wieder zu Kräften gebracht habe, ausgerechnet zu der Zeit, da ich unser drittes Kind unter dem Herzen trage, fällt es Herrn Ni ein, sich... von mir... scheiden zu lassen...» Jingyi konnte vor Schluchzen nicht weitersprechen.

Die Gäste waren erbleicht. Nach ihren ersten, wohlgesetzten Worten begann Jingyi schluchzend und schniefend, sich all das von der Seele zu reden, was sie so viele Tage und Nächte hin und her überlegt und im Geiste schon viele dutzend- oder hundertmal ausgesprochen hatte. Sie erhob Anklage gegen ihren Mann.

Mit aschfahlem Gesicht saß Ni Wucheng auf seinem Stuhl, als wäre er festgenagelt. Er sah erst zu Jingyi hin, dann zu den Gästen, schließlich auf das Durcheinander von Gläsern und Geschirr auf dem Tisch. Unfähig, sich zu bewegen, hatte er auch jede Reaktionsfähigkeit verloren, geschweige denn, daß ihm irgendetwas zu seiner Verteidigung eingefallen wäre.

Auch bei Ni Zao war die eben vernommene Neuigkeit wie eine Bombe eingeschlagen. Das Schluchzen und die Worte der Mutter drangen wie Messer in sein Herz. Dennoch weinte er nicht, schließlich hatte er derartige Szenen schon allzu oft erlebt. Er war ihrer müde. So flüsterte er lediglich: «Wein doch nicht, Mama!»

Am gefaßtesten von allen wirkte Shi Fugang. Nur ganz zu Anfang hatte er einen erschrockenen Blick auf die schluchzende Jingyi geworfen, danach hatte er mit gesenktem Blick erst auf den Tisch, dann auf seine Fußspitzen gestarrt, um damit seine Absicht anzudeuten, sich nicht in die Privatangelegenheiten anderer einmischen zu wollen. Das war wohl auch eine ausländische Art, Unschicklichkeit zu ignorieren... Nur ein sehr aufmerksamer Beobachter hätte aus seinen winzigen Bewegungen – besonders dem Zucken an den Spitzen der Ohrmuscheln – entnehmen können, daß er genau zuhörte.

Jingyis tränenreiche Anklagerede war bewegend. Keiner, der ihr lauschte, hätte ihr seine volle Sympathie versagen können. Wie schwer hatte sie es, wie schändlich war sie betrogen und verraten worden. Ihr Redeschwall ließ keinerlei Zweifel an der absoluten Echtheit dessen, worüber sie sprach: Kränkungen, Groll, Ungerechtigkeiten, Zorn, Trauer. Dazwischen immer wieder Schluchzen und auch einige Schimpfwörter aus ihrer dörflichen Heimat. Aber da sie von Herzen kamen und durch erlittenes Unrecht provoziert worden waren, wirkten selbst diese Schimpfwörter noch rein, angemessen, gerecht und anständig.

Ni Wucheng war starr vor Staunen. Nie hätte er Jiang Jingyi die Fähigkeit zugetraut, in aller Öffentlichkeit mit einer derart bewegenden Rede aufzutreten. Noch viel später, als er an diese Zeit zurückdachte, konnte er nicht umhin einzugestehen, daß ihm seine Frau in bezug auf Redegewandtheit und sicheres Auftreten in der Öffentlichkeit überlegen war – und nicht nur ihm, sondern auch so manchem mittelmäßigen Bürokraten, der beim Reden eher an ein einen lebenden Leichnam erinnert, vielleicht sogar einigen Botschaftern unseres Landes im Ausland. Möglicherweise hatte sie gar das Zeug zur Politikerin – so, wie sie es verstand, um Sympathie zu werben und auf ihre Gegner einzudreschen. Dabei hatte er sie wer weiß wie oft als «dumm» und «idiotisch» abqualifiziert. Die verborgenen Fähigkeiten, die in den «dummen Idioten» Chinas schlummern...

Jingyi war mit ihrer Anklagerede am Ende, jetzt kam von ihr nur noch jenes Schluchzen, das eher an das Heulen eines wilden Tiers erinnerte und den schreckensbleichen Kellner herbeirief, der sich jedoch auf ein Zeichen von Zhao Shangtong wieder zurückzog. Bei Jingyis Wehgeschrei kamen auch allen anderen Anwesenden die Tränen. Ni Zao fing völlig verängstigt an zu weinen. Shi Fugang hatte sich ebenfalls verfärbt und saß ratlos da. Mit ihrem Schluchzen hatte Jingyi sogar Ni Wucheng zum Weinen gebracht. Warum, warum nur muß der Mensch so viel leiden und anderen so viel Leid zufügen?

Mit tränenerstickter Stimme sagte er: «Jingyi, ich entschuldige mich bei dir. Ich entschuldige mich bei Ihnen allen! Aber bitte glauben Sie mir, ich habe es zum Besten aller, auch Jingyis, getan; daß sie schwanger ist, soll im Moment nicht interessieren. Ich bin immer noch fähig, etwas zu leisten. Ich möchte von mir behaupten, daß ich nicht ganz dumm bin. Sobald sich etwas abzeichnet, Jingyi, werde ich dir trotz Trennung, trotz Scheidung, helfen, und wenn ich einmal viel Geld verdiene, bekommst du dreißig, nein, vierzig, fünfzig, siebzig – ja, genau: siebzig Prozent...»

Er sprach nicht weiter, denn plötzlich verspürte er den furchterregenden Blick, den Zhao Shangtong aus seinen tränenumflorten tiefliegenden Augen auf ihn richtete.

Die Tränen rannen dem Doktor über die Wangen. Er blickte auf die anderen, blickte auf Jingyi, erhob sich ganz langsam von seinem Platz und setzte sich schwankend in Gang. Im Vorbeigehen fuhr er Ni Zao übers Haar. Nun war er bei Ni Wucheng angelangt, stand neben ihm. Seine Gesichtsmuskeln zuckten, sein Blick war unverwandt auf Ni Wucheng gerichtet.

«Was wollen...» Weiter kam Ni Wucheng nicht.

Patsch, patsch, patsch! Dreimal knallte es: drei Ohrfeigen. Selbst Shi Fugang entfuhr ein entsetzter Aufschrei: «O mein Gott!» So rasch ging alles, daß Ni Wucheng nicht einmal die Hände zur Abwehr erhoben hatte. Zhao Shangtongs blitzschnelle Bewegungen erinnerten an die Art, wie sich zwanzig Jahre später der Tischtennischampion Zhuang Zedong mit angewinkelten Armen in Positur stellte. Ehe die Umstehenden begriffen hatten, was da geschah, hatte der Doktor Ni Wuchengs linke Wange geohrfeigt und gleich darauf eine Rückhand auf dessen rechter Wange gelandet, und zwar mit solcher Wucht, daß blutige Fingerspuren im Gesicht seines Opfers zu sehen waren, wobei unklar blieb, ob das Blut von ihm oder von dem möglicherweise aufgeplatzten Handrücken des Doktors stammt. Dann vollendete Zhao seine Strafaktion mit einer weiteren, gut plazierten Ohrfeige auf Nis linke Wange. Blut rann aus Ni Wuchengs rechtem Mundwinkel.

Die wuchtigen Ohrfeigen hatten ihn vom Stuhl gefegt. Ehe er wußte, wie ihm geschah, fand er sich wie ein räudiger Hund auf dem Fußboden knieend wieder.

«Nicht schla-gen!» heulte Ni Zao auf.

Was ist eine Sekunde? Was sind eine Million Jahre?

Eine Sekunde, das ist nur ein Moment, aber eine Million Jahre, das ist eine so lange Zeit, daß einem schwindlig wird bei dem Gedanken daran. In einer Million Jahren werden unsere Nachkommen und die Nachkommen unzähliger Generationen unserer Nachkommen wie unsere Vorfahren längst zu Staub und Asche zerfallen sein.

Sie werden nicht mehr existieren.

Und doch werden sie alle existiert haben, jeder zu seiner Zeit. Danach wird für die nicht mehr Existierenden eine Sekunde soviel sein wie einhundert Millionen Jahre, soviel wie die Ewigkeit.

Dann wird es kein Atmen mehr geben, kein Zucken der Nasenflügel, kein erregtes, lustvolles, zorniges, mühsames, verstopftes Keuchen. Nicht mehr die Frische des regenfeuchten Tannenwaldes, den Schweißgeruch von den Leibern Geliebter oder Gehaßter, das Aufstoßen nach einer üppigen Mahlzeit, nicht mehr das Mitleid mit dem Hund, der keinen Knochen abbekommt. Keine Wut wird es mehr geben, keinen Hunger, keinen Durst, keine liebevollen Tränen und Seufzer, kein wildes Sichaustoben und keine blutenden Nasen. Keine üblen Körpergerüche und keine duftenden Seifen, Parfüme, Puder oder Blüten, eines so nutzlos wie das andere. Keine Verschwörungen wird es mehr geben, keinen Betrug, keinen Verrat, keine Raubüberfälle, keine Vergewaltigungen, keine Aggressionen, keine Massaker, keine Marionettenregierungen. Kein hohles Geschwätz über Wahrheit, Logik, Zivilisation und Evolution wird es mehr geben und keine nutzlosen Sprachen, Papiere, keine heiligen und weisen Männer und größenwahnsinnigen Genies. Vor Kälte wird niemand mehr zittern noch nach irgend jemandem sich sehnen oder von irgend jemandem ersehnt werden. Keiner wird mehr den vergeblichen Versuch machen, andere zu überzeugen und zu bessern, keiner wird mehr auf Verständnis bei anderen hoffen, das ihm doch nie zuteil wird. Niemand wird sich nach Leben sehnen, nach Freude, Glück, Zärtlichkeit und Liebe, niemand wird mehr auf irgend jemanden warten, niemand sich sehnsüchtig die Augen aus dem Kopf starren, Aufregung, Torheit und Panik erkennen lassen oder weinen. Keiner wird sich mehr vor Tod, Fäulnis und Untergang ängstigen, keiner fürchten, daß seine Leiche einst von schweren Stiefeln getreten wird. Niemand wird mehr Minderwertigkeitskomplexe wegen seiner O-Beine, seines Mundgeruchs, seiner Armut, seiner Schwachheit oder seiner fürchterlichen englischen Aussprache haben. Kein Verstecken vor ungeduldigen Gläubigern, Schwiegermüttern, Gattinnen, die einen beim Ehebruch ertappen wollen, oder Geheimpolizisten wird es mehr geben; auch keinen Neid mehr auf jene Glückspilze, die gut essen, Auto fahren, ins Ausland reisen, einflußreiche Stellungen bekleiden, die in weichen Hotelbetten schlafen, in gepolsterten Sesseln sitzen und moderne, schöne, kokette und verständnisvolle Ehefrauen und Geliebte haben.

Mit einem Wort: Keinen Kummer wird es mehr geben.

Mitten in der Nacht empfand Ni Wucheng eine nie gekannte Erregung und Entrückung. Seit mehr als dreißig Jahren hatte er diese geistige und körperliche Befriedigung ersehnt und erstrebt; in dieser Nacht hatte er sie gefunden. Er mußte an seine erhabene Mutter denken, an den Garten des väterlichen Gutes, an den hohen Birnbaum und die mürben Birnen, unter deren Gewicht die Äste fast brachen und die zerplatzten, wenn sie zu Boden fielen. Su Manshus Erzählung ‹Die einsame Wildgans› kam ihm in den Sinn und eine Kreuzfahrt im Mittelmeer. Und dann sein stets so unendlich weit entferntes und doch so vertrautes, stets unerreichbares und dennoch seiner harrendes leeres Zimmer.

Er ging fort. Endlich war er sein eigener Herr geworden.

Einige Tage später war ganz unten auf der letzten Seite der von dem berüchtigten Vaterlandsverräter Guan Yixian (der 1950 unter der Volksregierung als Konterrevolutionär erschossen wurde) herausgegebenen Zeitung ‹Die Wahrheit› unter der Überschrift «Unglaublich, aber wahr: Sensationelle Auferstehung eines Toten» folgendes zu lesen:

«Eig. Meldung. Li Wuzheng, Wissenschaftler an einer Pekinger Hochschule, hatte sich wegen familiärer Konflikte vor einigen Tagen in tiefer Nacht das Leben genommen, indem er sich an der alten Robinie vor dem Fucheng-Tor erhängte. Zum Zeitpunkt seiner Entdeckung hatte die Atmung bereits längere Zeit ausgesetzt, und Blutmale waren am Hals festzustellen. Im Todeskampf hatte Li die Schuhe, die er an den Füßen hatte, mehrere Meter weit von sich geschleudert. Er bot einen grauenhaften Anblick.

Nachdem man ihn abgenommen hatte, wurde er aufs Polizeirevier geschafft, doch erst nach mehr als zehn Stunden konnten Angehörige ermittelt werden, die die Leiche als die von Dozent Li identifizierten. Kurz danach wurde plötzlich festgestellt, daß Herr Li schwach atmete und daß auch ein matter Puls noch vorhanden war. Er war tatsächlich wieder zum Leben erwacht! Nach ärztlicher Behandlung befindet er sich inzwischen außer Lebensgefahr.

Der bekannte japanische Militärarzt Dr. Yamaguchi Jiro,

den unser Korrespondent hierzu interviewte, vertrat jedoch die Meinung, solange kein medizinischer Beweis vorliege, daß Li noch lebe, könne er auch nicht daran glauben.

Andere Informationen besagen, daß Lis Selbstmord möglicherweise mit einer Liebesbeziehung zusammenhängt. Himmelhoch ist die Liebe, und meerestief ist der Haß. Sage niemand, da wäre keine Liebe gewesen! Als Liebender stirbt es sich schwer – unter Päonien wird keiner zum Geist! Freudvoll und leidvoll, geheimnisumwittert, mag dieses Schicksal unseren Lesern zur Erbauung und Unterhaltung dienen.»

23

So war also Ni Wucheng im Mai 1943 gestorben und wiederauferstanden – wenn auch «ohne medizinischen Beweis». Zunächst suchte er in einer kleinen Stadt in der Provinz Jiangsu bei einem Studienfreund Zuflucht. Dort hielt er sich mehrere Monate auf, ohne jedoch Fuß zu fassen. Nach monatelanger Wanderschaft durch verschiedene Orte der Provinzen Shandong und Hebei ließ er sich auf der Halbinsel Jiaodong nieder. In einer Stadt am Meer wurde er erst Lehrer und bald darauf Schulleiter, denn Ni Wucheng galt als angesehener Akademiker – «Wenn im Gebirge kein Tiger lebt, ist der Affe König».

Seitdem er nicht mehr in Peking war, hatten sich in Ni Wuchengs Wesen bestimmte Veränderungen vollzogen. Er achtete jetzt weniger auf Moral und Anstand und strebte mehr nach praktischen Vorteilen und Lebensgenuß, doch weil er nach wie vor konfus und keines klaren Gedankens fähig war, hatte er zwar den Willen, aber nicht die Fähigkeit, sein Schäfchen ins trockene zu bringen. In der kleinen Küstenstadt sah man ihn sehr bald als Sonderling an, aus dem man nicht recht schlau werden konnte. Aus taktischen Gründen wurde er sogar zum Zechkumpan einiger örtlicher Beamter der von den Japanern eingesetzten Behörden. Noch am Vorabend des Zusammenbruchs der japanischen Gewaltherrschaft im Jahre 1945 gab er sich dazu her,

Abgeordneter der «Großen Volksversammlung» des japanhörigen Marionettenregimes zu werden, zu deren Tagung er nach Nanjing reiste. Zu jener Zeit war Wang Jingwei bereits tot, und Chen Gongbo war als sein Nachfolger Präsident der Nationalregierung von Japans Gnaden.

Ni Zao stellte nicht ohne Erstaunen fest, daß sich das Leben in seiner Familie nach dem Fortgang seines Vaters unter so schrecklichen Begleitumständen in verschiedener Hinsicht zum Guten veränderte: Nach dem Verschwinden Ni Wuchengs war die Familie umgezogen und bewohnte jetzt für wesentlich weniger Miete in einem kleinen Wohnhof die zwei Zimmer des Südtrakts. Es schien, als ob alle erst einmal aufatmeten, als sie in der neuen Behausung eingezogen waren. Die Gesichter von Großmutter, Tante und Mutter waren entspannter als zuvor, nur die Schwester seufzte und schüttelte den Kopf, wie sie es seit eh und je gern getan hatte. Aber auch ihre Laune besserte sich allmählich. Mehr denn je steckte sie mit ihren «Wahlschwestern» zusammen. Jede hatte jetzt ein Poesiealbum, in dem sich jeweils die anderen Mädchen verewigen mußten. Das Album der Schwester war schon gefüllt mit den verschiedensten Eintragungen in kindlicher Pinsel- oder Füllhalterschönschrift:

> Herrlicher Anblick,
> zärtliches Herz,
> strahlende Augen,
> die ohne Schmerz
> auf ein lichtes Morgen gerichtet sind –
> so ist Ni Ping, die Freundin, das liebe Kind!

Auf einer anderen Seite stand:

> Mag auch die Welt voller Dorngestrüpp sein,
> tröstet doch Freundschaft das Herze mein.

Und ein paar Seiten weiter:

> Ißt du – wie das Fröschlein die Fliegen – dein Süppchen,
> dann wirst du sehr bald schon ein niedliches Püppchen.

Eine weitere Freundin hatte den folgenden Vers geschrieben:

Wenn traurig in der Herbstnacht das Heimchen zirpt,
vergiß mein nicht!
Vielleicht bin ich es, die in jener Nacht stirbt!

Ni Zao wurde traurig, als er diese letzte Eintragung las.

Die Lektüre des Poesiealbums seiner Schwester vermittelte ihm den Eindruck, Sprache sei schöner als die Realität.

So nüchtern und praktisch Ni Ping normalerweise war, hatte sie doch etwas Seltsames in ihrem Wesen. Als Ni Zao das rot eingebundene Album mit seinem schwarzen Vorsatzblatt und den verschiedenfarbigen Buchseiten durchblätterte und gerade das Gedicht las, das ihm so naheging, riß sie ihm unvermittelt das Buch aus der Hand und schloß es in ihre kleine Truhe ein. «Hau ab!» sagte sie. «Mein Album geht dich gar nichts an!»

Ni Zao war darüber sehr wütend, schon weil er die Schwester überhaupt nicht darum gebeten hatte, ihr Album ansehen zu dürfen – sie hatte es ihm von sich aus zu lesen gegeben. War das vielleicht auch eine Art Freude an der Macht – an der Macht, jemandem erst den Mund wäßrig zu machen, um sich dann an seiner Enttäuschung zu weiden? Wie war es nur möglich, daß sie ihm eben noch so nett erlaubt hatte, ihr Album anzusehen, nur um es ihm im nächsten Moment so gehässig wegzureißen?

Nachdem Ni Wucheng gegangen war, hatte sich Jingyi Sorgen gemacht, wovon die Familie jetzt leben sollte. Schließlich fand sie mit Hilfe des Pendlers eine Stellung als Bibliothekarin und Lehrmittelverwalterin in einer Berufsschule für Mädchen. Da sie ein Kind erwartete, wurde vereinbart, daß sie die Stelle und das Gehalt mit ihrer Schwester teilen könne.

Um den Posten zu bekommen, waren die beiden mehrmals in die Liulichang-Straße am Heping-Tor gegangen und hatten sich dort die Diplome besorgt, die sie für die Bewerbung brauchten. Immer wieder hatten sie auch über ihre Vornamen diskutiert. Die erschienen ihnen nämlich zu altmodisch und nicht zu modernen, intellektuellen, gebildeten Frauen passend, so daß sie befürchteten, Leitung und Beirat der Mädchenberufsschule könnten sie unter Umständen deswegen nicht für die Stelle in Betracht ziehen. Also beschlossen sie, ihre Vornamen zu ändern. Tagelang debattierten sie angeregt über geeignete Namen und hatten daran so großen Spaß, daß ihr helles Gelächter die neugierige Klette zu einem Besuch herbeilockte. Dann wieder redeten sie sich die Köpfe heiß und stritten sich mit Inbrunst, bis sie sich am Ende doch auf zwei Namen geeinigt hatten. Jingzhen würde ab sofort Quezhi, Jingyi Yingzhi heißen. Eine Silbe der beiden neuen Vornamen war also nach wie vor identisch, wie es sich für leibliche Schwestern gehört.

Dann war der Fragebogen auszufüllen. Das war im wesentlichen Quezhis Sache. Drei Tage lang arbeitete Jingzhen nach der Morgentoilette mit voller Konzentration, rieb Tusche an, wählte Pinsel aus und frischte ihre Fertigkeiten in der Normschrift wieder auf, wobei sie seufzend feststellte, wie sehr sie aus der Übung war. Yingzhi stand daneben und bewunderte ihre Schwester. Auch die Kinder, wenn sie im Zimmer waren, beobachteten die Tante mit angehaltenem Atem und sicherten sich die zahllosen Blätter, die sie mit ihren Schreibübungen gefüllt hatte, um sie sich immer wieder voller Respekt anzuschauen. Erst am vierten Tag wurden dann der eigentliche Lebenslauf und der Fragebogen ausgefüllt. Und siehe da, Jingzhens Normschrift war perfekt: gefällig und kraftvoll zugleich. Die Schule würde begeistert sein. Dann wurde die eigentliche Bewerbung eingereicht, dann ließ man sämtliche Beziehungen spielen, und dann kam das bange Warten auf Bescheid von der Schulleitung. Als die positive Antwort endlich eintraf, wurde dieser Erfolg einhellig auf die Schreibkünste von Frau Jiang Quezhi zurückgeführt. Zur Feier des Tages ließ Frau Jiang Yingzhi zum ersten Mal von sich aus ihren Sohn Schnaps, Erdnüsse und pikant gewürzten Sojabohnenkäse für seine Tante holen. Quezhi ihrerseits machte zum ersten Mal Ernst mit dem «que», «verzichten», in ihrem neuen Vornamen: Wo sie doch jetzt eine moderne, berufstätige Frau werden wolle, könne sie sich natürlich nicht betrinken...

Zunächst versahen die beiden Schwestern entweder gemeinsam oder abwechselnd ihren Dienst, doch als Yingzhi mit der Zeit jede Bewegung zuviel wurde, war es im wesentlichen Quezhi allein. Die Arbeit brachte nicht nur die dringend benötigten Einkünfte, sondern auch neue Hoffnung, neue Vitalität und den Kontakt mit neuen Lebensbereichen. Außerdem nahmen die Frauen gelegentlich zwei Schülerinnen – eine mit kurzem Haar, die andere bezopft, in Ni Zaos Augen fast schon Erwachsene – zu Besuch mit nach Hause. Die beiden Mädchen brachten ihren Lehrerinnen die aktuellen Schlager des Tages bei: ‹Überall im Land herum – hei! – ziehn wir mit unseren Waren›, ‹Die Sängerin am fernen Ort›, ‹Rose, Rose, wie lieb ich dich›, ‹Die herrliche Zeit der Gemeinsamkeit›. Ein Lied nach dem anderen stimmten die vier an, und immer sang mindestens eine falsch. Wenn schließlich alle falsch sangen, brachen sie in fröhliches Gelächter aus.

Jingzhens morgendliches Toilettenritual hatte sich nicht verändert. Es war so feierlich, so kummervoll und zornerfüllt wie eh und je, allenfalls ein wenig kürzer als früher. Waren da vielleicht ein paar weniger Verwünschungen, ein bißchen mehr Selbstlob und Selbstzufriedenheit in ihren Selbstgesprächen?

Auch eine Lehrerin der Schule, eine ältere Frau mit graumeliertem Haar, besuchte sie zu Hause. Sie sprach etwas Dialekt, und Quezhi und Yingzhi debattierten des langen und breiten, bis sie den Beweis gefunden zu haben glaubten, daß es sich sozusagen um eine Landsfrau handele. Sogar zum Essen behielten sie sie da. Auf Ni Ping machte diese Lehrerin einen besonders großen Eindruck; dauernd goß sie ihr Tee nach oder brachte ein Kissen für ihren Stuhl, und bei Tisch lächelte sie sie unausgesetzt an. Schätzte sie den Besuch vielleicht deshalb so, weil selten welcher kam?

Während des Essens verriet die Lehrerin, die schon seit Jahren an der Schule arbeitete, ein paar Tricks, die den beiden Frauen bei ihrer Tätigkeit in Bücherei und Lehrmittelkabinett zustatten kommen würden. Vor allem ging es um mögliche Nebenverdienste – wie man unauffällig bestimmte Sachen verschwinden lassen könne, um sie entweder selbst zu behalten oder anderen zu schenken. Nur beim Weiterverkaufen müsse man vorsichtig sein, damit nichts herauskäme. Die Schwestern waren ganz gerührt über die Fürsorge ihrer Kollegin, mußten sie doch zugeben, daß sie tatsächlich keinerlei Erfahrung in diesen Dingen hatten. Der neugewonnenen Freundin einmal zuzuhören, ersetzte jahrelange Lektüre, so weltklug war sie und so lebenstüchtig.

Die erfahrene «ältere Schwester» fügte ihren Ratschlägen noch einen mehr emotionalen Nachsatz hinzu: «Wir sind ja alles ehrliche Menschen und trauen uns nicht viel. Wovon ich hier gesprochen habe, das sind alles kleine Fische, gar nicht der Rede wert. Das zählt alles überhaupt nicht. Die Leute, die wirklich alle Tricks kennen, die pressen auch noch aus Steinen Öl. Der mandschurische Qing-Kaiser oder der Große Präsident Yuan Shikai, der Ratsvorsitzende Jiang Jieshi oder der Präsident Wang Jingwei – wer auch immer hier bei uns in China regiert hat oder regiert, alle haben sich darauf verstanden. Und da sollte China nicht untergehen? Es wäre ja nachgerade unbillig, das zu erwarten.»

Nachdem der Besuch fort war, setzten die Schwestern das Gespräch über die Hinweise der Kollegin fort. Zwar waren sie voller Ehrfurcht für deren Weltklugheit, doch fanden sie andererseits beide, sie sei allzu gerissen und durchtrieben, sei einfach kein guter Mensch. Bei ihr sei Vorsicht geboten. Kurz vor dem Schlafengehen fiel Jingyi plötzlich ein, daß sie mit Ni Ping noch ein Hühnchen zu rupfen hatte. «Wie kommst du dazu, dich bei einer wildfremden Frau so anzubiedern? Sie von vorn und hinten zu bedienen? Kindlicher Gehorsam ist schön und gut, aber die Frau ist schließlich weder dein Vater noch deine Mutter.» Ni Ping war wieder einmal völlig geknickt.

Einen Moment später hörte Ni Zao, schon beim Einschlafen, wie sich die Mutter abermals erregte: «Dein Papa taugt nichts, aber diese Art von Schlechtigkeit, nein, die hat er nicht! Ein Zehntel von der Schlauheit dieser Lehrerin, und er wäre längst ein reicher Mann.»

Im Traum sah Ni Zao den Papa, lächelnd, leicht dahinschwebend, die langen Arme und Beine irgendwie überflüssig. Wenn er etwas sagte, war es, als puste ihm jemand ins Ohr.

Ach, der Papa, der Arme – der Böse! Wie weh es ihm am Hals getan haben muß, als er sich aufgehängt hat! Kracks – und er war tot. Das viele Blut an seiner Kehle! Wie konnte er nur... Seit jenem Tag traue ich mich abends nicht mehr nach draußen, ich denke immer, vor der Tür hängt ein Mensch.

Ni Zao erzählte seinen Traum der Schwester, die seufzend ihre Kommentare dazu gab und dann anfing, ihm die grausigen Begleitumstände von Ni Wuchengs Selbstmordversuch so drastisch zu schildern, als wäre sie dabeigewesen. Als hätte sie selbst sich erhängt.

Wenn der Vater damals wirklich gestorben wäre, sagte sie, dann würde er jetzt als Geist spuken. Bei Geistern von Erhängten würde immer die Zunge heraushängen, denn sie hätten ja keine Luft mehr gekriegt und wären bei lebendigem Leibe erstickt. Die Zunge sei in solchen Fällen auch nicht mehr rot, sondern weiß verfärbt. Entsetzlich, eine weiße Zunge! Und so würde die arme Seele des Vaters mit dieser langen, weißen Zunge, die zum Munde heraushänge, keine Ruhe finden und Nacht für Nacht vor ihnen auf und ab wandern. Der Papa würde der Mama, Tante und Großmutter nicht vergeben; bestimmt würde er sie eine nach der anderen zu Tode erschrecken. Dann würde er sie packen und in die Hölle schleppen. Und ein Prozeß würde stattfinden und die Scheidung ausgesprochen. Dann würde der Herrscher der Unterwelt das Urteil sprechen, wer in den Kessel mit siedendem Öl käme, wer in der Mitte durchgesägt würde, wer in seiner nächsten Existenz als Hund, Wolf oder Eule wiedergeboren würde.

«Keiner wird Mitleid mit irgend jemandem haben, keiner wird irgend jemandem vergeben. Im Leben nicht, und nicht im Tode!» So die Schlußfolgerung der gerade zehnjährigen Ni Ping.

Das unheimliche Funkeln in den Augen der Schwester bei diesen Worten machte Ni Zao Angst und erinnerte ihn an die Es-trifft-dich-allein-Zeremonie, die im übrigen mit der Reise von Großmutter und Tante von selbst eingeschlafen und seither auch nicht wieder aufgenommen worden war.

Außer Schlagern waren in der neuen Wohnung auch Opernausschnitte zu hören. Das hing mit einer Nachbarin zusammen, einer buckligen alten Mandschurin namens Bai, die jeden Morgen eine Kanne Jasmintee zu brühen pflegte, den sie dann in kleinen Schlückchen langsam schlürfte. Außerdem rauchte sie Wasserpfeife, das gluckerte und schnurrte wie eine schlafende Katze. Ni Zao war sich nie sicher, ob dieses Gluckern aus dem Wasserbehälter der Pfeife oder aus der Kehle der alten Dame kam.

Gebrechlich und schwach wie sie war, sagte Frau Bai dennoch von sich, sie sei eine begeisterte Spielerin und Theaternärrin. Ihre Stimmer war heiser und mißtönend wie ein kaputter Gong, und wenn sie ächzend zu singen anhob, blieb ihr alsbald die Luft weg, oder sie mußte husten. Trotzdem behauptete sie von ihrer immer wieder ins Stocken geratenden Darbietung, bei der man an einen fiebergeschüttelten Malariakranken denken mußte, dies sei die einzig richtige Art zu singen. «Alles andere ist unwichtig; auf das gewisse Etwas kommt es an. Manch einer hat das Aussehen und die Stimme, läßt sich bei einem guten Lehrer ausbilden und macht bei Laienaufführungen mit, lernt vielleicht auch noch Huqin spielen und beherrscht alle möglichen Operngattungen, aber den Stil – den lernt man nicht, den hat man! Sie glauben es nicht? Hören Sie mal zu, dann werden sie es schon merken:

Als Su San aus Hongdong sich wegbegeben,
ging auf die große Straße sie bald...»

Es gelang ihr, ohne abzusetzen die zwei Verse dieser im Xipi-Stil komponierten Arie zu Ende zu singen, und wirklich, da war tatsächlich ein gewisses Stilgefühl zu erkennen. Aber Jingyi wandte ein, sie hätte dieses Stück früher anders gesungen, nicht «ging auf die große Straße sie bald», sondern «ging auf die Straße sie schon sehr bald».

«Ach was! So heißt es nie im Leben in der Pekingoper!

Was Sie meinen, ist doch bloß Bangzioper! Na, ich muß schon sagen...», entgegnete Frau Bai und ließ deutlich erkennen, daß sie es für unter ihrer Würde hielt, auf solch laienhafte Einwände überhaupt einzugehen.

Jingzhen zupfte die Schwester kräftig am Ärmel, um sie zu warnen, einer so tugendhaften und kunstverständigen alten Dame wie Frau Bai nicht den schuldigen Respekt zu versagen.

Also lernten die Schwestern fügsam und gelehrig von der Nachbarin, wie man richtig singt. «...ging auf die große Straße sie bald», sangen sie, nicht «ging auf die Straße sie schon sehr bald»...

Ni Zao hatte den Unterschied zwischen den beiden Textfassungen nicht begriffen, zumal er ohnehin nicht wußte, was daran so besonders war, daß diese Su San «auf die Straße ging». Außerdem gingen ihm die Worte ebenso wie die Melodie auf die Nerven, mußte er sie doch tagtäglich immer wieder anhören. Ob das ewig so weitergehen würde? Er haßte Su San, wie er auch die Bai haßte. Wer war diese Su San eigentlich? Auch so eine bucklige, alte Hexe, die nichts zu tun hatte, außer in ihre Wasserpfeife zu pusten?

Müde vom Singen ging Frau Bai dazu über, auf ihre Schwiegertochter zu schimpfen. Ihre drastischen Schmähreden hörten sich so drollig an, daß beim ersten Mal sogar die Kinder fasziniert waren.

Als die Bai auch mit dem Schimpfen fertig war, fiel ihr ein, daß sie sich ja noch gar nicht nach dem Hausherrn erkundigt hatte. «Wo ist denn Ni Zaos Papa eigentlich?»

Dem Jungen schlug plötzlich das Herz bis zum Hals. Am liebsten wäre er fortgelaufen, denn er hatte Angst, die Mama und die Tante würden jetzt über den Papa herziehen. Unglücklicherweise hatte ihn jedoch die Alte liebevoll an sich gezogen, als wäre er ihr leiblicher Urenkel, dem sie gerade einen Lutscher gekauft hatte.

Ni Zaos Befürchtungen waren aber unbegründet. Jingyi hatte noch nicht den Mund aufgemacht, um zu antworten, da sagte Jingzhen schon: «Mein Schwager ist in Shanghai. Bei der Eisenbahn. Abteilungsleiter ist er.»

«Genau!» fiel nun Jingyi ein. «In Shanghai. Bei der Eisenbahn. Abteilungsleiter... Vor ein paar Tagen hat er gerade wieder geschrieben... Er hat viel um die Ohren und kommt nicht oft zum Schreiben. Er muß sich ja auch um seine alte Mutter kümmern. Wie das so ist in einer großen Familie...»

Es dauerte eine ganze Weile, ehe Ni Zao durch beharrliches Befragen endlich aus Mutter und Tante herausbekam, warum sie diese Antwort gegeben hatten.

«Wir sind gerade erst eingezogen, sind hier noch fremd, da können wir doch der Person nicht gleich alles erzählen. Wenn wir ihr die Wahrheit sagen würden, spricht sich das rum, und dann verachten uns die Leute, oder sie machen sich über uns lustig und behandeln uns schlecht. Ein allzu rosiges Bild dürfen wir andererseits auch nicht malen, sonst erfährt es am Ende der Hauswirt und erhöht uns die Miete. Du mußt nämlich wissen», sagte die Tante, «der Mensch hat es nicht leicht im Leben. Bist du arm, wirst du verachtet, bist du reich, wollen alle etwas von dir.»

Als die alte Frau Bai gegangen war, meldete sich auch Frau Jiang zu Wort: «Pekingoper! Was soll da schon dran sein! ‹Die Verhaftung einer hohen Dame› klingt in der Bangzi-Fassung viel besser. Ihr hättet hören sollen, wie Lingzhicao die Su San gesungen hat. Das war noch die alte Schule! So ungefähr sang er:

Gerade da-a-ah
a-a-aah-a-a-a-
trifft ein der Bote vom Gericht –
noch muß vielleicht ich ste-e-erben nicht?»

«Ach, Mutter, wie du das bringst!» seufzten die Töchter hingerissen.

«Wenn ich so zurückdenke, wie Lingzhicao auf seiner Tournee durch die Provinz Hebei zu uns ins Dorf kam und seine Bühne aufbaute... Damals lebte Papa noch, und wir waren noch nicht verheiratet. Ach ja. Was soll man da noch sagen! Wer hätte gedacht, daß es mit uns beiden mal so kommen würde!» Die Erwähnung der Bangzioper hatte Frau Jiang ganz sentimental gestimmt. Auch sie war einst jung und naiv gewesen. Was soll man da noch sagen!

Sonntags, wenn sie alle zu Hause waren, kam die alte Frau Bai mit ihrer Freundin, einer Grundschullehrerin, die aus der Provinz Henan stammte, zum Mahjongg-Spiel herüber. Das interessierte Ni Ping und Ni Zao sehr. Bald hatten auch sie die Regeln und Geheimnisse des Mahjongg-Spiels begriffen, standen sie doch mitunter stundenlang hinter Mutter und Tante und machten lange Hälse, um das Spiel zu verfolgen – selbstverständlich schweigend, wie es die Regeln verlangen. Manchmal, wenn ein bestimmter, heiß ersehnter Stein allzu lange auf sich warten ließ, schlug ihnen das Herz bis zum Hals, und dann beteten sie innerlich: Vier Kreise! Laß sie bitte vier Kreise ziehen!

Einmal war Ni Ping mit dem Bruder im Schlepptau ins Hinterzimmer geeilt, hatte den Türvorhang vorgezogen, so daß niemand aus dem vorderen Raum sie sehen konnte, und verstohlen einen Kotau vor dem Bild des Gottes des Reichtums gemacht: «Caishen, steh Mama und Tante Jingzhen bei! Laß sie bitte gewinnen! Wir werden dich auch immer verehren!»

Aber wenn sich nach drei, vier, fünf, neun oder gar elf Stunden Tante und Mutter widerstrebend und benommen von ihren Plätzen erhoben, waren in sieben oder acht von zehn Fällen ihre Gesichter aschgrau, enttäuscht und kummervoll. Zwar wahrten sie die Form – «Sie wollen doch nicht schon gehen?» oder «Sie bleiben doch zum Essen, nicht wahr?» –, aber das gezwungene Lächeln, das sie dabei zur Schau trugen, war schlimmer anzusehen, als wenn sie geweint hätten.

«Wir haben eben Pech im Spiel», sagte die Tante und begann, mit Jingyi Möglichkeiten zu erörtern, wie man aus dieser Pechsträhne herauskommen könnte.

«Wenn das Spiel gar zu schlecht läuft, gehen wir einfach raus und drehen eine Runde – vielleicht wendet sich dann das Blatt. Das wäre ja nicht das erste Mal. Wenn wir in fünf Spielen hintereinander nicht gewonnen haben, sagen wir, wir müssen mal austreten... Aber andererseits, wie oft kann man schon vom Klo Spielglück mitbringen?»

Selbst wenn die alte Frau Bai beim Spiel noch so viel Glück hatte und immerzu gewann, pflegte sie am Ende bedenklich den Kopf zu schütteln. «Was war das bloß wieder für ein mieses Spiel! Möchte bloß wissen, warum es das Schicksal so schlecht mit mir meint. Ein günstiges Geschick – ob es das überhaupt noch gibt in diesen Zeiten? Ja, damals, in meiner Jugend, als ich dreiundzwanzig war und mich in der Sänfte zum Spielen tragen ließ – was denken Sie, was ich da in der Hand hatte? Sie werden es nie erraten, mit was für Steinen ich da gewann. Also: Einfarbenspiel; alle Steine von eins bis neun; nicht geklopft; keine Sequenzen, nur Terzen; zwei Zweien als Schlußsteine, wobei ich den einen von Anfang an hatte. Es fehlte nur die fünf zwischen der vier und der sechs. Alle Steine von der Mauer genommen, und den letzten habe ich im Tausch gegen einen Blumenstein gezogen. Den Caishen-Stein und den Goldbarrenstein hatte ich auch: ‹Die Katze fängt die Maus›! Ach, und die vier Blumensteine... Ich glaubte meinen Augen nicht zu trauen. Und mit diesen Steinen habe ich allen anderen ihr Geld abgenommen. Sie können sich ja vorstellen, was ich bei all diesen seltenen Kombinationen kassiert habe. Ich hatte ja selbst Angst – richtig geschlottert habe ich. Wenn man schon mit dreiundzwanzig Jahren so ein Bombenspiel hat, was macht man da mit dem Geld, das man gewinnt? Na? Sie werden es nie erraten! Von dem ganzen Geld habe ich nicht einen Kupferling behalten! Das habe ich alles dem Tempel gespendet!»

Alle hörten mit runden Augen zu, auch die Kinder. Als Frau Bai weg war, wetterte Jingzhen los: «Verfluchte alte Vettel! Wenn ich auch so ein Spiel hätte, würde ich nie wieder die Steine anrühren. Aber ich glaube nicht daran. Wieso sollte die so gute Steine gehabt haben und ich noch nie? Als ob die Bai, diese Mandschurin, irgendwas zustande bringt, was ich – eine Jiang und Han-Chinesin dazu – nicht zustande bringen würde! Heiße ich nicht genauso wie der Jiang Ziya aus der Geschichte vom Urgroßvater, der angelt? Mit so einer nehmen wir es noch allemal auf!»

Nach einem Moment fügte sie noch hinzu: «Hätte ich gewonnen, von mir hätte keine Nonne und kein Mönch was gekriegt. Ich hätte alles allein ausgegeben!»

Wieder einen Augenblick später lachte sie auf. «Da ist

man nun so arm, daß man sich ganz verrückt machen läßt und wegen nichts und wieder nichts aufregt», sagte sie seufzend.

Die Schwestern kamen an der Mädchen-Berufsschule an sich ganz gut zurecht, bis zu jenem kleinen Zwischenfall im Sommer: Die Japaner hatten mit Beginn der warmen Jahreszeit strenge Vorsichtsmaßnahmen gegen die Cholera ergriffen und überall Pflichtschutzimpfungen verfügt. Allerdings waren die Bedingungen dafür nicht gerade die besten, so daß man ständig von schweren Krankheiten, Ansteckung, Verlust des Arms oder gar Todesfällen auf Grund unsachgemäßer Schutzimpfungen hörte. Jiang Quezhi hatte ohnehin panische Angst vor allem, was mit Medizin zu tun hatte, und diese Schreckensnachrichten hatten ein übriges getan. Ausgerechnet an einem Tag, als sie Dienst hatte, erschien das Impfteam unter Polizeibegleitung in ihrer Schule. Die Impfung war Pflicht, und alles Bitten und Flehen half nicht. Der Impfer zerrte die Widerstrebende zu sich heran und streifte ihr den Ärmel hoch. Beim Anblick der Injektionsspritze stieß sie einen lauten Schrei aus, fiel in Ohnmacht und machte sich so zum Gespött der ganzen Schule.

Im September 1944 wurden die Schwestern von der Schule entlassen, kurz nach der Geburt von Jingyis drittem Kind, einem Mädchen. Seither bemühten sie sich nicht mehr um eine neue Stellung; wahrscheinlich hätten sie ohnehin keine gefunden.

Das war eine schwere Zeit. Was Ni Zao betraf, so sehnte er sich im nachhinein sogar nach dem kampferfüllten Leben im ursprünglichen Wohnhof der Familie zurück. Damals gab es zwar fortwährend Haß, Streit, Grausamkeit. Es gab Aufregung und Tränen, List und Tücke, nie versiegende Illusionen und die Sehnsucht nach Eintracht und Harmonie, nach Verständnis, Ehrlichkeit und Offenheit, die er empfand, so klein er auch war. Seit dem Umzug und dem Weggang des Vaters jedoch waren da nur noch die unentwegt besungene Su San und die alte Bai mit ihrem stets vergeblichen Warten auf das ideale Spiel. Sogar er selbst hatte sich anstecken lassen und inständig gehofft, Mutter oder Tante mögen solch ein Spiel kriegen. Er hatte sie beobachtet, wie sie sich abmühten, wie sie die Spielsteine immer wieder anders stapelten, unentschlossen betasteten und dann doch nach anderen griffen. Am Schluß war noch jedesmal all ihre Mühe vergeblich gewesen. War dies das Leben? Wann würde sich dieses Leben endlich ändern?

Am Vorabend des Frühlingsfestes 1944 erschien plötzlich Besuch. Es war ein fremder Herr, der jeden, den er traf, mit einer Verbeugung und einem Kopfnicken begrüßte, sogar Ni Zao und Ni Ping. Es sei äußerst schwierig gewesen, sie zu finden, sagte er. Dieser Mann kam aus der Provinz Shandong, genauer gesagt aus der Küstenstadt auf der Halbinsel Jiaozhou, wo Ni Wucheng lebte, und überbrachte von diesem einen Brief sowie für die Kinder zum Fest eine Torte und eine Schachtel Pralinen. Ni Ping und Ni Zao erschraken. Es kam ihnen vor, als stammten die gespritzten Cremeverzierungen der Torte und das Goldpapier, in das die Pralinen gewickelt waren, aus einer anderen Welt.

«Und Geld hat er nicht mitgeschickt?» fragte Jingyi ungeduldig.

Mit einem schwachen Lächeln schüttelte der fremde Herr den Kopf.

Tief enttäuscht seufzte Jingyi, und das Baby auf ihrem Schoß begann zu weinen.

Der Brief lautete wie folgt:

«Liebe Ping, lieber Zao!

Mir geht es hier sehr gut, Ihr braucht Euch nicht zu beunruhigen. Ich schicke Euch ein paar Neujahrsgeschenke mit meinen besten und schönsten väterlichen Wünschen. Ich mache mir immerzu Sorgen um Eure Gesundheit. Wer keinen gesunden Körper hat, hat gar nichts. Morgens beim Aufstehen, nach den drei Mahlzeiten und abends vor dem Schlafengehen müßt Ihr Euch die Zähne putzen. Die Zahnbürste sollte so gewählt sein, daß sie dem Hygienestandard entspricht. Merkt Euch, es ist nicht gut für die Zähne, wenn die Zahnbürste zu viele und zu eng stehende Borsten hat. Und achtet auf Eure Ernährung! Damit will ich nicht sagen, daß Ihr zu jeder Mahlzeit Fisch oder

Fleisch essen müßt – auf die Zusammensetzung der Kost kommt es an. Hülsenfrüchte und daraus hergestellte Nahrungsmittel sind nicht nur gesund, sondern auch billig. Vergeßt vor allem nicht, Euch zu baden! Ich bin ja nun nicht bei Euch und kann deshalb nicht mit Euch ins Badehaus gehen, aber ich hoffe sehr, Ihr badet täglich einmal (am besten zweimal). Was die O-Beine und die einwärts gesetzten Füße betrifft...

Bitte bestellt Eurer Mutter, Großmutter und Tante einen Gruß. Ich wünsche ihnen alles Gute, Gesundheit und Freude im neuen Jahr! Happy New Year!»

Als Jingyi den Brief zu Ende gelesen hatte, fing sie wutentbrannt zu schimpfen an.

Jingzhen lachte nur und schüttelte den Kopf. «Was hattest du denn erwartet? So ein Scheißkerl!»

Frau Jiang ermahnte ihre Tochter «Reg dich nicht auf! Denk einfach, er ist tot. Schließlich ist er ja damals wirklich schon tot gewesen.»

Epilog

1

Am letzten Tag ihrer Europareise war Ni Zaos Delegation vormittags zu Gast im Orient-Institut einer Universität in M. Die Direktorin, eine nach europäischen Maßstäben zierliche Dame mit ausdrucksvollen, großen Augen, erklärte, sie befasse sich im wesentlichen mit japanischer Sprache, Geschichte und Kultur; ihr Chinesisch lasse leider zu wünschen übrig. Für China interessiere sie sich jedoch sehr. Bei einem in M. lebenden Chinesen nehme sie zur Zeit Unterricht im Schattenboxen; diese Taiji-Übungen, jeweils fünfundvierzig Minuten, fänden zweimal wöchentlich statt. Außerdem habe sie sich ein Buch über die chinesische Küche gekauft und könne nun schon selbst ein paar Gerichte zubereiten.

Ach ja, die großartige chinesische Zivilisation! Wo immer man hinkommt, singen sie Loblieder auf den chinesischen Gongfu-Kampfsport und die chinesische Küche...

Im Büro der Direktorin duftete es intensiv nach Kiefernholz. An allen Möbeln war die Holzmaserung deutlich zu erkennen. Repliken von allerlei Antiquitäten aus Indien, Japan, Malaysia und China standen in den Regalen.

Vier Kinder habe sie, und einen lieben Mann, teilte die Direktorin ihren Gästen mit. Nach dem Dienst müsse sie sich jeden Tag noch um Haushalt und Familie kümmern, was schon einmal jemanden veranlaßt habe, sie als «wonderful woman» zu bezeichnen.

Gerade weil in Westeuropa – und nicht nur dort – Ehe und Familie ernsthaft in Frage gestellt würden, wenn diese nicht gar in Auflösung begriffen seien, habe sich dort als Gegenkraft eine Geisteshaltung herauskristallisiert, die sich an den orientalischen Wertvorstellungen in bezug auf Familienethik orientiere.

Einer der Wissenschaftler aus Ni Zaos Delegation strahlte bei diesen Worten über das ganze Gesicht. Das sei sehr bedeutsam, versicherte er, und er werde nicht versäumen, das ganze chinesische Volk davon in Kenntnis zu setzen.

Die zierliche Frau Direktorin ließ zu diesen Worten ausdrucksvoll die Wimpern spielen.

In diesem Augenblick wurde ein Teller mit kleinen, runden Küchlein serviert. Die habe sie nach einem Rezept aus dem ‹Handbuch der chinesischen Küche› eigenhändig bereitet, erklärte die Direktorin. Ni Zao und seine Kollegen kosteten von dem Gebäck, es schmeckte sehr gut. Der Boden der Torteletts war mürbe und süß, ohne daß die nötige Prise Salz gefehlt hätte, die Füllung rosafarben – eine gelungene Kombination west-östlicher Küchenweisheit.

«Und?» fragte die Direktorin begierig, «schmeckt es chinesisch?»

Alle waren des Lobes voll. «In der Kochkunst», bemerkte jemand, «funktioniert der Kulturaustausch zwischen Orient und Okzident seit jeher am reibungslosesten und erfolgreichsten.»

Das Gespräch wandte sich der chinesischen Kultur und Geschichte zu. Die Gastgeberin äußerte, Chinas Kultur sei etwas Wunderbares und die chinesische Geschichte ebenso. Wunderbar sei auch die Vitalität Chinas, und die chinesischen Intellektuellen seien einfach wunderbar. «Allein schon die Entstehung, Herausbildung und Weiterentwicklung dieser Kultur und Tatsache, daß sie bis auf den heutigen Tag existiert, ist ein Wunder der Geschichte, ein Wunder der Menschheit...»

«Aber in den letzten hundert Jahren sind wir sehr weit zurückgefallen», warf einer der chinesischen Genossen ein.

«Sie meinen wahrscheinlich auf wirtschaftlich-technischem Gebiet», entgegnete die Direktorin. «Das ist natürlich eine ernste Frage, aber ich sehe darin noch nicht das ganze Problem. Bei uns hier kommt man nämlich mehr und mehr zu dem Schluß, daß die Entwicklung von Wissenschaft, Technik und Industrieproduktion äußerst negative Folgen mit sich gebracht hat. Manch einer ist sogar der Meinung, die negativen Seiten dieser Entwicklung wiegen schwerer als die positiven. Immer mehr Menschen entdecken ihr Herz für eine archaische, auf die Erhaltung der Natur und die Pflege normaler zwischenmenschlicher Beziehungen ausgerichtete Kultur. Im Vergleich zu Ihrer jahrtausendealten Geschichte sind hundert Jahre doch nicht mehr als ein flüchtiger Augenblick; es ist völlig klar, daß Sie die Fähigkeit haben, aufzuholen und alles für Sie Nützliche zu übernehmen. Man braucht bloß an den Buddhismus zu denken, den Sie ja aus Indien entlehnt haben, oder an Marx oder an die russische Revolution. Das Wunderbare ist doch gerade, daß Sie so etwas nicht schlechthin übernehmen, sondern sich wirklich zu eigen machen, indem Sie es verändern. Auch wir in Westeuropa sind starkem amerikanischem Einfluß ausgesetzt – Hollywood, Coca Cola, Wolkenkratzer, Fast Food, Rockmusik und so weiter. Da gibt es zahlreiche Widersprüche und Konflikte. Auch wir stehen vor der Aufgabe, unsere kulturellen Traditionen und unsere kulturelle Identität zu bewahren.»

Dann gab die Gastgeberin dem Gespräch eine andere Wendung. «Was mich am meisten in Erstaunen versetzt, sind Ihre Intellektuellen. Im letzten Jahr habe ich zahlreiche chinesische Wissenschaftler und Spezialisten der verschiedensten Fachrichtungen hier begrüßen können. Viele von ihnen waren während der zehn Jahre der Kulturrevolution und auch davor schon schlimmen Repressalien und Verfolgungen ausgesetzt. Ich glaube, hätte ein Intellektueller von hier so viel Ungerechtigkeiten, so viel Schreckliches zu erdulden gehabt, er hätte wohl kaum überlebt. Entweder hätte er sich das Leben genommen oder den Verstand verloren, zumindest wäre er ein völlig passiver, deprimierter, pessimistischer Misanthrop geworden. Manch einer hierzulande lebt herrlich und in Freuden und ist dennoch ein Misanthrop oder nimmt sich das Leben. Die chinesischen Intellektuellen sind ganz anders. Kaum daß es ihnen ein klein wenig besser geht, stürzen sie sich schon wieder mit ganzer Kraft in den Aufbau ihres Landes. Wenn ich nicht selbst diese Kontakte mit ihnen gehabt hätte, wären mir vielleicht doch Zweifel gekommen, ihr Optimismus und ihre Zuversicht könnten nichts als eine erzwungene, widerwillige Pose sein. Aber ich weiß jetzt, sie sind echt. Wollen Sie mir nicht die Quelle Ihres Optimismus verraten?»

«Ein weit in die Vergangenheit zurückreichender, tief verwurzelter Patriotismus.»

«Das Ideal vom gesellschaftlichen Fortschritt – wir sind eine Generation von Idealisten! Das Ideal des Sozialismus ist für die Welt nach wie vor am attraktivsten.»

«Die Zähigkeit, Widerstandsfähigkeit und Beharrlichkeit, wie sie der chinesischen Nation eigen sind. Die Willensstärke von Menschen, die wie damals der König von Yue zehn Jahre lang Zeit hatten, sich auf den Tag der Vergeltung vorzubereiten, zehn Jahre, in denen sie ‹auf Reisig ruhten und Galle schmeckten›.»

So und ähnlich lauteten die Antworten. Ni Zao äußerte sich nicht, doch hatte ihn die Frage zum Nachdenken angeregt. Merkwürdig. Zu Hause hatte er doch wahrlich genug defätistisches Gemecker und halb ernstgemeinte, halb scherzhafte Nörgeleien mit angehört, deren Tenor darauf hinauslief, daß im Ausland sogar der Vollmond noch runder als in China sei, und doch hatte er erst hier in der Fremde die nötige Gelassenheit und den nötigen Abstand, um auf Grund von Beobachtungen, Überlegungen und Vergleichen zu seiner eigenen Überraschung festzustellen, daß die Existenz Chinas tatsächlich etwas Wunderbares war. Das aber würde man dieser bebrillten «wonderful woman» nur schwer begreiflich machen können. Selbst die eigenen Kinder würden es kaum verstehen, wie karg das Leben für die eigene Generation und die der Eltern gewesen war, und was für eine lange, beschwerliche, wunderbare Wegstrecke sie bereits zurückgelegt hatten, ohne je eine andere Wahl gehabt zu haben.

«Ja, so nahe uns China ist, so geheimnisvoll bleibt es doch!» sagte die Direktorin des Orient-Instituts zum Schluß und verabschiedete sich mit Handschlag von ihren Besuchern.

Nach dem Mittagessen ging es sofort zum internationalen Flughafen. Auf dem Flugschein war 13.45 Uhr als Abflugzeit eingetragen. Dieser ganze Besuch und alles, was damit zusammenhing, war nicht viel mehr als ein flüchtiger Blick gewesen, eine hastig umgeblätterte Buchseite. Bei dem Gedanken, daß die Reise nun zu Ende ginge und er Europa verlassen würde, empfand Ni Zao etwas wie Bedauern, zugleich aber auch Erleichterung: Endlich kann ich nach Hause! Dabei waren seit der Abreise aus Peking erst dreizehn Tage vergangen.

Womit er nicht gerechnet hatte, war, daß Zhao Weitu eigens von H. nach M. geflogen war, um sich von ihm zu verabschieden. Er wirkte viel ruhiger und ausgeglichener als bei der letzten Begegnung. Für seine Verwandten in China hatte er einen Beutel voller Geschenke gepackt, den er Ni Zao nach Peking mitgab.

«Ich bin Ihnen sehr dankbar für das Gespräch neulich. Mir ist jetzt etwas leichter ums Herz. Aber manchmal verstehe ich immer noch nicht, warum es so schwer ist, Chinese zu sein. Warum haben es Revolution und Fortschritt in China so schwer, warum müssen wir einen so schrecklichen Preis dafür bezahlen? Wären nicht ein bißchen weniger Opfer auch genug? Wissen Sie, hier gibt es seit Ende des Zweiten Weltkriegs viele Menschen, denen schon der Schreck in die Glieder fährt, wenn sie die Wörter Krieg oder Revolution nur hören...»

Über Lautsprecher forderte eine weibliche Stimmer routiniert die Fluggäste von Ni Zaos Maschine auf, sich an den betreffenden Abfertigungsschalter zu bemühen.

Von seinen Kollegen zur Eile gedrängt, konnte Ni Zao im Gehen Zhao Weitu gerade noch zurufen: «Vielleicht sind Sie zu jung! Damit meine ich nicht nur das Alter!»

Ehe er auf das Laufband trat, winkte er ihm und den zur Verabschiedung erschienenen Gastgebern noch einmal zu. Zhao Weitu winkte zurück. Dann, als Ni Zao schon ziemlich weit entfernt war, fiel ihm plötzlich noch etwas ein. «Frau Shi läßt Ihnen sagen, Sie möchten unbedingt...» In dem Stimmengewirr waren die folgenden Worte nicht zu verstehen, aber Ni Zao konnte von Zhaos Lippen ablesen, er solle seinen Vater grüßen.

Natürlich! Selbstverständlich würde er ihn grüßen und ihm von Shi Fugangs Wohnung in H. und von Frau Shi erzählen, ganz besonders von Zheng Banqiaos Kalligraphie «Rare Gabe Torheit». Es war ja fast, als habe er hier im fremden Land einen vor langer Zeit gerissenen Film wieder zusammengefügt. Jene eigentlich für alle Zeit gestorbenen, in ewigem Schlaf liegenden Ereignisse aus der Vergangenheit, die er längst freudig hinter sich gelassen, längst begraben hatte; jener Haß und jene Grausamkeit, stärker selbst als das Leben und die Menschen, jene Langeweile und jene Leere, tödlicher noch als Haß und Grausamkeit – plötzlich war er wieder auf ihre Spur gestoßen. Das war betrüblich gewesen. Vielleicht auch ein wenig aufregend. Doch würde er jetzt Zhao Weitus Frage mit größerer Sicherheit beantworten können: Möglicherweise war für die Veränderung des Lebens, das er in seiner Kindheit über sich ergehen lassen mußte, kein Preis zu hoch.

Als er aber im Flugzeug saß, das ihn nach Peking bringen würde, als er hoch über der dichten Wolkendecke schwebte, als er die von der Stewardess an alle Passagiere verteilten Einreise- und Zollformulare der chinesischen Grenzschutzorgane ausfüllte, als Peking und die Wirklichkeit der achtziger Jahre immer näher rückten, da erschienen ihm seine Gedanken zunehmend sinnlos, und er schämte sich der Aufregung und Betrübtheit, die er empfunden hatte.

Immerhin, er hatte jetzt wenigstens einen Gesprächsstoff, ein «Konversationsthema». Worüber sollte er sonst mit seinem Vater reden? Jedoch selbst dieser Gesprächsgegenstand erübrigte sich, denn Ni Wucheng schickte sich an, seinen letzten Gang anzutreten.

Der gerade Siebzigjährige lag schon fünf Tage krank im Bett. Seit fast zwei Wochen hatte er nichts mehr zu sich genommen. Er fieberte, litt unter Atemnot und Blutungen im Magen- und Darmtrakt, und sein Kot war schwarz wie Asphalt. Sich unruhig im Bett hin und her werfend, fragte er immerfort, wann Ni Zao zurückkäme. Anscheinend fühlte er das Ende nahen.

Sterben – das war seit jeher eines von Ni Wuchengs Lieblingsthemen gewesen. Das Sonnensystem, die Erde, die Menschheit, sie alle seien zeitlich begrenzt. Nicht zu bezweifeln sei jedoch, daß zu der gleichen Zeit, da dieses Sonnensystem, diese Erde und diese Menschheit untergingen, ein neues Sonnensystem, eine neue Erde und eine neue Menschheit entstünden, zitierte er Engels' ‹Dialektik der Natur›.

«Was für ein erhabener Gedanke, und so befreiend und erleichternd», fügte er bewundernd hinzu. «Wer von Unsterblichkeit träumt, kann nur ein großer Egoist sein. Der Kosmos hat mich hervorgebracht, und in den Kosmos gehe ich wieder ein.»

Schon als junger Mann liebte er es, unter den immergrünen Kiefern und Zypressen stiller Friedhöfe zu wandeln, wohin er später auch oft seine Kinder mitnahm. Häufig betrachtete er schweigend die einzelnen Grabsteine und stellte sich vor, welchen Kummer und welchen Schmerz die Toten im Leben und im Tode erlitten hatten, und wie sie am Ende von alldem erlöst waren.

Es sei kein Bett frei, hieß es im Krankenhaus. Er hatte ja weder eine Leitungsfunktion noch einen klingenden Titel oder einen hohen Rang, war auch sonst keine «repräsentative Persönlichkeit» – was er an Verdiensten aufzuweisen hatte, reichte nicht, um aufgenommen zu werden. Ihm blieb nichts anderes übrig, als wieder nach Hause zu gehen und sich damit abzufinden, daß er Blut im Stuhl hatte und weder essen noch trinken konnte.

Erst als sein Sohn aus dem Ausland zurückgekehrt war und alle Hebel in Bewegung gesetzt, alle Beziehungen spielen gelassen hatte, ergatterte Ni Wucheng schließlich doch noch ein Notbett im Krankenhaus. Als der Arzt bei der Untersuchung seinen ernsten Zustand – Erstickungsanfälle, innere Blutungen – feststellte und fragte, wie es dazu gekommen sei und warum der Kranke erst jetzt eingeliefert worden wäre, konnte Ni Zao statt einer Antwort nur entschuldigend lächeln – ein bitteres Lächeln.

Es war nicht auszumachen, ob der Patient ins Krankenhaus kam, nachdem sich sein Befinden verschlechtert hatte, oder ob sich sein Befinden verschlechtert hatte, nachdem er ins Krankenhaus gekommen war. Jedenfalls war Ni Wuchengs Zustand kritischer als vorher – kein Wunder, wenn man bedenkt, daß sein Bett mit dem vor Schmutz starrenden Laken in das schon volle Krankenzimmer geschoben worden war und so nahe an der Tür stand, daß der Kranke jedesmal empfindlich gestört wurde, wenn die Tür auf- oder zuging. Der Sauerstoff, mit dem er rund um die Uhr beatmet wurde, kam aus einer Flasche, die mit ihrem abblätternden Lack und ihren zahlreichen Rostpusteln an eine unheilverkündende Rakete erinnerte. Sie mußte vor der Zimmertür stehen, im Zimmer selbst war kein Platz. Um die notwendige Feuchtigkeit zu gewährleisten, wurde der Sauerstoff durch eine wassergefüllte Flasche geleitet. Von Zeit zu Zeit stiegen winzige Bläschen im Wasser auf, als wäre es ganz schwach am Kochen. Dieses schwache Aufflackern war jetzt Ni Wuchengs einzig noch verbliebenes, unsicheres Lebenszeichen.

Er hing am Tropf. Diese lebenspendende Flasche mit Traubenzucker und physiologischer Kochsalzlösung baumelte etwas verloren von dem am Bettgestell befestigten Metallgestänge herab, als sei sie sich bewußt, wie machtlos sie letztlich gegen den Dämon der Krankheit, gegen den Tod sein würde. Ein blutstillendes und blutdruckregulierendes Medikament wurde injiziert. Ni Wuchengs Rastlosigkeit regte sich. Er hatte die Augen geschlossen, sein Atem ging schwer, war wie schmerzliches Stöhnen, über sein Gesicht huschten fast unmerklich die Schatten schwacher Gemütsregungen. Die Behandlung hatte immerhin so weit gewirkt, daß er täglich ein paar Löffel Brei aus Lotoswurzel-Stärkemehl schlucken konnte.

«Ich bin wieder zurück. In H. habe ich Shi Fugang besucht, der war aber nicht zu Hause, nur seine Frau, sie läßt dich grüßen...»

«Cha, cha, schön!... Nett... von Frau Shi... danke!»

«Ich habe mit den Ärzten geredet. Sie sagen, es besteht kein Grund zur Beunruhigung. Alles wird wieder gut. Die tun wirklich ihr Bestes, da kannst du ganz beruhigt sein...»

«Cha, cha, schön... Nett... von den Ärzten... danke!»

«Du hast übrigens noch mehr Besuch.»

«Danke...»

Ni Wucheng hatte die Augen nicht geöffnet; das wäre auch sinnlos gewesen, denn schon fast zehn Jahre zuvor, als er gerade in der ‹Kaderschule des 7. Mai› eingetroffen war, hatte er sein Augenlicht verloren. Damals waren grauer Star und in fortgeschrittenem Stadium ein Glaukom festgestellt worden, die eine sofortige Operation erfordert hätten. Eine solche Operation war jedoch im dortigen Kreiskrankenhaus noch nie ausgeführt worden.

Zu jener Zeit hielten die sogenannten Barfußärzte die medizinische Stellung besetzt. Bekenntnishaft tat Ni Wucheng plötzlich sein entschiedenes und begeistertes Eintreten für Barfußärzte kund. Diese neue sozialistische Errungenschaft, erklärte er, wolle er mit seinem Augenpaar unterstützen. Sogar die «Linken», denen seine «Umerziehung unter Überwachung» und die Durchsetzung der «Diktatur der Massen» in bezug auf seine Person oblag, waren sprachlos vor so viel Enthusiasmus. Ni Wucheng, der nach den Bestimmungen der Sechs Artikel der öffentlichen Sicherheit nicht einmal zur bloßen Teilnahme an der Kulturrevolution berechtigt war, hatte mit seiner musterhaft «linken» Gesinnung selbst die überzeugtesten, durch und durch roten «Linken» in den Schatten gestellt. Danach verlor er sein Sehvermögen fast völlig. «Wie willst du denn beweisen, daß meine Augen gerettet worden wären, hätte ich sie nicht den Barfußärzten anvertraut?» So sein schlagendes Gegenargument, wenn Freunde über die Barfußärzte schimpften oder ihm Vorwürfe wegen seiner Vertrauensseligkeit machten. Ein paar Jahre später stolperte er und brach sich den rechten Unterschenkel. Die schwachen Knöchel waren ja schon immer sein großer Kummer gewesen. Nach sechs Monaten waren die Knochen wieder zusammengewachsen, doch war inzwischen an beiden Beinen der Muskelschwund so weit fortgeschritten, daß er dennoch nicht stehen konnte.

Als die erste Woche im Krankenhaus vorbei war, sagte er plötzlich, langsam zwar, aber ganz deutlich: «Vielleicht dauert es nicht lange. Ich war noch jung, da hat meine Mutter kurz vor ihrem Tod zu mir gesagt: ‹Warum ist das Sterben so schwer?› Diese Worte habe ich bis heute nicht vergessen.» Einen Augenblick später fuhr er fort: «Das Zimmer steht noch immer leer.»

Danach fiel er in tiefen Schlaf – Koma, sagten die Ärzte.

Abermals vergingen vier Tage mit den verschiedensten lebensrettenden Maßnahmen. Endlich kam die Stunde, da ein schrilles Klingeln sämtliche Ärzte an Ni Wuchengs Bett rief: künstliche Beatmung, Herzmassage... das ganze Zeremoniell. Alles unnötig! Erleichterung ringsum.

Einst so stattlich und groß, war Ni Wucheng im Tode ganz zusammengekrümmt, Augen, Wangen und Brust waren eingefallen. Er erinnerte an eine Seidenspinnerpuppe nach der Absonderung des Seidenfadens; allerdings war er nicht so vollgefressen wie diese.

«Er ist tot», sagte Ni Zao. «Sein Leben lang hat er nach Ehre und Glück und Liebe gestrebt, und hat doch nur Schande und Unglück und Haß über sich und andere gebracht.»

Jingyis Reaktion auf diese Nachricht hörte sich so an: «Ein Segen für alle, daß er tot ist! Ich hasse ihn! Auch wenn er tot ist. O wie ich ihn hasse!»

So gebrechlich sie war, so unversöhnlich malte sich doch bei der bloßen Erwähnung seines Namens der Haß in ihren bleichen Zügen.

Nur Ni Ping mit ihrem einzigartigen Scharfblick erkannte in den Worten der Mutter Reste eines tieferen Gefühls für Ni Wucheng.

Ni He, das dritte Kind von Ni Wucheng und Jingyi, hatte ihren Vater bis zu seinem Tode nicht wiedergesehen. Ni Zao hatte sie schonend von dessen lebensgefährlichen Erkrankung in Kenntnis gesetzt, aber am Ende besuchte sie ihn doch nicht.

In den zehn Jahren, seit Ni Wucheng erblindet war, hatte ihn das quälende Verlangen, Ni He zu sehen, fast in den Wahnsinn getrieben. Mehrmals hatte er bei Begegnungen mit Ni Zao von dieser Sehnsucht gesprochen und geäußert, er wolle nur Ni Hes Stimme hören und ihre Hand streicheln. Es würde ihm auch nichts ausmachen, wenn sie sich weigerte, ihn Papa zu nennen. Er zitierte die Geschichte von der Mutter eines berühmten Ausländers, die auch erblindet war und Tag und Nacht an ihren Sohn dachte und ihn so gern gestreichelt hätte, deren Wunsch aber nicht in Erfüllung ging, weil der Sohn starb. Selbst wenn es nur seine sterblichen Überreste seien, hatte die Mutter gesagt, wolle sie sie mit ihren Händen berühren... An dieser Stelle begann Ni Wucheng loszuschluchzen. Danach kam ein weiteres Mal die Geschichte von Pawlows Hund, die er Ni Zao schon wer weiß wie oft erzählt hatte. Zornig und anklagend behauptete er, Ni Hes Verhalten ihm gegenüber sei nichts anderes als eine Mißhandlung, eine Herzlosigkeit, eine Quälerei, ein Mord ohne Blutvergießen. Bei den Tränen und den heftigen Worten des Vaters empfand Ni Zao einerseits Mitgefühl, andererseits Empörung und Abscheu.

Derartiges hatte er jahrzehntelang anhören müssen, vor der Befreiung, also der Gründung der Volksrepublik, danach ebenso, in seiner Kindheit, in seiner Jugend und nun in seinen Mannesjahren. Es war genug! In all den reichlich drei Jahrzehnten, die allein seit der Befreiung vergangen waren – und damals, 1949, war er noch ein Kind –, hatte sich nicht etwa der Sohn mit seinen Klagen, Kümmernissen und Hilferufen an den Vater, sondern der Vater an den Sohn gewandt. Bei fast jeder Begegnung hatte Ni Wucheng über sein Unglück, seine Schande, seinen Kummer geklagt.

Wenn Ni Zao sich erinnerte, wie er als Kind und junger Mann geradezu körperlich unter diesen Reden seines Vaters gelitten hatte, geriet er unwillkürlich in Zorn. Ob es auf der Welt noch einen zweiten Vater wie diesen gab, der es fertigbrachte, vor seinen Kindern hysterisch herumzujammern und seinen ganzen Seelenmüll bei ihnen abzuladen? Mag sein, das Leben hatte Ni Wucheng benachteiligt, aber war es nicht zehnmal, nein hundertmal schlimmer, daß er es so sinnlos vergeudet, vertan und verraten hatte? Was hatte er denn geleistet für seine Familie, für sein Land, für die Gesellschaft, für andere Menschen? Bei diesen Gedanken erzitterte Ni Zao.

Zum endgültigen Bruch zwischen Ni He und ihrem Vater war es ebenfalls auf diese Weise gekommen, wobei allerdings Ni Zao die Details nicht kannte. Das Beispiel ihrer älteren Geschwister vor Augen, durchdrungen von dem Glauben, daß «in der neuen Gesellschaft alle zwischenmenschlichen Beziehungen neu und gut und schön» seien, war die kleine Ni He Ende der fünfziger, Anfang der sechziger Jahre ihrem Vater gegenüber geradezu liebevoll gewesen, obwohl es in ihrer Erinnerung diesen Vater eigentlich gar nicht gab, denn die Eltern waren ja schon seit kurz nach der Befreiung geschieden, und sie war selbstverständlich bei der Mutter aufgewachsen. Ni Hes Haltung gegenüber Ni Wucheng unterschied sich in nichts von der anderer Töchter zu ihren Vätern. Sie kaufte ihm Preßkopf als Zukost zum Schnaps, sie ermahnte ihn, nicht so viel zu rauchen, sie fuhr eine Stunde mit dem Fahrrad, um ihn zu besuchen. Doch Ni Hes Nerven waren am Ende dem väterlichen Geschwätz und Gemecker nicht gewachsen. Sie erkannte klar, wenn sie nicht mit ihrem Vater brach, lief sie Gefahr, zu dem Strohhalm zu werden, an dem er sich festklammerte. Und da ihm sein Leben lang das Wasser bis zum Halse stehen würde, konnte das nur mit ihrem gemeinsamen Untergang enden. Der Zorn, in den sie sich dann hineinsteigerte, und ihre Unnachsichtigkeit dem Vater gegenüber erschütterten sogar Ni Zao.

Erst in seinem letzten Lebensjahr hatte Ni Wucheng aufgehört, von Ni He zu sprechen. Er hatte jede Hoffnung aufgegeben. Wahrscheinlich wußte er, daß es mit ihm zu Ende ging, obwohl er weder letztwillige Verfügungen traf noch irgendwelche Zweifel äußerte, wenn es hieß, er würde «bald wieder gesund» sein. In seinen letzten Stunden war «Danke» die einzige Reaktion auf alles, was zu ihm gesagt oder mit ihm gemacht wurde. Er hatte endlich aufgehört, zu schimpfen und zu klagen und zu nörgeln.

War der Tod für einen solchen Menschen vielleicht wirklich Trost und Erlösung?

Mit seinem Tod wurde das Leben tatsächlich leichter, einfacher und unkomplizierter für seine Angehörigen. Unter ihnen gab es einen Menschen, der nach seinem Ende bitterlich weinte – die einzigen Tränen, die ihm überhaupt nachgeweint wurden. «Jetzt sehe ich, was für gute Seiten er gehabt hat!» sagte diese Frau unter Tränen. In der Tat war es so: Er mußte erst tot sein, damit einige wenige Menschen etwas Gutes an ihm finden konnten.

Auch die leitenden Funktionäre der Dienststelle, zu der er gehörte, stießen bei der Nachricht von seinem Tod einen Seufzer der Erleichterung aus. Es war wirklich Pech gewesen, daß ausgerechnet sie für einen Mann zuständig waren, der erst Mitarbeiter gewesen war, dann Rentner und zum Schluß – in den letzten Monaten vor seinem Tod – dank der neuen Politik nicht mehr «ehemaliger Konterrevolutionär», sondern «alter Genosse im Ruhestand».

In der Leichenhalle auf dem Podest direkt neben dem Kühlraum wurde die Trauerfeier für Ni Wucheng abgehalten, distanziert und beiläufig, denn alle wollten die Angelegenheit möglichst rasch hinter sich bringen. Ein bißchen Leben in das Ganze brachten einzig die jungen Burschen vom Krematorium, die die Leiche abholten. Den üblichen Gepflogenheiten entsprechend, spendierten die Angehörigen ihnen Zigaretten und Schnaps, was sie mit Haha und Hoho und der unbeteiligten Großspurigkeit von Menschen quittierten, die gewissermaßen das Dao erreicht – sich mit dem Leben und ihrer Stellung darin abgefunden – haben. Auch die inständigen Bitten der Angehörigen vermochten nicht zu verhindern, daß der steifgefrorene und noch nicht wieder aufgetaute Leichnam unterwegs im rumpelnden Leichenwagen tüchtig durchgeschüttelt wurde, ehe er schließlich direkt vor dem Verbrennungsofen – diesem trostlosen Paß, von dem keiner zurückkehrt, der ihn überschritten – abgeladen wurde. Schon aus weiter Entfernung konnte man von dort das verzweifelte Wehgeschrei der Hinterbliebenen eines anderen Toten hören, das einem durch und durch ging. Mehrere Menschen, selbst in Tränen aufgelöst, hielten eine Frau zurück, die verzweifelter als alle anderen weinte und sich immer wieder in den Verbrennungsofen stürzen wollte. Ihr Weinen galt vielleicht dem Toten, wahrscheinlicher jedoch ihr selbst. So ist nun einmal das Leben des Menschen; wer vermöchte wohl, seinem Schicksal zu entgehen, das mit den Tränen des Neugeborenen seinen Anfang nimmt und mit den Tränen der trauernden Hinterbliebenen zu Ende geht. Und wer würde nicht bitterlich weinen, denkt er an sein eigenes Leben zurück?

Die Trauergemeinde dagegen, die Ni Wucheng zu Grabe trug, war beispiellos gefaßt. Sie legte eine geradezu musterhafte Beherrschung an den Tag: keine Tränen, kein Schluchzen, und erst recht kein Geheul.

Wahrscheinlich war es die einzige wirkliche Leistung, die Ni Wucheng in seinem ganzen Leben vollbrachte, daß sein Tod keinem einzigen Menschen echten Kummer bereitete.

Dann wurden noch die Formalitäten erledigt und eine relativ preisgünstige Urne bestellt, und damit war alles für immer zu Ende.

Noch ein Detail: Bis zu seinem Tod hatte es der Verstorbene nicht wieder zu einer eigenen Armbanduhr gebracht.

2

Nicht nur Ni Zao, sondern sogar Jingyi glaubte, mit dem Sieg der chinesischen Revolution im Jahre 1949 wäre alles Leid der Vergangenheit für alle Zeiten begraben. 1945 hatten die japanischen Aggressoren bedingungslos kapituliert. Ni Wucheng, seines Zeichens Schuldirektor in der Küstenstadt, schloß schon bald Freundschaft mit den Amerikanern, die in die örtliche Marinebasis eingerückt waren. Als er einmal mit einem von ihnen im Meer badete, mußte er mitansehen, wie dem Amerikaner von einem Hai ein Bein abgebissen wurde. Der Mann war am Blutverlust gestorben. Das war zur gleichen Zeit, da der junge Ni Zao in seiner patriotischen Euphorie nach dem Sieg im Widerstandskrieg gegen die Japaner begeistert die Ankunft der «Nationalarmee» der Guomindang begrüßte.

Später verlor Ni Wucheng seinen Schulleiterposten, kam als Arbeitsloser nach Beiping, wie die Hauptstadt nun wieder hieß, zurück und wohnte als eine Art Logiergast, als Fremdkörper wieder «zu Hause». Ni Zaos Begeisterung über den Sieg und die Ankunft der «Nationalarmee» hatte sich inzwischen angesichts der Realität gründlich gelegt. Grassierende Korruption und brutale Willkürherrschaft, sprunghafter Preisanstieg, Verfallserscheinungen wohin man blickte, kurz, es ließ sich kaum behaupten, daß sich die Lage der Menschen seit dem Sturz des Marionettenregimes verbessert hatte.

Die Rückkehr des Vaters, noch dazu als Arbeitsloser, bedeutete für die dahinvegetierende Familie zusätzlich die

Gefahr erneuter Auseinandersetzungen und Kämpfe, zugleich aber für Ni Ping und besonders für Ni Zao auch einen gewissen Trost. Ni Ping, jetzt dreizehn, weigerte sich allerdings strikt, mit dem Vater irgendwohin zu gehen. Eine Hartnäckigkeit, die Ni Wucheng in heftigen Zorn versetzte. Er empfand sie als völlig ungerechtfertigt und ärgerte sich über Ni Pings Intoleranz und Duckmäuserei.

«Was ich am wenigsten leiden kann», empörte er sich, «sind Menschen, die immerfort sagen, ich mache dies nicht und mache jenes nicht. Ein Mädchen muß sich schönmachen, muß das Leben genießen, muß den Wunsch haben, die hübschesten Sachen anzuziehen, muß offenherzig und großzügig sein und nicht so verschüchtert und ängstlich wie ein graues Mäuschen...»

Diesmal bedurfte es nicht einmal Jingyis, um ihn in die Schranken zu weisen, Ni Ping selbst fiel ihm ins Wort: «Quatsch!» Und gleich darauf: «Widerlich!» Dann ließ sie ihn einfach stehen. Nicht einmal die Existenz eines solchen Vaters erkannte sie an, geschweige denn irgendeine väterliche Autorität.

Wenn Ni Wucheng in solchen Momenten immer noch nicht klein beigab, sah sie ihm voll ins Gesicht und sagte in schneidendem Ton: «Du hast wohl da draußen genug gepraßt und dich amüsiert, hm? Hast jetzt nichts mehr zu essen und bist deshalb zurückgekommen, was? Sollst ja auch noch eine Nebenfrau genommen haben!»

Einzig und allein Ni Zao hatte sich noch einen Rest von Interesse für das häufig mit fremdsprachigen Brocken gemischte Geschwätz des Vaters bewahrt. Dieser ging mit dem Sohn, der wieder ein Gerstenkorn hatte, sogar einmal zum Arzt – allerdings nicht in die Guangming-Augenklinik – und nahm ihn bei einer anderen Gelegenheit ins Restaurant mit, wohin ihn der ehrwürdige Herr Du eingeladen hatte. Hier war Ni Wucheng die Liebenswürdigkeit und Höflichkeit in Person. Er war ganz in seinem Element, wenn es darum ging, erst einen Tisch auszuwählen, dann die Speisekarte zu studieren und schließlich dem Kellner die Bestellung anzusagen. Er lebte geradezu auf, war leutselig und gut gelaunt wie ein kleiner König. «Eine gute Mahlzeit, und deine ganze Weltanschauung ist verändert», sagte Ni Zao hinterher zu ihm. Ni Wucheng lachte herzlich und nickte. «Ja, das stimmt. Das ist eben der Materialismus!»

Gemeinsam gingen Vater und Sohn auch mehrmals ins Bad. Es war richtig rührend zu erleben, wie jener alte Angestellte den badewütigen Ni Wucheng wie eh und je begrüßte, obwohl seit seinem letzten Besuch mehrere Jahre vergangen waren. «Ach, Herr Ni! Wie geht es denn? Sicher bestens! Und was nehmen wir heute? Ein Kännchen Jasmintee? Oder bleiben wir bei Krümeltee?»

Nachdem es ihm nicht gelungen war, eine ordentliche Stelle zu finden, beschloß Ni Wucheng im Jahr 1946, in die Befreiten Gebiete zur Kommunistischen Partei zu gehen. Er hatte Briefe von einem ehemaligen Lehrer und einem Studenten bekommen, die sich jetzt dort aufhielten. Daraufhin nahm er Kontakt mit Vertretern der Kommunistischen Partei im ‹Exekutivstab zur Kontrolle über die Erfüllung des Waffenstillstandsabkommens zwischen Guomindang und Kommunisten› auf.

«Ich will mir das einmal ansehen», sagte er. «Die Kommunisten sind gegen Ausbeutung und Feudalismus, und das heiße ich gut. Auch daß sie gegen die Gutsbesitzer kämpfen. Ich stamme selbst aus einer Gutsbesitzerfamilie. Gegen die Gutsbesitzer kann der Kampf gar nicht erbarmungslos genug sein. Besonders die Frauen der Gutsbesitzer, die müssen streng bestraft werden.»

Damals waren in den von der Guomindang beherrschten Landesteilen allerlei Gerüchte über die Bodenreform im Umlauf. Die schlimmste Horrorgeschichte besagte, daß die Bauern den Gutsbesitzerfrauen eine Katze in die Unterhose steckten, um sie zu bestrafen. Als Ni Wucheng das hörte, klatschte er begeistert in die Hände und rief: «Für manche von denen ist sogar diese Strafe noch zu mild! Nur so kann China wirklich umgekrempelt werden! Und was ich noch besser finde am Kommunismus: Jeder ist ein Werktätiger, und – wie schon Mengzi gesagt hat – so, wie man für die eigenen Eltern sorgt, sorgt man auch für die Eltern anderer, wie man die eigenen Kinder aufzieht, zieht man auch die Kinder anderer auf...»

Das Leben war so unerträglich geworden, daß die unterschiedlichsten Menschen aus allen Schichten mit ganzem Herzen das reinigende Gewitter ersehnten, das alles verschlingende Erdbeben, die verheerende Eruption des Vulkans, die tosenden Fluten zurückfließender Ströme, den Einsturz von Himmel und Erde. Diese Welt mußte von Grund auf verändert werden, das hatten die meisten erkannt. Also ließ Ni Wucheng seinen Worten Taten folgen und warf sich der Revolution in die Arme. Das war wie die plötzliche Explosion einer Granate, die jahrelang der Feuchtigkeit ausgesetzt gewesen war und still und unbeachtet dagelegen hatte, weil man sie längst für einen Blindgänger hielt. Wer Ni Wucheng kannte, war starr vor Staunen.

Wirklich revolutionär – und das sehr rapide – wurde Ni Zao. Alles, was mit Theorie und Praxis der Revolution zu tun hatte, verschlang er geradezu heißhungrig. Unter keinen Umständen würde er ein solch erbärmliches Leben führen wie die Generation seiner Eltern. Er wollte ums Verrecken nichts mehr zu tun haben mit der allgegenwärtigen Finsternis dieses fürchterlichen Lebens. Er glaubte fest, das Blut, das auf dem Schlachtfeld, auf dem Richtplatz und im Gefängnis floß, sei das Wasser des Lebens. Nur mit diesem Blut könne der viele – allzu viele – Schmutz von China abgewaschen werden. Tausende und Abertausende in Steine verwandelte Sklaven würden mit diesem Blut erlöst. Er selbst war bereit, sein eigenes junges Blut zu vergießen – jederzeit! Die Revolution war tatsächlich eine Fackel, ein Leuchtturm, eine Sonne. Der stärkste Motor, der alles in Bewegung setzte. Wie anders würde die Epoche, würde das Leben, würde er selbst sein, wenn die Revolution erst gesiegt hätte! Sogar der Tod wäre noch besser als keine Revolution!

Die politische Begeisterung für die Revolution veränderte seine Einstellung zu vielen Menschen. Bis zur Befreiung Beipings im Jahre 1949 verklärte sich für ihn das Bild des Vaters immer mehr; er war fest überzeugt, daß Ni Wucheng natürlicherweise ein guter, ein großer Mensch sein mußte, da er ja 1946 in die Befreiten Gebiete gegangen war. Freilich hegte auch Ni Zao tief im Innern gewisse Zweifel, denn seine Erinnerungen an den Vater wollten nicht recht zu der Größe der ersehnten Revolution passen. Erst viele Jahre später, als sich die meisten seiner naiven Vorstellungen mitsamt seinen Kinderträumen vom Wundervögelchen und vom Wasser des Lebens als illusorisch erwiesen, wurde ihm klar: Die Revolution ist durchaus nicht das Lebenswasser aus dem Märchen, sie verändert durchaus nicht mit einem Schlage alles, sie kann die Figuren in dem Verwandlungsbilderbuch des menschlichen Lebens durchaus nicht neu zusammensetzen. Nicht weil es ihr an Größe mangelt, sondern weil der Weg der Revolution so sehr von der profanen Realität bestimmt ist, so gewunden ist und so lang. Doch selbst wenn man die Revolution dafür kritisieren kann, daß sie nicht dem von manchen erhofften beziehungsweise versprochenen Ideal entspricht, sollte man deshalb auf sie verzichten?

Unmittelbar nachdem er sein Herz für die Revolution entdeckt hatte, befand Ni Zao, seine Großmutter Frau Jiang geb. Zhao und seine Tante Jingzhen – Frau Zhou geb. Jiang beziehungsweise Jiang Quezhi – seien böse, dekadent und zum Untergang verurteilt. Weil sie aus der Gutsbesitzerklasse stammten. Mag sein, sie hatten nicht das Zeug zu wirklichen Konterrevolutionären, aber in einer Zeit, da das ganze Land, die ganze Nation, die ganze Gesellschaft zu neuem Leben erwachten oder vielmehr wieder zum Leben erweckt worden waren, konnte Ni Zao diesen beiden armen Würmern beim besten Willen nicht helfen, wenn sie jetzt mit ihrer ganzen Klasse zermalmt und vernichtet würden. Waren sie aber zum Untergang verurteilt, nun, dann je früher und schneller, desto besser! War nicht ihr Leben typisch für die zahllosen Übel der alten Gesellschaft? Sogar ohne die Revolution wäre ihnen auf Grund ihrer eigenen Verderbtheit kein weniger schmähliches Ende beschieden gewesen. Vielleicht sogar ein noch furchtbareres. Waren sie mit ihrer Hoffnungslosigkeit nicht das ausgesprochene Gegenteil von Ni Zaos Generation mit ihren unbegrenzten Hoffnungen, ihrer grenzenlos lichten Zukunft?

Im Jahre 1949 kehrte Ni Wucheng in der Pose des Siegers im graubaumwollenen Einheitsanzug des Funktionärs nach Beiping zurück. Als wissenschaftlicher Mitarbeiter an einer Revolutionären Hochschule kam er in den Genuß der Versorgung entsprechend der «mittleren Kategorie der Gemeinschaftsverpflegung». Doch Ni Wuchengs revolutionäre Gesinnung wurde von Ni Zao nicht ohne Bekümmernis sofort in Zweifel gezogen, denn erstens war er nicht Mitglied der Kommunistischen Partei geworden, und zweitens gab er sehr bald seine Stellung bei der Revolutionären Hochschule auf, um einem Ruf als Dozent an eine nicht allzu revolutionäre private Universität zu folgen.

Im Jahre 1950 wurde – ausschließlich auf Grund von Ni Zaos Einsatz und Vermittlung – die einvernehmliche, freiwillige Scheidung von Ni Wucheng und Jiang Jingyi ausgesprochen. Allein dafür würde Ni Zao der Revolution sein Leben lang dankbar sein. Ohne die Revolution wäre ein normales Ende dieser unglücklichen, fürchterlichen Ehe nicht vorstellbar gewesen. Ein Jahr zuvor hatte er noch gedacht, die Revolution werde seine Eltern zur Versöhnung bewegen, doch leider war dafür anscheinend sogar die Kraft der Revolution noch zu schwach. Als der Vater mit ihm über seinen Scheidungswunsch sprach, unterstützte er ihn, denn er glaubte fest, die neue Gesellschaft werde neue, freundschaftliche, zivilisierte zwischenmenschliche Beziehungen schaffen und die normale, zivilisierte Trennung seiner Eltern sei ein Teil eben dieser neuen Beziehungen.

Ni Wucheng bestand darauf (und traf selbst konkrete Vorkehrungen), daß vor den offiziellen Scheidungsformalitäten ein Gruppenbild von Jingyi, den Kindern und ihm sowie ein Doppelporträt der Eltern allein gemacht wurde. Wie herzlich und liebevoll war er doch beim Fotografen! Man wurde wahrlich eher an ein Hochzeits- als an ein Scheidungsfoto erinnert. Auf beiden Fotos erschien Ni Wucheng als liebevoller Vater und treusorgender Gatte – eine gütige Christusfigur. Mit fürsorglich ausgebreiteten Armen hielt er Gattin und Kinder umfaßt, die Augen tränenumflort, als fürchte er nichts so sehr wie den Verlust dieser glücklichen Familie. Der Verlauf dieser Fotositzung erweckte in Jingyi sogar die trügerische Hoffnung, ihr Mann könne es sich doch anders überlegt haben, denn im Grunde ihres Herzens wollte sie die Scheidung immer noch nicht.

Als sie nach vollzogener Scheidung mit ihren Urkunden aus dem Büro des Straßenkomitees kamen und die Gasse entlangliefen, war Ni Wucheng in Tränen aufgelöst. «Verzeih mir. Bitte verzeih mir!» wiederholte er immer wieder. Seine Stimme klang erstickt und heiser, sein Adamsapfel hüpfte, und durch das Weinen hatte sich sein ganzer Tonfall so verändert, daß man glaubte, statt des aufbrausenden, überheblichen Ni Wucheng von einst einen zartbesaiteten, braven, ein wenig schwächlichen Ehegatten vor sich zu haben.

Da war es dann Jingyi, die sich als wesentlich gefaßter erwies. Sie tröstete Ni Wucheng, wobei sie sich nach Möglichkeit der zeitgemäßen, neuen Ausdrucksweise befleißigte: «Wir wollen doch Vergangenes vergangen sein lassen. Wer ist denn schuld, daß wir in einer solchen alten Gesellschaft leben mußten... Ich wünsche dir für die Zukunft alles Gute, viel Glück und Erfolg.»

Danach kam Ni Wuchengs zweite Ehe. Eine Woche nach der Hochzeit gab es den ersten Krach, von dem man nur schwer hätte sagen können, er sei weniger heftig gewesen als die Auseinandersetzungen mit Jingyi. Die neue Gattin behauptete, Ni Wucheng habe sie betrogen – von wegen Professor und Revolutionsteilnehmer! Von wegen «die erste Ehe ist für mich eine Sache der Vergangenheit»!... Ni Wuchengs innere Größe ging nämlich so weit, drei Tage nach der Hochzeit seine neue Gattin jenes Scheidungsgruppenfoto mit Jingyi und den Kindern bewundern zu lassen, womit er ihr klarzumachen versuchte, was für ein gütiger Humanist er doch sei...

An jener privaten Universität erwies sich, daß er nicht fähig war, an einer Hochschule des neuen China zu unterrichten. Er hatte nie über eigene Ansichten, eigenes Material, eigenes Wissen und logisches Denken verfügt und hatte all dies auch jetzt nicht aufzuweisen. Nicht einmal die notwendigen Nachschlagewerke und sonstigen Unterlagen besaß er. Andererseits mangelte es ihm nicht an Scharfsinn und sogar einem Fünkchen Originalität – er konnte und wollte fertige philosophische Modelle nicht einfach nachplappern. Seine Vorlesungen waren häufig sprunghaft und unlogisch, und oft kam er gar nicht auf sein Thema, geschweige denn auf den Kern der Sache zu sprechen, so daß die Studenten sich fragten, worauf er eigentlich hinauswolle. Überall, ob in seinen Vorlesungen oder außerhalb des Unterrichts, gab er stets seine Begeisterung für die Lehren des Marxismus-Leninismus und die Revolutionstheorie zu erkennen beziehungsweise machte sie ausdrücklich deutlich.

Im Zuge der Hochschulreform des Jahres 1952 wurde aus ihm ein Hochschuldozent ohne Lehrveranstaltungen. Angeblich war er jetzt in der Forschung tätig, aber in Wirklichkeit hätte er sich gar nicht zu konzentrieren und tiefer in eine Materie einzudringen vermocht. Wie die alte Jungfer sich neiderfüllt nach Liebe sehnt, so sehnte er sich nach einem abwechslungsreichen gesellschaftlichen Leben und materiellem Wohlstand. Von seinen Interessen waren ihm zwei geblieben: auswärts essen und Schwimmen gehen. Kurz nachdem das Restaurant «Moskau» im Sowjetischen Ausstellungspavillon eröffnet worden war, fuhr er, eine Flasche Maotai-Schnaps in der Brusttasche, mit dem Fahrrad zehn Kilometer quer durch die Stadt und stellte sich dort, im eisigen Wind vor Kälte zitternd, zwei Stunden lang an, nur um in den Genuß eines russischen Mahles zu kommen. Dabei sah er eher aus wie ein Bettler.

Sobald es Sommer war, wurde er zu einem geradezu manischen Schwimmer. Nach der Befreiung waren zahlreiche Schwimmbäder gebaut worden, und außerdem propagierte der Vorsitzende Mao Zedong das Schwimmen, wobei er selbst mit gutem Beispiel voranging. Daß Ni Wuchengs Hobby nun nicht mehr das Baden, sondern das Schwimmen war, zeigt den Fortschritt der Epoche. Jeden Tag verbrachte er zwei, drei oder sogar vier Stunden im Schwimmbad. Er schwamm sicher und stetig. Es machte ihm nichts aus, stundenlang im Wasser zu bleiben und ohne Pause mehrere Kilometer zu schwimmen. Er verwandelte sich während des Sommers durch das viele Sonnenbaden in einen dünnen, dunklen Aal.

Wenn er nach dem Schwimmen genug Geld für zwei Glas Bier und eine Portion «Zweierlei Kurzgebratenes» oder auch nur für ein Tellerchen pikanten Sojabohnenkäse mit Hackfleisch in der Tasche hatte, war er in Hochstimmung. «Ich bin gerade erst über Vierzig hinaus, und fünfundneunzig Prozent meines Potentials sind noch ungenutzt. Es ist keinesfalls zu spät, etwas auf die Beine zu stellen! Ich werde mich mit Hegel, Laozi, Sun Yatsen, Wang Guowei und Lu Xun beschäftigen. Mit den genialen Gedanken des Genossen Mao Zedong ausgerüstet, werde ich das geistige Erbe aller in- und ausländischen Philosophen der Vergangenheit und Gegenwart auswerten und mir zu eigen machen. Und ich werde die Feudalisten und die Bourgeoisie kritisieren. Ich könnte auch übersetzen oder selbst schreiben, ich könnte... Gibt es jetzt nicht sogar ziemlich beschränkte Leute, die den großen Wissenschaftler spielen? Dabei ist das nicht irgendeine Arbeit, sondern eine ganz hervorragende Leistung – ‹Die eigenen Hände rühren und sich ausreichend kleiden und nähren› heißt die Devise! Habe ich erst einmal ein paar Bücher und Übersetzungen veröffentlicht, kommt auch ein nettes Sümmchen herein, und dann kaufe ich jedem von euch ein neues Fahrrad.»

Wie oft hatte Ni Zao den Einschätzungen seines Vaters über dessen verborgene Fähigkeiten Glauben geschenkt! Mit anzusehen, wie ein Mensch sich grämt, daß seine Fähigkeiten ungenutzt bleiben, das allein genügt schon, um tiefes Mitleid zu empfinden. Bewegt ermutigte und tröstete Ni Zao seinen Vater mit den wundervollen Redensarten, die in der neuen Gesellschaft im Schwange waren: «Man muß vorwärtsstreben, einen harten Kampf führen, die Zeit wirklich nutzen! Man darf nicht immer auf den eigenen Gewinn oder Verlust sehen, man muß den engstirnigen Individualismus und den prahlerischen individuellen Heroismus überwinden! Man muß unbeirrt sein Ziel verfolgen und hart arbeiten – ohne Schweiß kein Preis! Genie ist Fleiß! In der Wissenschaft gibt es keine glatten, breiten Straßen...»

«Aber ich bin kein Heiliger! Ich habe dir schon vor langer Zeit gesagt, es gibt zwei große Fragen, die mich bedrücken und mich daran hindern, meine Fähigkeiten zur Geltung zu bringen. Erstens meine Ehe und Familie und zweitens meine gesellschaftliche Stellung. Ich bin schon längst über das Alter hinaus, wo man ‹keine Zweifel mehr hat›, wie Konfuzius sagt. Aber niemand achtet und versteht mich.»

Ni Zao geriet in Wut. «Hast du denn gar kein Rückgrat, daß du so redest?» warf er ihm vor. «Der Vorsitzende Mao sagt, die inneren Ursachen sind die Grundlage der Veränderungen, die äußeren Ursachen nur die Bedingungen, unter denen sie stattfinden. Warum reitest du also immerzu auf dem Objektiven herum? Kennst du nicht das Andersensche Märchen vom Grab und vom Grabstein? Darauf steht: ‹Hier ruht ein großer Dichter, der aber nicht dazu gekommen ist, auch nur eine einzige Gedichtzeile niederzuschreiben.› Und wo es weiter heißt: ‹Hier ruht ein großer General, der niemals Gelegenheit bekam, eine Armee zu führen.› – ‹Hier ruht ein Erfinder, aber all seine Erfindungen existierten nur in seinem eigenen Kopf.›»

Auch Ni Wucheng erregte sich nun: «In der Novelle ‹Die wahre Geschichte des A Q› ist die Figur mit der niedrigsten Stellung die kleine Nonne. Sogar A Q, der selbst gegen den Kleinen D – diesen Kümmerling – nichts ausrichten kann, darf es sich erlauben, ihr über den kahlen Schädel zu fahren, und das Nönnchen kann nichts dagegen tun, als zu weinen und A Q zu wünschen, ‹von tausend Schwertern durchbohrt› zu sterben. Ich aber, ich stehe jetzt sogar noch niedriger als die Kleine Nonne. Ich bin eine zweitrangige Kleine Nonne. Jene A Qs, die von der Hand irgendeines Kleinen D oder Backenbart-Wang zu Fall gebracht werden und beim bloßen Anblick eines Großvaters Zhao das große Zittern kriegen, können mir nach Belieben an den Schädel greifen. Und ich wage nicht einmal, ihnen die ‹tausend Schwerter› durch den Leib zu wünschen. Mit anderen Worten: All die mittelmäßigen, weder wirklich begabten oder gebildeten noch von wahrhaft revolutionärem Geist erfüllten A Qs um mich herum haben genau erkannt, daß man mir ungestraft über den Kopf fahren kann. Sie sehen mich als rückständiges Element an, als gerissenen Karrieristen, als nutzlose Last. Die kritisieren mich sogar, ich würde faulenzen und immer nur schwimmen gehen... Wenn das so weitergeht, werde ich kündigen, mir einen kleinen Kohleofen besorgen und Hausfrau spielen. Oder besser: Hausmann.»

Am Ende eines solchen Disputs, wenn Ni Wucheng sich von seinem Sohn verabschieden wollte (im allgemeinen besuchte nämlich er den Sohn und nicht umgekehrt, weil er Zeit dazu hatte), gab er dem Gespräch meist noch schnell eine andere Wendung, indem er etwa sagte: «Ich bin optimistisch, was die Zukunft anbelangt. Ausgerüstet mit dem Marxismus-Leninismus und der Mao-Zedong-Ideologie kennen wir keine unüberwindlichen Schwierigkeiten. Alle Schwierigkeiten und aller Ärger sind nur vorübergehend, sie werden sich in nichts auflösen, je weiter wir beim sozialistischen Aufbau und bei der sozialistischen Umgestaltung vorankommen.» Diese letzten Worte sprach er im Brustton der Überzeugung, und sie hörten sich überhaupt nicht hohl an.

Ni Zao war es unbegreiflich, wie sich bei seinem Vater beispiellose Verbitterung über die eigene Lage auf der einen Seite und durch nichts zu erschütternde unwandelbare Begeisterung für die Partei des Marxismus-Leninismus und die Mao-Zedong-Ideologie auf der anderen miteinander vereinbarten. Er konnte sich die Notwendigkeit oder die Möglichkeit nicht vorstellen, daß Ni Wuchengs Lobgesänge geheuchelt sein könnten – dazu fehlte es am Motiv. Aufnahme in die Partei? Beförderung? Vorteile? Nach nichts von alledem stand seinem Vater der Sinn.

Im Jahre 1954 erklärte Ni Wucheng, er werde einen kritischen Artikel über den bürgerlichen Pragmatismus schreiben. Ni Zao hatte starke Zweifel: War der Vater etwa ein Marxist-Leninist? Ein Witz war das, eine Verhöhnung des Marxismus-Leninismus! Zwei Wochen später war der Artikel jedoch fertig und wurde an eine große Zeitung geschickt. Abermals zwei Wochen später kamen die Korrekturfahnen von der Redaktion. Ni Wucheng war überglücklich, zeigte allen, die er traf, die Fahnen, teilte ihnen mit, daß sein Artikel in Kürze in der und der bedeutenden Zeitung erscheinen würde und daß dies der Durchbruch in seiner Karriere sei. Er lud sie zu einem Festmahl ein, das er für alle seine Freunde veranstalten würde, sobald das Honorar eingegetroffen sei. Er wollte sogar von ihnen wissen, ob sie lieber in der «Stätte der Allumfassenden Harmonie» oder im «Haus der Versammelten Erlesenheit» speisen würden, und ob sie Pekingente oder Meeresfrüchte bevorzugten. Selig wie ein Unsterblicher schwebte er viele Tage lang im siebenten Himmel und hätte vor lauter Begeisterung am liebsten die ganze Welt umarmt.

Nachdem er zweimal Korrektur gelesen und seine Freunde wieder und wieder informiert hatte, morgen – oder spätestens übermorgen – werde sein Artikel erscheinen, kam von der Redaktion die Mitteilung, sein Beitrag werde nun doch nicht verwendet.

Ni Wucheng wurde aschfahl und wäre fast zusammengebrochen. Er nahm das Fahrrad und fuhr anderthalb Stunden zu seinem Sohn, der längst eine eigene Wohnung hatte. Zähneklappernd erzählte er ihm von dem Schlag. Dann hatte er Durchfall, konnte sich überhaupt nicht beherrschen... Schließlich begann er, auf die Redaktion zu schimpfen – zum Narren habe sie ihn gehalten, Schmach habe sie ihm angetan, und jemand aus der Redaktion wolle seinen Artikel plagiieren. Eine Woche später war er ein alter Mann.

Während der Kampagne zur Liquidierung von Konterrevolutionären im Jahre 1955 wurde er «entlarvt». Vaterlandsverrat und Verdacht auf Spionage für eine ausländische Macht waren die Verbrechen, deren er beschuldigt wurde. Der letzte Vorwurf bezog sich auf seinen Verkehr mit Shi Fugang und anderen Ausländern. Alle Verhöre und Anklagen, die auf den damals üblichen Massenversammlungen gegen ihn erhoben wurden, ließ Ni Wucheng fügsam und ohne Murren über sich ergehen. Er gab zu, daß er mit seinen Worten und Taten während der ganzen Zeit des Widerstandskriegs gegen Japan dem Landesverrat zumindest sehr nahegekommen sei. Im Vergleich zu den alten Genossen, die im Kampf gegen die Japaner ihr Blut vergossen hätten, so gestand er ein, gehöre er selbst zum Abschaum der Nation. Er bezeigte seine Bereitschaft, das «Urteil des Vaterlandes» anzunehmen. Bei diesen Worten legte er die Rechte mit schwungvoller Geste auf den zweiten Jackenknopf von oben, um anzudeuten, er sei bereit, an Ort und Stelle seine Brust der Kugel zu bieten.

Nach einer Weile verlief die Angelegenheit im Sande, ohne daß «Kritik und Kampf» greifbare Ergebnisse gebracht hätten. Am Ende der Kampagne stufte man Ni Wuchengs Fall als eine «gewöhnliche Frage, die aus der Vergangenheit herrührt» ein. Nun machte Ni Wucheng mit bewegten Worten seiner Entrüstung über die ihm widerfahrene Behandlung Luft. Jedem, den er traf, erzählte er die Geschichte von Sima Qians Kastration – «Schmach», dieses früher schon gern von ihm gebrauchte Wort, führte er jetzt abermals ständig im Munde. Zugleich erklärte er bei allen möglichen Gelegenheiten, vor, während und nach Versammlungen, öffentlich oder privat, sein Glaube an die große Kommunistische Partei Chinas, an den großen Marxismus-Leninismus und die Mao-Zedong-Ideologie sei keinesfalls zu erschüttern, nur weil man ihm persönlich «Schmach angetan» habe. Diesen und ähnlichen Beteuerungen, die er regelmäßig zu wiederholen pflegte, hatte er es zu verdanken, daß er das Jahr 1957 unbeschadet an Leib und Seele überstand.

Als in jenem Jahr während des «Kampfes gegen die Rechten» einige Kollegen – in seinen Augen Kleine Nonnen belästigende Mieslinge vom Schlage A Qs oder des Kleinen D – entlarvt, öffentlich kritisiert und zu «Elementen» erklärt wurden, erfüllte ihn das mit einer fast schon «linken» Genugtuung. Notwendig war er und gut, dieser «Kampf gegen die Rechten»! In der Schlußphase der Kampagne unterhielt sich einmal ein Politfunktionär, der sich bei der Organisation der Kritikbewegung hervorgetan und dadurch sein Ansehen unerhört verbessert hatte, mit Ni Wucheng und sagte bei dieser Gelegenheit: «Na, Sie treten ja doch für die Revolution ein... zumindest in Worten.»

Ni Wucheng zitierte diesen Ausspruch häufig wie einen

guten Witz, nicht ohne selbstkritisch-ironisch hinzuzufügen, dies sei wahrhaftig die größte Beleidigung, die es für ihn gebe.

Während des «Großen Sprungs nach vorn» im Jahre 1958 meldete er sich mehrmals voller Begeisterung zur körperlichen Arbeit. Er konnte sich nicht genugtun in seinem Lobpreis der körperlichen Arbeit – ruhmvoll, großartig und schön sei sie, sagte er und zitierte Pawlow: «Ich liebe die geistige Arbeit, und ich liebe die körperliche Arbeit – doch letztere liebe ich mehr.» Auch auf das Beispiel Spinozas verwies er, des berühmten holländischen Philosophen, der sein Leben lang sein Brot mit dem Schleifen von Brillengläsern verdienen mußte. Dieses Lob der körperlichen Arbeit war absolut aufrichtig gemeint, aber sobald es ernst wurde, versagte er. Beim Landeinsatz ließ er sich oft krank schreiben. Manchmal saß er am Feldrain und rauchte, nicht eine oder zwei, sondern fünf Zigaretten hintereinander, und wenn ihn dann jemand scheel ansah, belehrte er ihn im bedeutungsschweren Tonfall des Revolutionsveteranen (den er allerdings überhaupt nicht traf): «Ge-nos-se! Lenin hat einmal gesagt, wer nicht zu rasten versteht, der versteht auch nicht zu arbeiten!»

«Aber du verstehst nur zu rasten!» erwiderte der Genosse und verzog das Gesicht.

«Ja, das ist freilich auch ein... na ja, ein Mangel» entgegnete Ni Wucheng und lachte herzlich.

Ein andermal wiederum ging er mit neununddreißig Grad Fieber zum Unkrautjäten aufs Reisfeld, wo er prompt nach zwanzig Minuten der Länge nach in den Schlamm stürzte, so daß zahlreiche Helfer sich um ihn bemühen mußten. Jemand meinte erbost, das sei Sabotage, er wolle nur die «ideologische Umerziehung der Intelligenz durch körperliche Arbeit» durch den Dreck ziehen. Hinfort führte Ni Wucheng bei der «persönlichen Aussprache» seinen Sturz im Wasserfeld als Beispiel an, mit dem man die Gesetzmäßigkeiten des dialektischen Materialismus, das Gesetz vom Umschlag der Quantität (der menschlichen Körpertemperatur) in Qualität, die eigenen tiefverwurzelten Schwächen sowie die Notwendigkeit veranschaulichen konnte, «vom Kindergarten an Nachhilfeunterricht zu nehmen». Letztere Formulierung stammte von ihm selbst – er fand sie bildhafter als gängige Losungen wie «Von Anfang an lernen.» Später gab es noch einen Streit mit dem Leiter der Gruppe. Dieser kritisierte ihn, weil er sich von Bauern zu Schnaps und Hundefleisch hatte einladen lassen. Erregt entgegnete ihm Ni Wucheng, es sei ja unglaublich, wie wenig Verständnis manche Leute für die harmlosen Gaumenfreuden der Landbevölkerung aufbrächten.

Die Schwierigkeiten in der Lebensmittelversorgung im Jahre 1960 brachten ihn völlig aus der Fassung. Er blieb im Bett, ächzte und stöhnte und erklärte, er werde nun Hungers sterben. Sah er irgend etwas Eßbares, machte er Stielaugen. Einmal, im Jahr 1961, bot sich ihm die Gelegenheit, in einem teuren Luxushotel zu speisen. Er aß und aß und nahm immer noch einmal nach. Noch in derselben Nacht mußte er ins Krankenhaus, wo man ein Geschwür am Zwölffingerdarm feststellte. Nach der nun fälligen Operation war er abermals stark gealtert.

Als 1966 die Große Kulturrevolution begann, verkündeten einige von Ni Wucheng stets als «A Qs» angesehene Helden, er sei gemäß den Festlegungen in den Sechs Artikeln der öffentlichen Sicherheit ein «konterrevolutionäres Element aus der Vergangenheit» und dürfe an der Revolution nicht aktiv teilnehmen. Die Erregung darüber schlug bei ihm nach innen – erhöhter Augeninnendruck und ein Glaukomanfall waren die Folge. Dennoch sagte er zu allen, die es hören wollten, seiner Meinung nach sei dies die tiefgreifendste und gründlichste Revolution. Eine solche Große Revolution habe er schon lange ersehnt und gefordert, für sie sei er schon lange bereit. Diese Revolution ähnele der «absoluten Idee» oder dem «absoluten Geist» Hegels; gerade die Scheu vor dem Absoluten sei die tödliche Schwäche aller bürgerlichen Intellektuellen.

Ni Wucheng brachte bei einer Versammlung seine Hochachtung für die Führer der Kulturrevolution zum Ausdruck, darunter selbstverständlich die «verehrte und geliebte Genossin» Jiang Qing, deren Namen er voller Ehrfurcht und innerer Bewegung ganz behutsam artikulierte. Wenn er mit einem ergriffenen Tremolo in der Stimme darauf zu sprechen kam, wie rückhaltlos er hinter der Forderung nach Ausmerzung der alten Ideologie, der alten Kultur, der alten Sitten und der alten Gebräuche stehe, hatte sein merkwürdiges, tränenumflortes Pathos direkt etwas Mitreißendes. Kein Zweifel, er war ein unversöhnlicher Feind dieser «Vier alten Übel» und entschlossen, den Vernichtungskampf gegen sie zu führen.

«Auch ich gehöre dazu, ich bin geradezu getränkt mit den Vier alten Übeln, bin ihnen regelrecht verfallen. Wenn ich daran denke, wäre ich am liebsten tot! Allein komme ich davon nicht los. Die Vier alten Übel richten einen zugrunde – sie sind schuld, daß China Gefahr lief, ‹revisionistisch› zu werden, zu entarten, als Staat und Volk unterzugehen! Sollte es notwendig werden, auch mich auszumerzen, physisch zu vernichten, ich würde als erster dafür stimmen! Freudig würde ich in den Tod gehen! Ich schwöre bei meinem Leben, daß ich unsere Sache schützen werde! Entschlossen trete ich dafür ein! Hurra! Hurra! Hurra!»

Mit staunenden Augen und offenen Mündern hörten die Rotgardler, «Goldenen Knüppel» und ehemaligen «A Qs», die wachsam gelauscht und ihn keinen Moment aus den Augen gelassen hatten, diese erstaunliche Rede. Normalerweise waren sie Meister in der Kunst, jedes Wort der in den Sechs Artikeln der öffentlichen Sicherheit spezifizierten «Elemente» sofort zum Anlaß für eine ausgiebige und vernichtende Kritik zu nehmen, nach der der Betreffende kein Fetzchen heile Haut mehr am Leibe hatte. Doch was sie an Ni Wuchengs herzergreifender «revolutionärer» Rede kritisieren sollten, wußten sie beim besten Willen nicht. Zum Schluß blieb dem Versammlungsleiter – Chef einer «Diktatur-Gruppe» oder dergleichen – nichts anderes übrig, als ein paar Phrasen zu dreschen und anzuerkennen, daß Ni Wuchengs Haltung ja «doch gut» sei.

«Dennoch kommt es heute für Leute wie dich vor allem darauf an, deine Verbrechen einzugestehen und umerzogen zu werden. Du bist Objekt der Revolution, nicht Subjekt, merk dir das gefälligst! Du hast dich anständig zu benehmen und keine großen Volksreden zu halten! Die Versammlung ist geschlossen.»

Er befürchtete offenbar einen weiteren, noch leidenschaftlicheren und erhabeneren revolutionären Erguß Ni Wuchengs und schloß deshalb die Versammlung so abrupt.

Nach 1978, als der ganze Spuk vorbei war, machte sich Ni Wuchengs älteste Tochter, Ni Ping, über die ultralinken Reden ihres (inzwischen auf beiden Augen nahezu erblindeten) Vaters in der Anfangsphase der Kulturrevolution lustig. Er habe es verdient, daß man ihn damals einen Clown nannte.

Verlegen lächelnd entgegnete Ni Wucheng: «Ich war dafür, daß die Vier alten Übel augemerzt werden, wirklich! Heute noch hoffe ich, daß es tatsächlich einmal dazu kommt. Was ich bedaure, ist eben, daß wir es nicht geschafft haben.»

Um Ni Wucheng Gerechtigkeit widerfahren zu lassen, sei hinzugefügt, daß sein Drang zum Fortschritt sich nicht in revolutionären Tiraden erschöpfte. Er verwandte viel Kraft darauf, sich mit marxistisch-leninistischen Schriften zu beschäftigen, am gewissenhaftesten mit Lenins ‹Materialismus und Empiriokritizismus› und seinen ‹Philosophischen Heften›. Mehrmals nahm er sich ‹Das Kapital› vor, kam jedoch nie sehr weit. Lenins philosophische Arbeiten dagegen studierte er gründlich. Er ließ die Worte genußvoll auf der Zunge zergehen, markierte Seite um Seite mit roten Unterstreichungen, hakte ab und kreiste ein, machte Randbemerkungen, setzte Ausrufezeichen, kurz, er war voll bei der Sache und fand großes Vergnügen daran. Sobald er etwas gelesen und begriffen hatte, konnte er es in seiner kindlichen Freude darüber kaum erwarten, anderen davon zu erzählen. Mitunter opferte er zu diesem Zweck sogar die vier Fen für einen Anfruf vom öffentlichen Telefon aus, nur um seinen Freunden mitzuteilen, daß seine M-L-Studien ihm zu dieser oder jener Erkenntnis verholfen hätten.

Wenn er mit seinen Kindern oder alten Bekannten zusammentraf, erkundigte er sich nicht etwa, wie es ihnen gehe, sondern sprach lediglich über M-L. Einmal ließ er Ni

Zao aus einer wichtigen Beratung ans Telefon holen, weil er ihm unbedingt erzählen mußte, daß er einen wunderbaren Tag damit verbracht habe, noch ein weiteres Mal Lenins Kritik des physikalischen Idealismus zu lesen. Für ihn sei das ein erregendes Problem, geradezu eine Existenzfrage. Schon Konfuzius habe gesagt: Wer am Morgen den rechten Weg erkannt hat, kann am Abend getrost sterben. Heute nun habe er wieder einmal den rechten Weg erkannt, und er sei froh darüber und wolle noch in dieser Woche mit Ni Zao ins Restaurant «Zum Blühen und Gedeihen» gehen und Falsche Krabben – Rührei aus Enteneiern – essen. Sodann wetterte er über die Schreiberlinge, die sich nicht entblödeten, sich in Wort und Schrift über den Marxismus-Leninismus auszulassen, obwohl sie vor gar nicht so langer Zeit noch stramme Neokonfuzianer waren und Cheng Hao, Cheng Yi und Zhu Xi ständig im Munde führten. Wie konnten Leute dieses Schlages, charakterlos und unfähig wie sie waren, etwas vom M-L verstehen?

Ni Wucheng behandelte seinen Sohn stets sehr zuvorkommend, war dieser doch mittlerweile fast der einzige, der noch zuhörte, wenn er sich über irgendetwas aufregte oder wenn er theoretisierte. War er gesund, suchte er Ni Zao öfter heim, so daß es dem schon zuviel wurde und er sich gezwungen sah, ihn mitunter bei seinen Besuchen einfach links liegenzulassen oder ihm schließlich sogar mehr oder weniger unverblümt die Tür zu weisen. Hätte er das nicht getan, wäre er beim Arbeiten, Lernen, Leben und Ausruhen immerzu gestört worden – wenn man dem Teufel einen Finger reicht, nimmt er die ganze Hand.

In seinen letzten Lebensjahren wartete Ni Wucheng Tag für Tag auf seinen Sohn, doch der war zu beschäftigt und besuchte ihn nur in Abständen von ein oder zwei Monaten. Ni Zao hatte deswegen Schuldgefühle und nahm sich jedesmal vor, sich ausführlich nach dem Ergehen des Vaters zu erkundigen und ihm auch von sich und seinem Leben zu erzählen (er stand längst auf eigenen Füßen, hatte Frau und Kind). Aber Ni Wucheng gab ihm überhaupt keine Möglichkeit dazu. Er schien panische Angst zu haben, daß die Gelegenheit, mit dem Sohn zu reden, ungenutzt verstreichen könnte, und überfiel Ni Zao, kaum daß er ihn begrüßt hatte, mit einem wirren und sprunghaften Redeschwall.

«Wie der Dämon in der Geschichte vom Fischer und dem Dämon aus Tausendundeiner Nacht fühle ich mich», sagte er. «Der hat in seiner Flasche auf dem Meeresgrund gelegen und gedacht, wer ihn retten würde, der solle alles Gold der Welt von ihm bekommen. Als aber fünfzigtausend Jahre Einsamkeit vorüber waren und er immer noch in der Flasche steckte, nahm er sich vor, seinem Befreier zum Lohn alle Edelsteine der Welt zu schenken. Doch als abermals fünfzigtausend Jahre vergangen waren, ohne daß irgend jemand von ihm Notiz genommen hätte, wandelte sich seine Hoffnung in verzweifelten Zorn, die dankbare Liebe zu seinem künftigen Retter in wilden Haß. Das ist die Hegelsche Dialektik! Schon die psychologischen Experimente Pawlows haben das bewiesen. Der eingeschlossene Dämon beschloß nämlich, nachdem er voller Kummer und in Hoffnungslosigkeit hunderttausend Jahre auf Erlösung gewartet hatte, seinen Retter aufzufressen!» Diesen letzten Satz sprach er im Ton trotzigen Triumphs.

«Wer gegenüber den Leiden anderer gleichgültig ist und sie vergeblich warten läßt», fügte er hinzu, «macht sich seelischer Grausamkeit schuldig, und das ist das schlimmste Verbrechen, dessen ein Mensch fähig ist – das ist inhuman...»

Ni Zao bekam zunächst einen Schreck, doch brachte er sein schlechtes Gewissen ziemlich schnell zum Schweigen. Der Vater kam nun ohne Punkt und Komma auf Hume und Feuerbach zu sprechen; dann mokierte er sich über die Absurdität des Machismus; dann pries er den Mut seines Großvaters, der sich damals in seinem Dorf mit der Forderung nach naturbelassenen Füßen gegen die herrschende Tradition gestellt hatte; dann erläuterte er die Losung «Wissen ist Macht»; dann bedauerte er, noch nie mit dem Flugzeug gereist zu sein, hoffte aber, dies nachholen zu können; dann verbreitete er sich über die Schädlichkeit des Rauchens; dann sprach er über Marx' Dissertation; dann äußerte er, er brauche einen Assistenten, dem er ein populärwissenschaftliches philosophisches Werk diktieren wolle; dann erkundigte er sich, ob Ni Zao ihm anständige Zigaretten mitgebracht habe; dann erzählte er, daß er in seiner Jugend kein Toilettenpapier gekannt habe...

Schließlich war es für Ni Zao Zeit zu gehen. Er sah, wie schwer dem Vater der Abschied fiel. Das Verhältnis zwischen ihnen war mittlerweile fast so etwas wie unerwiderte Liebe, und das beunruhigte ihn. Andererseits war er außerstande, für den Vater noch mehr Zuwendung aufzubringen, mußte er sich doch schon zusammennehmen, um ihm überhaupt ruhig zuzuhören. Die Besuche bei Ni Wucheng fielen ihm von Mal zu Mal schwerer, so daß er sie immer länger hinauszögerte. Er war weniger und weniger geneigt, weiter den Strohalm abzugeben, an den sich der Vater im Alter klammerte, um nicht ganz im Meer der Verzweiflung zu versinken.

Etwas Gutes hatte das Alter aber doch für Ni Wucheng. Er erlebte noch ein sehr günstiges politisches Klima. Zunächst wurde ihm seine revolutionäre Vergangenheit – er war ja 1946 in die Befreiten Gebiete gegangen – attestiert, wobei er zugleich vom einstigen Vorwurf des Landesverrats beziehungsweise des Verdachts auf Spionage freigesprochen wurde. Dann billigte man ihm den ehrenvollen Status eines «alten Funktionärs im Ruhestand» zu, dem eine monatliche Rente von hundert statt lediglich siebzig Prozent des letzten Gehalts zustand. Ferner wurde seine hartnäckige Forderung nach einem Assistenten erfüllt, der täglich vier Stunden zu ihm kam und bereit war, die wissenschaftlichen Arbeiten zu Papier zu bringen, die Ni Wucheng mündlich formulieren würde. Nach ein paar Wochen blieb der Assistent jedoch weg, weil er sich außerstande sah, in Ni Wuchengs Diktaten einen roten Faden oder überhaupt einen Sinn zu entdecken. Ein besonders geduldiger und gutmütiger zweiter Assistent löste ihn ab, denn die Politik gegenüber alten Funktionären und Intellektuellen mußte ja durchgesetzt werden. Er blieb geraume Zeit, wurde äußerst zuvorkommend behandelt und benahm sich seinerseits Ni Wucheng und seinen Angehörigen gegenüber ausgesucht höflich, doch ein wissenschaftliches Werk kam dabei nicht heraus.

Einmal allerdings äußerte sich Ni Wucheng relativ klar und nicht ohne Bedauern zu einem Erlebnis in der Kaderschule des 7. Mai. Das hatte sich zugetragen, ehe seine Augen wegen seiner Unterstützung für die Barfußärzte – diese «neue sozialistische Errungenschaft» – gelitten hatten. Eine Genossin, die in derselben «Kompanie» wie er zur Arbeit eingeteilt war, eine Kulturschaffende von einiger Prominenz, sagte er, habe ihm oft erzählt, wie es damals in Yan'an gewesen sei. In der Rückschau sei ihr das Leben dort als die «goldene Zeit ihres Lebens» erschienen. Lange habe er über die Worte der Genossin nachgedacht und sich gefragt, wann eigentlich seine eigene «goldene Zeit» gewesen wäre. Schließlich sei er zu dem Schluß gekommen: «Meine goldene Zeit hat noch nicht einmal begonnen!»

Bedauernswert? Ni Zao fand es einfach ungeheuerlich. Sein Vater war fast siebzig, konnte weder sehen noch laufen, hatte viele Jahre sinnlos vergeudet, nichts war ihm geblieben – und doch behauptete er, seine goldene Zeit habe noch nicht einmal begonnen. Als ob er eines schönen Tages noch ganz groß herauskommen würde...

Aber wie erklärten sich die ungeheuerlichen Worte des Vaters? Noch mehrere Jahre nach dessen Tod verspürte Ni Zao ein seltsames Beben, sooft er an ihn dachte oder von ihm sprach. Wie konnte ein stattlicher Mann, ein Intellektueller, der im Ausland studiert hatte und der seinerzeit in die Befreiten Gebiete gegangen war, so sein, so... Ni Zao fiel es schwer, die rechten Begriffe zu finden. Was war er eigentlich wirklich gewesen? Intellektueller? Hochstapler? Verrückter? Dummkopf? Bonhomme? Vaterlandsverräter? Veteran der Revolution? Don Quichote? Ultralinker? Ultrarechter? Demokrat? Parasit? Verkanntes Genie? Versager? Naivling? Kong Yiji? A Q? Falscher ausländischer Teufel? Rudin? Oblomow? Imbeziler? Superhirn? Armer Teufel? Giftschlange? Nachzügler? Ultra-Avantgardist? Hedonist? Lump? Spießbürger? Büchergelehrter? Idealist? Bei derartigen Überlegungen brach Ni Zao der kalte Schweiß aus.

3

Ende Juni 1967 tuckerte in der Abgeschiedenheit der nordwestchinesischen Grenzgebirge ein Überlandbus ächzend und schnaufend durch die Schluchten, unter den Fahrgästen Ni Zao und seine Tante Jiang Quezhi (wie sie seit der Befreiung nun auch im amtlichen Melderegister hieß). Die blassen, abgezehrten Gesichter der beiden waren staubbedeckt. Ni Zao, den es als Opfer der politischen Kampagnen der fünfziger Jahre in die unermeßlichen Weiten des Nordwestens verschlagen hatte, war nach Peking gereist, um dort die Tante abzuholen, die ihm bei der Führung des Haushalts behilflich sein sollte. Nach einer Bahnfahrt von vier Tagen und vier Nächten hatten sie noch drei Tage im Überlandbus zu bewältigen. Im Zug – sie waren in der billigsten Klasse gereist – war Jiang Quezhi mehrmals von ihrem Sitzplatz auf den Boden gerutscht, wenn sie eingenickt war. Und Ni Zao, als er es vor Müdigkeit nicht mehr aushielt, streckte sich unter den Sitzbänken auf dem völlig verschmutzten Boden aus, wo er inmitten von Spucke und Rotz, Melonen- und Eierschalen gut und selig schlief.

Dies war nun der letzte Tag der Busreise, die sie im Vergleich zu den Strapazen der Bahnfahrt als geradezu erholsam empfanden. Der Bus fuhr nur tagsüber, die ganze Zeit durch einsame Gebirgsgegenden und dichte Wälder, grüne Weiden und stille Täler. Schneebedeckte Gipfel, Fichtenwälder, Schafherden, Blockhäuser, Seen, Gebirgsbäche, Pferde, Hirten – das Herz wurde einem weit bei diesem Anblick. «Wie schön. Diese Weite, diese Pracht! Ich kann gar nicht sagen, wie froh ich bin, wie wohl ich mich fühle. Nie hätte ich gedacht, daß ich das noch erleben würde – so eine weite Reise zu dir hierher... Was hatte ich noch zu hoffen? Was hatte mein Leben noch für einen Sinn? Und da plötzlich kommt dein Brief. Anscheinend hält das Schicksal nach all dem Schweren und Sinnlosen am Ende meines Lebens doch noch etwas Gutes für mich bereit... Ich altes

Weib ziehe mit meinem Neffen in die Ferne, bis ans Ende der Welt! Hier an der Nordwestgrenze, hier will ich meine Tage beschließen», erklärte Quezhi mit Nachdruck. Ihre freudige Erregung erinnerte Ni Zao an die Jingzhen von einst bei der Morgentoilette, beim Gedichtaufsagen oder beim Niesen.

Er lächelte vor sich hin, und niemand hätte sagen können, ob dieses Lächeln bitter war oder süß. Jahrzehntelang war das Verhältnis zu seiner Tante eher kühl gewesen. In seiner Kindheit hatte sie sich um ihn gekümmert, hatte ihn verwöhnt, ihm vieles beigebracht, aber nachdem er Ende der vierziger Jahre sein Herz für die Revolution entdeckt hatte, verhielt er sich ziemlich bewußt seiner Großmutter und seiner Tante gegenüber geringschätzig, wenn nicht gar feindselig. Er zögerte keinen Augenblick, sie als Angehörige der untergehenden Gutsbesitzerklasse einzustufen. Sie fürchteten sich vor der Revolution und sahen der bevorstehenden Befreiung voller Angst entgegen; daran allein zeigte sich ihr Klassencharakter. Nach 1949 einschlägig geschult, unterzog Ni Zao diese beiden «Elemente» unnachgiebiger und strenger Kritik. Er rief sich ins Gedächtnis, wie böse sie waren, was für schlimme Ausbeuter und instinktive Feinde der Revolution. Seine Kritik an den beiden nahm er sogar in die Aufzeichnungen und Zusammenfassungen auf, die er über seine ideologischen Erkenntnisse beim Studium anfertigte. Auch in den Gruppenversammlungen zur Kritik und Selbstkritik sprach er voll leidenschaftlicher Empörung über die scheußliche Fratze dieser beiden Gutsbesitzerelemente, von denen sich im übrigen auch Ni Ping und seine Mutter klar distanziert hatten.

Frau Jiang und Quezhi waren nun vollends aufeinander angewiesen. Sie wußten kaum noch, wie sie ihr Leben fristen sollten. Im Jahre 1947 hatten sie auch den letzten verbliebenen Grundbesitz veräußert und vom Erlös einen kleinen Wohnhof gekauft, wo sie nach der Befreiung vier schäbige Zimmer vermieteten. Davon lebten sie, zweifellos nach wie vor als «Parasiten». Tag für Tag ernährten sie sich von gedämpften Hefeklößen aus Maismehl, bei deren Zubereitung Frau Jiang stets sehr viel Soda verwendete. Dadurch wurde die Säure des Treibmittels gebunden, und die Klöße waren recht locker, zugleich aber hatten sie einen Stich ins Grünliche und waren so pappig, daß man beim Essen meinte, den Mund voller Buchweizenkleie zu haben, wie sie zum Stopfen von Kopfkissen benutzt wird.

Nachdem Ni Ping geheiratet und Mitte der fünfziger Jahre ein Kind zur Welt gebracht hatte, half Quezhi eine Zeitlang als Kinderfrau bei ihrer Nichte aus, so daß es ihr ein wenig besser ging als der Mutter. Je ärmer sie waren, desto eifersüchtiger wachten Frau Jiang und ihre Töchter Quezhi und Yingzhi darüber, daß die eine nicht von der anderen übervorteilt wurde. Folglich bereiteten alle drei in jener Zeit ihre Mahlzeiten getrennt, und in dieser Familie war eine regelrechte Batterie kleiner Kohleöfen gleichzeitig in Betrieb – fürwahr ein seltsamer Anblick.

Am minderwertigsten waren die Speisen, die auf dem Öfchen von Frau Jiang gekocht wurden. Dennoch war sie stets froh und dankbar, wie ruhig und geordnet das Leben seit der Befreiung war. Als in den fünfziger Jahren die ersten allgemeinen Wahlen stattfanden, stand auf der Anschlagtafel mit den Namen der Wahlberechtigten auch ihr Name sowie der ihrer ältesten Tochter. Ni Zao, der darüber empört war, setzte sich mit dem Einwohnerkomitee in Verbindung, dem er die soziale Herkunft seiner Großmutter und seiner Tante erläuterte, doch schien die Regierung nicht die Absicht zu haben, sie wegen des Pachtzinses, von dem sie bis 1947 gelebt hatten, zur Rechenschaft zu ziehen. Selbst während der Bewegung der «Vier Bereinigungen» in den sechziger Jahren, auch «Sozialistische Erziehungsbewegung» genannt, die dazu dienen sollte, in den Städten die Klassenzugehörigkeit klar abzustecken, geschah ihnen nichts.

Frau Jiang wurde immer gebrechlicher. Ende der sechziger Jahre war sie schon weit über achtzig Jahre alt. Da ihr die Haare rapide ausfielen, färbte sie sich die Kopfhaut schwarz, was außerordentlich lächerlich wirkte.

«Ich habe keine Angst vor dem Sterben», sagte sie, «denn mein Leben hat keinerlei Sinn mehr. Da gehe ich die Gasse runter, um für zwei Fen Essig zu holen, und wie ich langsam zurückkomme, laufe ich doch glatt an meiner Haustür vorbei, ohne es zu merken. Erst als ich fast bei der alten Robinie angelangt bin, stutze ich: Wohin gehe ich eigentlich mit dem Essignapf in der Hand? Was tue ich denn überhaupt? Was habe ich hier unter der Robinie verloren? Ich grüble und grüble. Bin ich nicht eine Dumme? Mit dem Essig hierherzugehen. Also, ich drehe mich um und tapere zurück, bis ich an meinem Hoftor bin – immerhin bin ich diesmal nicht wieder vorbeigelaufen. Zu Hause gucke ich mir den Napf an: leer! Der Essig ist längst verschüttet, wer weiß, wo das passiert ist. Wozu soll man da noch leben, wenn es so um einen steht? Ich habe überhaupt keine Angst vor dem Sterben, nicht ein bißchen! Wovor ich Angst habe, ist, nicht zu sterben. Wo gibt's denn sowas – ein altes Weib wie ich und stirbt einfach nicht.»

Schließlich begann die Kulturrevolution. Erpicht auf die Ausmerzung der Vier alten Übel, drangen Rotgardler in die dunkle, schmutzige, säuerlich riechende Kammer ein, die Frau Jiang mit Quezhi bewohnte. Es war, als habe die alte Frau auf diesen Tag schon lange gewartet. Tatsächlich wußte hier niemand etwas von ihrer Klassenherkunft. Es hatte sich auch kein Mensch je dafür interessiert. Dennoch, kaum standen die Rotgardler im Zimmer, kniete die alte Frau nieder und machte vor ihnen einen Kotau, daß ihr kahler Schädel auf die Dielen knallte. Einen «Kotau mit Musik» nannte man das daheim auf dem Dorf. So einen hatte sie damals, als sie wegen des Grundbesitzes den Prozeß gegen Jiang Yuanshou führte, vor dem Richter auch gemacht.

Während des Kotaus sagte sie: «Ihr Herren Rotgardler, ich bin Gutsbesitzerin, ich verdiene längst den Tod, ich kann... was war das gleich, was ich nicht kann?» Sie drehte den Kopf fragend zu Quezhi, die ihr prompt half: «...deine Schuld selbst mit dem Tode nicht sühnen», woraufhin die Alte ihre Kotaus fortsetzte und dazu unablässig «Ich kann meine Schuld selbst mit dem Tode nicht sühnen» vor sich hin brabbelte.

Die Rotgardler fanden, es sei immerhin positiv, wie bereitwillig sie ihre Verbrechen eingestehe. Ein bebrilltes

Mädchen, das etwas mehr durchzusehen schien als die anderen, wies jedoch darauf hin, daß ihre Anrede – sie hatte das feudalistische Wort «yeye», «Herr», verwendet (das auch «Großvater» bedeutet) – im Grunde eine Beleidigung, ja, eine Beschimpfung wäre. Wie konnnte diese alte Gutsbesitzerin es wagen, die Rotgardler des Vorsitzenden Mao in dieser Weise anzureden!

«Willst du etwa damit sagen, daß wir Rotgardler alte Gutsbesitzer sind?» Bei dieser Unterstellung machte sich Frau Jiang vor Schreck in die Hosen. Die anderen Rotgardler hatten der scharfsinnigen Analyse ihrer Waffengefährtin nicht so ganz folgen können und waren angesichts der schmutzigen, übelriechenden alten Frau auch nicht besonders interessiert, lange zu verweilen.

Sie überlegten, welche gerechte Strafe man diesem Gutsbesitzerelement, das einfach nicht sterben wollte, auferlegen könne. Ihre Habseligkeiten beschlagnahmen? Da war buchstäblich nichts zu beschlagnahmen. Zwei Ohrfeigen? Bei so einem veschrumpelten Gesicht würde man wahrscheinlich nicht einmal ein Geräusch hören, geschweige denn, daß es richtig knallen würde. Zum Schluß war es wieder die «Brille», die den rettenden Einfall hatte. Hatte sie nicht im Zimmer eine Steingutschüssel mit schmutzigem Wasser gesehen? Es war das Fußwaschwasser der alten Dame; sie wusch sich manchmal zwei- bis dreimal am Tag die Füße, denn im Alter waren mehr Hühneraugen und Hornhaut zu beseitigen denn je. Dieses Wasser, befahl die Bebrillte, solle Frau Jiang austrinken. Sodann richtete sie, vielleicht in Anbetracht der beträchtlichen Menge des Wassers und der geringen Körpergröße der eingeschrumpften Alten, das Funkeln ihrer Brillengläser auf Quezhi.

Diese kam jedoch dem Befehl der Brille zuvor.«Ich bin keine Gutsbesitzerin!» beteuerte sie. «Vor der Befreiung war ich Bibliothekarin und Lehrmittelverwalterin der Pekinger Mädchenberufsschule. Ich habe es schriftlich! Ich...»

So blieb es Jiang Quezhi erspart, Fußwaschwasser trinken zu müssen. Ihre Mutter aber mußte das Wasser schlucken, wobei sie den größeren Teil verschüttete, so daß sie völlig durchnäßt wurde. Immerhin – für sie war damit die Kulturrevolution überstanden. Frau Jiang konnte die Rotgardler gar nicht genug loben: «So was Nettes und Freundliches! Es stimmt schon, was die da oben immer sagen – das sind die himmlischen Heerscharen.»

Drei Tage später bekam die alte Dame Durchfall, legte sich zu Bett und stand nicht wieder auf.

«Mutter, hast du Bauchschmerzen?» fragte Quezhi.

«Nein.»

«Wo tut es denn weh?»

«Mir tut gar nichts weh. Mir geht es gut. Sehr gut sogar», sagte Frau Jiang.

Nur ganz zum Schluß bat sie Jingzhen (in diesen letzten Minuten hatte sie vergessen, daß ihre Tochter jetzt Quezhi hieß), sie möge ihr helfen, sich auf die andere Seite zu drehen. Sie wagte nicht, im Angesicht der an der Stirnwand des Zimmers klebenden Führerbilder und -zitate zu sterben.

Außer Quezhi war niemand da, der sich um das Begräbnis kümmerte. Ihre Schwester war ängstlich darauf bedacht, nicht in Zusammenhang mit jemandem aus der Gutsbesitzerklasse gebracht zu werden, und sei es ihre tote Mutter. Später erzählte Quezhi, die Mutter habe, als sie zur Feuerbestattung eingeliefert worden sei, eine lange Jacke aus Marderhundfell angehabt, die sie schon fünfzig Jahre besessen habe; das einzige wertvolle Stück, das sie noch aus der Heimat mitgenommen und bis zuletzt bewahrt habe. Jemand habe vorgeschlagen, ihr die Jacke vor der Verbrennung auszuziehen, aber sie, Quezhi, habe nur bitter gelacht und gesagt, so etwas würde sie niemals fertigbringen.

Ni Wucheng hörte erst einige Jahre später – damals trug er noch die Mütze eines «Konterrevolutionärs aus der Vergangenheit» – die Geschichte, wie Frau Jiang Fußwaschwasser trinken mußte. Er meinte, so und nicht anders müsse mit solchen Gutsbesitzerelementen wie seiner Ex-Schwiegermutter verfahren werden. Er könne die revolutionäre Aktion der «Kleinen Generäle» nur gutheißen.

Als Ni Zao erfahren hatte, daß die Großmutter nicht mehr am Leben sei, entstand in ihm der Gedanke, seine Tante zu sich zu holen. Nachdem er am eigenen Leib die Wechselfälle des Lebens zu spüren bekommen hatte und –

wie ausnahmslos jedermann – durch die Feuertaufe der Kulturrevolution gegangen war, sah er sein Verhältnis zur Tante in etwas anderem Licht, milder und versöhnlicher. Hinzu kam, er brauchte tatsächlich jemanden im Haus, der sich um das Kind kümmerte. Als sie ihm dann im Autobus so erregt ihr Herz ausschüttete, empfand er sowohl Mitgefühl als auch eine gewisse Genugtuung. Schließlich war sie seine Tante und seine erste Literaturlehrerin. Sie war es gewesen, die damals seine Aufsätze verbessert und ihm die Werke von Bing Xin und Lu Yin nahegebracht hatte. Unterwegs erzählte sie ihm ausführlich vom Ende der Großmutter. Auch er war bedrückt und niedergeschlagen, als er hörte, unter welchen Umständen sie gestorben war.

«Denk nicht mehr an das Vergangene. Jetzt wollen wir beieinander bleiben und Freude und Leid miteinander teilen», tröstete Ni Zao die Tante.

Sie hatte wenig Gepäck. Um nichts brauchte sie sich zu sorgen, sagte sie, das Haus sei an den Staat gefallen, die Mutter sei tot – kurz, sie habe jetzt nichts und niemanden auf der Welt als ihren Neffen.

Das einzige Erinnerungsstück, das ihr verblieb, war ein vergilbtes Foto des «jungen Zhou», wie sie ihren verstorbenen Mann nannte, der 1967 schon fünfunddreißig oder sechsunddreißig Jahre unter der Erde lag. Quezhi kramte das Bild heraus, um es Ni Zao zu zeigen. «Guck mal, sieht mein Großneffe ihm ähnlich?»

Damit verdarb sie ihm jedoch die Laune, denn sie hatte die Erinnerung an die bedrückende Vergangenheit geweckt, diese alptraumartige, grausame, finstere Vergangenheit. Dabei hatte er gedacht, all dies wäre ein- für allemal begraben! In dieser Stimmung kamen Ni Zao sogar Zweifel, ob es klug gewesen sei, die Tante zu sich zu nehmen, ein solches Gespenst aus der Gutsbesitzerklasse, ein solches Relikt aus der alten Gesellschaft, in sein Haus zu holen. Wären nicht jene politischen Kampagnen und unerwarteten Rückschläge gewesen, Ni Zao – mit Leib und Seele dem strahlenden neuen Leben verbunden – hätte diese vom Schicksal fürs Grab bestimmte Tante keines Blickes gewürdigt.

So aber sah er in ihr eine fast tragische Figur.

Nachdem sie in der kleinen Stadt an der Grenze angekommen waren, klagte Quezhi über Schwindelgefühle und blieb den ganzen Tag im Bett. Ni Zao war darüber ein wenig verstimmt. Einmal, beim Essen, erzählte er seinem Sohn einen Witz. «Es war einmal eine faule junge Frau, deren Mann verreisen mußte. Weil er sich um seine Gattin Sorgen machte, buk er einen großen Fladen und hängte ihn ihr um den Hals. Abends als er nach Hause kam, fand er seine Frau dennoch verhungert vor, obwohl der Fladen noch lange nicht alle war. Wie das kam? Nun, die faule Frau hatte nur das Stückchen von dem Fladen gegessen, das sie abbeißen konnte, wenn sie den Mund aufmachte. Den Rest hätte sie mit der Hand zum Mund führen müssen, und dazu war sie zu faul. Also mußte sie verhungern.»

Alle lachten. Als Ni Zao mit seiner Geschichte anfing, hatte er sich nicht viel dabei gedacht. Erst als er jetzt das künstliche Lachen seiner Tante bemerkte, ging ihm auf, wie herzlos er sich benommen hatte. Sie mußte ja annehmen, mit seiner Geschichte habe er auf sie gezielt, habe ihr durch die Blume zu verstehen gegeben, daß er ihre Faulheit mißbillige.

In der Nacht stöhnte Quezhi von Zeit zu Zeit. Sie habe Kopfschmerzen, klagte sie.

«Wahrscheinlich hast du dich noch nicht akklimatisiert», redete Ni Zao ihr zu. «Eine Grippe ist das – morgen früh hole ich dir Aspirin.»

Als sie am nächsten Tag die Schmerztablette einnehmen wollte, zitterte ihre Hand mit dem Wasserglas stark. «Mein Kopf tut so weh, als ob er zerspringen will», sagte sie.

Ni Zao nahm ihre Klagen nicht allzu ernst. Nachdem Jiang Quezhi die Tabletten eingenommen hatte, schlief sie ein.

Ni Zaos Frau war schon den dritten Tag verreist – Ernteeinsatz in der Volkskommune –, und der Sohn war ungezogen und quengelig. Ni Zao sollte unbedingt mit ihm ‹Der kleine Soldat Zhang Ga› ansehen. Diesen Film hatte Ni Zao seit Anfang der sechziger Jahre bereits fünfmal genossen. Als aber die Tante immer noch in bleiernem Schlaf lag und nicht einmal aufwachte, als er sie zum Abendbrot rief, gab er schließlich dem zeternden Kind nach und sah sich nach dem Essen mit ihm das sechste Mal diesen verdammten Zhang Ga an. Hinterher schaute er nach der Tante und fragte sie, wie es ihr gehe, doch sie reagierte immer noch nicht. Immerhin, sie schnarchte gleichmäßig. Müde und mißgelaunt ging Ni Zao zu Bett. Nach etwa einer Stunde fuhr er plötzlich aus dem Schlaf – da stimmte doch etwas nicht! Ob sie bewußtlos war?

Mitten in der Nacht lief er also ins Vorzimmer, wo die Tante lag. Ihr Atem ging jetzt noch rasselnder, die Wangen waren feuerrot, und es gelang ihm nicht, sie zu wecken. Nun war guter Rat teuer. Wen sollte er zu dieser nächtlichen Stunde zu Hilfe rufen? Endlich faßte er sich ein Herz und weckte einen Nachbarn, einen Angehörigen einer nationalen Minderheit, der als Kutscher arbeitete. Nach viel gutem Zureden willigte dieser ein, Quezhi auf seinem Pferdekarren ins Krankenhaus zu schaffen. Ehe sie losfuhren, bat Ni Zao einen weiteren Nachbarn, während seiner Abwesenheit auf das Kind aufzupassen.

Der aus dem Schlaf gerissene Bereitschaftsarzt stellte Hirnblutung fest, und tatsächlich wurden bei der Rückenmarkpunktion große Mengen Blut nachgewiesen. Es folgten drei Tage Intensivtherapie mit Sonderernährung, Infusionen, Sauerstoffbeatmung und Injektionen von blutstillenden Präparaten. Ni Zao konnte nicht ständig bei der Tante wachen, weil er für den Sohn sorgen mußte, aber er schaute alle paar Stunden nach ihr. Als er am Vormittag des vierten Tages kam, berichteten Quezhis Zimmergenossinnen, sie habe offenbar etwas sagen wollen, doch niemand sei aus ihrem Gemurmel klug geworden. Ni Zao rief sie immer wieder beim Namen, doch sie reagierte nicht. Er wollte ihr die Gewißheit vermitteln, daß er sich um ihre Beerdigung kümmern würde. Sie hatte immer wieder geäußert, vor nichts habe sie solche Angst wie vor der Feuerbestattung. Das war zwar rückständig, dennoch war Ni Zao bereit, ihr den Wunsch nach einem richtigen Begräbnis zu erfüllen. Als er am Nachmittag wieder kam, war Jingzhen – Frau Jiang Quezhi, Frau Zhou geb. Jiang – bereits tot. Ihr Leichnam lag schon in der Totenkammer.

Ein Sarg konnte ohne Schwierigkeiten beschafft werden. Jedoch hatte man versäumt, die Kranke auszuziehen, und dies auch unmittelbar nach ihrem Ableben nicht nachgeholt. Erst einige Stunden später konnte Ni Zao sie, unterstützt vom Chefinternisten des Krankenhauses, für die Beerdigung umkleiden. Ein Einheimischer, der ihnen zur Hand ging, meinte, dazu müsse man eigentlich eine Frau zu Hilfe nehmen. Aber der Chefinternist entgegnete nur voller Zorn: «Fangen Sie bloß nicht so an! Sie sehen doch, der Leichnam ist schon steif. Ehe Sie eine Frau gefunden haben, die zu dieser Arbeit bereit ist, lassen sich die Arme nicht mehr bewegen.»

Ni Zao sah mit Erschütterung, wie verschrumpelt seine Tante war. Ihr Haar aber war immer noch schwarz und dicht. Er rechnete nach: Sie war noch nicht einmal neunundfünfzig Jahre alt geworden. Im Tode hatte sie die Zähne fest zusammengebissen, ihre Wangen waren eingefallen. So viel Ni Zao auch nachdachte, er konnte sich nicht erklären, warum ein Mensch ein solches Leben hatte führen müssen. Wenn es wirklich einen Gott gab, dann war er grausamer und erbarmungsloser als irgendein anderes Wesen.

Zu Kondolenzbesuchen erschienen überraschenderweise einige langbärtige Bauern – Angehörige der örtlichen nationalen Minderheit – in ihren langen Kaftanen. Zu ihnen hatte Ni Zao stets ein gutes Verhältnis gehabt. Während seiner Erzählung über das unglückliche Leben der Tante wurden den Männern die Augen feucht. Gerührt seufzend strichen sie sich die Bärte. Als sie hörten, daß sie Tausende von Kilometern von Peking bis zu diesem Ort gereist war, nur um hier nach ein paar Tagen zu sterben, lächelten sie jedoch wieder in ihrer gütigen Art.

«Bei uns gibt es ein altes Wort», sagten sie, «daß jeder an seinem Ort stirbt. Wenn sie in solcher Eile und unter solchen Mühen hierherkam, hat sie doch immerhin erreicht, daß sie nun in heimatlicher Erde Frieden findet. Ihr Leben lang hat sie ihre eigentliche Heimat nicht gekannt, erst im Tod ist ihr vergönnt, in ihr den letzten Schlaf zu tun.»

Nach so vielen Irrungen und Wirrungen stellte sich also

heraus, die Tante stammte von hier, aus dem nordwestchinesischen Grenzgebiet.

Seine verstorbene Tante erschien Ni Zao noch öfter im Traum mit weiß gepudertem Gesicht, tränenüberströmt. Als er fragte: Bist du nicht tot? lächelte sie und antwortete mit sanfter Stimme:

Ich vertreibe dich, Pirol!
Dein Gesang stört den Traum,
der den Liebsten mich wohl
läßt im Grenzland erschaun.

Mit dem Grenzland im Lied war das jetzige Ningxia und nicht das Gebiet der heutigen Westgrenze Chinas gemeint, dennoch – Grenzland war schließlich beides, und dorthin war sie gelangt.

Jahre später, als Ni Zao mit seiner Familie wieder nach Peking zurückgekehrt war, schrieb ihm ein Bauernbursche aus dem Grenzgebiet, er habe am Grab von Jiang Quezhi, das er seinerzeit schaufeln geholfen habe, Papieropfergaben für die Seele der Verstorbenen verbrannt. Ni Zao möge ihr doch einen Stein setzen lassen, damit das Grab zwischen all den anderen Gräbern nicht in Vergessenheit gerate. Das tat Ni Zao jedoch nicht. Eines Tages würde es ohnehin in Vergessenheit geraten wie jedes Grab. Selbst eine Ehrenpforte für keusche Witwen würde daran nichts ändern. Wozu hatte die Revolution die alte Gesellschaft hinweggefegt! Solche Ehrenpforten waren nichts anderes als sichtbare Zeichen unsagbarer Opfer an Blut und Tränen und Angst, sie taugten nur mehr dazu, von den glücklicheren Spätgeborenen verspottet zu werden. Niemand würde sich mehr für die Vorgeschichte solcher Denkmäler interessieren. Wie wäre es auch möglich, daß die Nachfahren die Vorfahren verstünden... Wer sagt, in China gingen Entwicklungen und Veränderungen zu langsam vonstatten?

Ni Wucheng hatte die Nachricht vom Tod seiner Exschwägerin mit den Worten: «Ein böser Geist weniger.» kommentiert. Darauf folgten weitere, weniger vornehme, um nicht zu sagen gehässige Ausdrücke.

Haß ist stärker noch als der Tod.

4

Was das Schicksal der anderen Personen dieser Erzählung betrifft, baue ich im wesentlichen auf die Phantasie meiner Leser.

Von Jiang Yingzhi läßt sich vielleicht sagen, sie hatte Glück, denn unmittelbar nach der Befreiung bekam sie einen Arbeitsplatz, so daß ihr ein Ende wie das ihrer Mutter und ihrer Schwester erspart blieb. Ni Ping warf sich in den mächtigen Strom der Revolution und hatte ihr eigenes, keineswegs leichtes und erst recht nicht romantisches Leben. Dr. Zhao Shangtong wurde nach der Befreiung als «Kapitalist» eingestuft und eine Zeitlang «umerzogen»; er starb Anfang der fünfziger Jahre.

Ni He kam erst nach der Befreiung in die Schule. Sie beherrschte den heimatlichen Dialekt ihrer Familie überhaupt nicht, sondern sprach reinstes Pekingisch. Ihr brachte die Tante nicht die Kinderlieder ihrer Heimat bei. Weder ihr Vater noch die Großmutter oder die Tante spielten in ihrem Leben je eine besondere Rolle. Zu fremd waren sie ihr, zu sehr unterschieden sie sich von ihr. Später dann hielt sie sie sich ganz bewußt vom Leib, um sich nicht durch den Kontakt mit ihnen zu gefährden.

Das Mädchen hatte eine schöne Stimme. Damit hatte sie schon kurz nach ihrer Geburt die Leute beeindruckt, denn kaum hatte sie das Licht der Welt erblickt, vernahm man ein silberhelles Weinen von ihr, das so ganz anders klang als bei Neugeborenen sonst – wie eine kleine Trompete hörte es sich an. Sie hatte Lieder aller Art gelernt und trat damit häufig bei Amateurveranstaltungen auf. Besonders gut verstand sie sich darauf, bekannte Gesangsgrößen zu imitieren.

Später nahm Ni He ein naturwissenschaftlich-technisches Studium auf, und zwar mit sehr gutem Erfolg. Ihr heutiger Mann war ebenfalls ein Musterstudent gewesen, auch er hatte ein technisches Fach gewählt. Inzwischen sind beide außerordentliche Professoren, etwas, was sich Ni

Wucheng sein Leben lang erträumt und nie erreicht hatte. In der neuen historischen Periode machte Ni Hes Gatte zu Studien- und Weiterbildungszwecken zahlreiche Auslandsreisen, von denen er neben Zeichnungen und sonstigen Materialien, die den technischen Fortschritt in China voranbringen sollten, für den eigenen Haushalt nach und nach die «Großen Vier» – Fernseher, Kühlschrank, Waschmaschine, Staubsauger – und später sogar die «Großen Acht» mitbrachte.

Nun widmeten sich die beiden mit ganzer Hingabe der Heranbildung der kommenden Generation. Ihr Sohn verfügte über eine hervorragende Begabung. Sowohl in der Grund- als auch in der Oberschule übersprang er je eine Klassenstufe, und von klein auf impfte man ihm ein, er müsse «frühzeitig sein Talent entfalten», es «schnell zu etwas bringen» und so weiter. Bei seinen Hausaufgaben wurde er von den Eltern beaufsichtigt, die ihn unablässig anspornten, überwachten oder ihm Hilfestellung leisteten. Es war jetzt modern geworden, die eigenen nicht verwirklichten Hoffnungen und Pläne in die nächste Generation hineinzuprojizieren; mit kaum vierzig lebte man schon nur noch für die Kinder. Von einer Generation an die nächste weitergegeben wurde eine unerschütterliche, wenn auch stets Bedauern über das eigene Unvermögen einschließende Hoffnung.

Werfen wir noch einen Blick auf die Klette. Nachdem Ni Wucheng 1943 weggegangen und die übrige Familie umgezogen war, siedelte auch die Klette in eine neue Wohnung über – wie es der Zufall wollte, abermals ganz in der Nähe der Jiang-Frauen. Nach der Befreiung war der Gatte der Klette zunächst als Direktor eines Geschäfts eingesetzt worden, doch sehr bald brachen die «Drei Anti-» und die «Fünf-Anti-Bewegung» über ihn herein, mit denen Unterschlagung, Verschwendung und Bürokratismus beziehungsweise Bestechung, Steuerhinterziehung, Diebstahl von Volkseigentum, Schluderarbeit und Wirtschaftsspionage bekämpft werden sollten. Er wurde als ein korrupter und bestechlicher «Tiger» mit schlechter Klassenherkunft entlarvt und nach gebührend harter Kritik aus dem Staatsdienst entlassen. Ni Zao sah diesen «toten Tiger» oftmals die Gasse entlangschlurfen, gebeugt und gebrochen an Leib und Seele, die Augen stets gesenkt, um niemanden sehen und mit niemandem reden zu müssen.

Ein großes Ereignis in der Familie der Klette veränderte jedoch bald darauf die Situation von Grund auf: Eine der Töchter, die wunderschöne große Augen hatte, heiratete eine hochgestellte Persönlichkeit. Von nun an fuhr in der kleinen Gasse häufig eine imposante SIM-Limousine vor und hielt vor dem Tor der Klette. Nicht lange, und sie hatte einen privaten Telefonanschluß. Allein schon die Telefonleitung zu ihrem Haus ließ keinen Zweifel an der prominenten Stellung der Bewohner. Privattelefon und Limousine waren bis dahin in der Gasse etwas Unbekanntes gewesen, so daß die Klette vollauf beschäftigt war, die Sensation entsprechend auszuwerten.

Doch die Herrlichkeit währte nicht lange. 1957 geriet die Tochter mit den schönen Augen in politische Schwierigkeiten. Dann fuhr keine Limousine mehr vor, und auch das Telefon wurde abgebaut. Im Jahr 1966, kurz nach Beginn der Kulturrevolution, entzog sich die Tochter den Verfolgungen der «Kleinen Generäle» durch den Strick.

Auch nach der Befreiung verkehrte die Klette weiter mit den Jiang-Frauen, ohne daß es je wieder zu so häßlichen Auseinandersetzungen gekommen wäre wie früher – in der neuen Gesellschaft ging es eben doch viel zivilisierter zu.

Zum Schluß wollen wir noch auf eine Person zurückkommen, die der Leser höchstwahrscheinlich schon wieder vergessen hat: Miss Liu, die Dame, mit der Ni Wucheng und sein Sohn 1942 im Xidan-Basar europäisch gegessen hatten und die immer so melodisch «Un-sinn» gesagt hatte, wenn Ni Wucheng ihr eine Neckerei zuflüsterte. Ihr voller Name lautete Liu Lifen, und sie war außerordentlich hübsch. Sogar Jingyi – das heißt: Yingzhi – sprach sich anerkennend über ihre Schönheit aus. Miss Liu hatte sich bei der ersten Begegnung mit Ni Wucheng in ihn verliebt, und er war ebenfalls nicht abgeneigt, sich ernsthaft um sie zu bemühen. Dann wurde ihr aber klar, daß diese Beziehung keine Perspektive hatte, und nach einiger Zeit machte alles an Ni Wucheng sie nur noch traurig und zornig, so daß sie bald den Verkehr mit ihm abbrach. Als Wissenschaftlerin brachte sie es später zu bescheidenem Erfolg. Wie ihr Leben nach der Befreiung verlief, ist nicht bekannt. Heute ist sie Professorin an einer südchinesischen Universität. Erst unlängst war sie im Rahmen eines Wissenschaftleraustauschprogramms nach England und Frankreich eingeladen.

So kurz das Leben des Menschen ist, es schreibt in wenigen Jahrzehnten eine Fülle unterschiedlichster Geschichten.

5

Mein Freund. Am Ende dieses Buchs muß ich wieder an dich denken. Wir haben uns in der Kaderschule des 7. Mai dort in der öden Sandwüste kennengelernt. An einem freien Tag war es, als die meisten «Kämpfer» in die Stadt gefahren waren und ich als Diensthabender zurückgeblieben war. Ich rollte gerade in der Kantine Nudelteig für mich und einen weiteren Diensthabenden aus, als du hereinkamst. Du nanntest mich beim Vornamen, lobtest meinen Teig und fragtest, wie ich mit einem so kleinen Nudelholz einer so großen Teigplatte Herr werden könne. Ich habe es dir gezeigt, und du warst voller Bewunderung. Danach erfuhr ich, daß du aus derselben Stadt, sogar aus demselben Stadtbezirk und derselben Straße stammtest wie ich.

Breitschultrig bist du und langbeinig, die Klugheit leuchtet dir aus den Augen, du bist gesellig und im Gespräch ebenso scharfsinnig wie humorvoll. Lediglich deine Lippen sind sehr schmal, und da du auch noch besonders schnell sprichst, hatte ich bei deinen Lippenbewegungen immer ein ganz eigenartiges Gefühl. Seit jener Zeit sind wir Freunde, und du hast mich mit deinen «offenen Worten eines offenherzigen Menschen» und mit deinem Dialekt oft zum Lachen gebracht. Du sprachst nicht von Ohrfeigen, sondern von «Ohrauberginen», der Geizhals hatte bei dir «sein Geld zwischen den Rippen stecken», und wenn eine Sache überhaupt keine positiven Aspekte hatte, hieß das bei dir «da tut sich überhaupt nichts». All diese Ausdrücke habe ich von dir übernommen. Auch wie du die Große Kulturrevolution und die Mißstände der Zeit sowie die verschiedenen Spielarten linker Politik gegeißelt hast, hat dir meine volle Sympathie eingetragen. Dank deiner Freundschaft erschienen mir die Jahre der Einsamkeit nicht mehr so einsam.

Nach der Lin-Biao-Affäre löste sich unsere Kaderschule allmählich auf. 1973 trennten sich unsere Wege, und wir sahen einander vor lauter Arbeit nur noch selten. Schon Zhuangzi hat gesagt: «Wenn zwei Fische in einer langsam austrocknenden Wagenspur einander mit ihrem Speichel am Leben erhalten, ist das gut; besser aber ist es, wenn zwei Fische einander im Fluß oder See vergessen.»

Zehn Jahre später jedoch hatten wir eine hervorragende Gelegenheit, uns zu treffen und uns miteinander zu unterhalten. An jenem Tag schwatzten wir angeregt und tranken Fenjiu-Schnaps, und vor uns bog sich der Tisch förmlich unter all den köstlichen Speisen und Getränken – beredter Ausdruck der guten Zeiten, die wir in dieser neuen Ära erlebten. Du warst sehr gealtert, der Kopf kahl, die Stimme heiser, das Gesicht zerfurcht und sogar ein wenig fleckig.

Wie eh und je sprachst du von Leuten, denen du am liebsten eine «Ohraubergine» geben würdest, und du erzähltest, während der letzten reichlich zehn Jahre hättest du in zwei verschiedenen Provinzen und drei verschiedenen Städten bereits sieben verschiedene Arbeitsplätze gehabt – Kulturhaus, Filmstudio, Ausstellungshalle, Lehrerbildungsinstitut, Bezirksverwaltungsamt, Schriftstellerverband, Theater –, und nirgendwo «tat sich etwas», sooft du auch gewechselt hast. «Was kann sich schon in China tun?» sagtest du voller Empörung, als würdest du China von außen betrachten oder Gericht halten über dein Land. Je mehr Schnaps du getrunken hast, desto emphatischer beharrtest du darauf, das Potential, das in dir schlummere, wäre überhaupt noch nicht erschlossen. «Verdammt noch mal, der Mensch braucht doch ein bißchen Glück im Leben! Verstehst du? Lao Wang, glaubst du das auch, daß man bloß ein bißchen Glück braucht? Gib mir die Chance, und auch ich kann Amtsvorsitzender oder Minister werden, oder meinst du etwa, ich hab nicht das Zeug dazu? Und ob ich das Zeug dazu habe! Wie, schreiben? Das soll wohl ein Witz sein? Ich werde doch nicht unter die Schriftsteller gehen! Da schreibt doch sowieso nur einer beim anderen ab, und wenn du mich lobst, lobe ich dich. So ist es – du kennst doch den ganzen Schlamassel gut genug! Internationale Beziehungen? Weißt du nicht, wie gefährlich das ist? Da steckst du am Ende so viel ein, daß deine Taschen gar nicht groß genug sind! Und außerdem muß man dazu Fremdsprachen sprechen. Wer wird schon so was lernen? Erst haben alle Russisch gepaukt, und jetzt ist plötzlich Englisch an der Reihe, immer schön so, wie es gerade Mode ist! Was sagst du? ‹Wo ein Funke Glut ist, da leuchtet auch ein Lichtstrahl›? Bei mir war's kein Funke – ein verdammter Feuerball war's, und doch haben die mich nicht leuchten lassen, diese Scheißkerle... Nein, verkommen und vergammelt ist mein ganzes Potential!»

Ich denke an dich, mein Freund! Ich bewundere deine Integrität, deine Belesenheit, deine Unbeirrbarkeit. Weil dein Vater stellvertretender Minister in der Guomindang-Regierung gewesen war, hast du seit frühester Jugend bei allem stets abseits stehen müssen. Im Jahr 1958 wurdest du als «weiße Fahne», als nichtrevolutionär, gebrandmarkt und warst auf einmal ein Fall von «weiß und fachkundig» statt «rot und fachkundig», wie die Forderung lautete. Das hinderte aber all die großen und kleinen Amts- und Würdenträger keineswegs daran, dich in aller Form um deine geschätzte Mitarbeit zu ersuchen, wenn zum Beispiel die Gedichte des Vorsitzenden Mao übersetzt werden mußten – ohne dich ging es nun einmal nicht. Konnte man früher schon nicht umhin, deinen Wert anzuerkennen, so jetzt erst recht nicht. Mitten in der Kampagne gegen die «rechtsabweichlerische Tendenz zur Revision früherer Urteile» hast du es tatsächlich fertiggebracht, mit einer Zigarette im Mundwinkel friedlich schlafend in deinem Sessel zu sitzen, während alle anderen um dich herum nacheinander ihre Stellungnahmen zu den einschlägigen Dokumenten abgaben. Sogar geschnarcht hast du. Das allein war einsame Spitze. Große Klasse. Und keine von all diesen kümmerlichen Gestalten, die dich verunglimpft und schlechtgemacht hatten, wagte es, dir deswegen den Kopf zu waschen.

Ach, warum nur hast du bis heute stets eine Fahne? Bist an zwanzig von dreißig Tagen betrunken. Deswegen hast du Streit mit deiner ganzen Familie gekriegt, hast sogar schon einmal eine Ohraubergine von der Tochter, deiner einzigen Tochter, eingesteckt. Vielleicht war es einfach eine Sache der Gewohnheit, vielleicht war diese Selbstherabsetzung einfach Ausdruck der dir eigenen Arroganz? Aber warum hast ausgerechnet du dich nicht geändert, als die Umstände dann wieder anders waren? Hast du denn keine Achtung mehr vor deinen Fähigkeiten? Keinen Sinn mehr für anständige, fleißige, gewissenhafte Arbeit? Da kann man wohl von charakterlich bedingter Trägheit sprechen. Wie schmerzlich für deine Freunde und Angehörigen, mit ansehen zu müssen, wie du dich selbst zugrunde richtest, wie die Gaben ungenutzt in deinem robusten Körper schlummern.

Mein Freund, Gefährte meiner Jugendtage. Natürlich kannst du nicht vergessen, wie wir zusammen in einem Bett schliefen – deine Füße neben meinem Kopf, dein Kopf neben meinen Füßen –, wie wir über Ostrowski, Fadejew, Antonow, Panowa und später über Romain Rolland diskutierten. Selbstverständlich weißt du noch, wie wir uns gegenseitig unsere erste Erzählung zum Lesen gaben und dann darüber diskutierten; wie ich dir auf meiner Hochzeit beim Abschied die Jackentasche mit in Schnaps eingelegten Jujuben vollstopfte; und wie du später, als ich «in Schwierigkeiten geriet», voller Anhänglichkeit und Mitgefühl gekommen bist, mir Gesellschaft zu leisten, mich zu trösten und dich um mich zu kümmern...

Später hast du dich schließlich von der allgemeinen gesellschaftlich-politischen Stimmung und den Warnungen deiner Familienangehörigen einschüchtern lassen und dich zum Bruch mit mir entschlossen. Am Abend vor meiner Abreise nach Xinjiang hatte ich eigentlich vor, mich von dir zu verabschieden, aber du hast mir auf meine briefliche Ankündigung geantwortet, es sei besser, wir sähen uns nicht. In deinem Brief stand außerdem, ich sei ja nicht auf den Kopf gefallen und würde schon verstehen.

Sicher verstand ich dich, nur gerechnet hatte ich nicht damit. Ich tat mir selbst leid, weil ich wieder einen Freund verloren hatte, aber noch mehr hast du mir leid getan.

Alles, was danach kam, ließ mich dich noch besser verstehen, ließ mich noch weniger Gram über diese düsteren Erinnerungen empfinden. Komm, lesen wir gemeinsam ein Gedicht von Majakowski! Das Vergangene ist wie Schall und Rauch... Schließlich bist du ein Veteran der Revolution, bist schon während des Widerstandskrieges gegen Japan in die Partei eingetreten. Vielleicht könntest du schon längst Minister sein statt in einer Amtsstube dein Leben als kleiner Angestellter abzusitzen, immer vorsichtig, immer treu und brav, immer schön linientreu! Nach 1959 hast du nie wieder von Romain Rolland gesprochen, und in den achtziger Jahren erst recht nicht. Alle sagen, du bist ein selten guter Mensch. Ach ja, gut bist du, und zugleich so schwach, daß du immer nur abwarten kannst: Wer, bitte schön, trifft die Entscheidung für mich? Na, komm, laß uns ein Glas Maotai trinken. Den Elan und den Schwung unserer Jugendzeit, den erleben wir sowieso nicht noch einmal.

Ich denke an euch, meine Freunde im In- und Ausland. Ein sonniger Tag nach langem Regen. Dämmerung. Letzter Tag in der Stadt B. An diesem Abend stand nichts Besonderes auf dem Programm. Du schlugst vor, in den Vergnügungspark zu gehen, den eine englische und eine Firma aus deinem Land gemeinsam eingerichtet hatten. Mit Freuden stimmten wir zu. Nach kurvenreicher Autofahrt über eine eiserne Brücke, vorbei an verlassenen Badestränden und ganzen Batterien häßlicher Schornsteine, kamen wir in dem Vorort an, wo auf einem freien Platz eine verwirrende Fülle der verschiedensten Kleinigkeiten nur darauf wartete, daß die Besucher ihr Glück versuchten. All diese niedlichen Spielsachen, Wanduhren, oder Ziergegenstände wurden nicht zum Verkauf angeboten, sondern konnten beim Glücksspiel gewonnen werden, indem man ein Rad drehte, mit einem Gewehr nach Tonröhrchen schoß und so weiter. In einem vom ohrenbetäubenden Sound einer Rockband erfüllten Imbißzelt tranken wir Bier und aßen Hähnchen und Würstchen vom Grill, wobei wir uns fast die Finger verbrannten. Hinterher haben wir uns die Hände mit einem nach Pfefferminz duftenden Erfrischungstüchlein gereinigt. Die Sängerin der Band war ein kräftig gebautes, nicht sehr großes Mädchen mit blonden Haaren, nach meiner Schätzung nicht älter als siebzehn oder achtzehn und sicher von klein auf eine begeisterte Käseesserin. Während die Band Pause machte, sang ein Behinderter im Rollstuhl alte Volksweisen von Ostsee und Elbe. Sein akkordeonbegleiteter Gesang kam mir vor wie der Schlachtruf von Soldaten, die sich in den Kampf stürzen.

Ich mußte an die chinesischen Tempelmärkte denken, an die Gegend um die Shichahai-Teiche in Peking vor der Befreiung. Wie sehr erinnerte mich diese Zeltgaststätte daran! Bei Einbruch der Dunkelheit wurden blendende Glaslampen angezündet, und alles war erfüllt vom Duft der Lotosblüten, vermischt mit dem fischigen Geruch des Wassers. Das schwimmende Restaurant «Fangshan» hatte zu jener Zeit inmitten der Teiche seine Zelte aufgeschlagen. Dort gab es Reisbrei, der von den darübergebreiteten und mitgekochten Lotosblättern grün gefärbt war, mit Hackfleisch gefüllte Fladen, eingedicktes Erbspüree, Gartenbohnen-Röllchen und kleine gedämpfte Hefeklöße aus «Maronenmehl». Wie oft mochte Shi Fugang mit Ni Wucheng und dessen Familie dort gespeist haben? Vor fast einem halben Jahrhundert...

Und womit amüsieren wir uns? Auto-Scooter? Oder wie wäre es mit dem «Vogel»? Nervenkitzel zur Genüge, auch Angst, denn man hängt kopfüber in großer Höhe, minutenlang. Fahren wir doch Karussell! Nein, da flimmert es einem schon vom bloßen Hinsehen vor den Augen. Also wähle ich das Riesenrad.

Nur du, mein Landsmann und Kollege, weigerst dich mitzumachen. Du würdest ja nicht einmal in ein Flugzeug steigen, wenn man dir eine Dienstreise nach Lhasa anböte!

Und dasselbe hast du, in bester Absicht natürlich, auch mir geraten – «damit nichts passiert».

Jetzt wird der Motor angelassen. In unserer Schaukel sitzend, beginnen wir uns langsam zu drehen. Immer schneller, immer höher. Schließlich sausen wir nahezu in mindestens dreißig Metern Höhe durch die Luft. Der Horizont fliegt uns entgegen. Hügel, Flüsse, Gebäude und Anlagen setzen sich plötzlich auf wie ein alter Mann, der lange gelegen hat, stehen mit einem Mal auf ihren Füßen und recken sich in die Höhe. Wirbelnde Lichter, farbige Lampen wie Linien oder Flüsse aus Licht. Alles beginnt sich zu drehen. Du hast Angst, du jubelst, du möchtest schreien, doch am Ende verfärbst du dich nur. Aber da dreht sich unser Riesenrad schon wieder langsamer, allmählich sinken wir tiefer, der Horizont senkt sich wieder herab, Hügel und Flüsse gleiten an ihre angestammten Plätze zurück, und auch du hast dein natürliches Lächeln wiedergewonnen und atmest auf – doch da wird das Tempo wieder schneller, wieder geht es hoch, wieder wird dir schwindlig, wieder schreist du. Dann abermals Verlangsamung, Herabsinken, Erleichterung... Und das alles viele, viele Male.

Endlich steigst du ab. Du bist noch auf der Erde, dir sind keine Flügel gewachsen, du kannst nicht schweben, du bist noch immer, wie du warst. Das Hinauffliegen und das Herabstürzen gehören zueinander wie das Leben und der Tod. Kann man sagen, daß wir geflogen sind und so endlich den uralten Traum der Menschheit wahrgemacht haben, daß wir endlich unser Land und den ganzen Erdball wachgerufen haben? Oder sollen wir lieber sagen, all unser heißes Sehnen, unsere Illusionen, unsere Träume, als Herren der Winde durch den Raum zu schweben – sie alle sind am Ende vergeblich, denn zum Schluß stehen wir doch wieder mit beiden Füßen auf der Erde?

Im Sommer 1985 traf der Autor in einem Kurort am Meer mit seinem alten Freund Ni Zao zusammen. Der war inzwischen über die Fünfzig hinaus, war aber bei bester Gesundheit. In den vergangenen zwei Jahren schien es ihm nicht schlecht ergangen zu sein – «es hatte sich etwas getan».

Er verabredete sich mit mir zum Schwimmen. Brust-, Seiten- und Rückenschwimmen beherrschte er gleichermaßen gut; er schwamm langsam, gleichmäßig, mühelos. Zuerst war ich ihm ein Stück voraus, so daß ich immer wieder das Tempo verlangsamen mußte, um mich nicht zu weit von ihm zu entfernen. Nach vierzig Minuten merkte ich, daß meine Kräfte nachließen, und schlug vor umzukehren. Er aber sagte: «Entschuldige, aber ich muß heute unbedingt noch weiter schwimmen. Wer weiß, vielleicht ist es das letzte Mal, daß ich so weit schwimme. Aber du kannst doch allein zurückschwimmen.» Ich fand das nicht sehr nett, andererseits konnte ich ihn schließlich nicht mit Gewalt ins Schlepptau nehmen. Also hielt ich weitere zehn Minuten durch; doch schließlich merkte ich, es ging nicht mehr, machte kehrt und begann, ohne ihn zurückzuschwimmen.

Weit und breit keine Menschenseele, nichts als die Schaumkronen der Wellen auf der unendlichen Wasserfläche, nichts als Plätschern und Gluckern. Das blendende Grau von Himmel und Erde machte mich schwindlig. Plötzlich packte mich die Angst, und ich sah mich nach Ni Zao um. Er entfernte sich immer weiter, als strebe er dem offenen Meer zu, dorthin, wo es am tiefsten ist. Selbst wenn ich um Hilfe geschrien hätte, er hätte mich nicht gehört. Es blieb mir nichts anderes übrig, als mich auf dem Rücken liegend dem Wiegen der Wellen anzuvertrauen und zu versuchen, mich zu fassen und wieder zu beruhigen. Zwei geschlagene Stunden dauerte es, bis meine nichts weniger als erfreuliche Schwimmerei ein Ende fand.

Dann lag ich im Sand, um zu verschnaufen, und hörte, wie die mächtigen Wogen unvergleichlich wuchtig und unvergleichlich sinnlos auf den Strand donnerten. Ich bewunderte die Großartigkeit des Meeres und empfand zugleich ein tiefes Bedauern darüber, daß dieses machtvolle Atemholen, diese pulsierende Energie letztlich doch zu keinem Zweck dienten. Ich ging in den Umkleideraum, duschte mich ab, zog mich an und ging zurück an den Strand. Von Ni Zao immer noch keine Spur! Jetzt war ich ernstlich besorgt und überlegte sogar, ob ich nicht Alarm schlagen sollte. Es dämmerte schon, da endlich erschien Ni Zao als schwarzes Pünktchen am Horizont. Ich winkte, schrie und hüpfte, er aber reagierte nicht. Nach weiteren zwanzig Minuten war er endlich wieder an Land. Er wirkte weder besonders müde noch besonders fröhlich, spielte auch nicht den großen Helden, für den solche Husarenstücke sich von selbst verstehen, oder prahlte mit seinen Schwimmkünsten. Dagegen kam ich mir erst recht minderwertig vor, und ich hätte mich geschämt, ihm zu erzählen, was ich während meines zweistündigen Kampfs gegen die Wogen gesehen, gedacht und empfunden hatte. «Warum bist zu eigentlich so weit geschwommen?» fragte ich ihn.

Er lachte. «Ich habe gedacht, je weiter, desto besser.»

«Ich hatte schon befürchtet, du willst dich umbringen», entgegnete ich wie im Scherz.

Er antwortete nicht.

Plötzlich fing er, völlig zusammenhanglos, wieder an zu sprechen: «Jetzt laufen in Peking und vielen anderen Städten Kampagnen gegen das Spucken in der Öffentlichkeit. Das finde ich sehr erfreulich. Mein verstorbener Vater wäre tief befriedigt, würde er davon erfahren. Was meinst du, wie lange wird es dauern, bis keiner mehr spuckt?»

Ich blieb ihm die Antwort schuldig.

«Ich schätze», fuhr er fort, «es dauert mehrere Generationen.»

«Ist das nicht eine allzu pessimistische Schätzung?»

Er lächelte nur schwach.

Abends schleppte er mich in ein Restaurant für europäische Küche, Filiale eines alteingesessenen Hauses, das, wie er sagte, schon vor der Geburt seines Vaters bestanden habe. Das Restaurant hatte nur während der Saison geöffnet, und die Gäste konnten entweder im Freien oder im von glitzernden Lichterketten erhellten Gastraum Platz nehmen. Sowohl draußen als auch drinnen wurde man von den Klängen leiser elektronischer Musik berieselt. Die meisten Leute, die dort speisten, waren ausländische Badegäste, alle wohlgenährt und wohlgestalt und wohlgepflegt. Fritierte Langusten schmeckten hier besonders gut. Sie waren so leuchtend rot, daß man meinen konnte, sie wären mit Tomatensoße übergossen, doch diese Unterstellung wies der Kellner entschieden zurück: «Alles Natur!» Köstlich auch der an bunte Blüten erinnernde Eisbecher mit Früchten, «Sundae» nannten sie so etwas hier. Allein schon der Anblick der Platten, auf denen die Köstlichkeiten unter einer silbernen Schutzglocke aufgetragen wurden, erfreute das Herz.

Nach dem Essen gingen wir gemeinsam zu einer Tanzparty. Nie hätte ich gedacht, daß Ni Zao ein so vollendeter Tänzer sei, auf dem die Blicke zahlreicher chinesischer und ausländischer Gäste – Männer wie Frauen – mit Wohlgefallen ruhten.

Während Ni Zao tanzte, grübelte ich über die Konzeption meines Romans nach. Vielleicht würde ich ihn gar nicht Roman nennen, sondern Chronik. Ich wollte etwas über die Geschichte der Tänze, die ich im Lauf der Zeit gesehen hatte, schreiben. Vor der Befreiung war es hauptsächlich allerlei übles Gesindel, das den Gesellschaftstanz pflegte. Zum Beispiel gab es 1948, am Vorabend des Zusammenbruchs des Guomindang-Regimes, in Wuhan einen großen Skandal, als während eines Balls, bei dem die Gattinnen und Töchter von hohen Militär- und Zivilbeamten der Guomindang mit amerikanischen Offizieren tanzten, ein plötzlicher Stromausfall zu einer Massenvergewaltigung führte. Ebenfalls 1948 gab es eine revolutionäre Aktion von Shanghaier Eintänzerinnen, die mit ihren Forderungen auf die Straße gingen und in langem Demonstrationszug zum Rathaus zogen, wo sie alles kurz und klein schlugen. Als Kind hatte ich immer gehört, Eintänzerinnen würden nichts taugen, aber 1948 waren sie plötzlich revolutionär.

Daß selbst Revolutionäre tanzen, erfuhr ich erst aus Agnes Smedleys Buch ‹China kämpft›, in dem sie sich über die Tanzposen von Mao Zedong, Zhu De, Peng Dehuai und anderen revolutionären Führern äußert. Damals war es mir ziemlich unbegreiflich, wie man in Yan'an tanzen konnte, ausgerechnet an einem Ort, wo man doch eigentlich nur untergehakt im kämpferischen Schulterschluß die ‹Internationale› hätte singen sollen.

Nach der Befreiung bis Mitte der fünfziger Jahre verbreitete sich dann der Gesellschaftstanz im ganzen Land. Damals war ich Funktionär des Kommunistischen Jugendverbandes, und unsere Bezirksleitung saß im selben Haus wie die Gewerkschaftsleitung. Vor dem Gebäude war eine betonierte Fläche, wo jeweils sonnabends von der Gewerkschaft organisierte Tanzabende stattfanden. Daß junge Menschen sich nach Herzenslust am Gesellschaftstanz erfreuen konnten, war ein Symbol für das neue Klima im befreiten China, für das glücklichere, zivilisierte, offenere Leben der Menschen. Oh, wie liebte ich diesen jugendfrischen Wirbel, diese aus grenzenloser Zuversicht herrührende Gelöstheit, diese rauschhafte Lust am neuen Leben.

In der zweiten Hälfte der fünfziger Jahre gab es dann keine Tanzveranstaltungen mehr, zumindest keine öffentlichen; vielleicht hatten noch einige – ganz wenige – Auserwählte Gelegenheit zum Tanzen.

Wie es danach war, darüber lohnt es sich nicht zu sprechen.

Im Winter 1978 feierte der Gesellschaftstanz im ganzen Land fröhliche Urständ, doch später soll es zu allerlei unschönen Vorkommnissen gekommen sein – von Rowdytum, Xenophilie und Verletzung der nationalen Würde war die Rede, von moralischem Verfall und Ehebruch.

So hörte im Frühling und Sommer 1979 das Tanzen plötzlich abermals auf.

Seit Beginn der achtziger Jahre hat es ein ständiges Auf und Ab in bezug auf den Gesellschaftstanz gegeben. Merkwürdig – zu diesem Problem gab es nie irgendwelche Resolutionen, Beschlüsse, Direktiven, Pläne, Verordnungen, Bestimmungen oder sonstige Dokumente, doch war der Tanz stets wie ein Barometer des gesellschaftlichen Klimas.

In einer seiner Erzählungen hat Chen Jiangong über einen «organisierten» Tanzabend geschrieben, bei dem wachsame Arbeiterveteranen keinen Schritt der Jugendlichen auf der Tanzfläche unbeobachtet lassen. Von Zeit zu Zeit ermahnten diese «Linienrichter» die Tänzer leise, doch unüberhörbar: «Tanzt anständig! Abstand halten!»

Ärger gab es sogar in den Parks, in die 1978 und 1979

viele Jugendliche zum Tanzen gingen. Wenn Schluß war, weigerten sie sich nach Hause zu gehen – sie verletzten die Vorschriften, zerstörten Volkseigentum, kulturelle Werte, Rasenflächen und Blumenbeete, begingen unzüchtige Handlungen, führten unflätige Worte im Munde und verstiegen sich am Ende sogar dazu, die Parkangestellten zu beschimpfen und zu schlagen.

Es heißt, wer Tanzveranstaltungen organisiert, geht ein gewisses Risiko ein. Du arrangierst einen Tanzabend, und plötzlich fährt ein Lastauto voll junger Bürschchen vor, die in den Tanzsaal stürmen oder vielmehr: die den Tanzsaal stürmen. Wie willst du da Zucht und Ordnung aufrechterhalten?

Im Jahre 1984 gab es auf einmal wieder überall Tanzveranstaltungen wie Bambussprossen nach dem Frühlingsregen, und – o Wunder – zu allen waren Eintrittskarten im regulären Verkauf erhältlich. Auch erschienen mutige Zeitungsartikel, in denen eine Lanze für den Discotanz gebrochen wurde, obwohl dieser noch kaum in der Öffentlichkeit getanzt worden war. Es dauerte jedoch nicht lange, da war zum Beispiel auf der ersten Seite der Zeitung ‹Jiefang Ribao› eine Bekanntmachung des Amtes für Öffentliche Sicherheit der Stadt Shanghai zu lesen, kommerzielle Tanzveranstaltungen seien zu unterbinden. Später, so heißt es, wurde eine Erläuterung nachgereicht: Mit «kommerziellen Tanzveranstaltungen» seien solche gemeint, bei denen spezielle Tanzpartner vermittelt würden.

Sind diese Wandlungen in Psychologie, Verhalten, Sitten und Gebräuchen es nicht tatsächlich wert, daß man über sie schreibt?

Der Tanz, zu dem wir an jenem Abend gingen, verlief ohne Störungen und Zwischenfälle. Ni Zao erzählte mir, sein Vater Ni Wucheng sei ein begeisterter Tänzer gewesen, auch ein sehr guter, doch er habe Zeit seines Lebens wahrscheinlich nur ganz selten Gelegenheit zum Tanzen gehabt. Jetzt dagegen, jetzt gebe es farbige Lampen, die unentwegt aus- und wieder angingen, wenngleich deren Reiz gegen den der feenhaften Beleuchtung in bestimmten Luxushotels der Provinz Guangdong verblasse. Wieviel Zuversicht man empfinde, wenn man all diese jungen Leute beobachte, ihre Kleidung, ihr Benehmen!

Zu den Schlagern, nach denen an diesem Abend getanzt wurde, gehörten ‹Das Mädchen aus Böhmen›, ‹Der grüne Papagei› und ‹Der Sommer des vergangenen Jahres›.

Ich mag dich ganz besonders, du Sommer des vergangenen Jahres.

A Q – Held der bekanntesten Erzählung von Lu Xun, ‹Die wahre Geschichte des A Q›, die 1921 erschien. Darin wird vor dem Hintergrund der Revolution von 1911 ein satirisch gefärbtes Bild der chinesischen Gesellschaft gezeichnet. Der vagabundierende Landarbeiter A Q ist quasi der Prototyp des defätistischen Durchschnittschinesen im alten China. Als dessen größte Schwäche stellt Lu Xun die Tatsache dar, daß er jede Niederlage in einen «moralischen Sieg» für sich verklärt und damit faktisch auf jeden Kampf für eine Veränderung seiner mißlichen Lebensumstände und gegen seine Unterdrücker verzichtet, an denen er sich paradoxerweise «rächt», indem er seinerseits Menschen unterdrückt, die noch schwächer sind als er selbst.

Affenkönig – Der Affenkönig Lao Sun ist eine Gestalt der chinesischen Volksmythologie, zugleich listen- und trickreicher Held des klassischen Romans ‹Die Pilgerfahrt nach dem Westen.› von Wu Cheng'en (1500-1582). Im Kampf gegen Feinde verwandelte er sich ständig aufs neue und rettete sich so aus scheinbar ausweglosen Situationen.

Achte Marscharmee – Die kommunistische Rote Armee wurde 1937 mit Beginn der Einheitsfront mit der Guomindang im Krieg gegen Japan (1937-1945) zur Achten Marscharmee, das heißt Armeegruppe, der Nationalen Revolutionsarmee reorganisiert.

Ba Jin – Pseudonym für Li Feigan (geb. 1904), Schriftsteller und Übersetzer, heute Vorsitzender des Schriftstellerverbandes der VR China; spielte eine entscheidende Rolle in der Entwicklung des zeitgenössischen chinesischen Prosaschaffens.

Bai Juyi – (772-846), Dichter, dessen bewußt volkstümlich gehaltene Balladen und sonstigen Gedichte zu den Schätzen der klassischen chinesischen Literatur zählen.

Bai Yu – Der Schriftsteller Gong Wanxuan (1899-1966) verfaßte unter verschiedenen Pseudonymen, darunter Bai Yu, volkstümliche Romane.

Beiyang-Regierung – Als Beiyang-Clique wurden zunächst in den ersten Jahren nach 1900 die dem Einfluß des mächtigen Generals Yuan Shikai unterstehenden Militärs bezeichnet. Nach Yuans Tod (1916) bildeten diese Generäle mit ausländischer Unterstützung miteinander rivalisierende Einflußgebiete, in denen sie faktisch unabhängig von der (Guomindang-) Zentralregierung die Regierungsgewalt ausübten. Erst 1928 war die Herrschaft dieser nordchinesischen Militärmachthaber endgültig gebrochen.

Berg der Fünf Elemente – Zur Strafe für seinen Hochmut wird der Affenkönig vom Buddha Tathagata in einer Episode des Romans ‹Die Pilgerfahrt nach dem Westen› unter dem Berg der Fünf Elemente festgehalten, den der Buddha aus Feuer, Metall, Holz, Erde und Wasser geformt hat.

Bing Xin – Pseudonym für Xie Wanying (geb. 1900), Dichterin, auch eine der bekanntesten Kinderbuchautorinnen Chinas.

Buddha Tathagata – (chinesisch: Rulai), eine Gottheit des buddhistischen Pantheons. In einer Episode des Romans ‹Die Pilgerfahrt nach dem Westen› kämpft der Affenkönig vergeblich gegen den übermächtigen «Schicksalslenker» Tathagata.

Cai Yuanpei – (1868-1940), progressiver Wissenschaftler und Pädagoge; übte vor allem in den zwanziger Jahren maßgeblichen Einfluß auf die kulturelle Entwicklung in China aus.

Cao Cao – (155-220), Politiker, Feldherr und Dichter. Cao Cao ist auch einer der Helden des klassischen Romans ‹Die Drei Reiche› von Chen Shou aus der Zeit der Westlichen Jin (265-316).

Chen Gongbo – (1890-1946), ein Guomindang-Führer; war unter der mit den Japanern kollaborierenden Wang-Jingwei-Regierung Parlamentspräsident und wurde nach Wangs Tod 1944 Regierungschef; 1946 als Verräter erschossen.

Chen Jiangong – (geb. 1949), Schriftsteller.

Chen Lifu – (geb. 1899), Bruder des Finanzoligarchen

Chen Guofu; übte als Ideologe und Angehöriger einer der «Vier großen Familien» beträchtlichen Einfluß auf die chinesische Politik und Wirtschaft unter dem Guomindang-Regime von Jiang Jieshi aus, der ebenfalls einer der Vier großen Familien angehörte.

Cheng Hao, Cheng Yi – Cheng Hao (1032-1085) begründete mit seinem Bruder Cheng Yi (1033-1107) eine einflußreiche Schule der konservativ-neokonfuzianischen Philosophie, die Schule von Luoyang (nach der Stadt, in der sie lebten).

Dewey – John Dewey (1859-1952), amerikanischer Philosoph und Hochschullehrer, Vertreter des Pragmatismus. Seine Wirkung in China war in den zwanziger und dreißiger Jahren bedeutend, da viele chinesische Intellektuelle während ihrer Studien in den USA von ihm beeinflußt worden waren.

Du Liniang – Hauptgestalt aus ‹Der Päonienpavillon›, einem Werk des Dramatikers Tang Xianzu (1556-1616).

Erlang – Eine Gottheit des chinesischen Pantheons (Neffe beziehungsweise Enkel des Himmelskaisers), Held zahlreicher Legenden und Märchen.

Geng Xiaodi – Eigentlich Geng Linman (geb. 1926), Schriftsteller.

Goldene Knüppel – Satirische Anspielung auf ein Gedicht von Mao Zedong.

Gongfu-Kampfsport – Die traditionellen chinesischen Kampfsportarten (Wushu), wie Taijiquan, Säbel- und Schwertfechten und so weiter, werden besonders im Ausland auch als Gongfu (Kungfu) bezeichnet, was allgemein nur «Fähigkeit, Können» bedeutet.

Die «Großen Acht» – Scherzhafte Sammelbezeichnung für acht elektrische Haushaltgeräte: mindestens Fernseher, Kühlschrank, Waschmaschine und Staubsauger, dazu vier weitere Geräte wie Kassetten- und Videorecorder und so weiter.

Guangxu-Ära – Als Kaiser Guangxu regierte Zai Tian aus

dem mandschurischen Herrscherhaus Aisin Gioro von 1875 bis 1908.

Guanyin – Chinesischer Name für den Bodhisattwa Avalokitesvara des indischen Buddhismus. Als Göttin der Barmherzigkeit genießt dieser androgyne Bodhisattwa – «für die Erleuchtung bestimmtes Wesen», das selbst einmal Buddha sein wird – besondere Verehrung unter den chinesischen Buddhisten.

Han-Kaiser – Die Han-Dynastie regierte von 206 v. Chr. bis 220. In dem berühmten Gedicht von Bai Juyi geht es um das Schicksal der Konkubine Yang, der Lieblingsfrau des Tang-Kaisers Xuanzong (reg. 712-756). Der Dichter verlegte lediglich aus Zensurgründen die Handlung in die Han-Zeit.

Hu Shi – eigentlich Hu Shizhi (1891-1962), einer der bedeutendsten chinesischen Gelehrten dieses Jahrhunderts; lehrte als Vertreter des Deweyschen Pragmatismus unter anderem an der Universität Peking Philosophie; war später mehrere Jahre lang Botschafter in den USA, wohin er 1948 auch emigrierte; verbrachte die letzten vier Lebensjahre in Taiwan.

Huqin – Zwei- oder viersaitige chinesische Geige mit einem röhrenförmigen, mit Schlangenhaut bespannten Schallkörper, dessen Hals quer durch das Korpus geschoben ist; wird beim Spielen senkrecht auf den Oberschenkel des Spielers gestützt.

Jiang Jieshi – (Tschiang Kai-shek, 1887-1975), Führer der Guomindang seit Ende der zwanziger Jahre. Als die Japaner 1937 weite Teile Chinas besetzten, floh die von ihm geführte Regierung nach Chongqing (Tschungking) in der südwestlichen Provinz Sichuan. Seit Wang Jingwei 1940 das Nanking-Regime im japanisch besetzten Teil Chinas errichtet hatte, regierte Jiangs Tschungking-Regierung nur noch in den nicht von den Japanern besetzten Landesteilen.

Jiang Qing – (1914-1992), ursprünglich Schauspielerin; war seit 1938 Mao Zedongs dritte Ehefrau und während der Kulturrevolution, die sie mitinitiierte, führendes Mitglied der das Land beherrschenden, ultralinken «Viererbande»; nahm sich im Zuchthaus das Leben.

Kaderschule des 7. Mai – Während der Kulturrevolution (1966-1976) gab es in China sogenannte «Kaderschulen des 7. Mai» zur politischen Umerziehung in Verbindung mit körperlicher Arbeit. In Wahrheit handelte es sich um Arbeitslager auf dem Lande, meist in besonders unterentwickelten Regionen, in denen mehrere Monate oder auch Jahre lang «Kader» – das heißt alle außer Produktionsarbeitern und Bauern, darunter viele Mitglieder der Kommunistischen Partei – gemaßregelt werden sollten. Der Name geht auf die entsprechende Weisung Mao Zedongs vom 7. Mai 1967 zurück.

Kaiser Xuantong – Als Kaiser Xuantong regierte Puyi (1906-1967) nach dem Tode von Guangxu bis zur Revolution von 1911.

Kong Yiji – Held der gleichnamigen Novelle von Lu Xun über einen unfähigen Beamtenanwärter, der mit seiner Pseudobildung prahlt.

Kuafus Jagd nach der Sonne – Der mystische Held Kuafu hatte Jagd auf die Sonne gemacht. Als er sie endlich vor sich sah, verspürte er in der Hitze brennenden Durst. Er trank das Wasser der Flüsse Huang He und Wei He aus, verdurstete am Ende aber dennoch, ehe es ihm gelang, die Sonne in seine Gewalt zu bringen.

Lao She – Pseudonym für Shu Qingchun (1899-1966), Dramatiker, Prosaist und Übersetzer; war einer der bedeutendsten zeitgenössischen Literaten, der durch Übersetzungen auch international bekannt wurde.

Laozi – (Laotse), ein legendärer Denker, der in der Frühlings-und-Herbst-Periode, 8.-5. Jh. v. Chr., gelebt haben soll; gilt als Begründer des Daoismus (Taoismus). Das ihm zugeschriebene ‹Buch Laozi› – auch ‹Daodejing› (Taoteking), ‹Das heilige Buch vom Dao›, genannt – ist wahrscheinlich später entstanden.

Lehre des Zhuangzi – Zhuangzi (eigentlich Zhuang Zhou),

369-286 v. Chr. war einer der bedeutendsten Philosophen des chinesischen Altertums. In seinen Werken entwickelte er die Prinzipien der daoistischen Philosophie, die vor ihm in Laozi einen ersten Höhepunkt erreicht hatte.

Li Bai – Li Bai (Li Taibai, 701-762), schon in seiner Zeit, der Tang-Zeit, einer der berühmtesten Lyriker, wird auch heute noch zu den bedeutendsten Dichtern gerechnet, die China hervorgebracht hat.

Lin Biao – (1907-1971), Verteidigungsminister, Führer der Kulturrevolution und designierter Nachfolger Mao Zedongs; spielte in den Bürgerkriegen der dreißiger und vierziger Jahre als einer der führenden kommunistischen Militärs eine wichtige Rolle; plante einen Putsch gegen Mao Zedong und kam nach Mißlingen des Putschversuchs beim Absturz seines Fluchtflugzeugs ums Leben.

Lin Daiyu – Weibliche Hauptfigur in ‹Der Traum der Roten Kammer›, dem berühmtesten der klassischen chinesischen Romane, von Cao Xueqin (1719-1763).

Liu Bannong – (1891-1934), Dichter und Literaturwissenschaftler; spielte eine bedeutende Rolle in der Bewegung der Neuen Kultur. Diese Reformbewegung am Anfang des 20. Jahrhunderts kulminierte später in der ‹Bewegung des 4. Mai› (1919).

Liu Dabai – (1880-1932), Dichter und Literaturwissenschaftler.

Liu Yunruo – (lebte in der ersten Hälfte des 20. Jh. in Tianjin), Schriftsteller, Verfasser des Unterhaltungsromans ‹Tanz über Berge und Flüsse› (1929).

Lu Xun – Pseudonym für Zhou Shuren (1881-1936), Dichter, Literaturkritiker und Essayist, Revolutionär; gilt allgemein als einer der bedeutendsten realistischen Prosaisten der Neuzeit (der «chinesische Gorki»). Sein Einfluß auf die chinesische Literatur, besonders seit der Gründung der VR China 1949, wirkt bis in die Gegenwart nach.

Lu Yin – Eigentlich Huang Ying (1898-1934), besonders in den zwanziger und dreißiger Jahren bekannte Schriftstellerin.

Lu You – (1125-1210), Dichter der Song-Zeit (960-1279).

Manzhouguo – Die Japaner hatten 1931 in Nordwestchina ihren Aggressionskrieg gegen China begonnen. Im Jahre 1932 errichteten sie einen Marionettenstaat Manzhouguo (Staat der Mandschuren) unter dem ehemaligen (letzten) chinesischen Kaiser Xuantong, der die Provinzen Rehe, Liaoning, Jilin und Heilongjiang umfaßte und bis 1945 bestand.

Marionettenregierung – Am 18.12.1938 verließ Wang Jingwei (1883-1944), Führer der projapanischen Fraktion in der regierenden Partei, der Guomindang, die damalige Hauptstadt Chongqing (Tschungking) und lief zu den Japanern über. 1940 errichtete er mit deren Unterstützung in Nanjing (Nanking) eine Marionettenregierung, die bis zur Kapitulation Japans 1945 bestand.

Meng Lijun – Meng Lijun ist die Heldin eines in verschiedenen Versionen existierenden volkstümlichen Ritterromans.

Mengzi – Menzius, eigentlich Meng Ke, (372-289 v. Chr.), Philosoph, Politiker und Erzieher, einer der unmittelbaren Fortsetzer des Konfuzius (Kongzi, 551-479 v. Chr.).

Mu – Chinesisches Flächenmaß; 1 Mu = 1/15 ha.

Oblomow – Titelheld des gleichnamigen Romans des russischen Schriftstellers Iwan Gontscharow (1812-1891).

Pan Gu – Mit Hammer und Meißel formte der Held Pan Gu, der erste Mensch in der chinesischen Mythologie, Himmel und Erde aus dem Chaos, dem er entstammte.

Peng Dehuai – (1898-1974), General und Revolutionsheld; spielte in der Roten Armee eine Schlüsselrolle; bekleidete nach 1949 in der VR China hohe Funktionen in Partei, Staat und Armee, bis er infolge politischer Auseinandersetzungen mit Mao Zedong faktisch entmachtet wurde.

Qing-Zeit – Der Khan der ursprünglich in Nordostchina lebenden Mandschuren, errichtete 1636 die Qing-Dynastie, die dann von 1644 bis zur Revolution von 1911 in ganz China herrschte.

Reformbewegung – 1895 unterbreiteten etwa tausend prominente Persönlichkeiten dem Kaiser Guangxu eine Petition, in der sie forderten, Reformen im Sinne einer konstitutionellen Monarchie und einer modernen kapitalistischen Entwicklung nach westlichem Vorbild in China einzuführen. Das war der Beginn einer breiten Reformbewegung von progressiven und patriotischen Beamten, Journalisten und Militärs. 1898 fand sich der Kaiser bereit, einschneidende Veränderungen einzuleiten (Hundert-Tage-Reform), doch gelang es der reaktionären Hofkamarilla um die allmächtige Kaiserinwitwe Cixi, die Reformen nach kurzer Zeit im Keim zu ersticken, da es den Reformern an einer wirklichen Massenbasis fehlte.

Revolution von 1911 – Im Oktober 1911 wurde die mandschurische Qing-Dynastie von Han-chinesischen, bürgerlich-demokratischen Revolutionären gestürzt. Im Januar 1912 wurde die Republik ausgerufen. Erster Präsident wurde Sun Yatsen (Sun Zhongshan, 1866-1925), der Führer einer der bürgerlich-revolutionären Parteien, die sich im August 1912 zur Guomindang (Nationalpartei) zusammenschlossen.

Die Romanze vom Westzimmer – Bis heute in vielen Varianten immer wieder bearbeitetes Theaterstück von Wang Shifu (lebte während der Yuan-Zeit, d.i. 1271-1368), das auf einen älteren Stoff aus der Tang-Zeit (618-907) zurückgeht und vor allem deshalb so populär wurde, weil die beiden Liebenden im Stück mit Hilfe einer verständnisvollen Zofe über alle Schranken der Feudalethik hinweg zueinanderfinden.

Rudin – Titelheld des gleichnamigen Romans des russischen Schriftstellers Iwan Turgenjew (1818-1883).

Schüler des Birnengartens – Im 8. Jh. hatte ein Tang-Kaiser in einem Birnengarten in der Hauptstadt Chang'an (heute Xi'an) eine Ausbildungsstätte für Sänger und Tänzer eingerichtet. Seither steht «Schüler des Birnengartens» als Synonym für Bühnenkünstler.

Sechs Artikel der öffentlichen Sicherheit – Während der Kulturrevolution geltende Bestimmungen über die parteiamtliche Einteilung der Bevölkerung in verschiedene «Kategorien», die über ihre gesellschaftliche Stellung bzw. in der Konsequenz über ihre physische Existenz entschieden.

Sima Qian – (145-90 v. Chr.), gilt als Begründer der chinesischen Geschichtsschreibung. Daß Sima Qian wegen seiner Parteinahme für einen in Ungnade gefallenen General mit der Entmannung bestraft wurde, ist von ihm selbst überliefert worden.

Song Ziwen – (1894-1971), als Sproß einer der in Wirtschaft und Politik Chinas dominierenden sogenannten «Vier großen Familien» spielte Song Ziwen während der ersten Hälfte des 20. Jh. eine Schlüsselrolle.

Su Manshu – (1884-1918), Schriftsteller und Übersetzer.

Taiji-Übungen – Als Taiji (Taichi, auch Taijiquan) werden die aus einer traditionellen chinesischen Kampfsportart entwickelten gymnastischen Übungen mit äußerst konzentriert und langsam auszuführenden, genau festgelegten Bewegungsabläufen bezeichnet; in Europa oft Schattenboxen genannt.

Tang Bohu – (Tang Yin, 1470-1523), einer der bekanntesten Maler, Kalligraphen und Literaten der Ming-Dynastie; wirkte vor allem in Suzhou.

Vier Bereinigungen – Die Kampagne der Vier Bereinigungen in den Jahren von 1963 bis 1965 sollte zur Säuberung von Politik, Ideologie, Organisation und Wirtschaft führen. Zur gleichen Zeit wurde eine «Sozialistische Erziehungsbewegung» organisiert, die auch inhaltlich Parallelen aufwies und vor allem gegen die dem damaligen Staatspräsidenten Liu Shaoqi zugeschriebenen liberalen Tendenzen gerichtet war.

Waffenstillstandsabkommen – Die Auseinandersetzungen zwischen der Guomindang und den Kommunisten waren 1945, nach dem Sieg der zwischen ihnen gebildeten Einheitsfront gegen Japan, wieder aufgeflammt. Durch Vermittlung der USA wurde am 10.1.1946 noch einmal ein Waffenstillstand zwischen Guomindang und Kommunisten geschlossen, der jedoch schon im Juli 1946 durch eine neue Großoffensive der Guomindang gebrochen wurde. Damit begann der Dritte Revolutionäre Bürgerkrieg, der Befreiungskrieg.

Wang Baochuan – Heldin eines in mehreren Versionen bearbeiteten Sagenkreises, eine Art chinesische «geduldige Griseldis».

Wang Guowei – (1877-1927), Wissenschaftler, Philosoph und Literaturwissenschaftler, dessen Denken unter anderem von der deutschen idealistischen Philosophie beeinflußt war.

Wang Kemin – (1873-1945), einflußreicher Bankier und Politiker; bildete im Dezember 1937 in Nordchina eine von den Japanern gestützte Marionettenregierung.

Wang Yitang – (1877-1948), General und Politiker; war im Dezember 1937 im japanisch besetzten Nordchina maßgeblich an der Bildung einer Marionettenregierung beteiligt.

Wen Tingyun – (812-866), Dichter und Komponist.

Wu Song – Gestalt aus dem Roman ‹Die Räuber vom Liang Schan Moor› (so der Titel der deutschen Übersetzung von F. Kuhn) von Shi Nai'an (14. Jh.). Der Roman bildet auch die thematische Grundlage zahlreicher chinesischer Opern. Wu Song ist als «Tigertöter» und unerschrockener Kämpfer gegen Unrecht bis heute bei den Chinesen sehr populär.

Xiang Yu – (232-202 v. Chr.), Anführer eines aufständischen Bauernheeres am Ende der Qin-Dynastie (221-207 v. Chr.).

Xipi-Stil – Eine musikalische Richtung in der chinesischen Oper, die ursprünglich aus der Provinz Shaanxi stammte, sich Anfang des 17. Jh. mit Elementen der Volksmusik der Provinz Hebei mischte und später zu einer der beherrschenden Stilrichtungen der Pekingoper wurde; ist durch besonders ausdrucksbetonte, manchmal fast schrill tönende Musizierweise charakterisiert.

Xu Zhimo – (1896-1931), avantgardistischer Schriftsteller.

Yan Fu – (1853-1923), Dichter, Philosoph und Übersetzer aus westeuropäischen Sprachen.

Yan'an – Yan'an im Norden der nordwestlichen chinesischen Provinz Shaanxi war Endpunkt des Langen Marsches der chinesischen Roten Armee (1934/35) und von da an bis zur Befreiung 1949 Sitz des kommunistischen Hauptquartiers.

Yandi und Huangdi – Zwei mythische Ur-Kaiser, auf die die Chinesen ihre Herkunft zurückführen.

Ye Shengtao – Pseudonym für Ye Shaojun (1894-1988), Schriftsteller und Pädagoge; spielte eine wichtige Rolle in der progressiven Literaturszene im Guomindang-China der zwanziger Jahre, ebenso nach 1949 in der VR China, wo er bis zu seinem Tode hohe Funktionen in Politik und Gesellschaft innehatte.

Yihetuan – Ursprünglich unter den ärmeren Klassen und Schichten der chinesischen Gesellschaft verbreitete illegale Geheimgesellschaften, die seit Anfang des 19. Jh. bestanden. Die Yihequan («Fäuste für Gerechtigkeit und Harmonie», daher die im Ausland gebräuchliche Bezeichnung «Boxer») wurden ab 1898 als Yihetuan (Abteilungen der Miliz für Gerechtigkeit und Harmonie) legalisiert und unter der Losung «Unterstützung der Qing, Vernichtung der Ausländer» zugleich in den Dienst der mandschurischen Regierung des chinesischen Kaiserreichs gestellt.

Yin Rugeng – (1885-1947), einer der prominentesten Vertreter der japanfreundlichen Fraktion innerhalb der Guomindang; ab November 1935 Chef einer projapanischen «antikommunistischen autonomen Regierung» in Ost-Hebei; wurde 1947 als Hochverräter hingerichtet.

Yin und Yang – Yin bezeichnete ursprünglich die der Sonne abgewandte, Yang die der Sonne zugewandte Seite. Die alten chinesischen Philosophen bedienten sich dieser Begriffe, um den Gegensatz zwischen Positivem und Negativem, der sich an allen Dingen und Erscheinungen der objektiven Welt beobachten läßt, in urdialektischer Weise zu erklären. Im Lauf der Zeit verwendeten dann auch die

Wahrsager dieses Dualprinzip des Yin, das für das Dunkle, Weibliche, Negative, und des Yang, das für das Helle, Männliche, Positive steht, um z.B. vorauszusagen, ob die Partner einer geplanten Ehe harmonieren würden.

Yu Dafu – (1896-1945), progressiver Essayist und Schriftsteller; war von beträchtlichem Einfluß auf die Literaturentwicklung in China in der ersten Hälfte des 20. Jh.

Yu Pingbo – (geb. 1900), Literaturwissenschaftler und Schriftsteller.

Yuan Shikai – (1859-1916), mandschurisch-chinesischer General; spielte schon am Ende des 19. Jh. als Militärmachthaber eine große Rolle in der Innenpolitik des chinesischen Kaiserreichs, zuletzt als Kanzler; stellte sich in der Revolution von 1911 gegen progressive Kräfte um Sun Yatsen und wurde 1912 an dessen Stelle erst zum provisorischen, dann zum «Großen Präsidenten» der Republik China gewählt. Sein Versuch im Jahre 1915, sich zum Kaiser zu machen, löste einen Bürgerkrieg aus, der ihn zur Aufgabe dieses Planes zwang.

Yue – Yue war der Name eines chinesischen Partikularstaats in der Frühlings-und-Herbst-Periode (8.-5. Jh.v.Chr.), dessen Gebiet zunächst den Ostteil der heutigen Provinz Zhejiang, später Teile der heutigen Provinzen Jiangsu und Shandong umfaßte. – Die bis heute volkstümliche Redensart bezieht sich auf die im 5. Jh. spielende Geschichte des Königs Gou Jian von Yue, der von Fu Chai, dem Herrscher des benachbarten Wu, besiegt worden war und die erlittene Schmach erst zehn Jahre später mit Hilfe der bezaubernden Konkubine Xi Shi rächte, die er Fu Chai geschenkt hatte. Um während dieser zehn Jahre seinen Rachedurst nicht erlahmen zu lassen, schlief Gou Jian statt in seinem Palast in einer Hütte auf Reisig und kostete vor jeder Mahlzeit aus einer Gallenblase tropfende Gallenflüssigkeit.

Yue Fei – (1103-1141), General aus der Zeit der Song-Dynastie; ist wegen seines fast sprichwörtlichen Patriotismus und wegen seiner mitreißenden Gedichte – darunter das berühmte ‹Rot ist der Fluß› – bis heute in China populär geblieben.

Zhang Henshui – (1895-1967), Schriftsteller, Autor von Unterhaltungsromanen.

Zhang Zhidong – (1837-1909), einflußreicher mandschurisch-chinesischer General; versuchte sich auch als Literat.

Zhang Ziping – (1893-1947), schrieb Essays und erzählende Prosa.

Zheng Zhengyin – (Lebensdaten unbekannt), Verfasser von volkstümlicher Unterhaltungsliteratur.

Zhou Fohai – (1897-1948), einer der engsten Gefolgsleute des Verräters Wang Jingwei, in dessen Nankinger Marionettenregierung er verschiedene hohe Funktionen bekleidete.

Zhou Yu – In einer Episode des Romans ‹Die Drei Reiche› von Chen Shou verliert der General Zhou Yu, einer der Ratgeber von Cao Cao, eine Schlacht, die er schon gewonnen glaubte.

Zhu De – (1886-1976), Heerführer und Politiker; war einer der prominentesten Führer der kommunistischen Bewegung und ihrer Roten Armee in China; war nach 1937 Oberbefehlshaber der Achten Marscharmee und bekleidete seit Gründung der VR China im Jahre 1949 bis zu seinem Tod hohe Ämter in Armee, Regierung und Partei.

Zhu Xi – (1130-1200), einflußreicher neokonfuzianischer Philosoph; entwickelte die Anschauungen der Schule von Luoyang.

Zhuge Liang – Herzog Zhuge Liang (181-234), Heerführer und Staatsmann in der Zeit der Drei Reiche (220-280). Er ist auch eine der Hauptfiguren des Romans ‹Die Drei Reiche› von Chen Shou. Sein Name steht heute noch in China als Synonym für einen trickreichen Menschen, der sich und anderen aus jeder Schwierigkeit herauszuhelfen weiß.

Bitte beachten Sie
auch die folgenden Seiten

Georg Mackay Brown

Weinland

Roman der Orkney- und Vinland-Saga

Was tust du, wenn du in der Jugend deinen Lebenstraum gesehen hast? Du läßt dich von ihm packen, träumst ihn weiter, immer konsequenter, wirklicher – bis ihr einander nahe seid!

Weinland ist der Traum. Ranald Sigmundson hat ihn als Junge geschmeckt, als es ihn von den Orkneys weg über Grönland auf Leif Erikssons Schiff nach Neufundland verschlug – ins Land, wo der Wein wächst, Amerika, 10. Jahrhundert. Weit kommt dann der junge Mann herum: In Erikssons Dorf in Grönland reitet er das wunderbare Pferd Hoof-flinger, in Bergen wird er zum norwegischen König geladen, er folgt dem Kriegsruf eines orkneyschen Herzogs nach Irland. Den Hof auf seiner Geburtsinsel baut er mit Familie, Ideen, Ansehen zum vorläufigen, ruhelosen Hafen für sein Weinland aus, mit harter Arbeit auf den kargen Eilanden, unter den Ränken und Machtkämpfen der nordischen Herzöge. Hungersnöte, Morde, Kriege hier; Handel, verordnetes Christentum, umsichtige Politik da – und am Strand das wachsende Schiff, das noch einmal nach Weinland segeln soll.

George Mackay Brown hat die Orkneyinga- und die Vinland-Saga historisch entsprechend in den spektakulären Lebensbericht Ranald Sigmundsons gebracht. Mit dichterischer Kraft und erzählerischer Sicherheit ist nicht nur ein nahes, lebendiges Geschichtsbild entstanden, sondern noch mehr ein großer Roman für unsere Zeit.

Yan Ga und das Drachenmädchen

Märchen und Erzählungen der Randvölker Chinas
Herausgegeben und übersetzt von Marie-Luise Latsch, Helmut Forster-Latsch und Zhao Zhenquan

Literarische Schätze von Chinas Randvölkern: Von uralten Mythen, die nur mündlich auf uns kamen, über viele alltägliche Geschichten und Legenden bis hin zur pfiffig witzigen Parabel. Dies ist nicht nur ein Lesevergnügen, sondern auch Eintauchen in eine weit entfernte, durch die Mythologie eigenartig vertraute Welt.

Jahrelang haben die China-Kenner Marie-Luise Latsch, Helmut Forster-Latsch und Zhao Zhenquan Mythen und Legenden dieser Volksgruppen gesucht, Manuskripte entziffert und Erzähler interviewt. Entstanden ist eine dichte, runde Auswahl der schönsten Texte von Völkern, die heute zwar zu China gehören, ethnologisch jedoch keine Chinesen sind.

Das Fuchsmädchen

Nomaden erzählen Märchen und Sagen aus dem Norden Chinas
Herausgegeben und übersetzt von Marie-Luise Latsch, Helmut Forster-Latsch, in Zusammenarbeit mit Zhao Zhenquan

Nomaden aus dem Norden Chinas – mit so klingenden Namen wie Ewenken, Dahuren, Mongolen, Mandschuren, Hezhe, Orotschen – erzählen ihre Märchen und Mythen. Wild tut es sich meist und spannend: Der Kampf mit übermenschlichen Mächten, mit der Natur, mit dem Bösen, das Ringen des Mannes um die Geliebte, die Suche der Frau nach dem Geliebten – und immer geht es um das Überleben des Menschen und um ein bißchen Frieden.

Das gute Echo auf *Yan Ga und das Drachenmädchen* hat nun die Mythen und Märchen der Nomadenvölker dieser Gebiete zur Folge; Randvölker – und gefährdet – auch sie, aber immer noch sind sie da, die Geschichten, die Berge und Meere und Haß und Liebe versetzen können.

Anne Cameron

Töchter der Kupferfrau

Mythen der Nootka-Indianerinnen
und andere Frauengeschichten

Dieses Buch hat zwei Teile: Im ersten entstehen die Erde, die Welt, die Frauen, und aus ihrem Rotz der Mann. Frauen bauen das Haus, die Gemeinschaft, schließlich die Gesellschaft. Sie bauen und bewerken eine solidarische Welt.

Im zweiten Teil berichtet die heutige Kupferfrau, Granny, über das Anrücken der Weißen, der Schwarzröcke, der Krieger. Das Volk ist zwar nicht wehrlos, aber Gewehren, Überzahl und Grausamkeit ist nicht auszuweichen. Grannys handfeste, unzimperliche Sprache nimmt ihren Erzählungen etwas vom tödlichen Ernst und gibt ihnen Kraft und sogar – wenn auch grimmigen – Humor.

Die kanadische Indianerin, Dichterin und Kämpferin für Frauenrechte schrieb eine überaus eindrückliche Entstehungsgeschichte der Welt und hat deren (moderne) Fortsetzung vorweggenommen. Aber es ist nicht ein Rachezug gegen die Männer geworden, sondern ein seltenes Zeugnis von Frauensolidarität.

Anne Cameron wurde im kanadischen Nanaimo, Vancouver Islands, geboren. Sie lebt heute in Harewood.

S. Corinna Bille

Schwarze Erdbeeren

Erzählungen

«Corinna Bille ist die größte Dichterin des Landes», schrieb Jacques Chessex, als 1968 *Schwarze Erdbeeren* erschien. ‹Mund voll Erde, Mund voll Liebe› – was hier als Titel einer dieser elektrisierenden Erzählungen steht, könnte als Programm gelten für die generöse Erzählweise der durch die *Bourse Goncourt de la nouvelle* mit dem Preis für Kurzgeschichten ausgezeichneten Autorin. Und dann berührt einen, unter vielem andern, noch etwas ganz hautnah: die zurückhaltende und zugleich drängende Erotik der Sinne und der Körper – auch da ist Corinna Bille einsame Faszination.

S. Corinna Bille

Hundert kleine Liebesgeschichten

Hier sind hundert kleine Geschichten in bester Manier der Corinna Bille: drängend, zärtlich, geistreich, von überschwenglich liebender bis zu scheinbar kühl analysierender Frau. Auch wenn Corinna Bille in einigen der Ministücke nicht direkt von Liebe schreibt – immer sind da menschliche Wärme, Sinnlichkeit, ja, manchmal Ausgelassenheit. Ein Sprach- und Sinnenfest.

Was uns Corinna Bille in diesem späten Bändchen schenkt, sind Variationen über ein Thema, Früchte eines reichen, bewegten und oft schwierigen Lebens, das sie mit großer Kraft und Sinnlichkeit bejaht hat. Wie ein warmer Grundstrom durchzieht das persönlich Erlebte und Erlittene die Vielfalt der Bilder und verleiht ihnen die überzeugende dichterische Kraft.

Maurice Chappaz
Rinder, Kinder und Propheten

Zweitausend Jahre in den Bergen
in sechsunddreißig Bildern

‹Rinder, Kinder und Propheten› ist heimliches, unheimliches Pandämonium des Wallis – und ebenso «der Welt». Farbig, jede Bravheit wie der Teufel das Weihwasser meidend, barock und wunderbar sind die Menschen, Geschichten und Mythen, von denen Maurice Chappaz in unnachahmlicher Weise berichtet.

«Das Wallis, dieses klebrige Pflaumenherz mit seinen gebildeten Kretins und Kröpfen, es stimmt schon, man muß es essen, eh es sich abwetzt, eh es ausdörrt und Hornhaut ansetzt.» *Maurice Chappaz*

Maurice Chappaz
Das Buch der C.

Für Corinna Bille

Maurice Chappaz, der wortgewaltige Ehemann der Dichterin, selber ein eigenständiges «Universum aus Sprache, Wallis und allen Mythen», setzt seiner Frau Corinna ein einmaliges Lebens-Mal.

In dichter, farbiger Sprache, die oft wie ungeduldige, junge Hunde daherkommt, jedoch immer mit der Gestaltungskraft des erfahrenen Dichters, tauchen Lebens-Bilder, Ereignisse, Liebesworte auf. Dazwischen das Wallis, die Dranse, der Bach, das Wasser, an dem beide gelebt, gearbeitet haben.

Das Buch der C. ist, um ein unmodisches Wort zu gebrauchen, der große Hymnus eines Mannes an eine Frau, ein grandioses Liebesgedicht eines Menschen an einen anderen Menschen.